Olga A. Krouk



# Hexen Seelen

Roman

Originalausgabe

WILHELM HEYNE VERLAG
MÜNCHEN

MIX
Papier aus verantwortungsvollen Quellen
FSC® C014496

Verlagsgruppe Random House FSC-DEU-0100
Das für dieses Buch verwendete
FSC®-zertifizierte Papier *Super Snowbright*
liefert Hellefoss AS, Hokksund, Norwegen.

Originalausgabe 01/2011
Redaktion: Uta Dahnke

Printed in Germany 2011
Umschlaggestaltung: Nele Schütz Design, München
Karte: Andreas Hancock (mit freundlicher Genehmigung
von unter-hamburg.de)
Satz: Christine Roithner Verlagsservice, Breitenaich
Druck und Bindung: GGP Media GmbH, Pößneck

ISBN: 978-3-453-52678-5

www.heyne-magische-bestseller.de

*Für meine Familie,*
*die mich immer unterstützt*

Bunker an der Helgoländer Allee
Schleuse
Sitzraum
Ausgabe
Küche
Lebensmittel
Lebensmittel
Männer
Frauen
Rettungsraum
Aufsicht
Sitzraum
Sitzraum

# Kapitel 1

Sie betrachtete die Gitterstäbe, die sie von allen Seiten umschlossen und ihre Welt auf die Größe eines Kaninchenstalls zu begrenzen schienen, während alles außerhalb ihr stets entglitt, als ob sie aus einer Narkose erwachte und sich durch einen Schwindel kämpfte, zurück in die Wirklichkeit.

*Was ist mit mir passiert?* Diese klare, grundlegende Frage durchdrang das Wirrwarr ihrer Sinneseindrücke und gab ihren Gedanken Richtung und Ziel. Die Lage, in der sie sich befand, war alles andere als beruhigend. Ein Käfig. Sie war in einen Käfig eingesperrt, dessen Tür ein klobiges Schloss sicherte. Sie merkte, wie sich ihre Lippen zu einem freudlosen Lächeln verzogen. Sie wusste zwar nicht, wie ihr Name lautete, wo sie sich befand und warum, aber mit Schlössern kannte sie sich aus.

*Du musst etwas finden, womit du es öffnen kannst. Denk nach!*

Ihr Blick schweifte suchend umher. Der Käfig stand in der Ecke eines Schlafzimmers, das vermutlich nur einer Person gehörte, wie sie beim Betrachten des schmalen Bettes feststellte. Wenn sie eine Hand zwischen den Gitterstäben hindurchschieben würde, könnte sie einen Kleiderschrank mit einer verglasten Tür erreichen. Höchstwahrscheinlich würde es ihr sogar gelingen, das Glas zu zerbrechen. Aber da sie nicht vorhatte, sich mit den Scherben die Adern aufzuschlitzen, nützte es ihr wenig. Schräg gegenüber befand sich ein Fenster mit cremefarbenen Gardinen und daneben eine Kommode. Darauf eine Bürste, Haargummis und Spangen. Selbst auf dem Teppich lagen noch Klammern und Haarnadeln. Ylva traute ihren Augen kaum: Genau das, was sie brauchte, gerade mal einen Meter entfernt! Mit einem unbändigen Hochgefühl streckte sie ihren Arm zwischen den Gitterstäben hindurch. Doch egal, wie sie sich reckte und wand: Sie hatte die Entfernung falsch eingeschätzt. Es gelang ihr nicht, die Nadeln zu erreichen. Als wollte die Person, die sie hier gefangen hielt, sie auf diese Weise verhöhnen.

Halt. Nicht ärgern – weiter denken. Wer wusste schon, warum sie eingesperrt war? Sie zumindest nicht. Vielleicht war *sie* es, die eine Gefahr für andere darstellte? Vielleicht sollte sie es gar nicht darauf anlegen, hier herauszukommen?

Ein Schatten an der Wand schreckte sie auf. Ein länglicher Körper mit graubraunem Fell und einem nackten Schwanz huschte zu ihr herüber. Das Tier verharrte vor dem Zwinger, stellte sich auf die Hinterpfoten und schnupperte. Eine Ratte!

Der Anblick des Nagers rief etwas Vertrautes in ihr hervor, einen Hauch von Erinnerung. Sie wollte schon immer eine Ratte haben, sie hatte so oft ihren *Paps* darum gebeten … Da waren sie, Bilder aus ihrer Vergangenheit, noch zart und zerbrechlich in ihrem Kopf. Sie schloss die Lider, um sich intensiver darauf zu konzentrieren.

Spröde Hände strichen ihr über den Kopf. *Mein Mädchen, du musstest so schnell erwachsen werden … Ich lasse nicht zu, dass dir etwas passiert. Die dürfen dich nicht kriegen, verstehst du?*

Die Ratte fiepte, riss sie mit dem schrillen Laut aus ihren Gedanken. Dummes Tier! Sie betrachtete den Nager, ohne in der Lage zu sein, ihm zu zürnen. Er konnte ja nichts dafür.

Seltsam, je länger sie die Ratte beobachtete, desto mehr kam es ihr vor, als erwarte der Nager etwas von ihr. Sichtlich angespannt, wippte er auf den Hinterbeinen. Die rosa Nase bebte, die runden Lauscher zuckten leicht.

Sie lächelte ihm zu. »Hey … du!« Die Worte kamen ihr zögernd über die Lippen, als müssten sich Kehle und Zunge erst daran gewöhnen, menschliche Laute hervorzustoßen. Die Stimme klang tief und rau in ihren Ohren, angenehm und zugleich fremd. »Ich bin wohl keine von der allzu gesprächigen Sorte. Du auch nicht, was?«

Der Nager traute sich ein Stück näher und bewirkte damit etwas Merkwürdiges.

Ihre Fingerspitzen begannen zu prickeln. Zunächst sachte, als wären ihre Extremitäten eingeschlafen, dann immer stärker. Ihr Herzschlag beschleunigte sich. Das sanfte Pochen ging in ihre Knochen über und wallte durch den ganzen Körper. Ihr Kopf fühlte sich schwerelos an, wie einer dieser glitzernden Luftballons, die ihr Paps ihr manchmal geschenkt hatte. Damals, bevor …

*Was geschieht mit mir?* Der Gedanke durchfuhr sie wie ein Stromstoß, drohte sie in Kälte und Dunkelheit zu stoßen, zurück in das erschreckende Gewirr aus Fratzen, höhnenden Stimmen und schmerzenden Hieben.

Der Zustand der Ratte veränderte sich ebenfalls. Ein Zittern ging durch den pelzigen Leib, und das Tier verharrte, als wäre es zu Stein erstarrt. Die schwarzen Knopfaugen traten ein Stück hervor, als würden sie jeden Moment aus ihren Höhlen kullern.

*Was ist ...?* Ihre Gedanken lösten sich auf, wie vom Wind erfasst, davongetragen von einem Sturm. Ihr Geist flatterte, strebte fort – fort aus ihrem Leib. Sie kniff die Lider zusammen und schüttelte heftig den Kopf. Was auch immer mit ihr geschah, es musste aufhören. Aber es hörte nicht auf.

Sie bekam Angst. Eine entsetzliche Angst, die sie lähmte und jeglichen Mutes beraubte. Am Rande der Ohnmacht versuchte sie in diesem Durcheinander einen Halt zu finden, irgendetwas, was sie davor bewahren konnte, sich selbst zu verlieren.

Diesen Halt gab es tatsächlich. Ein Gesicht tauchte vor ihrem geistigen Auge auf, ein männliches Gesicht. Feine Züge, dunkelbraune Augen und blondes Haar, das in die Stirn, über die Ohren, in den Nacken fiel und ... ein paar alte Narben verdecken sollte.

*Hilf mir, bitte!*, wollte sie schreien, doch ihre verkrampfte Kehle brachte keinen Laut hervor. Jedenfalls keinen menschlichen Laut. Sie fiepte.

Wie die Ratte.

Und für einen Moment konnte sie nicht mehr unterscheiden, ob sie wirklich ein Mensch oder nicht vielleicht schon ein Tier war. Worte wurden zu Bildern, Gedanken – zu Instinkten. Das Kribbeln kroch ihre Arme empor, wurde intensiver, beinahe schmerzhaft. Myriaden von unsichtbaren Nadeln stachen in ihre Haut. Noch ein wenig, und der Körper würde ihr nicht mehr gehorchen.

Mensch? Tier? Ein Etwas?

Sie grub die Zähne in die Unterlippe und schlug die Stirn mit aller Kraft gegen die Gitterstäbe. Der Käfig erzitterte. Tränen schossen ihr in die Augen. Tränen! Ja, sie musste weinen, um ein Mensch zu sein, also schmetterte sie erneut den Kopf gegen das Metall. Nur Menschen taten sich selbst weh. Nur Menschen!

Das quälend beängstigende Gefühl fiel von ihr ab. Kein Kribbeln mehr, kein Stechen.

Vor Erleichterung atmete sie auf, versuchte ihre verkrampfte Haltung zu lockern, soweit es ihr in diesem Zwinger möglich war. Der Nager quiekte und kam ebenfalls zu sich. Als er einen Satz in ihre Richtung machte, keuchte sie und drückte sich mit dem Rücken an die Käfigwand. »Du bleibst mir fern, mein Freund, verstanden?«

Auf keinen Fall wollte sie die Qualen erneut erleben müssen. Verflucht, wenn sie bloß diese Haarnadeln in die Finger bekommen und einfach fliehen könnte! Noch während sie das dachte, drehte sich die Ratte um und huschte zu dem Objekt ihrer Begierde.

Sie schnappte nach Luft. Das Tier konnte sie doch unmöglich verstanden haben! Oder doch? Es schnüffelte an einem der Dinger und wandte den Kopf zum Käfig. Fragend, so kam es ihr vor.

»Bist du hier, um mir zu helfen?«, stieß sie atemlos hervor.

Die Ratte antwortete nicht. Nur die Knopfaugen glänzten, und die Nase, in die Höhe gehoben, zuckte.

»Gut, wenn du mir helfen willst, dann bring sie mir her.« Sie schob dem Tier ihre geöffnete Hand entgegen. »Hörst du?«

Vermutlich, ja. Denn der Nager stieß mit der Schnauze eine der Haarnadeln an, dann sah er zurück, um sich zu vergewissern, ob er alles verstanden hatte.

»Genau die meine ich. Bring sie mir, na los!«

Er schnappte nach der Haarnadel und trottete zurück zum Käfig.

Unglaublich. Das war schier unglaublich. Sie wagte kaum, sich zu rühren, um ihren Retter nicht zu verscheuchen. Erst als das Metall ihre Haut berührte, ballte sie die Faust und sog die Luft in ihre Lunge.

»Ja!« In ihrer Hand lag der Schlüssel zur Freiheit, was auch immer diese ihr bringen mochte. Die dürfen dich nicht kriegen, hatte ihr Paps gesagt. Womöglich hatten die sie gekriegt, wer weiß. *Aber behalten werden die mich nicht.*

Sie bog die Haarnadel zurecht. Die Ratte beobachtete jede ihrer Bewegungen, und hätte das Tier ihr jetzt Tipps gegeben, hätte es sie auch nicht weiter verwundert.

Endlich steckte sie die Nadel in das Schloss. Was in ihrer Vorstellung so einfach ausgesehen hatte, entpuppte sich als ein kniffliges Unterfangen. Das Schloss trotzte ihren Bemühungen. Sie rüttelte und zerrte daran, fluchte und kämpfte mit dem Drang, die Haarnadel gegen die nächste Wand zu schleudern. Das war doch zum Heulen! Vor lauter Frust hätte sie fast das Klacken überhört, mit dem das Schloss nachgab.

Sie war frei. Endlich.

Lautlos stieß sie die Tür auf. Jedoch zögerte sie, sogleich nach draußen zu schlüpfen, und tat stattdessen, was vermutlich auch eine Ratte getan hätte. Sie lauschte. Die Wohnung, in der sie sich befand, war still. Zumindest ihrem ersten Eindruck nach. Obwohl durch die Wand, die das Schlafzimmer von einem anderen Zimmer trennte, ein Wuseln wie von Mäusen zu hören war. Sonst nichts. Interessant, vor allem, weil die Einrichtung und der Raum selbst nicht darauf schließen ließen, dass es hier Schädlinge gab.

Sie schnupperte. Doch außer ihrem eigenen Gestank – und sie stank erbärmlich, das fiel ihr auf – konnte sie kaum etwas wahrnehmen.

Auf allen vieren kroch sie aus dem Käfig und richtete sich im Freien auf. Sofort zwang ein Schwindelanfall sie zurück in die Knie. Okay. Schon verstanden. Alles langsam angehen.

Der Nager lief zu ihr und kletterte auf ihre Schulter. Das Pieken der winzigen Krallen erinnerte sie an den kürzlichen Anfall. Sie schrie auf und stieß das Tier von sich, das auf den Boden klatschte. Es sprang auf und schüttelte den Kopf. Verdutzt starrte es sie an, traute sich aber nicht mehr heran. Der Ausbruch tat ihr wirklich leid. Sollte sie sich bei dem Nager entschuldigen? Normalerweise machte man das nicht. *Menschen* machten das nicht, intuitiv wusste sie das. Doch gegenüber diesem Exemplar war sie sich nicht sicher, nicht nach all dem, was vorgefallen war.

»Hab's nicht so gemeint«, murmelte sie. »Frieden?«

Die Ratte zählte anscheinend nicht zu den nachtragenden Gemütern, denn sie kam näher und kauerte sich neben ihren Fuß. Dieses Tier würde sie nicht so schnell loswerden, so viel stand fest.

Ihr Körper fühlte sich schlapp an, ermattet und entkräftet. Ganz anders als ihr Geist, dem alles zu langsam voranzugehen schien und der nach Taten strebte. Sie setzte sich auf die Fersen und inspizierte die Kleiderfetzen, in die sie gehüllt war. Mit zwei Fingern hob sie den Saum an und rümpfte die Nase. Igitt. Der Stoff roch so, als hätte sie in den letzten Monaten – ach was: Jahren! – in einer Kanalisation geschlafen. Und darin vermutlich gebadet. Hastig riss sie sich die Fetzen vom Körper, angeekelt von sich selbst.

Nun aber. Es war höchste Zeit zu fliehen. Vorsichtig schritt sie zur Tür, öffnete sie und spähte durch den Spalt in den Flur.

Was auch immer sie dort zu sehen erwartet hatte – eine leblose Frau auf dem Boden gehörte nicht dazu.

## Kapitel 2

Die Atmung überprüfen. Nach dem Puls tasten.

Ganz schwach pochte es unter ihren Fingern, die sie an den Hals der Bewusstlosen drückte. Und weiter? Wie sollte sie jemandem helfen, wenn sie nicht einmal in der Lage war, sich selbst zu helfen? Abhauen sollte sie, solange sie konnte, das war doch ihr Plan. Ein richtig guter Plan unter den gegebenen Umständen. *Also halt dich gefälligst daran!*

Sie erhob sich und schritt über die Frau hinweg zur Eingangstür, die einen Spalt offen stand. Nach einem weiteren Schritt hielt sie inne und blickte zurück. Die Bewusstlose kam ihr bekannt vor.

Unruhe erfasste sie. Kannten sie sich?

Die Fremde sah aus wie Mitte zwanzig, das herzförmige Gesicht zeugte von sanfter Schönheit, und das hüftlange bronzefarbene Haar hüllte die zierliche Gestalt beinahe vollständig ein. Was, wenn sie gerade dabei war, eine Freundin zu verraten?

*Quatsch, denk an deine eigenen Probleme, und kümmere dich um dich selbst. Oder willst du wieder in einem Käfig landen?*

Nein, das wollte sie ganz und gar nicht. Was dann?

Der Nager, der ein Stück vorgelaufen war, kam zurück. Er wippte auf den Hinterpfoten und versuchte, sie mit einem eindringlichen Fiepen zum Weitergehen zu bewegen. Sie hingegen stand einfach da und konnte sich nicht entscheiden.

Letztendlich war es das Gesicht des jungen Mannes in ihrem Kopf, das sie dazu veranlasste, zu bleiben. Läge er anstelle dieser Frau hier, würde sie ihn nicht im Stich lassen. Man ging nicht einfach weg, wenn sich jemand in Not befand. Und vielleicht konnte ihr diese Unbekannte Hinweise liefern, die ihr diesen ganzen Schlamassel erklären und ... sie zu *ihm* führen würden. Denn eines stand fest: Sie musste den jungen Mann finden. Unbedingt.

Mit vorsichtigen Griffen untersuchte sie die Bewusstlose. Keine sichtbaren Verletzungen, die diesen scheintoten Zustand verursacht haben konnten. Mit ihrem Zeigefinger strich sie der Frau die Haarsträhnen aus dem Gesicht und fuhr erschrocken zurück. Wulstige Narben kennzeichneten die linke Seite, das Ohr fehlte, nur ein roter Stummel war geblieben. Der Anblick schmerzte.

»Was hast du bloß erlebt?«, wisperte sie und fuhr mit einem Finger an der Wange und dem zierlichen Kinn entlang. Die Haut fühlte sich kühl an, blassblau schimmerten die Äderchen an der Schläfe durch.

Sie beugte sich über den Körper, als das Geräusch über die Dielen kratzender Schuppen zu ihr drang. Etwas kroch von rechts auf sie zu! Ihre Ohren zuckten, um die Quelle des Geräuschs besser zu lokalisieren, noch bevor sie aufgeschaut hatte. Alle ihre Instinkte schlugen Alarm. Sie warf den Kopf herum, gerade in dem Moment, als eine giftgrüne Schlange ihr mit einem Zischen entgegenschoss.

Es war seltsam, innerlich vor Schreck zu erstarren und gleichzeitig zu erleben, wie der eigene Körper automatisch zurückwich. Nur knapp entkam sie den Giftzähnen, die auf ihren Arm zielten. Aber noch war die Gefahr nicht gebannt. Die Schlange sammelte sich zu einem neuen Angriff.

Fauchend schnellte die Ratte vor. Das Tier stellte sich dazwischen, sichtlich angespannt und mit sich sträubendem Fell, während das Reptil das neue Opfer anvisierte. Vor und zurück, vor und zurück bewegte sich die gespaltene Zunge und witterte die Beute.

»Du dummes kleines Ding«, keuchte sie, ergriff den Nager am Nacken und brachte ihn und sich selbst in Sicherheit. »Dumm, aber tapfer. Danke.« Sie erlaubte der Ratte sogar, auf ihre Schulter zu krabbeln. Auf einmal fühlte es sich richtig, gar erfüllend an, den pelzigen Freund bei sich zu haben. Als wäre er ein Teil ihrer selbst.

Aus dem Augenwinkel beobachtete sie die Schlange, die den Weg aus der Wohnung versperrte. Doch das Reptil schien das Interesse an ihr und der Ratte verloren zu haben. Es rollte sich auf der Brust der Frau zusammen und versteifte sich, wie vom Blitzfrost erfasst. Beinahe so, wie die Ratte sich kurz zuvor versteift hatte, als sich der merkwürdige Kribbelanfall angebahnt hatte. Bedeutete das etwa …

In der nächsten Sekunde schüttelte ein Zittern den Körper der Unbekannten und ließ sie geräuschvoll um Luft ringen. Die Frau schlug die Lider auf, und etwas Speichel trat auf ihre Lippen. Dann ging der Krampf vorüber. Die Fremde ächzte und bewegte ihre Extremitäten. Es fiel ihr sichtlich schwer, ihre Gliedmaßen unter Kontrolle zu halten.

Der Nager fiepte schneidend, als stieße er eine Mahnung aus, und sie glaubte dem Kleinen: Diese Frau war keine Freundin.

»Wer bist du?« Ihre Stimme überschlug sich und klang beinahe so schneidend wie das Fiepen der Ratte. »Was geschieht hier?«

Die Frau drehte den Kopf und musterte sie, ohne sie wirklich zu sehen. Die blassgrünen Augen wirkten merkwürdig glasig. Als wäre die Frau blind.

Einige Minuten verstrichen. Dann stützte sich die Unbekannte mit dem Ellbogen ab und setzte sich auf, musste sich allerdings mit dem Rücken gegen eine Kommode lehnen.

»Wer bist du?«, wiederholte sie mit Nachdruck. Ihr Körper spannte sich an, und sie stellte verwundert fest, dass sie unwillkürlich eine Kampfhaltung angenommen hatte.

Die Frau züngelte wie ihre Schlange, die sich um ihren Arm wand und mit kaltem Blick die Fremden in ihrem Revier fixierte.

»Ich heiße Linnea.« Leise, seltsam berauschend und leicht lispelnd kam die Antwort. »Du brauchst nichts zu befürchten, es ist alles gut. Hier bist du in Sicherheit.« Wieder schnellte ihre Zunge hervor und verschwand.

In Sicherheit? Von wegen! Dem Gespür der Ratte vertraute sie mehr als den sanften Worten. »Warum war ich in einem Käfig eingesperrt?«

Die Frau legte den Kopf leicht schräg. Erneut tastete der glasige Blick sie von Kopf bis Fuß ab.

Ihr eigener Wunsch, hinter die kalte Fassade der Frau zu spähen, erweckte etwas Fremdes und Dunkles in ihrer Brust. Als wäre darin ein Klumpen Larven eingeschlossen, die sich regten und Fühler ausstreckten. Die Ratte quiekte, sprang eilends von ihrer Schulter auf den Boden und verdrückte sich in eine Ecke. Aber auch ohne die Reaktion des Nagers schrie alles in ihr danach, die dunkle Macht zu ersticken, bevor diese ihre Seele verschluckte und ihr Bewusstsein aussaugte. Doch sie tat nichts dergleichen, sondern trank von den Gefühlen der Frau, die ihr gegenübersaß. Diese schmeckten bitter und schal, fast glaubte sie, tatsächlich einen pelzigen Belag auf der Zunge zu spüren. Was sicherlich nur ihrer Fantasie zuzuschreiben war. Denn Gefühle durften nicht schmecken! Vor allem nicht fremde Gefühle.

»Du warst sehr krank. Ich musste Sorge dafür tragen, dass du dir selbst oder den anderen keinen Schaden zufügst. Ich freue mich zu sehen, dass es dir bessergeht.« Ein Lächeln umspielte die dünnen Lippen. Nein, die Unbekannte log nicht. Aber die Wahrheit sagte sie ebenso wenig. Weil die Wahrheit anders … schmeckte.

Für diese Erkenntnis musste sie teuer bezahlen, denn

die Larven fraßen nicht nur die Gefühle der Frau, sondern auch ihre eigenen. Fraßen sie leer und hinterließen Seelenschutt und Schwermut. Sie musste das Dunkle in sich bezwingen. Jetzt, auf der Stelle. Und ihm niemals erlauben, hervorzutreten.

Der Klumpen war inzwischen auf die Größe einer Melone angewachsen. Einer der Würmer schien sich an ihrem Rückgrat emporzuwinden, um in ihr Hirn vorzustoßen. Sie hielt den Atem an und unterdrückte alle Empfindungen. Vor allem aber hütete sie sich davor, die Gefühlsregungen der Frau an sich heranzulassen, denn genau danach gierten die Parasiten.

Es gelang, der Klumpen löste sich auf, als hätte jemand geronnenes Blut zwischen den Fingern zerrieben. Die Larven fielen auseinander, vermischten sich mit ihrem Wesen, mit jeder Zelle ihres Körpers.

Erschöpft fuhr sie sich mit einer Hand über die Stirn. »Es ist alles so durcheinander hier drin. So viele Gesichter, Orte, die ich kennen müsste und dennoch einander nicht zuordnen kann. Ich weiß nicht einmal, wie ich heiße.«

*Und wem ich trauen darf.*

Die Frau erhob sich und musste sich an der Kommode festhalten. »Ylva. Dein Name ist Ylva. Ein sehr schöner Name, wie ich finde.«

Sie hatte gehofft, mit dem Namen würden ihre Identität und ihre Erinnerungen zurückkehren. Doch er klang fremd. Genauso gut hätte sie Walpurga-Burglinde heißen können. Oder verbarg sich da doch etwas, was ihr wieder einfallen wollte? Sie lauschte in sich hinein und konzentrierte sich auf ihre Wahrnehmung, während sie die zwei Silben lautlos wiederholte, als würde sie diese – wie die Gefühle der Frau zuvor – erschmecken wollen: Ylva, Ylva, Ylva … Ja. Das war der Name, bei dem der junge Mann aus ihren Erinnerungen sie rief. Es gefiel ihr, wie das Wort aus seinem Mund geklungen hatte, und sie begann, ihren Namen zu mögen. Und den jungen Mann.

»Gut. Ich hatte schon Schlimmeres befürchtet. Sind wir verwandt?« Auf keinen Fall wollte sie zeigen, was in ihr vorging. Denn noch wusste sie nicht, wie sie mit den neu erlangten Gefühlen umgehen sollte. Diese Zuneigung zu einem Fremden irritierte sie.

»Ich bin so etwas wie deine Mutter. Hör zu. Ich muss noch etwas erledigen, aber wenn ich zurück bin, werde ich dir alles erklären, okay? In dieser Zeit … versuch dich zu waschen. Schaffst du das?« Sie stieß eine Tür zu ihrer Rechten auf. Dahinter verbarg sich eine winzige Dusche. »Hier ist das Bad. Im Schlafzimmer findest du ein paar Sachen, die ich für dich gekauft habe. Ich hoffe, sie passen dir. Solltest du nicht klarkommen – mach dir nichts draus. Wenn ich wieder zurück bin, helfe ich dir. In Ordnung?«

Ylva schaute an sich herunter. »Ich schätze, das Waschen habe ich bitter nötig.«

Natürlich würde sie das nicht tun, sondern abhauen, sobald sie eine Gelegenheit dazu bekam. Aber im Augenblick sollte sie mitspielen und am besten zu allem Ja und Amen sagen. Und so vielleicht ihrem Gefängnis entkommen.

»Gut.« Die Frau trat näher, legte die Arme um sie und zog Ylva an sich heran. Der Nager quiekte. Auch Ylva wollte protestieren, sich der Umarmung entwinden, und blieb trotzdem still. Gegen ihren eigenen Willen. Etwas fesselte sie an die Frau und machte jeden Widerstand zunichte.

»Mach dir keine Sorgen«, erklang Linneas Stimme in ihren Ohren. »Ich lasse Smaragda bei dir. Sie passt auf dich auf. Und ich schicke dir jemanden vorbei, der auf dich achtgibt, solange ich nicht da bin.«

In tiefen, regelmäßigen Zügen sog Ylva den Geruch der Fremden ein, der plötzlich allgegenwärtig schien und sogar ihren eigenen Gestank überlagerte. Ihr Kopf wurde schwer, die Gedanken träge. Die Muskeln entspannten sich, und ein wohliges Gefühl besänftigte ihre Seele. Auf einmal konnte sie nicht mehr begreifen, warum sie sich so heftig gegen die Umarmung gewehrt hatte. Oder – was für ein lächerlicher Gedanke! – hatte abhauen wollen. Das war doch ihre Freundin, ihre Mutter, ihre … Königin.

»Wer ist Smaragda?«, hörte Ylva sich fragen. Es kam ihr vor, als würde sie in einer Duftwolke dahinschweben und sich darin völlig auflösen. Immer wieder holte sie tief Luft, füllte ihr ganzes Wesen mit dem Geruch der Frau.

»Meine Schlange.« Linnea ließ von ihr ab. Ylva stöhnte auf, hungrig nach Wärme, Zuneigung und … dem Duft. Plötzlich befürchtete sie, all das zu verlieren, wonach jede Zelle ihres Körpers verlangte.

*Bleib bei mir!*, wollte sie rufen. *Lass mich nicht allein. Nicht jetzt!*

Eine Hand verschloss ihr den Mund. Der Daumen strich ihr über die Lippen. »Nein, nein, stell jetzt keine Fragen. Dazu werden wir später genug Zeit haben. Vertraue mir.«

Und sie vertraute. Völlig und bedingungslos.

»Gut.« Linnea trat zurück und schlüpfte in einen Mantel.

*Nicht fortgehen!* Schmerzhaft überkam Ylva die Angst, abgewiesen und zurückgelassen zu werden. Sie schloss die Augen. Kälte, Dunkelheit, die Grimassen und die Stimmen drohten über sie herzufallen und sie zu zerreißen. *Ich will nicht allein bleiben! Bitte nicht!*

Ihre Gedanken schweiften zu dem jungen Mann. Ihre Zuneigung ging in Sehnsucht über. Wenn es kalt und dunkel war, wenn sie Angst hatte und keinen Ausweg sah, hatte sie nach ihm gesucht, war so lange durch das Labyrinth und unzählige Gänge geirrt, bis sie ihn fand.

Wenn die anderen ihr wehtaten, war er da, um ihr beizustehen.

Finn. Ihre Sehnsucht bekam einen Namen. Und durch ihn löste sich auch der Bann des Duftes, und die Macht der Frau über sie ließ ein Stück weit nach. Nicht ganz, aber zumindest wurde sich Ylva dieser Macht bewusst. Linnea war mittels dieses Geruchs imstande, sie zu unterwerfen.

»Wer ist Finn?« Die Frage rutschte ihr so heraus, und

im selben Moment ahnte sie, sie hätte ihre Zunge im Zaum halten sollen.

Die Frau verharrte mitten in der Bewegung. Ihr Blick schnellte zu Ylva, doch sie strafte sie nicht. »Wie kommst du jetzt darauf?«

Ylva wickelte sich eine Strähne ihres perlblonden Haars um den Finger, versuchte ihren unbedachten Ausruf herunterzuspielen. »Ich weiß nicht so recht. Er ist der Einzige, bei dem ich dem Namen ein Gesicht zuordnen kann. Was ich nicht zuordnen kann, sind die Gefühle, die in mir hochkommen, wenn ich an ihn denke. Es ist so frustrierend!«

Auch das hätte sie lieber nicht sagen sollen. Ob es der Duft war, der sie dazu brachte, etwas zu tun, was sie unter keinen Umständen tun wollte? Bestimmt. Aber was konnte sie dagegen unternehmen, womit sich gegen diese Macht wehren?

*Die dürfen dich nicht kriegen, dich nicht behalten.*

*Nicht nur die – niemand!*

Doch diese Schlangenfrau hielt sie in ihrem Bann, und es gab nichts, was Ylva dem hätte entgegenstellen können.

Linnea schnaubte. Ihre Nasenflügel bebten. »Später. All das klären wir später, glaub mir. Jetzt muss ich los, aber ich bin so schnell wie möglich zurück. Versprochen.« Schon verschwand sie aus der Wohnung.

Mehrere Herzschläge lang versuchte Ylva, das Chaos in sich zu bezwingen. Fliehen sollte sie und konnte es nicht. Diese Frau hatte sie in ihrer Gewalt. Ohne da zu sein, bezwang sie ihren Willen. Linnea wollte, dass sie in der Wohnung blieb, und sie musste bleiben.

Verzweiflung ergriff sie, erfüllte sie, drohte, sie zu ersticken.

*Stopp. Nicht heulen. So sehr Mensch willst du auch wieder nicht sein.* Ylva zwang sich, praktisch zu denken, und damit ihre Gefühle in eine andere Richtung zu lenken. *Wenn du eh nichts dagegen zu unternehmen vermagst, dann kannst du dich auch mal waschen, oder?*

Diese Überlegung half ihr. Wenn sie irgendetwas tun konnte, egal, wie sinnlos oder nicht, kam sie sich nicht mehr so ausgeliefert vor. Es gab ihr Kraft. Und gerade die brauchte sie so dringend.

Ylva betrat das Badezimmer, stieg in die Dusche, zog den Vorhang zu und drehte den Wasserhahn auf. Ein kalter Strahl schoss auf ihren Rücken und peitschte ihr für eine Sekunde den Atem aus der Lunge. Sie kreischte, sprang ein Stück zurück und gab heißes Wasser hinzu. Auf der Duschablage fand sie eine Reihe von Fläschchen und Tuben. Die Beschriftungen stellten für sie unlösbare Rätsel dar, so entschied sie sich für ein Stück Seife. Neugierig schnupperte sie daran. Der Geruch nach Karamell verstopfte ihr die Nase. Widerlich. Aber mit irgendetwas musste sie all den Schmutz lösen, und vielleicht war für die meisten da draußen der künstliche Gestank nach Karamell annehmbarer als der nach Kanalisation. Für Ylva machte das kaum einen Unterschied.

Sie seifte sich ein, scheuerte lange ihre Haut und wusch das verfilzte Haar, das ihr bis zur Taille reichte.

Schmutzige Bäche liefen ihre Beine entlang und verschwanden im Abfluss, an dem sich etwas Rost angesammelt hatte. Ein wenig hoffte Ylva, der Karamell-Geruch würde Linneas Duft aus ihrem Kopf vertreiben. Aber sie irrte sich. Denn dieser lähmte immer noch ihre Glieder, sobald sie auch nur an Flucht dachte.

Endlich gab sie es auf, begriff die Sinnlosigkeit ihres Widerstandes und spülte den Schaum weg. Dabei fuhren ihre Hände über ihren Bauch und spürten eine Narbe, derer sie sich gar nicht bewusst gewesen war. Verwundert sah Ylva an sich hinunter. Der blasse Strich zeichnete sich deutlich unterhalb ihrer Rippen ab. Sie betastete ihn mit dem Zeigefinger. Der Schnitt sah so klein aus. Woher stammte er?

Die Bilder überkamen sie einem Gewitter gleich, unvermittelt und heftig.

Es ist Nacht. *Die* haben sie eingeholt, sie und ihren Paps. Ein großer Mann von der Statur eines Bären hält sie fest und biegt ihr die Arme hinter den Rücken. Sie schreit vor Schmerzen, tritt um sich, aber er lässt sie nicht los. In der Nähe bellt ein Fuchs. Ihr Paps brüllt etwas und verstummt, dann ertönt die Stimme einer Frau: »Oya, du Mächtige, wir rufen dich! Nun löse du dein Versprechen ein!«

Sie wird irgendwohin geschleppt. Ihre Fersen schleifen über den Asphalt. Kurze Zeit später zwingt der Mann sie am Wegesrand in die Knie und drückt ihr Gesicht nach unten, direkt in den aufgewühlten, von den ersten Nachtfrösten überzogenen und dadurch brüchigen Matsch.

Die Erinnerungen schwinden.

Als Nächstes sieht Ylva ihren Vater, der sie zur Seite zieht – aus irgendeinem Grund hat man sie freigelassen. Etwas Metallisches blitzt in seiner Faust auf. »Verzeih mir, mein Mädchen. Aber die Dämonen sollen dort bleiben, wo sie hingehören!« Dann schlägt er zu.

Ylva keuchte, krümmte sich und wich zurück, als hätte der Messerstich sie gerade jetzt getroffen. Sie stolperte aus der Dusche und fiel, klammerte sich an den Vorhang und riss ihn mit sich. Hart prallte sie gegen die Fliesen. Sie wusste nicht, ob sie weinte, denn das Wasser prasselte ungehindert in das Badezimmer und strömte ihr übers Gesicht. Ihr Vater! Es war ihr eigener Vater gewesen, der sie hatte töten wollen! Plötzlich sah sie es deutlich vor sich, wie der große Mann ihren Paps niederschlug und »Sie gehört uns!« brüllte, während Ylva mit letzter Kraft in die Büsche kroch, bis sie irgendwann zusammenbrach und … in diesem Käfig wieder aufwachte?

Nein, das konnte nicht stimmen. Denn damals war sie ein Kind gewesen, kaum acht Jahre alt. Wo waren die restlichen Jahre geblieben, die aus ihr eine junge Frau gemacht hatten?

Ylva riss sich zusammen und rappelte sich hoch, darauf bedacht, nicht auf dem wasserüberfluteten Boden auszurutschen. Es gab so vieles, was sie noch nicht wusste! Aber unbedingt erfahren musste. Ihre Hoffnungen ruhten auf dem jungen Mann. Er schien eine wichtige Rolle in ihrem Leben zu spielen, er bedeutete ihr so viel! Wer, wenn nicht er, könnte sie aufklären? Je schneller sie ihn fand, desto besser. Nur musste sie ihre ganze List aufbringen, damit Linnea und der hypnotische Duft, unter dessen Einfluss sie stand, es ihr nicht verunmöglichten.

Sie schaltete das Wasser ab und schüttelte den Kopf. Ihr Haar peitschte herum und spritzte Tropfen auf die Wände und den Boden. In diesem Augenblick hörte sie, wie jemand die Wohnung betrat.

»Meine Güte, als hätte ich nichts anderes zu tun, als hier zu hocken«, tönte eine raue Frauenstimme durch die Badezimmertür.

Ylva spürte, wie ihre Nasenspitze zuckte, um die Witterung der Fremden aufzunehmen. Im selben Moment quiekte die Ratte schrill auf, und Ylva vergaß jede Vorsicht. Nackt und nass wie sie war, stürmte sie in den Flur, ihrem pelzigen Freund zu Hilfe.

Die Frau stand mit dem Rücken zu ihr. Ylva musterte die breiten Schultern und die muskulösen, fast männlich wirkenden Oberarme, um die sich der T-Shirt-Stoff spannte. Das kurze, auberginefarbene Haar stand stachelig empor. Neben der Frau kauerte eine große Katze und drückte den Nager gegen den Boden. Die Krallen hatten sich in das Fell gebohrt, ohne die Haut aufzuschlitzen.

»Lass sofort die Ratte los!«, brüllte Ylva. Es kam ihr vor, als würden die Pranken nicht den Nager, sondern ihren eigenen Leib zerfetzen wollen.

Sowohl die Katze als auch ihr Frauchen ruckten die Köpfe.

»Na, sieh mal einer an«, lachte die Fremde und stemmte die Hände in die schmalen Hüften. »Die Elende kann reden. Weißt du, dein Jaulen und Winseln fand ich viel niedlicher.«

Ylva ballte die Fäuste. »Lass meine Ratte in Ruhe!«

»Ui, ui, ui.« Die Frau neigte den Kopf, und das Strasssteinchen oberhalb ihrer Lippe glitzerte auf. »Sonst … was?«

»Sonst bringe ich dich um.« Ylva fletschte die Zähne.

# Kapitel 3

Sie achtete auf jede Regung ihrer Gegnerin, auf die Haltung des Kopfes und die Bewegungen der Arme, auf die Anspannung in den Schultern. Ihre gesamte Mimik signalisierte Überlegenheit.

*Wenn du sie angreifst, macht sie dich platt. Du wirst weder der Ratte noch dir selbst helfen können.*

Manchmal musste man eine Schlacht verlieren, um einen Krieg zu gewinnen. Auch wenn sie noch nicht wusste, worum es in diesem Krieg ging und ob sie überhaupt eine Chance auf Erfolg hatte. Sie gab nach, um nicht aufzugeben. Als sich ihre Blicke trafen, war es Ylva, die die Lider senkte und den Kampf um den höheren Platz in der Rangordnung verlor, noch bevor er angefangen hatte.

Ihr Gegenüber quittierte ihren Rückzug mit einem verächtlichen Schnauben. »Ich habe dich bereits zweimal eingefangen. Nur weil du jetzt nicht wie ein Tier durch die Katakomben kriechst, bist du mir bei weitem noch nicht gewachsen. Also kusch!« Obwohl die Frau wissen musste, dass es zu keiner Auseinandersetzung mehr kommen würde, lag in ihrer Stimme eine Herausforderung. Eine Herausforderung, der Ylva nur schwer widerstehen konnte. Sie musste die Hände ballen und ihren Stolz schlucken, um nicht doch etwas Unüberlegtes zu tun.

*Na mach schon*, spornte sie sich an. *Signalisiere ihr deine Unterwürfigkeit. Überzeuge sie!*

Ylva zog den Kopf ein und schielte zu ihrer Gegnerin. »Lass meine Ratte in Ruhe. Bitte«, flüsterte sie.

Die Ratte fiepte hilflos. Der Ton durchdrang schmerzhaft ihr Herz, weil sie für den Nager absolut nichts tun konnte und sie beide der Willkür der Fremden ausgeliefert waren.

»So ist es besser.« Ein Lächeln huschte über das Gesicht der Frau. »Keine Sorge, ZouZou tut deinem Seelentier schon nichts, sie will nur spielen.«

*Genauso wie du mit mir.* Doch sie hütete sich davor, dies laut auszusprechen.

Auf ein Nicken ihres Frauchens hin ließ die Katze die Ratte los, die sofort aufsprang, sich schüttelte und zu Ylvas Füßen floh. Dummes, kleines Ding. Noch immer suchte es Zuflucht und Sicherheit bei ihr, obwohl sie es kaum vor den Gefahren, die ihr vermutlich großenteils nicht einmal bewusst waren, schützen konnte.

»Mein Seelentier?« Behutsam hob sie den Nager mit beiden Händen auf und untersuchte das Fell. Es schien unversehrt, und die Sorge um ihren kleinen Freund fiel ein Stück von ihr ab.

Die Fremde überhörte die Frage. Statt zu antworten, ging sie um Ylva herum, zupfte sie hier und da an den Haaren, als würde sie sich eine Puppe auf einem Markt aussuchen. »Hm, dafür, dass du die letzten zwölf Jahre kein menschliches Wort herausgebracht hast, drückst du dich sehr gewählt aus. Wie kommt's?«

Ylva knirschte mit den Zähnen, versuchte, der fremden Hand auszuweichen. Noch ein wenig von diesem Gezupfe, und sie würde die Frau beißen!

»Ich weiß nicht, was mit mir passiert ist«, presste sie hervor. Ganz langsam. Gewählt eben. »Ich hoffte, jemand würde es mir erklären.«

Endlich blieb die Frau stehen. In ihren Augen lag Missbilligung, vermischt mit einem Hauch von Belustigung. »Du warst geistesgestört. Vermutlich wegen der häufigen Verschmelzungen mit deinem Seelentier. Das passiert manchmal, wenn ein Metamorph die Vorgänge nicht steuern kann.«

Seelentier – Metamorph – Verschmelzungen ... Das kannte sie alles – musste sie kennen! So vertraut klangen die Worte. Als würde in ihnen die Erklärung liegen für all die Merkwürdigkeiten. Doch der Sinn dieser Worte offenbarte sich ihr nicht.

Die Frau rümpfte die Nase. Nun blickte sie mit einer Verachtung auf Ylva herab, als wäre diese nichts als ein Ungeziefer. »Zieh dich an. Deine angenommenen tierischen Fähigkeiten sind noch lange kein Grund, nackt herumzulaufen.«

Ylva nickte. Erleichtert, weil sie sich endlich aus der Nähe dieser Frau entfernen durfte, und verärgert, weil sie keine Antwort auf ihre Fragen bekam. Die Ratte schützend an sich gedrückt, tappte sie zum Schlafzimmer. Auf der Schwelle hielt sie an und sagte, ohne den Blick vom Boden zu lösen: »Wie heißt du?«

»Micaela. Ich bin Jägerin und die rechte Hand der Königin«, kam die – verbitterte? – Antwort. »Also sieh dich vor, und lege dich nicht mit mir an.« Die Frau stieß sie unsanft in den Rücken und warf die Tür hinter ihr zu.

Ylva torkelte ins Zimmer. Einige Zeit verharrte sie regungslos auf der Stelle, doch wohin mit ihrer Unsicherheit und Verwirrung? Sie setzte die Ratte ab und begann, ihre Haare zu entwirren. Ein fast aussichtsloses Unterfangen, weil alles so verfilzt war, aber es beruhigte sie tatsächlich. Manchmal war es gar nicht verkehrt, ein wenig Tier zu sein und sich das Fell zu putzen.

Micaela. Die Jägerin. Der Name zwang sie, an ihren Vater zu denken, ohne dass sie wusste, warum. Sie wollte das nicht, wehrte sich mit allen Sinnen dagegen, doch die Erinnerungen stellten sich trotzdem ein, und bald gab es keinen Platz mehr für etwas anderes in ihrem Kopf, außer für die Bilder der Vergangenheit. Sobald sie die Lider schloss, sah sie seine Silhouette im Dunkeln.

Er kauert auf einem Hocker, den Kopf in die Hände gestützt. Sein Weinen hatte sie geweckt. Sie reibt sich die Augen und gähnt, stöhnt: »Was ist denn, Paps? Müssen wir wieder fortlaufen?« Denn sie liefen oft fort. Weil *die* sie nicht kriegen durften.

»Ich bin ein Nichtsnutz, mein Mädchen. Aber du … du wirst irgendwann zu einem richtigen Metamorph, ganz bestimmt, und die Königin wird dich in ihre Gemeinschaft aufnehmen. Die Gemeinschaft wird dich beschützen. Verstehst du jetzt, warum es so wichtig ist, dass du dein Seelentier findest?«

Nein, damals hatte sie ihn nicht verstanden, auch jetzt nicht, außer dass sie anscheinend ihr Seelentier gefunden hatte. Die Ratte gehörte zu ihr. Wie Smaragda, die Schlange, zu Linnea und ZouZou, die Katze, zu Micaela. Hatte auch ihre Ratte einen Namen?

Ylva schaute den Nager an, der sich neben ihren Füßen putzte, ohne sie zu beachten. War sie wirklich geistesgestört gewesen – seinetwegen? Was, wenn sie wieder den Verstand verlieren würde? Ihre Gedanken schweiften zu Linnea, die leblos im Flur gelegen hatte. Ging es dabei um eine dieser Verschmelzungen? War Linneas Geist womöglich in der Schlange gewesen? Und bedeutete der Anfall, den sie im Käfig erlebt hatte, dass sie kurz davor gewesen war, ebenso in den Körper der Ratte zu schlüpfen?

Sie stöhnte. Statt alles klärender Antworten tauchten bloß neue Fragen in ihrem Kopf auf. Ihr war schon ganz übel davon, noch ein bisschen, und sie würde bestimmt den Verstand verlieren.

Schluss jetzt. Ylva schob alle Zweifel beiseite und sah sich nach der Kleidung um. Die Sachen lagen ordentlich zusammengefaltet auf einem Stuhl: ein Satz Unterwäsche, ein Pullover, Socken und eine Jeans. Sogar ein Paar Fellhausschuhe wartete auf sie. Ylva zog sich an. Die Jeans schlabberte um ihre Beine, und sie musste den Stoff hochkrempeln. Der Pullover kratzte auf der Haut. Nur in den Puschen fühlte sie sich wohl.

Ylva entschied sich, Micaelas Gesellschaft zu meiden und im Schlafzimmer zu bleiben. Sie rollte sich auf dem Bett zusammen und versuchte, sich zu entspannen. Oder vielmehr: sich gegen das zu wappnen, was noch kommen mochte. Aber es klappte kaum. Sorgen nagten an ihrer Seele, Ängste drohten sie zu übermannen. Es ging dabei gar nicht um ihre Zukunft – die Gegenwart erschien ihr schon beklemmend genug.

Wenn sie ihre Gedanken nicht ausschalten konnte, so wollte sie ihren Kopf mit etwas beschäftigen, was sie weniger durcheinanderbrachte. So beschwor sie das Gesicht des jungen Mannes – Finns Gesicht – herauf. Sie mochte es, ihn anzusehen. Langsam kamen ihr sogar sein Geruch in den Sinn und der Klang seiner Stimme.

»Wie soll ich dich bloß finden?«, flüsterte sie in das Kissen. »Denn das muss ich, so schnell wie möglich. Ich brauche deine Hilfe. Ich brauche dich.«

Ylva wusste nicht, wie lange sie so gelegen hatte. Irgendwann witterte sie Linnea, noch bevor sie die Frau hörte. Der Duft, der solch eine seltsame Wirkung auf sie auszuüben vermochte, vermischte sich mit dem Geruch nach Angstschweiß, Blut und dem beißenden Gestank nach Schießpulver. Ylva lauschte dem stockenden Atem und den hektischen Schritten, sie glaubte sogar das heftige Klopfen des Herzens wahrzunehmen. Aber vielleicht war es ihr eigenes, das ihr bis zum Hals schlug.

»Was ist passiert, meine Königin?«, erklang Micaelas raue Stimme. Sie musste ihre Frage mehrfach wiederholen, bevor eine Antwort kam:

»Juliane Dwenger.«

Ein Rascheln ertönte, eine Tür schloss sich – die beiden Frauen suchten einen Platz, an dem sie ungestört und vor allem ungehört reden konnten. Doch kein Winkel der Wohnung war vor Ylvas Ohren sicher. Wenn sie wollte, vermochte sie sogar den Mann zwei Etagen höher beim Essen zu belauschen – aber er schmatzte auch sehr.

»Die ehemalige Königin?«, wisperte Micaela in dem lächerlichen Versuch, das Gespräch geheim zu halten. »Das verstehe ich nicht. Was ist mit ihr? Du hast sie vor Jahren bezwungen, wir haben nichts von ihr zu befürchten.«

Linnea unterbrach sie: »Ich habe aus einer Schrotflinte auf sie geschossen. Kurz darauf stand sie auf und griff mich an. Was verstehst du schon davon, was wir zu befürchten haben oder nicht!« In ihrer Wut vergaß sie sogar, leise zu reden.

»Ich kann dir nicht ganz folgen. Du hattest eine Auseinandersetzung mit Juliane Dwenger, hast sie erschossen und doch nicht getötet? Was willst du damit andeuten? Sie kann unmöglich eine Untote sein, die werden nämlich geboren und nicht …«

»Rede nicht mit mir, als wäre ich eine Anwärterin, die keine Ahnung von unserer Welt hat! Ich weiß genauso gut wie du, dass die Totenküsser sich nicht verwandeln. Juliane trägt einen Dämon in sich. Er macht sie unsterblich … irgendwie … zombieartig.« Linneas Atmung beschleunigte sich, genauso wie ihre Schritte, während sie durch das Zimmer tigerte.

»Es gibt keine Zombies, meine Königin. Ebenso wenig

wie Einhörner, Drachen und Marsmännchen. Es gibt nur uns, die Totenküsser und die Hexen.«

»Halt den Mund«, fauchte Linnea. Erst nach einigen Sekunden gelang es ihr, wieder ruhiger zu sprechen. »Sammle unsere Leute ein, alle, die uns zur Verfügung stehen. Wir werden jeden Einzelnen von ihnen brauchen. Juliane muss vernichtet werden.«

»Jawohl, meine Königin, wie du befiehlst«, kam es zurück. »Ist Finn bei ihr? Hast du den Verräter endlich …«

»Schweig still! Wo ist Ylva?«

»Im Schlafzimmer.«

»Okay, rufe du unsere Gemeinde zusammen. Ich muss erst mal mit ihr sprechen, damit sie … nichts Dummes anstellt.«

Ylvas Gedanken rasten. Das Gespräch konnte sie kaum verstehen, ohne das Geringste über die Situation zu wissen. Sie bemühte sich, die Hinweise zusammenzusetzen. Ganz schön viele Informationen, die es zu verdauen galt. Noch wichtiger war aber Finn – allein die Erwähnung seines Namens ließ ihr Herz schneller schlagen. Micaela hatte ihn als Verräter bezeichnet. Was bedeutete das, und wen hatte er verraten?

Auf einmal zweifelte Ylva, ob es klug war, ihn so bedingungslos zu mögen. Schließlich hatte sie auch ihren *Paps* gemocht, bis sie sich daran erinnerte, wie er mit einem Messer auf sie eingestochen hatte. Sie schob die Hand unter den Pullover und strich über die Narbe, die, wie eine Warnung, niemandem zu vertrauen, ihre Haut kennzeichnete.

Die Tür öffnete sich, und Linnea trat ein. Eilig zog Ylva die Hand unter dem Pullover hervor, doch sie fühlte das Narbengewebe auch dann noch, als sie es gar nicht mehr berührte.

Die Ratte huschte unter das Bett. Ylva verspürte ebenfalls das Bedürfnis, sich irgendwo zu verkriechen. Zu präsent war ihr noch die Erfahrung, mit welcher Leichtigkeit diese Frau ihren Willen ausgeschaltet hatte. Und jetzt hatte diese anscheinend wieder dasselbe vor, denn sie öffnete die Arme und kam auf Ylva zu. »Kleines, da bist du ja! Ach, es ist alles so schrecklich chaotisch im Moment. Die Gemeinde – deine Gemeinde – steckt in großen Schwierigkeiten. Könntest du dich noch etwas gedulden? Ich verspreche, ich erkläre dir alles, nur etwas später. Bitte, verzeih mir. Du musst noch ein wenig hierbleiben, in Ordnung?«

Noch bevor Ylva etwas erwidern konnte, fand sie sich in einer festen Umarmung wieder, die Nase in Linneas Halsbeuge vergraben. Ihr Kopf fühlte sich schwerelos an, doch es gelang Linnea nicht, die vollkommene Kontrolle über sie zu gewinnen. Vielleicht, weil die Schlangenfrau zu abgelenkt war, zu verstört und zu durcheinander. Sie schien sich nicht recht konzentrieren zu können, und Ylva nahm allerlei andere Gerüche wahr.

Als Erstes schälte sich Finns Duft heraus, was sein Bild vor Ylvas geistigem Auge noch lebendiger auferstehen ließ. Dann witterte sie eine andere Note, die einer Frau gehörte.

Beinahe hätte sie gejapst, als sie den Duft erkannte.

Die Verfolgerin aus ihrer Kindheit! Jene Gestalt, die nach dieser Oya verlangt hatte. Ylvas Magen schien sich zu verkrampfen, als sie daran dachte.

»Ruhig, mein Kleines«, raunte Linnea ihr ins Ohr, die die Reaktion ihres Körpers auf die verstörenden Erinnerungen falsch gedeutet hatte. »Wenn du hierbleibst, wird dir nichts geschehen. Hörst du mich?«

Ylva nickte benommen.

»So ist es gut, mein Mädchen, so ist es gut.« Linnea streichelte ihr über die Wange und trat zurück. Einige Sekunden lang beobachtete sie Ylva, ehe sie ihr ein letztes flüchtiges Lächeln schenkte und ging.

Ylva saß regungslos auf dem Bett. Sie musste fliehen, sich in Sicherheit bringen, doch sie konnte es nicht. Linneas Duft brachte jede Gegenwehr zum Erliegen und erlaubte ihr nicht, sich dem Befehl zu widersetzen. Ein anderer Teil ihres Bewusstseins indes drängte sie, der Schlangenfrau zu folgen. Dort, wohin die anderen die Königin begleiteten, befand sich Finn. Der junge Mann, der vielleicht etwas Licht in die Sache bringen konnte und ihr erklären würde, wie sie in den Käfig gelangt war und warum sie sich ausgerechnet an ihn erinnerte, wenn alles andere im Dunkeln versank. Vor allem aber würde sie sich dann endlich über ihre Gefühle für ihn klarwerden.

Sie musste hin!

Und war es nicht die Pflicht eines jeden – Metamorphen? –, der Königin zu folgen und sie in jeder Lage zu beschützen? Die höchste, allerhöchste Pflicht? Ja.

Diesmal gelang es Ylva, die Starre abzuschütteln, die sie an Ort und Stelle fesselte. Es fühlte sich an, als würde sie ein Schlupfloch in einem körperengen Gefängnis finden und sich da herauswinden, unter Linneas Einfluss stehen und ihr doch nicht gehorchen.

Sie schlich in den Flur und rüttelte an der Eingangstür. Verschlossen, wie erwartet. So kehrte sie ins Schlafzimmer zurück, öffnete das Fenster und beugte sich über den Sims. Die Wohnung befand sich im Erdgeschoss, was nicht die geringste Herausforderung darstellte. Ja, beinahe enttäuschte es sie.

Die Ratte kletterte auf ihre Schulter, als Ylva in die Freiheit stieg. Die feuchte Herbstnacht umfing sie. Über ihrem Kopf zogen Wolkenfetzen vorüber. Die kühle Luft füllte wohltuend ihre Lunge. Es kam ihr vor, als wäre sie nach einer langen Krankheit in einem miefigen Zimmer aufgewacht und jetzt zum ersten Mal auf die Straße getreten. Alles wirkte so vertraut und gleichzeitig so neu! Das Rauschen der Autoreifen, der Wind auf ihrem Gesicht, die Gerüche der Millionenstadt. Sie schloss die Augen, um die Eindrücke bis zum letzten Detail in sich aufzunehmen. Sie war so lange … aus dieser Welt fort gewesen. So lange, dass sie vergessen hatte, wie die Nachtluft schmeckte, wie der Herbst roch, wie …

»Fräulein, ist Ihnen nicht kalt?«

Ylva riss die Augen auf und fuhr herum. Ein alter Mann mit einem Pudel stand unter einer Straßenlaterne. Womöglich einer, der von Schlaflosigkeit geplagt wurde, denn was sonst sollte er hier zu dieser späten Stunde machen? Während der Herr besorgt Ylvas Fellhausschuhe betrachtete, nutzte der Hund die Gelegenheit, um ein Häufchen auf den Bürgersteig zu pressen.

»Mir geht es gut. Danke.«

Sie dankte ihm aufrichtig und von ganzem Herzen. Fast wäre sie doch tatsächlich in ihren Träumereien versunken, fast hatte sie vergessen, warum sie überhaupt auf die Straße geklettert war. Sie wollte doch Linnea folgen!

»Ganz sicher? Soll ich vielleicht jemanden anrufen, der Sie abholt?« Schon begann der Herr, in seiner Manteltasche zu kramen.

»Nein, nein. Ich komme zurecht. Keine Sorge.« Ylva lief die Straße entlang. Sobald sie den alten Mann einige Meter hinter sich gelassen hatte, verlangsamte sie ihre Schritte und schnupperte. Ihre Nase begann zu zucken. Was sollte sie bloß tun, wenn sie keine Spur und damit auch Linnea nicht fände? Sie reckte die Nase und streckte den Rücken.

Endlich witterte sie die Fährte! Die anderen waren inzwischen weit gekommen, aber sie konnte sie trotzdem noch riechen.

»Fräulein, ist alles …« Der Herr mit dem Hund hatte sie eingeholt. Ylva lief davon, ohne ihn anzuschauen oder irgendeine Erklärung abzugeben. Dafür fehlte ihr die Zeit. Abgesehen davon, hatte sie eh keine Erklärungen parat.

Dicht an die Häuser gedrängt, folgte sie ihrer Nase. Jedes Mal, wenn sie die Straßenseite wechseln musste, sah sie sich um und huschte so schnell wie möglich über die Fahrbahn. Freie Plätze machten sie nervös. Deshalb achtete sie darauf, dass eine ihrer Seiten immer durch eine Hauswand geschützt war.

Die Ratte hüpfte neben ihr. Zusammen jagten sie durch die Stadt. Nach und nach veränderte sich die Gegend – weniger Autos und Mehrfamilienhäuser, der Geruch eines Flusses in der Nähe –, und Ylva witterte, wie nah sie den anderen gekommen war. Sie musste das Ziel bald erreicht haben.

An den Büschen entlang schlich sie um ein Grundstück und spähte durch die Zweige. Alles still. Hier und da trug der Wind ihr Spuren anderer Menschen zu, die sehr stark nach Tieren rochen und gleichzeitig eine ganz besondere Duftnote verströmten. Vermutlich Metamorphe, die sich ringsherum postiert hatten.

Von allen unbemerkt, stahl sich Ylva zum Haus. Linnea und Micaela waren anscheinend hineingegangen. Außerdem registrierte ihre Nase Blut, viele andere Personen, die hier rein- und rausgegangen waren, doch was sie wirklich in Aufregung versetzte, war Finns Geruch. Ihn so nah und so stark wahrzunehmen, zwang ihr Herz, höher zu schlagen. Noch ein wenig, und sie würde ihn sehen!

Doch Ylva zögerte. Sie witterte auch etwas anderes, so dass sich die Härchen an ihrem ganzen Körper aufstellten. Wobei »wittern« das falsche Wort war. Eher spürte sie es, ohne sich erklären zu können, wie. Den Hauch des Todes. Nein, es handelte sich nicht um eine Leiche, auch wenn es mindestens eine hier irgendwo gab. Ebenso wenig um ein Tier oder einen Menschen, der bald verenden würde. Es fühlte sich an, als streifte der Tod persönlich irgendwo in der Nähe herum.

Ihre Instinkte verlangten von ihr, das Weite zu suchen. Die Ratte zu ihren Füßen quiekte, die Nervosität des Tieres ging auf Ylva über. Sie tat einige tiefe Atemzüge, erlaubte der Panik nicht, sie mitzureißen. Was auch immer im Haus auf sie lauerte – sie musste hinein!

Ylva schlüpfte in den Flur und konzentrierte sich auf Linneas Fährte, die in den Keller führte. Den Geruch des Blutes und das zerschlagene Mobiliar ignorierte sie, passte bloß auf, keinen Lärm zu verursachen und nicht in die Scherben zu treten.

Stufe um Stufe stieg sie hinunter, durchquerte eine Waschküche und lugte um eine Ecke. Es vergingen einige Sekunden, bis sie mit ihrem Verstand erfasste, was sie dort sah. Als würden die einzelnen Elemente erst nach und nach zu einem vollständigen Bild verschmelzen.

Auf dem Boden lag der Rumpf einer Frau mit zerfetzter Brust, der vom Hals abgerissene Kopf befand sich am anderen Ende des Raumes. Dem Geruch nach zu urteilen, war das Juliane. Die ehemalige Königin der Metamorphe, die Dämonenbesessene, die Zombieähnliche. Nur regte sie sich nicht mehr und gab bloß eine recht enttäuschende Leiche ab. Verflucht. In diesem Zustand würde sie kaum erzählen können, warum sie Ylva und ihren Vater damals verfolgt hatte, wer Oya war und was der große schwarz gekleidete Mann und sie gewollt hatten.

Über dem Kadaver – denn menschlichen Überresten

ähnelte er wenig – schwebte etwas Dunkles. Ein Klumpen Schatten, der pulsierte, waberte und rauchte, wenn er sich bewegte. Immer wieder stieg das Ding zur Decke, dann sauste es auf den Rumpf zu, um in den toten Körper einzudringen und verdampfte aufs Neue. Bei diesem Anblick erwachte auch das Dunkle in Ylvas Brust, das dem Ding irgendwie glich. Es reckte und streckte sich, breitete die fadendünnen Fühler aus.

Einige Metamorphe – unter ihnen Micaela – standen herum und sahen einander verblüfft an. Doch den Schattenklumpen bemerkten sie anscheinend nicht. Genauso wenig wie den seltsamen schwarzen Nebel, der den weiteren Teil des Raumes verschluckt hatte.

Hinter dem Nebelschleier erkannte Ylva Linnea, die zu einer monströsen Gestalt sprach. Die Erscheinung vor der Königin ähnelte einem Menschen, allerdings mit einem bizarren Modegeschmack und misslungener Hautpflege. An ihren Hüften baumelten abgeschlagene Arme, eine vertrocknete Leiche schmückte ihr Ohr. Das wirre schwarze Haar hing ihr bis zur Taille. Die Augen waren blutunterlaufen, die Haut schwarzblau, in einer Hand hielt sie ein Sichelschwert. Doch Linnea zuckte mit keiner Wimper, als würde sie sich jeden Tag mit solchen Gestalten unterhalten. Vielleicht tat sie das auch, wer wusste das schon.

Einige Schritte weiter stand ein Mann, der das Ganze offensichtlich bei weitem weniger gut verdauen konnte. Sein kantiges Gesicht wirkte leichenblass. Neben ihm kauerte auf dem Boden eine schwarzhaarige junge Frau, die Ylva irgendwie bekannt vorkam. Und in ihren Armen … Ylva schnappte nach Luft und hätte beinahe vor Verzweiflung geschrien. In den Armen der Frau lag Finn.

Tot.

Mit einem Mal verlor alles andere für sie an Bedeutung. Sie vergaß das dunkle Etwas, den Nebel und die monströse Gestalt. Ihr Herz verkrampfte sich, die Kehle schnürte sich ihr zu.

»Nein«, flüsterte Ylva, während sie an ihren Tränen schluckte. »Das ist nicht wahr. Du kannst doch nicht tot sein, nicht, wenn ich dich gerade erst gefunden habe!«

Sie taumelte zurück und presste sich eine Hand auf den Mund, damit die anderen ihr Schluchzen nicht vernahmen. Gleichzeitig versuchte sie, sich zur Vernunft zu bringen. Du dumme Nuss, was weinst du um einen Mann, den du nicht einmal richtig kennst?

Doch es gelang ihr nicht, das Gefühl abzuschütteln, ihn trotz allem sehr gut zu kennen. Genauso wenig, wie es ihr gelang, ihre Trauer zu verleugnen. Auf irgendeine Weise war ihr Leben mit dem seinen verbunden. Als hätte er ihrer Existenz einen Sinn gegeben. Und jetzt war er tot, und sie wusste nicht einmal, woher all diese Gefühle kamen und was sie jetzt überhaupt tun sollte. Das Ziel, an das sie sich geklammert hatte, das ihr einen Weg in dem ganzen Durcheinander gewiesen hatte, war ihr mit seinem Tod genommen.

Nur am Rande registrierte Ylva, deren Aufmerksamkeit ganz auf Finn ruhte, wie mehrere Personen in den Keller stürmten. Sie achtete nicht darauf – bis zu dem

Moment, als jemand sie an den Schultern packte und herumriss.

Ylva keuchte. Sie blickte in das blasse Gesicht eines Mannes mit braunen Augen, deren kalter Glanz von eisiger Entschlossenheit zeugte. Ylvas Gefühl, vom Hauch des Todes umgeben zu sein, wuchs ins Unerträgliche. Da stand er, der personifizierte Tod, direkt vor ihr. Schmerzhaft bohrten sich seine Finger in ihr Fleisch. Mit einem harten Stoß wurde sie gegen eine Wand gedrückt. Ylva riss den Mund auf, um um Hilfe zu rufen, als der Mann seine Lippen auf die ihren presste und ihren Schrei schluckte.

# Kapitel 4

Stella sprang auf einen Audi A6, breitete die Arme aus und wirbelte um die eigene Achse. Die unzähligen afrikanischen Zöpfe flogen um ihren Kopf. Das Autodach knallte unter ihren Füßen, und das Geräusch hallte bis zu den umstehenden Häusern, deren nichtsahnende Bewohner schliefen.

»Na, was denkt ihr, werden wir mit diesem Teil etwas mehr Glück haben?«, rief sie in einem Anflug von Euphorie. Der Zwischenfall kurz zuvor hatte sie enttäuscht, und seltsamerweise gab sie sich die Schuld an dem Fehlschlag. Schließlich hatte sie den Ort ausgesucht. Alles schien perfekt: Reinbeks Innenstadt, ein großer Wagen, der dem Feuerspiel geopfert werden sollte. Immerhin musste der Streich in die Nachrichten gelangen, um den Menschen das Gefühl von Sicherheit zu rauben. Denn verängstigte Menschen eigneten sich besser für das Ziel des Messias, welches allerdings noch im Verborgenen bleiben musste. Doch das Vorhaben war misslungen, das Ergebnis fiel frustrierend aus: Nur das Heck des VW T4 war in Flammen aufgegangen, und zu allem Überdruss war ein Passant herbeigeeilt, womit Stella nachts um halb eins kaum gerechnet hatte, und hatte versucht, die Flammen mit einem Kleidungsstück zu ersticken.

Eins stand fest: So durfte es nicht bleiben! Hier, in der Holsteiner Straße, gar nicht weit von der ersten Anschlagstelle entfernt, sollte der Ausflug in die Stormarner Kleinstadt ihr bieten, was sie sich versprochen hatte.

»Hey, was sollen die langen Pickelgesichter?« Sie stemmte die Hände in die Hüften und sah ihre Begleiter herausfordernd an. Die fünf hatten sich auf dem Parkplatz verteilt und beobachteten die Umgebung. Oder taten nur so, um ihr keine Aufmerksamkeit schenken und ihren Missmut nicht offen äußern zu müssen. Wenn sie nicht sofort etwas unternahm, würde sie bis in alle Ewigkeit als Versagerin abgestempelt werden – was für eine Untote nicht bloß eine Redewendung war. Das Wichtigste aber: Sie würde ihre Macht über diese Burschen verlieren und damit über die ganze Gang.

Stella deutete mit dem Zeigefinger auf eine der Gestalten. »Du da, hol die Sachen her, wir machen uns an die Arbeit.«

Der Angesprochene führte seine Hand zum Gürtel, und in der nächsten Sekunde erschien in seiner Faust der Griff eines Schlagstocks. Mit einer Schleuderbewegung ließ er die Waffe ausfahren. »Ah, fick dich. Ich habe die Schnauze voll, auf dein Kommando Autos in Brand zu stecken und irgendwelche Wichser totzuprügeln, hörst du?« Er gab sich sichtlich Mühe, seine Stimme tiefer, aggressiver und erwachsener klingen zu lassen. »Seit September tun wir nichts anderes. Was bringt uns das, he? Ich frage mich, wie …«

Ein anderer, der sich während dieser Rede an ihn herangeschlichen hatte, packte ihn an der Schulter. »Hey, Mann, lass das.« Er neigte den Kopf, wodurch sein Gesicht so weit im Schatten der Kapuze verschwand, dass es aussah, als wäre seine Stirn ein Prellbock, mit dem er den anderen attackieren wollte. »Du weißt, wozu die fähig sind. Mit ihrer Unterstützung kann uns keine andere Gang was anhaben.«

Verächtlich verzog Stella das Gesicht. Was maßte dieser Junge sich an, sie zu verteidigen? Als ob sie seinen Schutz benötigte!

»Halt's Maul, Cerim«, presste der Erste zwischen den Zähnen hervor und wandte sich erneut an Stella: »Also, was soll dieser Pisskram? Oder vielleicht … seid ihr gar keine Untoten? Cerim kann mir ja viel erzählen. Ich persönlich hab von dir noch keinen übernatürlichen Hokuspokus gesehen.«

Stella schnaubte und ballte die Hände zu Fäusten. Die Fingernägel bohrten sich in ihr Fleisch. Wie sehr sie diesen Abschaum hasste, mit dem sie sich abgeben musste! Niemand, absolut niemand, durfte die Anweisungen des Erlösers infrage stellen. Folgsamkeit und Ergebung sollten die Stützen der neuen Weltordnung werden.

»Du willst also einen übernatürlichen Hokuspokus sehen?« Sie leitete die Energie in ihre Beine und sprang mit einem Satz quer über den Parkplatz zu dem Aufmüpfigen. Noch im Sprung löste sie ihren Kettengürtel vom Minirock und wickelte die beiden Enden um die Fäuste. Das blecherne Geräusch des verbeulten Metalldaches war noch nicht verhallt, als sie sich hinter ihrem Opfer aufrichtete und ihm die Kette um den Hals schlang. Gleichzeitig trat sie ihm den Schlagstock aus der Hand, der mit einem dumpfen Knall auf den Asphalt fiel und davonrollte.

Sie schmiegte ihre Wange an seine, und der feine Bartflaum, der ihn wohl älter wirken lassen sollte, kitzelte ihre Haut. »Wie hat dir denn dieser Trick gefallen, hm?«

Er schluckte vernehmlich. Stella las in ihm wie in einem offenen Buch, denn die meisten Menschen konnten ihr Âjnâ, oder, wie sie es nannten, das Dritte Auge, nicht verschließen, wodurch all ihre Gedanken nach draußen drangen und zu einem steten Rauschen verschmolzen. Und zwischen all der Fäkalsprache, die dem Burschen gerade durch den Kopf ging, vernahm Stella sehr deutlich seine Angst und die leise Hoffnung, sich aus der Situation zu winden, ohne das Gesicht vor seinen Gangbrüdern zu verlieren. Eine Hoffnung, die sie gleich zunichtemachen würde.

Stella zog die beiden Enden fester zusammen. Die Kettenglieder zerrieben Hautstellen, die sich zwischen ihnen verfangen hatten, schnitten ihm immer mehr die Luftzufuhr ab. Diese Machtspielchen waren ihr zuwider, aber gegenüber den Gangs – Menschengangs! –, die sich erst vor kurzem dem Messias angeschlossen hatten, musste sie sich immer aufs Neue behaupten. Vor allem als junge Frau. Umso mehr galt es, hart durchzugreifen, um jede Auflehnung im Keim zu ersticken. Natürlich hätte man Treue auch durch Gedächtnismanipulation erreichen können, doch bei so vielen Menschen, die der Erlöser benötigte, würde das Unternehmen zu einer steten mentalen Belastung ausarten.

Der Bursche versuchte, sich zu befreien. Natürlich vergeblich.

»Hör auf …« Seine Stimme überschlug sich, und die letzten Worte kamen einem Quieken gleich. Gütiger, der Typ hatte nicht einmal den Stimmbruch hinter sich!

»Süßer, ich habe noch gar nicht richtig angefangen. Du willst doch den ganzen Hokuspokus sehen, oder etwa nicht?« Sie erwartete, die restlichen vier würden sich einmischen, um ihrem »Bruder« in der Notlage zu helfen. So gebot es der Ehrenkodex. Doch anscheinend hatten die anderen bereits begriffen, dass sie auch mit vereinten Kräften einer Untoten nicht gewachsen waren.

»D-du Schlampe …« Alles Weitere ertrank in seinem Röcheln. Er keuchte und zerrte verzweifelt an der Kette, um den Druck auf seine Kehle wenigstens etwas zu mindern. Dann nestelte er mit einer Hand an seinem Gürtel, zog ein Messer hervor und schlug zu.

Natürlich wusste Stella von der Attacke, noch bevor der Kerl diese ausgeführt hatte. Sie ließ ihn gewähren, denn die Selbstheilungskräfte eines Nachzehrers hinterließen noch mehr Eindruck.

Die Klinge streifte ihre Rippen, der Schmerz bohrte sich in ihre Seite. Sie ignorierte die Unannehmlichkeiten.

»Du kleiner, dummer Junge«, raunte Stella ihrem Opfer zu und schnürte ihm den Atem ab. Er begann zu zappeln und um sich zu schlagen, doch sie hielt ihn fest und lauschte seinem Ringen nach Sauerstoff. Sein Zucken wurde schwächer, er gab auf.

Stella löste die Kette um seinen Hals und stieß ihn von sich. Er fiel auf die Knie, röchelte und schnappte nach Luft. Sie hockte sich neben ihn und zerzauste ihm das Haar. »Hör mir gut zu, denn ich werde es nicht wiederholen. Solltest du je wieder meine Anweisungen oder die Pläne des Erlösers infrage stellen, wirst du das hier bloß als ein nettes Vorspiel betrachten. Denk drüber nach, mein Freund.«

Stella holte eine Taschenlampe, schob ihre Lederjacke beiseite und raffte das Top darunter hoch. Mit einer Handfläche wischte sie sich das Blut ab. Sie musste viel Energie verschleudern, damit der Schnitt sich effektvoll zusammenzog, aber die Wirkung traf die Burschen tief, was sie an den verblüfften Gesichtern feststellte, und somit war die Vorstellung zu Ende, die dieser Pöbel hoffentlich nicht so schnell vergessen würde.

Sie lachte auf, lief zurück zu dem Audi und klatschte in die Hände. »Also, lasst uns anfangen. Und diesmal will ich richtige Flammen sehen! Na, wer macht mit?«

Wie nach einem Peitschenschlag schnellten die anderen vier zum Auto. Ein Gewusel entstand, wobei diese Dummköpfe über die eigenen Beine stolperten und einander bei der Arbeit behinderten. Stella fasste sich an die Stirn. Was für ein Kindergarten! In diesen Momenten gestand sie sich, dass sie Conrads Clan, der dem Messias nicht folgen wollte und den sie deshalb verlassen musste, vermisste. Wie hatte der Nachzehrer es bloß geschafft, dass bei ihm sogar die Neulinge stets wussten, was zu tun war, und streng organisiert an eine Sache herangingen? Zugegeben, er brauchte sich nicht mit dieser Menschenbrut herumzuplagen. Hoffentlich würden ihre Bemühungen bald Erfolg zeigen. Denn wenn das so weiterging, würde der Messias am Ende über eine klägliche Horde von Rotznasen befehlen, die sich schon in die Hose machten, wenn sie Conrad bloß zu Gesicht bekamen, ohne ihn auch nur im Kampf zu erleben.

Bald schwängerte Benzingeruch die Herbstluft. Wenn diese Idioten sich nicht selbst mit dem Brandbeschleuniger übergossen hatten, war gleich eine Wahnsinnsshow zu erwarten, und wehe, die Vorstellung enttäuschte sie.

Als die Flammen den Wagen erfassten und hoch in den schwarzen Himmel loderten, jubelte Stella. Sie griff nach der Hand eines ihrer Begleiter, zog ihn mit sich, juchzte und tanzte um den brennenden Audi. Die Hitze liebkoste ihre Wangen, schoss durch ihre Adern und machte es ihr unmöglich, stillzuhalten.

»Kommt«, rief sie, trunken von der Euphorie, die ihr ganzes Wesen erfasst hatte. »Lasst uns feiern! Ich will eine Party sehen! Eine Party!« Sie riss den Kopf in den Nacken und johlte lauthals.

»Scht«, flüsterte eine Kapuzengestalt, in der sie Cerim erkannte. Diesen Narren, der sich zu jedem Ausflug mit ihr freiwillig meldete und sich in ihrer Nähe herumtrieb. »Du weckst noch die Leute auf! Wir wollen doch nicht …«

Stella fuhr herum und schlug ihm mit der Faust ins Gesicht. Das Blut aus seiner Nase schmierte über ihre Knöchel. Dabei hatte sie gar nicht fest zugehauen, mit ihrer Nachzehrer-Kraft hätte sie ihm seinen Rüssel nach innen prägen können. »Schnauze! Schon bald werden wir uns nicht mehr verstecken müssen. Die Welt wird vor uns niederknien!«

Gedankenverloren wischte sie sich das fremde Blut von der Hand. Die ganze Welt. Zu ihren Füßen. Das Recht des Stärkeren – die Menschen sollten endlich kapieren, wer an der Spitze der Nahrungskette stand. Denn es ging immer nur darum, ganz egal, zu welcher Spezies man zählte.

Es wurde immer heißer. Die Flammen drohten auf die umstehenden Autos überzuspringen, leckten an dem Lack und brachten Plastikteile zum Schmelzen. Erst als Stella das Heulen der Feuerwehrsirene hörte, machte sie ihren Begleitern ein Zeichen und verschwand in der Dunkelheit. Ihr totes Herz trommelte, das Blut rauschte ihr in den Ohren. Was für eine herrliche Nacht! So einen Kick hatte sie seit langem nicht mehr bekommen. Sie fühlte sich übermächtig. Frei. Lebendig. Sollte Conrad doch versuchen, sich ihr oder dem Messias in den Weg zu stellen!

Noch lange hing ihr der Geruch des Brandes in der Nase, auch, als sie und ihre Begleiter den Van längst erreicht hatten und in Richtung Hamburg rasten. Bei jedem Ausflug fuhr Stella selbst, was mit ihrem gefälschten Führerschein und dem Aussehen einer Siebzehnjährigen nicht ungefährlich war. Doch wie sagte man so schön: No risk, no fun. Heute legte sie es buchstäblich darauf an, von der Polizei angehalten zu werden. Die Gier nach Lebenskraft wallte in ihr auf, die verschwendete Energie wollte ersetzt werden. Sie musste sich bald nähren, also warum nicht an den Gesetzeshütern? Aber die Beute fiel nicht auf den Köder herein.

Im Wagen hatte sich eine bedrückende Stille ausgebreitet. Seit der Abfahrt aus Reinbek hatte keiner ein Wort verloren. Man konnte glauben, sie kehrten von einer Beerdigung und nicht von einer gelungenen Party zurück. Diese Spaßbremsen.

»Hey, was für ein Abend!« Stella stupste Cerim an, der auf dem Beifahrersitz kauerte, die Hände in den Ärmeln versteckt und die Kapuze tief ins Gesicht gezogen. Seine Nase machte bei jedem Atemzug ein schlürfendes Geräusch. Er musste Schmerzen leiden, doch er zeigte es nicht. »Das war doch megageil, oder etwa nicht?«

»Ja«, gab er zurück und krümmte den Rücken, als könne er noch weiter schrumpfen und unsichtbar werden.

»Dann will ich dich lachen hören! Lach endlich! Lach, sag ich dir.«

Er lachte, schluchzte und wimmerte. Um dann erneut aufzulachen, jedes Mal, wenn sie ihm ihre Faust in die Rippen rammte und der Schlagring mit den Zacken seine Kapuzenjacke samt Haut zerfetzte und die ganze Seite blutig färbte.

Endlich erreichten sie Hamburg. An der Helgoländer Allee, direkt hinter einem Reisebus, stellte Stella den

Wagen ab. Für heute Nacht waren die Jungs entlassen, die sich schnell in Richtung Landungsbrücken verzogen, von wo sie eine S- oder U-Bahn nehmen und heimfahren konnten. Stella hingegen hatte noch einiges vor.

Sie wartete, bis ihre Begleiter außer Sicht waren, und schlenderte die Straße entlang. Weit musste sie nicht gehen. Der Hang zu ihrer Rechten und die Jugendherberge auf dem Hügel verschmolzen mit der Dunkelheit. Ab und zu beleuchteten die Scheinwerfer der vorbeifahrenden Autos die Bäume und das Gebüsch, das an der Straßenseite wucherte. Doch Stella brauchte kein Licht, um den Weg zu finden. Hinter einem Baum kam ein zugemauerter Eingang des Luftschutzbunkers zum Vorschein. Sie steuerte darauf zu, doch ihr Ziel lag nicht hier. Sie kletterte den steilen Hang hinauf, fluchend, wenn Zweige ihre Netzstrümpfe zerrissen. Manchmal verfingen sich ihre Zöpfe im Geäst und zerrten an der Kopfhaut.

Vor einem Anbau weiter oberhalb, der aus der Erde ragte und an eine Schießscharte erinnerte, blieb sie stehen. Stella ergriff die rostigen Metallbügel, die etwas hervorstanden, und zog mühelos die Betonplatte hoch. Der dunkle Schacht lockte in das Innere des Bunkers. Dieser Geheimzugang war erst vor einem Monat angelegt worden, und seine Verwirklichung hatte eine Herausforderung dargestellt. Denn die Hansestadt hatte die Stahltüren des Luftschutzbunkers zumauern lassen, nachdem diese vor einigen Jahren aufgebrochen worden waren. Irgendwelche Gestalten hatten das Versteck für Partys und Übernachtungen missbraucht. Das hatte die Stadtverwaltung nicht weiter dulden wollen. Danach waren die Mauern nur noch einmal aufgebrochen worden, als ein Verein die Anlage in Begleitung des THW dokumentiert hatte.

Hier zusätzlich einen Geheimgang anzulegen hätte jede Menge unnötiger Aufmerksamkeit geweckt, aber irgendwann würde der Zugang erweitert werden müssen. Um die Angelegenheit hatte sich der Erlöser persönlich gekümmert – denn der Ort stellte ein perfektes Versteck für ein Hauptquartier dar. Zugegeben, nach der Aktion hatte das Gedächtnis sehr vieler Menschen manipuliert werden müssen, damit diese sich nicht mehr daran erinnerten, aber was zählte das schon. Erstaunlicherweise war alles ohne Komplikationen verlaufen, was bei Stella eine noch tiefere Bewunderung für die mentalen Fähigkeiten des Messias ausgelöst hatte.

Sie spähte in die Öffnung und freute sich, allein zu sein. Wie jeder Nachzehrer hasste sie enge Räume und Dunkelheit, weil sie in diesen Momenten immer an ihren ersten Tod denken musste. Daran, wie der Fluch sie im Sarg aufgeweckt hatte. Metertief unter der Erde, wo keiner ihre Schreie hören konnte, auch wenn sie imstande gewesen wäre, zu schreien. Bald kamen der Hunger, der sie wochenlang quälte, und die Angst, für immer in diesem Sarg zu stecken, jeder Bewegungsfreiheit beraubt. Und als sie glaubte, nichts mehr könnte diese Folter übertreffen, wurde es noch schlimmer. Denn sie begriff, dass die einzige Möglichkeit, diesem Zwinger zu entkommen und die Hungerqualen zu stillen, darin bestand, die Lebensenergie desjenigen Menschen zu nehmen, mit dem sie auch nach ihrem Tod verbunden war. Ihre kleine Halbschwester. Nele, der sie einst versprochen hatte, auf sie aufzupassen und für sie zu sorgen. Der sie geschworen hatte, sie beide aus dem Waisenhaus herauszuholen. Stella erinnerte sich nur zu gut, wie sie gegen die Gier gekämpft und wie sie diesen Kampf verloren hatte. Wie sie als Wiedergänger in die Welt kam und kapierte, dass sie zu einer Ewigkeit ohne ihre Schwester, die für sie sterben musste, verdammt war.

Stella verscheuchte die Gedanken und zwang sich, den Schacht zu passieren, um in den Tunnel darunter zu gelangen. Anderen diese Schwäche zu zeigen, konnte sie sich nicht erlauben. Der Vergangenheit nachzuweinen – noch viel weniger.

Zwei parallele Gänge führten ins Innere des runden Bunkers, der sich direkt unterhalb der Jugendherberge über drei Stockwerke erstreckte. Stella holte die Taschenlampe aus der Jacke, knipste sie an und leuchtete umher. Sie befand sich nicht zum ersten Mal hier, musste sich aber immer ein wenig sammeln, bevor sie in die unterirdische Anlage vordrang. Deshalb tat sie so, als würde sie die Umgebung genauer in Augenschein nehmen.

Ein großer Reichsadler sah vom Eingang auf Stella herab. Der Strahl der Lampe zuckte über die grauen Wände, beleuchtete den Schriftzug »Des Führers Tun ist immer recht!« und ein Hakenkreuz mit Eichenlaub. Die modrige Luft füllte ihre Lunge. Die Decke und die Wände schienen ein Stück näher zu rücken, sobald das Licht sie streifte. Mit beiden Händen umklammerte Stella die Taschenlampe, um das Zittern, das tief in ihren Gliedern wurzelte, zu bezwingen.

»Scheiße«, flüsterte sie und nötigte sich, einen Schritt vorwärts zu machen. »Scheiße, Scheiße, Scheiße!«

Steinchen und Scherben knirschten unter ihren Sohlen, mal stieß sie eine Flasche an, mal eine Dose – die Überbleibsel der vergangenen Partys. Als sie um eine Ecke bog, scheuchte sie ein paar Fledermäuse auf, die sich durch die speziell für sie eingelassenen Schlitze zum Überwintern in den Bunker verkrochen hatten. Sie biss die Zähne zusammen, während die Tiere dicht an ihrem Kopf vorbeiflatterten. Immerhin gelang es ihr, nicht zu kreischen. Stella wartete, bis ihr Herz aufgehört hatte, wie verrückt zu pochen. Verflucht. Am liebsten hätte sie sich geohrfeigt. Sie konnte, ohne mit der Wimper zu zucken, einen Menschen bei lebendigem Leibe zerteilen, aber enge Räume und eine Handvoll Mäuse – egal, ob geflügelte oder nicht – versetzten sie in Panik.

»Panik! Quatsch. Die sind einfach nur eklig«, beteuerte Stella sich selbst. »Da bin ich nicht die Einzige, die so empfindet.«

Endlich beruhigte sie sich genug, um weiterzugehen. Am Ende des Tunnels sah Stella Licht und hörte Stimmen. Sie wischte sich über das Gesicht, zog ihre Kleidung zurecht und hoffte, die innerliche Beklemmung gut genug vor den anderen verbergen zu können.

In einem Vorraum wachten drei Nachzehrer. Sofern man ihr Tun als Wachen bezeichnen konnte. Sie hatten sich über eine Holzplatte gebeugt und spielten Mikado mit Streichhölzern. Dieser Anblick blies die letzten Funken der Angst und Niedergeschlagenheit aus Stella heraus.

»Was soll das?«, zischte sie, sprang auf die drei zu und fegte die Platte beiseite. »Solltet ihr nicht den Gefangenen bewachen?«

Zwei murrten unisono etwas Unverständliches, der dritte Mann hob die Schultern. »Tun wir doch. Wo kann er schon hin? Timo und Nick sind an der Tür, Svenja ist drin, um mit ihm … zu reden. Also entspann dich.«

Stella spürte, wie ihr das Blut in die Wangen schoss. Sie bündelte ihre Energie, packte den Mann an den Schultern und schleuderte ihn zu Boden. Noch bevor er registrierte, was mit ihm geschah, trat sie ihm mit dem Fuß ins Gesicht. Der mit einer Stahlplatte beschlagene Absatz riss sein Fleisch an der linken Seite bis zum Wangenknochen auf. Der Mann heulte auf, während sein Blut in den Staub sickerte.

»Untersteh dich!«, fauchte sie den Bezwungenen an und wandte sich den anderen beiden zu. »Was hat der Gefangene bisher berichtet?«

»Nichts, was den Messias interessieren würde«, sagte der eine. Keiner von den beiden machte Anstalten, dem Verletzten zu Hilfe zu eilen. »Svenja ist es noch nicht gelungen, seine mentale Barriere zu brechen.«

Was für ein Haufen Nichtsnutze! Stella biss sich auf die Unterlippe. Der Erfolg in dieser Angelegenheit war unglaublich wichtig. Eine Art Probe, die sie bestehen musste. Der Messias hatte ihr die volle Entscheidungsgewalt in dieser Angelegenheit übertragen. Dafür forderte er Ergebnisse.

Stella holte ein Taschentuch aus ihrer Jacke hervor und warf es dem Verletzten hin, der sich auf dem Boden krümmte und eine Hand auf die Wunde drückte, um die Blutung zu stillen.

»Mach dich sauber und hör auf zu heulen. Betrachte es als Unterricht im Fach Benehmen.«

Sie marschierte davon. Timo und Nick standen vor einer mit Rost behafteten Stahltür und hätten wunderbare Wächter des Buckingham-Palastes abgegeben: Sie nahmen ihre Aufgabe ernst, sahen dekorativ aus, waren aber auch leider völlig nutzlos. Als Stella sich ihnen näherte, sperrten die Männer die Tür auf. Sie schenkte den beiden ein halbherziges Lächeln und sah hinein.

Mitten im Raum thronte ein massiver Stuhl aus Metall, an den ein Junge angekettet war. Vier Bügel aus Stahl fixierten seine Hände und Beine, ein weiterer drückte seinen Hals gegen die Stuhllehne. Außerdem hielten ihn Metallketten um die Brust, den Bauch und die Beine fest.

An der Wand gegenüber lehnte Svenja – eine große Untote, die mit ihrer Statur und dem sportlichen Outfit an eine Basketballspielerin erinnerte. Ihr glasiger Blick ruhte auf dem Gesicht des Jungen. Dabei rührte sie sich nicht, was nur eins bedeuten konnte: Sie war in Trance gefallen, vom Willen des Jungen bezwungen.

Stella trat über die Schwelle. Der Gefangene drehte den Kopf, soweit es ihm seine Fesseln erlaubten. Seine

Mundwinkeln hoben sich. »Ah, Stella. Ich habe mich schon gefragt, wann du mich mit einem Besuch beehrst.«

*Sei vorsichtig,* mahnte Timo in Stellas Gedanken. *Er sieht wie ein Bengel aus, ist aber einer der Ältesten. Unglaublich stark.*

»Danke sehr«, sagte der Junge, und Stella zuckte zusammen. Wirklich stark, wenn er sich ohne jede Einladung in eine fremde Kommunikation einklinken konnte. Zumal es wirkte, als koste es ihn keinerlei mentale Anstrengungen.

Stella schob ihre Unsicherheit beiseite. Die durfte sie in seiner Gegenwart nicht zeigen, weder äußerlich noch in Gedanken. Sie kam näher.

»Was glaubt ihr, was er mir tun kann? Mich anspucken?« Mit einer Hand fuhr sie ihm durch das struppige, rotblonde Haar und konzentrierte sich auf die Wahrnehmung seiner Aura. Das Grau – die Farbe eines jeden Nachzehrers – flimmerte schwach, stand kurz davor zu erlöschen. Er verlor an Lebensenergie, lange würde er ohne Nahrung nicht mehr durchhalten.

»Bring Svenja hier raus, und schließe die Tür, wenn du gehst. Lass mich mit ihm allein.«

Timo nickte. Er kam auf die Frau zu, packte sie an den Schultern und führte sie behutsam aus dem Raum. Svenja bewegte sich steif wie ein Roboter, der eine Funktionsstörung hatte. Wäre sie allein gegangen, wäre sie vermutlich immer wieder an derselben Stelle gegen eine Wand gelaufen.

Stella wartete, bis die Tür hinter ihr einrastete. Die Arme vor der Brust verschränkt, spazierte sie hin und her durch den Raum und kickte ein Steinchen vor sich her. »Alfred, ich nehme an, du wirst mir nicht sagen, was Conrad plant, nicht wahr?«

»Zuckerschnäuzchen, du brichst mir das Herz. Wir sind gerade erst allein und ungestört, und du fragst gleich nach einem anderen Mann? Tz, tz, tz.«

»Du willst spielen? Dann spielen wir.« Aus einem Stiefel holte sie ein Messer hervor und wog es in der Hand. »Auf die sanfte Tour willst du es nicht. Nun, so zwingst du mich, äußerst barbarische Methoden anzuwenden.«

»Och, Liebes. Ich wusste gar nicht, dass du auf SM stehst. Mein Safe-Wort lautet Brokkoli – kannst du es dir merken, oder soll ich es aufschreiben?«

»Mach dir bloß keine Umstände. Ich hoffe, es wird dir genauso viel Spaß bereiten wie mir, wenn ich dich von ein paar deiner Sommersprossen befreie. Samt Haut.« Sie beobachtete, wie sich das Licht der Lampe, die in einer Ecke stand, auf der Klinge spiegelte. Die Schönheit der Waffe begeisterte sie immer wieder aufs Neue. Was für eine famose Handarbeit! Der Griff lag bequem in der Hand, die Schneide hätte auch einen fallenden Seidenschal zerschnitten. »Also, ich frage dich noch einmal: Was will Conrad unternehmen? Worauf bereitet sich der Clan vor, und wie stark ist er im Moment?«

Der Junge kniff die Augen zusammen. »Ich werde dir nichts sagen. Da verzichte ich lieber auf ein paar Sommersprossen.«

»Wie du meinst.« Sie grub eine Hand in sein Haar und hielt ihm den Kopf fest. Das Messer setzte sie an seine Nase an und schlitzte ihm einen Nasenflügel auf. Sie konnte spüren, wie er mit sich kämpfte, um nicht zu schreien, und natürlich trotzdem schrie.

Stella ließ ihn los und trat einen Schritt zurück. »Und? Hast du es dir anders überlegt?«

Blut strömte sein Kinn herunter, schlug an dem Nasenloch Blasen, wenn er ausatmete, und tropfte auf sein T-Shirt. Es dauerte, bis er sich weit genug gefasst hatte, um eine Reaktion zu zeigen. Leider die falsche. Er spuckte sie an. Ein sinnloses Aufbegehren, zumal der Auswurf sie nicht erreichte.

Stella seufzte. »Ja, das habe ich schon befürchtet. Hm, weißt du, ich würde wirklich gern wissen, womit Conrad deine alberne Treue erreicht hat. Befürchtest du etwa, er würde dir mehr wehtun können als ich? Mein lieber Alfred, wenn du dich uns anschließt, hast du nichts und niemanden mehr zu fürchten.«

Der Junge sah sie direkt an. Obwohl sein Blick trüb wirkte, zeugte sein Gesicht von Entschlossenheit. »Conrad erzwingt keine Treue. Du hast früher dem Clan angehört, das solltest du wissen.«

»Oh ja, euer Conrad ist so edel, wie hätte ich das vergessen können?«, höhnte sie und verstummte. Auf einmal schnürte sich ihr die Kehle zu. Rasch wandte sie ihren Blick ab und versuchte, die Bilder zu verscheuchen, die in ihr aufstiegen. Egal, was Conrad für sie getan haben mochte, sie musste es vergessen. Er hatte sich gegen den Messias entschieden und somit gegen die Zukunft ihrer Rasse. Natürlich war sie im Recht.

Und trotzdem spürte sie in ihrem Hals einen Kloß, den sie nicht hinunterwürgen konnte. Stella wirbelte herum und stürmte auf den Jungen zu.

»Du tust das, nicht wahr? Du versuchst, mich zu manipulieren! Hör auf damit!« Sie schlug ihm ins Gesicht, immer und immer wieder. Seine Zähne schürften die Knöchel an ihrer Faust auf. Es tat gut, reale Schmerzen zu empfinden, um von den innerlichen Qualen abgelenkt zu werden.

Keuchend hielt sie inne. *Reiß dich zusammen*, dachte sie bei sich. *Ersticke dein Gewissen. Du bist Conrad nichts schuldig.*

Erst nach einer Weile konnte sie den Gefangenen wieder ansehen, ohne Zweifel zu empfinden.

»Nun, entschuldige die Unterbrechung.« Ihre Stimme bebte. Es gelang ihr einfach nicht, sich völlig unter Kontrolle zu bringen. *Messias, gib mir Kraft!*, flehte sie und sagte, seelisch gestärkt: »Lass uns zum Thema zurückkommen. Ich weiß, Conrad wird in seiner Verblendung alles tun, um den Clan von dem Erlöser fernzuhalten. Also, was plant er konkret?«

»Von mir wirst du nichts hören. Meine Kräfte schwinden, bald bin ich tot und – was soll's, dann wache ich eben im Grab auf. Es ist zwar unangenehm, aber ich habe vorgesorgt und verfüge durchaus über engere Kontakte zu Menschen, von denen ich Energie nehmen kann. Ich komme garantiert als Wiedergänger zurück. Und da ich nicht erst seit einem Jahrzehnt untot bin, droht es mir kaum, bis in alle Ewigkeit in einem Geister-Zustand gefangen zu sein.«

»Kluger Junge. Nur kann ich dafür sorgen, dass der Tod dich nicht so schnell ereilt, wie du es dir erhoffst. Und bis dahin wirst du Schmerzen kennenlernen, die du dir nicht einmal in deinen kühnsten Träumen vorstellen kannst.«

Der Gefangene schwieg.

»Wie du meinst.« Stella trat an ihn heran und erhob das Messer. Fest umklammerte sie den Griff mit ihrer feuchten Hand. »Dann wollen wir auch die andere Seite deiner Nase korrigieren«, schnaubte sie und zögerte, unsicher, ob sie das wirklich konnte. Schließlich war Alfred früher ihr Kamerad gewesen, damals, als sie noch den Clan ihre Familie genannt hatte. Verdammt. Was war bloß mit ihr los? Bestimmt hatte das der Junge mit seiner mentalen Beeinflussung zu verantworten.

In diesem Augenblick empfing sie den Ruf des Messias, der sie aus ihrer Verwirrung rettete: *Stella?*

Es traf sie so unerwartet, dass sie taumelte und die Waffe senkte. *Ich höre Euch! Sprecht zu mir*, erwiderte sie und konzentrierte sich auf die fremden Gedanken in ihrem Kopf. Die Telepathie mit dem Erlöser fühlte sich schön an. Wie eine warme Flut durchströmte es ihren ganzen Körper. Sie schloss die Augen und badete in den Empfindungen, die auf sie herabflossen. Als wäre es keine einfache Gedankenübertragung, sondern wahrhaftig etwas Heiliges.

*Conrad ist in einem Haus in Övelgönne,* strich es durch ihren Kopf, *nicht weit von St. Pauli entfernt. Im Keller steigt ein kleiner Kampf zwischen seinen Nachzehrern und Linneas Metamorphen. Nimm so viele Leute mit, wie du kannst, und geh dorthin. Ich habe eine Aufgabe für dich.*

Stella hielt inne. Ihr Herz flatterte. *Alles, was Ihr befehlt.*

*Bringe mir ein Metamorph-Weibchen. Sein Name ist Ylva, sein Seelentier eine Ratte. Beeil dich, nicht, dass es in dem ganzen Durcheinander noch zufällig umkommt. Es ist von höchster Bedeutung, hast du mich verstanden?*

*Jawohl, mein Erlöser. Und was soll mit Conrad und den anderen geschehen?*

Eine Pause entstand, und für einen Augenblick befürchtete Stella, der Kontakt wäre beendet.

*Wer sich gegen uns stellt, wird vernichtet. Er hat sich selbst dem Untergang geweiht.*

Die Verbindung brach ab. Mit einem Mal fühlte sich Stella alleingelassen in der Kälte und Dunkelheit, wurde sich der Wände des Luftschutzbunkers bewusst, die sie erdrückten. Sie verstaute das Messer im Stiefel und sah in das entstellte Gesicht des Jungen. Nichts empfinden!, mahnte sie sich. Du hast keinen Grund zu zweifeln.

»Heute ist dein Glückstag, mein Lieber. Ich muss los. Und du solltest dir gut überlegen, ob du dich uns nicht doch anschließen willst. Denn in wenigen Stunden wird es dein Clan-Oberhaupt nicht mehr geben. Genauso wie den Clan selbst.«

Stella klopfte an die Metalltür und wartete, bis diese aufgesperrt wurde. Als sie wenige Minuten später dem

Gang zum Rohr folgte, kehrten die Erinnerungen zurück. Conrad. Der Mann, der sie aufgenommen, der ihr Halt und Sicherheit gegeben hatte, als sie es am meisten brauchte.

Und jetzt musste sie ihn vernichten.

Stella blinzelte. Sie stand beim Ausgang. Ihre Hände zitterten, und diesmal war nicht die Klaustrophobie schuld. Das sind nicht meine Zweifel, mahnte sie sich, es ist bestimmt der Junge, der mich noch beeinflusst.

Das musste aufhören. Jetzt, sofort.

Das Licht ihrer Taschenlampe streifte die Wände und beleuchtete die Aufschrift. Mehrfach las sie diesen einen Satz, bis sich daraus etwas anderes vor ihren Augen ergab: *Des Erlösers Tun ist immer recht!*

# Kapitel 5

Der Schlag ihres eigenen Herzens wurde für Ylva zum einzigen Maß für die Realität. Er durchwallte ihren Körper und dröhnte als tiefes Wummern in ihren Ohren. Sie senkte die Lider und merkte, wie sie im Griff dieses fremden Mannes dahinschwand. Sie merkte es, konnte aber nichts dagegen unternehmen. Und je mehr Herzschläge sie abzählte, desto weniger wollte sie sich dagegen wehren.

*Es ist wie bei Linnea,* stieg es zusammen mit der Furcht in ihrem Kopf auf.

*Es ist anders,* begriff sie in derselben Sekunde mit den Resten ihres Verstandes.

Denn dieser Mann brach ihren Willen nicht, nein, er befreite sie. Auf eine groteske, erschreckende Weise. Er befreite sie von Linneas Macht, von Hunderten von Fragen, die in ihrem Kopf schwirrten, von der Pflicht, stets irgendetwas tun zu müssen, um sich nicht zu verlieren.

Der Boden unter ihren Füßen gab nach, die Welt um sie herum schien sich zu verflüssigen und von ihr fortzuströmen. Ihre Wahrnehmung beschränkte sich jetzt auf die Arme, die sie hielten, und auf die Lippen, die ihren Mund verschlossen. Der Geruch des Mannes kitzelte ihre empfindliche Nase, die sogleich zu zucken begann. Er roch nach Erde, Dünger und nach exotischen Blumen. Sonst nichts. Als hätte er überhaupt keinen eigenen Körpergeruch. Nur der Hauch des Todes umhüllte ihn, und sie empfand ihn so intensiv, als wäre auch sie längst aus dem Leben geschieden. Intuitiv wusste Ylva, sie musste sich gegen den Kuss wehren. Stattdessen erwiderte sie ihn, öffnete sich dem Fremden und gab ihm alles von sich. Sie schmeckte ihn, schmeckte ihren eigenen Tod.

Er war … ein Totenküsser, begriff sie, und die Erkenntnis spielte keine Rolle mehr für sie.

Die Energie strömte aus ihrem Körper. *Du wirst für ihn sterben*, hallte es in ihrem Kopf. *Wach auf! Kämpfe!*

Ylva stöhnte. Erinnerungen stiegen wieder in ihr empor, diesmal so klar wie noch nie zuvor und so durchdringend, als würde sie alles erneut erleben. Im Hier und Jetzt.

Sie kauert unter einem Busch. Es ist Nacht. Es ist kalt. Die Erde ist mit einer Frostschicht überzogen. Ihr Vater trommelt gegen die Tür eines Reihenhauses, klingelt, dann trommelt er weiter. Im schwachen Licht der Lampe, die an der Hauswand angebracht ist, wirkt seine Gestalt drahtig. Ausgezehrt von Angst, Hunger und ständiger Flucht.

Ein Wimmern verlässt ihre Lippen: »Paps, lass uns gehen, bitte!« Fast vollständig verkriecht sie sich unter dem Busch, haucht auf ihre klammen Finger und versucht, die Hände in den löchrigen Taschen des Anoraks zu verstecken. Ihr Magen knurrt. Das Abendessen war nicht üppig ausgefallen – eine Tüte Sauerkraut, die sie in dem Müllcontainer eines Discounters gefunden hatte.

»Keine Angst, mein Mädchen«, antwortet ihr Vater stotternd, und sie hört seine Zähne klappern. Er hat ihr seinen Anorak gegeben und friert, bemüht sich aber, es ihr nicht zu zeigen. *Tapfer bist du, ganz tapfer,* denkt sie und tut so, als würde sie nicht merken, wie kalt es ihm ist. Denn sie kann es nicht fertigbringen, ihm das Kleidungsstück zurückzugeben. Er verlangt auch nicht danach.

»Bald wirst du in Sicherheit sein. Ich kann dich nicht beschützen, zumindest nicht allein. Aber meine Schwester wird es tun, ganz bestimmt. Sie muss es. Sobald ich ihr erklärt habe, was los ist. Wenn sie erfährt, wer du bist.«

*Wer ich bin?*

*Wer bin ich denn?*

Die Erinnerungen verdampften wie Wasser auf glühenden Steinen. Ylva erzitterte, als sich das Dunkle in ihr zu regen begann. Die Larven drängten sich aneinander, der Klumpen in ihrer Brust wuchs und gierte nach Nahrung. Zuerst zaghaft, dann immer ungestümer stießen die Fühler vor und drangen in ihre Seele ein. Sie verlangten nach Gefühlsregungen und fanden nichts.

Ylva fühlte sich leer. Dem Tode geweiht.

Das Dunkle waberte in ihr wie in einem Hexenkessel, wütete und kringelte sich in Hungerkrämpfen. Die rauchigen Fühler durchbohrten ihren Körper und schossen aus ihr heraus. Ylva keuchte, hatte aber keine Kraft, um das Ding zu bezwingen. Hilflos beobachtete sie, wie die wurmähnlichen Schattenarme um sich griffen und in den Totenküsser eindrangen. Erst dort fand das Dunkle das, wonach es sich sehnte. Gefühle. Eine ganze Menge Gefühle, die schwer auf seinem Gemüt lasteten und jeden anderen vielleicht schon längst erdrückt hätten.

Der Mann stöhnte wie unter einem plötzlichen Schmerz auf und stieß sich von Ylva ab. Seine dunklen Augen sahen sie an – zum ersten Mal bewusst, zum ersten Mal erschrocken. Ringsherum ertönten Rufe und Kampfgeräusche, doch sie beide standen regungslos da und schauten einander an mit dem gleichen Unbehagen und dem gleichen Ersuchen um Entschuldigung.

»Conrad!«, hallte es zu ihnen herüber. Der Mann wandte sich ab und stürzte aus der Waschküche in den nächsten Raum des Kellers, aus dem der Ruf kam. Doch auf der Schwelle zögerte er und schenkte Ylva noch einen letzten irritierten Blick.

Sie lehnte den Hinterkopf an die Wand und fragte sich, wie sie sich noch auf den Beinen halten konnte. Die rauchigen Fühler zogen sich zurück, und das Ding, gestärkt und belebt, schwoll in ihrer Brust wie ein bösartiger Tumor an. Ylva kämpfte gegen die Besinnungslosigkeit. Wenn sie jetzt zusammenbrach, würde das Dunkle sie übermannen und ihren Körper vollkommen ausfüllen. Das durfte sie auf keinen Fall zulassen!

*Du musst irgendetwas tun!* Aber wozu? Sie hatte keine Lust mehr. Kein Ziel.

Um sie herum tobte die Schlacht. Noch beachteten die beiden Seiten sie kaum, aber wie lange würde diese Ruhepause für sie anhalten? Zumal sie keine Ahnung hatte, was hier geschah und worum überhaupt gekämpft wurde. Bedauerlicherweise gab es keinen Schiedsrichter, der zu einer Unterbrechung pfeifen und ihr die Spielregeln erklären würde. Wenigstens die Grundlagen: Wer gegen wen und warum …

Neben ihr wurde ein Körper gegen die Wand geschmettert. Ylva schrie auf und sprang zur Seite, womit sie mitten in den Durchgang gelangte. Der Nebel, den sie in dem Raum zuvor gesehen hatte, war verschwunden. Zusammen mit ihm schien auch Finn sich in nichts aufgelöst zu haben, denn sie konnte seinen Leichnam nirgends entdecken. Die schwarzhaarige Frau, die neben ihm gehockt hatte, kauerte jetzt in einer Ecke. Seelenschmerz und Verwirrung zeichneten ihr Gesicht, während sie den Kampf beobachtete. Als ihr Blick umherschweifte, blieb er an Ylva hängen. Die Verwirrung schlug in Verblüffung um.

»Ylva? Bist du es wirklich?«, hauchte sie und rief sogleich: »Vorsicht, hinter dir!«

Jemand riss Ylva zu Boden. Sie stieß mit dem Ellbogen nach ihrem Angreifer, wandte sich noch im Fall um und kam hart mit dem Rücken auf. Eine Faust zielte ihr ins Gesicht. Ganz automatisch wich sie dem Schlag aus und rammte dem Gegner einen Fuß in den Bauch. Ihre Sohle versank im speckigen Gewebe. Der Typ – ein molliger Jugendlicher von etwa dreizehn Jahren – startete einen neuen Angriff. Ylva sprang auf und beförderte ihn mit einem Schlag auf die Knie. Als ihre Ferse ihn an der Schläfe traf, ging er k.o. Schwer atmend sah sie auf ihren niedergestreckten Feind herab. Nicht schlecht. Zu ihren Talenten in Bezug auf Käfigschlösser gesellten sich auch noch Kampfkünste. Nun ja, wenigstens etwas, womit sie sich im Leben durchschlagen konnte. Im wahrsten Sinne des Wortes.

Diese Erkenntnis verlieh ihr Selbstsicherheit. Sie wartete nicht mehr, bis sie angegriffen werden würde, sondern stürzte sich in die Schlacht. Das Dunkle in ihr brodelte auf und trieb sie vorwärts. Die Luft schien wie elektrisiert – Wut, Erbitterung, Schmerz pulsierten in jedem der Kämpfenden und in gleichem Maße auf beiden Seiten. Jeder verteidigte seine Ehre und sann auf Vergeltung. Wie weit ging der Zwist zurück, wie tief wurzelte dieser Hass aufeinander, den sie von beiden Parteien empfing? Kurz erfüllte dieser Gedanke Ylva mit Traurigkeit, während das Dunkle in ihr jegliche Gefühle zerfraß. Die Rauchfühler schossen von einem zum anderen und wurmten sich in die Seelen der Kämpfenden.

Je mehr sich das Ding an den Empfindungen der Seelen labte, desto stärker fühlte sich Ylva und desto mehr wurde ihr Bewusstsein von dem Klumpen verdrängt. Schon bald kam es ihr vor, als würde ihr Wesen allein aus dem Knoten dieser schwarzen Würmer bestehen und sie in ihren Handlungen von ihm geleitet. Willenlos. Abgestumpft. Sie schlug jeden nieder, der sich ihr in den Weg stellte, ohne zu unterscheiden, ob Metamorph oder Totenküsser. Schon längst reichte es ihr nicht mehr, ihre Gegner am Boden zu wissen, nein, sie wollte sie leiden sehen und das Dunkle mit den Qualen der Besiegten füttern.

Ylva verlor jegliches Zeitgefühl und gab sich der Schlacht hin. Warum hatte sie früher bloß gegen das Dunkle angekämpft? Warum hatte sie diese Kraft nicht schon längst entfesselt? Es war ihr Freund. Es machte sie unbesiegbar. Niemand würde es mehr wagen, sie zu bedrohen, in einen Käfig zu sperren oder ihr wehzutun.

Micaela tauchte vor ihr auf, dabei, gleich zwei Totenküsser abzuwehren. Ein dritter schlich sich von der Seite an sie heran. Ihre Katze sprang einem der Gegner ins Gesicht, doch dieser ergriff das Tier noch in der Luft und schmetterte es zu Boden.

»Gib mir Deckung!«, ächzte die Frau.

Ylva grinste und wischte sich mit dem Handrücken über den Mund. »Ich glaube, dies ist ein guter Zeitpunkt, um ein paar Umstellungen in der Rangordnung vorzunehmen.«

Micaela riss die Augen auf, als sie die Faust kommen sah. Eine Sekunde später krümmte sie sich auf dem Boden und spuckte Blut. Ylva sprang über sie hinweg und mähte die beiden Totenküsser nieder.

Irgendwo zwischen ihren Füßen fiepte es. Eine Ratte krabbelte an ihrer Kleidung hoch. So ein Mistding, was fiel ihm bloß ein? Ylva schleuderte das Tier von sich. Der

Nager quiekte, doch er dachte nicht einmal daran, aufzugeben. Wieder schnellte er zu ihr, fiepte eindringlich und begann, an ihrer Jeans hochzuklettern. Ylva wollte ihn abschütteln, als er sich noch fester in den Stoff krallte und sie in die Wade biss.

Mit dem Schmerz blitzte der erschreckende Gedanke auf: *Was machst du da? Halte inne! Du bist nicht mehr du selbst.*

Und sie hielt inne, beugte sich vor und presste sich die Finger an die Schläfen. Das Ding in ihr versuchte, die letzten Bruchstücke ihres Verstandes zu ersticken, doch Ylva widersetzte sich ihm. Nein, sie würde zu keiner Killermaschine mutieren. Für keinen Rang der Welt würde sie ihr Ich aufgeben. Sie war stärker. Das Dunkle würde sie nicht verschlingen.

Ylva sah, wie Micaela sich erhob und mit wutverzerrtem Gesicht auf sie zuging. Wie kürzlich in der Wohnung machte sich Ylva klein, verwirrt von dem, was sie getan hatte. *Entschuldige,* formte sie mit den Lippen, auch wenn sie sich sonst niemals bei dieser Frau entschuldigen würde. *Das war nicht ich.*

Ein Schwindelanfall überkam Ylva. Das Ding bäumte sich in ihr auf. Ein heftiger Schmerz durchfuhr ihren Körper. Es kam ihr vor, als würde jemand sie bei lebendigem Leib sezieren. Die Folter steigerte sich ins Unerträgliche. Sie hörte sich schreien. Ihr wurde schwarz vor Augen. Im nächsten Moment fand sie sich auf dem Boden wieder, winselnd und wie ein Fötus zusammengekrümmt. Es tat weh, es tat so furchtbar weh!

»Dürfte ich um eine Minute Aufmerksamkeit bitten?« Ylva nahm eine hohe, mädchenhafte Stimme wahr, die beinahe in den Kampfgeräuschen untergegangen wäre. Doch etwas schwang darin mit, was für sofortige Stille sorgte. Alle Köpfe wandten sich dem Eingang zu.

Ylva blinzelte, sie musste sich anstrengen, um halbwegs zu erkennen, wohin alle blickten und was sie dort sahen.

Die Siebzehnjährige, die auf der Schwelle stand, trug einen Minirock, ein bauchfreies Top, das einen Blick auf ihr Piercing in Form eines Delfins erlaubte, und eine dünne Lederjacke, die weniger der Wärmeerhaltung diente, sondern vielmehr ein weiteres Accessoire darstellte.

»Danke«, sagte das Mädchen, schüttelte seine afrikanischen Zöpfe nach hinten und trat in den Raum. Mit ihm kamen weitere fünf Personen, die sich hinter ihm wie eine Reihe Bodyguards aufstellten. Sie alle brachten den Hauch des Todes mit sich. Sie alle gehörten zu den Totenküssern.

»Es ist mir furchtbar unangenehm, aber leider muss ich eure Auseinandersetzung unterbrechen. Meine Leute sind in der Überzahl, jede Gegenwehr ist sinnlos, und ihr tut gut daran, mir zuzuhören.«

Ylva mahlte mit den Zähnen, um nicht aufzuheulen, als eine neue Welle von Schmerz über sie hereinbrach. Sie schmeckte Blut und merkte, wie sie ihre Unterlippe zerbiss. Hilfesuchend sah sie zu Linnea auf. Die Königin beachtete Ylva nicht. Die Metamorphe drängten sich um sie, jederzeit bereit, sich in den Kampf zu stürzen und ihr Leben für die Königin zu lassen. Doch die Schlangenfrau hielt ihre Leute zurück.

»Wenn wir rasch handeln, können wir uns nach draußen durchschlagen«, zischte Micaela. »Wir müssen es versuchen.«

Linnea hob zitternd die Hand und brachte die Jägerin zum Schweigen. Das Gesicht der Königin wirkte gequält. Sie machte schnelle Atemzüge, als würde sie ersticken, und rieb sich den Hals. Ihr Blick war starr auf das Mädchen gerichtet.

Ylva stöhnte, als ein weiterer Krampf an ihren Gliedern zerrte. Ihr Blick schweifte umher und erfasste die Totenküsser, die kurz zuvor noch gekämpft hatten. Sie sahen nicht sonderlich glücklich aus über die unerwartete Hilfe. Fragend und argwöhnisch blickten sie zu dem Mann, der Ylva am Anfang geküsst hatte. Conrad, so hieß er, jetzt fiel es ihr wieder ein. Auf einmal sah er zu ihr, über die Schultern der anderen hinweg, als hätte er ihre Qualen gespürt. Als wäre er – und nicht ihre Königin – der Einzige, den das irgendwie bekümmerte.

*Du hättest mich töten sollen*, schickte sie ihm ihren stummen Ruf. Für einen Wimpernschlag verlor sein Gesicht die undurchdringliche Maske, und er wandte seinen Blick ab.

»Nun«, sprach das Mädchen weiter und machte ein Zeichen. Ein Mann trat hinter ihm hervor und streckte einen Arm aus. In seinem Griff ringelte sich eine giftgrüne Schlange. »Wenn sich jemand von euch Biestern auch nur rührt, werde ich das Seelentier eurer Königin töten.«

Ein Raunen ging durch die Menge der Metamorphe. Linnea japste und stieß sich von der Wand ab, als wollte sie zu dem Mann hinüberlaufen, ihm ihr Seelentier entreißen, wurde aber von Micaela zurückgehalten.

»Nein! Tu nichts Unüberlegtes«, wisperte die Jägerin.

»Richtig, denn so weit muss es nicht kommen«, versicherte das Mädchen, und ein Lächeln umspielte seine Lippen. Seine Haltung strahlte eine Macht aus, die es offensichtlich genoss. »Ich schlage euch einen Deal vor: Ihr kommt hier unbeschadet raus und kriegt das Reptil zurück. Dafür liefert ihr mir eine von euch aus, nur eine. Ihr Name ist Ylva. Meines Erachtens ist das ein ganz guter Handel. Meint ihr nicht auch?«

Ylva hielt inne. Der Blick der Siebzehnjährigen schien an ihr zu haften. Wer war dieses Mädchen? Sie hatte es doch noch nie in ihrem Leben gesehen, ihm nichts getan! Überhaupt hatte sie mit diesem ganzen Kampf nichts zu schaffen. Der einzige Grund, warum sie in diesen Keller gelangt war, war ihr Wunsch, den jungen Mann aus ihren Erinnerungen zu finden und von ihm etwas über ihre Vergangenheit zu erfahren.

Ihre Gedanken wirbelten durcheinander.

*Es ist zu viel! Ich ertrage das alles nicht. Ich will, dass das alles aufhört … Lasst mich in Ruhe!* Fast hätte sie es herausgeschrien, wenn sie sich nicht in die Hand gebissen und jeglichen Ton erstickt hätte. Das Dunkle leckte an ihrer Panik, wuchs an, und die Schmerzen ließen ein wenig nach. Wenn es bekam, was es wollte, registrierte Ylva, hörte es ein wenig auf, sie zu quälen. Aber es durfte nichts weiter bekommen. Kein bisschen mehr!

»Wie ich merke, hat die Angelegenheit nichts mit meinem Clan zu tun. Unter diesen Umständen überlasse ich Ihnen gern das Feld, Stella.«

Ylva schaute den Sprecher an. Es war Conrad. Er redete unglaublich leise, was ihrem sensiblen Gehör angenehm erschien, und deutlich, als achtete er darauf, keinen Laut zu verschlucken. Trotzdem klang seine Sprache etwas befremdlich in ihren Ohren, besonders wenn er das »ch« mit einem »kh« vertauschte.

»Nicht so schnell. Ich habe Ihnen ...« Das Mädchen stockte und verzog das Gesicht. Trotzig schob es sein Kinn vor und funkelte den Mann an. »... dir bereits angeboten, dass du dich dem Messias anschließt. Damals hast du es ausgeschlagen. Nun, hier bekommst du eine zweite Chance. Schwöre dem Erlöser die Treue, und er wird dich und deinen Clan in die glorreiche Zukunft führen.«

Der Mann blieb unbeeindruckt, oder zumindest zeigte er nicht, was in ihm vorging. Wenn Ylva ihn so betrachtete, wirkten seine feinen Gesichtszüge irgendwie adelig. »Gewiss vermag der Erlöser seine glorreiche Zukunft auch ohne den Zuspruch meines Clans zu erreichen.«

»Gewiss«, ahmte das Mädchen ihn nach wie ein störrisches Kind, das einen Erwachsenen ärgern wollte. »Deshalb werdet ihr vernichtet, hier und jetzt, wenn du nicht endlich den falschen Weg verlässt. Oya, die Zerreißerin, steht auf unserer Seite. Du weißt, was passiert, wenn eine Mächtige den Fluch von einem Nachzehrer nimmt. Ihr werdet zu Staub zerfallen und nie wieder auferstehen. Du entscheidest, ob dein Clan überhaupt irgendeine Zukunft haben wird.«

»Es geht hier aber nicht nur um mich. Meinen Sie nicht auch, ich muss die anderen wenigstens fragen, ob sie Ihrem Erlöser folgen wollen?«, gab er zurück.

»Selbstverständlich bekommt ihr Bedenkzeit«, zischte das Mädchen. Die Gelassenheit des Totenküssers brachte es anscheinend zur Weißglut. »Wobei es eigentlich nicht viel zu bedenken gibt. Bestimmt spürst du meine Leute da draußen und weißt bereits, dass eure Situation keinen Raum für Verhandlungen lässt. Ihr habt fünf Minuten.«

»Zehn.«

»Fünf.« Das Mädchen warf einen Blick auf Linnea. »Ihr auch. Wenn ich mich das nächste Mal hierherbemühe, will ich von beiden Seiten eine Antwort haben.« Mit hoch erhobenem Kopf verließ es den Raum. Seine Leute folgten ihm und nahmen auch die Schlange mit.

Einige Sekunden lang rührte sich keiner im Keller. Die beiden Parteien scharten sich um ihre Anführer, als hätte jemand eine Linie über den Boden gezogen. Nur Ylva lag abseits an der Wand und starrte vor sich hin. Was war hier los? Was war mit ihr selbst los? Diese Fragen gingen ihr nicht aus dem Sinn, während ihre Empfindungen immer träger und ihre Lider schwerer wurden. Sie fühlte sich so unglaublich müde. So ausgelaugt.

»Wir sollten sie ausliefern«, fauchte Micaela. »Die gehört bestimmt längst zu denen. Die Verräterin! Finn war zu den Totenküssern übergelaufen und sie ihm hinterher. Das liegt wohl auf der Hand.«

»Was redest du da?«, erwiderte jemand, und Ylva fand nicht einmal die Kraft, den Kopf zu wenden und ihren Verteidiger anzuschauen. »Sie ist eine von uns. Wir sind eine Gemeinde. Wir verraten unsere Leute nicht.«

»Ach ja? Sie hat mich fast k.o. geschlagen, als ich gegen die Kreaturen gekämpft habe!«

»Hier war alles so durcheinander. Sie hat es sicherlich nicht gewollt.«

»Und ob!«, beharrte Micaela. Auf einmal baute sich die Jägerin vor Ylva auf und zerrte sie auf die Beine. »Sag es ihnen, du verlogenes Miststück!« Eine Ohrfeige traf ihre Wange.

Ylva sah nur Schemen vor sich, die Realität verlor an Plastizität. Sie spürte, wie sie durchgeschüttelt wurde. Dann echote Linneas Stimme in ihren Ohren: »Halt. Wir brauchen sie noch für den Tausch.«

Sie wurde losgelassen, rutschte zu Boden und kroch ein Stück fort. Stimmengewirr umgab sie. Linnea redete weiter, doch die Worte verschmolzen zu einem zähen Strom und verloren jegliche Bedeutung. Dann redeten alle durcheinander. Das Chaos in ihrem Kopf, das Chaos um sie herum – bald vermochte Ylva das eine nicht mehr von dem anderen zu unterscheiden.

*Du musst weg hier! Du musst dich retten!*

Das Dunkle in ihr, das Dunkle vor ihren Augen …

Sie kroch davon. Mit den Händen tastete sie herum, sah kaum etwas durch den immer dichter werdenden Schleier und verließ sich nur auf ihre Nase, die ihr den Weg aus dem Keller wies.

*Gut so. Du musst fort. Du musst dich befreien. Befreien … alles in dir befreien …*

Niemand hielt sie auf. Ylva robbte durch die Waschküche und kletterte die Treppe hoch. Stufe um Stufe. Dorthin, wo sie den Hauch des Todes beinahe schmecken konnte. Wo so viele ihrer Feinde das Haus umstellt hielten.

Glasscherben schnitten ihr in die Handballen, und sie musste unter einem umgekippten Schrank hindurchkriechen, um zu einem Fenster zu gelangen.

*Befreien …*

Die Freiheit wartete auf sie.

Ylva zog sich an einer Fensterbank hoch und schlüpfte durch das Fenster in den Garten. Sie fiel kopfüber in ein Blumenbeet, versuchte sich an einer Wand aufzurichten und brach wieder zusammen. Ihr fehlte jegliche Kraft. Sie konnte sich mit den Armen noch ein paar Meter weiterziehen, dann trat jemand neben sie und drückte ihr einen mit Metall beschlagenen Absatz in den Handrücken.

»Ach, kommst du freiwillig zu uns? Wie nett.« Eine Hand packte sie an den Haaren und bog ihr den Kopf nach hinten, so dass sie glaubte, ihre Wirbelsäule knirschen zu hören.

Ylva wehrte sich nicht mehr. Nicht gegen die Totenküsserin und auch nicht gegen das Dunkle in der eigenen Brust.

»Macht die anderen platt. Alle«, hörte sie das Mädchen sagen, bevor sie das Bewusstsein verlor und von dem sich aufbäumenden Ding aus ihrem Körper vollständig verdrängt wurde.

# Kapitel 6

150 Jahre Existenz, ohne Rücksicht auf Verluste, ohne Innehalten, ohne Rechtfertigung für das eigene Tun. Bis er angefangen hatte, nach den anderen seiner Art zu suchen. Bis die anderen sich um ihn geschart und jemand das Wörtchen »Clan« hatte fallen lassen.

Clan!

Warum mussten es immer so hochtrabende Bezeichnungen sein? Clan, Bruderschaft, Orden ... Warum bedurfte es überhaupt irgendwelcher Bezeichnungen? Aber so funktionierte die Welt nun mal. Menschen brauchten für alles Etiketten, und die Nachzehrer unterschieden sich kaum von ihnen.

Conrad blickte in die Gesichter seiner Mitstreiter und fragte sich, ob ihm wohl damals das Ausmaß der Verantwortung bewusst war. Vermutlich nicht. Denn er hatte sie nie als einen *Clan* betrachtet – eher als eine Alternative zu einem Stammtisch mit Freunden, der ihm in seinem untoten Zustand auf ewig versagt bleiben würde. Einmal von der Tatsache abgesehen, dass er gar keine Freunde hatte.

Er hätte die Bürde liebend gern abgegeben, an den Nächstbesten, der zur passenden Zeit »Hier!« gerufen hätte. Nur, dass seine Leute nie auf den Nächstbesten hören würden. Sie hörten auf ihn. Er war ihr Anführer. Er hatte das Ganze zu verantworten.

»Conrad?« Eine Hand tauchte in seinem Blickfeld auf und verschwand. Er wich einen Schritt zurück. Hätte die Hand ihn angefasst, hätte er sie gebrochen – auch so war sie ihm viel zu nahe gekommen. Näher, als er es ertragen konnte.

Er blinzelte und sah Rivas, der neben ihn getreten war. Sein dunkles Haar, das ihm bis zum Nacken reichte, war nach dem Kampf zerzauster als üblich, Kratzspuren zeichneten Wange und Stirn, die linke Hand blutete aus tiefen Bisswunden. Hoffentlich heilten die Verletzungen gut, denn auch noch die Beweglichkeit seiner Linken zu verlieren, konnte Rivas sich nicht leisten.

Allerdings lagen die Prioritäten und Sorgen zurzeit ganz woanders. Was kümmerte ihn die Hand eines Mannes, wenn sie alle diesen Keller womöglich nie wieder verlassen würden? Seine Gefühlswelt spielte eindeutig verrückt. Seit … ja, seit er versucht hatte, diesem Metamorph-Mädchen die Lebensenergie zu nehmen. Immer noch rätselte er, was genau dabei vorgefallen war. Als hätte es ihm etwas geraubt, so dass sein Nachzehrer-Instinkt ihn von ihm abgestoßen, ihn gar gezwungen hatte, die Flucht zu ergreifen. Unwillkürlich schweifte sein Blick durch den Raum, suchte nach dem Mädchen. Und fand es nicht. Auf einmal zweifelte er, ob es überhaupt existierte oder ob es nicht vielleicht nur eine seltsame Manifestation seiner dunklen … Seele, oder was von ihr übrig geblieben war, darstellte.

*Conrad?* Der Ruf lenkte seine schweifenden Gedanken zurück in die Realität. Diesmal versuchte Rivas, ihn mental zu erreichen. *Die anderen brauchen eine Erklärung.*

Ja, richtig.

Als Oberhaupt des Clans hatte er eine Pflicht zu erfüllen: Seinen Vertrauten zu sagen, warum sie heute vernichtet wurden. Und aus welchem Grund er das Ultimatum damals nicht ernst genommen hatte.

»Vor kurzem hat mich Stella aufgesucht, um dem Clan ein Angebot zu unterbreiten«, begann er. Seine Mitstreiter rückten an ihn heran, und er hatte das Gefühl, sie würden ihm die Luft zum Atmen rauben. Schon seltsam – im Kampf vergaß er alles und jeden, kümmerte sich nicht darum, ob ihn jemand anfasste oder ob er selbst Hand an jemanden legte. Es ging nur ums Töten. Aber sobald Ruhe einkehrte, sobald er sich seiner selbst bewusst wurde, konnte er die Nähe der anderen nicht ertragen. »Wir sollten uns einem Auserwählten, einem Nachzehrer, den sie Messias nannte, anschließen. Dieser Messias verspricht den Untoten die Erlösung und eine neue Welt, in der die Nachzehrer an die Spitze der Hierarchie aller Lebensformen aufsteigen sollen.« Er machte eine Pause. Im Grunde hatte er mehr nicht zu sagen, denn Näheres war auch ihm unbekannt.

»Und was haben Sie daraufhin gemacht?«, fragte Roland – ein Junge, der wie ein übergewichtiger Dreizehnjähriger aussah und seit mehreren Jahrzehnten sein Dasein als Untoter fristete.

»Ich habe sie aus meinem Laden geworfen.«

»Warum?«, hauchte der Bursche, und die anderen brachen in aufgeregtes Gemurmel aus.

»Sie hat meine Orchideen umgeworfen.«

Das Tuscheln erstarb. Ein Augenblick der Stille folgte, dann prasselten erneut Fragen auf ihn ein. Roland stieß die Umstehenden auseinander, um wieder nach vorn zu gelangen. Er hasste es, verdrängt oder, wie er glaubte, wegen seiner Fettleibigkeit diskriminiert zu werden. Vermutlich passierte beides gerade deshalb so oft. Egal, wie sehr er sich anstrengte, niemand nahm ihn ernst. Außer im Kampf.

»Warum wussten wir nichts von diesem Angebot?«, rief er und wurde erneut zur Seite geschubst, diesmal von einer Frau, die dieselbe Frage stellte und ein unterstützendes Nicken der Umstehenden erntete.

Weil ich die Gefahr unterschätzt habe, wollte Conrad erwidern. Es gab nichts zu beschönigen, und es lag ihm fern, sich aus der Verantwortung zu ziehen. Doch es war Rivas, der an seiner Stelle antwortete: »Weil die drei – Conrad, Maria und ich – die Angelegenheit noch nicht besprochen haben. Unser Anführer hatte ein Krisentreffen einberufen, aber es hat bisher nicht stattgefunden. Maria ist seit einiger Zeit nicht auffindbar, und ich war«, er blickte rasch zu der Menschenfrau, seiner Großnichte, die in einer Ecke hockte, »mit anderen Dingen beschäftigt.«

»Gütiger, ich wusste nicht, dass das Virus der Bürokratie auch die Nachzehrer erwischt hat«, tönte es aus der Menge. »Wir haben das Recht, alles zu erfahren.«

»Und das zeitig!«, stimmte ihm jemand zu.

Aufregung erfasste die Umstehenden, alle redeten durcheinander.

»Ruhe!«, ermahnte Conrad sie, und sogleich wurde es still, bis einer zögernd einwand: »Das klingt doch nicht so schlecht, was dieser Erlöser vorhat, oder?«

Conrad seufzte. Ihm blieb keine Zeit, um zu erklären, wie leer die Verheißungen dieses selbst ernannten Messias waren. Es gab für die Nachzehrer keine Erlösung. Es gab nur den Fluch. Leider sahen das die meisten nicht ein und wähnten, man könne ins Leben zurückkehren. »Eine auf der Unterdrückung der Menschheit basierende erscheint mir keine erstrebenswerte Weltordnung. Zumal wir sehr wenige sind.«

»Ach, und diese Maskerade, dieses Versteckspiel unter dem Menschenabschaum aber schon?«

»Wir werden hier alle plattgemacht. Ihr spürt doch die Gegner da draußen genauso gut wie ich, oder? Sie werden uns überrennen!«, rief Roland aus.

»*Maldita sea!* Und deshalb die Knie vor irgendeinem Wichtigtuer beugen?«, donnerte Rivas, der entgegen seiner Gewohnheit in der hitzigen Diskussion bis jetzt kein Wort mehr verloren hatte.

Erneut brandeten Unmut und Verzweiflung unter seinen Anhängern auf. In den Zügen seiner Mitstreiter las Conrad etwas, was er zuvor nur bei Sterblichen gesehen hatte: Furcht. Furcht um das eigene Leben. Er wandte den Blick ab und schaute unwillkürlich die Menschenfrau an, die mit angezogenen Beinen an der Wand lehnte. Ohne jede Gefühlsregung hielt sie seinem Blick stand. Noch wenige Stunden zuvor hätte sie weggeschaut. Diesmal nicht.

Wie seltsam. Die Toten begannen das Leben zu schätzen, und die Lebenden begegneten der Gefahr mit einer alles verschlingenden Gleichgültigkeit. Sein Instinkt, durch die telepathischen Fähigkeiten verstärkt und in den vergangenen Jahrhunderten perfektioniert, ließ ihn für eine Sekunde innehalten. Als wäre dieser Augenblick irgendwie … besonders. Als flüsterte etwas ihm zu: Schau dich um! Die Welt, die du kennst, liegt in Trümmern. Jetzt wird nichts mehr so sein, wie es war.

Am Rande seiner Wahrnehmung registrierte er, wie Roland zu Boden geschleudert wurde. Das ging sicherlich auf Rivas' Konto – dem hitzköpfigen Nachzehrer waren offensichtlich die Argumente ausgegangen. Höchste Zeit, sich einzumischen.

Wieder hob Conrad die Hand. Niemand beachtete ihn. Das verbale Gefecht erreichte seinen Höhepunkt.

»*Oy!*«, rief er in die Runde, auch wenn es ihm widerstrebte, die Stimme zu heben. Diesmal dauerte es einige Sekunden länger, bis Ruhe einkehrte. »Wer es für vertretbar hält, sich dem Messias anzuschließen, der sollte es tun. Zugegeben, die Chancen stehen nicht gerade zu unseren Gunsten, aber …«

Die Stimme, die von hinten zu ihm schallte, ließ ihn verstummen. »Ich würde mich gern mit dir unterhalten, wenn es geht. Jetzt.«

Linnea. Natürlich wusste er, dass sie hier war. Natürlich hatte er sie in den letzten achtundzwanzig Jahren ab und zu gesehen. Aber von ihr angesprochen zu werden, sich umzudrehen und ihr ins Gesicht zu blicken, das war etwas anderes. Zumal etwas in ihrem Ton mitschwang, was ihn den Hass, der zwischen ihnen lag, für eine Sekunde vergessen ließ. Als spräche nicht die Königin der Metamorph-Gemeinde zu ihm, sondern die junge Frau, die er einst gut zu kennen glaubte. Die Einzige, deren Berührungen er ertragen konnte. Bis die Wahrheit ans Licht gekommen war und jeden Funken der Vertrautheit zwischen ihnen ausgelöscht hatte.

Langsam drehte er sich um. Die Nachzehrer hatten eine Gasse gebildet, und er wünschte sich, sie hätten es nicht getan. Denn nun sah er Linnea direkt an.

In all den Jahren hatte sie sich kaum verändert. Schlank und zierlich wirkte ihre Gestalt. Das bronzefarbene, hüftlange Haar war zu einem Zopf geflochten, aus dem sich einige Strähnen gelöst hatten. Die blassgrünen Augen schauten blind durch ihn hindurch, doch er wusste: Sie sah ihn trotzdem – auf ihre eigene Weise.

Er musste etwas sagen, spürte, wie seine Lippen sich bewegten und Worte hervorbrachten – ganz andere, als die, die ihm in Wirklichkeit am Herzen lagen und es zu zerdrücken schienen. »Womit kann ich Ihnen dienen?«

Ein Lächeln huschte über ihre Züge. Feine Fältchen, die früher nicht da waren, legten sich um ihren Mund und ihre Augen. Auf den ersten Blick wirkte sie wie Mitte zwanzig, aber bei näherer Betrachtung sah man ihr die Jahre an. »Ach, Conrad, warum so offiziell?«

Sie spielte mit ihm, genauso wie damals. Nur dass er ihr heute das Spiel ansah.

»Hätten Sie die Güte, mir Ihr Anliegen vorzutragen? Wir haben nicht so viel Zeit … *Dear.*« Der Spott hatte sie getroffen, das merkte er, obwohl sie versuchte, es nicht zu zeigen. Ihre Züge verhärteten sich. An der rechten Schläfe, die nicht vom Haar verdeckt war, pochte eine Ader. Wie immer, wenn sie nicht bekam, was sie wollte. Oder zumindest nicht sofort. »Wie es aussieht, werden wir hier nicht heil herauskommen, jedenfalls nicht, wenn jeder für sich kämpft. Zusammen hätten wir durchaus eine Chance, meinst du nicht auch?«

Der Vorschlag löste ein empörtes Murren auf beiden Seiten aus. Doch die Metamorphe waren gezwungen, ihrer Königin zu gehorchen.

Seine Leute hatten ihren eigenen Kopf.

»Es bleibt uns in der Tat nicht viel Zeit«, fuhr sie fort. »Wenn wir handeln wollen, müssen wir es sofort tun. Ich werde die da draußen ablenken, so tun, als ginge ich auf das Angebot ein und liefere ihnen Ylva aus. In dieser Zeit schlagen meine Leute und deine Kre…« Sie schluckte das Wort »Kreaturen« hinunter und schob schnell hinterher: »Untoten zu.«

Die Situation rettete das keineswegs. Mit einem Sprung gelangte Rivas zu ihr und schloss beide Hände um ihren Hals. »Du hast mir zwar meine Rechte zertrümmert, aber ich wette, ich schaffe es trotzdem, dir das Genick zu brechen«, zischte er, sichtlich bemüht, es nicht gleich auf der Stelle zu tun, und warf Conrad einen fragenden Blick zu. Nur ein Nicken von seiner Seite – und dieses Biest läge ihm tot zu Füßen. So leicht wäre es gewesen, die Vergangenheit mit einem Mal auszulöschen. Noch dazu durch fremdes Einwirken.

Linnea wehrte sich nicht, und anscheinend hatte sie auch ihrem Gefolge verboten, sich einzumischen. Die Biester zitterten buchstäblich vor Anstrengung, stillzuhalten und tatenlos dem Überfall auf ihre Königin zuzusehen.

»Adrián«, raunte Linnea ihrem Angreifer entgegen, schaute dabei jedoch nicht ihn an, sondern Conrad. Ihre Gefasstheit zeugte von ihrer Überlegenheit. »Ich würde auch viel lieber dich zur Strecke bringen, aber meine Leute sind mir wichtiger als irgendwelche Rachegelüste. Und wie viel sind dir deine Freunde wert?«

Sie konnte schon immer und in jeder Situation genau ins Schwarze treffen. Ja, seine Mitstreiter waren ihm mehr wert als diese Vergeltung für das Leid der Vergangenheit.

»Rivas, lassen Sie die … Dame los«, er hätte nie geglaubt, wie schwer es sein würde, diese Worte tatsächlich auszusprechen. »Wir werden ihren Vorschlag annehmen.«

»Was?«, hauchte der Nachzehrer, senkte aber die Arme und trat zurück. »Sie wollen sich nicht mit dem Messias verbünden, aber mit diesen Biestern?«

»Wir verbünden uns nicht. Wir wollen nur hier herauskommen.«

Linnea züngelte. Als wollte sie herausschmecken, ob

die Lage zu ihren Gunsten ausfiel und wie sie die Situation für ihre Zwecke besser nutzen konnte. »Wenn ihr uns helft, mein Seelentier zu retten und Ylva in Sicherheit zu bringen, dann erzähle ich euch, was die Mächtige Oya plant. Denn das geht uns alle etwas an, und ich schätze, gefallen wird es euch kaum.«

»Dir das Genick zu brechen erscheint mir eine bessere Alternative«, knurrte Rivas und schielte zu Conrad, als wolle er sich ausrechnen, welche Chancen er hatte, seine Drohung zu verwirklichen und es als einen Unfall zu tarnen.

*Beherrschen Sie sich,* warnte Conrad ihn. Der Mann schnaubte verächtlich und verschränkte die Arme vor der Brust.

»Hört doch endlich auf!« Seltsamerweise war es ausgerechnet die Menschenfrau, die sich plötzlich einmischte und alle zur Räson brachte. Mit beiden Händen fuhr sie sich durch die schwarze Lockenpracht. Ihre grünen Augen funkelten. »Mit Finn konntet ihr euch auch gut vertragen. Also reißt euch zusammen und bringt uns hier raus. Wir haben nicht mehr viel Zeit.«

»Gut vertragen« war zwar etwas übertrieben, sogar von »dulden« konnte kaum die Rede sein. Er und die Nachzehrer hatten den jungen Metamorph-Mann bloß … nicht umgebracht. Aber nichtsdestotrotz hätten sie mit ihm und anhand seiner Informationen eine gemeinsame Aktion durchgeführt. Wenn er bloß diese Angelegenheit im Keller überlebt hätte.

»Richtig.« Conrad zwang sich, zu den Metamorphen

zu schauen, und bemühte sich mit allen Sinnen, in den Biestern nicht die Beute, sondern seine Verbündeten zu sehen. Es ist nur für eine kurze Zeit, redete er sich ein. Nichts von Dauer. »Wer von Ihnen ist Ylva?«

Draußen ertönte ein gedämpfter Aufschrei. Conrad runzelte die Stirn und horchte. Irgendetwas lief im Garten ab, nur vermochte er aus den Geräuschen nicht viel zu schließen. Er konzentrierte sich auf seine telepathische Wahrnehmung. Unruhe herrschte um das Haus herum, Verwirrung. Was genau dort passierte, wusste er nicht, dafür hatten die Angreifer ihr Âjnâ gut genug abgeschirmt. Nur bei den schwächsten Individuen und … Menschen? Warum waren Menschen vor Ort? … drangen die Gedanken durch das berühmt-berüchtigte Dritte Auge nach außen. Nein, er musste sich irren. Menschen hatten mit all dem nichts zu tun, und um die Gleichgültigkeit der Nachbarn hatte sich Rivas gekümmert.

»Ich schätze, es wurde bereits für Ablenkung gesorgt.« Während Conrad noch redete, steuerte er die Kellertreppe an. »Die meisten von denen sind jetzt an der Südseite des Hauses. Wir werden versuchen, sie von allen Seiten anzugreifen.« Er erlaubte sich einen Blick zu Linnea und las Sorge in ihrem Gesicht. Die Sorge um ihre Gemeinde und um ihr Seelentier, ohne das sie nicht existieren konnte. Zumindest nicht allzu lange, bis sie dem Wahnsinn verfallen würde. »Rivas wird sich um die Schlange kümmern. Und das Tier mitnehmen, als Garant für die versprochenen Informationen. Treffpunkt anschließend ist mein Laden. Du weißt ja, wo er ist.« Er hätte sich am liebsten auf die Zunge gebissen, als ihm das Du herausrutschte. Verdammt. Er durfte nicht vergessen, wer vor ihm stand.

Eine Frau, die ihm alles genommen hatte.

Nicht die, die er einst geliebt hatte.

Rasch wandte er sich ab und machte seinen Leuten ein Zeichen. Er musste sich nicht vergewissern, dass seine Mitstreiter ihm folgten. Sie taten es. Trotz aller Streitigkeiten gehörten sie zu einem Clan. Zu einer … Gemeinde. Nur musste er sie, anders als die Königin der Metamorphe ihre Gemeindemitglieder, nicht zwingen, ihm zu gehorchen. Und keiner von ihnen bedurfte großartiger Erklärungen, wer was tun sollte.

Er selbst ging zum Dachboden, machte die Luke auf und kletterte die Treppe hoch. Sah man von dem Chaos im Erdgeschoss ab, schien das Haus einem sehr peniblen Menschen gehört zu haben. Alle Kartons waren beschriftet und säuberlich gestapelt, weder Spinnweben noch Staub hafteten daran. Ein Hauch von künstlichem Blumenduft schwebte in der Luft, bei dem er unweigerlich die Nase rümpfte.

Conrad entriegelte ein Fenster und kletterte auf das Dach. Er musste aufpassen, auf der Schräge auf dem feuchten Schiefer nicht auszurutschen. Endlich erreichte er die Spitze, richtete sich auf und balancierte auf dem Dachfirst. Von oben überblickte er die Lage im Garten. Allerdings konnte er im Dunkeln kaum etwas erkennen. Er musste sich auf die Wahrnehmung der Aura konzentrieren, um die Gegner auszumachen. Es dauerte etwa eine Minute, bis er das typische Schimmern erspähen konnte. Die Nachzehrer besaßen ein schwaches graues Flimmern, und die Anzahl bestätigte, was er bereits geahnt hatte: Es waren viele. Zu viele, als dass er sie mit seinen Leuten allein hätte bezwingen können. Aber was ihn tatsächlich beunruhigte und verwirrte, war die Tatsache, dass zu Stellas Leuten anscheinend tatsächlich Menschen gehörten. Conrad konnte kaum seinen eigenen Sinnen trauen. Was hatte das zu bedeuten? Jeder Nachzehrer, auch der größte Einzelgänger, hütete das Geheimnis seiner Existenz und würde es niemals preisgeben. Egal, welche Auseinandersetzungen sie auszutragen hatten, Menschen durften nicht mit hineingezogen werden.

Doch das Grübeln musste er auf später verschieben.

Einige der Feinde bewachten die anderen Seiten des Hauses, doch die meisten schienen auf der Südseite schwer beschäftigt zu sein. Sie versuchten jemanden anzugreifen, dessen Aura Conrad trotz aller Anstrengungen nicht wahrnehmen konnte. Und obwohl dieser Jemand gegen schätzungsweise ein Dutzend Untote und unzählige Menschen bestehen musste, hielt er sich gut. Nur wie lange noch?

*Wir sind bereit,* ließ Rivas ihn wissen, und Conrad schickte einen mentalen Ruf zum Angriff zurück.

Er zog seine Handschuhe zurecht, bündelte die Energie und sprang vom Dach mitten in den Kampf, den er beobachtet hatte. Wer auch immer dieser Jemand war, etwas Unterstützung würde er sicherlich nicht ablehnen.

Und Conrad widerstrebte es, den unbekannten Helfer in diesem Gemetzel allein zu lassen.

Mit der Wucht seines Falls riss er einen der Angreifer zu Boden. Sogleich verdrängten seine Instinkte alles andere. Es ging nur ums Töten. Wie immer.

Unter den Feinden kam es zu einem Durcheinander, die Wendung hatte anscheinend keiner von ihnen erwartet. In der Nähe hallten Stellas knappe Kommandos, die sie dem einen oder anderen zubellte. Natürlich, die Menschen waren nicht in der Lage, durch das Âjnâ zu kommunizieren.

Conrad gelang es, einen Blick auf den unbekannten Helfer zu erhaschen, und er hielt inne. Es war das Mädchen, das er bei der Erstürmung des Kellers angegriffen hatte. Nur konnte er an der Kleinen nicht die typische Aura der Metamorphe wahrnehmen. Tiefe Schwärze verschlang ihre ausgemergelte Gestalt – eine Farbe, die er in diesem Ausmaß noch nie zuvor bei einem Lebenden oder Untoten gesehen hatte.

Jemand rammte ihn in die Seite, Conrad wehrte den Schlag ab und schaute erneut zu dem Mädchen. Etwas stimmte mit der jungen Frau nicht. Ihre Bewegungen wirkten seltsam hölzern und ruckartig, als würde sie ihren eigenen Körper nicht ganz beherrschen. Im Kampf indes konnte ihr keiner das Wasser reichen. Und es war gar nicht die physische Stärke, die aus ihr einen Killer machte, sondern etwas anderes, was Conrad nicht in Worte fassen konnte. Als würde sie ihre Feinde vernichten, indem sie ihren Widerstandswillen brach.

»Das ist Ylva«, hörte er Linneas Stimme und bemerkte erst jetzt, dass die Königin der Metamorphe sich zu ihm durchgekämpft hatte und ihm Rückendeckung gab.

»Ylva«, wiederholte er, ohne sich dessen bewusst zu sein. Das Mädchen, das Stella unbedingt haben wollte und das sie nicht bekommen durfte.

Stella erschien wie gerufen, bleich und mit zerzausten Zöpfen, die bei jedem Schwung um ihren Kopf wirbelten. Ihre Jacke hatte sie verloren, das Top war an der Schulter aufgerissen und entblößte einen Spitzen-BH über ihren kaum entwickelten Brüsten. Das Delfin-Piercing an ihrem Nabel fehlte, und ihr Bauch war blutverschmiert. Sie sah wahrhaftig wie eine wandelnde Leiche aus. Eine höchst gefährliche Leiche.

Ihr Blick haftete an Ylva. Die Nachzehrerin holte mit ihrem Kettengürtel aus, schwang ihn einige Male über dem Kopf, um ihn dann auf ihr Ziel schnellen zu lassen.

Conrad stürzte zu Ylva. Zwei Untote versuchten, ihm den Weg abzuschneiden, doch er warf sie von sich wie Welpen, die in ihrer Ekstase ihr Herrchen ansprangen. Er riss das Mädchen zu Boden, bevor die Kette neben ihnen niederpeitschte und sie beide um Haaresbreite verfehlte.

Ylva fauchte, holte aus und fuhr ihm mit den Fingernägeln über die Wange. Ihre blutunterlaufenen Augen rollten hin und her, bis allein das Weiße zu sehen war. Ihre Lider flatterten. Conrad drückte sie mit seinem Körper nieder, versuchte, ihre Handgelenke zu packen. Er musste sie hier fortschaffen, egal, wie sehr sie sich dagegen wehrte. Da fauchte die Kleine erneut, zerrte ihm

Jacke und Hemd von der Schulter, stieß ein Gurgeln hervor und schlug ihm die Zähne ins Fleisch.

Er keuchte vor Schmerz auf. »Ein Danke hätte auch gereicht.«

Sie reagierte nicht, biss immer und immer wieder zu.

»Hören Sie auf, ich werde Ihnen nichts tun. Ich bin hier, um Sie in Sicherheit zu bringen!«

Doch sie wollte sich nicht verteidigen, sie wollte … ihn verschlingen?

Conrad konzentrierte sich auf ihren Geist, um sie wenigstens so zu erreichen, obwohl er sich sicher war, gleich auf eine mentale Barriere zu stoßen. Aber es gab nichts, was ihn daran hinderte, in ihren Kopf einzudringen. Er glitt hinein und erschrak. Etwas Fremdartiges und Böses lauerte darin, was ihn zum sofortigen Rückzug nötigte. Ähnlich wie bei dem Kuss. Wem auch immer dieser Geist gehörte, einem Metamorph-Mädchen gewiss nicht.

Endlich gelang es Conrad, Ylva zu packen. An den Handgelenken hielt er sie fest. Schwach und unregelmäßig pochte der Puls unter seinen Fingern. Verflucht. Die Kleine würde sterben. Und er war schuld daran, schließlich hatte er ihr die Lebensenergie genommen. Beherrschte womöglich deshalb nun das Fremde ihren Körper? Aber wie war es überhaupt hineingelangt? Zu viele Fragen, zu wenige Antworten und vor allem: keine Zeit.

Er zerrte Ylva auf die Beine und schaffte es, sie zum Zaun zu schleifen, obwohl sie jaulte und um sich trat.

*Ich habe die Schlange*, streifte Rivas' Meldung seine Gedanken. Gleich darauf tauchte der Mann vor ihm aus der

Dunkelheit auf, das sich ringelnde Reptil in der Hand. »Ist das diese Ylva? Soll ich für Ihre Rückendeckung sorgen, während Sie das Mädchen fortbringen?«, fragte er, als er Conrads Anstrengungen bemerkte.

»Ja. Und sichern Sie den Rückzug unserer Leute. Wir müssen hier schnellstmöglich verschwinden.«

Vielleicht lenkte ihn die Unterhaltung zu sehr ab, vielleicht hatte er nicht gemerkt, wie sein Griff sich gelockert hatte. Ylva jedenfalls – oder dieses Wesen in ihr – nutzte die Chance sofort. Sie warf sich herum, so heftig, dass ihre Schulter knackte, und rammte ihm das Knie zwischen die Beine.

Der Schmerz explodierte in seinen Lenden und schien den ganzen Unterleib zu erfassen. Conrad klappte zusammen und bedeckte sein Gemächt instinktiv mit den Händen, obgleich eine kleine Ewigkeit zu spät. Er wagte es kaum, sich zu bewegen, und hatte das Gefühl, alles untenherum würde aufs Unerträglichste anschwellen.

Es dauerte, bis der Schmerz auch nur halbwegs nachließ.

Als er endlich wieder aufschaute, war das Mädchen weg, und er konnte es nirgends ausmachen. Nur Rivas stand da. Und grinste. »Dass ich einmal Zeuge werden würde, wie unser Oberhaupt wegen einer Frau in Tränen ausbricht …«

Conrad knirschte mit den Zähnen. Hätte er sich aufrichten können, wäre er nicht der Einzige hier gewesen, der geweint hätte. Nach ein paar weiteren Minuten war er immerhin in der Lage, sich zu rühren. Er schaute sich um und stellte fest, dass Stella und die meisten ihrer Gefolgsleute fort waren. Hinter dem Mädchen her?

Conrad stützte sich am Zaun ab und versuchte, das schmerzliche Ziehen in seinen Weichteilen zu ignorieren. »Also gut. Sie bringen die Schlange und unsere Leute hier weg. Und ich kümmere mich um diese Ylva.«

»Sie ist direkt durch die Büsche davongestürmt, ehe ich auch nur blinzeln konnte. Wer weiß, wo sie sich jetzt herumtreibt. Wie wollen Sie sie finden?«

»Ich habe etwas von ihrer Lebensenergie genommen. Ich kann ihr also überallhin folgen, mein Instinkt wird mich zu ihr führen.«

Rivas erheiterter Blick wanderte zu Conrads Hosenbund. Seine Mundwinkel zuckten, als würde er sich Mühe geben, sich ein Lachen zu verkneifen. »Sollte nicht lieber ich …«

»Es geht schon, danke für Ihre Fürsorge.«

Conrad stieß sich ab und schlich davon. Hoffentlich würde es ihm bald gelingen, einen Zahn zuzulegen, statt in diesem Schneckentempo vorzurücken. Er musste sich beeilen und das Mädchen finden. Bevor Ylva seinetwegen starb oder in feindliche Hände geriet.

# Kapitel 7

Ylva reckte sich mit geschlossenen Augen. Ihre Muskeln taten weh, besonders am Rücken. Unter sich spürte sie einen harten, unebenen Boden, auf dem es ihr schwerfiel, eine komfortable Position einzunehmen. Egal, wie sie sich drehte, es kam ihr vor, als läge sie auf einer Folterbank. Nur ihr Kopf hatte es bequem und ruhte auf einem weichen Knäuel.

Sie blinzelte. Erfasste nicht sofort die Umgebung. Das Bild wirkte verschwommen und dunkel. Deshalb verließ sie sich auf ihre Nase und witterte. Die Luft roch nach Erde und Pflanzen, die sie nicht kannte. Warm, feucht und etwas schwül. Als wäre sie in einem exotischen Wald aufgewacht. Aber anders als in einem echten Wald war es hier unglaublich still. Kein Wind raschelte in den Baumkronen, keine Tiere wuselten in der Nähe. Und es roch nach Menschen, vielen Menschen, die hin und her gegangen waren.

Ylva rieb sich die Augen. Langsam kehrte ihre Sehkraft zurück, erlangte jedoch nicht die gewohnte Stärke. Über sich erkannte sie große, fleischige Blätter eines Baumes. Und ein Glasdach. Was für ein seltsamer, fremdartiger Ort! Wie war sie bloß hierhergekommen? Ihr Magen verkrampfte sich. Was, wenn in Wirklichkeit nicht eine Nacht, sondern mehrere Jahre vergangen waren, wenn ihr schon wieder Erinnerungen an alles, was in der Zwischenzeit geschehen war, fehlten?

Nein. Nicht daran denken – einfach weitermachen. Wie mit dem Atmen: ganz natürlich, reflexartig. Irgendwie würde sich schon alles aufklären. Bloß nicht in Panik verfallen. Es ging ihr gut, und sie lebte noch, mehr sollte sie zu Anfang nicht verlangen.

Ylva schob alle Zweifel beiseite. Sie fühlte sich gut erholt, sprühte buchstäblich vor Energie, und wenn ihre Muskeln nicht so höllisch wehgetan hätten, wäre sie sofort auf die Beine gesprungen. Doch sie ließ es bleiben und verweilte lieber weiterhin auf dem Boden. Außerdem wollte sie versuchen, das sorglose Gefühl zurückzubekommen, mit dem sie aufgewacht war. Das Gefühl, das sie an die glücklichen Tage mit ihrem Paps erinnerte, als sie beide noch nicht fliehen mussten und alles so … normal … war. Ihre Hand fand beinahe selbstständig den Weg unter ihren Pullover und erinnerte sie, dass nichts normal war oder es je sein würde.

*Nicht daran denken!*, mahnte sie sich. Nicht jetzt. Ylva rollte sich zusammen und schmiegte ihre Wange an die Lederjacke unter ihrem Kopf. Wie schön – nur dazuliegen und sich zu entspannen, ohne bangen, fliehen oder kämpfen zu müssen.

Ihr Ohr zuckte, als sie ein Rascheln und Schritte vernahm, die sich näherten. Ylva erstarrte, zur Flucht bereit.

Aus dem Halbdunkel schälte sich eine Silhouette, und

der Hauch des Todes, der plötzlich alles einzunehmen schien, bescherte ihr Gänsehaut. Es gelang ihr nur mit Mühe, ein Zittern zu unterdrücken. Ohne sich zu bewegen, schnupperte Ylva, um ihren Gegner zu identifizieren, erfasste allerdings überhaupt keinen Geruch. Als würde er mit seiner Umgebung verschmelzen. Ein Totenküsser? Keine Zweifel. Sie befand sich in der Reichweite ihres Feindes, mit dessen Kräften sie sich nicht messen konnte.

*Lauf fort, fort, fort …* Ihr Herz schien die Worte im Morse-Tempo in ihr Hirn zu klopfen. Fast wie ein SOS. Aber sie hörte nicht auf ihr Herz.

Wer wusste schon, ob sie schnell genug war, um ihm zu entkommen? Und wohin sollte sie überhaupt fliehen, ohne das Gelände zu kennen? Also beschloss sie, sich ruhig zu verhalten und erst einmal ihren Feind zu beobachten.

Doch sein Verhalten war mehr als seltsam: Er setzte sich auf einen Stein, mit dem Rücken zu ihr, und sagte im Plauderton: »Na, mal schauen, was wir da haben. Willst du das hier?«

Diese leise, sonore Stimme kannte sie doch! Conrad. Verdammt, ausgerechnet er. Der Mann, der versucht hatte, sie umzubringen. Der Schreck, den er ihr mit seinem Kuss eingejagt hatte, saß tief und ließ sie erschaudern. Sollte sie sich vielleicht tot stellen? Oder ihm antworten, auch wenn sie keine Ahnung hatte, was er von ihr wollte?

Noch bevor sie einen Ton herausbringen konnte, streckte er einen Arm zur Seite. Zu seinen Füßen entdeckte Ylva ihre Ratte. Der Nager erhob sich auf die Hinterbeine und schnupperte, dann wandte er den Kopf ab.

»Hm, ich nehme an, Fenchel ist nicht dein Fall, was? Das ist mehr als nachvollziehbar. Aber immerhin besser als eingelegte Rote Bete, *yuk*!«

Ylva presste sich eine Hand auf den Mund, um ein Lachen zu unterdrücken. Wo sie einfach »igitt« gesagt hätte, verwendete er dieses komische »yuk«. Überhaupt redete er anders als alle, mit denen sie es bisher zu tun gehabt hatte: Seine A-Laute klangen etwas tiefer, wodurch seine Stimme etwas Beruhigendes erhielt. Vermutlich, um die Opfer einzulullen, von seiner Harmlosigkeit zu überzeugen.

»Wie wäre es mit einem Apfel?« Erneut streckte er den Arm aus. Die Ratte machte einen vorsichtigen Hüpfer auf die Hand zu, nahm aber nichts an, sondern wartete, bis Conrad das Stück auf die Erde gelegt hatte. Das Tier nagte ein wenig daran und huschte dann wie ertappt zurück.

»Ach, komm schon. Dir zuliebe habe ich den Fressnapf einer Schildkröte geplündert, und du verschmähst meine Gaben? Das ist nicht nett. Wage es nicht, mir in zehn Minuten vorzujammern, du hättest Hunger. Entweder du isst jetzt oder du lässt es.«

Ylva schmunzelte. Irgendwie vereinbarte sich das Bild, das sie gerade von ihm bekam, nicht mit dem des grausamen Mörders, dessen Kuss sie fast das Leben gekostet hatte. Während er mit ihrer Ratte plauderte, wirkte er so … ungezwungen. So fürsorglich. Sie befühlte die Jacke unter ihrem Kopf. Gehörte das Kleidungsstück ihm?

Wollte er, dass sie es bequem hatte? Oder sättigten ihn glückliche Opfer einfach besser?

*Trau ihm nicht,* rauschte es in ihrem Kopf, und obwohl der Gedanke ihr gehörte, woran sie keine Zweifel hatte, fühlte sich dieses Flüstern abstoßend und fremdartig an. *Er ist dein Feind, er wird dich vernichten! Sobald er genug mit dir gespielt hat.* Aber konnten die Gedanken unter der Haut kribbeln? In den Blutbahnen prickeln und so sehr ihr Hirn benebeln, dass sie sich nicht mehr in der Wirklichkeit wähnte und kaum noch wusste, wer sie war?

Sie spürte das Pieken winziger Krallen auf ihrer Haut und das Fell, das ihre Wange kitzelte. Der Nager hatte bemerkt, dass sie wach lag, kam sofort angesprungen und vertrieb durch seine Anwesenheit das merkwürdige Flüstern ihrer Gedanken. Ylva freute sich, ihn bei sich zu haben, als wäre sie erst in seiner Nähe vollständig, ein ganzes Wesen und nicht nur ein halbes.

»Hallo, mein kleiner Freund«, hauchte sie ihm entgegen und kraulte ihm den Nacken, so weit es ihr möglich war, während das Tier auf ihr herumkletterte und sie beschnupperte.

»Wie geht es Ihnen?«

Ylva fuhr zusammen. Sie hatte ihren Feind immer noch auf dem Stein vermutet, dabei stand er jetzt irgendwo hinter ihr, und sie hatte nicht einmal bemerkt, wie er sich bewegte. Sie drehte den Kopf, langsam, wie ein Kind, das sich vor dem fürchtet, was es gleich erblickt, und schaute zu ihm auf. Durch das hohe Glasdach fiel kaum Licht herein, obwohl es anscheinend bereits tagte.

So gelang es ihr nicht, an seiner Haltung, seiner Mimik, seinen Gebärden abzulesen, was er möglicherweise vorhatte. Sie musste sich auf ihr Gehör und ihre Nase verlassen. Aber wie roch man jemanden, der keinen Geruch hatte? Und wie entkam man jemandem, der sich so leise anschleichen konnte?

Ihr Magen knurrte, und in ihrem Bauch brodelte es. Sie hatte Hunger.

Conrad lehnte sich mit der Schulter an einen Baumstamm. »Fenchel oder Apfel?«

Ylva registrierte, wie sein Ton sich veränderte. Seine Stimme schien weniger kalt und distanziert zu klingen, sondern beinahe neckend. Oder bildete sie sich das nur ein? Um nicht vor Panik zu erstarren, um seine Anwesenheit überhaupt ertragen zu können? Denn die Gänsehaut wollte nicht verschwinden, und ihr Herz schien nun irgendwo in ihrer Kehle seine SOS-Zeichen zu klopfen. Sie erstickte buchstäblich an ihrer eigenen Angst.

Ylva rappelte sich auf, jederzeit bereit, die Flucht zu ergreifen. Obwohl sie ahnte, wie niedrig ihre Chancen lagen, vor einem Totenküsser wegzulaufen. Der einzige Grund, warum sie noch lebte, lautete: Weil er es ihr erlaubte.

»Wo bin ich eigentlich? Und wie …« Sie dachte an ihren Ausbruch aus dem Haus, an diese Stella, die ihr einen Stiefelabsatz in den Handrücken gerammt hatte. Danach klaffte ein Loch in ihrem Gedächtnis. Das Dunkle! Es hatte die Herrschaft über sie übernommen. Sie lauschte in sich hinein, bemerkte aber keine Spur von dem grässlichen Ding, das sie aus ihrem eigenen Körper verdrängen wollte. Es war da, das wusste sie, aber es schlief, gesättigt und zufrieden.

»Wo bin ich?«, wiederholte sie mit Nachdruck, um ihre Unsicherheit zu überspielen. Sie wollte Antworten, am liebsten auf alles, und zwar sofort. Um wirklich zu begreifen, was das Ganze um sie herum zu bedeuten hatte, und die Angst zu vertreiben.

Conrad schwieg, als wollte er sie vorerst sondieren. Zumindest fühlte sich sein eindringlicher Blick genauso an. »Draußen war es kalt, und Sie sind nicht sonderlich wetterfest angezogen«, sprach er, und es kam ihr vor, als trenne sie urplötzlich eine durchsichtige Wand voneinander. Glaubte sie vorher noch, etwas Wärme in seinem Ton zu spüren, so drang jetzt kaum noch irgendein Gefühl durch. »Sie sollten es warm haben, solange Sie noch schliefen. Ich bin ins Tropenhaus von Planten un Blomen eingebrochen und konnte die Wachleute davon überzeugen, dass es sich schon so gehört. Dem Âjnâ sei Dank.«

»Bitte?« Ihre Stimme vibrierte wie Glas kurz vorm Zerspringen. Ylva fluchte innerlich. Sie konnte ihre eigene Angst riechen, und sicherlich entging diese auch ihrem Feind nicht. Dabei wollte sie so wenig wie möglich von ihrem Gemütszustand preisgeben.

Tatsächlich wurde sein Ton aber etwas sanfter. »Das ist Plattdeutsch für ›Pflanzen und Blumen‹. Ein sehr schöner Park, zugegeben nicht zu dieser Jahreszeit. Siebenundvierzig Hektar mit beeindruckender Flora. Allein diese Gewächshäuser erstrecken sich über 2800 Quadratmeter. Wussten Sie, dass die gesamte Glaskonstruktion aufgehängt ist und …«

»Ich habe keinen Vortrag gebucht.«

Conrad verstummte, und allein durch sein Schweigen brachte er sie dazu, es zu bedauern, ihn so angefahren zu haben. War sie denn gänzlich übergeschnappt, ihn auch noch zu provozieren?

Doch erstaunlicherweise war er es, der sich entschuldigte. »Verzeihung. Wenn es um Pflanzen geht, gerate ich sehr schnell ins Schwärmen. Waren Sie schon im Japanischen Garten? Dort …«

»Nein, ich habe gerade andere Probleme, falls Ihnen das noch nicht aufgefallen ist.« Ylva hielt die Luft an und hätte sich am liebsten eine Hand vor den Mund geschlagen. Was war denn nur in sie gefahren? Sie hatte sich doch eben erst vorgenommen, ihn nicht mehr anzuschnauzen. Regte sich da etwas in ihrer Brust? Die Larven, die sich zu einem Klumpen drängten … Ylva stöhnte und presste sich die Finger gegen die Stirn. Nein, es durfte sie nicht noch einmal überwältigen! Hatte sie noch Kraft zu kämpfen? Würde sie es schaffen zu widerstehen?

Sie ließ sich auf seine zusammengerollte Lederjacke sinken, schlang die Arme um den Bauch und ließ den Kopf hängen. »Was ist mit mir passiert?«, stöhnte sie, und diesmal gab sie sich keine Mühen, das Beben in ihrem Innern zu verbergen. Nur weinte sie nicht, obwohl sie weinen wollte, denn sie wagte es nicht, die

Tränen zuzulassen, weil ihre Angst vor dem Flüstern in ihrem Kopf noch größer war als ihre Angst vor dem Totenküsser.

»Das vermag ich leider nicht mit Sicherheit zu beantworten. Würden Sie mich bitten, Vermutungen anzustellen, würde ich Sie als besessen bezeichnen. Es hat einen Tag lang gedauert, Sie zu finden. Zum Glück kam ich rechtzeitig, bevor Sie einen Obdachlosen anknabbern konnten. Nachdem ich Ihnen Lebensenergie eingeflößt hatte, sind Sie zusammengebrochen. Aber zumindest wurde Ihr Körper nicht mehr ... beherrscht. Danach haben Sie lange geschlafen.«

Einen ganzen Tag hatte sie unter Fremdeinfluss verbracht! Und wusste nicht einmal, was es war, was ihren Körper lenkte, wenn sie nicht bei Bewusstsein war. Ylva sprang auf, machte ein paar unsichere Schritte hin und her und lehnte sich gegen einen Baumstamm. »Ich wollte einen Obdachlosen anknabbern? Wirklich von ihm essen?« Mit bebender Hand fuhr sie sich durch das wirre Haar. Ihr wurde schwindelig, die Umgebung erschien ihr verschwommen, die Farben verblassten. Nur ihre Nase und ihr Gehör lieferten ihr noch Hinweise zur Orientierung. »Ich wünschte, ich hätte niemals meinen Verstand zurückerlangt. Ich wünschte, ich wüsste nicht, was ich tue oder beinahe getan hätte«, flüsterte sie.

Abermals wurde sein Ton weicher. »Ich bin mir sicher, das waren nicht Sie, sondern dieses ...«

*Traue ihm nicht!*

Sie schloss die Augen. »Aber macht es das denn besser?

Es ist in mir. Vielleicht ist es – ein Teil von mir. Wie die Ratte.«

»Die Ratte ist Ihr Seelentier.«

Ylva hörte, wie er einen Schritt auf sie zu machte. Ihr Nacken verkrampfte sich, instinktiv krallte sie ihre Finger um einen Ast. Den Tod so nah zu spüren, war mehr, als sie ertragen konnte.

Er bemerkte es und trat sofort zurück. Die Intensität der Wahrnehmung ließ nach, und Ylva schnappte nach Luft.

»So schlimm?«, hörte sie ihn betroffen fragen.

Ylva nickte, durch ihre Panikattacke der Fähigkeit zu sprechen beraubt.

»Verzeihung. Ich habe nicht oft Umgang mit Metamorphen und vergesse manchmal, wie mein Zustand auf … empfindsame Gemüter wirkt.«

Sie löste sich aus ihrer Starre und brachte sich dazu, ihn anzusehen, mit einer inneren Beklemmung, die nicht weichen wollte. Er hielt genug Abstand, damit die Angst sie verschonte. Sie lächelte ihm zu, dankbar für sein Verständnis und seine Zurückhaltung, aber es war noch zu dunkel, als dass er es hätte sehen können.

»Wissen Sie, was mit mir los ist?«, wisperte Ylva, ohne ihren Blick von ihm abzuwenden. Obwohl ihre Instinkte das Gegenteil behaupteten, beobachteten ihre Augen weder einen Killer noch eine auferstandene Leiche. Sondern jemanden, der sich um sie gekümmert hatte, der nicht auf sie herabsah, sondern ihr mit Achtung begegnete. In seiner Gegenwart fühlte sie sich wie eine Dame, nicht wie ein Rattenmädchen.

»Das – hm, mangels genauerer Sachkenntnisse lassen Sie es uns ›Ding‹ nennen – ist etwas Fremdartiges«, fuhr Conrad fort.

Wieder musste Ylva dabei lächeln. Wie seltsam seine Sprechweise klang – mal lässig, mal gehoben, und dennoch gingen seine Worte ihr nahe. Sie wünschte sich, sie müsste ihn nicht fürchten. Sie wünschte, sie könnte ihre Sinne verstummen lassen und sich in seiner Gegenwart wohlfühlen. Ein törichter Wunsch. Ob er, ähnlich wie Linnea, Methoden kannte, sein Gegenüber zu benebeln und dessen Willen zu brechen? War sie bereits in seinen Bann geraten?

Währenddessen redete er weiter, und nichts deutete darauf hin, dass er ihr etwas aufzwingen wollte: »Etwas derartiges ist mir noch nie begegnet, und das soll schon was heißen. Es gehört ganz sicher nicht zu Ihnen. Nicht einmal zu dieser Welt.«

Ylva ertappte sich, wie sie ihn noch immer anstarrte. Gleichzeitig spürte sie etwas in ihrer Brust pulsieren, zuerst schwach, dann immer stärker. Es fühlte sich dunkel an. Fremdartig. Widerlich. Etwas, was den Totenküsser verjagen wollte, weil er sie von dem Abgrund, an dem sie stand, zurückhielt.

»Und das sagt ausgerechnet ein lebender Leichnam?«, hörte sie ihre eigene Stimme. Ihr Herz setzte für eine Sekunde aus. *Das wollte ich nicht, ganz sicher nicht …*

*Wolltest du doch.*

*Nein!* Sie presste sich die Hände gegen die Ohren, schlug die Zähne in ihre Zunge und schmeckte Blut. Ob sie stets auf diese Weise den Verstand verlor? Und jetzt wieder?

»Es versucht erneut, die Kontrolle zu übernehmen, nicht wahr? Dieses Ding gehört nicht zu Ihnen! Hören Sie mich? Es ist kein Teil Ihrer Seele!« Er redete immer lauter. Mit einem Mal kam ihr seine Stimme schneidend, eindringlich, unangenehm vor. Ylva spürte den Drang, den Worten zu entfliehen. »… nicht Sie! Nicht. Sie.«

Das Flüstern in ihrem Kopf schwand, ihre eigenen Gedanken sickerten in ihr Hirn. *Das Ding – das bin nicht ich.* Sie musste es nicht nur denken, sie musste es sagen, sich dazu zwingen, die Wahrheit auszusprechen, auch wenn das Dunkle ihr den Mund zu verstopfen drohte.

Das stete Pulsieren in ihrem Inneren begann zu flimmern und erstarb. Ylva fand sich auf den Knien wieder, registrierte Conrad direkt vor sich, ebenfalls kniend. Als er die Besserung ihres Zustandes bemerkte, kam er rasch auf die Beine und wich mehrere Schritte zurück. Natürlich, damit sie keine Angst vor ihm haben musste.

Ylva schloss die Augen. Sie wünschte … Genug! Dies war nicht der richtige Zeitpunkt für dumme Wünsche, die ohnehin nicht in Erfüllung gehen konnten. Denn es gab nichts, was ihre Wahrnehmungen überlisten würde. Es lag in der Natur der Sache, Conrad zu fürchten.

»Ich habe keine Ahnung, was mit mir geschieht«, gestand sie. Auch wenn er ihr keine Geborgenheit durch seine Nähe schenken konnte, so hörte er wenigstens zu. Und sie musste jetzt einfach ihr Herz ausschütten, um nicht erdrückt zu werden. Irgendjemandem. Ihm. Weil sie das Gefühl hatte, er würde verstehen, auch das, was sie selbst noch nicht verstand. »Ich bin bei Linnea in einem Käfig aufgewacht. Meine letzten Erinnerungen stammen aus der Zeit, als ich ein kleines Kind war. Mir fehlen etliche Jahre, in denen ich wer weiß was getrieben habe.«

»Linnea hat Sie in einen Käfig eingesperrt?«

»Wie man sieht – zu Recht. Ich bin gemeingefährlich und unberechenbar. Was auch immer dieses Ding ist, lange werde ich es nicht aushalten können. Und ich habe keine Ahnung, was ich machen soll.«

»Nun, Sie kommen erst mal mit mir, dann sehen wir weiter. Ich habe Rivas informiert, er holt uns am Dammtor mit dem Wagen ab.«

Ylva schnappte nach Luft. Es sind Totenküsser, hämmerte es in ihr, alles Mörder!

»Warum glauben Sie, ich würde mit Ihnen irgendwohin fahren?«, entgegnete sie widerborstig.

Er hob seine Jacke vom Fußboden, schüttelte sie aus und zog das Kleidungsstück an. »Weil Sie keine Wahl haben, so leid es mir auch tut, Ihnen das zu sagen.«

Ylva schluckte krampfhaft. Welche Optionen hatte sie schon? In einer Auseinandersetzung war sie Conrad nicht gewachsen, außer sie würde dem Ding erlauben, ihren Körper zu übernehmen. Sich an das Dunkle verlieren. Was nicht infrage kam. Also blieb ihr nichts anderes übrig, als dem Totenküsser zum Ausgang zu folgen.

Draußen stürmte es. Der Wind fegte durch die Parkanlage, riss die Blätter von den Bäumen und blies seinen kalten Atem unter Ylvas Pullover. Regenschwangere Wolken krochen über den Himmel und verliehen der Gegend einen tristen, fahlen Ausdruck. Ylva tappte in eine Pfütze. Im Nu durchnässte das Wasser ihre Fellhausschuhe, und sie begann zu frieren. Die Arme um den Körper geschlungen, tippelte sie den Weg entlang, um in Bewegung zu bleiben und wenigstens ein bisschen Wärme zu bewahren.

Etwas Schweres legte sich auf ihre Schultern. »Nehmen Sie meine Jacke. Im Gegensatz zu Ihnen habe ich keine Erkältung zu befürchten.«

Ylva entging nicht, wie akribisch er darauf achtete, sie nicht direkt zu berühren. Als wäre sie etwas Abscheuliches. Sie stolperte über ihre eigenen Füße, bestürzt über seine so unverhohlene Abneigung. Dort, im Tropenhaus, als sie seine Gestik und Mimik im spärlichen Licht nicht so deutlich sehen konnte, da hatte sie ge…

Ylva schüttelte den Kopf. Beinahe hätte sie aufgelacht. Dummes Kind! Was? Was hast du geglaubt? Dass ein Totenküsser dich mag?

Zu gern hätte sie ihm seine Jacke voller Stolz entgegengeschleudert, aber es war so verdammt kalt! Ihre Füße schienen sich in klamme Stummel zu verwandeln, und die zu Fäusten geballten Finger tauten erst auf, als sie die Hände in den Ärmeln versteckt hatte, die noch den Rest seiner Wärme trugen.

Eine Weile gingen sie schweigend nebeneinander, während Conrad die unsichtbare Grenze zwischen ihnen nicht überschritt und auf genügend Abstand zwischen ihnen achtete. Grimmig beobachtete Ylva sein Gehabe. Nein, es war keine Achtsamkeit angesichts ihrer Angst vor einem Untoten, er wollte sie schlichtweg nicht in seiner Nähe wissen. So einfach war das.

*Du hast doch nicht ernsthaft geglaubt, er würde sich mit so einem stinkenden Rattenmädchen wie dir abgeben wollen?*

Doch, hatte sie, und sie schämte sich ihrer Naivität. Mit einer Wange kuschelte sie sich an den Nager, der auf ihrer Schulter hockte. Wenigstens er mochte sie, aufrichtig und selbstlos.

Die nächste Böe wirbelte ihr Haar durcheinander und schleuderte ihr den Regen ins Gesicht. Die Tropfen stachen ihr in die Haut wie Nadeln. Conrad hatte die Hände in den Hosentaschen vergraben und die Schultern hochgezogen. Ylvas feines Gehör erlaubte ihr, sein Zähneklappern zu hören. So viel zum Thema »untot«. Dabei hatte sie angenommen, er wäre außerstande, irgendetwas zu spüren. Kälte, Hitze, Liebe, Angst …

Sie nutzte die Gelegenheit, ihn genauer zu betrachten. Bei Tageslicht kam er ihr kaum so furchteinflößend wie noch eben im morgendlichen Halbdunkel des Tropenhauses vor. In jeder Hinsicht wirkte alles an ihm irgendwie ein wenig … »zu«: zu jung, zu blass, zu schmal gebaut, um jemanden allein mit seiner Erscheinung in Angststarre zu versetzen. Er sah aus wie jemand, der die Pubertät erst vor kurzem hinter sich gelassen hatte und mit seinem Leben noch nicht so wirklich etwas anzufangen wusste. Zumindest auf den ersten Blick. Denn Ylva ahnte, dass er viel, viel älter war. Jemand, für den »Ewigkeit« kein abstrakter Begriff war. Sie sollte sich nicht von seinem harmlosen Äußeren täuschen lassen, auch jetzt warnten alle ihre Sinne sie eindringlich vor ihm.

Sein dunkelbraunes Haar hatte einen Stich ins Rötliche und war vom Unwetter zerzaust. Die Kleidung zeigte deutliche Kampfspuren – Risse, Schmutz- und Blutflecke –, wirkte jedoch auch in diesem Zustand noch elegant und gleichzeitig lässig: ein schwarzer Pullover, ein weißes Hemd, dessen Kragen aus dem Ausschnitt ragte, eine Hose mit Bügelfalten und schwarze Lederschuhe, die recht schick aussahen.

Inzwischen hatten sie den Park hinter sich gelassen. Neugierig betrachtete Ylva die Umgebung und die Menschen, denen sie über den Weg liefen. So bekam sie die Gelegenheit, Conrad mit den Lebenden zu vergleichen. Seine Fremdartigkeit fand sie auf eine beunruhigende Weise anziehend. Er bewegte sich sehr geschmeidig, als würde er über den Boden gleiten und nicht trotten wie die anderen um ihn herum. Wachsamkeit zeichnete seine Haltung aus, obwohl er nur beiläufig die Gegend anschaute, ohne länger etwas Bestimmtes im Blick zu behalten. Doch ihm entging nichts, und in seiner Gegenwart fühlte sich Ylva sicher. Nur nicht vor ihm, denn ihr wurde umso schmerzhafter klar, wie sehr sie ihm ausgeliefert war.

Plötzlich merkte sie, dass auch er sie beobachtete. Auf seine intensive und direkte Art, bei der Ylva nichts mehr wahrnahm, außer seinen braunen Augen. Blut schoss ihr ins Gesicht, die Haut erglühte. Intuitiv schlug sie beide

Hände an die Wangen, um es irgendwie zu verdecken, und verriet sich umso mehr. Er lächelte, irgendwie freudlos, und wandte seinen Blick ab. Auch Ylva beobachtete fortan lieber die Umgebung statt ihn.

Links von ihr ragte ein graues Hochhaus in den Himmel, das mit seiner Präsenz alles ringsherum in den Schatten zu stellen wusste. Eine Zeichenreihe, die sie nicht entziffern konnte, zierte die oberen Stockwerke. Als Ylva sich leicht drehte, sah sie auch den weißen Fernsehturm, dessen Plattform sie an eine Untertasse erinnerte. Bald schälte sich vor Ylvas Augen ein langes, imposantes Gebäude aus hellem Sandstein mit riesigen Bogenfenstern und Verzierungen an der Fassade aus dem Regen. Im Erdgeschoss drängten sich unzählige Läden aneinander, durch die verglasten Fensterflächen der zweiten Etage sah sie eine S-Bahn anfahren.

In Conrads Begleitung tauchte Ylva in das Gebäude ein. Künstliches Licht ergoss sich über ihren Kopf, die vielen Gerüche, Ladenschilder und der Lärm überfluteten Ylvas Sinne, so dass ihr schwindelig wurde. Am liebsten hätte sie sofort das Weite gesucht, zwang sich aber zur Ruhe. Auch dem Nager war es zu viel, und er flüchtete in ihren Pulloverausschnitt.

Sie hatten nicht einmal die Mitte der Halle erreicht, als über die Rolltreppen Menschenmassen hinunterströmten, überwiegend junge Leute mit Rucksäcken und Taschen. Ylva versuchte, den Eilenden auszuweichen, wurde geschubst und angerempelt. Bald wusste sie nicht mehr, wohin sie treten sollte. Angesichts dieser plötzlichen Invasion verlor sie völlig die Orientierung. Es kam ihr vor, als würden die Menschen sie jagen, als warteten sie nur darauf, sie wie einen Ball von einem zum anderen zu stoßen. Licht, unzählige Gesichter, schwirrende Gerüche – vor ihren Augen begann es zu flimmern. Bis jemand sie am Ärmel packte und zur Seite zog. Conrad. Ylva atmete erleichtert auf. Schon trat er zurück, hielt wieder den gewohnten Abstand zu ihr, und bedeutete ihr mit einer Geste, ihm zu folgen. Es entging ihr nicht, wie angespannt er wirkte, wie gequält sein Gesicht aussah. Als würde er all seine Kraft dazu verwenden, den Tumult um ihn herum auszublenden. Die vielen Menschen setzten offensichtlich auch ihm zu.

Wieder rührte sich etwas in Ylvas Brust. *Tu ihm weh … du kannst das. Es ist so leicht, ihn jetzt zu verletzen und dich zu stärken …*

Ylva biss die Zähne zusammen. Nein, denn damit würde sie nicht sich stärken, sondern das Dunkle. Ein schneidender Schmerz durchfuhr ihre Eingeweide. Ylva stolperte. Ihr Blick bohrte sich in Conrads Rücken.

*Jetzt bist du die Jägerin und er – die Beute.*

Sie schüttelte heftig den Kopf. Auf das Flüstern folgte wieder dieser Schmerz, der ihr Inneres aufzureißen schien. Als säße ein wildes Tier in ihrem Leib, das sich mit seinen Krallen den Weg nach draußen bahnte.

Ylva keuchte auf, hielt sich den Bauch und krümmte sich zusammen. Sie wusste, was das bedeutete. Das Ding bestrafte sie, weil sie sich ihm widersetzte. Keuchend torkelte sie zum Ausgang und war froh, an die frische Luft zu gelangen. In tiefen Zügen saugte sie die Kälte in ihre Lunge. An einer Wand entlang schob sie sich zur Seite, wo sie keinem im Weg stand, wo keiner sie beachtete.

»Ist es das Ding?«, hörte sie Conrads besorgte Stimme. Sie wollte antworten, doch ein neuer Anfall verschlug ihr die Sprache. Es fühlte sich an, als hätte etwas ihr die Zunge herausgerissen, und sie verschluckte sich an ihrem eigenen Speichel. Oder war es tatsächlich Blut? Für mehr als ein Nicken fand sie keine Kraft und sank in die Knie, nach Luft ringend. Wie mit einem Draht schnürte sich ihr die Kehle zu. Sie würde ersticken!

Conrad hockte sich neben sie. »Bewahren Sie die Ruhe, und atmen Sie weiter. Verstanden?«

Ylva versuchte, Luft zu holen, doch es brachte nur neue Qualen. Die Larven verwandelten sich in scharfe Klauen und zerrten an ihrem Inneren.

»Wie schlimm ist es? Schaffen Sie es, das Ding zu verdrängen, oder brauchen Sie Energie?«

Sie stöhnte. Noch länger würde sie es nicht ertragen können. Keine Minute mehr! Was sollte sie bloß machen, damit die Schmerzen aufhörten? Wenn sie es nur wüsste!

*Tu ihm weh,* stieg die Antwort in ihrem Kopf auf. *Sein Leid wird deines lindern …*

Noch einige Sekunden lang kämpfte sie gegen das Flüstern, dann ließ sie sich fallen. Unbeteiligt beobachtete sie die rauchigen Pranken, die aus ihr schossen und in Conrad eindrangen.

*Tu ihm weh! Zerstöre ihn! Er hat es nicht anders verdient.*

# Kapitel 8

Sie wollte es nicht, aber nachzugeben wäre so einfach! Sie müsste ihn nur berühren, ihm mit der Hand über die Wange streichen. Wie seine Haut sich wohl anfühlen mochte?

Noch zögerte Ylva, während sie die Echos seiner Emotionen empfing. Unbehagen, Beklommenheit und Verbitterung schwappten zu ihr herüber und trübten ihre Sinne. Sie nahm das ganze Geschehen wahr, als würde sie einer Pantomime zuschauen, ohne selbst ein Teil davon zu sein. Einer sehr bedrückenden Pantomime, die sie unendlich traurig und betroffen machte. Ylva fragte sich, woher all diese Trostlosigkeit kam, und fürchtete sich gleichzeitig davor, weiter in den Abgrund zu blicken und hinunterzustürzen. So, wie Conrad es tat, nachdem sie ihn gerade hinuntergestoßen hatte, direkt in das gierige Maul des Dings in ihr. Das Dunkle fraß sich in seine Seele, zerriss seine Gefühle, aber es brauchte mehr. Viel mehr. Denn ein über hundert Jahre alter Untoter wusste seine Emotionen zu gut zu verbergen. Sie musste tun, was seine Schutzschilde durchbrechen würde, was zu ertragen ihm eine Qual war.

Ylva schloss die Augen, streckte ihren Arm aus und

spürte Conrads Haut unter den Fingern. Er zuckte zusammen wie unter einem Schlag und blieb dennoch bei ihr. Sie spürte, wie Panik in ihm aufzusteigen drohte und wie er sie mit aller Macht niederzukämpfen versuchte. Was hatte er bloß erlebt, wenn eine einfache Berührung so etwas in ihm hervorrief? Ihre Augen füllten sich mit Tränen, die zurückzuhalten Ylva unmöglich war.

Das Ding in ihr frohlockte, drang noch tiefer in ihn. Sie hasste sich dafür, war sich selbst zuwider, dass sie es zuließ.

*Ich muss es aufhalten. Ich muss. Etwas. Dagegen. Tun!* Jedes Wort rüttelte ihr Bewusstsein ein wenig mehr auf.

*Musst du nicht. Kannst du nicht,* rauschte es durch ihre Adern, und die imaginären Larven schienen ihr Rückgrat emporzukriechen, in ihr Gehirn einzudringen und sich dort einzunisten. *Genieße es. Denn das bist du, mit jeder Zelle deines Körpers.*

Ja, sie konnte das Ding nicht mehr in seine Schranken weisen, es war ihr entglitten, frei. Doch sie konnte es zurücklocken. Aus irgendeinem Grund wusste Ylva, was sie jetzt machen sollte. Ohne wirklich zu verstehen, wie es ihr gelang, wie es überhaupt möglich war, ließ sie Conrads Gefühle, die von dem Ding immer mehr zerfressen wurden, durch sich fließen.

Seine Gefühle durchdrangen sie so intensiv, dass es ihr für einige Sekunden den Atem verschlug. Beklemmende Angst stieg in ihr empor, Angst, dass jemand kommen und sie … *anfassen* würde. Hass zerfetzte ihre Seele. Hass auf denjenigen, der …

Sie rang nach Luft. Sie wollte schreien. Sie war doch nur ein Kind!

Das Dunkle kam hinterher, lechzend nach den qualvollen Empfindungen. Ylva leitete die Gefühle weiter. Dorthin, wo nichts und niemand sie jemals finden würde. Fort aus dieser Welt. Für immer. Aber wie viel hatte das Ding vorher davon bekommen? Und wie stark war es dadurch geworden?

Es war der Geruch der Königin, der durch den Wirbel ihrer Gedanken schnitt und Ylva in die Realität zurückriss. Sie witterte Linnea, blinzelte und musste zuerst einmal realisieren, wo sie sich befand. Wer sie überhaupt war. Und was sie gerade getan hatte.

Der stürmische Wind fegte den Regen unter das Vordach des Bahnhofs und jagte die Menschen davon, die sich in ihre Jacken und Mäntel wickelten oder mit den Regenschirmen kämpften. Was sich um sie herum sonst noch abspielte, hatte keiner von ihnen mit mehr als einem flüchtigen Blick bedacht.

Ylvas Haar klebte an ihrem Gesicht wie Seetang. Sie fühlte sich verloren und fremd in dieser Welt, wie ein Meeresungeheuer, das von tosenden Wellen an Land gespuckt wurde. Noch immer ruhte ihre Hand an Conrads Wange, aber die rauchigen Tentakel hatten sich zurückgezogen und ihn endlich in Ruhe gelassen.

Ylva senkte den Arm. Das Ding hatte schon längst aufgehört, sie zu quälen, nichts deutete auf seine Präsenz hin, nur ihr Körper fühlte sich tonnenschwer und unbeweglich an. Genauso wie ihre Seele.

»Entschuldige«, wisperte sie und versuchte, einen Blick in Conrads Augen zu erhaschen. Die Angst, in seiner Nähe zu sein – so nah! –, kehrte zurück. Aber was war schon ihre Angst im Vergleich zu dem, was sie ihm angetan hatte?

Er sah sie nicht an, sondern starrte wie blind vor sich hin. Sein Gesicht war kreideweiß, die Unterlippe blutig gebissen.

»Conrad?« Ihr Herz schlug heftig, als sie seinen Namen aussprach.

»Ich schätze, damit sind wir quitt«, sagte er und sie spürte einen Stich in der Brust, so brüchig klang seine Stimme.

Conrad stand auf. Sie erhob sich ebenfalls, obwohl ihre Beine sich wackelig anfühlten und sie glaubte, gleich zu stürzen. »Quitt?«

Immer noch bemühte sie sich, ihm in die Augen zu schauen, ihm irgendwie zu erklären, dass sie es nicht gewollt hatte. Dass das Ding einfach stärker war und …

In ihrem Geiste durchlebte sie die Empfindungen erneut, die sich das Ding von ihm geholt hatte, und erst jetzt wurden ihr die Ausmaße ihres Tuns klar. Es gab nichts, womit sie das hätte rechtfertigen können. Nichts, was er ihr verzeihen würde.

Conrad wandte sich von ihr ab. »Ich habe Sie im Keller fast umgebracht, obwohl ich mich zu diesem Zeitpunkt eigentlich gar nicht nähren musste. Und Sie … was auch immer Sie gerade getan haben, es hat Ihnen anscheinend geholfen, dieses Ding zu besänftigen. Das ist schön. Aber ich warne Sie: Wagen Sie es nie wieder, mich anzufassen.« Die Härte der Worte, die er ihr entgegenschleuderte, schmerzte sie mehr als die Folter, der das Ding sie unterzogen hatte.

»Conrad, es tut mir leid. Du …«

»Es würde mir sehr entgegenkommen, wenn wir beim Sie blieben.«

Sie verstummte, während sie auf seinen Rücken starrte und mit den Tränen kämpfte. Obwohl sie nicht wusste, warum ihr so sehr nach Heulen zumute war.

Zum Glück regnete es. Zum Glück würde keiner bemerken, was in ihr vorging.

»Ylva, mein Mädchen, wie bin ich froh, dass dir nichts passiert ist!« Linneas Duft wehte zu Ylva herüber, und sie wurde sich einer anderen Gefahr bewusst. Die Schlangenfrau! Ylva musste sich zwingen, den Blick von Conrad zu lösen und ihre Königin und Gebieterin anzuschauen, die ihnen entgegeneilte.

Linnea betrachtete sie mit einem wohlwollenden, selbstzufriedenen Lächeln und öffnete, als sie bemerkte, dass Ylvas Aufmerksamkeit ihr galt, die Arme. »Wie geht es dir? Ich habe mir solche Sorgen um dich gemacht!«

Ylva wich zurück, Schritt um Schritt, auch wenn sie wusste, dass sie nicht weit fliehen konnte.

*Einen Scheißdreck hast du,* dachte sie verbittert, doch in ihrem Inneren wusste sie, dass sie sich nicht über Linnea ärgerte. Sondern über sich selbst. Über das, was sie war, und wie viel Schmerz sie den anderen noch würde zufügen müssen, sobald das Ding danach verlangte.

Ylva stieß mit jemandem zusammen und wurde zur Seite geschubst, während Linnea sie fast erreicht hatte. Gleich würde sie sich in ihrer Umarmung wiederfinden und sich selbst verlieren, unter dem hypnotischen Duft zu einer willenlosen Marionette mutieren.

Doch dazu kam es nicht. Conrad, der offenbar mit Linneas Auftauchen gerechnet hatte, stellte sich der Königin in den Weg.

»Bleib ihr fern«, sagte er in einem Ton, der vermutlich auch eine Spezialeinheit im Einsatz aufgehalten hätte. Und Linnea gehorchte, hielt inne, anscheinend selbst verwundert über die Macht seiner Worte und ihre Bereitschaft, ihm zu gehorchen.

»Was soll das?« Sie kniff die Augen zusammen und musterte ihn mit kalter Wut und verzerrtem Gesicht. Von dem jungen, unschuldigen Mädchen, als das sie sich gern zeigte, blieb nichts mehr übrig. »Die Abmachung lautete, dass du sie retten und in Sicherheit bringen würdest. Das hast du getan. Jetzt gehört sie mir. Sie ist nicht deine Gefangene!«

»Deine auch nicht. Und noch hast du deinen Teil der Abmachung nicht erfüllt.«

Ylva entspannte sich ein wenig. Auch wenn Conrad sie verabscheute – er würde sie beschützen, und das war im Moment alles, was zählte.

Gleichzeitig wurmte es sie, zwischen den beiden das vertrauliche Du zu hören, das Conrad ihr verwehrte. Natürlich war sie nicht eifersüchtig, nur irgendwie … gekränkt. Ausgerechnet Linnea! Aber wenigstens schlich sich in seinen Ton nicht sonderlich viel Wärme ein, wenn er mit der Königin sprach, da hatte die Ratte kürzlich um einiges mehr an Herzlichkeit von ihm erfahren.

Hinter Linnea kam ein dunkelhaariger Mann heran, der Ylva bereits im Keller aufgefallen war. Seine markanten Gesichtszüge, die wie geschnitzt wirkten, hatten sich ihr ins Gedächtnis eingeprägt. Ganz besonders die Adlernase, die ein wenig zu groß wirkte, und das kräftige Kinn, das ihm etwas sehr Männliches verlieh. Außerdem assoziierte sie ihn unbewusst mit der Schwarzhaarigen, die in dem Keller bei Finn gewesen war, da zwischen den beiden irgendeine Verbindung zu bestehen schien.

»Also, ich würde auf Conrad hören«, sagte der Mann und betrachtete seine Fingernägel, als würde der Schmutz darunter ihn mehr interessieren als die Königin der Metamorphe. »Das wäre immer gesünder als das Gegenteil, dies nur zu deiner Kenntnis. Und wir haben immer noch deine Schlange, also bist du nicht gerade in der Lage, Forderungen zu stellen.«

Linneas Züge glätteten sich. Sie hob den Kopf, bis ihre Haltung wahrhaftig königlich erschien. Ihr rechter Mundwinkel zuckte spöttisch, als sie zu Conrad schaute. »Nun. Falls mir die Frage erlaubt ist: Was hast du dann vor … *Dear?*«

Er erwiderte den Blick mit nicht weniger Spott. »Wir fahren in meinen Laden und besprechen die Lage … *Love.*«

Ylva rätselte, was die beiden miteinander verband. Nur

der Hass und der Konkurrenzkampf zweier unterschiedlicher Spezies? Oder steckte mehr dahinter? Hatten die beiden möglicherweise eine gemeinsame Vergangenheit? Nein, nicht daran denken, mahnte sie sich. Das geht dich nichts an und sollte dich auch nicht die Bohne interessieren.

»Gehen wir«, beschloss Conrad, wobei er es immer noch vermied, Ylva anzuschauen, »bevor die Menschen anfangen, seltsame Fragen zu stellen. Wir wollen hier schließlich keine unnötige Aufmerksamkeit erregen.«

Zusammen machten sie sich zu einem Ampelübergang auf, überquerten die Fahrbahn und tauchten in eine ruhigere Straße ein, an der sich Altbauten aneinanderdrängten und kahle Bäume den Bürgersteig säumten. Mit einem Mal schien die Stadt ein ganz anderes Antlitz zu zeigen: streng, aber nicht ohne eine gewisse Schönheit und auf eine besondere Weise zeitüberdauernd. Ylva nahm jedes Detail in sich auf, alle Eindrücke, und konnte nicht genug davon kriegen. Wie gern hätte sie Zeit gehabt, durch das Viertel zu streifen und die Geschichten hinter diesen Fassaden zu erfahren. Sie zog Conrads Jacke, die sie noch immer trug, enger um sich und musterte sein Profil und die feinen Gesichtszüge. Wie gern würde sie jetzt in den Park zurückkehren, das Tropenhaus besuchen und durch den Japanischen Garten schlendern. Wohlig schnupperte sie an dem Leder, zu dem sich der Geruch nach Erde und exotischen Blumen gesellte.

Was soll das?, schalt sie sich. Du hast ein schlechtes

Gewissen, willst es wiedergutmachen und malst dir deswegen aus, was Conrad vielleicht Spaß bereiten würde? Vergiss es. Das, was du getan hast, kannst du nicht mit einem netten Spaziergang wiedergutmachen. Nie mehr.

»Hier einen Parkplatz zu finden war eine Herausforderung«, sagte der andere Untote und fischte aus der Hosentasche einen Autoschlüssel, den er Conrad reichte. »Ich nehme an, Sie wollen fahren.«

»Ich danke Ihnen, Rivas.«

Linnea schlängelte sich zwischen Conrad und seinem Begleiter zur Fahrerkabine hindurch. »Ich sollte mit dir vorn sitzen«, bestimmte sie in ihrer üblichen Manier, die keine Widerrede duldete. »Wir haben jede Menge zu besprechen, meinst du nicht auch?«

Nicht ohne Genugtuung registrierte Ylva, wie er ihr leise, aber bestimmt widersprach: »Was wir zu besprechen haben, geht meinen gesamten Clan etwas an. Deshalb sollten wir damit warten, bis wir bei meinem Laden angekommen sind. Es ist mir zwar unvorstellbar, wie ich in der nächsten halben Stunde ohne deine Gesellschaft auskommen soll, aber das finde ich wohl gleich heraus.«

»So?« Eine ihrer dünnen Augenbrauen zuckte hoch. »Du lässt mich also allein mit Ylva? Wo bleibt denn dein Beschützer... oder sollte ich lieber *Vater*instinkt sagen?«

Ylva hätte gern erfahren, worauf Linnea anspielte. Ob es etwas mit den Gefühlen zu tun hatte, die sie durch das Ding von ihm empfangen hatte?

Aber Conrad ignorierte die Stichelei. »Rivas wird auf

dich achtgeben«, entschied er, was bei seinem Begleiter keine Freudenausbrüche hervorrief.

Die Miene des Mannes entgleiste, als hätte er in eine Limette gebissen. »Heute muss wohl mein Glückstag sein.«

»Ja, unser Adrián Rivas Sarmiento ist ein solcher Gentleman.« Verächtlich stieß Linnea die Luft durch die Nase, was keineswegs königlich wirkte.

»Ich bin mir sicher, mit seinem spanischen Charme wird er dich prächtig unterhalten können. Ihr kommt schon miteinander aus.«

»Deinen Optimismus möchte ich gern teilen«, brummte Adrián, fügte sich aber der Entscheidung seines Oberhauptes.

Bald erreichten sie einen weißen Transporter. »Fairy's Garden« stand in geschwungenen Buchstaben an seiner Seite, geschmückt mit dem Bild eines Edelweiß. Nun ahnte Ylva, warum Conrad beim Thema Pflanzen ins Schwärmen geriet. Er war Blumenhändler. Sie schmunzelte. Also jemand, der sich hauptsächlich damit beschäftigte, Sträuße zu binden, statt – wie sie es sich in ihrer lebhaften Fantasie ausgemalt hatte – Menschen in ihre Einzelteile zu zerlegen.

Adrián schob die Seitentür auf. Ylva kletterte ins Wageninnere, Linnea folgte ihr und schließlich der Untote selbst. Dann schloss sich die Tür.

Die Dunkelheit, die Ylva umfing, kam ihr sehr entgegen. In der Finsternis fühlte sie sich wohl und geborgen, obwohl der Hauch des Todes, der den Nachzehrer umgab, ihr unheimlich war. Aber er versetzte sie nicht in die Panik, die Conrads Nähe bei ihr auslöste. Anscheinend war die Intensität der Todespräsenz von einem Nachzehrer zum anderen verschieden. Die von Adrián konnte sie einigermaßen gut ertragen. Auch wenn sie sich vermutlich nie daran gewöhnen würde.

Ylva verkroch sich in eine Ecke, lehnte sich mit dem Kopf gegen das kalte Metall und schloss die Augen. Der Wagen setzte sich in Bewegung. Das Grummeln des Motors und das Schaukeln des Transportes besänftigten ihr aufgewühltes Gemüt. Sie würde es schon irgendwie schaffen, ihren Platz in diesem Leben, in dieser Welt zu finden. Es gab immer eine Lösung. Nur lag diese nicht immer gleich auf der Hand. Sie konnte nur hoffen, ihr Dasein würde nicht daraus bestehen, den anderen wehzutun. So, wie sie Conrad wehgetan hatte.

»Geht es dir gut, mein Kleines?«, fragte Linnea nach einer Weile. Wie viel Fürsorge sprach aus diesen Worten, und wie falsch sie sich anfühlten! Ylva erwog, die Frau zu ignorieren, wollte ihre Königin aber auch nicht provozieren. Wer wusste schon, ob der Untote ihr helfen konnte, wenn Linnea auf den Gedanken kam, ihren Duft einzusetzen.

»Mir würde es besser gehen, wenn ich wüsste, was mit mir los ist.« Es gelang ihr sogar, nicht zu fauchen, ihre tierischen Instinkte so weit zu unterdrücken, dass die Antwort müde, aber ganz normal klang.

Es raschelte, als Linnea ihre Sitzposition wechselte. »Ach, mein Mädchen, ich hatte gehofft, du würdest besser damit klarkommen. Ich wollte dir helfen, glaub mir, auch wenn du mir im Moment dafür höchstwahrscheinlich nicht danken wirst.«

Ylva horchte auf. »Mir helfen?«, fragte sie zögernd. »Heißt das, du weißt, was dieses Ding in mir ist und woher es kommt?« Oder spielte die Königin bloß mit ihren Hoffnungen, um sie stärker an sich zu binden?

»Es ist ein Dämon des Schattenreiches.«

Während Ylva sich vorzustellen versuchte, was sie darunter zu verstehen hatte und was das für sie genau bedeutete, schnaubte Adrián: »Ein … was? Ich glaube, ich spinne!«

Das glaubte Ylva von sich ebenfalls. Doch wenn es Metamorphe und Untote gab, warum nicht auch Dämonen? Viel wichtiger war, wie sie ihn wieder loswerden konnte. Aus Adriáns Empörung schlussfolgerte sie, dass man diese Angelegenheit keinesfalls als alltäglich bezeichnen konnte.

»Na gut, ein Dämon also. Wie ist er in mich hineingelangt? Woher kommt er? Und was ist ein Dämon überhaupt?«

»Das würde mich ebenfalls brennend interessieren«, grollte der Untote.

Linnea seufzte. Ihrem Ton nach zu urteilen, bemühte sie sich, den Mann zu ignorieren. »Ylva, mein Mädchen, du warst geistesgestört, viele Jahre lang. Es gab keine Aussicht auf eine Besserung, im Gegenteil. Am Ende ging es dir überhaupt nicht gut, und ich musste um dein Leben bangen. Da erschien mir Oya …«

Wieder unterbrach der Nachzehrer sie. »Oya? Ich möchte doch sehr hoffen, du meinst damit nicht eine gewisse Mächtige?«

Eine Pause entstand. Ylva hörte, wie sich Linneas Atmung beschleunigte. Und das Beben in ihrer Stimme, das Bedauern und die Furcht klangen echt: »Sie sagte, sie könne helfen.«

»Du hast dich auf einen Deal mit einer Mächtigen – einer Hexe! – eingelassen?« Vor Empörung knallte Adrián seinen Kopf gegen die Transporterwand. »*Caramba,* so viel Dummheit hätte ich dir gar nicht zugetraut. Ylva war geistesgestört, okay, aber ist das bei euch Biestern ansteckend? Ach, ich vergaß: genetisch bedingt. Ist es bei dir auch so weit?«

»Krieg dich wieder ein«, zischte Linnea zurück, allerdings ohne den Spott und die Verachtung, die sie den Totenküssern sonst entgegenbrachte. »Meinst du, die Entscheidung sei mir leichtgefallen? Ich wollte nicht, dass Ylva leidet, ich wollte …«

»Ach, erzähl mir nicht, du wolltest dem Mädchen helfen! Was sprang für dich dabei heraus? Was hat dir Oya angeboten, dass du diesen Schritt gewagt hast?«

»Es war eine schwere Zeit für uns alle! Ich hatte gerade so viele Leute verloren, und dann wurden immer mehr Metamorphe abtrünnig. Sie gingen, sie verließen mich! Einfach so. Und ich konnte nichts dagegen unternehmen. Was sollte ich sonst tun? Einfach zusehen, wie meine Gemeinde zerfällt, dem Untergang geweiht?«

»Deine Gemeinde!«, höhnte Adrián. »Sag doch gleich, du hattest Angst, deine Macht zu verlieren!«

»Schluss jetzt«, rief Ylva aus und wusste selbst nicht, warum sie das Bedürfnis hatte, die Königin in Schutz zu nehmen. Sie dachte an ihre erste Begegnung mit der Schlangenfrau nach ihrer Flucht aus dem Käfig und daran, wie der Dämon sie dazu verleiten konnte, die Gefühle der anderen auszuloten. Linnea log nicht, und Linnea sagte auch nicht die Wahrheit. Aber zumindest manches davon stimmte, und an diese Informationen musste sie gelangen. »Könnten wir bitte wieder zu meinem Problem zurückkehren? Irgendeine Hexe hat mir also einen Dämon eingepflanzt, durch den ich meinen Verstand zurückerlangt habe, so weit habe ich es kapiert. Aber …«

»Es sind nicht bloß irgendwelche Hexen«, erwiderte Adrián, und in seinen Ton mischte sich so viel Kummer, dass allein diese sechs einfachen Worte ausreichten, damit das Fremde in Ylva sich erneut rührte. Träge, weil es vom Leid der anderen bereits mehr als gesättigt war. »Die Mächtigen sind die Götter des Altertums. Diejenigen, die all ihre Gläubigen verloren haben, sind fort, die anderen wandern auf der Erde in menschlichen Körpern, deren Seele sie vorher getötet haben. Es sind böse, heimtückische Geschöpfe, die wir mit unserem Verstand nicht erfassen können. Eins ist sicher: Egal, was eine Mächtige dir anbietet, am Ende wird sie dich zerstören.« Er schwieg einen Augenblick, und als er wieder redete, musste sich sogar Ylva anstrengen, um sein ersticktes Wispern zu hören: »Dir das Herz herausreißen und dich weiterleben lassen.«

»Oh ja«, raunte Linnea mit schlecht verborgener Häme. »Unser Adrián kennt sich da bestens aus. Schließlich war er mit einer liiert.«

Ein Rumsen ertönte, als der Untote sich auf die Königin stürzte und mit der Wucht seines Angriffs den ganzen Transporter erschütterte. Es folgte ein Gerangel, Linneas Ächzen und Würgen, ihr keuchender Hilferuf. Nach Conrad.

Ylva schlug sich eine Hand vor die Stirn. »Bitte, hört doch auf!«, stöhnte sie. »Bringt einander meinetwegen um, aber erst wenn ich erfahren habe, was mit mir los ist.«

Und Adrián ließ von Linnea tatsächlich ab, allerdings sicherlich nicht aufgrund ihrer Bitte. Etwas anderes schien ihn zur Besinnung gebracht zu haben. Sein Oberhaupt? Obwohl Ylva keinen Befehl aus der Fahrerkabine hatte vernehmen können.

»Ich würde wirklich gern erfahren, was es mit diesem Dämon auf sich hat«, sagte sie, als die Gemüter sich etwas beruhigt hatten und jeder wieder in seiner Ecke hockte. »Wie kann man ihn in den Griff bekommen? Was sind diese Dämonen überhaupt?«

Es dauerte einige Sekunden, bis Linnea antwortete.

»Das weiß ich nicht«, gestand sie. »Und ich habe keine Ahnung, warum es Oya so wichtig war, dir einen Dämon einzupflanzen. Wenn ich es mir so recht überlege, war sie sehr fordernd, damit ich nachgab und es ihr ermöglichte.

Ich musste es mir nämlich wünschen. Denn Hexen sind nicht imstande, uneingeladen diese Macht auszuüben.«

»Ich kann mir nicht vorstellen, dass ich die Erste bin, der so etwas widerfahren ist!«, protestierte Ylva.

»Juliane«, erwiderte Adrián beinahe tonlos. »Finns angebliche Oma. Sie war ebenfalls von einem Dämon besessen, sofern ich das beurteilen kann. Ich weiß nicht genau, wie das bei ihr funktioniert hat. Ob die Dämonen einander von ihrem Verhalten her und ihrem Wesen nach ähnlich sind oder ob Juliane ihn nur fest genug im Griff hatte, denn anscheinend war ihre Besessenheit zu ihren Lebzeiten ja keinem aufgefallen.«

Ylva atmete tief durch. »Das war die Frau mit dem abgerissenen Kopf?«

»Genau. Erst dann hat sie Ruhe gegeben. Vorher wurde sie erschossen, erstochen, und ihr wurde das Genick gebrochen, und trotzdem ist sie noch auf einen losgegangen. Richtig penetrant die Dame, wenn du mich fragst. Aber ich schätze, das war längst nicht mehr sie, sondern der Dämon, der ihren Körper vollständig übernommen hatte.«

Ylva nickte. Als sie das Bewusstsein verloren hatte, war ihr anscheinend Ähnliches passiert – der Dämon hatte ihren Körper gelenkt. »Was … was geschieht mit mir, wenn ich einschlafe? Übernimmt der Dämon dann ebenfalls die Führung?«

Keiner antwortete ihr, aber bald würde sie es eh erfahren, denn irgendwann musste sie schlafen. Es blieb ihr nur zu hoffen, dass der Dämon keinen Heißhunger bekommen und dass sie unter seinem Einfluss keine Menschen überfallen würde. Es blieb ihr nur zu hoffen, dass in diesem Fall jemand in der Nähe wäre, um sie aufzuhalten. Um auf sie aufzupassen. Ihr Halt zu geben. Und wenn sie an diesen Jemand dachte, sah sie unweigerlich Conrads Silhouette vor sich. Wie er an einen Baum gelehnt im Tropenhaus neben ihr stand. Conrad, der sie nun zutiefst hassen musste. Und das konnte sie ihm nicht einmal übelnehmen. Denn sie hasste sich selbst für das, was sie war.

Mit einem Mal kam ihr ihre Lage aussichtslos vor. Wenn niemand wusste, wer diese Dämonen waren, wie sollte sie ihr Leben in den Griff bekommen?

Plötzlich kam ihr eine Idee.

»Wo findet man diese Oya? Oder überhaupt eine Hexe?«, rief sie aus, von der spontanen Eingebung erhellt. »Die scheinen sich mit dem Thema auszukennen. Ja, sie müssen es sogar!«

»Kleines«, fing Linnea mütterlich an und wurde von Adrián harsch unterbrochen: »Schlag es dir aus dem Kopf. Aber sofort! Hexen bringen nie Erlösung, sie machen es nur noch schlimmer. Es sind unberechenbare, listige und bösartige Wesen. Halte dich fern von ihnen, wenn dir dein Leben und deine Seele etwas wert sind.«

Blut schoss Ylva in die Wangen. Sie war nicht bereit, so einfach aufzugeben, und schon gar nicht, sich vorschreiben zu lassen, was sie tun sollte. Es passierte viel zu oft, dass andere für sie entscheiden wollten.

»Sagt einer, der, wie ich gehört habe, mit einer Hexe

liiert war?«, fuhr sie ihn an und bedauerte es sofort. Wie viel hatte sie von dem Dämon bereits in sich aufgenommen, dass sie etwas sagte, was ihrem Gegenüber ganz sicher wehtun würde?

»Sprich nie wieder darüber!«, stieß er hervor, und Ylva registrierte so viel Schmerz in seinen Worten, dass sie erschauderte. Gleichzeitig regte sich der Dämon in ihr erneut, da sie Adriáns wunden Punkt getroffen hatte.

*Tu ihm weh, vernichte ihn … Du kannst es, es ist so leicht …*

Sie biss die Zähne zusammen und kniff die Lider so fest zu, dass es schmerzte. Genug! Du hast heute genug bekommen, sei still! Und der Dämon zog sich tatsächlich zurück, das Verlangen nach dem Leid der anderen ließ nach. Aber steckte dahinter wirklich nur der Dämon? Dieser Drang, Adrián leiden zu sehen, schien aus ihrem tiefsten Innern zu kommen. Als hätte dieses Verlangen schon immer zu ihr gehört. Als hätte sie sich niemals etwas anderes gewünscht.

*Nein, es liegt an dem Dämon. Das darfst du niemals vergessen!*, mahnte Ylva sich und holte tief Luft. »Entschuldige. Du kannst dir einfach nicht vorstellen, wie wichtig es für mich ist, eine Hexe zu finden. Denn das, was der Dämon mit mir treibt, muss aufhören.«

»Ich verstehe dich besser, als du denkst. Was für dich der Dämon ist, ist für mich der Fluch, der mich zu einem Untoten macht. Der mich zwingt, Menschen umzubringen, um meine Gier zu stillen. Und trotzdem kann ich nur eins sagen: Lass es bleiben«, erwiderte Adrián mit

Nachdruck. »Ich hoffe für dich, ich werde es nicht noch einmal wiederholen müssen.«

Ylva hielt inne. »Und wie ... wie hast du gelernt, damit zu leben? Wird es mit der Zeit leichter?«

Die Tür glitt lärmend zur Seite. Das fahle Tageslicht fiel herein. Erst jetzt bemerkte Ylva, dass der Wagen bereits eine Weile stillstand.

»Wir sind da«, sagte Conrad.

Linnea lächelte und streckte ihm ihren Arm entgegen, damit er ihr aus dem Transporter half. Doch er ignorierte ihre Geste, so dass sie schließlich allein aus dem Auto klettern musste.

Danach folgte Adrián, der sich, draußen angekommen, zu Ylva umwandte und ihr tatsächlich eine Hand reichte. »Um auf deine Frage zu antworten: Nein, wird es nicht. Daran gewöhnt man sich nie. Aber manchmal hat man keine Wahl. Und Hexen werden dir auch keine bieten.«

Ein bedrückendes Gefühl breitete sich in ihr bei der Vorstellung aus, eine tote Hand zu berühren, auch wenn sich diese warm anfühlte. Dennoch ergriff Ylva sie. Denn plötzlich fühlte sie sich den Totenküssern mehr verbunden als der gesamten Gemeinde der Metamorphe. Wer konnte sie besser verstehen als diejenigen, die mit einem ähnlichen Schicksal gestraft waren? Vielleicht ... ja, vielleicht würde auch Conrad ihr irgendwann verzeihen.

Auf der Straße sah sich Ylva um, genauso wie ihre Ratte, die aus dem Ausschnitt ihres Pullovers lugte. Sie befanden sich in einer ruhigen Gegend, das miserable Wetter hatte anscheinend die letzten Passanten verscheucht. Umso merkwürdiger wirkte die größere Gruppe, die sie vor einem Blumenladen entdeckte. Gestalten, die der vor Regen triefenden Umgebung etwas Trostloses verliehen, so reglos, wie sie da standen. Wesen, die einen fremden, ganz und gar nicht menschlichen Eindruck vermittelten. Sie hatten um etwas, was auf dem Boden lag, einen Kreis gebildet – sowohl die Nachzehrer als auch die Metamorphe. Niemand redete, und wenn doch, dann nur flüsternd und wie erstickt. Ylva witterte Blut, einen ganz leichten Verwesungsgeruch, und ihre Alarmglöckchen schrillten.

Als Conrad sich der Gruppe näherte, ging ein aufgeregtes Tuscheln durch die Wartenden. Ein etwa dreizehnjähriger Junge von fülliger Statur kämpfte sich einen Weg frei. »Alfred!«, stieß er atemlos hervor. »Es ist Alfred.«

Die anderen stoben auseinander und gaben die Sicht auf das Etwas zu ihren Füßen frei. Ylva spürte, wie sie aufschreien wollte, um dann doch bloß zu keuchen. Sie wollte wegsehen, sich umdrehen und die Augen schließen und sah trotzdem hin, weil das Grauen sie in seinem Bann hielt.

Auf dem Bürgersteig lag der Körper eines Teenagers, nackt und bis zur Unkenntlichkeit entstellt. Tiefe Wunden bedeckten seinen Leib, aus einigen ragten gebrochene Knochen. Doch all die Verletzungen verblassten, als Ylva ihm ins Gesicht blickte, von dem die Haut heruntergeschält zu sein schien. Streifen um Streifen. Die Nase war zertrümmert, die Augen ausgehöhlt. Auf der Brust des Toten prangte eine Botschaft, mit einem Messer ins Fleisch geritzt.

»›Das Los der Verblendeten‹. *Dios mío,* was soll das heißen?«, rief Adrián aus, und Ylva bemerkte erst jetzt, wie sie unwillkürlich seinen Schutz gesucht hatte. »Wer hat ihm das angetan?«

Er bekam keine Antwort.

Endlich gelang es Ylva, den Blick abzuwenden. Ihr Magen zog sich zusammen. Sie würgte, konnte aber nicht erbrechen. Unter Krämpfen sank sie zu Boden und war froh, dass niemand sie beachtete.

# Kapitel 9

*Nicht hinsehen! Nie wieder die Lider aufschlagen!*

Sie versuchte sich einzureden, dass der Gefolterte nicht wirklich ein Junge war. Dass er zu den Nachzehrern gehörte, für die der Tod einen ganz anderen Stellenwert hatte. Trotzdem gelang es ihr nicht, das Ganze auf die leichte Schulter zu nehmen. Allein der Gedanke daran, dass ein Wesen einem anderen so etwas antun konnte, ließ sie schaudern. Derartiges durfte einfach nicht Realität sein.

*Nicht hinsehen!* Die Zeit, in der sie ohne jedes bisschen Verstand durch die Welt gestreift war, imponierte ihr immer mehr. Denn von dieser Welt, in die sie geraten war, in der so etwas Furchtbares geschehen konnte, wollte sie nichts wissen.

»Bringen Sie Alfred in den Laden«, drangen Conrads Worte zu ihr durch und rissen sie aus der Verzweiflung, auch wenn die Aufforderung nicht ihr galt. Erst als sie seine leise, gefasste Stimme hörte, wagte sie es, die Augen wieder zu öffnen. »Er soll nicht so auf der Straße liegen. Außerdem können wir nicht das Gedächtnis jedes Passanten manipulieren, damit keiner den Leichnam bemerkt und Fragen stellt.«

Ylva hob den Kopf und schaute zu ihm auf. Seine Worte gaben nicht nur ihr Halt. Die Mutlosigkeit, die die Wartenden gefangen hielt, wich von ihnen. Eine Nachzehrerin hob den Toten auf die Arme und trug ihn von der Straße. Einige folgten ihr.

»Wer hat ihm das angetan?«, knurrte Adrián und knirschte mit den Zähnen. Ylva brauchte keinen Dämon, um seine Gefühle zu erraten. Der Mann stand kurz davor, auf den Nächstbesten loszugehen. Sie konnte nur hoffen, ihm schnell genug aus dem Weg zu huschen, wenn er durchdrehte. »Ich tippe auf die Biester.« Er fuhr herum und sah Linnea direkt an. »Sag es lieber gleich. Oder ich bringe es aus dir heraus, aber dann mit meinen Methoden. Hast du befohlen, Alfred zu foltern und umzubringen?«

Die wenigen Nachzehrer, die noch geblieben waren, unterstützten ihn mit einem zustimmenden Murren. Wie auf ein Kommando trennten sich die Umstehenden in zwei Gruppen: die Untoten und die Metamorphe, die einander hasserfüllt musterten. Ylva spürte, wie die Spannung zwischen den beiden Parteien rasch wuchs. Ein winziger Funke würde reichen, um den zerbrechlichen Frieden, der im Moment zwischen ihnen herrschte, jäh zu beenden. Was danach passieren würde, konnte sie sich nur zu gut ausmalen, nachdem sie den Kampf in dem Keller erlebt hatte.

»Zügeln Sie Ihr spanisches Temperament, Rivas«, entgegnete Conrad betont ruhig, der als Einziger in der Mitte zwischen den beiden Parteien stehen blieb. Obwohl seine ganze Haltung gelassen wirkte, entging Ylva nicht, wie er jeden Einzelnen beobachtete, um rechtzeitig eingreifen und das Blutbad verhindern zu können. »Ich tippe auf den sogenannten Messias.«

Jetzt funkelte Adrián seinen Anführer an. »Nehmen Sie diese Schlange nicht in Schutz! Sie wissen genauso gut wie ich, wie viele unserer Leute sie sich bereits geschnappt und gefoltert hat. Verflucht, ich habe es am eigenen Leib erlebt!« Er hob seine rechte Hand, versuchte sie zu einer Faust zu ballen, doch die Finger schlossen sich nicht ganz, und die Hand ähnelte einer Klaue. »Das habe ich ihr zu verdanken! Wir sollten die Biester vernichten, wir sind nicht mehr auf sie angewiesen!«

»Überlegen Sie sich, Rivas: Wann hätte Linnea Alfred foltern sollen? Sie war fast die ganze Zeit bei uns.«

»Dann hat sie es befohlen!«

»Und damit das Leben ihres Seelentiers, das wir in unserer Gewalt haben, aufs Spiel gesetzt? Ach, kommen Sie. Kein Metamorph – geschweige denn die Königin – würde ein solches Risiko eingehen. Ich möchte Abstand davon nehmen, hier irgendwelche Vermutungen anzustellen, aber dieser Messias passt schon eher ins Bild. Er hat uns im Keller nicht erwischt. Das hier sollte eine unmissverständliche Botschaft an uns werden. Die Verblendeten sind wir, und das hier ist unsere Zukunft, wenn es nach diesem vermeintlichen Erlöser geht.«

Adrián schnaubte, seine Nasenflügel bebten, aber er senkte die Hand und wandte sich von Linnea ab, die mit einem Mal sichtlich erleichtert wirkte. »Wenn ich den

Mistkerl in die Finger kriege, werde ich ihn auf einen Passionsweg schicken, dass er sich wünschen wird, endlich bei der Kreuzigung anzukommen.«

»Das gönnt ihm gewiss jeder von uns, aber zuerst müssen wir herausfinden, wer er ist und wie das Ganze zusammenhängt. Dieser Messias, Oya, Dämonen, die von anderen Körpern Besitz ergreifen – das alles kann kein Zufall sein. Nur will sich mir daraus kein Bild erschließen. Linnea hat Informationen für uns, also sollten wir in den Laden gehen und die Lage besprechen.«

Adrián hob die Arme, als würde er sich ergeben. »Sie haben Recht. Vielleicht. Aber die Biester werde ich trotzdem im Auge behalten.« Er stolzierte in das Geschäft und verschwand in der Tiefe des Ladens.

Linnea kam auf Conrad zu. Ihr zierlicher Körper neigte sich ihm entgegen, als wollte sie sich an ihn anschmiegen, doch sie hielt sich zurück. »Ich danke dir«, hauchte sie.

»Ich habe es nicht für dich getan, sondern für uns alle«, entgegnete er trocken. »Wenn wir einander an die Kehle gehen, haben wir verloren. Auch wenn ich noch nicht durchschaue, was das ganze Spiel zu bedeuten hat.«

»Oya plant eine neue Weltordnung. Sie will die Menschen dazu bringen, an die alten Götter zu glauben. Wenn nötig, auch mit Gewalt, indem sie ihr Leben zerstört, ihnen jegliche Hoffnung raubt und diejenigen vernichtet, die sich ihr widersetzen.«

»Das solltest du uns allen erzählen, nicht nur mir.« Conrad sah sich um und winkte einer jungen Schwarzhaarigen zu, die mit blassem, ausdruckslosem Gesicht etwas abseits stand. Erst jetzt bemerkte Ylva diese Frau, die im Keller Finn in den Armen gehalten hatte. Also gehörte sie tatsächlich zu den Nachzehrern. Seltsam, Ylva hätte schwören können, dass die Unbekannte keinen Hauch des Todes verbreitete. Oder waren ihre Sinne in der Gegenwart so vieler Untoter bereits abgestumpft? Bemerkte sie den Geruch nicht mehr, weil sie sich an ihn gewöhnt hatte?

»Alba«, fuhr Conrad fort. »Ich wäre Ihnen sehr verbunden, wenn Sie Ylva Gesellschaft leisten würden. Sie hat schon genug durchgemacht und braucht etwas Ruhe, und vor allem muss sie ins Warme, bevor sie sich eine Erkältung holt. Bringen Sie sie in meine Wohnung, und bleiben Sie dort, bis ich mich um Sie beide kümmern kann.« Aus der Hosentasche holte er einen Schlüsselbund und reichte ihn der Frau. Dann bedeutete er den anderen Nachzehrern, ihn zu begleiten, und verschwand in seinem Laden. Linnea folgte ihm, zusammen mit den Metamorphen.

Enttäuscht sah Ylva ihnen nach. Sie wurde abgeschoben wie ein Kind, das bei einer Erwachsenenparty nicht zu stören hatte. Dabei ging es sie sehr wohl etwas an! Aber für eine Rebellion war dies kein geeigneter Zeitpunkt, das wusste sie. Also fügte sie sich in ihr Schicksal.

Die Schwarzhaarige steuerte den Hauseingang an. Sie bewegte sich wie eine Schlafwandlerin, als weile sie nicht wirklich in dieser Welt. Der Schlüsselbund klimperte, während sie sich bemühte, die Tür aufzusperren. Wortlos wartete sie, bis Ylva hinter ihr ins Treppenhaus kam, dann stieg sie zum ersten Stock hinauf. Genauso still öffnete sie die Wohnungstür.

Ylva trat in den Flur, der kaum größer als ein Aufzug schien, dafür aber mit einer hohen Holzlamellendecke ausgestattet war, wodurch sie fast den Eindruck gewann, in einem Schacht zu stehen. Eine vergilbte Raufasertapete bekleidete die Wände, auf dem Fußboden wölbte sich an einigen Stellen das Linoleum. Der Durchgang ins Wohnzimmer erlaubte einen Blick auf ein Sofa, einen Ohrensessel und Schränke aus dunklem Holz, die dem lichtarmen Raum einen düsteren Anstrich gaben. Die Luft roch staubig und muffig. Ylva schnupperte etwas intensiver, konnte aber kaum Spuren von Conrad – oder besser gesagt: von seinem Geruch nach exotischen Gewächsen – ausmachen. Und da sie keinerlei Pflanzen entdeckte, musste er sich hier genauso unwohl fühlen wie seine grünen Sprösslinge und die Räumlichkeiten eher selten nutzen.

»Möchtest du vielleicht ein Bad nehmen?«, fragte die Schwarzhaarige. Ihre Stimme klang müde und seltsam gebrochen und war dennoch nicht ohne eine Spur von Herzlichkeit.

Ylva schüttelte den Kopf, ging ins Wohnzimmer und schlüpfte aus ihren durchnässten Klamotten. Der Nager huschte unter den Sessel und lugte beleidigt hervor, seines schönen Plätzchen im Dekolleté beraubt. Die Frau kam ebenfalls ins Zimmer, wandte sich aber beschämt ab, obwohl Ylva nicht verstand, was dabei war.

»Hier, nimm das zum Überwerfen«, sagte die Schwarzhaarige und holte hinter dem Sofa eine Fleecedecke hervor.

Ylva wickelte sich darin ein und verkroch sich auf den Sessel. Der Stoff fühlte sich angenehm auf ihrer Haut an, kein Vergleich zu dem kratzigen Pullover, den sie nur zu gern ausgezogen hatte. Sofort krabbelte die Ratte am Sessel hoch und machte es sich auf ihrer Schulter gemütlich.

»Du heißt Alba, wenn ich das richtig mitbekommen habe, nicht wahr?« Sie musterte die Frau. Der Inbegriff der Vollkommenheit, auch wenn sie durch die Ereignisse einiges an Glanz verloren zu haben schien: Eine wohlgeformte Figur mit Rundungen an den richtigen Stellen, schlanke, lange Beine, ein sanftmütiges Gesicht, eine dichte rabenschwarze Lockenpracht. Und diese Augen! Groß, intensiv grün, umrandet von dichten Wimpern. Nie hätte Ylva gedacht, dass ein Mensch – oder überhaupt ein Wesen aus Fleisch und Blut – so anbetungswürdig aussehen könnte. Nur diese tiefe Traurigkeit, die die Züge der Frau zeichnete, ließ sie ermattet und kraftlos erscheinen.

Als Antwort kam ein stummes Nicken. Alba hatte einen Arm um ihren Leib geschlungen, mit dem anderen spielte sie mit einer ihrer Haarsträhnen. Ihrer Haltung nach zu urteilen, fühlte sich die junge Frau hier genauso fremd und fehl am Platz wie Ylva selbst. Dabei hatten sie doch etwas gemeinsam – Finn. Oder zumindest eine Erinnerung an ihn.

»Ich habe dich im Keller gesehen«, fuhr Ylva zögerlich

fort. Etwas sagte ihr, sie sollte die junge Frau in ein Gespräch verwickeln, ihr Trost und Halt geben: *Du musst etwas tun. Für diese Schönheit, die zu zerbrechen droht.* »Du kanntest meinen Namen. Weißt du etwas über mich?«

Alba wankte auf das Sofa zu, wobei sie fast über Ylvas achtlos hingeworfene Kleidungsstücke stolperte, und ließ sich in die Polster sinken. »Nicht wirklich. Du hast zu …« Sie hielt inne, schluckte und presste sich eine Hand auf den Mund, als müsse sie etwas in sich ersticken. Erst nach einigen Sekunden hatte sie sich weit genug gesammelt, um den Satz zu beenden. »Du hast zu … Finn … gehört.« Der Name kam ihr nur mühsam über die Lippen. Erneut hielt sie sich den Mund zu, schloss die Lider und schluchzte. Ihre Schultern bebten leicht. Eilig wischte sie sich über die Wangen, doch die Tränen wollten nicht versiegen.

Ylva starrte sie an, mit Augen, die trocken waren und brannten, und hätte gern mitgeheult. Zu gut erinnerte sie sich, wie verzweifelt sie war, als sie Finn tot entdeckt hatte. Aber das durfte sie nicht. Nicht jetzt. Deshalb zog sie die Decke fester um ihre Schultern zusammen und sagte nur: »Ja, an Finn kann ich mich erinnern. An keinen sonst, nur an ihn.« Sie befahl sich, nicht zu weinen, egal, wie die Antwort auf die Frage ausfiel, die sie stellen musste: »Was ist mit ihm passiert?«

Alba schüttelte so heftig den Kopf, dass ihre schwarzen Locken tanzten. »Ich kann nicht darüber reden. Nicht jetzt.«

»Aber ich muss endlich die Wahrheit erfahren! Ich

habe versucht, etwas über meine Vergangenheit herauszufinden, doch egal, welchen Faden ich aufnehme, reißt dieser sofort ab. Ich habe nichts. Keine Erinnerungen, keine Identität …« Ylva brach ab, als sie Albas ausdruckslosen Blick bemerkte. Verdammt, was redete sie da? Was war schon ihr Kummer im Vergleich zu dem, den diese Frau empfand? Ein Drang überkam sie, sich an Alba anzuschmiegen und sie zum Trost zu kraulen, doch musste sie sich daran erinnern, dass sie kein Tier war und die Menschen einen solchen Ausdruck von Zuneigung eher selten tolerierten. »Entschuldige. Ich bin ein egoistisches Miststück. Seit ich in Linneas Käfig aufgewacht bin, rede ich nur über mich, dabei bin ich nicht die Einzige, die Hilfe braucht. Es ist nur … ich habe das Gefühl, von einer Lawine überrollt und mitgerissen zu werden. Ich hatte gehofft, Finn würde mir helfen. Auch wenn ich nicht weiß, warum.«

Eine Stille trat zwischen ihnen ein, in der Ylva Stimmen von unten aus dem Laden vernahm. Aber die wenigen Sätze, aus dem Zusammenhang gerissen aufgeschnappt, lieferten keine Anhaltspunkte, was bei der Besprechung vor sich ging.

Alba kauerte auf dem Sofa und zupfte geistesabwesend an ihrem Haar. »Finn hat sich um dich gekümmert«, begann sie, und Ylva hob überrascht den Kopf. »Und du – dich um ihn, als er das brauchte.« Ein trauriges Lächeln huschte über ihre Lippen. »Hätte ich gewusst, wie hübsch du in Wirklichkeit bist, wäre ich sicherlich eifersüchtig geworden. Nur warst du damals …«

»Geistesgestört?«

»Das wollte ich nicht so direkt sagen, aber: Ja. Finn wollte die Metamorph-Gemeinde verlassen. Und dich mitnehmen, weil du in Gefahr warst.«

»Warum war ich in Gefahr?«

»Das weiß ich nicht genau. Nur, dass Linnea dich gefangen genommen hat und Finn dich retten wollte. Aber dafür blieb ihm keine Zeit.«

Ylva schnaubte und zog die Augenbrauen zusammen. Sie hatte geahnt, dass Linnea sich die Wahrheit zurechtbog, wie es ihr passte. Das erklärte, wie sie in den Käfig gelangt war. Doch was hatte die Königin mit ihr vorgehabt? Wenn Finn und sie tatsächlich gegen die Gemeinde rebelliert hatten, dann müssten sie beide tot sein. Aber sie lebte. Er nicht. Und es gab noch einen Unterschied: den Dämon.

Die Schlangenfrau steckte mit dieser Oya unter einer Decke – so viel war klar –, obwohl Ylva die tieferen Zusammenhänge noch verborgen blieben. Vielleicht sollte sie versuchen, einen anderen Faden zu verfolgen, um weiterzukommen. »Diese Juliane war Finns Oma, habe ich das richtig verstanden?«

Alba verkrampfte die Hände in ihrem Schoß, bis sich die Knöchel weiß färbten. »Juliane war eine ehemalige Königin der Metamorphe. Als Linnea sie besiegt hatte, beschloss sie, ihre eigenen Metamorphe zu züchten, um wieder an die Macht zu gelangen. Finn war eines der Kinder, das sie zusammen mit ihrem Handlanger für diesen Zweck entführt hatte. Ich ebenfalls.«

»Also bist du doch …« Ylva brachte ihre Frage nicht zu Ende.

»Nein, Juliane kam nicht dazu, mir anzutun, was sie den anderen Kindern angetan hat. Sonst wäre ich vermutlich tot. Finn war der Einzige, der ihre Experimente überlebte, warum auch immer.«

Wirklich der Einzige? In Ylvas Kopf stiegen die Bilder der Nacht empor, in der ihr Paps und sie von *denen* erwischt wurden. Unter der Decke rieb sie sich über die Oberarme, so real spürte sie den Griff des Mannes, der sie gehalten hatte. War Juliane damals vielleicht deswegen hinter ihr her gewesen? Um sie für ihre Experimente zu missbrauchen?

Obwohl es Ylva davor graute, versuchte sie, tiefer in ihre Erinnerungen einzutauchen, und sie hörte Julianes Ruf, der ihr in den Ohren hallte: *Oya, du Mächtige, wir rufen dich! Nun löse du dein Versprechen ein!* Das Bellen eines Fuchses … den Schrei ihres Vaters … Danach schwand die Szene, und ganz andere Bilder flackerten durch ihr Hirn: Ihr Paps trommelt gegen eine Tür, während Ylva unter einem Busch kauert. Es wird geöffnet, kurz darauf entbrennt ein Streit, den Ylva nicht versteht: *Was tust du hier? Nimm deine Göre und verschwinde, so schnell du kannst. Ich kann nichts für euch tun. Ihr gehört nicht zu der Gemeinde!* War das die Schwester ihres Vaters, die er hatte aufsuchen wollen?

»Wenn ich bloß meine Vergangenheit kennen würde!«, stöhnte sie und mühte sich, den aufsteigenden Frust zu bekämpfen.

»Die Nachzehrer sind in der Lage, verschollene Erinnerungen an die Oberfläche zu holen. Aber sie machen das nicht gern und eigentlich sehr selten, weil es nicht ungefährlich ist.«

Ylva seufzte. »Ja, warum sollte das auch einfach sein.« Zumindest eines stand fest: Inzwischen gehörte sie zu den Metamorphen. Doch vielleicht nicht ganz ohne Nachhilfe? »Hatte Julianes Handlanger immer einen Fuchs bei sich?«

Alba riss die Augen auf und sog so rasch die Luft in ihre Lunge, dass sie husten musste. »Ja. Woher weißt du das?«

Also doch. Nun passte alles zusammen, nun steckte ein weiteres Puzzlestück an seinem Platz. Vielleicht fühlte sie sich Finn deswegen so verbunden? Weil sie wie er den gleichen Horror durchgemacht hatte? Und zusammen mit ihm wäre sie aus der Gemeinde geflohen, weil sie beide nicht wirklich dazugehörten. Alles ergab plötzlich einen Sinn und verschaffte ihr eine Klarheit, auf die sie nicht zu hoffen gewagt hatte. Sogar ihre geistige Verwirrung könnte bloß eine Nebenwirkung des Experiments gewesen sein.

Ylva strich sich das Haar aus dem Gesicht und tippte sich an die Stirn. »Ich glaube, Finn war nicht der Einzige, bei dem es geklappt hat. Ich gehörte ebenfalls zu den Kindern.« Ruckartig stand sie auf. Die Decke fiel zu Boden und entblößte ihren Körper. »Warum musste er sterben? Wie ist es passiert?«

*... und droht mir das Gleiche?*, pochte es in ihrem Kopf mit jedem Schlag ihres Herzens.

Diesmal schaute Alba nicht weg, aber womöglich registrierte sie Ylvas Nacktheit kaum, so starr wirkte ihr Blick. Ylva kauerte vor ihr nieder und erfasste Albas Hände mit den kühlen, perfekt manikürten Fingern. »Bitte, sag mir, was in dem Keller geschehen ist, bevor ich aufgetaucht bin!«

»E-es war Ju... Juliane«, stotterte sie, und ein vertrautes Gefühl ergriff Ylva. Obwohl sie sich nicht an diese Frau erinnerte, dieses Stottern kam ihr bekannt vor. Sie musste an Finn denken. An ... an seine Angst um Alba und das Bedürfnis, sie zu beschützen, das jetzt sie selbst an seiner Stelle empfand.

»Sie brauchte ihn«, fuhr die junge Frau fort, und ihre Sprache wurde flüssiger, »um ihre Experimente fortzusetzen. Doch dann wurde sie getötet. Erschossen. Mehrfach, und ich glaube, die Schrotladung in ihrem Kopf hat ihr den letzten Rest gegeben. Anscheinend hat der Dämon ab da die Führung übernommen und sich dann auf Finn gestürzt. Adrián und ich sind zu spät gekommen. Wir konnten ihn nicht mehr retten.«

»Adrián ist doch ein Nachzehrer. Wie ...«

»Er ist mein Großonkel. Es ist eine lange Geschichte und tut nichts zur Sache.«

Ylva rätselte, ob sie Alba vertrauen durfte. Ihr Gefühl sagte: Ja. Aber die Zweifel blieben dennoch. »Wer bist du? Wie ein Metamorph riechst du nicht, aber eine Nachzehrerin scheinst du auch nicht zu sein.«

Alba seufzte schwer und rieb sich über die Brust, als wolle sie eine unsichtbare Last fortschieben. »Ich bin einfach nur ein Mensch. Deshalb weiß ich selbst so wenig über dich. Finn und ich – uns war nicht viel gemeinsame Zeit vergönnt.«

»Du hast ihn geliebt, nicht wahr?« Die Vorstellung versetzte Ylva einen Stich. Es war blödsinnig, um einen toten Mann mit einer anderen Frau zu streiten, das wusste sie. Auch war es blödsinnig, eifersüchtig und neidisch zu sein, weil eben nichts darauf hindeutete, dass Finn ihr jemals irgendeine Art von Zuneigung entgegengebracht hatte. Und dennoch … Als sie in dem Käfig aufgewacht war und sich an sein Gesicht erinnert hatte, hatte sie auf mehr für sie beide gehofft. Auf eine Art … Vertrautheit, die sie zusammengeschweißt hätte. Sie brauchte jemanden, an den sie sich anlehnen konnte, der für sie da wäre und aufpasste, dass ihr nichts Schlimmes mehr widerfuhr.

»Ich liebe ihn, und …« Alba stockte, senkte den Kopf, so dass ihre Mähne wie ein Vorhang um ihr Gesicht fiel, und murmelte: »Ich lasse ihn mir nicht nehmen.«

»Was meinst du damit?«

»Nichts. Vergiss es.« Hastig befreite sie ihre Hände aus Ylvas Griff. Mit einer fahrigen Bewegung fuhr sie sich durch das Haar. Doch sie konnte Ylva damit nicht täuschen.

»Warte. Gibt es etwa eine Möglichkeit, dass Finn …« Sie verstummte. Ja, was? Dass er auferstand? Wie ein Nachzehrer? Oder ein Dämonen-Zombie? Der Gedanke klang absolut irrsinnig und brachte Ylva dennoch Hoffnung.

»Stimmt es, dass du einen Dämon in dir trägst?«, fragte Alba plötzlich.

Ylva blinzelte irritiert. »Ja.«

»Und du magst Finn doch auch, nicht wahr?«, stieß sie mit Inbrunst hervor.

»Ja, was ...«

Mit einem Ruck beugte sich Alba vor. »Finn kann gerettet werden«, flüsterte sie aufgeregt. »Aber ich brauche Hilfe. Nur darfst du keinem davon erzählen, verstehst du?«

»Aber Finn ist tot. Was kann ihn schon retten?«

»Nicht was. Wer. Evelyn. Sie sagte, sie gibt ihn mir zurück, wenn ich das Hexenkind zu ihr bringe.«

Ylva rutschte ein Stück zurück. Plötzlich gefiel ihr das Gespräch ganz und gar nicht mehr, auch wenn sie nicht genau begründen konnte, warum. »Warte, warte. Wer ist Evelyn? Und was für ein Hexenkind?«

»Du weißt, wer die Mächtigen sind, oder?«

Ylva runzelte die Stirn. Das klang wirklich nicht gut. »Sie werden auch als Hexen bezeichnet, wenn ich mich nicht irre. Die ehemaligen Götter, die jetzt in Menschenkörpern durch die Welt wandern müssen. Hab ich Recht?«

»Genau. Evelyn ist in Wirklichkeit Kali, eine Mächtige, aber nicht wie die anderen ihrer Art. Sie hat zum Teil eine – wenn ich das mal so sagen darf – menschliche Seele. Als Kali Evelyns Körper übernehmen wollte, wusste sie nicht, dass Evelyn eine Nachzehrerin war und durch den Fluch eine unzerstörbare Seele besaß. Es gelang Kali nicht, die Seele wie üblich zu vernichten. Die beiden sind miteinander verschmolzen, sozusagen zu einem neuen Wesen. Halb Nachzehrerin, halb Göttin mit ganz irdischen Gefühlen, Wünschen und Hoffnungen. Ich habe mit ihr in dem Keller gesprochen.«

Ylva öffnete den Mund, aber es gelang ihr nicht, auch nur einen Ton herauszubringen. Sie dachte an das Wesen mit der blauschwarzen Haut und dem Rock aus abgeschlagenen Armen. War das Evelyn? Wenn ja, dann wunderte es sie nicht, warum Adrián so eindringlich davor warnte, mit einer Mächtigen Geschäfte zu machen. Der bloße Gedanke an die Gestalt löste bei ihr schon einen Fluchtreflex aus. Das mulmige Gefühl, das sie beschlichen hatte, steigerte sich ins Unerträgliche. Das war keine gute Sache. Ganz und gar nicht. Sie sollte aufstehen, das Zimmer verlassen und nie wieder darüber reden.

Aber sie blieb sitzen. Weil ein Teil von ihr immer noch eine Hexe finden wollte, die den Dämon aus ihr vertreiben würde.

»Evelyn wird mir Finn zurückgeben, wenn ich das Hexenkind finde«, sprach Alba weiter, und ihre grünen Augen blitzten fanatisch. »Er wird leben! Und ich werde alles dafür tun, absolut alles.«

»Das wird vermutlich nicht einfach sein«, entgegnete Ylva und wünschte, sie könnte Alba auf den Boden der Tatsachen zurückholen. Finn war tot. War es richtig, gegen die Natur, gegen die Gesetzte der Welt zu handeln? Nein, sagte ihre innere Stimme. Und darauf sollten sie hören, wenn sie nicht alles nur noch schlimmer machen wollten. Denn wer wusste schon, was diese Evelyn tatsächlich zurückgeben würde? Wer konnte ihnen garantieren, dass es wirklich Finn war, der zurückkehren würde? »Zumal ich keine Ahnung habe, wer oder was dieses Hexenkind ist.«

»Ein Kind einer Mächtigen und eines Menschen, eines Metamorph oder eines Nachzehrers – egal, Hauptsache: fortpflanzungsfähig. Es stellt eine Art Tor zwischen der realen Welt und dem Schattenreich dar. Nur durch dieses Hexenkind kann ein Dämon hierhergelangen. Verstehst du?«

Natürlich. Hierhergelangen – und vermutlich auch zurück. Was, wenn ohne dieses Tor nicht einmal eine Mächtige den Dämon in das Schattenreich zurückbefördern konnte? Zum Teufel mit ihrer inneren Stimme. Sie mussten dieses Hexenkind finden. Und darauf hoffen, dass Evelyn sich gnädig stimmen ließe und sie von dem Ding erlöste.

»Was hast du vor?«, fragte sie Alba. »Wie willst du es finden?«

»Ein paar Anhaltspunkte habe ich schon. Diese Person muss bei der Dämonenbeschwörung dabei gewesen sein. Außerdem hat mein Großvater zu Lebzeiten sehr viel über all diese Wesen recherchiert. Ich werde seine Notizen durchforsten und hoffe, dort etwas Brauchbares zu finden. Etwas, was mich auf die richtige Spur bringt.«

»Ich helfe dir.«

Ungläubig schaute Alba auf. »Wirklich?«

»Ja. Denn davon hängt nicht nur Finns Leben ab, sondern auch meines. Der Dämon muss weg. Und zwar bevor er mich vollkommen übernommen hat.«

Erleichterung zeigte sich auf Albas Gesicht und Hoffnung, die ihr plötzlich Kraft zu geben schien. »Danke. Nur darf wirklich keiner von unserem Vorhaben erfahren. Die anderen fürchten sich vor den Hexen und würden uns eher umbringen, als uns erlauben, in dieser Sache weiter nachzubohren. Wir müssen von hier verschwinden. Conrad wollte mein Gedächtnis löschen, denn Menschen dürfen von der Existenz der Nachzehrer nicht erfahren. Die jüngsten Ereignisse haben ihn davon abgelenkt. Aber ich weiß nicht, wie lange der Aufschub dauern wird.«

»Scht!« Ylva hob warnend den Zeigefinger. Die Krisensitzung im Laden schien vorbei zu sein. Nun hörte sie Conrads Stimme, die die letzten Anweisungen erteilte.

»… und Roland – Sie müssen Ylva bewachen und ihre Sicherheit gewährleisten. Sie darf nicht in die Hände dieses Messias gelangen. Lassen Sie sie keine Sekunde aus den Augen, verstanden?«

Also wieder – eine Gefangene? Dann wäre sie endgültig an den Dämon verloren. Ylva schlüpfte hastig in ihre nassen Klamotten und zog Alba zum Fenster. »Du hast Recht. Wir müssen von hier verschwinden. Je schneller, desto besser.«

# Kapitel 10

Ylva rüttelte behutsam an dem Griff, darauf bedacht, ihn nicht abzubrechen, und öffnete das Fenster, dessen Scheibe in dem schiefen Rahmen klapperte. Risse überzogen das weiß lackierte Holz, an den Ecken blätterte die Farbe ab. Seitlich ragten schiefe Nägel aus einer Leiste – vermutlich hatte Conrad versucht, das Fenster zu reparieren. Seine handwerkliche Begabung ließ jedoch einiges zu wünschen übrig.

Ein eisiger Wind drang in die Wohnung und fuhr ihr durch die nasse Kleidung. Sie bibberte vor Kälte. Der Nager, der auf der Fensterbank kauerte, lugte auf die Straße hinaus, um dann zweifelnd zu Ylva aufzublicken. Bei diesem Wetter würde niemand auch nur einen Hund hinausjagen, doch sie schob den Gedanken beiseite. Sie hatte keine Zeit, sich in einer warmen Ecke zu verkriechen. Sie musste das Problem mit dem Dämon lösen.

»Komm, schnell«, flüsterte sie der unschlüssig dastehenden Alba zu. »Wir klettern raus und hauen ab!« Ihr feines Gehör signalisierte ihr, dass sie keine Sekunde zu verlieren hatten. Bald müsste dieser Roland den ersten Stock erreicht haben, auch wenn er offenbar trödelte.

Wachhund und Bodyguard zu spielen sagte ihm anscheinend nicht sonderlich zu, aber er wagte es nicht, sich der Anweisung seines Anführers zu widersetzen.

Alba beugte sich über den Sims und taumelte sogleich zurück. »Das kann doch nicht dein Ernst sein! Wenn ich von hier aus auf die Straße springe, breche ich mir die Beine.«

»Um die es wirklich schade wäre. Deshalb wollen wir auch nicht springen, sondern hinunterklettern. Schau dir diese Verzierungen an der Fassade an. Daran kannst du dich festhalten. Komm schon, stell dich nicht so an.« Wieder zog sie an Albas Ärmel, voller Ungeduld, weil Rolands Schritte immer näher kamen. Doch die junge Frau befreite sich aus ihrem Griff und drückte entschuldigend Ylvas Hand.

»Du vergisst, dass ich kein Metamorph bin, der eine Ratte als Seelentier hat. Ich kann nicht die Wände hoch- oder runterklettern, wie ich lustig bin. Das schaffe ich nie im Leben!«

Ylva wollte etwas erwidern, suchte verzweifelt nach Argumenten, die Alba überzeugen könnten, doch nur zwei Worte strichen durch ihr Hirn: zu spät. Mit einem Knarren verkündete die Eingangstür den Eintritt des Bewachers, der fröhlich pfeifend in das Wohnzimmer geschlendert kam. Der dickliche Junge mit Pausbacken, den Ylva im Keller k.o. geschlagen hatte. In ihrer Vorstellung wollte sich sein Aussehen nicht mit dem Bild eines gefährlichen Nachzehrers vereinbaren. Vielleicht weil übergewichtige Untote, die Jo-Jo spielten, für sie wie eine

Karikatur wirkten. Schon peinlich, wenn nicht einmal sie von Vorurteilen frei war.

»Na, meine Damen? Wie es aussieht, werden wir ein Weilchen miteinander auskommen müssen.«

Ylva knurrte. Er machte es ihr nicht gerade leicht, ihn ernst zu nehmen. Wenn dieser Bengel auch nur einen Schritt in ihre Richtung tat, würde sie ihn beißen, so viel stand fest. Dass Conrad sie ausgerechnet diesem Typen anvertraut hatte, ließ Groll in ihr aufwallen. So stark, dass sie kurz davor stand, den Dämon auf den Kerl loszulassen. Mit Genuss würde sie beobachten, wie das lässige Grinsen ihm vom Gesicht geputzt würde.

Durch ihren Zorn, aber vor allem durch ihr gekränktes Gemüt wachte der Dämon tatsächlich auf und reckte seine Klauen. Ylva wurde flau im Magen. Das Ding musste sich nicht mehr sammeln, es gab keine Larven, die zuerst zu einem Klumpen zusammenkrochen und ein Ganzes bildeten. Es war da, in ihr, jederzeit bereit, sich aufzubäumen. Was nur eines bedeuten konnte: Es wurde stärker, präsenter. Wie viel Zeit hatte sie noch, bis ihr eigener Verstand zu einem Spielzeug in seinen Pranken würde? Hatte sie überhaupt eine Chance, es noch unter Kontrolle zu bringen?

Ylva schaute zu ihrer Ratte, die sich auf der Fensterbank putzte, konzentrierte sich auf den Nager. Sie musste ihren Zorn zügeln, ihre Gefühle verleugnen, wenn sie den Dämon wieder in seine Schranken weisen wollte. Sei ein Tier!, befahl sie sich.

Ein Tier …

Es klappte. Selbstvergessen begann sie sich zu putzen, tat es ihrer Ratte nach. Bevor das Dunkle an ihr Bewusstsein gelangen konnte, schwanden all ihre Empfindungen dahin. Der Groll, die Verzweiflung, die Angst verpufften einfach.

Albas Stimme holte sie ein, doch sie konnte die Worte nicht mehr auseinanderhalten. Sie verloren jeglichen Sinn. Allein die Sorge, die im Ton der jungen Frau mitschwang, und der Name – Ylva –, der anscheinend zu ihr gehörte, blieben greifbar.

Eine Hand legte sich auf ihre Schulter. Eine fremde Hand.

Sie fauchte, warf den Kopf herum und biss zu. Ein spitzer Schrei zerriss die Stille.

Und fuhr durch ihren eigenen Verstand. Ylva blinzelte und sah Alba, die ihre verletzte Hand an die Brust drückte. Die großen grünen Augen blickten ihr voller Schreck entgegen. »Ylva, was ist in dich gefahren?«

*Ich weiß nicht,* wollte sie erwidern, doch ihre verengte Kehle ließ bloß ein Fiepen hindurch. Erst nach mehreren misslungenen Versuchen gelang es ihr, menschliche Laute hervorzubringen. »Es tut mir leid. Bitte, verzeih mir.«

Zweifelnd musterte Alba sie, als wisse sie nicht, ob sie einen Menschen oder ein Tier betrachtete. Ylva machte einen Schritt auf sie zu, doch Alba wich zurück. Verständlich in Anbetracht dessen, was gerade geschehen war. Niemand streichelte ein bissiges Tier.

*In ihren Augen gehörst du erschossen … Du darfst nieman-*

*dem vertrauen. Hörst du? Niemandem! Sie wollen dich bloß wieder einsperren.*

Ylva taumelte zurück, bis sie sich in einer Ecke sicher wähnte, und glitt zu Boden. Den Kopf in den Armen vergraben, kauerte sie sich zusammen. Wie lange würde sie das noch aushalten, diese Gratwanderung zwischen dem Wahnsinn und dem Dämon?

*Ich kann es nicht zulassen, dass ich mich verliere. Nicht an den Dämon und nicht an mein Seelentier. Ich darf nicht …*

»Ylva, es ist schon in Ordnung. Ich war nur etwas erschrocken.« Sie hörte, wie Alba sich neben ihr niederließ, zuerst in einem sicheren Abstand, dann rutschte die junge Frau näher heran. »Für einen Moment dachte ich, du wärst … wie früher. Mehr Tier als Mensch.«

»Ich fürchte, du hast dich nicht getäuscht. Aber es war die einzige Möglichkeit, den …« Sie schielte zu Roland, der die Szene argwöhnisch beobachtete. »… das Ding zum Schweigen zu bringen.« Ylva formte mit den Lippen das Wort »Dämon«. Die Pupillen in den grünen Iriden weiteten sich. Würde Alba gleich das Weite suchen? Das könnte sie ihr kaum verübeln. Sie wäre auch fortgelaufen, wäre sie bloß imstande, vor sich selbst zu flüchten.

Doch Alba tat nichts dergleichen. Mit der Hand, auf der sich deutlich die Bissspuren abzeichneten, strich sie Ylva das Haar aus dem Gesicht. »Halte durch.«

Albas Worte brachten Ylva Zuversicht. Solange sie einen Plan hatte, solange noch Hoffnung bestand, würde sie nicht aufgeben. Genauso, wie Alba nicht aufgab, obwohl der Tod ihr Finn entrissen hatte.

»Ist alles in Ordnung bei euch?« Roland kam näher und bot ihnen eine Hand zum Aufstehen, doch Ylva sprang ohne seine Hilfe auf die Beine.

»Alles bestens.«

Conrad wollte, dass Roland sie bewachte? Sei's drum. Irgendwas würde ihr schon einfallen, wie sie ihn loswurde, um zusammen mit Alba nach dem Hexenkind zu suchen. Sie schloss das Fenster, ließ sich in den Ohrensessel fallen und zog die Decke bis zum Kinn. Es war verdammt kalt.

»Was wurde auf der Versammlung im Laden beschlossen?«, wollte sie wissen. »Und was ist mit diesem Jungen? Alfred, nicht wahr?«

Roland schlenderte zu ihr und lehnte sich an das Sofa, stützte sich mit dem Ellbogen darauf und kreuzte die Beine in Knöchelhöhe. Sein Jo-Jo schnellte regelmäßig hoch und runter. Einige Sekunden lang überlegte er anscheinend, ob er befugt war, die Informationen weiterzugeben, und entschied sich zum Glück dafür. »Alfred konnte nicht gerettet werden. Die Leichenstarre hatte bereits eingesetzt. Aber er ist ein erfahrener Nachzehrer, daher hoffen wir, dass er bald zurückkommt, auch wenn das einige Zeit in Anspruch nehmen wird. Denn so einen hervorragenden Arzt wie ihn findet man nicht alle Tage, und auch Nachzehrer brauchen manchmal medizinische Hilfe.«

Alba beobachtete ihn von ihrem Platz aus, und ihre Anwesenheit gab Ylva mehr Selbstsicherheit. Auch wenn sie bezweifelte, dass ein Mensch in der Lage wäre, einem

Untoten im Ernstfall die Stirn zu bieten. Allein die Gewissheit, jemanden bei sich zu haben, mit dem man ein gemeinsames Ziel verfolgte, reichte aus.

»Hat Alfreds Tod – oder wie nennt ihr das? – wirklich dieser Messias zu verantworten?«

»Tod ist schon ein passendes Wort dafür, denn die physischen Umstände bleiben die gleichen. Alles deutet darauf hin, dass es tatsächlich dieser Erlöser war oder jemand aus seinem Gefolge. Eines von euch Biest… ich meine … diese Metamorph-Frau mit der Katze konnte an ihm etwas erschnuppern und hat uns einige Anhaltspunkte gegeben. Leider zu wenige, um zu sagen, wo er festgehalten wurde.«

»Also arbeiten die Nachzehrer und die Metamorphe tatsächlich zusammen?« Sie wusste nicht, ob sie sich darüber freuen sollte. Nur schwer ertrug sie die Anwesenheit der Untoten, die ihr mit ihrem unnatürlichen Zustand eine Gänsehaut bescherten.

»Hey, uns gefällt das genauso wenig wie euch, aber unser Oberhaupt hat Recht: Zusammen haben wir bessere Chancen, die Sache in Ordnung zu bringen.«

Ylvas Ohren zuckten, als sie Schritte auf der Treppe vernahm. Für den Bruchteil einer Sekunde hoffte sie, es sei Conrad, der nach ihr sehen wollte. Doch schon witterte sie die Königin, die in Micaelas Begleitung die Treppe hochkam, und wäre am liebsten völlig unter der Decke verschwunden.

Roland hingegen bekam von dem Besuch erst etwas mit, als die Frauen in den Flur traten.

Sogleich versperrte er der Königin und ihrer Begleiterin den Durchgang zum Wohnzimmer. Je länger Ylva ihn beobachtete, desto mehr kam es ihr vor, als würde er bei allem, was er tat, immer lediglich in eine Rolle schlüpfen. Jetzt machte er einen auf Türsteher: Breitbeinig, die Hände vor der Brust verschränkt, blickte er finster drein und wirkte dabei doch wie die reinste Karikatur.

»Ich habe die Anweisung bekommen, niemanden in Ylvas Nähe zu lassen. Abgesehen von Alba. Und es tut mir gar nicht leid, euch bitten zu müssen, dass ihr wieder geht.«

Micaela kniff die Augen zusammen und bleckte die Zähne. Das Strasssteinchen glänzte auf, als sie den Kopf schief legte. »Was glaubt ihr, wer ihr seid, Leichenbrut. So etwas müssen wir uns nicht bieten lassen!«

»Fahr deine Krallen wieder ein, mein Kätzchen. Oder hast du schon vergessen, was deine Königin angeordnet hat?« Sein höhnischer Blick huschte zu Linnea, die sich kaum etwas anmerken ließ, als wären seine Sticheleien nichts als heiße Luft.

Micaela fauchte, oder vielleicht war es ihre Katze, die buckelte und mit einer Pfote nach dem Jungen schlug. Die Krallen verhakten sich im Stoff seiner Jeans. Mit einem Fuß trat Roland das Tier beiseite, das über das Linoleum schlitterte. Micaela sprang vor, packte ihn an der Kehle und drückte ihn gegen eine Wand, ehe der Junge seine Angreiferin mit einer ungeheuerlichen Wucht hochschleuderte. Mit dem Rücken prallte die Jägerin gegen die Decke, so dass einige der Lamellen brachen, und stürzte zu Boden. Sogleich sprang sie wieder auf die Beine und wollte auf den Jungen losgehen, als Linnea sich ihr in den Weg stellte.

»Hört sofort auf«, sagte sie in einem Ton, als wäre sie die Königin der Metamorphe und der Anführer des Nachzehrer-Clans in einer Person. »Angesichts der Umstände, die uns bedrohen, sind eure Auseinandersetzungen einfach nur kindisch.« Sie wandte sich an Roland: »Conrad hat mir erlaubt, nach Ylva zu schauen. Natürlich unter deiner Aufsicht. Frag dein Oberhaupt, wenn du mir nicht glaubst.«

Er glaubte ihr nicht, das sah Ylva ihm an, während sein Gesicht einen entrückten Ausdruck annahm. Kein Muskel zuckte, sogar der Blinzelreflex blieb aus, und die Augen wirkten leer, als hätten sie niemals einem intelligenten Wesen gehört. Noch unheimlicher erschien die Farbe seiner Iriden – eisblau, mit einer winzig kleinen Pupille in der Mitte.

»Was macht er da?«, flüsterte Ylva.

Alba kam zu ihr und setzte sich auf die Armlehne des Sessels. »Ich nehme an, er kontaktiert Conrad. Telepathisch.«

Wieder etwas, was sie nicht gewusst hatte. Ylva beschloss, in Zukunft noch vorsichtiger zu sein und ihre Gedanken auf keinen Fall zu offenbaren. Wie viel mochte Roland von ihren Plänen bereits mitbekommen haben?

Der Junge kam zu sich, als hätte jemand einen Geheimschalter betätigt, verzog den Mund und trat zur

Seite. Anscheinend hätte er die beiden Besucherinnen zu gern aus der Wohnung geworfen, musste sich aber der Entscheidung seines Oberhaupts fügen. »Conrad gibt sein Okay. Macht es aber kurz.«

Ein gönnerhaftes Lächeln huschte über Linneas Lippen, als hätte sie gerade einen Sieg errungen, dessen Bedeutung nur sie allein verstand. »Danke. Das ist sehr freundlich von dir.«

Micaelas Miene entgleiste. »Ich hätte nie geglaubt, irgendwann zusehen zu müssen, wie du nach Conrads Pfeife tanzt. Steckt da etwa mehr dahinter, als du uns erzählt hast?« Diesen Blick, von Hass und Verachtung erfüllt, konnte die Königin unmöglich übersehen. Doch als die Schlangenfrau sprach, klangen ihre Worte mild und geduldig: »Du bist eine ausgezeichnete Jägerin, Micaela, aber einige Zusammenhänge kannst du einfach nicht durchschauen. Ich bin deine Königin nicht nur Dank meiner Gene, sondern weil ich besser als jeder andere weiß, was für meine Gemeinde – und dich! – gut ist. Auch wenn du meine Handlungen nicht verstehst.«

»Noch«, zischte Micaela. Ihre Nasenflügel bebten.

»Wie bitte?«

»Noch bist du meine Königin. Aber dein Seelentier bleibt weiterhin in den Händen dieser Kreaturen. Was ist, wenn sie es töten? Oder gehört auch das zu deinem Plan, den zu durchschauen mir nicht vergönnt ist?«

Linneas Gesicht erblasste mit einem Mal. Durch die dünne Haut schimmerten blaue Äderchen, die Falten hatten sich tiefer hineingegraben und ließen sie um Jahrzehnte altern.

»Geh«, befahl sie, vergeblich um Fassung bemüht. »Wie ich merke, bist du nicht ganz bei Trost. Ich hoffe für dich, dass du bloß etwas frische Luft brauchst, um wieder klar denken zu können. Also geh, und kehre nicht zurück, bis ich dich rufe.«

Micaelas Augen blitzten auf und erinnerten umso mehr an die einer Katze, die ihre Beute belauerte. Für eine Sekunde glaubte Ylva, die senkrecht stehenden Pupillen zu erkennen, die sich verengten.

»Wie Ihr befehlt, meine Königin.« Die Jägerin verbeugte sich. Ohne sich wieder aufzurichten, verließ sie rückwärts die Wohnung. Und obwohl ihre Haltung Unterwürfigkeit signalisierte, strotzte sie vor Spott und Verachtung.

Ylva schaute ihr nach. Würde sie irgendwann die anderen verstehen? Sie blickte zu ihrem pelzigen Freund, der sich wie gewohnt in ihrer Nähe herumtrieb. Seine Sprache beherrschte sie perfekt, und auch er schien immer zu wissen, was in ihr vorging. So wie jetzt, als er seinen Kopf hob und voller Erwartung zu ihr aufsah. Ylva lächelte ihm zu, streckte ihm einen Arm entgegen und wartete, bis er auf ihre Schulter hochgeklettert war. In seiner Gegenwart fiel es ihr sogar leichter, die Königin zu ertragen. Die anscheinend gekommen war, um wieder einmal Fürsorge zu heucheln.

»Wie geht es dir, Kleines?«, fragte Linnea und wollte ihr über das Haar streichen. Doch Ylva duckte sich.

Neben ihr erschien Roland und zwang die Königin, einige Schritte zurückzuweichen. Er hatte die Entfernung von seinem Posten zum Sessel so schnell überwunden, dass keiner seine Bewegung registriert hatte.

»Na, na, na«, meinte er mit seinem üblichen frechen Grinsen, während er sein Jo-Jo hoch- und runterschnellen ließ. »Wir wollen doch nicht handgreiflich werden, oder?«

Linnea sah an ihm vorbei, als würde er gar nicht existieren. »Wie geht es dir, meine Süße? Kommst du klar?«

»Aber sicher. Alles ist bestens«, murmelte Ylva und kraulte ihre Ratte.

»Ich verstehe, dass du missmutig bist. Doch das, was Conrad und ich für dich tun …«

»Conrad und du?« Ylva spürte, wie ihre Nasenspitze vor Aufregung zu zucken begann, obwohl sie nicht erklären konnte, was sie so aufwühlte. Allein die Art, wie die Königin seinen Namen ausgesprochen hatte, so besitzergreifend, versetzte sie in Rage. Aber Rage gehörte zu den Gefühlen, die sie nicht empfinden durfte, um den Dämon nicht aus seinem Versteck hervorzulocken. Also erstickte sie sie im Keim.

Roland stieß ein Glucksen hervor, das in ein Kichern überging, und seine Speckröllchen, die ihm über den Gürtel hingen, zum Wabbeln brachte. »Träum weiter, Majestät.«

Linnea beachtete ihn weiterhin nicht. »Du solltest aus deinen nassen Klamotten raus, Ylva. Nicht dass du krank wirst«, sagte sie und stolzierte durch das Zimmer. Wie eine Hausherrin, die nach einer langen Reise nach Hause zurückgekehrt war und sich vergewissern wollte, ob alles noch an seinem Platz stand.

Ihre Finger wanderten über die Einbände einiger Bücher, streiften über eine Vase mit verblassten und verstaubten Blumen, hinterließen lange Bahnen im Staub. Bis ihre Hand auf einen flachen Stein in der Ecke eines Regals stieß. So einen, wie Kinder ihn über die Wasseroberfläche springen lassen. Linnea nahm ihn an sich. Sanft rieb sie den Stein, und auf ihrem Gesicht erschien ein verträumter Ausdruck.

Ylva warf Alba einen kurzen Blick zu, dann sah sie zu Linnea. »Diese Sache mit dem Dämon. Wie genau hat das funktioniert? Was ist dabei geschehen?«

Gedankenverloren ließ Linnea den Stein zwischen ihren langen Fingern wandern. »Ich weiß es nicht, meine Süße. Wer kann schon von sich behaupten, die Macht einer Hexe ergründet zu haben?«

»War es eine Beschwörung? Eine … Zeremonie? Wer war dabei?«

Linnea zuckte mit den Schultern. »Du, Oya und ich.«

»Sonst keiner?«

»Nein. Warum fragst du, mein Mädchen?«

Ylva starrte vor sich hin. Konnte es sein, dass Linnea das Hexenkind war? Sie wusste nichts über die Abstammung der Königin. Aber Alba hatte gesagt, dass das Hexenkind bei der Zeremonie dabei gewesen sein musste. Andererseits … wie nah hatte es sein müssen, damit die Beschwörung klappte? Ylva dachte an das Mehrfamilienhaus, in dem Linnea wohnte. Wenn man den Gedanken weiterspann, hätte es auch der Mann gewesen sein können, der so sehr beim Essen schmatzte. Was sprach schon dagegen? Die Spekulationen brachten sie nicht weiter. Sie musste eindeutig mehr darüber erfahren, ob es irgendwelche Merkmale gab, an denen man das Hexenkind erkannte.

»Warum fragst du?«, wiederholte Linnea.

»Nun. Offensichtlich will der Messias mich gerade wegen des Dämons haben. Hat ihm das diese Oya erzählt? Oder womöglich jemand ... anders? Der das Ganze mitbekommen hat?«

Der Blick der Königin flog zur Tür, hinter der die Jägerin verschwunden war. »Micaela«, zischelte Linnea so leise, dass nur Ylva es mitbekam. »Ist das der Grund, warum du damals nicht gegangen bist? Wage es ja nicht, mit mir zu spielen. Das haben schon viele vor dir versucht und sind gescheitert.«

Ylva zwang sich, ruhig zu bleiben, so zu tun, als hätte sie es nicht gehört. Ihr Hirn indes arbeitete auf Hochtouren. Micaela also. Die Frau, die ihr schon immer unheimlich war. Weil sie ein Tor zum Schattenreich darstellte?

»Entschuldigt mich«, sagte Linnea plötzlich laut. »Nun muss ich wirklich los. Conrad und ich haben noch eine Menge zu besprechen. Und dann muss ich jemandem etwas Gehorsam beibringen. Viel Vergnügen noch, ihr drei.«

Sie verließ den Raum. Ylva überlegte, ob sie einen Fehler gemacht, ob sie Linnea zu viel verraten hatte. Was, wenn Micaela tatsächlich das Hexenkind war und die Königin sie umbrachte, bevor der Dämon zurück in das Schattenreich verbannt werden konnte?

Der Dämon, der nur darauf wartete, ihren Körper zu übernehmen. Ylva rieb sich zaudernd die Augen. Was würde passieren, wenn sie irgendwann schlafen musste?

Als hätte Roland ihre Gedanken erraten – vielleicht hatte er es wirklich –, kam er zu ihr und lächelte, sichtlich bemüht, ihr Trost zu spenden. »Das mit dem Dämon – Conrad hat mir Bescheid gesagt. Ich werde schon aufpassen, dass du dir selbst und den anderen keinen Schaden zufügst. Versprochen.«

Ylva seufzte. Allzu viel Vertrauen setzte sie nicht in seine Kräfte. Er hatte doch keine Ahnung, was ihn unter Umständen erwartete.

Je weiter sich der Tag dem Ende entgegenneigte, desto unruhiger wurde Ylva. Sie beschloss, sich mit allen Mitteln wachzuhalten, so lange es ging. Irgendwann musste sie schlafen, das war ihr klar, aber sie würde es nicht freiwillig tun.

Unruhig tigerte sie von einer Ecke zur anderen. Aus dem Fensterrahmen hatte sie einen Nagel gezogen und hielt ihn nun mit der Faust umschlossen. Sobald sie nur einen Anflug von Erschöpfung spürte, pikste sie sich damit heimlich in die Handfläche.

*Nicht schlafen. Und immer schön in Bewegung bleiben!*

*Du dummes, kleines Rattenmädchen. Glaubst du wirklich, mich damit aufhalten zu können? Früher oder später …*

*Nicht schlafen!*

Sie war so in Gedanken versunken, dass sie den nächsten Besucher erst bemerkte, als ein plötzlicher Panikanflug sie schaudern ließ. Abrupt hielt sie an und wandte ihm den Kopf zu.

Conrad.

Er stand in wenigen Metern Entfernung und hielt einen großen, flachen Pappkarton in den Händen.

Conrad. Er kam tatsächlich hierher … um nach ihr zu sehen? Sie wagte es kaum zu glauben und starrte ihn mit halb geöffnetem Mund an, bis sie sich vorstellte, wie dämlich sie damit aussehen musste.

»Ich habe Ihnen etwas zu essen mitgebracht«, sagte er.

Roland schlug sich mit der flachen Hand gegen die Stirn. »Ich Hornochse! Daran hätte ich auch denken können!«

»Nun, dafür gibt es mich. Wobei ich mich für das Mahl entschuldigen muss. Es ist eine Pizza vom Lieferservice, und ich habe keine Vorstellung, wie sie schmeckt.«

Ylva überwand ihre Angst vor dem Toten und ließ ihre Instinkte verstummen. Sie zwang sich, zu ihm zu gehen und blieb erst stehen, als nur der Karton sie noch von ihm trennte. Sie hatte erwartet, Conrad würde zurückweichen, aber das tat er nicht. Auch wenn er lieber das Smiley auf dem Deckel anstarrte als sie.

Ylva nahm ihm die Pizza ab. »Vielen Dank. Willst du nicht …«

»Ich wäre Ihnen sehr verbunden …«

Ylva ließ ihn nicht ausreden. Ein Sie hörte sich so fern

an. So kalt. So tot. All das, was Conrad für sie nicht war, einfach nicht sein konnte. »Willst du nicht bleiben und mit uns essen?«

Er schaute auf. Zum ersten Mal nach dem Vorfall am Dammtor sah er sie direkt an. Und lächelte. Zwei Grübchen erschienen auf seinen Wangen, doch das Lächeln erreichte seine Augen nicht ganz. »Ich brauche keine Nahrung. Zumindest nicht solche.« Sein Ton klang milder, nicht mehr so abweisend und distanziert. Nicht mehr untot, was auch sie zu einem vorsichtigen Lächeln brachte.

Roland räusperte sich. »Ach, da fällt mir ein, ich könnte jetzt … eine rauchen gehen. Alba, du leistest mir doch Gesellschaft, oder?« Er nahm die junge Frau an die Hand und bugsierte sie zur Tür. »Wir sind dann bald zurück.«

Immer noch sah Conrad Ylva an, dann schwand sein Lächeln. Er wandte den Blick ab und schaute zu Roland. »Sie rauchen doch nicht. Und ich muss eh gehen, ich wollte nur die Pizza vorbeibringen. Rivas hat gesagt, er hätte etwas für mich, was er mir zeigen wollte. Hoffentlich bringt uns das in der Angelegenheit weiter. Schönen Abend noch. Und … Alba? Sobald Ihr Großonkel und ich miteinander gesprochen haben, wäre es für Sie sicherer, wenn Sie mit ihm gingen und in seiner Obhut blieben.«

Er verließ die Wohnung, als hätte es den kurzen Moment der Nähe nie gegeben. Ylva seufzte und ließ sich auf die Couch fallen. Etwas bedrückte ihr Gemüt, etwas, was sie nicht in Worte fassen konnte. Hatte sie wirklich geglaubt, Conrad würde bei ihr bleiben? Lächerlich. Warum sollte er? Außerdem war es um einiges entspannter, ihn nicht in der Nähe zu wissen und ihn somit nicht fürchten zu müssen. Genau. Rolands Anwesenheit konnte sie eh besser vertragen.

Zusammen mit Alba aß sie die Pizza, ohne wirklich etwas zu schmecken, und spürte, wie die Müdigkeit sich langsam in ihren Gliedern ausbreitete. Irgendwann kam Adrián vorbei und holte seine Großnichte ab. Im Flur verabschiedete sich Ylva von ihr. Alba umarmte sie und versprach leise, die Zeit zu nutzen und in der gemeinsamen Sache nachzuforschen. Ylva blieb mit Roland zurück, der sie mit seinem Jo-Jo zu unterhalten versuchte und es schnell aufgab, da sie kaum seine Fertigkeiten beachtete.

*Ich darf nicht schlafen!*, lautete einer ihrer letzten Gedanken, bevor ihr die Lider zufielen.

# Kapitel 11

Conrad machte die Wohnungstür hinter sich zu, und das leise Klicken des Schlosses hallte durch das Treppenhaus. Er musste gehen, das wusste er, aber nicht, wohin und warum. Irgendetwas passierte mit ihm, etwas, was ihn beunruhigen sollte. Seine Ahnungen hatten ihn noch nie getäuscht, und diesmal warnten sie ihn besonders eindringlich. Vor Ylva. Vor dem Untergang. Bereits im Keller, bei ihrer ersten Begegnung, hatte er es gespürt und sie von sich gestoßen. Auch wenn er sich nur schwer von ihr losreißen konnte, so rein, so ursprünglich, so prickelnd, wie ihre Lebensenergie war. Wie nichts, was er bisher je gekostet hatte.

Und jetzt, da er wusste, was in ihr lauerte, musste er umso mehr darauf achten, ihr nicht zu nahe zu kommen. Denn sie würde ihn zerstören, auf eine Weise, wie keine Mächtige es je könnte. Hatte das der Vorfall am Dammtor nicht deutlich genug gezeigt? Dieses Ding hatte seine schlimmsten Alpträume hervorgewühlt und ihn gezwungen, sie wieder aufs Neue zu erleben. Schon hatte er gedacht, er würde den Verstand verlieren, eingeschlossen in einem Höllenkreis, aus dem es kein Entkommen gab, da war ihm dieses schmerzhafte Erinnern plötzlich entrissen worden, und zurückgeblieben war bloß eine Leere. Eine seltsame Gleichgültigkeit hatte ihn erfasst. Als würde er neben sich stehen und das Geschehen um sich herum nur beobachten.

Als er Alfreds Leiche gesehen, als er die Lagebesprechung mit den Metamorphen durchgeführt hatte – nichts davon hatte ihn berühren können. *So fühlt es sich an, wenn man existiert, ohne wirklich zu existieren.*

Die Leere dehnte sich in ihm aus. Er tat, was er tun musste, und wunderte sich ein wenig darüber, dass er immer noch … funktionierte. Aber womöglich hatte es diese Leere und Gleichgültigkeit schon immer gegeben, und Ylva hatte ihn nur dazu gebracht, das zu bemerken? Jedes Mal, wenn er an sie dachte, lechzte seine wahre Natur nach ihrer Lebensenergie. Seit er davon gekostet hatte, wollte er sie vollkommen verschlingen, bis zum letzten Quäntchen. Wie konnte es sein, dass so etwas furchtbar Dunkles und so erschreckend Reines in einem Wesen vereint schlummerten? Er musste ihr fernbleiben. Um seinetwillen. Um ihretwillen.

Conrad ertappte sich dabei, wie seine Hand noch immer den Türknauf umfasste. Er stand auf dem Fußabtreter, als wäre er gerade dabei, die Wohnung zu betreten. *Warum um alles in der Welt hast du es zugelassen, dass dieses Mädchen dir so nahe kommt? Dass du Roland am liebsten fortschicken würdest, um selbst auf die Kleine aufzupassen, weil du dir Sorgen machst. Warum machst du dir überhaupt Sorgen?*

Er suchte nach rationalen Gründen und fand jede Menge. Seine Vereinbarung mit Linnea verpflichtete ihn dazu, auf Ylva achtzugeben. Er hatte Mitleid mit dem Mädchen, weil er genau wusste, wie es sich anfühlte, ganz allein zu sein. Abgesehen davon wusste er auch, was es hieß, von einem Drang überwältigt zu werden, der einen dazu zwang, anderen wehzutun. Er hätte alles dafür gegeben, dass Ylva bewahren konnte, was zu bewahren ihm nicht gelungen war: ihre Menschlichkeit, dieses Reine, Ursprüngliche, das sie in sich trug.

Conrad ließ den Türknauf los, als hätte er sich verbrannt. Er spürte so intensiv, wie sie sich jetzt fühlen musste, dass es ihn erschreckte. So lief er schnell die Stufen hinunter, raus auf die Straße, um gleich darauf in seinen Laden einzutauchen. Es war so vieles in kürzester Zeit geschehen, dass er die stumme Freundlichkeit seiner Pflanzen brauchte, um das ganze Durcheinander zu verarbeiten. Dabei hatte er noch vor wenigen Tagen geglaubt, er würde alles im Griff haben.

An einer Wand, umgeben von Efeuranken und Farnen, stand das Terrarium, das seine Leute gekauft und aufgestellt hatten. Sie hatten den Boden mit Rindenmulch bedeckt und es mit einem knorrigen Ast ausgestattet, zu mehr fehlten ihnen wie ihm die Kenntnisse in Sachen artgerechter Haltung von Reptilien. Conrad kam näher, beugte sich zur Scheibe vor und begutachtete die Schlange, die bewegungslos unter der Wärmelampe lag.

»Geht es dir gut?«, flüsterte er. »Ich weiß, du magst es hier nicht, aber für ein Weilchen musst du es aushalten. Verstehst du?«

Mit Tieren zu reden fiel ihm um einiges leichter, als mit

Menschen zu sprechen. Genauso wie die Nähe der Pflanzen ihn mehr erfüllte als die zweibeiniger Zeitgenossen. Vorsichtig berührte er das Glas. Der Körper der Schlange spannte sich. Zischend warf sie sich ihm entgegen, um ihn zu beißen. Ihr Kopf schlug gegen die Scheibe und prallte ab, das Tier sammelte sich zu einem neuen Angriff.

Er trat zurück und beobachtete, wie sich die Schlange beruhigte. »Schon gut, ich werde dir nicht zu nahe kommen. Verzeih mir.« Manchmal vergaß er, wie sein toter Leib auf andere wirkte, wurde aber stets schnell wieder daran erinnert. Diese Welt konnte nie aufhören, ihn zu hassen oder vor ihm Angst zu haben. Wie Ylva.

»Was, Sie reden mit den Biestern?«, schallte es vom Eingang zu ihm.

Er wandte sich um und sah Rivas, der mit einem Laptop unter dem Arm eintrat. Ein Lachen umspielte seine Mundwinkel. Automatisch warf Conrad dem Mann ebenfalls ein Lächeln zu und musste schon wieder an Ylva denken. In Wirklichkeit lächelte er nie, zumindest nicht aus tiefstem Herzen. Vielleicht hatte er es inzwischen verlernt, Freude zu empfinden, vielleicht nie das Bedürfnis danach gehabt. Doch wenn er an das Metamorph-Mädchen dachte, dann stieg doch etwas Wärme in ihm empor.

Ylva. Was auch immer mit ihm geschah, geschah ihretwegen. Und erst jetzt merkte Conrad, wie er Stück für Stück etwas von sich verlor. Ja, das sollte ihn definitiv beunruhigen, tat es aber nicht, weil es im Grunde nur die Leere war, die zurückwich.

»Keinesfalls«, erwiderte er trocken, immer noch mit diesem automatischen Lächeln, das ihm plötzlich selbst zuwider war. »Ich habe selbstverständlich zu meinem Efeu gesprochen. Er mag es nicht, wenn ich ihn bedränge.« Wie immer suchte er nach einer Möglichkeit, das Gespräch von seiner eigenen Person abzulenken. Distanz zu wahren. Früher konnte er bloß Berührungen nicht leiden, mochte keine warme Haut auf der seinen spüren. Später fiel es ihm schwer, Fremde in seiner Nähe zu akzeptieren. Inzwischen wies er die ganze Welt ab, ohne sich dabei auch nur ein wenig wohler zu fühlen. Vielleicht, weil er selbst es war, den er am meisten verabscheute und dessen Anwesenheit er nicht ertragen konnte. »Ist es Ihnen gelungen, bei Ihren Recherchen etwas herauszufinden?«

»Allerdings.« Der Nachzehrer kam zum Tresen und schob die Sachen, die darauf lagen, beiseite. Ein Stapel von Anzuchttöpfen aus Plastik und Einstecketiketten fiel zu Boden, ohne dass er es weiter beachtete. Schwungvoll klappte er den Laptop auf und schaltete ihn ein. »Und die Ergebnisse sind alarmierend. Sie haben es sicherlich bereits in den Nachrichten gehört: Die Gewalttätigkeit der Banden wächst, die Kriminalität nimmt zu, die Angriffe gegen die Polizei häufen sich. Vor allem aber fällt der Anstieg der – auf den ersten Blick – sinnlosen Brutalität und Zerstörung auf. Beispielsweise die Reihe der Brandanschläge auf Autos in und um Hamburg. Es sind viele in der letzten Zeit und ohne ein deutliches Motiv.«

Conrad hob die Sachen auf und verstaute sie im Regal. Wenn er sich im Laden umsah, hatte alles seine Ordnung. Als könnte man das ganze Leben in Schubladen verstecken. »Was aber hat das mit diesem Messias zu tun? Sie sollten doch mehr über seine Absichten in Erfahrung bringen.«

Rivas stützte sich am Tresen ab und trommelte mit den Fingern auf die Oberfläche, während das Betriebssystem hochfuhr. »Warten Sie ab. Die Krawalle während des Schanzenfestes dieses Jahr sind Ihnen noch in Erinnerung?«

»Mein Interesse an dieser Veranstaltung hielt sich schon immer in Grenzen. Und Krawalle gibt es dort jedes Jahr, wenn ich den Medien Glauben schenken darf.«

»Sicherlich. Aber noch nie so stark wie dieses Mal. Es war eine richtige Straßenschlacht.« Er beugte sich über die Tastatur und startete ein Video, das auf dem Desktop gespeichert war. Conrad trat näher und sah ihm über die Schulter.

Die Kamera zeigte eine wütende Menge, fliegende Flaschen und brennende Autos. Die Polizisten mühten sich, die Menschenmassen mit Wasserwerfern auseinanderzutreiben, während die Vermummten alle und jeden angriffen, die ihnen im Weg standen. Glaubten die Ordnungshüter, an einer Front einen Rückzug erreicht zu haben, fielen die Randalierenden an einer anderen über die Uniformierten her.

»Jetzt wird es spannend«, verkündete Rivas und klickte auf »Pause«. Mit einem Finger zeigte er auf eine Gestalt, die die anderen noch mehr aufzuhetzen schien. »Da. Sehen Sie? Die kennen wir doch, oder?«

Conrad starrte den Monitor an. Was geschah bloß mit dieser Welt? »Stella.«

»Genau. Sie taucht auch in einigen anderen Videos auf. Und nicht nur sie. Ich habe mehrere unserer Art erkannt, von denen wir wissen, dass sie sich dem sogenannten Messias angeschlossen haben. Was wir hier gesehen haben, wurde von Nachzehrern angestiftet. Sie feuern die Massen an, bleiben aber bisher selbst im Hintergrund.«

»Das würde bedeuten, dass der Messias tatsächlich Menschen rekrutiert. Ich habe mich also nicht getäuscht.« Conrad zog die Augenbrauen zusammen und rieb sich über die Falte dazwischen. »Ein cleverer Zug.«

»Was? Ich verstehe das nicht. Wer würde sich denn mit Sterblichen abgeben? Die sind schwach. Unnütz, von der Lebensenergie mal abgesehen.«

»Wenn man den Einzelnen betrachtet – gewiss. Aber in solchen Mengen würden sie uns überrennen. Um die Welt zu regieren, gibt es nämlich zu wenige von unserer Sorte. Glücklicherweise.« Conrad blickte auf die Orchideen, die eine Ziersäule schmückten. »Jetzt wird mir einiges klar. Oya unterstützt diesen selbst ernannten Erlöser sicherlich nicht aus Herzensgüte. Linnea hat erzählt, die Mächtige will die Welt umformen, den alten Göttern zu ihrer einstigen Pracht verhelfen. Das kann sie nur, wenn sie Gläubige gewinnt. Und unter welchen Umständen werden Menschen gläubig? Wenn Angst, Leid und

Chaos ihr ganzes Leben erschüttern. Wenn weder Politiker noch die Polizei noch das Militär mit der Situation fertigwerden und die Zivilisation zugrunde geht. Ihrer Ideale und Sicherheiten beraubt, werden sie zu jedem beten, der Hilfe verspricht. Und der Hilfe leistet. Ich wette, Oya und ihre Götterschar werden sofort zur Stelle sein, wenn die Menschen von dem Chaos erst mürbe gemacht sind.«

»Aber Hamburg ist nicht die Welt.«

»Ich bin mir sicher, es ist nur ein kleines Feuer, das sich sehr schnell ausbreiten wird. Wenn wir die Schlacht hier verlieren, verlieren wir die Welt. Wir müssen diesen Erlöser aufhalten.«

»Müssen wir das?« Rivas verschränkte die Arme vor der Brust. Sein Blick verfinsterte sich, seine ganze Haltung zeugte von Frustration und Ablehnung. »Ganz ehrlich, was kümmert es uns, an wen die Menschen glauben? Wir haben schon so einiges auf dieser Welt gesehen, werden noch vieles sehen und es überdauern. Warum sollten wir diese Angelegenheit zu unserem Problem machen?«

Conrad sah ihn von der Seite an. Wie viele es wohl noch gab, die so dachten wie dieser Nachzehrer? Auch wenn er an der Loyalität des Mannes keine Zweifel hegte. »Ich weiß nicht, wie es Ihnen geht, aber ich möchte gern selbst entscheiden, an wen ich glaube und wem ich folge. Mit Alfred hat der Messias uns seine Botschaft nur allzu deutlich übermittelt. Wer sich ihm nicht anschließt, wird vernichtet. Die Freiheit der Welt mag mir gleichgültig sein, aber die meiner Leute nicht.«

Rivas seufzte. »Da haben Sie Recht. Aber wie sollen wir vorgehen? Ich meine ... wir sind nicht gerade viele.«

»Zuerst müssen wir herausfinden, wer dieser Erlöser ist. Ich habe darüber nachgedacht, und mir fällt dazu Folgendes ein: Dieser Nachzehrer muss relativ neu sein, denn kein erfahrener Untoter würde sich von sich aus auf einen Deal mit einer Mächtigen einlassen. Wir alle wissen, wie so etwas endet. Die Neulinge dagegen neigen oft dazu, nach einer Hexe zu suchen, um den Fluch von sich nehmen zu lassen. Oya braucht diesen Messias, um die Massen zu lenken, und ich schätze, dass sie nichts dem Zufall überlässt. Also müsste er ...«

»Ein Verfluchter sein. Einer, der den Fluch nicht von seinem untoten Vater vererbt bekam, sondern durch eine Hexe mit ihm belegt wurde.«

Richtig, dachte Conrad verbittert. Einer, der mit der Erfüllung des Fluches Tausende in den Abgrund reißt. Der so voller Zorn ist, dass er nicht merkt, wie alles um ihn vor die Hunde geht. »Die Verfluchten bringen immer Seuchen mit sich«, sagte er und merkte selbst, wie schroff seine Stimme klang. »Das ist ein Teil ihres Fluches. Auch jetzt herrscht gerade eine.«

Rivas tippte sich an die Stirn. »Die Schweinegrippe, natürlich. Wieso ist mir das nicht aufgefallen? Allerdings verläuft sie ziemlich mild, wenn ich sie mit der Pest und anderen Epidemien vergleiche, die die Verfluchten früher mit sich gebracht haben. Wie viele Menschen sind in Deutschland an dem Virus gestorben?«

»Etwas über hundert, bis jetzt. Aber der Hexe geht es

auch nicht um die Anzahl der Toten. Panik hat sie damit genügend gestiftet. Wir haben allerdings keine Zeit zu verlieren. Zuerst müssen wir alles über diesen Messias in Erfahrung bringen, seine ganze Geschichte: sein Leben als Mensch, sein Tod, die erste Zeit nach der Auferstehung. Wir müssen seine Schwachpunkte kennen. Gleichzeitig brauchen wir Insiderinformationen über seine aktuellen Machenschaften. Das heißt …«

»Wir müssen jemanden aus den Reihen seiner Anhänger gefangennehmen.«

»Ganz genau. Ich würde sagen: Ich kümmere mich um die Recherchen, und Sie …«

»Ich übernehme die operative Arbeit.« Rivas klappte den Laptop zusammen. »Das mache ich eh am liebsten. Keine Sorge, ich werde mir schon jemanden schnappen, von dem wir mehr erfahren können.«

»Hervorragend. Ach ja, bevor Sie gehen: Nehmen Sie Ihre Großnichte mit. Bei Ihnen ist sie im Moment sicherer als hier, schätze ich.«

Rivas zögerte. »Wollen Sie immer noch, dass ich ihr Gedächtnis manipuliere? Damit sie sich an nichts mehr erinnert?«

»Das wäre das Beste für sie. Aber mir ist auch bekannt, wie Sie dazu stehen, und im Moment wissen anscheinend eh schon so einige Menschen von unserer Existenz. Wenn Sie sich für Ihre Verwandte verbürgen, können wir diese Entscheidung also noch etwas aufschieben.«

Sichtlich erleichtert nickte der Nachzehrer. »Ich danke Ihnen.«

»Ich bin immer noch der Meinung, dass wir Ihrer Großnichte damit keinen Gefallen tun.« Conrad drehte sich um. Wenn Rivas ging, würde endlich etwas Ruhe einkehren. Normalerweise hatte er solche Momente immer begrüßt, aber jetzt wusste er nicht, was er mit seinen Gedanken, ja, mit sich selbst in der Einsamkeit anfangen sollte. Noch einmal erwog er, nach oben zu gehen, um auf Ylva aufzupassen, verwarf aber den Gedanken wieder. Er musste zu dem Mädchen auf Abstand bleiben. Das wäre das Beste für ihn, und auch die Kleine wäre sicherlich dankbar, seine Gesellschaft nicht ertragen zu müssen.

Das Glöckchen an der Tür klingelte, als Rivas sie aufmachte, doch der Nachzehrer ging nicht fort. »Wussten Sie, dass Evelyn eine Hexe ist?«

Conrad biss die Zähne zusammen. Auf der Zunge lag ihm ein abweisendes »Gehen Sie, Rivas«, wie immer, wenn die Rede auf seine Tochter kam. Doch er schluckte es hinunter. Erst nach einigen Herzschlägen spürte er, wie sich seine Kiefermuskeln etwas entspannten. Er sah den Mann an, der unschlüssig auf der Schwelle stand, seufzte, gab nach und winkte ihn herein.

In Situationen wie dieser pflegten Menschen sich Hochprozentiges einzuschenken und sich in trüber Melancholie zu suhlen, während sich ihr Hirn benebelte und alles, was sie bedrückte, dahinschwand. Den Untoten war das nicht vergönnt.

Conrad ging zu seinem Schaukelstuhl, der inmitten von üppigen Gewächsen stand, und stellte Rivas einen

Hocker hin. Anderes Mobiliar besaß er hier nicht, da er selten Besuch empfing, von den Kunden mal abgesehen.

Der Nachzehrer schien sich genauso unbehaglich zu fühlen, setzte sich aber. Auch Conrad nahm Platz. Immerhin konnten sie zumindest versuchen, so etwas wie ein Gespräch unter Freunden zu führen.

»Das mit der Hexe – haben Sie das gewusst?«, wiederholte Rivas. Er stützte die Ellbogen auf seine Oberschenkel und stemmte sein Kinn in die Handflächen, den Blick starr zu Boden gerichtet.

Conrad fiel es nicht leicht zu sprechen. »Ich habe es gespürt.«

Eine Weile sagte der Mann nichts mehr, dann drückte er den Rücken durch und ballte die Fäuste. »Warum habe ich es nicht gespürt? Wer, wenn nicht ich, hätte sie besser als jeder andere kennen müssen?«

Conrad wusste nicht, was er darauf erwidern sollte. Verdammt, er hätte dieses Gespräch nie zulassen dürfen, denn es verlangte ihm Reaktionen ab, die ihm fremd waren. Wie Trost zu spenden oder Beistand zu leisten. Etwas, was er nie erfahren hatte und nie geben konnte.

»Das vermag ich nicht zu beantworten«, sagte er, so sachlich wie möglich. »Vielleicht liegt es an der besonderen Bindung zwischen Vater und Tochter, was, zugegebenermaßen, irgendwie zu sentimental klingt. Oder ich bin alt genug, um Vorahnungen richtig zu deuten. In den meisten Fällen zumindest. Mit der Zeit wird das Âjnâ immer stärker. Und es bewirkt ein gutes Gespür für einige Sachen.« Wieder musste er an Ylva denken, an ihr harsches »Ich habe keinen Vortrag gebucht«. Denn das hatte Rivas ebenso wenig. Nein, für solche Gespräche war er eindeutig der Falsche. Er sollte lieber wieder mit den Pflanzen reden, die erwarteten von ihm wenigstens nichts.

»Einmal sagten Sie, Evelyn würde mir niemals gehören. Meinten Sie … das damit?«

Conrad nickte, leicht verwundert darüber, dass der Mann trotzdem blieb und sich mit seiner Gesellschaft zufriedengab. »Ich wollte Sie warnen. Obwohl mir klar war, dass Sie nicht auf mich hören würden. Zumindest nicht in dem Moment.«

»Tja, vielleicht hätte ich das doch lieber tun sollen. Sie waren nicht der Einzige. Maria hat öfter gesagt, Evy und ich hätten keine Zukunft. Keine Basis für die Beziehung. Sie meinte sogar, es wäre nicht einmal Liebe, die uns verbindet, sondern eine Lüge, die wir einander eingetrichtert hätten.«

»Ich würde niemals so weit gehen, das zu behaupten.«

Was weiß ich schon von Liebe, hätte er gern hinzugefügt. Aber damit hätte das Gespräch endgültig Bahnen eingeschlagen, auf denen er sich nicht zu bewegen vermochte.

»Und was soll ich jetzt tun?«

Conrad sah überrascht auf und kräuselte die Stirn. »Sie wollen meinen Ratschlag in dieser Angelegenheit hören?«

»Ja. Warum denn nicht?«

Weil er absolut der Falsche für all das war. Weil er geglaubt hatte, seine Gleichgültigkeit hätte jegliches Empfinden für den Kummer der anderen längst ausgelöscht, und merkte, wie etwas anderes die gewohnte Leere auszufüllen begann. Kein stumpfes Verständnis für ein Problem, sondern eine vorsichtige Anteilnahme. Auch wenn er nicht wusste, ob er das zulassen durfte, ob dieses Mitgefühl ihn womöglich schwächte. Wie sollte er die Jahrhunderte überdauern, wenn er solchen Nichtigkeiten erlaubte, ihn mitzureißen.

Erneut bemühte er sich, streng rational zu denken. »Nun, als Oberhaupt des Clans kann ich Sie nur daran erinnern, dass wir ohne die Hilfe einer Hexe, die uns wohlgesinnt ist, untergehen werden. Wir haben nichts, womit wir in der Lage wären, Oyas Pläne zu durchkreuzen. Als Vater würde ich sagen: Lassen Sie die Finger von ihr, Sie sind meiner Tochter nicht gewachsen.«

»Und … als Freund? Ich meine: Sie ist eine Hexe. Kann man eine Hexe überhaupt lieben?«

Conrad fragte sich, wie es möglich war, dass sein eigenes Inneres sich in so kurzer Zeit so schnell veränderte. Was passierte mit ihm? Der Conrad, der ihm vor wenigen Tagen noch vertraut war, existierte nicht mehr. Dieser Conrad würde niemals irgendeine Art von Freundschaft zulassen. Nicht so wie jetzt.

»Adrián«, begann er unsicher und erstaunt darüber, wie leicht es ihm fiel, das Neue anzunehmen, »als du vor ein paar Monaten in den Pesthof gegangen bist, als du Himmel und Hölle in Bewegung gesetzt hast, um sie zu finden, da hast du sie geliebt. Als du sie durch die

Kanalisation getragen hast, selbst einem Zusammenbruch nahe, da hast du sie auch geliebt …«

»Sicher, da kann ich dir kaum widersprechen. Nur wusste ich damals nicht, dass sie eine Hexe war.« Der Nachzehrer nahm das Freundschaftsangebot so selbstverständlich hin, als hätten sie sich schon eine Ewigkeit lang geduzt. Auch Conrad stellte verwundert fest, dass dieser Schritt sich ganz gewöhnlich anfühlte. Dass er sogar froh war, die Welt um ihn herum nicht auf Distanz halten zu müssen.

Irgendetwas geschah mit ihm, irgendetwas Gutes.

»Aber sie war eine, du hast nie eine andere Evelyn gekannt.«

Adrián senkte den Kopf und fuhr sich mit beiden Händen durch das Haar. »Das hat sie mir auch gesagt, als wir uns zum letzten Mal sahen. Als ich sie von mir gestoßen habe. Aber liebt sie mich auch? Ist sie dazu überhaupt imstande? Oder ist das nur ein Spiel, das eine Mächtige mit einem Trottel wie mir treibt, um mich noch weiter ins Verderben zu reißen?«

»Bei jeder anderen Mächtigen hätte ich gesagt, sie ist nicht dazu fähig, etwas zu empfinden. Doch Evelyn ist eben eine etwas andere Hexe. Frag sie doch. Gib ihr eine Chance. Du wirst merken, ob das, was euch verbindet, nur eine Lüge ist. Oder vielleicht doch Liebe. Auch wenn selbst wahre Liebe gewiss noch eine Zeit brauchen wird, um das, was euch trennt, zu überwinden.«

Eine kleine Ewigkeit lang sagte keiner von ihnen mehr etwas, denn Worte hatten keine Bedeutung mehr, nur das

Schweigen. Schließlich stand Adrián auf und ging. Erst an der Tür drehte er sich um. »Ich danke dir.«

Conrad nickte ihm zu. Ob es wirklich eine Freundschaft war? Oder etwas, was er sich bloß einbildete? Nun ... als er sich mit ihm Schulter an Schulter durch den Pesthof gekämpft hatte, da war es eine. Und als er die ganze Kanalisation nach dem Mann abgesucht hatte, da war es ebenfalls eine. Alles andere würde die Zeit zeigen.

Er wusste nicht, wie lange er noch so dasaß. Vermutlich Stunden. Denn wenn man so lange existierte wie er, stumpfte das Zeitempfinden ab. Erst ein Poltern irgendwo über ihm, gefolgt von einem spitzen Schrei, riss ihn aus seinen Gedanken. Es kam aus seiner Wohnung. Sogleich war Conrad auf den Beinen und lief ins Treppenhaus, noch bevor er groß nachdenken konnte. Als er vor seiner Tür stand, hörte er splitterndes Glas und berstendes Holz. Er vertrödelte keine Zeit damit, den Schlüssel herauszukramen, sondern trat die Tür aus den Angeln. Sekunden später stürmte er ins Wohnzimmer.

Er erfasste mit einem Blick den Raum. Das demolierte Fenster, das zweigeteilte Sofa in der Ecke, die umgekippten Schränke und zerbrochenen Regale. Kein Roland. Und vor allem – keine Ylva. Die Erkenntnis schien ihm die Kehle zuzudrücken, bis er keine Luft mehr bekam, bis er nichts mehr hörte als das Schlagen des eigenen Herzens.

Dann polterte es wieder – eine Hälfte des Sofas wurde zur Seite geschleudert, und Roland kroch unter den Trümmern hervor. Sein Gesicht war verzerrt, er blutete aus Schürfwunden, doch er schien noch ganz zu sein. »Sie ist nicht sie selbst«, keuchte er und musste sich abstützen. »Ich war auf einiges vorbereitet, aber nicht auf das.«

Conrad fragte nicht, wo Ylva war. Er begann, sie zu fühlen. Seine Gier, sich an ihrer Lebensenergie zu laben, drängte ihn zu ihr, und er lechzte nach mehr. Zuerst spürte er Erleichterung, die junge Frau noch am Leben zu wissen, dann Sorge, ob er seinen Trieb würde bezwingen können und ihr nichts antun würde. Doch er durfte mit Zweifeln keine Zeit vergeuden, Ylva brauchte seine Hilfe.

Schon kletterte Conrad aus dem Fenster. Mit gezielten Griffen bewegte er sich nach oben, bis er auf das Dach gelangte. In der Dunkelheit konnte er nur schlecht sehen, doch die Gestalt, die am Rand saß und in den Abgrund stierte, bemerkte er sofort. Die Aura, die schwärzer als die Nacht selbst war, pulsierte um Ylvas Körper. Roland hatte Recht, sie war nicht sie selbst. Es war das Ding. Dem er nicht erlauben durfte, Ylvas Geist auszulöschen.

Auf leisen Sohlen schlich er zu der Kreatur. Doch sie hatte ihn bemerkt. Langsam, als fiele es ihr schwer, den Körper unter Kontrolle zu halten, wandte sie sich ihm zu. Dabei rutschten die nackten Füße näher zur Kante, die Fersen ragten ein Stück über den Rand. Wenn dieses Wesen fiel, würde Ylva sterben.

»H-halt«, kam es gurgelnd aus dem halb geöffneten Mund und ließ Conrad zusammenzucken. Dass das Ding auch noch redete, traf ihn unvorbereitet. Die Kreatur schlug die Arme um den zierlichen Körper, wiegte sich hin und her und summte ihr »Halt! Halt!« wie eine Beschwörung. Der Wind spielte mit Ylvas perlblondem Haar, dem einzig Hellen, was in der Finsternis leuchtete. Abgesehen von den nach oben gerollten Augäpfeln.

Conrad wagte es nicht, sich zu rühren, um das Monster nicht zu verschrecken. »Verstehe, Sie wollen den Körper, nicht wahr?«

Er musste dieses Ding in seine Schranken verweisen. Einmal war es ihm bereits gelungen. Damals hatte er Ylva seine Energie eingeflößt. Aber zu der Zeit war das Ding auch noch nicht so präsent und so stark wie heute. Ob es ihm wieder gelingen würde?

Ein brodelndes Zischeln entwand sich der Kehle: »Du verstehsssssst nichtssss.« Mit diesen Worten kippte der Körper nach hinten.

»Nein!« Sein Schrei war noch nicht verhallt, als er die Entfernung mit einem Sprung überwunden hatte und Ylva auffing.

Die Kreatur kreischte auf, schlug um sich und zerrte ihn mit sich in Richtung Dachkante, denn er ließ Ylva nicht los. Mit ungeheurer Kraft rammte der Dämon ihm einen Ellbogen in die Rippen. Er vernahm ein Knacken, als einer seiner Knochen brach. Ungeachtet der Schmerzen, zerrte er das tobende Monster zurück und drückte es nieder. Doch so leicht wollte das Biest nicht aufgeben. Es besaß ungeahnte Kräfte, mit denen es ihn von sich schleuderte, um sich wieder zur Dachkante zu bewegen. Erneut fing er den Dämon ab und hinderte ihn daran, hinunterzustürzen. Da begriff die Kreatur, dass sie nur dann das Geplante durchführen konnte, wenn Conrad ihr nicht mehr im Wege stand. Von diesem Augenblick an galt ihre ganze Aufmerksamkeit ihm, und wenn er in die verzerrten Gesichtszüge blickte, sah er die Entschlossenheit darin, ihn zu vernichten.

Obwohl ihre Bewegungen träge und ruckartig wirkten, erwies sie sich als ein Gegner, dem er unterliegen könnte, sollte der Kampf eine Weile andauern. Der Dämon dachte anscheinend dasselbe, denn er setzte alles in die nächste Attacke. So rangen sie auf dem Dach, ohne eine Entscheidung herbeizuführen, bis es Conrad gelang, das Monster in den Schwitzkasten zu nehmen. Ohne zu zögern presste er seine Lippen auf den starren Mund. Die Energie strömte aus ihm, drang in Ylva ein und verdrängte allmählich das Dunkle.

Hoffentlich war es bald vorbei, denn sonst wäre er es, der sich, entkräftet und ausgelaugt, in ein Monster verwandeln würde. Er musste immer mehr geben und all seine Kraft einsetzen, um die Bestie im Griff zu behalten.

Erst als sie aufgehört hatte, sich zu wehren, ließ er von ihr ab und rollte sich zur Seite. Seine Atmung ging stockend, und allein das tat höllisch weh. Als wäre er gerade gerädert, gevierteilt und wieder zusammengefügt worden. Aber er jammerte nicht. In ein paar Stunden würden seine demolierten Knochen vermutlich zusammenwachsen, auch wenn es ohne Alfred keinen gab, der sie ihm fachmännisch richten konnte. Es blieb ihm nur zu hoffen, dass die Brüche sauber waren. Ob es Ylva gutging?

Conrad streckte seine Hand aus und ertastete ihren Arm, spürte ihre Haut unter der seinen. Vorsichtig fuhr er mit den Fingern darüber. Die Berührung rief keine Abscheu in ihm hervor. Nein, es gefiel ihm sogar, ihre Hand zu halten. Nach einer Weile kam er auf die Beine, hob Ylva hoch und kletterte mit ihr zurück in die Wohnung. Von Roland keine Spur. Vermutlich musste der Junge selbst seine Wunden lecken. Das Mobiliar war zertrümmert, also legte Conrad Ylva auf den Boden und bettete ihren Kopf in seinen Schoß. Gedankenverloren strich er ihr durch das Haar, während er sich mit dem Rücken an die Wand lehnte.

Was auch immer mit ihm geschah, geschah ihretwegen, erinnerte er sich. Und es war gut so. Der andere Conrad, den er gekannt hatte, durfte gern verschwinden.

# Kapitel 12

Verborgen im Schatten eines Hauseingangs beobachtete Stella, wie sich die Anhänger des Messias auf dem Alsterdorfer Markt versammelten. Menschenbrut wie Untote – sie alle waren dem Ruf gefolgt und hierhergekommen, jeder aus seinen eigenen Gründen. Die Uneingeweihten blieben zu dieser späten Stunde und bei dem Wetter dem Platz weitgehend fern, nachdem die unzähligen Geschäfte, die sich in den Gebäuden ringsherum aneinanderdrängten, geschlossen hatten.

Doch nicht einmal der Regen, der wie eine Sintflut über Hamburg hereingebrochen war, konnte die Versammelten davonjagen. Stella grinste höhnisch. Die Evangelische Stiftung Alsterdorf warb gern für das – besonders in der Zeitwahrnehmung der Untoten – relativ neu errichtete Zentrum des Stadtteils mit dem Slogan »Ein Ort für Begegnungen«. Openair-Kino und Live-Konzerte, Weinfest und Kartoffelschmaus – das alles hatte der Markt bereits erlebt. Ein Zusammentreffen von Untoten war allerdings auch für dieses gastfreundliche Fleckchen eine Premiere.

Regenbäche rannen über die bleichen Gesichter. Die Gullis schluckten nur mit Mühe die Wasserströme, die den Dreck der Stadt von den Straßen spülten. Viele waren gekommen, mehr, als Stella angenommen hatte. Die Nachzehrer hofften auf Erlösung, auf ein Ziel im *Leben*. Was zählten schon im Vergleich dazu die Unannehmlichkeiten des Unwetters? Und Stella hätte sich ihnen ohne lange nachzudenken angeschlossen, wäre in ihre Reihen getreten, doch es widerte sie an, Schulter an Schulter mit dem Menschenabschaum zu stehen. Was diese Narren hier zu suchen hatten, das konnte sie sich denken. Natürlich strebten sie nach Macht, träumten von der glorreichen Zukunft, die der Messias in ihrer Vorstellung so lebendig auferstehen ließ. Stella konnte auch durchaus nachvollziehen, warum der Erlöser sich mit diesem Pöbel umgab. Selbst wenn alle Nachzehrer in Hamburg und weit über seine Grenzen hinaus sich dem Messias angeschlossen hätten, wären es zu wenige, um die Massen kontrollieren zu können. Dennoch sah Stella nicht ein, weswegen sie dieses Gesocks als gleichwertig betrachten sollte. Die Dummköpfe gingen ihnen bloß zur Hand, und wenn es notwendig war, dienten sie als schneller Imbiss.

Sie beschloss, nicht weiter darüber zu grübeln. Die Wege des Messias waren unergründlich, sie sollte seiner unendlichen Weisheit und Güte vertrauen.

Jetzt im Herbst kam die Dämmerung früh und nährte Stella mit Kraft, die die Sonne ihr normalerweise entzog. Der wolkenverhangene Himmel schwächte die UV-Strahlen ab. In den dunklen Monaten brauchte Stella keine Blasen mehr auf ihrer Haut zu befürchten, die ihr

Äußeres entstellten. Das hob ihre Stimmung so ungemein, dass sie sich nur noch mit Mühe am Riemen reißen konnte, um nicht etwas Verrücktes anzustellen und ihren angestauten Empfindungen zu einem Ausbruch zu verhelfen. So wippte sie auf den Zehenspitzen und beobachtete die Umgebung, in der Hoffnung, bald Verwendung für ihren Tatendrang zu finden. Vergebens.

Die wenigen Passanten, die sich doch noch zufällig zur Versammlungsstelle verirrt hatten, suchten schnell das Weite, in der festen Überzeugung, die Jugendbanden würden hier gleich ihre Meinungsverschiedenheiten austragen. Zwischen die Fronten wollte keiner geraten, zumal in diesem Fall höchstwahrscheinlich nicht einmal die Polizei helfen würde. Denn sobald die Gangmitglieder aufeinander losgingen, machten sie auch vor den Gesetzeshütern nicht Halt und schlugen, stachen oder schossen manchmal sogar auf alles, was sich ihnen in den Weg stellte. Das wusste jeder. Auch wenn Alsterdorf nicht zu den ganz berüchtigten Gegenden zählte.

Von ihrem Versteck im Hauseingang aus ließ Stella den Blick über die Versammelten schweifen. Die meisten von ihnen lebten noch. Die meisten von ihnen hatten noch nicht ihren zwanzigsten Geburtstag gefeiert, und womöglich würden sie es auch nicht bis dahin schaffen. Dafür bewiesen sie Raffinesse im Dealen, waren vorbestraft und hatten ihre Viertel fest im Griff. Sie alle gehörten zu verschiedenen Gangs und standen trotzdem hier beisammen, um den Worten des Messias zu lauschen. Denn der Feind kam nicht aus einem anderen Bezirk, das hatten sie bereits begriffen. Der Feind war der, der ihre Zukunft zu zerstören drohte. Der Feind, das waren die Verblendeten.

Die jungen Gesichter blickten finster drein, unter der Kleidung verbargen sich die Schlagstöcke, Messer und Schusswaffen. Die Nachzehrer hielten Abstand zu den Lebenden, was Stella gut verstehen konnte. Zu unberechenbar war dieser Pöbel. Zu viele von ihnen hatten sich hier versammelt. Was unweigerlich die Frage aufkommen ließ: Wie wollte der Erlöser sie alle kontrollieren? Seine mentalen Fähigkeiten müssten unermesslich sein. Dennoch duldeten die Lebenden und die Untoten einander. Zumindest noch.

Ein Klacken von Stilettos auf Gehwegplatten erklang, das zu der angespannten Stimmung, die über dem Platz lag, nicht so recht passen wollte. Mit einem Mal kam es Stella vor, als stünde sie an einem Filmset und gerade würde eine neurotische Regieassistentin auftauchen, um neue Anweisungen für den Dreh zu erteilen. Doch es war keine Assistentin, die sich da näherte, sondern eine groß gewachsene, schlanke Frau, die in ihrem figurbetonten Mantel von der Farbe reifer Preiselbeeren alle Blicke auf sich zog. Ihr Haar war straff zu einem Chignon aufgesteckt. Allein beim Anblick der Frisur schmerzte Stella die Kopfhaut. Der Teint der Frau erinnerte an Ebenholz, die afrikanisch anmutenden Gesichtszüge wirkten zart und exotisch. Eine Kette aus großen braunen Perlen, die ihr bis zum Bauch reichte, baumelte bei jedem ihrer Schritte hin und her.

Unwillkürlich zuckte Stella zusammen, als sie begriff, wen die Dame im Visier hatte. Die Frau defilierte an dem Aldi-Laden vorbei und schlüpfte zu ihr in den Hauseingang. Es war zu spät, um wegzulaufen, um sich noch zu verkriechen.

Lächerlich. Als ob man vor einer Mächtigen fliehen könnte!

»Oya!«, begrüßte Stella sie, als diese auf Armeslänge von ihr entfernt stehen blieb. »Dass du uns mit deinem Besuch ehrst …« Die Zunge bewegte sich träge in ihrem Mund und schien ihr am Gaumen zu kleben. Denn es bedurfte nur einer Berührung dieser Frau, und sie würde zu Staub zerfallen, aufhören zu existieren, für immer. In der Gegenwart einer Mächtigen fühlte sich jeder Nachzehrer sterblich.

Die vollen Lippen, durch den rubinroten Lippenstift betont, verzogen sich zu einem Lächeln. Stella konnte ihren Blick nicht abwenden, völlig gebannt von so viel Schönheit. Denn dieser Kussmund löste in ihr ein seltsames Verlangen aus, Fantasien, die irgendwo tief in ihr schlummerten. Sie wollte ihn schmecken, an ihm saugen, bis sie … Stella blinzelte. Was war in sie gefahren? Hatte sie sich gerade tatsächlich ausgemalt, wie es war, eine Frau zu küssen? Noch mehr erschreckte sie die Vorstellung, dass es ihr tatsächlich gefallen könnte. Verflucht. Das kam davon, wenn man sein Sexleben vernachlässigte.

Mit einer Schulter lehnte sich Oya gegen die Backsteinwand. Ihre langen, perfekt manikürten Finger spielten mit den Perlen ihrer Kette. Das Rasseln des Schmuckes und das Rauschen des Regens lullten Stella wie ein Gutenachtlied ein. Es schien ihr, als kämen die Geräusche nicht von außen, sondern aus ihrer eigenen Seele. Das seltsame Gefühl, sich in der Realität völlig aufzulösen, ergriff sie.

»Stella. Ich habe gehört, du hast versagt. Der Erlöser ist unzufrieden mit dir. Dabei saßen seine Feinde schon in der Falle, und du hast sie entkommen lassen.«

Stella spürte, wie das Blut aus ihren Wangen wich, als der warme Savannenwind ihr Gesicht streifte. Oder bildete sie sich das nur ein? Gebannt verfolgte sie jede Bewegung von Oyas Händen. Nur eine Berührung … nur eine, und …

Die Klauen der Angst drohten ihren Brustkorb zu zerdrücken. Sie stöhnte. Was für eine Qual, stets zwischen der Furcht und einer Art Trance zu schwanken. Am liebsten hätte sie die Mächtige auf Knien beschworen, diese Folter zu beenden. Aber sie wusste, wie wenig ihr Flehen – ach was: das Flehen der ganzen Menschheit – der Hexe bedeutete.

Genauso wenig wie ihre kläglichen Versuche, sich zu rechtfertigen: »Ich konnte nicht ahnen, dass die Metamorphe und die Nachzehrer ihre Kräfte vereinen würden. Außerdem war da diese Ylva, die …«

»Oh, meine Süße, mir musst du nichts erklären.« Die schwarzen Augen, die zwei polierten Obsidianen glichen, blitzten auf. »Ich bin mir sicher, der Messias wird dafür Verständnis aufbringen. Du hast Recht, wie hättest du diese Wendung der Ereignisse vorausahnen sollen.«

Die Hand unterbrach das Spiel mit der Kette. Stella taumelte erschrocken zurück und stieß mit dem Kopf gegen die Schilder der in dem Gebäude untergebrachten Büros. Für einen Augenblick hatte sie geglaubt, Oya würde sie tatsächlich berühren und für ihr Versagen bestrafen. Sie schloss die Augen und wartete auf das Ungewisse.

»Hast du Angst?« Der Savannenwind trug die Frage an ihr Ohr und hüllte sie einen Herzschlag lang in trockene Hitze ein, mitten im norddeutschen Regenschauer.

Stella nickte.

»Musst du nicht. Wenn du begreifst, dass der Fluch nicht die Ewigkeit, sondern die Sterblichkeit mit sich bringt. Wenn du erkennst, dass du auserwählt wurdest, um diese Welt zu verändern. Wie auch die anderen deiner Art. Vom Schicksal gezeichnet, aber von der Zeit des Universums beschenkt. Verstehst du?«

Wieder nickte Stella, weil sie nicken musste. Obwohl ihr Hirn sich weigerte, all dem zu folgen. Doch hatte nicht auch der Messias davon gesprochen, dass die Nachzehrer in Wirklichkeit die Auserwählten waren, die ihr Kreuz mit Stolz tragen sollten? Der Fluch hatte ihnen das Leben und die geliebten Menschen geraubt, aber mussten nicht alle Propheten zuerst alles verlieren, um danach wahrlich Heiliges zu erfahren? Und sie glaubte dem Messias. Allein deshalb, weil sie an die Sinnlosigkeit ihres Daseins nicht glauben wollte.

»Mir wird kein Fehler mehr unterlaufen«, versprach Stella ehrfürchtig und forschte in Oyas Gesicht, das keinerlei Regung zeigte. »Der Erlöser und du, ihr werdet nicht enttäuscht sein.«

»Da bin ich mir sicher, meine Süße. Denn wir brauchen dich. Für etwas so derart Großes, dass du es nicht mit deinem Verstand erfassen kannst, glaub mir.« Eine Böe trieb den Regen in den Hauseingang. Die Tropfen perlten von Oyas Haut ab wie von der Oberfläche einer Lotusblüte. So, als gäbe es nichts auf dieser Welt, was eine Mächtige berühren konnte, während all die anderen durchnässten Gestalten im Wind froren.

»Und wozu benötigt der Erlöser dieses Metamorph-Mädchen?«, fragte Stella und biss sich auf die Zunge. Hatte sie es tatsächlich gewagt, die Handlungen des Messias zu hinterfragen?

»Du hast selbst erlebt, wozu dieses schmächtige, halb verhungerte Wesen tatsächlich fähig ist. Der Dämon, den es in sich trägt, ist ein Teil des Schattenreiches, und es wird mir grundsätzlich gehorchen. Doch wenn es lernt, den Dämon zu lenken und zu kontrollieren, dann wird es zu einem gefährlichen Gegner.« In den schwarzen Augen loderte Zorn empor. Die Hexe stemmte ihre Hand gegen die Wand und kratzte mit den Fingernägeln über den Backstein. »Dass es uns überhaupt abhandengekommen ist, hätte niemals geschehen dürfen! Aber nun ist es passiert. So müssen wir uns jetzt zurückholen, was uns gehört.«

Stellas Herz begann zu hämmern, als sie das Gesicht der Mächtigen so nah vor sich sah. Eine innere Stimme flüsterte ihr zu, die Hexe würde nicht die ganze Wahrheit sagen, aber vielleicht waren einige Geheimnisse einfach nicht für sie bestimmt. Nicht, solange sie die ihr übertragene Aufgabe nicht erfüllt, solange sie nicht bewiesen hatte, würdig zu sein. Aber irgendwann … irgendwann würde sie ganz sicher in den Kreis der Höheren aufsteigen, sie befand sich so kurz davor!

»Ich gebe dir einen Tipp, wie du alles wieder in Ordnung bringen kannst.« Oyas feuchtwarmer Atem, der nach Papaya duftete, streifte Stellas Wange. »Conrad und die anderen haben sich in seinem Laden verschanzt. Das Mädchen ist ebenfalls dort. Wenn du schnell genug zuschlägst, bist du im Vorteil, denn sie sind vom letzten Kampf geschwächt.«

Je länger Stella in die schwarzen Augen starrte, desto mehr bekam sie das Gefühl, den Boden unter den Füßen zu verlieren. Es erfüllte sie mit Ehrfurcht, die Macht der Hexe am eigenen Leib zu spüren.

»Woher weißt du das?« Für einen Augenblick hielt sie inne. Hatte sie die Mächtige beleidigt? Doch Oya lachte melodisch auf, lachte ohne Freude und Herzlichkeit, aber auf eine Weise, die Stellas Verstand vollkommen betörte.

»Ich habe einen Vertrauten in Conrads Reihen, der mir alles verrät, was ich wissen will. Glaub mir, jetzt ist die beste Zeit, um die Verblendeten, die dem Weg des Messias nicht folgen wollen, endgültig zu zerschlagen.«

»Der Erlöser kann sich auf mich verlassen.«

Zufriedenheit zeichnete sich auf Oyas Gesicht ab. »Daran habe ich absolut keine Zweifel, meine Liebe.« Der

Blick, den sie auf Stella warf, strotzte von Unbeschwertheit und Verspieltheit, die ganz und gar nicht zu einer Mächtigen passten. Aber wenn man tiefer in ihn eintauchte, wirkten die Gefühle so ursprünglich wie das Allererste, was in dieser Welt überhaupt empfunden wurde. Das einzig Wahre seit Anbeginn der Zeit.

Laute Stimmen lenkten Stella ab. Noch zwischen dem Jetzt und der göttlichen Einwirkung gefangen, schaute sie umher und bemerkte, wie intensiv – und seltsam verzerrt – ihre Wahrnehmung der Realität wurde. Sie schmeckte die kalte Herbstluft auf ihrer Zunge, schluckte die Luft, als würde sie ertrinken, als wären es die ersten Atemzüge, die sie machte.

In der Nähe entbrannte ein Streit. Zwei Jugendliche standen Angesicht zu Angesicht wie Kampfhähne, bereit, aufeinander loszugehen. Hinter ihnen hatten sich zwei Gruppen gebildet. Die Restlichen, die weder zu der einen noch zu der anderen Gang gehörten, machten Platz.

Stella schaute zurück zu der Hexe, doch diese war verschwunden. Kein Klacken der Absätze, kein preiselbeerroter Tupfer vor der nächtlichen Kulisse des Viertels war zu sehen. Einfach in Luft aufgelöst – oder vielmehr: im Schattenreich.

Die Streitenden wurden lauter, tauschten die üblichen Drohungen aus: »Willst du eins in die Fresse, du Arschloch?« – »Mach weiter dein Maul auf, und ich putz dir die Zähne mit dem Schlagstock.« Dann stürmten sie aufeinander los.

Natürlich hätte Stella die Auseinandersetzung schnell

beenden können, aber diese amüsierte sie, und das Krankenhaus lag eh nicht weit entfernt. Auch wenn sie sich natürlich nicht auf das Niveau herabließ, die Prügelei anzufeuern, wie es die Umstehenden taten.

Bis es von einer Sekunde auf die andere still wurde. Beinahe totenstill. Nur der Regen rauschte auf den Platz nieder. Mitten im Schlagabtausch hielten die Streitenden inne, wandten die Köpfe, schauten dorthin, wohin all die anderen Versammelten – ob Menschen oder Nachzehrer – ebenfalls starrten. Auch Stella lugte aus ihrem Versteck, reckte den Hals, um besser sehen zu können, und stierte angestrengt in die Dunkelheit, über die unzähligen Köpfe hinweg.

Der Messias hatte den Platz betreten und war auf die Stufen der von Bodenstrahlern beleuchteten Alten Küche, eines historischen Baus mit einem auffallenden Wasserturm, gestiegen, und seine Gestalt wirkte imposanter noch als dieser Turm und eroberte augenblicklich die Aufmerksamkeit jedes Einzelnen. Einige blickten mit Zweifel, die anderen mit Hoffnung oder ungeduldigem Interesse – doch ganz egal, was jeder suchte, warum er hierhergekommen war: Stella überkam die Gewissheit, dass alle hier das finden würden, wonach sie sich sehnten. Auch sie selbst. Obwohl sie ihre eigene Sehnsucht nicht einmal in Worte fassen konnte.

Regungslos stand der Messias da, in einen weiten Kapuzenmantel gehüllt, in dem er unwirklich erschien, in der Dunkelheit verloren. Erwartungen und Neugier nährten die Spannung, bis sie beinahe greifbar war. Dann sprach er. Bloß zwei Worte, die Stellas Herz einen Schlag aussetzen ließen.

»Wir leben.«

Zum ersten Mal hörte sie seine Stimme, die sie sich so oft vorzustellen versucht hatte. Wie mochten wohl die Wahrheit, die Hoffnung und die Heiligkeit klingen, die sie immer ergriffen, wenn sie mental mit dem Erlöser kommunizierte?

Hell klangen sie. Irdisch und zugleich erhaben. Bewegend.

Die Stimme hätte einem jungen Menschen gehören können, einem Mädchen oder einem Jungen – was spielte das für eine Rolle? Das, was Stella plötzlich begriff, war viel wichtiger und besser als alles, worauf sie zu hoffen gewagt hatte. Der Messias war einer von ihnen. Wie sie selbst. Wie jeder Einzelne dieser Versammelten.

Der Erlöser hob die Arme und schickte seine Worte mit einer Intensität in die Menge, die Stella eine Gänsehaut bereitete: »Wir leben, obwohl die um uns herum uns liebend gern tot sehen würden. In zugenagelten Särgen unter der tonnenschweren Erde begraben. Sie denken, solche wie wir haben kein Recht auf einen Platz unter dem Himmel. Sie verleugnen uns, sie haben Angst vor uns, und sie versuchen mit aller Gewalt, uns unter Kontrolle zu halten.«

Stella ertappte sich, wie sie eifrig nickte, und erst dann fragte sie sich, wen der Messias meinte: Die Untoten oder die Menschenbrut, die sich hier zusammengeschart hatte? Doch noch bevor sie ihren Gedanken weiterdenken konnte, machte der Erlöser eine weit ausholende Geste. »Nachzehrer, ihr, mit dem Fluch Gezeichnete, schaut euch um!« Seine Stimme wurde lauter, vibrierte fast. »Menschen, ihr, von der Gesellschaft unterdrückte, schaut euch um. Unterscheiden wir uns wirklich so sehr voneinander?«

Tatsächlich folgten die meisten seiner Aufforderung und sahen in die Gesichter der Nachbarn. Zuerst zögernd und mit Argwohn, dann offener, mit unverhüllter Neugier. Auch Stella ließ ihren Blick schweifen, bis er schließlich an einem der Streithähne hängenblieb. Nun erkannte sie den Jungen. Cerim. Der, der seinem Gegenüber so hilfsbereit vorgeschlagen hatte, sich um seine Zahnpflege zu kümmern. Wie alt mochte er sein? Siebzehn? Ungefähr so alt wie sie, als sie gestorben war. Und genauso wie sie würde auch er vermutlich sterben, wenn nicht in diesem Streit, dann in einem anderen. Und bis es so weit war – musste nicht auch er Verfolgung, Unterdrückung und Angst kennenlernen?

»Wir sind keine zwei Spezies«, fuhr der Messias fort, diesmal etwas milder, »wir sind eine Rasse, die Menschenrasse, nur haben einige von uns das vergessen. Wir alle haben eines gemeinsam: Wir wollen leben. Obwohl unsere Feinde uns jagen, uns wie Tiere einsperren, uns quälen. Obwohl die Gesellschaft von uns nichts weiß oder nichts wissen will. Wir leben. Ja, wir leben!«

Stella schloss die Augen. Tonlos bewegte sie ihre Lippen und die Zunge, kostete die zwei einfachen Silben: Le-ben. Es war so erschreckend einfach gewesen, es zu vergessen, und zum Glück so leicht, sich daran zu erinnern.

Sie lebte.

Und nicht einmal der Tod konnte etwas daran ändern. Denn der Tod bedeutete bloß einen neuen Lebensabschnitt, eine weitere Erfahrung, die sie machte. Wie das erste Mal Fahrradfahren. Wie der erste Sex.

Und warum musste sie sich selbst verleugnen, nur weil sie untot und damit anders war? Brauchten etwa Schwule sich noch zu verstecken? Oder Juden? Oder Farbige? Predigte die moderne, aufgeklärte Gesellschaft etwa nicht, dass alle gleiche Rechte genießen sollten, egal, welche Religion, Hautfarbe oder sexuelle Orientierung sie hatten? Warum sollte es dann beim Körperzustand anders sein?

Verdammt nochmal, warum durfte sie sich dann nicht outen, warum musste sie …

»… sich noch länger verstecken?«, sprach der Messias in die gebannte Menge, und in jedem einzelnen Wort schien pure Energie zu pulsieren. »Wir müssen uns nicht schämen, für das, wozu wir gemacht wurden. Durch den Fluch oder die Gesellschaft. Denn wir sind Kraft. Wir sind die wahre Macht. Wir wurden dazu auserwählt, diese Welt zu verändern. Gemeinsam werden wir eine neue Ordnung formen. Obwohl unsere Feinde uns vernichten wollen, obwohl die Verblendeten in ihrer Wut auf uns alles daransetzen, uns aufzuhalten. Ja, ich sage euch: Das werden sie nicht schaffen. Erhebt euch! Denn diese Welt braucht uns, Tote und Lebende.«

Ein Raunen ging durch die Menge. Einige zweifelten noch, gefangen in alten Vorstellungen. In Angst vor den Feinden, vor Ungewissheit, vor dem Neuen. Noch fehlte ihnen der Glaube an ihr Tun und an den Erlöser.

Der Messias erhob abermals die Arme, und das Raunen verstummte. »Vielleicht denken manche: Der hat gut reden. Der ist ein Nachzehrer. Ein Untoter mit übernatürlichen Kräften. Doch auch ihr seid die Auserwählten, ihr alle, die ihr meinem Aufruf folgt. Ich bin hier, um mit euch meine Fähigkeiten zu teilen. Wenn die Zeit dazu reif ist und ihr – stark genug, werde ich euch Dämonen schenken, die euch schützen und euch unbesiegbar machen werden. Und dann wird es keiner mehr wagen, sich euch in den Weg zu stellen. Hört ihr? Ihr werdet die Kraft erlangen, eurem Weg zu folgen und diese Welt nach euren Wünschen zu formen. Wollt ihr das?«

Wieder raunte die Menge, doch diesmal griffen Begeisterung und Zuversicht um sich, und das Raunen schlug in ein Johlen um.

»Wollt ihr eine neue Ordnung?«, rief der Erlöser. »Wollt ihr leben?«

Das Johlen steigerte sich immer mehr.

»Sagt mir, was ihr wollt!«, forderte der Messias.

Stella fing Cerims Blick auf, in dem Tatendrang und Hoffnung schimmerten. Sie lächelte ihm zu, ergriffen von ähnlichen Gefühlen. Er erwiderte ihr Lächeln.

»Sagt es mir!«, fegte der Ruf des Erlösers durch die Versammelten.

»Wir wollen leben!«, brüllte Stella aus Leibeskräften,

und ihr Schrei versank im Jubel der unzähligen Kehlen, die dasselbe ausstießen. Die Menge grölte und tobte wie ein einziges Wesen. Als Stella zu dem Erlöser aufschaute, wusste sie: Er würde siegen. Die Verblendeten, die die neue Welt verleugneten, direkt in die Hölle schicken.

Der Messias legte die Hände aneinander zu einem Rombus und hob sie zur Mitte seiner Stirn – das Zeichen des Âjnâ, das Zeichen der Sehenden. »Doch es gibt zwischen uns leider auch solche, die versuchen, uns zu Fall zu bringen. Faulige Keime in der Saat neuer Ordnung. Deshalb werde ich Aufpasser ernennen, die im Geheimen diese Verräter ausfindig machen und mir jede Woche von den Haderern und Unruhestiftern zwischen euch, meine treuen Verbündeten, berichten werden. Eure Sicherheit liegt mir sehr am Herzen, und unsere Feinde sind listig. Deshalb wird niemand die Aufpasser kennen, und auch sie selbst werden sich untereinander nicht kennen. Ich verspreche euch: Ihr werdet schon bald nichts mehr zu befürchten haben, wenn wir die letzten Zweifler enttarnt haben und unseren Weg im Triumph weiter beschreiten können. Eine neue Welt wartet auf euch!«

Die Menge erwiderte seinen Gruß mit feuriger Zustimmung und Zuversicht. Stella spürte, wie etwas Warmes durch ihre Brust floss, eine Freude – nein, eine Liebe, die sie niemals zuvor gespürt hatte. Nichts und niemand würde sie aufhalten. Weil sie nicht allein war.

Mehrere Minuten lang wagte sie es nicht, sich zu bewegen, um dieses Gefühl nicht zu verlieren. Denn sie hatte eine wahre Offenbarung erlebt. Als sie dann den

Kopf drehte, erspähte sie eine Silhouette, die sich ihr schnell, beinahe lautlos näherte. Und das Schimmern um diese Silhouette ließ ihren Jagdinstinkt auflodern: Ein Metamorph, begleitet von seinem Seelentier, einer Katze.

Doch bevor sie einen Laut von sich geben konnte, verschloss eine Hand ihren Mund, und ein weiblicher gut durchtrainierter Körper drückte sie zurück in den Hauseingang. »Hör mir zu! Du willst doch diese Ylva, nicht wahr? Ich kann sie dir auf einem silbernen Tablett präsentieren. Was sagst du dazu?«

Stella hätte mit ihren Nachzehrer-Kräften die Frau zweifelsohne blitzschnell bezwingen können. Zumal auch andere ihr zur Seite standen, doch sie tat nicht, was sie eigentlich hätte tun sollen. Stattdessen nickte sie.

Die Frau nahm die Hand von Stellas Mund und flüsterte: »Ich liefere dir diese Göre, wenn du mir ebenfalls einen Gefallen tust. Abgemacht?«

Stella leckte sich über die Lippen. Brauchte sie wirklich fremde Hilfe, um ihren Auftrag zu erfüllen? Offen würde sie das natürlich nicht zugeben, aber andererseits mochte sie nicht unbedingt noch einmal in einem Kampf auf diese Ylva treffen. Solange die Kräfte des Mädchens so unberechenbar waren. »Was willst du denn?«

»Töte das Seelentier der Königin. Denn ich halte es nicht mehr aus. Sie treibt uns alle in den Abgrund, und dem will ich nicht weiter zusehen müssen. Ich habe versucht, sie zur Vernunft zu bringen – vergebens. Sobald sie auch nur in die Nähe dieses Conrads gelangt, denkt sie nur mit ihren Eierstöcken. In seiner Gegenwart *stinkt* sie buchstäblich nach Östrogen.«

»Ach so? Warum verlässt du nicht einfach die Gemeinde?« Die Erfahrung hatte Stella gelehrt, niemals einem Metamorph zu trauen.

Die Frau knirschte mit den Zähnen. »Ich bin nicht willensstark genug, um abtrünnig zu werden. Aber ohne ihr Seelentier wird Linnea kein Metamorph – und keine Königin – mehr sein, also auch keine Macht mehr über mich haben. Ich will die Freiheit.«

»Und wie gedenkst du das Mädchen zu schnappen? Ylva ist keine leichte Beute.«

»Lass das meine Sorge sein. Ich muss sie nur ohne ihren Bodyguard erwischen. Also, was ist? Gehst du auf den Deal ein?«

Stella lächelte. Das Leben konnte so einfach sein! »Abgemacht.«

# Kapitel 13

Ylva wachte auf, weil sie fror, und wurde sich ihres schmerzenden Körpers bewusst. Sie stöhnte auf, noch bevor sie sich mit dem Ellbogen abstützte und aufrichtete. Und gleich danach erneut, als ihre Knochen und Muskeln wieder an die richtigen Stellen rückten.

»Wie fühlst du dich?«

Trotz allem überraschend gut. Unglaublich gut. So leicht. Gedankenlos. Ylva holte tief Luft, als könne sie dadurch noch leichter werden und abheben, und schaute in die Richtung, aus der die Stimme kam.

Es hätte sie in diesem Moment vieles wundern können – und sollen! Zum Beispiel, dass sie in einem demolierten Zimmer aufgewacht war, ohne zu wissen, wer oder was hier das Chaos veranstaltet hatte. Dass der Dämon, den sie kurz vor dem Einschlafen so übermächtig gespürt hatte, zwar immer noch in ihr lauerte, aber nicht mehr versuchte, ihren Verstand auszulöschen. Doch diese Sorgen streiften ihr Hirn nur und verflüchtigten sich, während sie Conrads Gesicht betrachtete. Ein Gesicht, das ihr so friedlich erschien. Sommerwarm. Sie schwieg, denn auf keinen Fall wollte sie diesen Frieden stören, der sich auch in ihr ausbreitete, je länger sie ihm zusah.

»Ylva? Ist alles in Ordnung?«, wiederholte er, und eine tiefe Falte grub sich zwischen seine Augenbrauen. Zu gern hätte sie ihm diese Falte glattgestrichen, aber ihn zu berühren bedeutete eine Nähe, die sie ängstigte. Weil sie damit alles zerstören könnte: den Frieden, diese Zweisamkeit, die Lüge von Wärme und Nähe.

»Ja. Und bei dir?« Auf einmal erschien ihr alles, was sie sagte – oder sagen wollte – so banal. Sie fühlte sich wie ein Kind, das überraschend die ungeteilte Aufmerksamkeit eines Erwachsenen genoss. Ylva fragte sich, ob seine Augen ebenfalls bloß ein Kind vor sich sahen.

»Inzwischen geht es mir um einiges besser.« Conrad versuchte sich zu erheben, was ihm nicht sofort gelang und ihm ein schmerzerfülltes Keuchen entlockte. »Anscheinend brauchen meine Rippen doch noch etwas mehr Zeit.«

Als er mehr oder minder sicher aufrecht stand, streckte er seinen Arm aus. Ungläubig starrte Ylva auf die offene Handfläche. Hatte er tatsächlich vor, sie, das Rattenmädchen, anzufassen?

Der Unglaube schlug in Unbehagen um, sie spürte, wie ihr ein kalter Schauer über den Rücken lief, Myriaden von Eiskristallen auf ihre Haut einstachen. Die Angst vor Conrad, die Angst vor diesem personifizierten Tod, die so präsent war wie noch nie zuvor, brach mit aller Gewalt über Ylva herein.

Sie musste ihre Gefühle verraten haben, ob durch einen unbedachten Ton oder irgendeine Regung, denn Conrad senkte den Arm und ging auf Abstand zu ihr.

Einige Meter weiter lehnte er sich gegen die Wand. »Ist es besser so?«

Ylva sprang auf die Füße, wollte ihm entgegengehen, aber die Angst vor ihm ließ sie erstarren. Die Furcht saß ihr tief in den Knochen, lähmte sie, als schließe sich ein eisiger Sarkophag um ihren Leib. Mit bebenden Fingern fuhr sie sich über die Stirn. Was geschah bloß mit ihr? So schlimm hatte es sich noch nie angefühlt. Zumindest konnte sie zuvor ihre Angst mehr oder minder unter Kontrolle halten. Jetzt war sie ihr vollkommen ausgeliefert.

»Es tut mir leid.« Sie suchte nach einer Erklärung und wusste nicht, was sie noch hätte sagen können. Ihr Kopf war wie leergefegt, allerdings auf eine deutlich bedrückendere Weise als zuvor.

»Es ist schon in Ordnung«, erwiderte er. »Du kannst ja nichts dafür.«

Von einer Sekunde auf die andere hatte sich alles verändert. Einige Haarsträhnen fielen ihm in die Stirn und warfen Schatten, die unnatürlich scharf und dunkel erschienen. Das Morgenlicht, das durch die abgerissenen Gardinen drang, zeichnete seine Haut fahl, die Lippen wirkten blutleer, beinahe bläulich.

Ylva öffnete den Mund, um etwas zu sagen, um das Gespräch in Gang zu halten, aber ihre Zunge gehorchte ihr nicht.

Ylva hörte ihn nach Luft schnappen. Sein ganzer Körper erstarrte.

»Lauf!«, befahl er plötzlich.

Es glich einer Ohrfeige. Ylva schüttelte den Kopf, als hätte sie tatsächlich eine gescheuert bekommen. »Was ist los?« *Was habe ich falsch gemacht?*

»Ich sagte doch: Lauf!«

»Sind wir in Gefahr? Werden wir angegriffen?«, stammelte Ylva, obwohl sie keine ungebetenen Gäste wittern konnte. Nur die Müllcontainer aus dem Hinterhof und ein Rührei mit Speck, das jemand in einer der Wohnungen zubereitete.

»*Ich* bin die Gefahr.« Er hob den Kopf. Fiebrige, unnatürlich große schwarze Augen starrten ihr entgegen, in denen sie seine Gier lodern sah.

Ylva brauchte keine weiteren Erklärungen. Sie fuhr herum und rannte, spürte den Atem des Todes in ihrem Nacken. Sie erreichte die aus den Angeln gehobene Wohnungstür und drehte sich um, obwohl sie damit wertvolle Sekunden verschleuderte. Aber sie musste sich umdrehen, musste noch einmal in sein Gesicht blicken, um sich zu vergewissern, dass sie nicht den Conrad sehen würde, den sie kannte. Sondern ein Monster.

Conrad war in sich zusammengesunken und kauerte steif auf der Schwelle zum Wohnzimmer, bis ihn ein Beben durchlief und er sich noch mehr anspannte. Bei seinem Anblick zog sich ihr das Herz zusammen. Er hatte sie schon so oft gerettet, und sie dankte ihm dafür, indem sie weglief und ihn zurückließ.

*Geh doch hin*, erhob sich ein sanftes Flüstern in ihrem Kopf. *Hilf ihm!*

Schon setzte sie einen Schritt in seine Richtung, als sie

an der Schulter herumgerissen wurde. Erschrocken blickte sie in Rolands Gesicht.

»Bist du gänzlich übergeschnappt? Er wird dich umbringen. Fort mit dir!« Er schubste sie zur Treppe und stellte sich zwischen sie und Conrad, der, obschon er sich innerlich dagegen zu wehren schien, wieder auf die Beine kam.

Ylva stolperte die Stufen hinunter, zerrissen von widersprüchlichen Gefühlen.

*Du feiges Ding!*

*Ja, renn doch, lass ihn zurück!*

Sie musste sich an der nächsten Wand festhalten, so sehr zitterten ihre Beine. Das Flüstern schwoll in ihrem Kopf an. Der Dämon regte sich, bedrängte sie, zerrte an ihrer Seele. Aus der Wohnung erschallten Kampfgeräusche. Conrads Knurren, das kaum einem denkenden, fühlenden Wesen gehören konnte. Rolands schmerzerfüllter Aufschrei. Was passierte da bloß? Sollte sie nicht lieber nachsehen?

In diesem Augenblick spürte sie einen Griff um ihren Oberarm. »Komm schnell, ich bringe dich hier weg«, ertönte eine rauchige Stimme an ihrem Ohr.

Ylva sah auf und registrierte Micaelas Gesicht. »Habe ich nicht gesagt, man darf den Totenküssern nicht trauen? Ein Glück, dass ich in der Nähe war. Schnell! Wir müssen abhauen, solange es noch nicht zu spät ist.«

Ylva ließ sich auf die Straße führen, zu verwirrt, um eigenständig zu denken. Alles, was um sie herum geschah, wirkte so verzerrt. Ylva wagte es nicht, den Blick vom Boden zu heben, aus Angst, allein das würde ausreichen, um die Realität splittern zu lassen. Micaelas Griff tat weh, aber bei weitem nicht so wie die Furcht vor dem, was sich hinter ihrem Rücken, in der Wohnung, womöglich abspielte. Nicht so wie die Erinnerungen an das Monster, in das Conrad sich verwandelt hatte. Sie bezweifelte, diesen Anblick jemals vergessen zu können.

*Was hast du vor?*, wollte Ylva wispern, aber erst nach mehreren Anläufen gelang es ihr, ihrer Stimme Kraft zu geben und die Frage tatsächlich zu formulieren.

Die Jägerin zerrte sie weiter, machte riesige Schritte, was es für Ylva umso schwerer machte, neben ihr herzutrotten. »Dich zu retten, du dummes Kind. Oder meinst du, Conrad wollte nur mit dir spielen? Du musst hier weg, so weit wie möglich, damit er dich nicht in die Finger bekommt.«

»Aber Linnea …«

»Vergiss Linnea, die kann schon lange nicht mehr klar denken!«

Sie erreichten einen kleinen Wagen, der aussah, als kauerte ein lebendiges Wesen neben dem Bürgersteig. Matte himmelblaue Farbe zierte das Blech, an einigen Stellen waren Defekte sichtbar mit einem Pinsel übermalt worden. An den Kanten hatte das Metall Rost angesetzt. Das Auto ächzte und quietschte, als Micaela an der Klinke zerrte und die Tür aufriss.

»Steig ein!«

Ylva starrte auf die verblichenen Stoffbezüge mit

Blümchen, beäugte misstrauisch die Katze, die von der Rückbank wachsam zu ihr hinüberblinzelte. »Ich glaube, ich brauche nicht mehr gerettet zu werden. Conrad ist fort, ich spüre ihn nicht mehr. Es wäre besser, wenn ich jetzt gehe.«

»Ich habe echt keine Zeit für diesen Kinderkram, du steigst sofort ein.« Micaela stieß sie zum Wagen, stopfte sie buchstäblich auf den Beifahrersitz und knallte die Tür zu. Wenige Sekunden später schob sie sich hinter das Lenkrad. Das Auto war ihr sichtlich zu klein, wie ein Kleidungsstück, aus dem sie herausgewachsen war. Ihre Knie berührten fast das Armaturenbrett. Als sie zu Ylva schaute, wurden ihre Züge weicher. »Hab keine Angst, es ist alles in Ordnung. Hör zu. Du wolltest doch etwas über dich erfahren, oder? Ich kann dich zu deinem Vater bringen, ich habe ihn gefunden.«

Ylva drückte sich die Hand auf den Bauch. Sogar durch die Kleidung glaubte sie, die Narbe ertasten zu können. »Zu meinem Vater? Er hat versucht, mich umzubringen.« Auf einmal wusste sie nicht, ob es klug war, in der Vergangenheit zu graben. Andererseits: Wer konnte ihr alles erzählen, wenn nicht der Mann, den sie früher Paps genannt hatte? Wenn sie jetzt diese Gelegenheit verstreichen ließ, würde sie niemals begreifen, welche Rolle sie in dem ganzen Durcheinander spielte.

»Nein«, erwiderte Micaela unendlich sanft, »er hat dich geliebt. Du warst sein Ein und Alles.«

»Du kennst meinen Vater? War er auch ein Metamorph?«

»Er ist ein Anwärter geblieben, da er sein Seelentier nicht gefunden hat. Doch er hat immer daran geglaubt, dass du es schaffen wirst.«

Ylva kaute auf der Unterlippe. Das deckte sich zum Teil mit ihren Erinnerungen. Also erzählte Micaela die Wahrheit. Ein richtiges Vertrauen wollte sich in Ylva allerdings nicht einstellen. Sie legte eine Hand auf die Türklinke, redete sich ein, sie könne jederzeit aussteigen, sollte ihr Gefahr drohen. Die Katze auf dem Rücksitz fauchte, als hätte das Tier ihre Gedanken gelesen.

»Es ist verboten, zu Anwärtern Kontakt aufzunehmen«, redete Micaela weiter. »Linnea wollte mich aufhalten, bestrafen, aber ich habe es trotzdem geschafft, ihn ausfindig zu machen. Für dich. Für ihn.«

»Warum? Wir sind nicht gerade Freundinnen.«

»Er …« Sie rang um Worte, sah wieder zu Ylva. »Er ist mein Bruder.«

Ein Keuchen entfuhr ihr. »Was?«

War das denn möglich? Dass sie eine Tante hatte, die gerade neben ihr saß und ihr Hilfe anbot? Dass sie … zu einer *richtigen* Familie gehörte?

»Bitte verzeih mir. Ich konnte es dir nicht früher sagen, musste mit dir ein Spielchen treiben, denn Linnea hätte mich sonst vernichtet. Für einen Metamorph sollte keine Bindung stärker sein als die an die Gemeinde. Ich habe versucht, meinen Bruder zu verleugnen, aber ich konnte es nicht. Und als er mich um Hilfe bat …« Sie stocherte mit dem Schlüssel herum, bis sie das Zündschloss traf. Ihre Bewegungen wirkten unbeholfen, linkisch. »Er heißt

Thomas Buchholz und wohnt in Eidelstedt. Du musst mit ihm reden. Er kennt die Wahrheit.«

»Lass das Mädchen gehen!«, ertönte es plötzlich von draußen. Ylva wandte den Kopf um und sah Roland an die Scheibe klopfen.

Micaela biss die Zähne zusammen und drehte an dem Schlüssel. Der Motor sprang nicht sofort an, hustete und würgte.

»Miststück!« Roland holte aus und rammte seine Faust in die Scheibe. Das Glas zersprang, die Scherben regneten in Micaelas Schoß. Die Jägerin fauchte, fast wie ein in die Enge getriebenes Tier, als er in den Innenraum griff und den Schlüssel im Zündschloss abbrach. Ylva zerrte an der Klinke, stemmte sich mit all ihrer Kraft gegen die Tür, bis diese endlich aufging. Durch den Ruck fiel sie auf den Bürgersteig.

»Versuch nie wieder, die Kleine zu entführen«, zischte der Nachzehrer. »Das nächste Mal werde ich nicht mehr so nett sein.«

»Ach, ja? Sollte ich lieber zusehen, wie euer Oberhaupt Ylva aussaugt?«, hielt Micaela ihm entgegen. Sie wollte aussteigen, doch Roland hielt die Tür zu.

»Ich hatte alles unter Kontrolle.«

»Wer's glaubt, wird selig.«

Der Nachzehrer verengte die Augen. »Ich habe dich gewarnt. Bleib dem Mädchen fern.«

Ylva sah zu Micaela und bemerkte, wie ihre Lippen ein stummes »Später« formten. Ein Versprechen, das ihr Mut machen sollte. Ein Lächeln, das Hoffnung schenkte.

Sie hatte eine Tante. Eine Familie. Sie wollte es so gern glauben!

Einige Zeit später befand sich Ylva wieder in Conrads Wohnung und beäugte das Bild der Verwüstung. Noch mehr verwunderte sie Rolands Aussage, sie hätte die Wohnungseinrichtung zum Teil eigenhändig demoliert und sein Oberhaupt hätte nur den Rest zu verantworten, wie das Loch in der Wand zum Badezimmer.

»Na ja, das warst nicht wirklich du«, schob er schnell hinterher, »sondern der Dämon. Er wollte dich töten, doch Conrad war schneller zur Stelle. Er hat dir etwas Energie eingeflößt, und du hast anscheinend genug Kraft bekommen, um den Dämon zu bezwingen.«

»Ich habe geschlafen«, murmelte Ylva, beugte sich zu einer der Sofahälften und fuhr mit der Hand über die Bruchstelle. Sie fühlte sich wie eine Gefangene, so deutlich wie noch nie zuvor. Wenn sie bloß eine Gelegenheit bekäme, mit Micaela über alles zu reden! Die plötzliche Offenbarung, die ungeahnte Herzlichkeit ihrer angeblichen Tante verwirrten sie aufs Äußerste. Jetzt blieb ihr nichts anderes übrig, als sich in Geduld zu üben und zu vertrauen.

Die Ratte kroch aus ihrem Versteck und lugte ihr mit ihren Knopfaugen entgegen. Wenigstens war dem kleinen Rabauken nichts zugestoßen. »Wird das jede Nacht passieren? Das mit dem Dämon, meine ich.«

»Das weiß ich nicht. Aber mach dir keine Sorgen, Conrad hat bestimmt alles im Griff.«

»Conrad wollte mich töten!«

Roland seufzte und setzte sich auf den umgekippten Sessel. »Bei dem Versuch, dich vom Dach zu holen, hat er sich einige Verletzungen zugezogen. Die Heilung muss ihn viel Energie gekostet haben. Und wenn die Gier erwacht, ist jeder Nachzehrer dagegen machtlos. Zum Glück hat Conrad mich rechtzeitig gerufen.«

»Und wo ist er jetzt?«

»Hm. Auftanken.«

»Er mordet?«

»Ylva, wenn du denkst, dass er es gern tut …«

»Im Moment denke ich gar nichts.« Sie ließ sich zu Boden sinken. Er würde immer eine Gefahr für sie bleiben. Er würde immer ein Mörder sein. Jetzt, in diesem Moment, tötete er vielleicht eine unschuldige Seele, um selbst weiter zu existieren. Sie fühlte sich schuldig … weil sie ihn trotzdem mochte.

Wenn sie an ihn dachte, dachte sie an sich selbst. An den Dämon, der sie ebenso zu Taten zwang, die ihr ein Gräuel waren. Sie konnte Conrad verstehen. Sie konnte mit ihm fühlen, aber würde sie irgendwann vergessen, zu welchem Preis er noch immer durch die Welt wanderte?

Stundenlang saß sie da, in Lethargie verfallen. Irgendwann hörte sie, wie Conrad in seinen Laden zurückkam, sie hörte Menschen, die ein und aus gingen, leise Gespräche, die kaum ihr Hirn erreichten.

Ein Teil von ihr wollte nach unten gehen und mit Conrad reden. Sagen, dass sie ihm keine Schuld gab. Ein anderer Teil fürchtete sich aber davor zu lügen. Was, wenn sie ihn sehen und ihm nicht verzeihen konnte, was er war?

Zwischendurch brachte Roland etwas von einem Imbiss. Ylva stocherte eine Weile lustlos in dem Fraß herum, und jeder Bissen blieb ihr in der Kehle stecken. So ließ sie das Essen stehen. Erst am späten Nachmittag, als es bereits zu dämmern begann, meinte sie, genug Kraft gesammelt zu haben, um Conrad gegenüberzutreten. »Ich möchte mit ihm reden. Allein. Wäre das möglich?«

Erleichterung zeigte sich auf Rolands Gesicht. »Danke.«

»Danke? Wofür?«

»Dass du ihn zumindest nicht verteufelst. Er würde es sicherlich niemals zugeben, aber ich denke, das, was vorgefallen ist, zerreißt ihn.« Roland seufzte.

Ylva tat es ihm nach, bevor sie zur Tür ging. Die Ratte hockte auf ihrer Schulter, als würde sie ihr Mut zusprechen. Schweigend begleitete der Nachzehrer sie bis zum Laden und blieb dann vor dem Eingang stehen.

Ylva schlüpfte so vorsichtig durch die Ladentür, dass nicht einmal das Glöckchen erklang. Sie hörte Stimmen. Conrad und Linnea. Das hätte sie aufhalten müssen, und so vermochte sie sich kaum zu erklären, warum sie sich trotzdem in den Raum stahl, direkt auf eine Bambuswand zu, hinter der sie die beiden vermutete. Neben einer Palme, anderen Pflanzen und einer Reihe aufgestapelter Blumentöpfe versteckte sie sich.

Conrad und Linnea standen dicht nebeneinander, ohne

sich zu berühren. Das mussten sie auch nicht – die Nähe zwischen ihnen war spürbar.

*Geh zurück, du hast hier nichts verloren,* forderte Ylva sich auf.

Und blieb, jeder Vernunft zum Trotz, mit weichen Knien und pochendem Herzen.

»Ist es nicht seltsam«, sprach Linnea leise, und ihre Stimme bebte, »dass sich unsere Wege nach all den Jahren auf diese Weise kreuzen und wir jetzt so nebeneinander stehen? Ganz ohne Hass.«

Conrad beugte sich über einen Tisch und stützte sich mit beiden Händen auf, den Kopf gesenkt. »Ja, seltsam. Seltsam, dass du nicht versuchst, mich umzubringen. Wo du so viele Jahre hinter mir her warst, nur mit diesem einen Ziel.« Egal, wie sehr er sich auch bemühen mochte, seine Stimme klang nicht so distanziert wie sonst, sondern betroffen. Oder zumindest kam es Ylva so vor, und es verursachte ihr ein eigenartiges Ziehen in der Magengrube.

»Sag so etwas nicht. Ich bin eine Metamorph-Königin, und das verpflichtet. Ich musste meine Gemeinde schützen. Ich denke, das kannst du besser verstehen als jeder andere. Schließlich hast du dasselbe für deinen Clan getan. Es ist unser Fluch, für all die anderen, aber nicht für uns selbst da zu sein.«

»Ich habe es für meine Tochter getan. Unsere Tochter. Die du ebenfalls zu töten versucht hast. Deshalb frage ich dich noch einmal, Linnea: Was soll das? Meinst du, ich leide an Gedächtnisschwund, dass du jetzt auftauchst und von einem *Uns* redest?«

»Evelyn war … und ist … eine Nachzehrerin. Du hast ihr deinen Fluch vererbt. Und ich … nun, ich sah keine andere Möglichkeit, ich dachte …«

Von welcher Evelyn sprach die Schlangenfrau? Von der Hexe, die Alba erwähnt hatte? Ylva war schockiert. Und das nicht, weil seine Tochter zu den Mächtigen gehörte, sondern weil er überhaupt eine Tochter hatte. Von der Metamorph-Königin.

»Hör auf mit dem Spiel, Linnea. Was auch immer zwischen uns war, es ist vorbei. Sobald diese Sache mit dem Messias erledigt ist, gehen wir getrennter Wege. Und etwas sagt mir, dass es, sollten wir uns danach noch einmal sehen, wieder nur darum gehen wird, wer den anderen zuerst töten kann.«

»Ach, Conrad. Die Zeiten ändern sich. Das erlebst du doch gerade selbst. Feinde werden zu Freunden. Und Freunde zu Feinden. Meinst du nicht, wir haben genug gelitten und sollten jetzt unsere Chance ergreifen?«

»Schluss jetzt. Was auch immer du damit beabsichtigst, das wird nichts bringen. Nicht bei mir. Nicht nach knapp dreißig Jahren.«

Linnea lachte melodisch. »Wem willst du hier etwas vormachen? Auch den Namen deines Ladens hast du nicht gewechselt. Warum wohl? Sag mir nicht, du hättest vergessen, wie du mich *my fairy* genannt hast.«

»Linnea …«

»Nicht doch.« Rasch legte sie ihm die Hände um den Hals. Und er wich nicht zurück! Er blieb ruhig stehen, während Linneas Finger durch sein Haar wanderten.

»Bitte, lass mich ausreden. Ich habe so lange überlegt, warum ich mich an dich gebunden fühle. Dabei hatten wir miteinander geschlafen, als ich noch gar kein vollwertiger Metamorph war. Eine Paarung konnte also für mich unmöglich eine Bindung bis zum Tod bedeuten. Und dennoch ist es mir in all diesen Jahren nicht gelungen, von dir loszukommen. Ich habe es so lange geleugnet. Ich habe dich so lange gehasst – dafür, dass du mich trotzdem besaßest, ohne da zu sein. Dafür, dass so vieles zwischen uns stand. Ich glaubte, ich könnte meine Liebe zu dir begraben. Doch ich kehrte immer wieder zu dem Grab zurück, um dir wenigstens so nahe zu sein. Und heute habe ich verstanden, dass wir selbst uns die Hindernisse in den Weg gelegt haben und dass wir selbst sie auch wieder wegräumen können. Ich will mich nicht weiter belügen. Und du solltest es auch nicht tun, Conrad. Egal, was zwischen uns steht, was wir glauben, was uns trennt – nun sind wir reifer, erfahrener. Wir können es schaffen. Wir können glücklich sein.«

Als ihre Worte verklungen waren, erfüllte Stille den Raum. Die Ratte kletterte von Ylvas Schulter hinunter und tippelte zum Durchgang. Fast hätte Ylva gejapst. Was machte das dumme Tier bloß? Hoffentlich würde es sie nicht verraten! Der Nager huschte an der Wand entlang zu ihnen, doch keiner von beiden bemerkte den ungebetenen Gast.

»Du sagst gar nichts?«, hauchte Linnea, die noch immer nicht von Conrad abließ.

Er fasste ihre Arme und nahm ihre Hände von sich.

»Das, was ich zu sagen habe, wirst du nicht hören wollen.« Was kühl und hart klingen sollte, verriet jedoch eine Spur von Bedauern. Und Ylva stellte verwundert fest, wie sehr es sie schmerzte, diese Spur, die vielleicht nichts zu bedeuten hatte, wahrgenommen zu haben.

Die Ratte krabbelte hoch auf den Tisch, stellte sich auf die Hinterpfoten und schaute von einem zum anderen, bis sie letztendlich Conrad anvisierte.

»Oh, hallo«, sagte er hörbar erleichtert, und etwas Unbeschwertes lag in seinem Ton. Mit einem Mal schien Linnea vergessen zu sein. »Wie geht es deinem Frauchen?«

Die Königin schnaubte verächtlich, beinahe gekränkt durch die Leichtigkeit, mit der eine Ratte ihren Platz eingenommen hatte und Conrads Zuneigung genießen durfte. »Du hast die beiden nicht eingesperrt?«

»Ich habe dazu keine Notwendigkeit gesehen.« Er kramte in der Hosentasche und legte etwas auf die Tischplatte. Von ihrem Platz aus erschnupperte Ylva ein Stück Apfel. Die Ratte holte sich die Leckerei und begann, mit Begeisterung daran zu nagen.

»Glaub nicht, du kannst ein wildes Tier zähmen«, warf Linnea ein und wollte die Ratte vom Tisch schlagen, als Conrad ihren Arm packte und hinunterbog. Die Königin schnaubte. Ihre Stimme klang gepresst. »Sie wird immer eins bleiben, egal, was du versuchst, mit welchen Köstlichkeiten du sie anlocken willst, wie viel Zuneigung du ihr entgegenbringst. Ein Tier bleibt ein Tier.«

»Mir scheint, wir kommen bestens miteinander aus.«

Conrad streckte eine Hand aus. Langsam, um es nicht zu erschrecken, näherte er sich dem Tier. Ylva spürte ihr eigenes Herz, das schneller zu pochen begann. Als wäre sie es, die Fell besaß, das seine Finger gleich berühren würden.

*Bitte, bleib still,* beschwor sie die Ratte wie sich selbst und registrierte gleichzeitig die Anspannung, die durch ihre Muskeln ging. Der Hauch des Todes. Er flößte ihr eine Urangst ein, die Panik in ihr aufsteigen ließ. Sie konnte nichts dagegen tun, als sich diese Berührung zu wünschen und sich gleichzeitig davor zu fürchten.

Das Tier fauchte und biss ihm in den Zeigefinger. Und es kam Ylva vor, als wäre sie es, die ihre scharfen Schneidezähne in sein Fleisch gegraben hatte, etwas von seinem Blut schluckte und dadurch den Hauch des Todes in ihre eigenen Adern strömen ließ.

»*Ouch!*« Conrad zuckte zurück und schüttelte die Hand.

»Siehst du?«, flötete Linnea, holte ein Taschentuch hervor und wickelte es ihm um die Wunde. »Sag bloß, ich hätte dich nicht gewarnt. Manche von uns werden eben nie handzahm, sie verlieren alles Menschliche und werden eins mit ihrem Seelentier. Die arme Ylva muss dieses Schicksal teilen. Glaub nicht, du könntest ihr helfen. Es ist unmöglich, einen Menschen aus ihr zu machen. Genauso, wie es dir unmöglich ist, deinen Fluch loszuwerden. Denk drüber nach.«

Ylva krümmte sich hinter den Blumentöpfen auf dem Boden zusammen. Sie wünschte sich, Conrad würde widersprechen, sie verteidigen. Aber das tat er nicht. Sein Schweigen ließ etwas in ihr zerbrechen, fast hätte sie gefiept.

Wie das Tier, das sie nun einmal war.

Sie vernahm Linneas Schritte und hielt inne. Direkt vor ihrem Versteck blieb die Königin stehen.

»Ich weiß, dass du hier bist«, zischelte sie so leise, dass nur Ylva es hören konnte. »Ich wusste es schon die ganze Zeit. Sei gewarnt. Conrad gehört zu mir. Das hat er schon immer getan, und irgendwann wird er es auch einsehen. Versuch erst gar nicht, ihn mir streitig zu machen.«

Schon defilierte Linnea weiter, ließ Ylva auf dem kalten Boden zurück. Ylva hätte geweint, so elend fühlte sie sich, aber die Tränen kamen nicht. Kein Wunder.

Tiere weinten nicht, sie litten anders.

Aber sie litten.

# Kapitel 14

Ylva presste sich auf den Boden. Sie hörte, wie Linneas Schritte sich entfernten, auch dann noch, als die Königin den Laden schon längst verlassen hatte. Sie hörte auch, wie ihr eigenes Herz trommelte. Aber vor allem hörte sie ihre eigenen Gedanken: *Wer bist du? Ein Tier? Ein Dämon? Eine Geistesgestörte? Glaubst du wirklich, du kannst deine Triebe zähmen, um nicht in die Hand zu beißen, die dich streicheln will? Und von der du gestreichelt werden möchtest?*

Einige Zeit später trat Conrad hinter der Bambuswand hervor. Er ging an Ylva vorbei, ohne sie zu bemerken. Und es war ihr recht, denn auf keinen Fall wollte sie so aufgelöst, wie sie war, gesehen werden. Schon gar nicht von ihm. Aus ihrem Versteck beobachtete sie, wie er in seinem Laden aufräumte und sich um die Blumen kümmerte, als wären es Lebewesen. Er redete mit ihnen, was bei jedem anderen lächerlich ausgesehen hätte. Er dagegen erweckte in ihr das Gefühl, als antworteten sie, wenn man aufmerksam genug zuhörte. So lauschte Ylva weiter, sog seine melodische, beruhigende Stimme in sich auf und begann, sich wohler zu fühlen. Ein bisschen willkommener in dieser Welt.

Die Ratte folgte ihm auf Schritt und Tritt. Als er am Tresen etwas in einen Ordner einsortierte, krabbelte das Tier hoch, hockte sich vor ihn und musterte ihn erwartungsvoll. Conrad tat so, als würde er den Nager ignorieren, doch Ylva entging nicht, wie er der Fellnase ab und zu einen beinahe belustigten Blick zuwarf. Bis er sich geschlagen gab und den Ordner in einem der Regale verstaute.

»Du bist mir eine. Zuerst beißen, dann betteln?« Er steckte seine Hand in die Hosentasche und fischte ein weiteres Stück Apfel heraus. Die Leckerei legte er einfach auf den Tresen, ohne von der Ratte Kunststücke oder mehr Zutrauen zu verlangen.

Diese Selbstverständlichkeit, mit der er das Tier fütterte, ließ Ylva aufleben.

Sie war hergekommen, um mit ihm zu reden. Um herauszufinden, ob sie akzeptieren konnte, was er war. Doch nun bedurfte es keiner Worte mehr. Keiner Blicke und keiner Gesten. Denn von einem Atemzug zum anderen begann sie zu verstehen …

Er war ein Monster und würde es immer sein – seine Natur abzustreiten hieße, ihn selbst zu verleugnen. Sie müsste schwindeln, wollte sie behaupten, es mache ihr nichts aus. Aber er war auch still, bodenständig, willensstark, und er gab ihr von all dem ein Stück ab, wenn auch unbewusst. Sie brauchte ihm nur zuzusehen, um Kraft zu schöpfen, um ein weiteres Mal aufzustehen, einen weiteren Tag zu leben. Er gab, ohne etwas dafür zu fordern …

Im Terrarium zischte die Schlange und stieß mit dem Kopf gegen das Glas. Ylva schreckte auf. Das Tier musterte sie mit einem solchen Hass, dass sie glaubte, darin Linneas Seele zu erkennen.

Dann hörte sie, wie Conrad den Laden verließ. Einige Zeit wartete sie noch, ob er nicht zurückkommen würde, aber schließlich kroch sie aus ihrem Versteck und trat nach draußen.

Roland lehnte noch immer an der Wand. Erst als er Ylva bemerkte, stieß er sich ab und kam ihr entgegen. Eine Weile sagten sie beide nichts, bis er es anscheinend nicht länger aushielt und sich von seinen Lippen ein vorsichtiges »Und?« löste.

Ylva zuckte mit den Schultern, obwohl sie ahnte, worauf er hinauswollte. »Was ›und‹?«

»Was hast du ihm gesagt?«

Ylva drehte sich um und steuerte auf das Treppenhaus zu, als hätte sie noch etwas sehr Dringendes zu erledigen. Roland kam ihr hinterher. »Hör zu, ich habe das Gefühl, du würdest ihm guttun. In den vergangenen Tagen wirkte er so … lebensfroh, verstehst du?«

Energisch schüttelte Ylva den Kopf. Nein, sie wollte es nicht hören, nicht an etwas glauben, was womöglich gar nicht stimmte. Sie stampfte die Treppe hinauf, als würde sie Pfeile in den Boden rammen, um jedes Begehr in sich zu zertreten.

»Du musst verstehen, er kann nicht ändern, was er ist. Genauso wenig wie du …«

Abrupt machte sie halt und fuhr herum. Roland konnte

sich nicht mehr bremsen und lief in sie hinein, so dass sie beide fast die Treppe hinuntergestürzt wären.

»Ich hab ihn gern. Okay? Ich kann nicht mit ihm reden, ich … ich weiß nicht einmal, wie ich mit diesem … Umstand …« Ylva stöhnte, ließ sich auf die Stufen plumpsen und vergrub die Finger in ihrem Haar. *Ich, ich, ich* … Ging es ihr auch irgendwann um ihn? Was sahen seine Augen, wenn er sie anschaute? Konnte er akzeptieren, was sie in sich trug? Was sie ihm antun konnte, ja bereits angetan hatte?

Roland setzte sich neben sie. Ihre Schultern berührten sich. Obwohl auch sein Hauch des Todes sie erschauern ließ, fiel ihr schmerzhaft auf, wie viel intensiver sie alles in Conrads Nähe empfand. Die Angst, natürlich, ohne die gab es seine Nähe nun einmal nicht. Aber auch die Ruhe, die Seligkeit und den Glauben an etwas Gutes.

»Was denkt er über mich?«, flüsterte Ylva.

Roland sah sie von der Seite an. »Sein Âjnâ ist nicht gerade ein öffentlicher Bahnhof. Was dahinter vorgeht, weiß nur er selbst. Wir respektieren die Privatsphäre anderer und dringen nicht absichtlich in einen fremden Verstand ein.«

»Erzähl mir etwas über ihn. Ich würde ihn so gern kennenlernen.«

»Niemand weiß wirklich viel über ihn. Was ich so mitbekommen habe, sind bloß Gerüchte.«

»Aber irgendwas kannst du mir doch sagen, oder?«

Roland rang sichtlich mit sich selbst, was die rötlichen Flecken auf seinem Gesicht verrieten, bis er herausplatzte: »Er ist ein Verfluchter, okay? Das sagt wohl schon alles.«

Ylva blinzelte und streifte sich ein paar Strähnen hinter das Ohr. »Mir nicht.«

»Er ist einer der wenigen, die durch eine Hexe mit dem Fluch belegt wurden. Solche Nachzehrer besitzen unglaublich viel Kraft ... und Wut. Weil sie für ein Vergehen bestraft wurden, das sie nicht begangen, für das sie aber bis in alle Ewigkeit zu büßen haben. Wenn er sich nicht unter Kontrolle hat, wenn diese Wut erneut ausbricht, dann prost Mahlzeit. Er ist um 1832 gestorben, und du weißt sicherlich, was da in England los war.«

»N-nein.« Sie schämte sich, mit so viel Unwissen zu glänzen.

Zum Glück folgte prompt die Erklärung: »Die Cholera-Epidemie.«

»Er ist an den Folgen einer Seuche gestorben?«

»Nein. Er war deren Ursache.« Roland zwirbelte an einer seiner Augenbrauen herum. »Ein Verfluchter erwacht mit sehr viel Wut in sich. Und solange er sie nicht zu beherrschen weiß, sterben Menschen. Tausende von Menschen.«

Ylva musste schlucken, beschwor aber dennoch das Bild, das sie sich von Conrad gemacht hatte, vor sich herauf und glaubte, ihn nun ein wenig besser zu verstehen. »Versucht er vielleicht deshalb, alle Gefühle in sich zu unterdrücken?«

»Das weiß ich nicht. Möglich wär's.«

Sie nickte und fragte nichts mehr.

Eine Weile saßen sie still auf der Treppe, bis Roland irgendwann meinte: »Es wird langsam spät. Du solltest unbedingt noch Energie bekommen, bevor du schlafen gehst. Vielleicht können wir dadurch den Dämon daran hindern, deinen Körper zu übernehmen.«

Ylva grinste. »Du willst mich küssen?«

»Mit Küssen hat das wenig was zu tun. Hm. Soll das lieber Conrad machen? Ich könnte sagen ...«

»Nein, nein. Schon gut.« Sie schloss die Augen und wandte ihm ihr Gesicht zu.

Sein Mund legte sich auf den ihren. Seine Lippen fühlten sich feucht und schlaff an, als würde sie einen toten Frosch küssen. Und wenn sie die Augen öffnete, sah auch der Prinz neben ihr eher so aus, als hätte sie ihn in einem Discounter aufgegabelt. Dann strömte Energie in sie hinein, Energie von toten Menschen. Wärme durchdrang ihren Körper, prickelte unter ihrer Haut und schärfte ihre Sinne. Gleichzeitig glaubte Ylva, die Toten zu schmecken, sie wie eine Auster zu schlürfen. Sie zuckte zurück, doch Roland packte ihren Kopf am Haar und ließ sie nicht los, bis sie zu würgen begann.

Als er sie endlich freigab, krabbelte Ylva die Stufen hoch bis zum Treppenabsatz und keuchte. Auf der Zunge schmeckte sie einen schimmeligen Belag, oder es kam ihr nur so vor und erweckte in ihr dennoch den Wunsch, sich den Mund auszuwaschen.

*Tote Menschen ... Du hast die Lebenskraft toter Menschen getrunken ... Wie tief kannst du noch sinken?*

Ylva sprang auf die Beine, rieb sich mit dem Ärmel

immer wieder über die Lippen und stürmte in die Wohnung. Sie hatte nicht einmal das Bad erreicht, als sie in die Knie ging und das Gefühl hatte, sich gleich übergeben zu müssen. Ihr Magen zog sich zusammen, doch sie konnte nicht erbrechen. So kauerte sie auf dem Boden und japste, geplagt von ihrem Gewissen und ihren Zweifeln.

Roland kam ihr hinterher, blieb auf der Schwelle stehen und sah zu ihr hinunter. »Mit der Zeit wird es leichter«, sagte er und dachte wohl, er könne damit ihre Qualen lindern.

Doch Ylva gruselte es, wenn sie sich vorstellte, wie sie ohne jeglichen Skrupel die Energie anderer Menschen an sich reißen würde. Wenn auch bloß durch einen Mittelsmann.

Es vergingen einige Tage. Die Folter wiederholte sich jeden Abend, wobei Ylva die Abscheu in sich kultivierte, um nicht zu vergessen, was sie da tat. Doch Roland behielt Recht. Mit jedem Mal fiel es ihr ein wenig leichter, sich darauf einzulassen. Und mit jedem Mal hasste sie sich ein wenig mehr dafür.

Nach dem Gespräch mit ihm auf der Treppe versuchte Ylva mehrmals, genug Mut zu sammeln, um mit Conrad zu reden. Obwohl sie nicht genau wusste, was sie ihm hätte sagen sollen. Doch entweder erwischte sie ihn nicht allein – meist lauerte ihnen Linnea in der Nähe auf –, oder ihr Tatendrang verpuffte, sobald sie es in Erwägung zog, auch nur einen Ton hervorzubringen.

Das Schaudern, das sie in seiner Nähe stets befiel, fühlte sich plötzlich ganz anders an, nachdem sie zugegeben hatte, etwas für ihn zu empfinden. Es bescherte ihr weiche Knie und heiße Wangen, als würde ihr das ganze Blut bei seinem Anblick sofort ins Gesicht schießen. Wenn er nur ein Wort an sie richtete, schnürte sich ihr die Kehle zu, und sie antwortete erst, wenn er schon längst gegangen war.

Ein paarmal besuchte Alba sie und versicherte ihr, sie würde alles tun, um mehr Informationen über das Hexenkind zu bekommen. Die junge Frau durchsuchte das Haus ihres Großvaters nach Hinweisen, bis jetzt ohne Erfolg. Diese Beschäftigung schien Alba allerdings aufzubauen. Sie wirkte nicht mehr so entkräftet. Micaela dagegen zeigte sich nicht.

In Roland sah Ylva inzwischen einen guten Freund, der nie müde wurde, sich von ihr die Ohren volljammern zu lassen. Denn jedes Gespräch, das sie anfing, endete irgendwann mit dem Thema Conrad. Abend für Abend spornte Roland sie an, endlich in den Blumenladen zu gehen und seinem Besitzer alles zu sagen, was ihr auf dem Herzen lag. Tatsächlich schaffte es Ylva jedes Mal bis zur Tür, drückte ihre Nase gegen die Scheibe und beobachtete Conrad, wie er im Schaukelstuhl saß und ein Buch las. Doch es gelang ihr nicht, die unsichtbare Grenze, die sie von ihm trennte, zu überschreiten.

Bis zu dem Abend, als Roland sie an den Schultern packte, in den Laden stieß und sich in Windeseile aus dem Staub machte.

Das Glöckchen über ihrem Kopf schrillte, sie stolperte einige Schritte weiter und verharrte, als Conrad von seinem Buch aufblickte, sich erhob und sie ansah. Ohne Verwunderung und ohne Verdruss, als würde jeder Zweite seinen Laden mit der Eleganz einer Kuh auf Rollschuhen betreten. Er sagte nichts – anscheinend hatte er es aufgegeben, mit ihr irgendeine Art von Konversation anzufangen –, und auch Ylva brachte durch ihre verengte Kehle kein Wort hervor. Sie wäre davongestürmt, hätte er sie nicht auf so eindringliche Weise angeschaut, die die Angst in ihr schürte und sie zugleich an Ort und Stelle fesselte.

*Verdammt, sieh endlich wieder in dein Buch! Lass mich zufrieden!*, pochte es mit dem Blut in ihren Schläfen. Doch er studierte sie weiterhin mit seinem unverschämt offenen Blick, in dem sie eine Herausforderung zu erahnen glaubte.

»W-was liest du da?« Fast verschluckte sie sich an ihren eigenen Worten und hätte sich am liebsten vor die Stirn geschlagen. Was für eine dämliche Anmache!

Conrad kam näher, wahrte aber den gewohnten Abstand zwischen ihnen. Schweigend zeigte er ihr den Einband. Er war beigefarben, schlicht, und nur ein paar goldene Zeichen, die sich aneinanderschmiegten, zierten den Umschlag. Zeichen, die für sie keinerlei Sinn ergaben.

*Du kannst nicht lesen, Rattenmädchen*, spottete die Stimme in ihrem Kopf. *Glaubst du wirklich, er kann etwas mit so einer dummen Nuss wie dir anfangen?*

Ylva stellte sich den Blick vor, mit dem er sie strafen würde, wüsste er von ihrem Unvermögen. Herablassend, ein wenig mitleidig, aber vor allem abfällig. So, wie Micaela sie früher angeschaut hatte. Oder Linnea. Und obwohl sie es sich bloß in Gedanken ausmalte, fühlte sie sich bereits jetzt wie ein Ungeziefer, das darauf wartete, zertreten zu werden. Denn sie wusste zu gut, wie kalt und abweisend diese braunen Augen sein konnten.

Er musste ihr verzweifeltes Gesicht bemerkt haben. »Oh. Du kannst kein Englisch, hab ich Recht? Wie ungeschickt von mir.«

Ylva nickte. In ihren Augen sammelten sich Tränen. Vor Erleichterung, dass er es nicht erkannt hatte, und in der Befürchtung, er würde es doch noch merken.

Conrad machte einen Schritt auf sie zu. Es war nur ein einziger Schritt, und schon zitterte sie wie üblich vor Angst und Beklemmung, aber vor allem wegen dieser neuen Begleiterscheinungen, die seine Nähe seit kurzem in ihr verursachte.

»Es handelt sich um eine Anthologie mit Gedichten eines schottischen Schriftstellers, Robert Burns. Ich schätze seine Lyrik besonders für die wundervolle Onomatopoesie, die er meines Erachtens perfekt beherrscht.« Er senkte die Stimme, als wolle er ihr eine vertrauliche Mitteilung machen. »Manchmal lese ich mir seine Strophen laut vor, damit sich die Wirkung besser entfalten kann.«

»Ono… was?«, flüsterte sie und dachte: *Was frage ich da, was gar nicht gefragt werden muss? Haben die Worte überhaupt einen Sinn, wenn allein seine Stimme mich so sehr berauscht? Ist das echt, was mit mir … ihm … uns geschieht?*

Ein weiterer Schritt brachte ihn ihr näher. Sie bekam eine Gänsehaut, die sich seltsamerweise angenehm anfühlte. Es war ein Schaudern, das eine Warnung hätte sein sollen und doch eher ein Ansporn war, denn sie wünschte sich, all das noch intensiver spüren zu können.

»Lautmalerei. Burns benutzt Wörter, die durch ihren Klang allein schon Bilder hervorzaubern können. Das finde ich überaus faszinierend, besonders wenn man bedenkt, dass Menschen unabhängig von ihrer Kultur zum Beispiel runde Formen mit weichen Lauten beschreiben und …« Seine Stimme wurde immer leiser, bis sie vollständig erstarb. Er räusperte sich. Machte noch einen Schritt. Jetzt standen sie so nah voreinander, dass die Ecke des Buches, das er in den Händen hielt, fast ihren Bauch berührte. »Verzeihung. Ich weiß, du hast keinen Vortrag gebucht.«

»Nein, nein«, beeilte sie sich zu erwidern. »Das finde ich … interessant.«

»Kein bisschen, oder?« Täuschte sie sich, oder huschte wirklich ein Lächeln über sein Gesicht? Ein richtiges Lächeln? Ein lebendiges?

Nein, sie musste sich täuschen, weil sie es sich schon so lange wünschte. »Es ist nur schwer, mir darunter etwas vorzustellen.«

In Wirklichkeit wusste Ylva schon lange nicht mehr, worüber sie überhaupt redeten. Alles erschien ihr so bedeutungslos, abgesehen von dem Augenblick selbst, abgesehen von ihren Empfindungen und seiner Gegenwart.

»Wenn Burns über das Hochland schreibt, kann man beinahe diese Weiten und den Wind und die Freiheit im Klang der Wörter spüren. Als wäre man selbst dort.« Ohne seinen Blick von ihr abzuwenden, rezitierte er: »*My heart's in the Highlands, my heart is not here, My heart's in the Highlands a-chasing the deer ...*"

Sie schloss die Lider. Was ein Hochland war, wusste sie nicht. Und sie wollte auch nicht dort sein, sondern im Hier und Jetzt. Umfangen von Conrads Stimme, die sie davontrug, in die unendlichen Weiten und in die Freiheit. Ihr Herz raste, während etwas Fremdes auf sie einflüsterte: *Wach auf, Rattenmädchen. So einer wie er würde niemals mit so einer wie dir ...*

Ihre Lippen bewegten sich. Sie hörte, was sie sagte, und wusste nicht, wie es dazu kommen konnte. Ob wirklich sie es war, die sprach, oder das Flüstern, das für einen Sekundenbruchteil ihren vom Geist losgelösten Körper übernommen hatte: »Ich kann nicht lesen.«

Ylva zuckte in Anbetracht ihres eigenen Geständnisses zusammen und riss die Augen auf. Erschrocken musterte sie Conrads Gesicht, suchte dort nach Abweisung und Spott. Und fand nichts davon.

»Ich konnte es fast siebzig Jahre lang nicht«, war alles, was er sagte. Genauso leise, ja, mild, wie zuvor.

»Ist es schwer, es zu lernen?«

»Wenn man es sich selbst beibringt – ja. Willst du es denn lernen?«

»Wenn du es mir beibringst – sehr.«

Er lächelte, und diesmal lächelten seine Augen mit, das konnte Ylva nicht nur sehen, sondern auch mit ihrem ganzen Wesen spüren. Sie legte eine Hand auf das Buch, fuhr über die raue Oberfläche, bis sie seine Finger berührte. Er verfolgte das, was sie tat, dann sah er auf, und etwas Dunkles trat in seinen Blick. Conrad wich zurück, doch nur wenige Zentimeter, bis sie ihn nicht mehr berührte.

»Du musst mir etwas versprechen.« Seine Stimme klang plötzlich heiser und rau.

»W-was?« Wieder glaubte sie, sich an den drei einfachen Buchstaben zu verschlucken.

»Dass du nie aufhörst, Angst vor mir zu haben. Verstehst du? Ich bin ein …«

Sie stellte sich auf die Zehenspitzen, wusste selbst nicht, wie ihr geschah, als ihre Lippen die seinen erreichten. Es war nur ein Hauch, kein wirklicher Kuss. Und dennoch so unglaublich viel mehr, als sie sich noch vor wenigen Minuten vorstellen konnte.

Conrad rührte sich nicht. Zwar erwiderte er ihren Kuss nicht, aber er stieß sie auch nicht fort. Erst als sie imstande war, auch anderes wieder wahrzunehmen, bemerkte sie seine Hände, die auf ihren Schultern ruhten. Das Buch, das zu Boden gefallen war. Die Schlange, die im Terrarium wütete.

Er hatte sie tatsächlich angefasst! Er umarmte sie gar! Die Welt drehte sich weiter, aber sie beide standen still, überwältigt von dem, was gerade passierte.

Das Glöckchen an der Tür bimmelte. Mit einem Mal kehrte die Realität zurück und zerbrach den Zauber der Zweisamkeit. Aus Conrad wurde der übliche distanzierte Mann. Aus Ylva – das Rattenmädchen.

*Linnea,* dachte sie. Erschrocken und dennoch voller Entschlossenheit, nicht nachzugeben, Conrad nicht aufzugeben, drehte sie sich um. Doch es war nicht Linnea, die im Eingang stand. Sondern eine ihr unbekannte Frau.

»Conrad! Großgütiger. Ich habe schon gehört, dass die Welt sich verändert, aber ich hätte mir nicht einmal in meinen kühnsten Vorstellungen ausmalen können, wie sehr.«

# Kapitel 15

Ylva schnupperte, innerlich gespannt wie eine Saite, auch wenn sie bereits ahnte, wie nutzlos ihre Bemühungen waren. Denn die Dame verbreitete den Hauch des Todes, den zu missdeuten unmöglich schien. Sie gehörte eindeutig zu den Totenküssern, nur auf wessen Seite stand sie? Als der Duft nichts verraten wollte, nahm Ylva die Frau genauer in Augenschein. Sie wirkte sehr jung, blutjung, und war von einer leisen Schönheit, die einen nach und nach in den Bann zog, je länger man sie anschaute. Es waren die weichen Züge ihres Gesichts und die melancholischen blauen Augen, die sie auszeichneten, genauso wie der stolz erhobene Kopf und die majestätische Haltung.

Es wunderte Ylva keineswegs, als Conrad eine Verbeugung andeutete und sie auf eine Weise ansprach, wie er noch nie jemanden angesprochen hatte: »*Mylady*. Die Veränderungen haben nicht nur an mir Spuren hinterlassen. Ich bin äußerst erstaunt darüber, Euch in dieser Aufmachung begrüßen zu dürfen. Was ist mit Eurer …«

»Maskerade geworden?« Mit beiden Händen fuhr sie sich über den langen, figurbetonten Kaschmirmantel, der fast bis zum Boden reichte. »Ich habe den Entschluss gefasst, einen neuen Abschnitt meines Daseins zu beginnen. Ich hatte es satt, mich zu verstecken und als etwas auszugeben, was ich nicht bin: Goth-Lady, Punk, Hippie – ach, was ich nicht alles schon mit mir angestellt habe!« Ihr Blick wurde eine Spur trauriger. »Früher haben mich meine Geschwister immer damit aufgezogen, wie vernünftig ich war. Ich sei adoptiert, haben sie gescherzt. Und jetzt … Ich denke, es ist für mich an der Zeit, zu meinen Wurzeln zurückzukehren.« Dann blitzten ihre Augen wieder frech auf. »Zugegeben, von meinen Boots konnte ich mich dann doch nicht trennen.«

Ein Fuß schlüpfte aus dem Schlitz des Mantels und präsentierte die Stiefel mit klobigen Metallschnallen und schwindelerregendem Plateau.

Conrad rang sich ein Lächeln ab. Sein übliches »Ich muss jetzt einfach mal so tun als ob«-Lächeln, ohne Freude und innerliches Strahlen. »Ihr redet schon fast wie …«

»Der Messias? Was, nennt er auch solch schickes Schuhwerk sein Eigen?« Sie legte den Kopf schräg und lachte unbeschwert auf. »Ja, von dem habe ich auch schon gehört. Stella hat mich kürzlich aufgesucht und mir sein Angebot unterbreitet. Dummes Kind! Erlösung will sie. Ihr Leben *leben*.« Die Lady nahm ihren eleganten Filzhut ab, warf ihn gut gezielt zum Tresen und traf die Kasse, an der der Hut hängen blieb. Beinahe genauso keck, wie er zuvor das Haupt seiner Trägerin zierte.

Das schwarz gefärbte Haar der Frau war zu einer lockeren Frisur hochgesteckt, ein Mittelscheitel bescherte ihr ein eher braves Aussehen. Sie knöpfte sich den Mantel auf.

Conrad trat näher und nahm ihr das Kleidungsstück galant ab, das er über seinen Schaukelstuhl legte. »Und was habt Ihr geantwortet?«

»Dass ich nur dem Clan folge und keinen dahergelaufenen Erlösern. Stellas Auftreten hat mich beunruhigt, und wie ich später gemerkt habe, zurecht. Ich habe die Zeit genutzt, um ein paar Nachforschungen über diesen Messias anzustellen.« Erst jetzt hielt sie es für nötig, Ylva einen Blick zu schenken. Eine ihrer dünnen Augenbrauen zuckte hoch. »Ich habe wichtige Informationen für den Clan. Aber ich kann mich mit Ihnen schlecht darüber unterhalten, wenn Ihr Essen mich so anstarrt.«

Ylva fletschte die Zähne, und ein Knurren stieg in ihrer Kehle auf. Doch Conrad stellte sich neben sie, Schulter an Schulter. »Das ist Ylva. Sie gehört zu mir und somit auch zum Clan. Ylva, darf ich dir Maria vorstellen? Sie bekleidet eine der Führungspositionen und ist eine ausgezeichnete Telepathin. Alle Entscheidungen, die den Clan betreffen, werden von den dreien getroffen, und die drei sind Maria, Adrián und ich.«

Die Frau lächelte Ylva zu. »Bitte verzeih mir. Das passiert wohl, wenn man sich aus dem Staub macht und dann nicht mehr auf dem Laufenden ist.« Sie sah zu Conrad. »Ich muss mich wirklich entschuldigen, dass ich so von der Bildfläche verschwunden war. Aber ich musste einfach abschalten, für ein Weilchen untertauchen und den Kopf klarkriegen. Sie ahnen sicherlich, warum.«

»Adrián?«

Sie schluckte. Für einen Augenblick verhärteten sich

ihre Züge, der Mund bildete eine schmale Linie, dann entspannte sich ihr Ausdruck wieder. Nur die Augen schimmerten verdächtig feucht.

»Richtig. Aber nun habe ich alles hinter mir gelassen.« Sie seufzte tief. »Und bringe Neuigkeiten mit, die sehr alarmierend sind. Der Messias arbeitet mit der Mächtigen Oya zusammen. Und ich weiß, was die beiden planen.«

»Eine neue Weltordnung? Das ist uns bereits bekannt.«

Maria riss überrascht die Augen auf. »Und auch, mit welcher Geheimwaffe sie das zu erreichen gedenken?«

»Nein, davon weiß ich, zugegebenermaßen, nichts.«

»Wunderbar, ich habe schon einen Schrecken bekommen, ich würde Ihnen hier nur kalten Kaffee einschenken. Aber anscheinend bin ich doch für etwas nützlich. Also. Die beiden sammeln Menschen um sich, vorzugsweise Jungkriminelle, denn diese sind mit ihrer Lebenssituation meist unzufrieden, tragen sehr viel Hass in sich, den man lenken kann, und bringen Kampferfahrung mit. Bereits jetzt hat der Messias erreicht, dass die Meute seinen Befehlen, ohne groß nachzudenken, Folge leistet. Doch Menschen sind schwache Geschöpfe. Der Messias und Oya wollen noch weitergehen und ihre Armee beinahe unbesiegbar machen. Sie wollen Dämonen in die Menschen einpflanzen.«

Ylva zuckte zusammen. Ihr kam es vor, als würde ihr jemand die Beine wegtreten. »Was?«

Sie spürte, wie Conrad ihre Hand nahm und sie leicht drückte, dann ließ er sie auch schon wieder los.

Maria fuhr fort: »Ein Dämon ist in Wirklichkeit eine Schattenseele. Je länger sie im Schattenreich verweilt, desto mehr verliert sie die Fähigkeit, Gefühle zu empfinden oder eigene Entscheidungen zu treffen. Sie streift ruhelos und haltlos durch das Reich und ist gezwungen, einer Hexe bis in alle Ewigkeit zu dienen. Somit hat diese Hexe alle Macht über den Dämon, der ihr gehört.«

»Das bedeutet«, flüsterte Ylva, »dass die Dämonenträger zu Marionetten der Mächtigen werden.« *Auch ich bin eine Marionette, ich bin eine geheime Waffe. Ein Testobjekt, sozusagen.*

Verzweifelt sah sie zu Conrad auf. Er erwiderte ihren Blick mit einer unerschütterlichen Ruhe und Gefasstheit, die ihr Halt gab. Sie verbot sich, sich in ihre Verzweiflung hineinzusteigern. Sie musste ihm vertrauen, sich darauf verlassen, dass er keinem erlaubte, ihr Böses anzutun. Solange er auf sie aufpasste, musste sie nur vor ihm selbst Angst haben, vor keinem sonst.

Maria nickte. »Dabei wird der Körper beinahe unzerstörbar. Nur wenn man ihn enthauptet, wird der Dämon seiner Hülle beraubt und somit machtlos.«

Conrad verdrehte die Augen. »Ach, sagt nicht, dass wir uns jetzt mit Schwertern bewaffnen und einen auf *Highlander* machen müssen. Bitte, bitte nicht!«

Maria grinste. »Ich fürchte, doch. Sollten Oya und der Messias wirklich diese Dämonenträger-Armee auf die Beine stellen, dann sind sie nicht mehr aufzuhalten.«

Conrad furchte die Stirn. Auf einmal wirkte er wirklich alt, als würde die Last der Jahrhunderte ihn niederdrücken. Er sah Ylva nicht mehr an, vielleicht, damit sie nicht mitbekam, wie schlecht es um sie alle stand. Sein Anblick tat ihr weh. Zu gern hätte sie ihm gesagt, er hätte schon genug Stärke bewiesen, er müsse nicht alles auf sich laden. Aber sie wusste, wie wenig Conrad auf sie hören würde, denn es ging um seinen Clan, seine Leute, seine Verantwortung.

»Wie wollen der Messias und Oya die Dämonen aus dem Schattenreich in die Menschen leiten?«, fragte er. »Ist es nicht eher so, dass die Hexen zwar über das Schattenreich wachen, aber die beiden Welten nicht miteinander vermischen können?«

»Durch ein Hexenkind«, japste Ylva. Im Nu war der Schrecken wieder da. »Dafür brauchen sie ein Hexenkind.«

Er schaute überrascht auf. Sein Blick wirkte scharf, durchdringend. »Bitte? Du weißt etwas darüber? Woher?«

Sie wollte ihn nicht anlügen, aber die Wahrheit zu sagen bedeutete, Alba zu verraten. So entschied sie sich dafür, nur das Allernötigste zu offenbaren. Und zu schwindeln. Ein bisschen. »Schließlich trage ich einen Dämon in mir, den Oya mir verpasst hat. Ein Hexenkind musste dabei in der Nähe sein, es ist das Tor zwischen den Welten.«

»Ganz genau«, bestätigte Maria und lenkte damit die Aufmerksamkeit wieder auf sich. »Das deckt sich mit meinen Informationen. Das Problem ist: Sie haben eins.« Die Nachzehrerin schnaubte verächtlich. »Oya ist vor etlichen Jahren Mutter geworden. Wie konnten die Illustrierten diese Sensation bloß verpassen?«

»Woher wisst Ihr das?«, bohrte Conrad nach.

»Ich habe mir einen aus den Reihen dieses Messias geschnappt. Der Kerl war nicht sonderlich gesprächig, ich hatte mit ihm meine liebe Müh. Aber am Ende hat er mir doch alles erzählt. Zugegeben, ich musste ihn ein wenig auseinandernehmen. Leider ist von ihm für eventuelle Nachfragen nicht viel übrig geblieben. Oya hat das Ganze anscheinend schon seit Jahrzehnten geplant. Kalis Beseitigung, das Hexenkind, das Auftauchen des Messias … Das Einzige, was sie noch braucht, ist eine zuverlässige Methode, wie der Dämon in einem Körper zu kontrollieren ist. Wenn er die Gefühle anderer Menschen zerfrisst, kann er stärker, unabhängiger werden. Oder der Träger kann die Natur des Dämons bezwingen, wie es zum Beispiel bei Juliane Dwenger der Fall war.«

»Jetzt wird mir einiges klar«, murmelte Conrad und verzog vor Wut das Gesicht. »Deshalb brauchen sie Ylva. Zum Üben. Und sobald sie die Methode perfektioniert haben, geht es ans Fließband.«

Ylva rieb sich die Schläfen. Unruhe trieb sie vorwärts, so ging sie im Raum auf und ab. »Aber warum leiten sie nicht einen anderen Dämon in einen anderen Körper und üben da? Warum jagen sie mich? Ist das nicht viel aufwendiger?«

Maria hob die Schultern. »Da kann ich auch nur Vermutungen anstellen. Vielleicht wollen sie die Dämonen nicht verschwenden. Schließlich geht es hier um eine

Armee. Wer weiß, über wie viele Schattenseelen Oya verfügt. Vielleicht wollen sie dich uns auch nur nicht überlassen, denn somit hätten wir zumindest eine Waffe in der Hand, auch wenn es töricht ist, mit einem Revolver gegen einen Panzerverband anzutreten. Vielleicht …«

Conrad fuhr mit der Hand durch die Luft. »Ylva ist keine Waffe, und sie wird nie als solche benutzt werden. Das steht nicht zur Debatte.«

»Aber …«, setzte Maria an und verstummte, als sie in sein Gesicht sah.

In diesem Augenblick schrillte das Glöckchen über der Tür abermals, und Linnea stürmte herein, aufgebracht und mit geröteten Wangen. Sie funkelte Ylva an und wandte sich schnaubend den beiden Nachzehrern zu: »Warum wurde ich nicht zu der Besprechung eingeladen? Hatten wir nicht verabredet, alle Informationen miteinander zu teilen?«

Maria verzog den Mund. Ylva rätselte, ob die Frau gerade in etwas sehr Saueres gebissen hatte oder sich übergeben musste. »Conrad? Dürfte ich Sie eine Minute sprechen?«

Er seufzte. »Ich kann mir schon denken, worum es geht. Doch es ist wirklich so, dass wir die Informationen teilen müssen. Wir brauchen die Hilfe der Metamorphe, wenn wir gegen den Messias bestehen wollen, was im Moment immer noch Wunschdenken ist. Aber allein schaffen wir es garantiert nicht, wir sind einfach viel zu wenige.«

»Ganz genau«, zischte Linnea. »Wie schön, dass ich dich daran nicht erinnern muss.«

Doch es gab nichts mehr zu sagen, und Ylva war froh, sich verdrücken zu können, um dem vernichtenden Blick ihrer Königin zu entkommen. In diesem Moment fürchtete sie sich mehr vor der Schlangenfrau als vor allen Totenküssern der Welt. Linnea führte etwas im Schilde, etwas Ungutes. In ihrer Gegenwart fühlte sich Ylva wie auf dem Schafott, gefesselt und darauf wartend, dass der Henker das Beil auf ihren Hals niedersausen ließ.

Am nächsten Tag kam Adrián vorbei, und Ylva bekam mit, wie er Marias Informationen im Großen und Ganzen bestätigte. Es sah nicht gut aus für die Welt. So versuchten die drei und Linnea einen Plan zu entwerfen, wie sie den Messias aufhalten konnten. Doch die meisten Ideen erwiesen sich nach intensivem Grübeln als sinnlos oder selbstmörderisch. Die Unruhe unter den Nachzehrern und Metamorphen wuchs und mit ihr Hektik und Streit. Wenn nicht mit Besprechungen, so verbrachten Conrad und Linnea die Zeit damit, die aufgewühlten Gemüter zu besänftigen.

Nebenher nutzte Conrad in den nächsten Tagen jede Minute, um Ylva das Lesen und Schreiben beizubringen. In diesen Augenblicken fühlte sie sich ihm so nah wie sonst kaum. Es dauerte nicht lange, und sie wusste die einfachsten Sätze zusammenzusetzen und in ihrer krakeligen Schrift Buchstaben aneinanderzureihen. Zuerst schämte sie sich für ihre Fehler, die Schmierereien und das Stocken, doch Conrad war ein geduldiger Lehrer, und wenn er sich unbeobachtet fühlte, schien er diese Zusammenkünfte nicht weniger zu genießen als sie.

Im Übrigen wartete Ylva ungeduldig auf Alba. Sie hatte die junge Frau schon länger nicht gesehen und musste unbedingt mit ihr sprechen und ihr die Neuigkeiten, die sie über das Hexenkind von Maria erfahren hatte, mitteilen. Doch sie hütete sich davor, Adrián nach seiner Großnichte zu fragen, um ihre Pläne nicht zufällig zu verraten. Es dauerte noch zwei Tage, bis Alba wieder im Laden auftauchte.

In Rolands Anwesenheit plauderten sie nur über Belanglosigkeiten. Erst als er ging, um das Essen zu organisieren, redeten sie ungestört. Als Alba von dem Hexenkind im feindlichen Lager erfuhr, gab sie sich entmutigt. Doch Ylva beschwor ihre Freundin, die Hoffnung nicht aufzugeben.

»Bevor wir uns diesem Hexenkind auch nur nähern, müssen wir alles über es wissen«, betonte sie. »Das bedeutet, wir brauchen mehr Informationen!«

»Ich habe das ganze Haus durchsucht, aber mein Großvater hat nichts über Hexenkinder hinterlassen.« Alba grübelte. »Wobei … Mir fällt gerade ein, dass Finn letztes Mal einiges mitgenommen hat, was wir bei meinem Großvater über die Mächtigen gefunden hatten. Ihn hat ganz besonders Oya interessiert.«

Oya. Diese Hexe interessierte Ylva auch ganz besonders. »Also müssten wir bei Finn nachschauen, meinst du nicht auch?«

»Ja. Nur weiß ich nicht, wo er wohnte. Ich war noch

nie dort. Es gibt … Es gibt so vieles, was er und ich nie …«

»Aber ich«, sagte Ylva, noch bevor sie sich dessen bewusst wurde. Es war ihr einfach herausgerutscht, mit einer Überzeugung, die sie selten empfand.

»Wie bitte?«

»Ich glaube, ich war bei ihm. In seiner Wohnung.« Sie konnte nicht erklären, wann, wie und warum, aber es musste einfach stimmen. Nicht sie – ihr Körper schien sich daran zu erinnern. An den Weg dorthin, an die Umgebung dort. Was für ein irritierendes Gefühl!

»Wirklich? Wie lautet denn die Adresse?«

»Die kenne ich nicht.« Ylva lächelte traurig.

*Gib es schon zu,* flüsterte es in ihr, *sag, dass du gelogen hast, um dich wichtigzumachen!*

Doch sie sagte etwas anderes. Etwas, was ganz und gar verrückt klang: »Ich kann dich dorthin führen, glaube ich. Vorausgesetzt, du bringst mich an einen Ort, an dem ich – in meinem damaligen Zustand – war. Fällt dir ein solcher Ort ein?«

Alba überlegte, während sie an ihren Haarspitzen zupfte. »Ich habe dich einmal vor dem Haus gesehen, in dem Finns Großmutter gelebt hat. Das ist in Övelgönne. Ach, ich denke immer noch an sie, als wäre sie seine Oma gewesen, dabei war sie es gar nicht. Wie auch immer. Du hast damals versucht, den Rotmilan – Finns Seelentier – in Sicherheit zu bringen. Meinst du, das würde passen?«

*Ich weiß es nicht,* hätte sie antworten sollen. Stattdessen nickte sie. »Klar. Mach dir keine Sorgen. Wir finden schon hin. Nur … müssen wir irgendwie Roland loswerden, weil ich nicht glaube, dass die anderen erfreut sein werden, wenn sie erfahren, was wir vorhaben.« Sie hörte schon die Schritte des molligen Nachzehrers auf der Treppe.

»Überlass das mir!« Alba grinste verschwörerisch. »Ich habe da eine Idee.«

Als Roland mit dem Essen zurückkam, verkündete Alba, dass Ylva neue Kleidung bräuchte, und schlug eine Einkaufstour durch die Innenstadt vor. Roland murrte ein »Muss das wirklich sein?«, willigte jedoch ein. Auch Conrad hatte keine Einwände und gab ihnen sogar die Schlüssel von seinem Transporter.

Zu dritt quetschten sie sich in die Fahrerkabine. Alba startete den Motor und fuhr vorsichtig los. Ylva sah ihr an, dass sie an ganz andere Autos gewöhnt war.

Das Fehlen der Ratte auf ihrer Schulter fiel Ylva zu spät auf. Ob sie zurückfahren sollten? Doch das würde verdächtig wirken. So blieb ihr nur zu hoffen, dass der Nager sie schon finden würde.

Bald gelangten sie ins Stadtzentrum, und Ylva konnte sich an den Lichtern, die ihr aus der Dunkelheit entgegenfunkelten, nicht sattsehen. Einige Gebäude wurden von Strahlern beleuchtet und hatten etwas Magisches an sich, was sie unwiderstehlich anzog.

Nach einigem Suchen und Fluchen gelang es Alba, den Transporter in einem Parkhaus abzustellen, das für eine Stunde so viel Geld verlangte, als hätten sie sich einen Platz auf der Wiese vor dem Weißen Haus reserviert. Alba hakte sich bei Ylva unter und zog sie mit sich zur Mönckebergstraße, an der entlang sich die Schaufenster in all ihrer Pracht zeigten. Unzählige Passanten liefen hier herum, was Ylva ganz wuselig machte. Bereits nach wenigen Minuten begann sie sich in diesem Gewimmel äußerst unwohl zu fühlen. Um sich abzulenken, versuchte Ylva die Namen der Läden zu entziffern: Z-A-R-A, C-misslungene Brezel-A, E-S-P-R-I-T. Alba dagegen ähnelte einem Spürhund, der die Fährte von Schnäppchen und Top-Angeboten aufgenommen hatte.

»Ist zwar nicht die 5th Avenue, bereitet aber trotzdem jede Menge Einkaufsspaß. Na komm schon! Wir haben nicht so viel Zeit, bis die Läden schließen.« Schon schleppte Alba sie in ein Warenhaus, während Ylva sich in dem Getümmel um sie herum zu orientieren versuchte. Von so vielen Menschen, Gerüchen und Lärm wurde ihr schwindelig. Sie wünschte sich hinaus. In die Ruhe und Stille. In den Blumenladen. Zu Conrad. Es gelang ihr kaum, die Reize, die ihre empfindlichen Sinnen überfluteten, zu verarbeiten. Alba hingegen fühlte sich in ihrem Element. Sie zerrte Ylva von einem Kleiderständer zum nächsten, während Roland brav hinter ihnen hertrottete und die Einkaufstüten, die sich vermehrten, schleppte.

Ylva ließ alles mit sich machen, was Alba in den Sinn kam. Es gehört zum Plan, da musst du durch, erinnerte sie sich immer wieder. Denn ohne diese Beschwörung hätte sie noch früher als Roland zu nörgeln begonnen und sicherlich schon längst das Weite gesucht.

Rolands Aufmerksamkeit ließ merklich nach, auch er hielt den Shoppingmarathon kaum durch. Er wirkte fahler als sonst und irgendwie aufgedreht, je länger er im Tumult der Einkaufswütigen verweilte. Kein Wunder, wenn um ihn so viel Essbares herumschwirrte.

»Er macht es nicht mehr lange«, flüsterte Alba Ylva in einer Umkleidekabine zu. »Ich glaube, das Rauschen so vieler Gedanken und die ganzen Auren um ihn herum machen ihm schwer zu schaffen. Da gelingt es uns sicherlich bald, in der Menge unterzutauchen. Er wird uns nicht finden.«

Ylva zählte schon längst nicht mehr, in welchen Läden sie gewesen waren und in wie viele Sachen sie hineingezwungen wurde. Wenigstens durfte sie ihre alten Klamotten loswerden und neue Wäsche und Kleider anbehalten, die, zugegebenermaßen, perfekt saßen. Auch wenn es ihr einiges abverlangte, Albas Ansprüchen gerecht zu werden.

Allein die High Heels weigerte sich Ylva anzuprobieren, weil die mörderischen Absätze in ihrem Hirn ein zu lebhaftes Bild von einem Sturz und gebrochenen Beinen zauberten. Dafür wanderten drei Paar andere schicke Schuhe in die Tüten und schließlich in Rolands Obhut. Zuletzt wurde ein eleganter Mantel gekauft, in dem Ylva sich wie eine Dame fühlte.

Bezahlt hatte Alba mit ihrer Karte. An der Kasse erstarrte ihr Gesicht zu einer Maske. »Ich wünschte mir, ich könnte endlich unabhängig werden. Früher lag ich meinen Eltern auf der Tasche, dann Georg und jetzt Adrián.

Drück mir die Daumen, dass ich bald meinen Ausbildungsplatz bekomme.«

»Was willst du denn machen?«

»Automechanikerin werden.« Dann sah sie, wie Roland sich durch die Menschenmassen zu ihnen durchkämpfte, und winkte ab. »Jetzt müssen wir etwas mit deinem Haar machen. Ich kenne einen wunderbaren Friseur in der Nähe.«

Musste das wirklich sein? Skeptisch ließ Ylva sich in Richtung Jungfernstieg schleppen, über die Kanalbrücken und durch enge Gassen, an weiteren strahlend schönen Schaufenstern vorbei.

In dem Salon wurden sie herzlich empfangen, anscheinend gleich vom Inhaber, der Alba bestens zu kennen schien. Küsschen hier, Küsschen da, »Och!« und »Ach!« – diese übertriebene Freundlichkeit kam Ylva falsch und aufgesetzt vor.

Gleich darauf wurde sie auf einen Stuhl befördert. Das Treiben um sie herum machte sie irre, sie beschloss jedoch, nicht weiter nachzudenken, was mit ihr geschehen sollte. Die Friseurin verhängte den Spiegel, bevor sie begann, Ylva zu bearbeiten.

»Dann wird die Überraschung größer«, kommentierte sie.

Die Zeit verging schleppend, während an ihren Haaren gezupft und geschnippelt wurde und die Büschel zu Boden rieselten. Eine andere Frau malte in Ylvas Gesicht herum, und als sie begann, ihr die Augenbrauen auszuzupfen, stand Ylva kurz davor, der Dame eine reinzuhauen.

Nach einer gefühlten Ewigkeit ging die Folter zu Ende, und die letzte Strähne wurde trockengeföhnt. Mit einer theatralischen Geste zog die Friseurin das Laken vom Spiegel.

Zum ersten Mal sah Ylva sich bewusst an, sah das Gesicht einer Fremden.

*Ich bin erwachsen geworden,* dachte sie mit Wehmut und musterte ihre dürre Gestalt und die Wangenknochen, die sich deutlich abzeichneten. Ihre Haut hatte den Ton des Milchkaffees, den Alba gerade schlürfte. Die Nase begann schmal, wurde aber zur Spitze hin etwas platter, und wenn sie tief einatmete, blähten sich die Nasenflügel. Die Lippen wirkten füllig – zu füllig für das kleine Gesicht.

Nur das Haar raubte ihr den Atem. Mit einer Hand kämmte sich Ylva ehrfürchtig durch die langen Strähnen. Es war glatt, dicht und weiß wie Neuschnee, wodurch ihre Haut golden zu schimmern schien. Das Licht der Deckenlampen warf einen glänzenden Kranz auf ihr Haupt. Der Pony reichte über die Brauen, unter denen die grüngrauen Augen hervorfunkelten.

»Und es ist nicht einmal gefärbt«, raunte Alba ihr zu.

»Bin ich denn hübsch?« Im Spiegel suchte Ylva Albas Blick. Obwohl sie keine Antwort brauchte, denn sie empfand sich als alles andere als schön, besonders im Vergleich zu ihrer Freundin.

Alba zögerte, suchte anscheinend nach einer Umschreibung, die nicht kränken sollte, und kränkte Ylva damit umso mehr. »Du bist außergewöhnlich. Glaub mir. Ich habe noch nie jemanden getroffen, der wie du aussieht. Und jetzt komm. Roland wird gerade abgelenkt, wir schmuggeln uns durch die Hintertür.«

Zusammen liefen sie fort. Weiter und weiter, durch unzählige Straßen, die Ylva wie ein Labyrinth vorkamen. Ob Roland schon ihr Verschwinden bemerkt hatte, ob er ihnen folgte? Sie würde es nicht merken, ihn weder riechen noch hören können. Bloß irgendwann seine Anwesenheit spüren, wenn es schon zu spät war.

Sie rannten weiter. Endlich hielt Alba ein Taxi an, und sie schlüpften ins Wageninnere. Ylva sah durch die Rückscheibe. Kein Roland. Kein Messias, der sie schnappen würde, sobald er die Gelegenheit dazu bekam. Der Gedanke an Conrad bescherte ihr allerdings Bauchzwicken. Er hatte ihr vertraut, und sie – hatte ihn hinters Licht geführt. Zumindest fühlte es sich so an. Ylva verzog das Gesicht. *Daran hättest du früher denken sollen*, tadelte sie sich.

»Was ist mit dir?«, fragte Alba, die ihren Gemütszustand bemerkt zu haben schien.

»Nichts.«

»Ich sehe doch, dass dich etwas bedrückt.«

Ylva ächzte. Ihr Haar roch nach Shampoo und Spülung, das Gesicht nach Make-up. Sie kam sich selbst fremd vor, wie in einer Hülle, in die sie nicht hineingehörte. Sie wünschte sich zurück. Sie wünschte sich alles zurück.

»Es ist wegen Conrad«, gestand sie endlich.

»Oh ja, er wird ausrasten. Ich kann nur hoffen, dass er

uns nicht findet. Sonst sind wir so was von tot. Ich habe einmal gehört, dass er …«

»Ich glaube, ich liebe ihn.«

Alba stockte und zog ein Gesicht, als hätte sie eine Kröte verschluckt, die ihr gleich hochzukommen drohte. »Du tust … was?«

»Ich liebe ihn. Denke ich.«

»Das kann doch nicht dein Ernst sein! Bist du noch bei Sinnen?«

»Ich weiß es nicht. Ich kann nichts dagegen machen.«

Alba verstummte. Eine Weile sagte sie nichts, dann begann sie in einem Ton zu reden, als würde sie ein Kind zur Vernunft bringen wollen: »Okay. Ich verstehe schon, du bist nach all den Ereignissen ein wenig durcheinander. Du hast nach einem Beschützer gesucht, und er war da. Du bist aufgewacht und warst auf einmal eine junge Frau mit … nun ja, gewissen Bedürfnissen. Aber glaub mir, das ist keine Liebe. Das wird vergehen. Tu bloß nichts, was du später bedauern wirst. Und schon gar nicht mit ihm.«

»Warum nicht?«

»Ylva, er ist ein Killer. Ja, das ist er. Ich habe bereits genug Geschichten über ihn gehört.«

»Und was ist mit mir? Ich trage einen Dämon in mir! Bin ich wirklich so viel besser als er?«

»Woher willst du wissen, ob das, was du empfindest, überhaupt echt ist? Die Nachzehrer können deinen Verstand in einem gewissen Maße manipulieren, dir einreden, was vielleicht gar nicht da ist.«

»Warum sollte er das tun?«

»Damit du ihm nicht wegläufst.«

»Ich laufe ihm doch gerade weg. Außerdem weiß ich, dass es echt ist. Ich habe es gespürt … gesehen …«

»Wie das?«

»In seinen Augen. An der Art, wie er mich angelächelt hat.« *An der Tatsache, dass er überhaupt gelächelt hat, ehrlich und voller Wärme …*

»Na toll.« Alba tippte sich an die Stirn. »Er hat dich angelächelt, und du bist hin und weg. Überleg doch. Ihr seid zwei verschiedene Spezies, zwei verschiedene Wesen. Ihr lebt in unterschiedlichen Welten, schaut in entgegengesetzte Richtungen. Es gibt nichts, was euch verbindet. Worauf willst du denn eine Beziehung mit ihm aufbauen?«

Ylva senkte den Blick. »Mag sein. Aber manchmal, ja, manchmal, wenn man in entgegengesetzte Richtungen schaut, dann … schaut man einander an. Und war Finn nicht ebenfalls aus einer anderen Welt als du? Hat dich das etwa davon abgehalten, ihn zu lieben?«

»Nein.« Alba schloss die Lider und ließ sich gegen die Rückenlehne fallen. »Aber Conrad ist dein Tod, Ylva. Dein Tod.«

## Kapitel 16

Ylva starrte aus dem Taxi und beobachtete, wie die vorbeiziehenden Gebäude sich aus der Dunkelheit schälten, um gleich darauf von der Nacht wieder verschluckt zu werden. Wie unzählige Autos sich zusammendrängten und aneinander vorbeischoben: Hauptsache, zwei Sekunden schneller, Hauptsache, drei Meter weiter vorn. Was für seltsame Geschöpfe! Mit einem merkwürdigen Sinn für die Welt, für das, was man ändern oder erreichen konnte. Als würde ein Tropfen ein ganzes Meer in Wallung bringen, als würde ein Sandkorn eine Düne wandern lassen. Dabei bedurfte dies ganz anderer Naturgewalten.

*Und was ist mit dir? Bist du eine Naturgewalt, oder solltest du vielleicht aufhören, das Unverrückbare verschieben zu wollen?*

Es wäre um so vieles leichter, jetzt umzudrehen und alles über sich ergehen zu lassen, was das Schicksal oder jemand anders für sie bereithielt. Aber das wollte sie nicht. Wenn sie nichts tat, wenn sie nicht kämpfte, würde sie aufhören zu existieren.

Sie schaute noch einmal zurück, über die unzähligen Schweinwerferlichter hinweg zu den Dächern der Häuser, zum dunklen Himmel. Ob es ihrem pelzigen Freund gutging? Sie hätte die Ratte nicht zurücklassen dürfen. Sie fühlte sich wie eine Verräterin.

*Vielleicht … vielleicht wird Conrad sich um sie kümmern. Sie mit Apfelstücken füttern. Mit ihr plaudern. Und sie irgendwann auch streicheln, ohne gebissen zu werden.*

Alba sagte etwas. Dann wiederholte sie es, und schließlich rüttelte sie leicht an Ylvas Schulter. Erst da fiel dieser auf, dass die junge Frau eine Reaktion von ihr erwartete.

Ylva fuhr sich über die Stirn, als könne sie damit ihre Gedanken vertreiben. »Entschuldige, was hast du gesagt?«

Alba lächelte. »Ich bin so froh, dass du da bist. Dass du mir hilfst.«

»Ich bin auch froh, dich bei mir zu haben«, erwiderte Ylva, um das Flüstern zu ersticken, das sich in ihr erhob: *Lächerlich! Hör lieber auf, diesem Mädchen falsche Hoffnungen zu machen. Sag ihr die Wahrheit, sag ihr, dass du eine miese Lügnerin bist und in Wirklichkeit nicht die geringste Ahnung hast, wo Finn wohnte.*

Ylva wandte sich wieder dem Fenster zu, konnte sich jedoch nicht auf die Umgebung konzentrieren. Einige Zeit später hielt das Taxi an. Während Alba bezahlte, schaute Ylva umher. Der Tag, als sie zum ersten Mal hier war, als sie Linnea gefolgt war, lag eine Ewigkeit zurück. Sie selbst hatte sich verändert, genauso wie ihre Wahrnehmung der Welt um sie herum. Sie roch einen Fluss, lauschte dem leisen Plätschern der Wellen und wusste, dass es die Elbe war. Sie bewunderte die kleinen, an den Hang rechts von ihr gebauten Häuschen für die Gemütlichkeit, die sie verströmten, und erkannte gläserne Fassaden anderer Bauten als modern an. Sie machte sich Gedanken um die Menschen, die hier wohnten: *Ein Krieg tobt in ihren Vorgärten, und sie merken es nicht. Wie kann das sein? Sehen sie es nicht, oder wollen sie es nicht sehen? Und was wird geschehen, wenn sie gezwungen werden, es doch zu sehen? Werden sie auch dann blind bleiben, ihre Aufläufe backen, mit den Nachbarn schnacken und ihre Kinder auf der Straße spielen lassen?*

»So, jetzt bin ich pleite«, verkündete Alba, als die roten Lichter des Taxis in der Dunkelheit verschwanden. »Julianes Haus liegt etwas weiter, ich habe damals bei der *Elbwarte* geparkt und bin dir dort begegnet. Wo möchtest du anfangen?«

»Also versuchen wir es da.«

Der späte Herbst bescherte Hamburg einen milden Abend, und so genoss Ylva den kleinen Spaziergang am Ufer entlang, während sie auf ein hohes Gebäude mit einem gläsernen Kuppeldach zusteuerten, das irgendwie einsam in die Dunkelheit ragte.

»Da oben ist ein Restaurant«, erklärte Alba, als sie vor dem Haus stehen blieben. »Aber es ist nur an vier Tagen der Woche von 15 bis 18 Uhr geöffnet.«

Nun ja, zum ausgiebigen Speisen über der Elbe hatten sie eh keine Zeit, obwohl Ylvas Magen nichts gegen ein paar Häppchen einzuwenden gehabt hätte.

»Und? Bist du bereit? Willst du wittern, wohin wir gehen müssen, oder wie funktioniert das?«

Gute Frage. Albas Vorschlag kam ihr vernünftig vor. Sie

versuchte es mit Schnuppern. Ihre Nasenspitze zuckte, Ylva drehte sich zuerst in die eine, dann in die andere Richtung, aber natürlich gelang es ihr nicht, Finns Fährte aufzunehmen. Zu lange war es bereits her, seit er das letzte Mal vielleicht hier gewesen war, zu viele Menschen hatten seine Spuren zertreten und seinen Geruch davongetragen.

»Da, auf dem Parkplatz bin ich dir begegnet, als du dir Athene, den Rotmilan, geschnappt hast. Ich wollte den Vogel fortbringen, aber du warst der Meinung, besser auf ihn aufpassen zu können.«

Mit keiner Miene zeigte Ylva, für wie hoffnungslos sie das ganze Unternehmen inzwischen hielt. *Was denkst du, wie lange Alba mit dir noch Geduld haben wird?*, höhnte es in ihrem Kopf. Sie presste die Lippen noch fester zusammen und überquerte den Parkplatz. Jeder Hinweis brachte sie weiter. Vielleicht würde sie sich dann erinnern, wohin sie gehen musste.

Erinnern … Sie grinste schief. Nicht gerade ihre Königsdisziplin.

So stand sie da wie auf einem Präsentierteller und hoffte auf eine Eingebung, die einfach nicht kommen wollte. *Du bist zu nichts nutze, Rattenmädchen. Lass es bleiben. Geh in den Laden zurück, wo Conrad und Linnea auf dich aufpassen und Entscheidungen für dich treffen werden.*

Sie schloss die Augen. *Du findest nie hin. Und woher willst du überhaupt wissen, ob du in seiner Wohnung gewesen bist? Vielleicht ist es reines Wunschdenken, wie dein Hübschsein. Wie Conrads Gefühle für dich.*

Ylva hielt die Lider geschlossen, wagte es nicht aufzusehen. Denn würde sie es tun, müsste sie in Albas Gesicht blicken. Dort Enttäuschung und tiefste Verachtung lesen. Sie taumelte, etwas drängte sie weiter, und sie ging davon. Ihr Arm streckte sich zur Seite, fast von allein, und berührte eine Hauswand. Mit den Fingern streifte sie darüber, dann drückte sie die ganze Handfläche dagegen. Sie machte einen Schritt an der Wand entlang, horchte in sich hinein und machte noch einen.

Mit geschlossenen Augen begann sie zu gehen, ohne zu wissen wohin, ohne das Geringste zu sehen und zu verstehen. Aber den Verstand brauchte sie dafür genauso wenig wie ihre Sehkraft. Ihr Gehör teilte ihr mit, was um sie herum geschah und dass Alba ihr folgte. Ihre Nase, die den leisesten Geruch wahrnahm, zeichnete ihr die Umgebung bis ins kleinste Detail. Ihr Tastsinn bestätigte, dass sie hier richtig war.

Ylva ging weiter, und es war, als würde sich nicht ihr Kopf, sondern ihr gesamter Körper an die Route erinnern. Als hätten sich ihre Muskeln jede Kurve gemerkt und beförderten sie weiter, ohne ihr Zutun. Die Stadt war vielleicht ein riesiges Labyrinth, aber ihre Sinne führten sie sicher zum Ziel. In diesem Moment war sie mehr Ratte denn je, und Ratten fanden immer den Weg zum Speck.

Ylva wusste nicht, wie viel Zeit vergangen war. Die Zeit zählte sie in Herzschlägen und Schritten, hörte bei Hundert auf, weil sie nicht weiterwusste, und begann jedes Mal von vorn. Ihre Beine taten weh. Ihr Arm, der immer nach einer Hauswand suchte, fühlte sich bleischwer an.

Alba stöhnte, während sie hinter ihr herstolperte, blieb aber tapfer. Nur ein Mal hatte sie gefragt, ob Ylva denn wisse, was sie da tue. Ylva hatte wahrheitsgemäß verneint. So fragte Alba nichts mehr, ging trotzdem weiter. Und stöhnte.

Auch Ylva konnte sich kaum noch vorwärtsschleppen. Die neuen Schuhe hatten Blasen an ihren Füßen gerieben und brachten bei jedem Schritt Qualen mit sich. Überhaupt waren Schuhe das Schlimmste und Dämlichste, was ein lebendes Wesen seinen Füßen antun konnte.

Die Müdigkeit drückte sie nieder. Der Hunger brodelte in ihrem leeren Magen. Wo war bloß Conrad mit seinen Apfelstücken?

Weiter, immer weiter. Sie erlaubte sich keine Pause, aus Angst, diesen Trieb zu verlieren. Bald funktionierte Ylva nur noch automatisch. Sie dachte an nichts mehr, und sie spürte keine Schmerzen, als würde ihr ganzes Wesen bloß aus stumpfen Bewegungen bestehen, die ihr ermatteter Körper ausführte. Die ganze Zeit über hielt sie die Lider geschlossen; so wusste sie nicht, ob womöglich bereits der Morgen graute oder die Nacht noch die Stadt in ihrem Schoß wiegte.

»Ylva, warte, was machst du da?« Albas Ruf, der von irgendwo unten kam, traf Ylva so unvorbereitet, dass sie die Augen aufriss. Und sogleich nach Luft schnappte.

Sie klammerte sich an eine Regenrinne, in etwa sieben Metern Höhe, einen Fuß gegen ein Fenstersims gestemmt. Anscheinend war sie gerade dabei, eine Hauswand hochzuklettern. Es war ein vierstöckiges Gebäude aus rotbraunem Backstein mit schmutzig weißen Balkonen, wobei fast jeden eine Satellitenschüssel zierte. Links von ihr erstreckte sich ein hoher Plattenbau in Stufenform, als hätte ein Kind Bauklötze verschiedener Größe aneinandergereiht. Die Garagen davor und der Parkplatz mit unzähligen Autos versanken im Dunkeln.

Ylva selbst baumelte auf der Höhe des dritten Stockwerkes. Warum? Was wollte sie dort? Sie hatte keine Ahnung. Aber das, was sie tat, war richtig. Denn nun witterte sie Finns Geruch, der plötzlich sehr intensiv zu ihr wehte.

*Willst du hinunterfallen und dir den Hals brechen?*, rauschte es durch ihre Adern. *Mach weiter so, und du bist tot, ganz sicher!*

»Bist du dir sicher, dass wir hier richtig sind?«, hallte Albas Stimme zu ihr, diesmal um einiges nervöser. »Dies ist keine allzu … sichere … Gegend, wenn mein Gefühl mich nicht trügt.«

Ylva zwang sich, die Lider zuzumachen und sich auf ihren Instinkt zu verlassen. Wie in Trance kletterte sie hoch, bis sie an ein Fenster gelangte, aus dem Finns Duft strömte. Erst dort sah sie auf.

Sie befand sich weit über dem Boden, verspürte allerdings keinerlei Höhenangst. Es machte ihr sogar Spaß, von hier oben die Umgebung zu beobachten und Alba, die unten auf und ab lief und verzagt die Hände knetete.

Die Fensterscheibe war zerbrochen. Damit stellte es für Ylva keine Schwierigkeit dar, in die Wohnung zu schlüpfen, wo jeder Zentimeter der Tapete, des Fußbodens und der Möbel von Finns Geruch durchdrungen war. Endlich hockte sie in einer kleinen Küche auf einem Tisch, der dicht vor dem Fenster stand. Anscheinend hatte Finn alles in Schuss gehalten: kein schmutziges Geschirr, keine Flecken, abgesehen von ein paar angebrannten Spuren an der Backofenscheibe. Und hier und da war eine der Leisten an den Schränken abgegangen.

Ylva schaute aus dem Fenster zu Alba. »Es ist seine Wohnung. Wir sind endlich da. Komm rauf!«

»Ich kann die Wände nicht hochklettern, schon vergessen?«, kam es etwas gekränkt von unten.

Ylva kaute auf der Lippe. Das bedeutete in der Tat ein Problem. Wie konnte sie Alba helfen hierherzugelangen? Zum Glück lag die Lösung auf der Hand, und natürlich war es Alba, die den Einfall hatte: »Du musst mir die Tür öffnen und mich ins Treppenhaus lassen.«

Ylva sprang vom Tisch und ging in den nächsten Raum. Auch dieser war spartanisch eingerichtet, aber sauber: ein Sofa, ein Schrank, ein Fernseher auf einem Gestell und ein Regal, das die ganze Wand einnahm. Mehr passte hier eh nicht rein.

Im Flur musste Ylva mit dem Schloss kämpfen, bis sie die Tür aufgesperrt hatte. Die Gegensprechanlage funktionierte nicht, aber anscheinend war das Gerät nur zu Alibizwecken angebracht worden. Wie sich herausstellte, gelangte man ins Treppenhaus, auch ohne dass jemand öffnen musste. Wenige Minuten später trat Alba in die Wohnung. Sie musste sichtlich mit sich kämpfen, um in

Finns Wohnung nicht an ihn zu denken und sich darauf zu konzentrieren, weswegen sie hierhergekommen war.

Nach den Notizen mussten sie nicht lange suchen. Der Stapel lag säuberlich auf dem Regal, einige Bücher über Mythologie standen geordnet daneben. Alba holte alles zum Küchentisch und setzte sich auf den einzigen Stuhl, der zur Verfügung stand. Ylva lehnte sich an eine Wand und beobachtete die junge Frau. Denn helfen konnte sie kaum. Die Papiere waren mit vielen Zeichen versehen, die unzählige Reihen bildeten. Buchstaben. Worte. Sätze. Mit denen sie kämpfen musste, um ihren Sinn zu entschlüsseln.

*Du kannst nicht lesen, Rattenmädchen. Du bist zu nichts gut!*

Schon wieder musste Ylva sich schämen und hoffte, Alba würde ihre Nutzlosigkeit nicht bemerken. Ihre Hoffnung währte nicht lange.

»Hier.« Die junge Frau schob ihr einen Stapel zu. »Sieh dir diese Sachen durch, dann kommen wir schneller voran.«

Ylva schaute sich verzweifelt um, suchte nach einer passablen Ausrede, bis ihr Blick auf den Kühlschrank fiel. Ihre Rettung!

»Zuerst muss ich was essen«, gab sie brüsk zurück und riss die Tür auf.

»Oh. Gut. Gibst du mir auch etwas ab, wenn du etwas Essbares findest?«

»Mh.« Ylva durchforstete den Kühlschrank. Sie fand je eine angebrochene Packung Wurst und Käse, ein Viertel einer vergammelten Pizza, das gleich in den Mülleimer wanderte, und einen Joghurt. Ihre Schätze brachte sie zu Alba und steckte sich direkt eine Wurst- und eine Käsescheibe in den Mund. Gierig kaute sie daran, während sich ihr Magen mit einem lauten Grummeln meldete.

Alba inspizierte die Packungen. »Iih, die sind doch schon längst abgelaufen. Iss das nicht.«

»Warum nicht?«

»Weil die Sachen vielleicht schon schlecht sind. Du verdirbst dir den Magen!«

»Quatsch, die sind gut. Schmecken zwar nicht sonderlich delikat, aber machen satt.«

»Delikat? Woher kennst du eigentlich solche Wörter?«

Ylva zuckte mit den Schultern und dachte an Marias Bericht. Dämonen waren Schattenseelen und einst sogar Menschen. Nur dank dem Dämon hatte sie ihren Verstand wiedererlangt. Vielleicht auch einige Ausdrücke? Der Bissen blieb ihr in der Kehle stecken. Wie sehr war sie inzwischen Dämon? Und was war von ihr, Ylva, noch übriggeblieben?

Alba redete weiter: »Aber du hast sicherlich eine feinere Nase als normale Menschen. Das vergesse ich immer.«

Ylva zwang sich, die Zweifel nicht an sich heranzulassen. »Ich kann dir sogar die einzelnen Zutaten nennen. Allerdings … ich weiß nicht, ob du das wirklich so genau wissen möchtest.«

Sie aß, während ihre Freundin weiter die Notizen durchackerte. Endlich drehte Alba das letzte Blatt um und schob den Stapel von sich.

»Nichts.« Sie ließ sich gegen die Stuhllehne fallen. Ihre Gesichtsfarbe hätte jedem Nachzehrer Konkurrenz machen können, unter ihren Augen lagen dunkle Schatten. »Kein Wort über Hexenkinder. Anscheinend wusste mein Großvater nichts von ihrer Existenz. Was wollen wir jetzt tun? Wir haben keinerlei Anhaltspunkte.«

Ylva saß neben dem Tisch auf dem Fußboden. »Warum können wir nicht Evelyn, diese Hexe, fragen? Ich meine, sie hat dir doch schon mal ein wenig darüber verraten. Warum nicht alles?«

»Im Keller war so viel los … und ehrlich gesagt, war ich so durcheinander, dass ich ihr kaum zugehört habe. Sie ist gegangen, sobald ich mit ihr den Pakt besiegelt hatte.«

»Den Pakt? Das hört sich irgendwie beunruhigend an.«

Alba winkte hastig ab und sah weg. »Mach dir keine Sorgen. Es ist nur ein gegenseitiges Versprechen. Ich … ich helfe ihr, das Hexenkind zu finden, und sie gibt mir Finn zurück.«

Etwas flüsterte Ylva zu, dass die junge Frau nicht die ganze Wahrheit sagte. Aber vielleicht war das nur der Dämon, der sie von Alba abbringen wollte. So, wie er versucht hatte, sie von der Suche nach Finns Wohnung abzuhalten.

Nein, auf irgendeinen wabernden Klumpen Dunkelheit in ihrem Inneren würde sie ganz sicher nicht hören! Selbst wenn dieser Klumpen irgendwann früher eine Menschenseele war, mit eigenen Gefühlen und Gedankengut, von dem sie jetzt profitierte, dem sie Wörter wie »delikat« entlieh.

»Rufe sie her«, schlug Ylva vor. »Dann können wir Evelyn in Ruhe ausfragen.«

»Aber wie? Letztes Mal musste ich bloß ›Oh mein Gott‹ denken, und sie ist mir erschienen. Glaub mir, ich habe das bereits versucht, aber noch einmal kommt sie auf diese Weise nicht zu mir.«

Ylva mühte sich auf die Beine und beugte sich über die ausgebreiteten Notizen, tat so, als würde sie lesen. »Steht darüber etwas in den Unterlagen deines Großvaters?«

Alba runzelte die Stirn, und plötzlich erhellte sich ihre Miene. »Genau.« Sie sprang vom Stuhl auf und wäre beinahe mit ihrer Stirn gegen Ylvas Kopf gestoßen. Mit fahrigen Bewegungen wühlte sie in den Papieren. »Ich glaube, ich habe etwas in der Art gesehen. Warte mal.« Sie blätterte herum. »Da. Ein Gebet – oder heißt das Mantra? – in seinen Aufzeichnungen zum Thema Meditation. Meinst du, das funktioniert?« Sie hielt Ylva das Blatt unter die Nase.

»Ich weiß es nicht. Versuch es einfach. Was kann da schon schiefgehen?«

*Jede Menge,* erwiderte die Vernunft, der Ylva rasch den Maulkorb anlegte. Sie war schon zu weit gegangen, um noch darauf zu hören.

Alba ging in die Mitte der Küche, setzte sich auf ihre Fersen und legte das Blatt vor sich. »Keine Ahnung, wie man das ausspricht. Mal schauen.« Sie räusperte sich. »*Adi Divya Adi Divya Adi Divya Jyoti Maha Kali Ma Na-*

*mah …*« Sie brach ab und verdrehte die Augen. »Ach, das ist bestimmt alles total falsch und klingt irgendwie bescheuert. Findest du nicht auch?«

Ylva umging eine direkte Antwort. »Wir haben doch keine andere Idee, oder? Mach weiter. Genau so, wie dein Großvater es beschrieben hat.«

»Na gut, dann hast wenigstens du Spaß bei der ganzen Aktion.« Alba legte ihre Hände im Schoß zusammen und begann, ihren Körper sanft hin und her zu schaukeln. Die Worte klangen fremd und stockend, als wollten sie ihr nicht über die Lippen kommen. Doch nach und nach rezitierte sie flüssiger.

*»Adi Divya Adi Divya*
*Adi Divya Jyoti Maha Kali Ma Namah*
*Madhu Shumbha Mahisha Mardhini*
*Maha Sakta Ye Namah*
*Brahma Vishnu Shiva Swarupa Twam Na Anyatha*
*Chara Charasya Palike Namo Namah Sada.«*

Bald verwandelte sich ihr Gebet in einen Singsang. Ylva blickte zur Uhr und musste daran denken, wie ihr Paps sie ihr einst erklärt hatte. Schnell konnte sie die Uhrzeit immer noch nicht ablesen, musste grübeln und raten.

Die Minuten vergingen. Eine, zwei – irgendwann hatte der große Zeiger einen halben Kreis zurückgelegt. Der monotone Singsang wirkte einschläfernd. Bis sie beinahe *spürte,* wie die Atmosphäre in der Küche umschlug.

Albas Gebet und das sanfte Schaukeln wirkten nicht mehr albern. Alle Wände schienen sich zu öffnen.

Mach weiter so, wollte Ylva rufen, doch sie brachte keinen Ton heraus, fürchtete, diese Stimmung zu zerstören. Eine Stimmung, die sie fast dazu brachte, ebenfalls auf die Knie zu fallen und zu beten, ohne zu hinterfragen, zu wem eigentlich.

Im Zimmer waberte die Dunkelheit, die Finsternis verwandelte sich in einen schwarzen Nebel und verdichtete sich immer weiter. Bis sich aus den finsteren Wogen eine Gestalt schälte. Kein Monster – eine Frau. Klein und schlank, mit Kurzhaarfrisur und in einem gemütlichen Flanellanzug mit unzähligen aufgedruckten gelben Küken. Durch und durch menschlich stieg sie aus dem Nebel.

Ungläubig starrte Ylva die Erscheinung an. Und das sollte eine Hexe, eine Mächtige sein? Auch Alba schien die fremde Präsenz zu spüren und öffnete, am ganzen Körper bebend, die Augen. Ihre Lider flatterten. Die Meditation schien sie all ihrer Kraft beraubt zu haben.

»Evy?« Ihre Stimme klang rau und geschwächt. Sie schluckte mühsam. »Bist du das?«

Mit bloßen Füßen schritt die Hexe durch die Küche auf sie zu. Ihre Sohlen hinterließen dunkle Abdrücke, in denen sich Schatten reckten und die gleich darauf in dünnen Rauchzungen verdampften. »Sieht nicht danach aus, was? Bei dem Brand musste ich meinen Körper wechseln, nun stecke ich hier.« Mit beiden Händen fuhr sie sich über den flachen Busen. »Nicht sonderlich sexy, oder? Ein Glück, dass Adrián mich nicht so sieht.«

»Evy, ich glaube, Adrián ist es egal, in welchem Köper du bist. Deine Seele …«

Die Augen der Mächtigen funkelten. Das Weiß lief blutrot an. »Er hat mich gerade wegen meiner Seele verlassen, schon vergessen?« Doch sogleich legte sich ihr Zorn, und ihre Augäpfel nahmen ein normaleres Aussehen an. Menschlich wirkte sie allerdings nicht mehr. Ihre Züge strömten etwas Kaltes, etwas Unendliches und Ursprüngliches aus. »Ich wäre dir sehr verbunden, wenn du mich bei meinem richtigen Namen nennen würdest. Kali. Evelyn wollte ich für Adrián sein, aber er hat mich verstoßen. Und du hast mich sicherlich nicht gerufen, um mit mir über meine Beziehungsprobleme zu plaudern, nicht wahr?«

Alba schob sich in eine Ecke und schüttelte den Kopf. Mehr brachte sie nicht zustande, müde und durch die Meditation entkräftet. So antwortete Ylva an ihrer statt: »Wir müssen mehr über das Hexenkind erfahren, wenn wir es … für dich … finden sollen.«

Der Blick der Hexe wanderte zu ihr. Die Mächtige beugte sich nur leicht vor, und trotzdem kam es Ylva vor, als würde sich ihr Gesicht von dem Rest des Körpers lösen und direkt vor ihr schweben. Lange, sehr lange musterte Kali sie. »Dich kenne ich nicht. Du trägst einen Dämon aus Oyas Gefolge in dir, der dein Wesen verbirgt. Hat sie dich geschickt, um mich auszuspionieren?«

»Niemand hat mich geschickt.« Sie hörte, wie ihre Stimme zitterte, und trotzdem redete sie weiter. »Ich will den Dämon loswerden. Wenn ich Alba helfe, dann … dann hoffe ich, dass du mir auch hilfst.«

»Woher soll ich wissen, dass du nicht eine Spionin bist? Obwohl du das beteuerst, kann Oya alles ohne dein Zutun vorausgeplant haben. Denn ein Dämon muss immer seiner Mächtigen gehorchen. Wenn er stark genug ist, wird er dich zu ihr führen und dich zwingen, ihr zu dienen.«

»Und genau das will ich verhindern! Bitte.« Sie rang um ihre Fähigkeit zu sprechen, denn es fühlte sich an, als würde ihr etwas den Mund zustopfen. Der Dämon? »Wäre es nicht auch in deinem Sinne, Oyas Pläne zu durchkreuzen?«

Kali lehnte sich zurück und verschränkte die Arme vor der Brust. »Auch wieder wahr. Nun gut, ich beantworte euch eure Fragen, aber wir haben nicht unendlich viel Zeit. Eine Mächtige kann nicht lange bei ihren Gläubigen verweilen, ohne ihre Kräfte zu verlieren. Denn wenn wir uns in die Belange der Welt einmischen, werden wir zum Schlaf der Ewigkeit verdammt. Was mir bereits beinahe geschehen wäre, und ich bin mir nicht sicher, ob ich dem noch einmal entkommen werde.«

»Dann sag mir das Wichtigste: Wie erkenne ich ein Hexenkind, falls ich es finde? Was muss ich über dieses Geschöpf wissen?«

»Bis zu seinem sechzehnten Geburtstag würde keiner, nicht einmal ich als Mächtige, es als solches erkennen. Denn sein wahres Wesen entfaltet sich erst danach. Wenn es also über sechzehn Jahre alt ist, erkennst du es an seiner Aurafarbe. Die ist strahlend weiß. Die Farbe der spirituellen Vollkommenheit und Reinheit. Kein Lebewesen sonst hat solch eine Aura, niemand kann so leuchten.«

»Aber weder ich noch Alba können die Aurafarben sehen.«

»Dann sucht euch jemanden, der es kann. Oder übt es selbst. Einige Menschen sind dazu durchaus in der Lage.«

»Hat das Hexenkind besondere Kräfte?«

»Jedes ist mit einer kleinen Gabe gesegnet, mit welcher, ist sehr unterschiedlich. Aber es ist nichts, was euch gefährlich werden könnte. Ohne eine Mächtige an seiner Seite kann es nicht viel ausrichten. Willst du noch etwas wissen? Die Uhr läuft ab.«

Ylva zögerte. »Es geht um meinen Dämon. Wie kann ich ihn kontrollieren?«

»Ich dachte mir schon, dass du das fragst. Es ist wie bei Metamorphen und ihren Seelentieren. Ihr streitet um einen Körper. Da darfst du den fremden Geist nicht ignorieren, du musst dich ihm stellen und ihn unterjochen. Zeig ihm, wer der Überlegene ist. Breche seinen Willen und herrsche.«

Kalis Worte, in Gefühlskälte getränkt, erschreckten Ylva. Nicht wegen des Dämons, sondern im Hinblick auf ihr Dasein als Metamorph, an dem sie urplötzlich zu zweifeln begann. Bis jetzt hatte sie ihren Nager als einen Freund angesehen. Und Freundschaft setzte Gleichberechtigung voraus. Niemals hätte sie geglaubt, dass diese Bindung, die sie zu dem kleinen Rabauken pflegte, auf Unterjochung basieren würde. Stumm schwor sie, seinen

Körper niemals zu missbrauchen, sich mit allen Kräften gegen die Verschmelzungen zu wehren. Nicht aus Angst, aber aus Überzeugung: Es war nicht richtig anzunehmen, sie wäre ein höheres Wesen und könnte über seinen pelzigen Leib verfügen, wie es ihr beliebte. Und war ist mit dem Dämon? Sollte sie vielleicht auch Skrupel haben, seinen Willen zu brechen?

»Ist es wahr, dass Dämonen früher Schattenseelen waren?«, fragte sie. »Also richtige Menschen? Wird Finn womöglich …«

»Wenn ihr euch nicht beeilt – durchaus.«

Von der Vorstellung wurde ihr übel. Wie viel wirklich auf dem Spiel stand – Finns Seele –, hatte sie erst jetzt erfasst.

*Traue ihr nicht,* erklang das Wispern in ihr. War es die Stimme ihrer Vernunft? Der Dämon? *Frag sie, wie Finn in das Schattenreich gekommen ist. Denn eine Seele ist frei, wenn sie keinen Pakt mit einer Hexe geschlossen hat, wenn kein Fluch auf ihr lastet oder …*

Ylva stellte die Frage tatsächlich, und erst die kaltherzige Antwort der Hexe ließ sie den ganzen Schrecken der Wahrheit begreifen: »Der Weg ins Jenseits ist lang und voller Gefahren. Wenn eine Mächtige jemandem auflauert, kann sie die Seele rauben.«

Ylva schnappte nach Luft. »Du wusstest, dass er stirbt? Hast du … hast du ihn vielleicht … *umgebracht*?«

Kali schloss die Lider, und ein Hauch von Menschlichkeit kehrte in ihre Züge zurück. Doch als sie erneut aufblickte, war der Moment der Schwäche vorüber. »Wer bist du, um über mich zu urteilen? Manchmal erfordert es Opfer, große Opfer, will man die Welt retten. Wie gesagt, keine Mächtige kann direkt in das Geschehen eingreifen. Ich musste Alba dazu bringen, die richtige Entscheidung zu treffen. Mir zu helfen, Oya aufzuhalten. Und Finn ist nicht verloren. Sobald das Hexenkind sich in meiner Gewalt befindet, bekommt ihr ihn zurück.«

Ylva sah zu Alba hinüber, die in ihrer Ecke kauerte und schlief – oder besinnungslos war. Aus welchem Grund sollte diese Hexe besser sein als eine andere? Wenn sie genauso manipulierte und zerstörte, nur um ihr Ziel zu erreichen. Wäre das Hexenkind nicht eine Gefahr für die Welt, egal, in wessen Händen es sich befand?

*Aber was willst du dann tun, wenn du das Hexenkind findest? Es töten, ein vermutlich unschuldiges Leben auslöschen?*, fragte sie sich und fand keine Antwort. Wie groß mussten die Opfer sein, um diese Welt zu retten?

»Bist du bereit, mir zu helfen? Wirst du das Hexenkind für mich finden?«, holte Kalis Stimme sie einem Tosen gleich ein. »Dann kann ich dich von dem Dämon befreien. Schließe einen Pakt mit mir, und ich bin an mein Versprechen gebunden.«

»Nein!« Der Ausruf ließ Ylva zusammenfahren. Sie bemerkte die Ratte, die auf ihren Schoß huschte und auf ihre Schulter hochkletterte. Doch es war natürlich nicht der Nager, der gerufen hatte. Sondern Conrad. Er stand auf der Schwelle zur Küche, die Hände geballt und die Augenbrauen zusammengezogen. Sein Gesicht war blasser als sonst und wirkte steinhart.

*Er ist böse auf mich. Er sieht mich nicht einmal an. Ich habe ihn …*

*… verloren.*

»Conrad«, stellte Kali ohne Überraschung fest. »Was soll das? Alles hat nun einmal seinen Preis.«

»Dieser ist viel zu hoch. Ich verspreche dir, ich werde alles tun, um Oya das Handwerk zu legen. Und wir brauchen deine Hilfe dabei. Aber lass Ylva in Ruhe, ihre Seele wird dir nicht gehören, Lynn.«

Kali starrte ihn an, dann senkte sie den Blick … und lächelte traurig. Und sobald diese Ahnung von einem Gefühl sie berührt hatte, wirkte sie wieder menschlich. Ein bisschen Frau, ein bisschen einsam und mit Verantwortung überlastet. »Ich wünschte mir, es wäre alles anders gekommen. Ich wünschte mir, du hättest wirklich mein Vater sein können und ich hätte dich nicht verlieren müssen.«

Er schwieg einen Moment, sichtlich überrascht von dieser Wendung, und erwiderte beinahe sanft: »Das wünschte ich mir auch. Und ebenso, dass du es mir irgendwann verzeihen könntest.«

»Verzeihen – was? Glaubst du, ich weiß nicht, wie du versucht hast, auf mich aufzupassen? Was geschehen ist, ist nicht deine Schuld. Gegen Oya hattest du keine Chance.«

»Das verstehe ich nicht. Was hat Oya damit zu tun?«, fragte Conrad alarmiert.

Sie setzte sich auf die Arbeitsplatte und legte die Hände in ihrem Schoß zusammen. Kein Hauch von Übermacht mehr in der dürren Gestalt. »Du hast keine Ahnung, oder? Auch ich habe lange benötigt, um ihren verwickelten Plan zu durchschauen. Der Punkt ist: Es gibt keine Zufälle. Zumindest nicht solche, die mein – und dein! – Leben gelenkt haben.« Sie baumelte mit den Füßen, und ihre Fersen schlugen rhythmisch gegen die Schranktür.

»Wie meinst du das?«

»Hast du dich nie gewundert, dass Linnea die Erste und die Einzige war, die du berühren konntest?«

Erst jetzt wanderte sein Blick zu Ylva. Ein Blick, in dem sie das Leuchten erlöschen sah, in dem der Schmerz erneut geboren wurde. »Nein.«

Am liebsten hätte sie die Mächtige angeschrien, sie solle sofort schweigen, nicht die Wunden aufreißen, die gerade zu heilen begannen. Denn sie wusste nicht, ob sie Conrad erneut würde heilen können.

»Und dass du mit Linnea geschlafen und mit ihr ein Kind gezeugt hast, das du zu einem Dasein als Untote verdammt hast? Ganz ehrlich, das hättest du doch niemals getan, wenn du Herr über deine Handlungen gewesen wärst.«

»Nein.« Seine sonst leise Stimme war beinahe unhörbar.

»Doch wenn eine Mächtige einem etwas zuflüstert, kann man dem schwer widerstehen. Oya kannte dich viel zu gut, schließlich war sie die Hexe, die dir den Fluch auferlegt hat. Somit hatte sie einen gewissen Draht zu dir, somit warst du empfänglich für ihre Worte. Nicht sofort, denn du warst – und bist immer noch – zu willensstark, zu verschlossen und zu eigensinnig. Dich zu manipulieren bedarf einer immensen Gewalt. Aber nach und nach hat sie deinen Verstand benebelt, ohne dass du es bemerkt hast. Sie hat dich zu Linnea geführt, um nicht zu sagen: gezwungen.«

»Wozu? Um mir ein paar schöne Stunden mit ihr zu bescheren?«

»Sie brauchte einen Nachzehrer, der noch nicht tot und bei dem der Fluch dementsprechend nicht sichtbar war. Es war unmöglich, einen zu finden. Also musste sie einen zeugen lassen. Durch dich. Oya konnte es nicht riskieren, einen Embryo mit dem Fluch zu belegen. Die Magieeinwirkung hätten andere Mächtige – vor allem Kali – unter Umständen bemerkt. Ihre Absichten mussten geheim bleiben, denn sie wollte Kali vernichten oder zumindest für ein Weilchen verschwinden lassen.«

»Um in Abwesenheit der Bewahrerin des Universums ihre eigenen Pläne durchzuführen? Die Welt neu zu formen?«

»Ganz genau. Und so wurde Linnea schwanger und brachte ein Kind hervor, das sich perfekt für Oyas Zwecke eignete. Sie hat das Kleine beobachtet und weitere *Zufälle* geschaffen. Denn sie musste natürlich alles so arrangieren, dass Kali einen neuen Körper benötigte und nur diesen einen nehmen konnte.«

Ylva rätselte, als wen sich die Mächtige jetzt betrachtete. Als Kali? Als Evelyn? Sie redete über beide in der dritten Person. Vielleicht war sie nichts mehr von dem, sondern ein anderes Wesen. Das manchmal eine Hexe, manchmal ein Mensch sein wollte. Und beides nie wirklich sein konnte.

»Natürlich hat Oya versucht, Evelyn Befehle zuzuflüstern, das Mädchen dazu zu bringen, nach ihrer Pfeife zu tanzen«, fuhr die Mächtige fort, »aber das hat nicht funktioniert. Evelyn war schon immer sehr störrisch. Tja, wie ihr Vater. So musste Oya sie brechen, sie für ihre göttlichen Worte empfänglich machen. Sie begann, ihr Geschenke schicken zu lassen, die ihr bisheriges Leben langsam aber sicher zerstörten. Auch Evelyns Onkel hat sie zu seinen Taten verleitet.« Die Hexe schnaubte. »Den zu beeinflussen fiel ihr vermutlich nicht sonderlich schwer. Und schließlich war es so weit: Eine einsame Straße, Kali, die durch eine List dorthin gelockt wurde – schließlich haben sich die Mächtigen schon immer an abgelegenen Orten getroffen – und Evelyn mit ihrem Onkel in einem Auto. Evelyn, die nicht mehr leben wollte. Oya flüsterte, und Evelyn gehorchte, lenkte den Wagen von der Straße, fuhr direkt in Kali hinein. Der Körper der Beschützerin des Universums war zerstört. Und natürlich hat sie daraufhin Evelyns genommen, der die wenigsten Verletzungen aufwies. Den Rest kennst du.«

Erst jetzt fiel Ylva auf, dass Conrad sie noch immer anschaute. Zu dem Schmerz, der aus den Tiefen seines Blickes aufstieg, gesellte sich Verzweiflung. »Aber wenn alles eine Lüge war, was zwischen mir … und …« Er brach ab, musste sich sammeln, bevor er neu ansetzte:

»Wie kann ich sicher sein, dass ich jetzt … dass alles andere, was ich fühle … keine Lüge ist?«

Gern wäre Ylva zu ihm gegangen, hätte ihn umarmt und etwas gesagt, was diesen Schmerz und diese Verzweiflung von ihm nehmen würde. Aber es gab keine Worte, die sein Leid hätten lindern können. Und sie wusste nicht, ob er ihre Nähe immer noch ertragen konnte. Vielleicht … war all das wirklich eine Lüge, die sie beide nur zu bereitwillig akzeptiert hatten.

»Sicher kannst du dir nie sein.« Wieder waberte der Nebel, stieg zu der Mächtigen empor und umfloss ihre Füße. »Meine Zeit ist abgelaufen. Ich muss gehen.«

»Willst du uns gegen Oya helfen?«, rief Ylva mutlos aus.

»Ihr müsst das Hexenkind in eure Gewalt bringen. Dann sehen wir weiter.« Noch bevor sie zu Ende gesprochen hatte, löste sie sich in den schwarzen Wogen auf, und nur das Echo trug den Rest ihres Satzes in diese Welt.

# Kapitel 17

Während der Fahrt zurück verlor Conrad kein Wort. Ylva rätselte, ob die Nachzehrer ähnlich wie Lebende müde werden konnten. Er machte zwar keinen schlappen Eindruck, wirkte allerdings ausgelaugt. Sein Blick war starr nach vorn gerichtet und schien sich in der Dunkelheit zu verlieren. Den Transporter steuerte er mit schlafwandlerischer Sicherheit, ohne wirklich etwas wahrzunehmen. Zum Glück erstreckten sich die meisten Straßen leer vor ihnen, und die Ampeln begrüßten sie mit einem eindringlich grünen Leuchten.

Ylva wagte nicht, ihn anzusprechen. Sie hätte sich gern entschuldigt, fürs Weglaufen, dafür, dass sie eine Hexe gerufen hatten. Sie hätte gern gewusst, ob er noch sauer auf sie war. Aber er musste jetzt für sich allein sein, brauchte seine Ruhe. Das konnte sie spüren. So ließ sie ihn dort, wo er gerade gedanklich weilte, und grübelte über den Dämon nach. Ob er noch etwas Menschliches in sich trug? Ob er sich noch an sein Leben erinnerte? Wie fühlte es sich an, in einem fremden Körper eingeschlossen zu sein, gefangen, aber dem Schattenreich entkommen?

Sie konzentrierte sich auf ihr Inneres, suchte nach dem

brodelnden Klumpen, der ihr seine Anwesenheit verriet, und fand nichts. *Bist du da? Kannst du mich hören?*

Kein Flüstern, keine fremdartigen Gedanken. *Du dummes Kind,* schalt sie sich, *willst du dich tatsächlich mit einem Dämon unterhalten?*

Alba hatte ihren Kopf auf Ylvas Schulter gelegt und schlief. Bald hätte Ylva die Augen gern ebenfalls geschlossen und sich ausgeruht. Doch das durfte sie nicht. Deshalb nutzte sie die Zeit, um zu überlegen, wie sie an das Hexenkind herankommen sollten. Aber ihr wollte absolut nichts einfallen, außer sich irgendwie in die feindlichen Reihen einzuschmuggeln. Der Messias wollte sie um jeden Preis haben. Vielleicht sollte sie so tun, als würde sie ihm folgen, sich freiwillig stellen?

Ylva spürte das sanfte Rauschen in ihrem Kopf, das Flüstern, das auf Gedankengut des Dämons hindeutete, und zweifelte, ob diese Idee wirklich von ihr stammte.

*Bist du da? Rede mit mir! Bitte!*

*Nein* … Seine Präsenz schwand. Hatte das Ding ihr tatsächlich geantwortet? Sie wusste es nicht. Sie war sich nicht einmal sicher, ob sie nicht vielleicht langsam wieder in den Wahnsinn abglitt. Mit Ratten zu reden war eine Sache. Das hier eine andere.

Nein, solange sie den Dämon nicht unter Kontrolle hatte, durfte sie nichts tun, was sie oder diejenigen, die ihr nahestanden, gefährden konnte.

Conrad parkte in der Nähe seines Ladens. Er hatte noch nicht einmal den Gurt gelöst, als die Tür aufgerissen wurde und Roland auftauchte. »Ich konnte nichts machen«, stammelte er. »Es ist … Ich meine … Eine Mächtige …«

Der lethargische Ausdruck wich schlagartig aus Conrads Gesicht. Er sprang aus dem Wagen und lief Roland hinterher, der seine stotternden Erklärungsversuche aufgegeben hatte und sein Oberhaupt zum Laden führte. So hastig, dass er beinahe über die eigenen Füße stolperte.

Ylva schob Alba von sich, die etwas murmelte und weiterschlief, und eilte den beiden Männern nach. Sie holte Conrad ein, als er gerade die Tür aufstieß und das Geschäft betrat. Wie ein Schatten huschte Ylva hinter ihm in den Raum, während Roland draußen blieb, sichtlich erleichtert darüber, nicht hineingehen zu müssen.

»Was geht hier vor?«, tönte Conrads Stimme, in diesem Augenblick dunkel und um Fassung bemüht.

Ylva lugte hinter seinem Rücken hervor und schnappte nach Luft.

Linnea lag auf dem Boden. Ihre Kleidung war zerrissen und entblößte ihren nackten, verschwitzten Leib. Sie stöhnte, das zerzauste Haar klebte ihr im Gesicht. Die Beine angewinkelt, bewegte sie ihren Unterleib vor und zurück. Neben ihr räkelte sich eine zweite Frau, dunkelhäutig, schlank, und stieß die Finger rhythmisch zwischen Linneas Beine. Die Unbekannte reagierte zuerst, warf den Kopf in den Nacken und zeigte ihr strahlend weißes, perfektes Gebiss.

»Conrad. Meine Güte, wonach sieht es denn aus? Ich koste von meiner Papaya.« Mit der Grazie eines Raubtiers erhob sie sich, betrachtete ihre Hand, die sie in Linneas Spalte getunkt hatte, und leckte sich die Finger genüsslich ab. »Oder möchtest du mitmachen, mein Süßer?«

Er antworte nicht, sondern sah sie wie versteinert an. Sie war nackt, absolut nackt und überall blank rasiert, was ihre Haut im schummrigen Licht der Straßenlaternen ölig schimmern ließ.

Linnea kam langsam zu sich. Erst jetzt registrierte sie Conrad und keuchte erschrocken auf. Mit hektischen Bewegungen raffte sie ihre Kleiderfetzen zusammen und versuchte, ihre Blöße zu bedecken.

»Es ist nicht so, wie du denkst«, stammelte sie und sah mit verstörtem, glasigem Blick von einem zum anderen.

Die Unbekannte hörte endlich auf, sich die Finger abzulecken, und wischte sich mit dem Daumen über die Lippen, als wollte sie sich vergewissern, auch jeden Tropfen aufgenommen zu haben. »Ja, was denkst du dir jetzt, Conrad? Ach, vielleicht erkennst du mich gar nicht? Wie dumm von mir, natürlich. Darf ich mich vorstellen? Oya. Die Zerreißerin.«

Als er wieder nichts sagte, zuckte sie enttäuscht mit den Schultern. »Nun ja. Gesprächig und richtig amüsant warst du noch nie.« Ihr Blick schweifte umher und blieb an Ylva haften. »Na endlich. Du hast sie gefunden und zu mir gebracht, wie nett von dir. Tja, auch die Dämonen sind heute nicht mehr das, was sie einmal waren. Absolut kein Verlass auf die Biester.«

Oya ging auf sie zu. Ylvas Inneres begann zu vibrieren, doch diese Vibration ging nicht von ihr aus, sondern von dem Dunklen in ihrem Leib. Es musste der Mächtigen gehorchen. Aber … es weigerte sich?

»Komm mit, mein Mädchen. Wir warten schon alle auf dich.«

Conrad verstellte der Hexe den Weg. Immer noch verlor er keinen Ton. Sie hob den Arm, wollte ihn wie einen lästigen Vorhang, der ihr die Sicht versperrte, beiseiteschieben, als er ihr mit einer solchen Wucht ins Gesicht schlug, dass sie zu Boden ging.

Erst nach mehreren Atemzügen fand Oya, sichtlich schockiert von diesem Angriff, wieder zu sich. Die Hexe spuckte ein Stückchen von einem Zahn aus und leckte sich über ihre aufgeplatzte Lippe. Das Lächeln, das sie dabei aufsetzte, wirkte grotesk. »Du schlägst Frauen?«

»Und rede mit Pflanzen und rasiere mir die Achselhaare. Wollen Sie noch irgendwelche pikanten Details über mich wissen? Wenn nicht, dann sollten Sie lieber verschwinden, bevor ich anfange, einige Frauen hier zu töten. Denn Ylva bleibt bei mir.«

»Glaubst du wirklich, du bist einer Mächtigen gewachsen?« Langsam und voller Stolz kam Oya auf die Beine. Als sie erneut die Hand hob, geschah das nicht mehr so lässig wie vorher. Ihre Finger erinnerten an die Krallen eines Vogels, als sie sie Conrad in die Schulter schlug. Er zuckte fast unmerklich zusammen, nur für einen Sekundenbruchteil verzerrte der Schmerz seine Züge. »Soll ich dich das Fürchten lehren? Wenn ich jetzt den Fluch von dir nehme, zerfällst du zu Staub. Deine Seele wird vom Schattenreich verschluckt und bis in alle Ewigkeiten mir gehören. Denn ich bin es, die aus dir einen Untoten gemacht hat.«

»Ja, das habe ich schon gehört«, presste er zwischen zusammengebissenen Zähnen hervor. »Aber auch, dass eine Mächtige nichts tun kann, wenn sie zuvor nicht darum gebeten wurde, ob laut oder in verborgenen Wünschen. Und ich habe noch nie den Drang verspürt abzutreten. Das ist so ein Tick bei uns Verfluchten. Wir hassen, wir wüten und morden, aber hängen doch irgendwie an dieser Welt. Mal sehen, ob Sie immer noch einen guten Draht zu mir haben.«

Es roch verbrannt, Ylva sah sich um, doch sie konnte die Quelle nicht lokalisieren. Oya grub die Finger noch fester in sein Fleisch. Plötzlich ging ein Zittern durch ihren Körper, ihre Miene entgleiste, und sie taumelte zurück.

»Du verfluchtes Aas!«, schrie sie, und ein heißer Windstoß fegte durch den Laden und warf einige Pflanzen von ihren Podesten. »Du Leichenplage! Denkst du wirklich, du hast gewonnen? Meine Leute werden dich kriegen, viel früher, als du denkst, verlass dich drauf …«

»Ja, ich finde auch, dass das Wetter unglaublich mild für diese Jahreszeit ist. Wollen wir diese sinnlose Konversation nicht langsam beenden? Ich habe noch viel zu tun. Und Sie kennen das bestimmt: Ehe man sich's versieht, ist die Ewigkeit schon rum, und man hat nicht einmal die Blumen gegossen.«

Oya schnaubte. »Wir werden uns zurückholen, was uns gehört! Du kannst uns nicht aufhalten! Du bist ein

Nichts! Du wirst untergehen und alle mit dir reißen, die zu dir stehen, das verspreche ich!«

Ylva sah den schwarzen Nebel, der vom Boden aufstieg und die Frau im Nu verschluckte. Zurück blieben eine verstörte Linnea, die wimmerte und an ihren Kleiderfetzen zupfte, und Conrad, der mit einem Mal erschreckend fahl und ausgezehrt wirkte. Dann schwankte er.

Ylva reagierte sofort und stützte ihn, spürte sein Gewicht auf sich lasten. »Was ist mit dir?« Ihr Blick schweifte zu seiner Schulter, und sie bemerkte das Leder der Jacke, das wie von einer ungeheueren Hitze verbrannt war. »Was ist das?«

Der Schwächeanfall schien nachgelassen zu haben. Conrad stand wieder fest auf den Beinen und befreite sich sanft aus ihrem Griff. »Nichts, mach dir keine Sorgen. Ich funktioniere doch noch, oder nicht? Also kein Grund zur Panik.«

Doch Ylva hörte nicht auf ihn. Mit fahrigen Bewegungen entblößte sie seine Schulter und keuchte. Asche überzog das Mal, das Oyas Klaue hinterlassen hatte. Als Ylva darüberwischte, kam verkohltes Gewebe zum Vorschein.

Ihr wurde schlecht. Nicht bei diesem Anblick, sondern bei dem Gedanken, sie hätte Conrad verlieren können. Fast spürte sie, wie er zu Staub zerfiel und ihr durch die Finger rieselte. »Du hast doch gesagt, die Mächtige kann dir nichts anhaben.«

Er schlug die Jacke zurück und lächelte. Seine Augen

wurden sanft. »Sie hat es versucht. Aber mir ist nichts Schlimmes widerfahren. Wie es scheint, habe ich inzwischen gelernt, nicht auf ihr Flüstern zu hören.«

Aber er hatte es vorher nicht mit Sicherheit gewusst! Und sich trotzdem zwischen sie und die Hexe gestellt. »Wird es wieder heilen?«

»Bis jetzt sieht es nicht danach aus. Wir sind nun einmal nicht unverwundbar, uns wachsen keine neuen Organe nach, und das hier liegt anscheinend auch außerhalb meiner Fähigkeiten.«

»Sie sagte, ihre Leute werden dich holen, und das schon bald …«

»Ylva, wir haben bereits angefangen, einige Vorkehrungen zu treffen. Noch heute werden wir diesen Laden verlassen, er ist nicht mehr sicher. In Marias Villa werden wir unser Hauptquartier einrichten und unsere Leute und die Metamorphe unterbringen, oder zumindest einen großen Teil von ihnen. So leicht kommt keiner dort rein. Ich regele hier noch ein paar Sachen, dann fahren wir.«

Erst jetzt fand Linnea die Kraft, sich aufzurappeln. Sie stakste auf ihn zu und blieb stehen, ohne ihm allzu nahe zu kommen. Es gab nichts Erhabenes, Königliches mehr an ihrer Gestalt, die bloß pure Verzweiflung ausströmte.

»Conrad«, stammelte sie. »Ich kann dir alles erklären. Sie … sie hat mich gezwungen, mich betört und zu ihrem Spielzeug gemacht. Hilf mir, bitte! Ich brauche dich, jetzt am allermeisten.«

Er sah sie an, ohne Boshaftigkeit, aber auch ohne Mitleid. »Ich werde mich darum kümmern, dass du etwas zum Anziehen bekommst.«

»Bitte, Conrad, lass mich nicht so zurück.«

»Niemand wird zurückgelassen. Du hast mein Wort.«

Jetzt weinte sie. Tränen flossen über ihr Gesicht, und sie schluchzte unentwegt. »Ich liebe dich! Verstehst du das nicht? Bitte, ich flehe dich an, verzeih mir!« Sie sank zu Boden, kniete vor ihm und rang die Hände. »Gib uns eine Chance! Bitte! Haben wir das nicht verdient, nach all dem, was wir durchmachen mussten?«

Er wollte etwas erwidern, dann seufzte er, unendlich müde. »Komm, Ylva.«

Er drehte sich um und verließ den Laden. Das Glöckchen bimmelte, die Tür fiel hinter ihm zu.

»Conrad!« Linnea kreischte auf, griff nach einem Blumentopf und schleuderte ihn ihm hinterher.

Das Geschoss durchbrach das Glas. Conrad duckte sich, und der Topf zerschellte auf dem Bürgersteig.

»Nicht schon wieder meine Tür«, stöhnte er auf. »Das nächste Mal lasse ich Sicherheitsglas installieren. Aber zumindest geht das nicht auf Adriáns Konto, seine Haftpflichtversicherung hat die letzten beiden Male noch nicht bezahlt.« Er winkte Roland zu, und die zwei gingen einige Meter weiter.

Ylva blickte auf Linnea hinunter. Die Arme krümmte sich auf dem Boden und heulte wie ein verwundetes Tier. So viel Schmerz, so viel Kummer und Hilflosigkeit! Die Frau tat ihr leid, denn sie wusste viel zu gut, was es hieß, abgewiesen und erniedrigt zu werden.

Ylva hockte sich neben sie und rief sie beim Namen. Linnea zischte und stieß sie von sich. Ihre Augen funkelten hasserfüllt. »Bleib mir bloß fern!«

»Linnea, ich ...«

»Du! Du, du, du! Ganz genau!« Sie schnappte nach Luft. »Alles nur deinetwegen! Du hast ihm den Kopf verdreht. Du versuchst, einen Keil zwischen uns zu treiben. Miststück!«

»Beruhige dich. Wir müssen hier weg, Conrad ...«

»Conrad gehört mir! Lass deine dreckigen Pfoten von ihm!«

Ylva seufzte. »Conrad gehört niemandem.« Sie knöpfte ihren neu gekauften Mantel auf, zog ihn aus und legte ihn Linnea um die Schultern. »Lass uns gehen.«

»Fass mich nicht an!« Linnea schlug Ylvas Hände beiseite und schüttelte sich, als hätte die Berührung sie angewidert. »Was findet er bloß an so einer erbärmlichen Kreatur wie dir? Womit hast du ihn hypnotisiert? Sag es mir!« Plötzlich glättete sich ihr Gesicht, die Züge wurden weich. Sie wischte die Tränen fort und richtete sich auf. Ein dünnes Lächeln huschte über ihre Lippen. »Was ist bloß in mich gefahren? Fast hätte ich vergessen, wer ich bin.«

Mit einem Ruck warf sie sich auf Ylva und riss sie um. Ylvas Hinterkopf prallte gegen den Boden, und für einen Augenblick glaubte sie, Sterne zu sehen. Diese Sekunde der Unachtsamkeit reichte aus. Linnea packte sie an den Haaren und presste sich ihr Gesicht zwischen die Brüste.

»Du bist es, die sich beruhigen soll, mein Kindchen. Ganz recht.«

Ylva roch den Schweiß und Linneas Duft, erstickte fast daran und versuchte, sich aus Linneas Griff zu winden. Vergebens. Ihre Bewegungen wurden schwerfällig, ihre Gedanken – träge. Sie kämpfte nicht mehr, sondern zuckte wie eine Fliege, die in einem Glas Sirup ertrank. Auf einmal wusste sie nicht mehr, warum sie sich wehrte, was überhaupt geschah. Nur, dass die Königin sie im Arm hielt und ihr Gnade versprach.

»Alles wird gut, mein Kleines«, zischelte es über ihrem Kopf. »Ich bin deine Königin. Dein Wohlergehen liegt mir sehr am Herzen. Ich werde dich retten, vor ... vor einem bösen, sehr bösen Mann, der es auf dich abgesehen hat. Vertraue mir.«

Ylva sog den Duft in sich ein. Immer tiefer, immer gleichmäßiger wurde ihr Atem. Ihr Herz hörte auf zu rasen. Unter dem Schleier der Benommenheit glaubte sie ihre eigene Verzweiflung zu erkennen, doch auch diese schwand, und zurück blieb allein der Frieden, mit dem die Königin sie beschenkte. Ein Name erglomm in ihren Gedanken – Conrad! – und verlor an Bedeutung.

Sie befand sich bei ihrer Königin, und die Königin liebte sie. Was brauchte sie mehr? Sie hatte sich doch so sehr gewünscht, geliebt zu werden. Von ... schon war ihr entfallen, wessen Liebe sie sich so ersehnt hatte. Nein, nicht entfallen, sondern wieder eingefallen: Linneas, natürlich. Nur das war wichtig.

»Hör mir zu, mein Mädchen.« Linneas süßliche Stimme floss durch ihr ganzes Wesen. »Du musst dich in Acht nehmen. Vor den Totenküssern. Ganz besonders vor

Conrad. Er ist gefährlich. Er will dir Böses. Hast du mich verstanden?«

Ylva nickte. »Ja, meine Königin.« Ihr Körper fühlte sich weich an, wie warmes Wachs. Sie konnte sich nicht mehr halten und hing schlaff in den Armen ihrer Gebieterin.

»Du musst dich von ihm fernhalten.«

»Ich muss mich von ihm fernhalten.«

Erst nach und nach kam wieder Kraft in ihre Gliedmaßen.

»Gut so, mein Kleines. Das machst du ganz brav.« Linnea ließ Ylva los und strich ihr das Haar aus dem Gesicht. »Wie gut, dass ich in der Nähe war und dich gewarnt habe. Sonst wärst du direkt in die Falle dieses Totenküssers getappt. Vergiss das nie! Ich habe dich gerettet.«

»Danke, meine Königin.«

»Und jetzt komm mit.« Sie zog Ylva an der Hand hoch, dann zur Tür und hinaus auf die Straße. Mit einer Geste deutete sie auf zwei Männer, die ein wenig abseits standen und etwas zu besprechen schienen. »Ich möchte wissen, worüber diese Bestie mit Roland redet. Kannst du ihn hören?«

Ihre Ohren zuckten. Ylva neigte den Kopf zur Seite und lauschte. »Ja, meine Königin.«

»Linnea kann sich nicht unter Kontrolle halten«, sagte Roland gerade. »Sie ist ein Metamorph, durch den Sex ist sie der Hexe verfallen. Wir müssen uns darum kümmern, dass es aufhört. Sonst sind wir nirgends vor dieser Mächtigen sicher.«

»Ich werde Sorge dafür tragen, dass Linnea nicht aus den Augen gelassen wird«, erwiderte der andere. Conrad. Der böse Mann.

»Das wird nicht ausreichen. Wenn wir aber ihr Seelentier …«

»Nein.«

»Aber …«

»Nein. Sie und ihre Metamorphe sind zurzeit ein Teil des Clans. Sie steht unter meinem Schutz, wie auch Sie, Roland, oder jeder andere, der zu uns gehört.«

»Sie ist eine falsche Schlange, wie oft hat sie schon versucht, uns auszulöschen?«

»Der Verlust seines Seelentiers ist für einen Metamorph schlimmer als der Tod. Nein, das kann ich nicht verantworten. Abgesehen davon: Wenn sie keine Königin mehr ist, werden die anderen ihr nicht mehr folgen. Und wir brauchen ihre Leute. So viele, wie es nur geht. Sonst können wir diesen Krieg nicht gewinnen.«

»Gut, es ist Ihre Entscheidung«, murrte Roland, hörbar verstimmt.

Ylva wiederholte das Gespräch, wie es ihr aufgetragen wurde. Die sorgenvolle Miene der Königin hellte sich auf. »Wie schön, auf Conrad ist immer Verlass, das wusste ich«, flüsterte sie und nahm Ylva wieder an die Hand. »Komm mit, lass uns ihn überraschen. Er wird sich bestimmt freuen, dich so gefügig kennenlernen zu dürfen.«

Ylva blinzelte irritiert. »Aber hast du nicht gesagt …«

»Keine Bange, ich bin bei dir. Ich passe schon auf, dass dir nichts geschieht. Du musst keine Angst haben.«

»Ich muss keine Angst haben«, sprach Ylva ihrer Gebieterin nach.

Je weiter sie ging, desto deutlicher spürte sie den Hauch des Todes, der die beiden Totenküsser umgab. Eine Gänsehaut breitete sich auf ihrem Körper aus, die Härchen auf ihren Armen stellten sich auf. Was für eine abscheuliche Kreatur war er! Linnea hatte Recht, sie musste auf der Hut sein.

Er sah sie. Die Strenge und die Sorge wichen aus seinem Gesicht, und er ging ihr einen Schritt entgegen. Ylva fauchte und wich zurück.

»Was ist passiert?«, fragte er und runzelte die Stirn. Erneut versuchte er, sich ihr zu nähern.

Ylva fletschte die Zähne. Knurrte. Der Wunsch, ihn zu zerfetzten, überkam sie. Wenn sie an seine Kehle käme, würde er ihr im Kampf sicherlich nicht lange standhalten …

*Wach auf!* Etwas Fremdes flüsterte in ihrem Kopf. Etwas, was sie nicht zuordnen konnte. Nein, sie musste die verräterische Stimme ersticken, die sie von ihrer Königin abbringen wollte.

»Tja, Conrad«, antwortete Linnea. »Habe ich dir nicht gesagt, du wirst ein wildes Tier nie zähmen können?«

Er kniff die Augen zusammen. Groll entstellte seine Züge. Ylva schnaubte. Jetzt zeigte die Kreatur wohl ihr wahres Gesicht!

»Was hast du mit ihr gemacht?«

»Nichts. Sie hat bloß erkannt, wer du wirklich bist. Da ist es nur natürlich, dass sie Angst vor dir hat.«

»Lass sie in Ruhe! Oder …«

»Na, na, na. Du willst mir doch nicht im Ernst drohen? Sonst wirst du dich noch wundern, wozu ich sie verleiten kann.«

»Was für ein Spielchen treibst du? Warum … warum tust du das?«

»Ganz einfach. Mich willst du nicht. Sie kriegst du nicht. Aber ich bin davon überzeugt, dass wir eine Lösung finden werden.« Ihre Stimme wurde weicher. »Du wirst noch verstehen, wo du hingehörst, Conrad. Wenn du brav bist, lasse ich dich sogar ein wenig mit ihr spielen.«

»Du kannst doch nicht …«

»Ach, hör auf. Du glaubst gar nicht, was ich alles kann. *Dear*.«

Fassungslos starrte er Linnea an. Dann schaute er zu Ylva. »Wir kriegen das schon hin, das verspreche ich dir«, flüsterte er.

In diesem Moment splitterte Glas. Etwas explodierte, und aus dem Laden schossen Flammen. Ylva fuhr herum. Auf den Dächern und der anderen Straßenseite bemerkte sie Silhouetten, die sich näherten.

»Smaragda!«, schrie Linnea aus Leibeskräften. »Meine Smaragda! Sie ist in dem Laden, sie wird verbrennen!«

Ylva wusste, was sie tun musste. Die Schlange der Königin retten. Um jeden Preis.

Sie stürmte auf die Flammen zu.

# Kapitel 18

»Ylva, nein!« Jemand packte sie an der Taille und hinderte sie daran, durch das zerbrochene Schaufenster ins Feuer zu steigen. Sie fauchte und kratzte über die Arme, die sie hielten. Doch der Griff lockerte sich nicht, sondern wurde noch fester. Conrad, diese verdammte Bestie! Die Tatsache, dass er sie anfasste und sie nichts dagegen unternehmen konnte, machte sie rasend. Genauso wie ihre Hilflosigkeit und die Vorstellung, der Kreatur schutzlos ausgeliefert zu sein. All ihr Toben, all ihre Wut waren vergeblich. Keuchend, bereits nach wenigen Sekunden des Kampfes erschöpft und mit klopfendem Herzen, hielt sie endlich still.

*Ich muss ihm fernbleiben … ich muss ihm fernbleiben …* Die Umgebung verschwamm vor ihrem Blick, Ylva musste sich konzentrieren, um die Umrisse auseinanderzuhalten. Auf dem Boden hockte die Ratte, wippte auf den Hinterbeinen, als wollte sie ihre Aufmerksamkeit erringen. Dann kletterte der Nager an ihrer Kleidung hoch, huschte hin und her, ohne Ruhe zu finden. Endlich fand das Tier auf Conrads Schulter Platz, von der aus es eindringlich zu fiepen begann. Der elende Verräter! Sie begann erneut, sich in Conrads Griff zu winden und um sich zu treten. Nicht um sich zu befreien – wie sinnlos das war, hatte sie bereits begriffen –, sondern um ihre Wut an ihm auszulassen.

*Wach auf!* Abermals durchfuhr der fremde Gedanke ihren Geist, diesmal noch intensiver als zuvor. Ylva verharrte auf der Stelle und lauschte in sich hinein. Alles, was sie tat, fühlte sich falsch an. So gezwungen. So ... als gäbe es eine andere Ylva, der all das widerstrebte, wozu ihre Instinkte – oder war es etwas anderes? – sie verleiteten.

»Bitte, komm endlich zu dir!« Der Kummer in der Stimme des Totenküssers spaltete ihren Verstand endgültig und weckte Gefühle, die sie vergessen hatte – vergessen sollte!

Ihr Blick wanderte zu ihrer Königin, die von dem anderen Nachzehrer gehalten wurde, wie wild zappelte und etwas brüllte, was man kaum noch verstehen konnte. Der Wind wehte ihren Duft herbei. Ylva sog ihn tief in sich ein und fand zurück zu ihrem Frieden, zu ihrem Selbst. Die Warnung fiel ihr wieder ein: Ein böser Mann ... Und eine andere Mahnung, die einst nicht minder eindringlich an sie gerichtet wurde: *Er ist dein Tod, Ylva. Dein Tod.*

Noch hielt der Totenküsser sie in den Armen, nicht mehr mit aller Gewalt, sondern wie etwas Kostbares und überaus Zerbrechliches. Ylva sammelte ihre Kräfte. Sie fuhr herum, soweit es ihr sein Griff erlaubte, packte ihn und biss ihm in den Hals. Auf der Zunge schmeckte sie Blut und nahm zum ersten Mal bewusst den Geruch seines Lebenssaftes wahr, der nur noch mehr Abscheu in ihr hervorrief. Der Totenküsser japste und ließ sie los. Ylva taumelte einige Schritte zurück. Sein Duft vergiftete alles ringsherum, das Blut schmeckte schimmelig, doch sie durfte ihre Pflicht nicht vergessen. Viel Zeit hatte sie nicht mehr. Ylva würgte und rang nach Luft, während sie benommen auf das Feuer zustakste, von einem einzigen Drang erfüllt: das Seelentier der Königin zu retten.

Aus dem Augenwinkel registrierte sie eine Flamme, die durch die Luft flog, ein flackerndes Lichtlein in der Dunkelheit. Erneut zerschellte Glas, diesmal wenige Meter vor ihr, und eine Feuerwand schoss in die Höhe. Hitze leckte an ihrem Gesicht, ein warmer Luftzug blies ihr Haar nach hinten, doch sie zwang sich, weiterzugehen, bis sie erneut zurückgezerrt wurde. Mit dem gleichen Ausruf: »Ylva, nein!« Von derselben Kreatur. Er wollte sie einfach nicht in Ruhe lassen, hinderte sie daran, ihre Pflicht zu erfüllen!

Silhouetten, in der Schwärze der Nacht verborgen, schlichen die Straße entlang. Noch griffen sie nicht an, doch Ylva konnte die bevorstehende Schlacht förmlich spüren. Der Hauch des Todes war so konzentriert, dass er alles wie mit einer gammeligen Schicht zu bedecken schien. Der Wunsch, sich zu putzen, sich in einer dunklen Ecke zu verkriechen und dieses beklemmende Gefühl abzustreifen, überkam Ylva. Aber es waren auch Menschen, die sie umzingelten, viele Menschen.

Linnea schrie nach ihrem Seelentier, weckte mit ihrem

Geheul die Bewohner der anliegenden Häuser. In einigen Fenstern gingen die Lichter an. Dann fiel der erste Schuss.

Ylva wurde herumgerissen und registrierte nur, wie Conrad zusammen mit ihr in die Deckung eines Autos sprang, das am Straßenrand parkte. Der Ruck verschlug ihr den Atem. Sie wurde grob zu Boden gedrückt, das Gesicht dicht am Asphalt, und musste den Gestank der Großstadt schlucken. Roland brachte indes sich und Linnea hinter einem anderen Wagen in Sicherheit. Er zeigte seinen ganzen Körpereinsatz, um die tobende Frau, die nur die Flammen im Blumenladen wahrzunehmen schien, zu halten.

Die Tür des Transporters, der einige Meter weiter entfernt stand, ging auf, und Alba lugte hervor. »Was ist hier los?«

»Bleib, wo du bist!«, rief Conrad ihr zu, als ein ohrenbetäubender Knall seine Worte zerfetzte. Die nächste Kugel schlug in die Scheibe ein und verfehlte die junge Frau nur knapp. Sofort verschwand Alba in der Fahrerkabine. Im Blumenladen platzte etwas und klirrte. Die Flammen knisterten wütend und loderten empor. Gierig verschlangen sie alles, was sie nur zu fassen bekamen. Die Hitze zerfraß das Holz und versengte die Pflanzen, die rußten, einknickten und schrumpelten.

Linnea rollte sich auf dem Boden zusammen, heulte und zischte, als würde das Feuer auch ihren Leib verzehren. Fassungslos starrte Ylva ihre Königin an. Sie spürte den Schmerz, der die Frau marterte, wie ihren eigenen.

Sie hatte versagt, ihre Gebieterin im Stich gelassen und deren Seelentier dem Feuer überlassen.

Und alles wegen dieses Totenküssers! Hass brodelte in ihr auf. Sie sprang auf, doch Conrad riss sie am Arm hinunter, womit er ihr fast die Schulter ausgekugelt hätte.

»Bringen Sie die Frauen in Sicherheit«, befahl er Roland und warf ihm die Schlüssel des Transporters zu. Der Bund schlitterte über den Boden und blieb neben dem Schuh des Teenagers liegen. »Ich muss versuchen, unsere Angreifer zu beschäftigen.«

Roland linste über das Heck des Wagens hinweg auf die Straße, an der sich immer mehr von den Gegnern sammelten. »Es sind zu viele.«

»Ich habe auch nicht gesagt, dass ich sie aufhalten kann. Es kommt nur auf ein paar Minuten an, damit Sie einen Vorsprung haben.«

Roland schnaubte. Sein molliges Gesicht wirkte schlaff wie ein Ballon, dem unmerklich die Luft entwich. »Also Selbstmord uns zuliebe? Hören Sie …«

»Nein, Sie hören mir zu. Ich übergebe Ihnen die Verantwortung für die Frauen, ganz besonders für Ylva. Es ist von höchster Bedeutung, dass sie nicht in feindliche Hände gerät. Haben Sie mich verstanden?«

»Vorsicht, hinter Ihnen!«

Conrad fuhr herum, gerade in dem Moment, als zwei Halbstarke sich auf ihn stürzen wollten. Er wich der Faust mit dem Schlagring aus, duckte sich unter einem Messer hindurch und schleuderte einen der Angreifer von sich, bis ins Schaufenster des Blumenladens. Die

Jacke des Jungen fing Feuer. Er warf sich zu Boden und wälzte sich umher, um die Flammen zu ersticken. Der andere Junge, der ihm zu Hilfe eilen wollte, schrie auf und begann wild um sich zu schlagen. Aber nicht, um Conrad zu treffen, sondern ... um etwas abzuschütteln. Eine Ratte. Sie war ihm ins Gesicht gesprungen und hatte sich in seine Nase verbissen. Mit einer raschen Bewegung schlug Conrad den Typen k.o.

»Na los! Sie haben nicht viel Zeit«, spornte er Roland an. »Und machen Sie sich keine Sorgen um mich, so leicht bin ich nicht zu kriegen. Außerdem wird Adrián jede Minute hier sein, er war schon unterwegs, um seine Großnichte abzuholen. Die anderen aus dem Clan habe ich ebenfalls informiert, vielleicht ist jemand in der Nähe. Also fort mit Ihnen!«

Vier weitere Gestalten rückten an, andere eilten bereits zur Verstärkung herbei. Ylva sprang auf die Beine, bereit, ihre Königin bis zuletzt zu verteidigen. Während sie Schläge parierte und auch selbst austeilte, hörte sie durch das Keuchen und Fluchen ihrer Feinde das verstörte Winseln ihrer Gebieterin: »Smaragda! Smaragda, Smaragda ...«

Unaufhörlich rief Linnea ihre Schlange, starrte blind ins Feuer, das im Laden tobte. Ylva musste sich immer wieder zwischen sie und die Angreifer werfen, um ihre Königin, die sich der Gefahr nicht bewusst zu sein schien, zu beschützen. Die Gesichter der Feinde wechselten, fügten sich zu einer unendlichen Reihe blutiger und verzerrter Fratzen. Ylva schlug und trat um sich und bekam auch selbst einiges ab, schmeckte ihr eigenes Blut, hinkte und spürte bei jeder Bewegung ein schmerzhaftes Stechen in der linken Seite.

In einer unerwarteten Verschnaufpause lief sie zu ihrer Königin. Ylva wollte die Frau aufheben und fortschleppen, aus dem Kampf, weg von den Totenküssern, als ein Zittern Linneas Körper durchlief. Jeder Muskel versteifte sich. Mit aufgerissenen Augen und halb geöffnetem Mund, aus dem Speichel tropfte und ihr die Wange herablief, verharrte die Schlangenfrau. Nur ihr Röcheln deutete darauf hin, dass in diesem Leib noch Leben steckte.

»Meine Königin!« Ylva hockte sich vor ihr hin und strich ihr zärtlich über den Kopf. Dann verdrehte Linnea die Augen, und ihr Körper erschlaffte.

»Ich brauche Hilfe!«, schrie Ylva auf. »Meine Gebieterin … sie …«

Roland tauchte neben ihr auf. Er hievte die Frau auf die Arme und hetzte davon. Ylva sah sich um, überrascht, noch nicht angegriffen worden zu sein. Es war Conrad, der für die Ruhepause sorgte. Er drängte die Angreifer zurück, zwang sie, sich nur auf ihn zu konzentrieren. Denn es bedurfte nur einer Sekunde der Unachtsamkeit, und schon lag ein weiterer Körper mit verrenktem Hals zu seinen Füßen.

Ylva gab sich einen Ruck und lief Roland hinterher, folgte ihrer Königin, obwohl sie den Drang verspürte zu bleiben. Ihre Beine trugen sie davon, während widersprüchliche Gefühle ihre Seele zu zerreißen drohten. Einerseits musste sie fort, zu ihrer Gebieterin. Andererseits wollte sie bleiben, bei Conrad, und wenn es ihr Tod sein sollte, dann würde ihr letzter Atemzug ihm gehören.

Rolands Fluchen, als er von vier Gestalten attackiert wurde, verleitete Ylva dazu, ihm zu Hilfe zu eilen. Mit Linnea in den Armen, waren seine Verteidigungsmöglichkeiten mehr als eingeschränkt. So war es Ylva, die ihm den Weg zum Transporter freikämpfte. Als sie die Tür aufmachte, sah sie Alba unter dem Armaturenbrett kauern.

»Was ist hier los?«, stammelte die junge Frau und umklammerte eine Pistole mit zitternden Händen.

Niemand antwortete ihr, vermutlich, weil sie auch keine Antwort brauchte. Was ringsherum geschah, war mehr als eindeutig.

Irgendwo ertönte eine Sirene. In der Dunkelheit blinkte ein Blaulicht. Wenige Sekunden später schoss ein Polizeiauto an ihnen vorbei und bremste ganz in der Nähe.

»Gott sei Dank«, flüsterte Roland und legte Linnea hinten im Transporter ab. »Vielleicht verscheucht das die Meute und wird Conrad retten.«

Doch die Angreifer machten keinen Halt vor den Gesetzeshütern und gingen unvermittelt auf die Beamten los. Zwei der Gestalten schlugen auf das Auto ein, bald hasteten ihnen weitere Komplizen zu Hilfe. Voller Wut bearbeiteten sie die Scheiben und das Blech, zerschmetterten die Scheinwerfer und stachen mit Messern auf die Reifen ein. Wie Ameisen um die Beute scharten sie sich um das Auto, kletterten auf das Dach, die Motorhaube und den Kofferraum.

Roland schüttelte nur fassungslos den Kopf. Als er in die Fahrerkabine einsteigen wollte, tauchte ein Jugendlicher mit einem Schlagstock vor ihm auf. Mühelos wich Roland dem Hieb aus. In derselben Sekunde schnellte aus seiner Handfläche das Jo-Jo und traf den Gegner mitten an der Stirn. Der Kerl lag schon am Boden, als Roland mit dem Fuß ausholte. Ylva hörte die Knochen splittern, fühlte sich aber zu Mitleid oder Hass außerstande. Alle ihre Empfindungen waren abgestumpft, taub. Nicht einmal bei dem Gedanken an ihre Pflichten gegenüber der Königin regte sich etwas in ihr. Ohne große Verwunderung stellte sie fest, wie egal es ihr plötzlich geworden war, ob Linnea noch lebte.

Roland schlüpfte in die Kabine, startete den Motor und fuhr an. Jemand sprang auf die Haube und hielt sich am Auto fest. Ein Nachzehrer, das spürte Ylva deutlich. Der Mann holte aus und schmetterte die Faust gegen die Scheibe. Risse liefen über das Glas. Roland trat auf das Gaspedal, beschleunigte und versuchte, den Typen abzuschütteln. Vergebens.

Beim nächsten Hieb splitterte die Scheibe. Der Mann griff nach dem Lenkrad.

»Hier!«, keuchte Alba und drückte Ylva die Pistole in die Hand. »Hab ich im Handschuhfach gefunden.«

Ylva hob die Waffe und zielte dem Widersacher mitten ins Gesicht. Ohne zu zögern, drückte sie ab. Der Knall betäubte ihre empfindlichen Ohren. Das Blut spritzte. Der Mann blieb schlaff am Auto hängen, mit dem Oberkörper in die Kabine gelehnt.

»Schnallt euch an, verdammt nochmal!«, befahl Roland, während er weiterhin auf das Gaspedal drückte.

Ylva suchte nach dem Gurt und legte ihn an. Alba tat es ihr gleich. Roland trat auf die Bremse, und der tote Körper rutschte unter das Auto. Als der Nachzehrer wieder Gas gab, holperte der Wagen über den Leichnam. Sie rasten weiter, und es gab niemanden, der sie aufzuhalten versucht hätte.

Nach einigen Minuten ohne jegliche Verfolger atmete Ylva auf. Und hielt sogleich inne. Ihre Ratte! Verdammt, wo war ihr Seelentier? Sie versuchte, sich daran zu erinnern, wo sie es zuletzt gesehen hatte. Bei Conrad. Ja, jetzt fiel es ihr ein. Auf dem Weg zum Transporter hatte sie sich noch einmal umgedreht, sah ihn kämpfen und bei ihm – den Nager.

Nein, der Fellnase ist nichts passiert, redete Ylva sich ein. Sie würde es doch spüren, stieße dem kleinen Rabauken tatsächlich etwas zu. Wie Linnea den Tod ihrer Schlange gespürt hatte.

Der Name der Königin weckte Widerwillen in ihr, Bedauern, in diesem Augenblick einen Gedanken an sie verschwendet zu haben. Zwar fühlte Ylva immer noch eine gewisse Verpflichtung ihr gegenüber, aber der Drang, den Befehlen bedingungslos Folge zu leisten, nahm ab. Wenn sie die Augen schloss, dann sah sie nicht ihre Gebieterin – wie lächerlich das Wort auf einmal klang! –, sondern Conrad, seine schmale Gestalt, von Feinden umzingelt und doch unbezwungen.

Conrad … Stumm wiederholte sie seinen Namen, immer und immer wieder. Conrad. Wie konnte sie ihn allein lassen? Wie kam es dazu, dass sie ihn so sehr hassen, ihn verabscheuen musste? Das vermochte sie sich nicht zu erklären, aber nun hasste und verabscheute sie sich selbst für das, was sie getan hatte.

Ylva registrierte kaum etwas von der Fahrt, während sie in Gedanken die letzten Szenen zwischen ihr und Conrad rekapitulierte. Sie hatte ihn geschlagen und gebissen, sie hatte ihn töten wollen, obwohl er alles daransetzte, ihr das Leben zu retten. Mal wieder.

Was war bloß in sie gefahren? Wenn sie noch weiter zurückdachte, kamen ihr keine Bilder mehr in den Sinn, sondern ein Duft. Linneas Duft.

Ylva schloss die Lider und stöhnte. Nein, das konnte unmöglich wahr sein! Hatte die Schlangenfrau sie tatsächlich mit ihrem Geruch benebelt, sie dazu gebracht, Conrad zu hassen? Tränen sammelten sich in ihren Augen. Wie stark waren ihre wahren Gefühle für ihn tatsächlich, wenn sie diese so leicht vergessen konnte? Zwar beteuerte sich Ylva inbrünstig, es sei ihr unmöglich gewesen, sich gegen Linneas Macht zu wehren, und vielleicht hätte sie damit jemand anders überzeugen können, ob Roland oder Alba, aber nicht sich selbst.

Nur nebenbei bemerkte sie, wie Roland nach einer Weile vor einem schmiedeeisernen Tor anhielt, etwas in eine Gegensprechanlage sagte und Einlass erhielt. Langsam steuerte er den Wagen auf das Grundstück, das einem Märchenland glich. Weihnachtsmannfiguren, Schlitten und Rentiere, alle lebensgroß, schmückten den Rasen. Unzählige Lichter und Lichterketten erhellten die Fläche, als wetteiferten sie mit dem Morgengrauen.

Ylva stieg aus. Linnea konnte noch immer nicht selbstständig gehen, so trug Roland sie zu der Villa, deren Fenster mit Lichterbögen und Leuchtbildern geschmückt waren. Zwei Löwen aus Stein, jeweils mit einem Schild in den Pfoten, bewachten die Treppe. Ylva entzifferte die drei Buchstaben: M. N. R., und ihr wurde schwer ums Herz. In Gedanken sah sie, wie Conrad auf das Alphabet zeigte und geduldig erklärte: »M – wie Mond, N – wie Nacht.« Dabei musste es heißen: M – wie miese Verräterin, N – wie Nichtsnutz, der andere im Stich lässt.

Alba lief an ihr vorbei und zog mühsam die schwere, mit aufwendigen Schnitzereien verzierte Tür für Roland auf. In der großen Eingangshalle erstrahlte ein Kronleuchter unter einer kuppelähnlichen Freskendecke. Der blankpolierte Boden ähnelte der Oberfläche eines Spiegels. Auf der Galerie der zweiten Etage erschien Maria. Sobald sie die Besucher erblickte, kam sie eine der Treppen herab, die in einem Halbbogen nach unten führten.

»Was um Himmels willen ist passiert?«, fuhr sie den Nachzehrer an, doch Ylva entging nicht, wie die Untote mit ihrer ruppigen Art die eigene Angst zu kaschieren versuchte.

Roland legte Linnea auf dem Boden ab und schilderte in knappen Worten die Situation. Maria hing an seinen Lippen, und als er die Erzählung beendete, war ihre Niedergeschlagenheit nicht mehr zu übersehen.

»Was sollen wir jetzt bloß tun?«, hauchte sie und ging

auf und ab, mit ruckartigen, hektischen Bewegungen. »Verflucht, wir hätten es wissen müssen! Wir hätten …« Sie verstummte und biss sich auf die Unterlippe.

»Kannst du Conrad mental erreichen?«, fragte Roland. »Ich nämlich nicht, aber vielleicht hast du einen besseren Kontakt zu ihm.«

Maria hielt abrupt an und konzentrierte sich. Ihr Blick wurde glasig, die Pupillen winzig klein im Eis der Iris. Nach quälend langen Minuten tauchte sie aus ihrer Trance auf und schüttelte den Kopf. »Es ist nicht nur so, dass er nicht antwortet, sein Âjnâ ist blockiert. Er hat jegliche Verbindung gekappt.«

Rolands Gesicht wurde noch bleicher. Als er sich über die Stirn rieb, bemerkte Ylva, wie seine Hände zitterten. »Das ist nicht gut.«

»Nein. Aber … aber das hat noch nichts zu bedeuten! Vielleicht … vielleicht ist er …« Maria beendete ihren Satz nicht, als fiele ihr plötzlich nichts mehr ein, senkte die Arme und wandte sich ab.

Wie eine Betrunkene torkelte Ylva zur Treppe und ließ sich auf den kalten Stufen nieder. Am liebsten hätte sie ebenfalls jegliche Verbindung zur Außenwelt gekappt. Ihr Geist war wie erstarrt, und sie verschanzte sich hinter der Taubheit ihrer Sinne, weigerte sich, irgendetwas zu empfinden, um nicht Amok zu laufen.

Nach und nach tauchten in der Villa einige Nachzehrer auf, auch Metamorphe kamen herein. Diese scharten sich um Linnea, die wie ein misshandeltes Kind mit angezogenen Beinen dalag und leise vor sich hin wimmerte. Ihre Untertanen tuschelten, blieben jedoch bei ihrer Königin. Sie mussten es tun, konnten sich aber nach und nach immer weniger erklären, warum. In ihren Gesichtern stand Verunsicherung geschrieben, als würden sie sich fragen, aus welchem Grund die Frau, die am Boden lag, ihnen wichtig sein sollte. Was sie alle hier überhaupt taten. Wer sie überhaupt waren. Zwischen den Versammelten bemerkte Ylva auch Micaela.

Als Letzter kam Adrián. Zerrauft und blutig vom Kampf, mit einem Einschussloch in der Schulter. Ylva sprang auf und stürzte auf ihn zu. So viele Fragen brannten ihr auf der Seele. Was war mit Conrad? Wo war er? Ging es ihm gut? Doch sie brachte keine einzige davon über die Lippen. Ihre Kraft reichte bloß für einen Namen, einen schwachen Hauch, der ihr entwich: »Conrad?«

Der Nachzehrer starrte auf die schwarz-weißen Fliesen unter seinen Füßen. »Er wird nicht zurückkommen. Sie haben ihn.«

# Kapitel 19

Ylva wusste nicht, ob sie erneut in eine Trance gefallen war, unfähig, diese abzuschütteln. Als die Leere ein kleines Stück zurückwich und sie sich dazu bereit fühlte, weiter zu … funktionieren, schienen Stunden vergangen zu sein.

Linnea lag weiterhin auf dem Boden und wimmerte wie jemand, der im Schlaf von einem Alptraum geplagt wurde. Ylva empfand Mitleid mit der Frau, aber keinerlei Bindung an sie oder die Gemeinde. Beides war ihr fremd geworden, als hätte sie niemals dazugehört, und dennoch spürte sie eine Art Sehnsucht, einen verwirrenden Wunsch, irgendwohin zu gehören … jemandem zu gehorchen.

*Du hast deine Königin verloren. Sie ist nichts ohne ihr Seelentier. Und du bist nichts ohne sie.*

*Wer sagt das?*

Einige Metamorphe waren gegangen, die anderen lümmelten herum, verstört, ziellos, bange. Eine weiße Zwergziege mit braunen Flecken kaute an einer Samtgardine, Micaelas Katze kauerte neben der Tür und fauchte lustlos eine Meise an, die ab und zu an ihr vorbeihüpfte. Überreste der Hamburger Metamorph-Gemeinde. Eine

Handvoll Seelentiere, die nicht gerade für eine große Schlacht geschaffen waren.

»Wir müssen los. Komm mit.«

Ylva löste ihren Blick von der Ziege, die von der einen Gardine abgelassen hatte, um eine weitere zu kosten, und schaute hoch zu Micaela. Doch es fiel ihr schwer, die Frau anzuvisieren, denn die Umrisse verschwammen, die Welt löste sich auf. »Wohin?«

Ein Wort, und schon schien sie all ihre Energie ausgehaucht zu haben. Es musste eine Trance sein, vielleicht stand sie noch unter dem Einfluss von Linneas Duft, vielleicht bildete sie sich all das nur ein. Sie müsste sich nur zusammenreißen, sich aufbäumen und gegen die Hypnose auflehnen, um alles wie früher vorzufinden: den Blumenladen, Conrad und ihren kleinen pelzigen Freund, der auf ihre Schulter krabbeln und von seinem Lieblingsplätzchen aus vergnügt quieken würde.

»Ich bringe dich hier weg. Die Gemeinde zerfällt. Genauer gesagt: Ohne die Königin gibt es sie nicht mehr. Die Jäger sind bereits gegangen.« Micaela schnaubte verächtlich. »Allein die Nichtsnutze haben noch nicht kapiert, dass es vorbei ist.«

Sich auflehnen. Sie musste alles geben für diesen einen, letzten Ruck, der sie aus diesem Horror herausreißen würde. »Du hast meine Frage nicht beantwortet. Wo willst du hin?«

»Wir suchen uns eine neue Gemeinde und bitten die Königin um Aufnahme. Mit dem Initiationsritual bekommen wir ein neues Zuhause. Mach dir keine Sorgen.

Jede Gemeinde braucht gute Jäger, wir werden nicht die Rangniedrigsten sein.«

Sich auflehnen. Ylva schloss die Lider, um sie eine Sekunde später erneut aufzureißen. Die Welt gewann wieder an Konturen. Sie sah Micaela, Linnea, die Ziege ... nur nicht den Blumenladen und Conrad. *Er wird nicht zurückkommen. Sie haben ihn.*

*Nein. Er wird zurückkommen.* Nur musste sie dafür sorgen. »Ich wünsche dir viel Glück.«

»Du kommst nicht mit? Ylva, ohne Gemeinde kann kein Metamorph lange überleben.«

*Lange brauche ich auch nicht zu überleben.* Ylva spürte, wie sie lächelte. *Nur, bis ich Conrad gerettet habe.*

»Ylva ...«, begann Micaela erneut. Ihre Stimme verströmte Bitterkeit. »Du verstehst nicht, wir brauchen eine Gemeinde, eine Königin ... eine vernünftige Königin.«

*Ich brauche Conrad. Ich brauche ihn zurück.* Aber es war nichts, was sie einer Fremden hätte erklären können. Deshalb sagte sie nur: »Geh, wenn du gehen musst«, und lauschte in die Stille des Hauses. Aus einem der Räume vernahm Ylva die Stimmen der Nachzehrer: Roland, Maria und Adrián. Gut. Sie musste mit ihnen reden, herausfinden, was die Totenküsser zu unternehmen gedachten.

Micaela hockte sich vor sie und senkte die Stimme. »Hör mir zu. Du bist in großer Gefahr. Dieser Messias will dich um jeden Preis haben. Du darfst nicht in Hamburg bleiben, du musst unbedingt fort, sonst wird er dich kriegen!«

»Das ist jetzt nicht wichtig.«

»Nicht wichtig?« Die Jägerin schnaubte. »Hast du eine Vorstellung davon, was ich getan habe, um dir zu helfen, um dich dieser …« Ihr Blick schweifte zu Linnea. »… dieser Verrückten zu entreißen? Damit du überhaupt eine Chance bekommst zu überleben? Ich bin deine Tante, ich bin hier, um dich zu retten!«

Ein junger Metamorph mit schwarzen Locken löste sich von dem Grüppchen und kam auf sie zu. »Wirklich? Früher warst du nicht sonderlich nett zu ihr, als sie noch geistesgestört durch den Pesthof kroch.«

Micaela fuhr herum und fauchte ihn an. Doch er kuschte nicht vor ihr, bis die Jägerin von ihr abließ und sich wieder an Ylva wandte, die teilnahmslos die Szene beobachtet hatte.

»Verteufle mich, wenn du willst. Ich musste schreckliche Dinge tun, das gebe ich zu. Aber du weißt selbst, wozu Linnea einen zu zwingen vermag. Ich war zu schwach, ich hatte keine Wahl.« Ihre Augen schimmerten verdächtig feucht. Sie rückte noch näher heran, so dass nur Ylva sie hören konnte. »Ich bereue jede Minute, die ich in der Gemeinde verbracht habe. Aber nun habe ich uns befreit.«

»Befreit?« Ylva wusste nicht, ob sie der Frau glauben durfte, aber das war ihr auch egal. Ihr Entschluss stand fest.

»Ich musste auf eine List zurückgreifen. Selbst konnte ich nichts unternehmen. Linnea hätte mich daran gehindert. So habe ich Stella dazu angestiftet, die Schlange zu töten. Ohne Seelentier – kein Metamorph und keine Macht. Stella wird mich jagen, sobald sie begreift, dass ich sie reingelegt habe. Aber damit werde ich schon fertig.«

»Deine Mühen waren leider umsonst. Ich bleibe hier.«

Ylva stand auf und wandte sich zum Gehen, als Micaela sie an der Schulter packte. »Was ist mit dir los? Denk doch an all deine Probleme! Hast du schon vergessen? Ich kann dich zu deinem Vater bringen. Ich biete dir eine Gelegenheit, mit deiner Vergangenheit abzuschließen und ein neues Leben anzufangen! Du wirst endlich ...«

Müde schob Ylva die Hand fort. »Meine Probleme müssen warten. Denn Conrads sind um einiges dringender.«

Micaela hob den Arm, in einem neuen Versuch, sie aufzuhalten. Ylva fletschte die Zähne, fuhr herum und schnappte nach der Jägerin. Sie erwischte den Daumen. Die Frau schrie auf, buckelte und sprang zur Seite. »Bist du verrückt?«, fauchte sie.

»Ja. Das sollte für dich kein Geheimnis sein.« Ylva lief an der Treppe vorbei zu dem Raum, aus dem sie kurz zuvor die Stimmen gehört hatte. Ihr Herz hämmerte. Sie hatte die Jägerin herausgefordert. Würde sie einen Kampf überstehen, sollte es dazu kommen?

»Ylva, bitte!«, hallte Micaelas Ruf ihr nach, verzerrt und voller Kummer. Alles nur gespielt? Oder doch echt, jetzt, da Linneas Macht über die Gemeinde schwand, da jeder endlich so sein konnte, wie er wirklich war? »Ylva! Was willst du denn tun?«

Sie antwortete nicht, weil sie nichts zu antworten

wusste. Denn ihr Verstand beteuerte unentwegt, es gäbe nichts, was sie tun könnte. Aber wenn sie nichts tat, wenn sie nichts versuchte, würde sie aufhören zu existieren.

Lautlos näherte sie sich der Tür, öffnete sie einen Spaltbreit und blieb auf der Schwelle stehen, da sie plötzlich realisierte, was sie da gerade machte. Wie sicher war sie noch bei den Totenküssern, wenn Conrad keinen mehr davon abhalten konnte, ihr etwas anzutun? Die womöglich ihr die Schuld an der Gefangennahme ihres Oberhauptes gaben? Dabei lägen sie gar nicht so falsch, denn auch sie machte sich Vorwürfe. Wäre sie bei Sinnen gewesen, wäre …

Ylva ballte die Hände. Keine Zeit für Wäre-Hätte-Spielchen. Was passiert war, konnte sie nicht mehr ändern, aber vielleicht das, was noch passieren würde. Sie beschloss, vorerst nur zu lauschen und zu beobachten, bevor sie hereinplatzte, dazu noch ohne jeglichen Plan. Ihr Auftauchen an der Tür blieb unbemerkt.

Die Totenküsser machten einen nicht minder ziellosen und verstörten Eindruck als die verwaisten Metamorphe. Dieser Anblick rührte Ylva. Denn wie verschieden waren sie schon, die zwei unterschiedlichen Spezies? *Wir verleugnen es,* hätte sie ihnen gern gesagt, *aber wenn uns der Boden unter den Füßen weggezogen wird, erinnern wir uns daran, menschlich zu sein.*

»Was wollen wir denn jetzt unternehmen?«, fragte Roland, anscheinend nicht zum ersten Mal. Niemand antwortete. »Was wird der Clan tun?«

Mit beiden Händen stützte sich Maria an einem Ledersessel ab, als wäre es ihr unmöglich, ihr eigenes Gewicht zu tragen. »Welcher Clan? Die meisten haben uns schon vorher verlassen, und jetzt geht der Rest.«

»Der harte Kern wird immer bleiben. Wir gehören zusammen. Wir sind der …«

»Ohne Conrad kann es keinen Clan geben. Du sprichst vom harten Kern, aber wie viele Leute sind das schon? Und die anderen werden wir nicht halten können, sie verlassen uns wie die Ratten das sinkende Schiff.«

Gedankenverloren rieb Adrián mit dem Zeigefinger über den Marmorsims des Kamins. »Also aufgeben?«

Maria hob die Schultern. »Ich denke, die ganze Sache war von Anfang an aussichtslos. Was haben wir uns dabei gedacht, gegen eine Mächtige kämpfen zu wollen? Die Welt retten. Als ob diese Welt gerettet werden will!«

»Aber Conrad …«, warf Roland ein und verstummte.

»Ja, Conrad hätte es vielleicht gekonnt. Er hätte uns angeführt, und womöglich hätten wir eine Chance gehabt, weil er im entscheidenden Moment ein Ass aus dem Ärmel gezaubert hätte. Aber kannst du das, was Conrad konnte? Ich nicht.«

Ylva erinnerte sich an sein Gespräch mit Evelyn. Er hatte die Hexe auf seine Seite gezogen. War diese Mächtige sein Ass?

»Wenn er tot ist, wird er doch wiederkehren«, meinte Adrián, obschon seiner Stimme einiges an Überzeugung fehlte. »Er ist ein erfahrener Nachzehrer.«

Maria schlug auf die Rückenlehne des Sessels ein.

Etwas brach im Inneren des Möbelstückes, das Leder riss, und die Knöchel der Totenküsserin färbten sich blutig. »Wiederkehren? Wann? In ein paar Wochen? In einem Monat? Und der Messias mit seinen Schergen wird einfach warten, bis es so weit ist? Nein! Er wird uns alle vernichten, einen nach dem anderen. Conrad war es, der uns Stärke gegeben hat, der immer einen klaren Kopf bewahren konnte. Der Einzige, der dem Messias gewachsen war.« Sie stöhnte, ermattet und ausgelaugt, beugte sich mit dem Oberkörper über die Sessellehne und vergrub die Hände in ihrer schwarzen Mähne.

Wieder legte sich Stille über den Raum. Keiner rührte sich, nur Adrián rieb weiterhin an einem imaginären Fleck, mit einer Verbissenheit, als wolle er ein Loch in den Stein scheuern.

Roland schnaubte. »Ihr wollt tatsächlich alles hinschmeißen? Hat sich Conrad etwa für einen Haufen Jammerlappen geopfert? Mann, wenn er wüsste …«

Adrián verzog das Gesicht und warf ihm einen finsteren Blick zu. »Willst du die Führung übernehmen? Nur zu.«

»Wir müssen einfach nur durchhalten, bis er aufersteht. Das kriegen wir doch hin, oder? Du und Maria, ihr könnt so lange die Leute bei Laune halten, sie motivieren, ihnen Hoffnung machen!«

»Wie soll das gehen?«, flüsterte Maria. »Wie kann ich jemandem Hoffnung machen, wenn ich selbst keine habe? Was, wenn der Messias und seine Meute Conrad verhungern lassen und er gar nicht aufersteht? Was, wenn sie ihn lange genug gefangen halten, bis wir endgültig zerschlagen sind? Glaub mir, dieser Erlöser hat sich Conrad nicht umsonst geschnappt. Er wusste, dass er uns damit einen Schlag versetzt, von dem wir uns nicht wieder erholen werden. Es ist vorbei.«

Ylva hielt den Atem an. Nein, sie durften nicht kapitulieren. Sie durften Conrad nicht aufgeben!

Rolands Stimme überschlug sich. »Wir müssen doch einfach …«

»… Conrad zurückholen!«, rief Ylva aus, ohne ihr Leid länger in sich verschließen zu können.

Alle Blicke wandten sich ihr zu. Adrián hörte auf, an dem Marmor zu rubbeln. Maria hob den Kopf und blies sich eine Haarsträhne aus dem Gesicht.

»Natürlich. Warum haben wir nicht früher daran gedacht?« Sie verdrehte die Augen. »Wir können ihn nicht orten, sein Âjnâ ist blockiert. Wenn du nicht gerade einen heißen Tipp hast, wo der Messias ihn festhält, ist diese Unterhaltung hier ziemlich müßig.«

Nein, einen Tipp hatte sie nicht. Auch keinen Plan und noch weniger Ahnung von all dem, was geschah.

»Moment mal.« Adrián trommelte mit den Fingern auf den Sims. »Wie genau funktionieren eigentlich diese Metamorph-Visionen?«

»Überhaupt nicht genau«, antwortete Maria ihm, während Ylva nur mit den Schultern zucken konnte. »Soweit ich weiß, bekommen die Biester welche, wenn einer von uns einen von ihnen angreift oder angreifen will. Aber zum einen denke ich nicht, dass Conrad eine Gelegenheit erhält, einen Metamorph anzufallen. Und zum anderen – wer weiß schon, wer dann diese Vision hat. Falls überhaupt.«

Ylva hielt inne. Es war, als hätte jemand – der Dämon! – ihr einen Stoß versetzt. *Die Ratte!*

»Die Ratte?«, stammelte sie und versuchte zu begreifen, was das zu bedeuten hatte, wie ihr Seelentier ins Bild passen sollte. »Die Ratte …«

»Ist alles in Ordnung?«, fragte Roland.

»Natürlich, die Ratte!«, keuchte Ylva. »Sie war bei ihm. Vielleicht ist sie das immer noch. Wenn ich mit ihr verschmelze, kann ich herausfinden, wo Conrad festgehalten wird.«

Stumm fügte sie hinzu: *Danke!* Mit aller Inbrunst, zu der sie noch fähig war. Doch der Dämon antwortete nicht. Stattdessen meldete sich ihr Gewissen: Hast du nicht beteuert, die Fellnase wäre dein Freund? Hast du nicht geschworen, ihn nicht auf diese Weise auszunutzen? Und jetzt bist du bereit, seinen Geist zu brechen, ihn dir zu unterjochen …

Maria räusperte sich. »Ich weiß nicht, ich traue dem Braten nicht. Wie hoch stehen die Chancen, dass die Ratte wirklich noch bei ihm ist? Ein Seelentier und ein Nachzehrer – ich bitte euch! Und was ist mit dem Dämon, der dann in dem seelenlosen Körper bleibt und ihn womöglich übernimmt? Mal ehrlich, wir haben schon genug Probleme. Und … warum sollten wir überhaupt einem Metamorph so vertrauen? Wer versichert uns, dass es keine Falle ist?«

»Niemand«, antwortete Ylva und suchte in ihrem Inneren nach dem Dämon. *Hast du mich darauf gebracht, damit du meinen Körper vollends übernehmen kannst? Damit ich vielleicht gar nicht mehr zurückkann?*

Kein Hauch von einem fremden Willen. Das Ding hielt sich versteckt. Sie seufzte. Was sollte sie bloß tun? War es wirklich die einzige Möglichkeit, Conrad zu finden? Rechtfertigte seine Rettung die Gewalt gegen ihren kleinen Freund? Und was, wenn es für sie keinen Weg zurück in den eigenen Körper gäbe?

»Conrad hat ihr vertraut«, sagte Adrián. »Mir reicht das als Argument aus.«

»Mir ebenfalls«, bestätigte Roland und stellte sich neben Ylva.

»Nun gut«, willigte Maria ein. »Dann könnt ihr das meinetwegen versuchen. Ich dagegen … ich werde sehen, ob ich mir einen aus den Reihen des Messias schnappen und ihn ausquetschen kann. Vielleicht habe ich Glück.« Sie schaute Ylva an. »Danke.«

»Danke? Wofür?«

»Dass du uns Hoffnung und Mut schenkst. Wir werden kämpfen. Für Conrad.«

## *Kapitel 20*

Stella ging auf keinen Friedhof, um nach einem Grabstein zu sehen, den es nicht gab. Sie suchte keine Plätze auf, die ihr und Nele etwas bedeutet hatten, um in dem ruhelosen Dasein etwas Frieden zu finden. Wenn die Last der Schuld unerträglich wurde, wenn sie nicht anders konnte, als jeden Gedanken ihrer kleinen Schwester zu widmen, dann fand sie sich irgendwann im Stadtpark wieder, auf den Stufen zum Planetarium. Stundenlang verharrte sie dort und starrte die Allee entlang, die bis ins Unendliche zu führen schien. Tagsüber wuselten Menschen um sie herum: Läufer, Spaziergänger, Hundehalter und Eltern mit ihren Kids. Manchmal ganze Schulklassen, unerträglich laut und hibbelig, die – einige mehr, andere weniger – darauf brannten, durch die Pforten zu schreiten und die Geheimnisse des Universums zu erkunden. Im Sommer war diese Menschenbrut kaum auszuhalten. Jetzt, da es langsam auf den Winter zuging, kamen weniger von ihnen hierher.

Nachts beleuchteten Strahler den imposanten Bau des Planetariums und ließen ihn mit seinen monumentalen Säulen gewaltig und geheimnisvoll erscheinen, manchmal sogar bedrohlich. Doch inzwischen sah Stella in ihm einen Freund, stellte ihn sich wie einen Riesen vor, der eine Kochmütze aufgesetzt hatte. Wenn sie lange genug auf seinen Stufen verharrte, glaubte sie, der Riese würde sie in seinem Schoß wiegen.

Nachts mochte Stella es hier am liebsten, ohne zu wissen, was sie hierherzog. Denn weder sie noch Nele hatten zu ihren Lebzeiten irgendein Interesse an Sternen und am Weltall gezeigt. Stella zählte nicht mehr mit, wie oft sie auf diesen Stufen gesessen hatte, ohne jemals die Schwelle des Planetariums zu überqueren.

Auch heute war sie hierhergekommen. Nein, eher hierhergeflüchtet, weil sich die Gedanken an ihre kleine Schwester, den eigenen Tod und die Qualen danach so lebendig, so schmerzhaft und so durchdringend in ihr Hirn bohrten, dass sie es nicht länger ertragen konnte. Sie wusste, was diesen Zustand ausgelöst hatte, genauso wie sie wusste, dass sie ihm hilflos ausgeliefert war.

Während des Gefechts am Blumenladen hatte sie sich im Hintergrund gehalten. Sie hatte sich geweigert, hinzusehen, hatte ihre Beteiligung an dem Angriff mit Nachdruck verleugnet, bis sie sich selbst fast überzeugt hatte, überhaupt nicht da zu sein. Natürlich hatte sie vorher gewusst, wie schwer es ihr fallen würde, Conrad gegenüberzutreten. Damals im Keller hatte es sie eine enorme Überwindung gekostet, und das erneute Wiedersehen hatte sie gewissermaßen unvorbereitet getroffen. Als Stella ihn kämpfen sah, allein gegen die Massen, waren die Erinnerungen in ihr erwacht, und sie hatte sich beinahe auf seine Seite gestellt. Sie hatte sich zusammenreißen müssen, um der Schlacht, die schnell zu Ende ging, weiter zuzusehen. Dann hatte sie ihre Pistole gezogen, auf Conrad gezielt und abgedrückt. Mehrfach. Bis das Magazin leergeschossen war.

Sie hatte ihn töten wollen, es ihm leichter machen, ihm das ersparen wollen, was auf ihn zukommen sollte, wenn er noch atmend ihren Leuten in die Hände geriet. Normalerweise kämpfte sie mit ihrem Kettengürtel, mit dem Messer oder mit Shuriken. Bei der Verwendung von Schusswaffen stellte sie sich stets dämlich an, linkisch wie ein Kleinkind, das ein Spielzeug bekam, das nicht für sein geistiges Alter bestimmt war. Außerdem war er schnell, verdammt schnell. Ihn zu treffen schien beinahe unmöglich. Letztendlich hatte sie Conrad doch noch getroffen. Sie sah, wie er zu Boden ging, aber sie hatte ihn nicht getötet. Sein Fluch heilte die Wunden, erweckte die Gier, die ihn am Leben halten musste. Wie ein Tier fiel er über zwei oder drei Jugendliche her, saugte die Energie aus ihren Leibern, bis er von den anderen endgültig überwältigt wurde.

Sie war noch dabei, als Conrad in den Bunker gebracht wurde. Sie war dabei, als Timo und Nick ihn gefesselt und angefangen hatten, auf ihn einzuschlagen. Ohne Fragen zu stellen, ohne zu verlangen, dass sein Clan sich ergab. Nur aus einem einzigen Grund: weil sie es konnten, weil es ihm unmöglich war, sich zu wehren. Und als es stundenlang so weitergegangen war, als sein Wille nicht brechen wollte und er weiterhin sein Âjnâ blockierte, da war es Stella gewesen, die der Folter nicht länger standhielt. Die in den Stadtpark geflüchtet war, um auf den Steinstufen des Planetariums zu verharren, sich im Schoß des Riesen geborgen zu fühlen. Inzwischen waren ein Tag und eine Nacht vergangen, und sie rührte sich noch immer nicht von ihrem Platz, versteckte sich vor der Realität und vor dem, was noch kommen sollte.

Erst nach einer Weile bemerkte Stella, dass sie seit einiger Zeit nicht mehr allein vor dem Planetarium verweilte. Immer wieder hörte sie ein rhythmisches metallisches Geräusch, wandte den Kopf und bemerkte Cerim, der an eine der Säulen gelehnt saß und sein Messer auf- und zuschnappen ließ. Sie ignorierte ihn. Und so saßen sie eine weitere Stunde da, ohne einander zu beachten. Aber menschliche Geduld konnte sich nicht mit der der Nachzehrer messen. So war es Cerim, der das Schweigen brach: »Hattest du was mit dem Typen?«

»Was?«

»Mit dem Gefangenen.«

»Wie kommst du jetzt auf diesen Scheiß?«

»Ich habe dich beobachtet. Dich bewundert. Für deine Stärke. Für die Härte, mit der du den Feinden des Messias gegenübertrittst. Ich meine … für ein Mädchen bist du … wow.«

Stella lächelte grimmig. Als *Mädchen* wurde sie schon lange nicht mehr bezeichnet. Für eine Mädchen*leiche* galten nun mal ganz andere Gesetze.

Er fuhr fort: »Aber bei diesem Typen bist du nicht mehr du selbst. Was ist an ihm so Besonderes, dass du vor ihm kuschst?«

Stella schnaubte, bündelte ihre Energie und gelangte mit einem Sprung an Cerims Seite. Sie packte ihn an der Kehle und schlug seinen Kopf gegen die Säule.

»Ich kusche vor niemandem!«, zischte sie, um mit ihrem Zorn die Wahrheit zu verbergen.

Er krächzte. »Nein. Außer vor diesem Conrad.«

Sie drückte noch mehr zu, presste ihre Lippen auf die seinen und spürte seine Energie pulsieren, die Stärke, das Unerschütterliche, den Glauben an das eigene Tun – all das, was ihr im Moment fehlte. Sie könnte sich an ihm nähren, einen Funken von ihm in sich aufnehmen und hoffen, er würde das Feuer in ihrer Seele entflammen. Zusammen mit Cerim rutschte Stella zu Boden. Sie küsste ihn, sog an seinen Lippen, bis sie sein Blut schmeckte, aber sie trank nicht von ihm. Ächzend ließ sie von Cerim ab und fiel auf den Rücken, um gleich darauf sein Gewicht auf sich zu spüren, den feuchten, warmen Atem, der ihre Wangen streifte. Jetzt war er es, der seinen Mund auf den ihren presste, genauso ungestüm, fordernd und gierig wie sie wenige Sekunden zuvor. Stella hätte ihn ohne Mühe abschütteln können, aber das Mädchen in ihr erwachte und verlangte nach seinem Saft, der einen ganz anderen Hunger stillen sollte. Sie vernahm seine Aura, die aufglühte, als wäre er ein Nachzehrer, der sich an seinem Opfer stärkte. Was er tat, schien ihm Kraft einzuflößen, seinem Selbstbewusstsein, aufgrund der Macht, die er über sie auszuüben glaubte.

Genauso plötzlich, wie er über sie hergefallen war, rollte er sich von ihr herunter. »Und?«

Stella blinzelte überrascht, fühlte sich auf eine kränkende Weise abgewiesen. Natürlich zählte sie nicht zu den Schönheiten, diesen Püppchen, die nur Schminke und Mode im Kopf hatten. Ihr Körper, im Teenageralter gefangen, würde nicht mehr zurechtwachsen, sondern bis in alle Ewigkeit schlaksig und knochig bleiben. Damals im Heim wurde sie oft als Bohnenstange gehänselt – zumindest diese Zeiten hatte sie längst hinter sich gelassen. Doch in diesem Augenblick, neben Cerim, der sie mit einem – wie es ihr vorkam – spöttischen Blick betrachtete, fühlte sie sich tatsächlich wieder wie die hässliche Bohnenstange, die von den anderen gejagt wurde und Zuflucht in einer der Kabinen des Mädchenklos suchte.

»Was – und?«, blaffte sie ihn an, wollte aufstehen, doch er zog sie am Handgelenk wieder zu sich.

»Dieser Kerl, den wir geschnappt haben. Hast du was mit ihm?«

»Nein«, keifte Stella zurück.

Natürlich hatte sie nie was mit Conrad gehabt. Er war eher eine Vaterfigur für sie, auf seine stille, zurückhaltende Art. Er hatte sie in den Clan aufgenommen, als sie nach ihrer Auferstehung ruhelos durch die Straßen gestreift war und wahllos Menschen getötet hatte. Er hatte sie aufgenommen, ihr Halt gegeben, ohne etwas von ihr zu verlangen, so selbstverständlich, als hätte sie schon immer dazugehört, als wäre der Clan schon immer ihre Familie gewesen.

Nein, er verlangte nie etwas von ihr, dafür sie von sich selbst – umso mehr. Sie wollte ihm gefallen. Sie hatte alles getan, um seine Anerkennung zu verdienen. Aber sie war nie gut genug. Als der Messias ihre Fähigkeiten zu würdigen gelobte, beteuerte sie sich, eine neue Familie gefunden zu haben, in der sie endlich den Platz einnehmen konnte, der ihr zustand. Sie wollte diesmal wirklich alles richtig machen, sie gab alles dafür! Doch sie kam sich stets wie ein Fremdkörper in den Reihen des Erlösers vor.

Was für eine verquere Welt! Diejenigen, bei denen sie sich wohlgefühlt hatte, hatte sie zu ihren Feinden erklärt. Und diente welchen, vor denen sie am liebsten weglaufen würde.

Wie seltsam, dass ihr diese Gedanken nie bei den Versammlungen kamen, sondern erst, wenn sie allein irgendwo hockte und grübelte, wo es nichts zu grübeln gab. Denn der Messias kämpfte für eine gute Sache, für die Zukunft ihrer Rasse, für das Leben. Was stimmte also nicht mit ihr, wenn in ihr so urplötzlich Zweifel aufkamen? Hoffentlich würde das keiner merken und Bericht erstatten, denn sie wusste zu gut, was mit den Haderern und den Leugnern des Erlösers geschah.

»Nein«, wiederholte Stella, um in die Realität zurückzufinden. »Ich habe nichts mit ihm.«

Sie wollte ihren Arm befreien, doch Cerim rückte ein Stück näher an sie heran.

»Guuuuuut«, blies er durch die gespitzten Lippen. »Ich will nämlich mein Mädchen mit keinem anderen teilen.«

Stella hätte fast aufgelacht. Aber nur fast. Weil ihr die Vorstellung, von jemandem begehrt zu werden, schmeichelte. »Hast du Fieber?«, blaffte sie ihn dennoch an. »Aus welchem Grund sollte ich dein Mädchen sein?«

»Durch deinen Fluch bist du auserwählt, von Geburt an, keine Frage. Aber ich – ich habe bewiesen, dass ich würdig bin, zu euch zu gehören. Der Messias hat mich erwählt, als einen der Ersten, die einen Dämon bekommen, wenn die Zeit dafür reif ist.« Seine Augen glänzten, seine Stimme leierte ein wenig, so als wäre er betrunken, doch es war kein Alkohol, der ihn berauschte.

Stella fragte sich, wo der Junge geblieben war, der neben ihr auf dem Sitz des Vans gehockt hatte, den sie mit einem Schlagring bearbeitet und zum Lachen gezwungen hatte.

Sie erhob sich, schüttelte den Kopf und warf ihre afrikanischen Zöpfe nach hinten. »Damit ich dein Mädchen werde, musst du dich aber um einiges mehr anstrengen. Man kriegt mich nicht so leicht herum.«

Ein verschmitztes Lächeln umspielte seine Lippen. »Du hast keine Ahnung, was ich alles kann. Wärst du nur im Bunker geblieben, dann hättest du mitbekommen, wozu ich fähig bin.« Er gluckste selbstzufrieden. »Da haben sogar Timmi und Nicki nur mit den Ohren geschlackert.«

»So?«

»Oh ja.« Immer noch grinsend, tauchte er eine Hand in die Tiefen seiner Jacke und holte eine blecherne Bonbondose hervor. »Das habe ich für dich mitgebracht.«

»Ich habe weder Halsschmerzen noch Mundgeruch. Was ist das?«

»Schau doch rein.«

Zögernd nahm Stella die Dose und öffnete den Deckel. Auf einem zerknüllten Papiertaschentuch lag ein etwas verschrumpelter, bläulicher Finger mit geronnenem Blut.

»Die restlichen neun hat er noch. Ich stehe eben auf Kreativität, nicht auf Wiederholungen.«

Stella musste schlucken. »Andere Mädels bekommen Blumen.«

Cerim erhob sich. Sein Gesicht war so nah an dem ihren, dass seine Lippen fast ihr Ohr berührten, als er seine Hände auf ihre Schultern legte und ihr zuraunte: »Du bist aber nicht wie andere Mädels. Was willst du schon mit Blumen?«

Wie versteinert stand Stella da, während sie Cerim erlaubte, sie zu berühren, sie zu küssen und danach immer noch zu atmen.

»Es ist geil, wenn man sich eines Untoten annimmt«, wisperte er weiter, wo ein anderer Komplimente geflüstert hätte. »Wenn man ihm Schmerzen zufügt, bis ihm das Herz stillsteht, und ihn dann an die Lebensenergie lässt. Nur ein bisschen. Nur so viel, bis er wieder zu sich kommt. Weißt du, was das für eine Macht ist, jemanden Dutzende Male sterben und wieder zum Leben erwachen zu lassen?« Er lachte heiser. »Ja, natürlich weißt du das.«

»Wenn dich das so high macht, was tust du dann hier, bei mir? Wieso bist du nicht bei dem Gefangenen?«

»Es fing an, mich zu langweilen. Wir müssen es zu Ende bringen. Und ich dachte, du hättest vielleicht Lust, dem Ganzen die Krone aufzusetzen.«

Stella lächelte. Auf einmal fragte sie sich, aus welchem Grund sie kurz zuvor noch solche Zweifel empfand. Töricht. *Des Messias Tun ist immer recht. Hier bin ich zu Hause. Hier werde ich geschätzt und geliebt.* »Und die wäre?«

Er holte das Messer, ließ die Klinge aus dem Griff springen und presste sie an Stellas Wange. Sie zuckte unter der Berührung des Metalls zusammen, hatte das irrsinnige Gefühl, sich an dem kalten Stahl zu verbrennen. Die Schneide drückte in ihre Haut, und sie spürte einen Tropfen warmen Blutes, der ihr zum Kinn lief. Die Spitze drohte, ihren Augapfel zu ritzen, und sie wagte es nicht, zu blinzeln. Verrückt. Sie war eine Nachzehrerin. Viel stärker als dieser Mensch, der sich an sie schmiegte und mit dem Messer liebkoste. Und dennoch war es seine Präsenz, die Macht verströmte, nicht die ihre.

»Den Verblendeten zu blenden.«

# Kapitel 21

Es klappt nicht!« Ylva vergrub die Finger in ihrem Haar. Sie hätte schreien, toben und alles zu Kleinholz schlagen mögen vor Wut und Hilflosigkeit angesichts ihres Unvermögens. Es würde nie klappen. Wie auch, wenn sie keine Ahnung hatte, auf welche Weise eine Verschmelzung mit ihrem Seelentier funktionierte; wenn sie sich heimlich dagegen sträubte und alle ihre Gedanken nur Conrad galten.

»Vielleicht musst du dich nur etwas entspannen?«, warf Roland ein. Er saß im Schneidersitz auf einem wackeligen Beistelltischchen, dessen Platte kostbare Intarsien zierten, und ließ sein Jo-Jo hoch- und runterschnellen.

»Wie kannst du bloß so gelassen sein?«, fuhr Ylva ihn an. Am liebsten hätte sie ihn gepackt und durchgeschüttelt, ihn angeschrien, ob er vergessen hatte, was auf dem Spiel stand.

Das Jo-Jo drehte sich knapp über dem Boden, bis Roland es mit einem Ruck an der Schnur nach oben beförderte. »Ich bin alles andere als gelassen. Aber als ich die Wahl hatte zwischen willkürlichem Töten und dem hier, um mich abzureagieren, habe ich mich für das Spielzeug entschieden.« Er fing das Jo-Jo auf und bot es Ylva an. »Auch mal?«

»Nein!«

»Das hilft, ehrlich.«

»Wobei? Conrad zu finden?«

»Das gerade nicht. Aber so, wie du dich in den letzten Stunden aufführst, bringt uns das auch nicht weiter.«

Diese Wahrheit tat weh. Vielleicht musste sie sich einfach etwas mehr anstrengen.

»Ich versuche, mich zu konzentrieren!« Sie kniff die Lider zusammen, bis sie in der Schwärze flackernde Punkte sah, und presste die Lippen aufeinander. Sie musste sich mehr Mühe geben, und dann würde es einfach passieren. Ganz natürlich. Fast von allein. Das Kribbeln auf der Haut, die Versteifung ihres Körpers, das Schweben des Geistes, bis …

Ylva stöhnte. *Gib schon zu,* dachte sie höhnisch, *du hast nicht die geringste Ahnung, wie du die Verschmelzung herbeiführen musst. Es passiert einfach, das stimmt, aber nicht jetzt. Nicht, wenn du es brauchst.*

Bäuchlings fiel sie auf das Himmelbett. Die seidene Tagesdecke fühlte sich kalt und abweisend an. Wollte sie kurz zuvor noch wüten und toben, so wünschte sie sich jetzt bloß, sie könnte sich in einem Loch verkriechen und heulen, bis nichts mehr von ihr übrig blieb.

»Ich schaffe es nicht.« Ylva schluchzte. Ihre Hand verkrallte sich in der Tagesdecke. Jeder Herzschlag erinnerte sie daran, wie die Sekunden davonliefen. Sekunden, die Conrad in den Händen seiner Feinde verbrachte, die sich viel zu schnell zu Minuten und Stunden aufaddierten.

»Setz dich nicht zu sehr unter Druck«, erwiderte Roland. »Du bist nicht die Einzige, die alles tut, um Conrad zu retten. Maria lässt uns gerade wissen, dass sie eine vielversprechende Spur verfolgt. Wir werden ihn finden.«

Ylva nickte bloß und ließ ihren Tränen freien Lauf.

Irgendwann musste sie tatsächlich eingeschlummert sein, denn sie sah Roland nicht und hörte auch nicht mehr das Surren des Jo-Jos. Dunkelheit füllte sie nach und nach aus, wiegte sie sanft wie ein Meer hin und her, rauschte, seufzte, sang.

»Du musst dich entspannen«, sagte der Dämon mit der rauen Stimme eines Mannes, der so lange nicht gesprochen hatte, dass er fast vergessen hatte, wie das überhaupt ging. Unendlich traurig sprach er, als würde er sich an etwas erinnern, was ihm genommen worden war.

»Fängst du auch damit an?«, antwortete Ylva. Unendlich müde. Unendlich schwach. Sie versank in dem Meer der Dunkelheit. Ob sie auf dem Grund nichts mehr spüren musste? Nur daliegen und warten, bis ihr Körper zerfiel und die Strömung die Gedanken davontragen würde?

»Sei eins mit deinem Seelentier. Fühle das, was es fühlt, rieche es, schmecke es.«

»Fühlen? Aber gerade das will ich nicht. Kann ich nicht. Es zerstört mich.«

»Ja, das tut es. Jeden von uns, Stück für Stück. Du wirst bezahlen, aber nicht jetzt. Jetzt musst du fühlen, wenn du deinen Totenküsser finden willst.«

»Warum hilfst du mir?«

»Weil du mich … mich erinnern lässt. Und nun: Tu, was ich dir sage!«

Das Meer schwappte und trieb sie vorwärts. Aber es war nicht länger das Meer, sondern das Gras. Das hohe, weiche Gras, durch das sie auf allen vieren rannte, weite Sprünge machte und vergnügt jaulte.

Jaulte?

Warum um alles in der Welt jaulte sie? Sie war doch eine Ratte. Sie hielt an, hockte sich hin und begann, sich zu putzen, sich mit den Vorderpfoten das Maul zu reiben und an ihrem eigenen Fell zu knabbern.

Ihre Ohren zuckten. Finsternis umgab sie. Ylva vernahm Geräusche – Stimmen! Gefahr. Ihr kleines Herzchen flimmerte, brachte beinahe ihren ganzen Leib zum Vibrieren. Etwas riss sie aus ihrer Hülle, sie schwebte und bangte, bis sie sich ihres pelzigen Körpers wieder bewusst wurde. Gefahr, immer noch herrschte Gefahr! Sie hatte ein Keuchen gehört. Oder vielleicht ein Stöhnen? Ein Geräusch eben, das ein Schrei hätte sein müssen und es nicht mehr sein konnte, geschluckt von dicken Betonwänden. Entkräftet und matt.

Stille. Atmen. Schritte.

Eine Metalltür schlug auf. Jemand trat aus einem der Räume. Ein Mann. Nein. Zwei Männer. Der eine stank nach einem Menschen, lebendig und verschwitzt. Ylva roch sogar, dass er vor kurzem gepinkelt und sich danach nicht die Hände gewaschen hatte. Der andere gehörte eindeutig zu den Totenküssern, denn er besaß keinen eigenen Duft, an ihm klebten bloß die Gerüche der Umgebung. Doch beide – der Mensch und der Untote – rochen auch nach etwas anderem. Nach Conrad. Nicht nach Blumen und Erde, die sie einst so gern an ihm wahrgenommen hatte. Nach Conrads Blut. Nach diesem widerlichen, fauligen Todesgeruch, der ihr Fell sich sträuben ließ und sie unweigerlich an das Monster erinnerte, dem es bestimmt war, sie umzubringen.

»Wir müssen es langsam beenden«, sagte der Untote. »Willst du es tun?«

»Ich finde, diese Ehre ist Stella vorbehalten«, sagte der Mensch.

»Sie ist nicht da«, sagte der Untote.

»Ich werde sie herbringen«, erwiderte der Mensch.

Sie sagten noch einiges, dies und das, doch Ylva hörte nicht länger zu. Sie rannte davon. An der Wand entlang huschte sie durch die Gänge, suchte den Ausgang in diesem staubigen Labyrinth und fand ihn nach einer Weile. Die frische Luft vertrieb den Geruch von Conrads Blut aus ihrer Nase, sie hastete durch Gestrüpp, stürmte einen Hang hinunter, bis sie unter ihren Pfoten Gehwegplatten fühlte. Auf der Fahrbahn rasten ab und zu Autos an ihr vorbei. Sie war an eine Straße gekommen. Gut. *Welche* Straße?

Irgendwo links von ihr ratterte eine Bahn, und die hell erleuchteten Waggons rasten durch die Nacht. Aus der Richtung kam auch ein Grüppchen Menschen, die laut lachten. Die U-Bahn, die Lichter, die Menschen – ihr Körper spannte sich an, bis der primitive, tief wurzelnde Schreck sich in einer Flucht entlud.

Halt an, beschwor sie sich. Halt an. Doch sie rannte und rannte.

Unter ihrem Pelz begann es zu kribbeln. Ein leichtes Prickeln breitete sich über ihren ganzen Körper bis hin zum Schwanz aus. Nein, nicht jetzt, noch nicht! Sie hüpfte weiter, so schnell, wie sie konnte, wie ihre kurzen Beinchen es zuließen. Das Kribbeln verstärkte sich. Sie ignorierte die Anzeichen, konzentrierte sich nur auf die Bewegungen. Ihre Augen sahen kaum etwas, fast hätte sie den Pfahl verpasst, an dem das Straßenschild prangte. Vom Boden aus konnte sie nichts auf ihm erkennen. Sie kletterte hoch. Das Prickeln ging in ein Zittern über, es fiel ihr schwer, sich festzuhalten. Mehrfach rutschten ihre Krallen ab, sie wäre beinahe hinuntergestürzt. Endlich erreichte Ylva das Schild, stierte auf die weißen Buchstaben, die sich von dem dunklen Hintergrund abhoben. Sie musste diese entziffern, sie sich einprägen, jeden einzelnen davon. Das Alphabet ... plötzlich wusste sie nichts mehr von dem, was Conrad ihr beigebracht hatte. Verflucht. *Streng dich an! Das alles kann doch nicht umsonst gewesen sein! Du musst dich verdammt nochmal anstrengen!* ... So ist es gut. Nach und nach ergaben die Zeichen auf dem Schild einen Sinn.

Ihr Körper krampfte. Sie konnte sich nicht mehr halten und stürzte. Bevor ihr Leib auf dem Boden aufschlug, riss etwas sie aus ihrer pelzigen Hülle.

Sie schwebte. In einem Meer aus sanften Wogen. Trieb hin und her, sorglos und gedankenlos. Endlich war sie dem Alptraum entkommen. Sie konnte sich ausruhen, träumen … nichts denken, nichts müssen, einfach nur …

Ylva rieb sich die Lider und gähnte. »Wie spät ist es?«, murmelte sie, gähnte erneut und reckte sich. Wozu die Augen aufmachen? Sie könnte sich in die Decke einkuscheln und noch ein bisschen schlafen. Ihr Körper und ihr Geist brauchten das, nein, sie verlangten regelrecht danach.

»Irgendwas am Nachmittag. Du hast fast siebzehn Stunden geschlafen.«

»Was?« Ylva richtete sich so ruckartig auf, dass ihr schwindelig wurde. Wie konnte das sein? Sie war doch nur kurz eingenickt, sie durfte überhaupt keine Zeit vergeuden, weil Conrad … Der Alptraum fiel ihr wieder ein. »Conrad! Meine Ratte!«

Schon stand Roland neben ihr und legte beruhigend die Hände auf ihre Schultern. »Mach dir keine Vorwürfe. Jeder wusste, dass es vielleicht nicht klappen würde. Maria …«

»Nein, du verstehst das nicht! Ich muss …«

»Ylva.« Roland deutete mit dem Kinn an ihr vorbei. »Es tut mir leid. Sie ist vor kurzem hier aufgetaucht.«

Sie schaute in die Richtung, in die er wies. Auf dem Nachttisch neben dem Bett saß ihre Ratte und putzte sich. Zumindest war dem kleinen Rabauken bei dem Sturz nichts zugestoßen! Wie gut, dass Ratten so etwas leicht wegstecken konnten.

Das Straßenschild … die Buchstaben!

»Ich brauche einen Stift und Papier. Schnell! Solange ich mich noch erinnern kann.«

»Was?« Roland runzelte die Stirn. »Ich habe aber keinen Stift und …«

»Wir müssen uns beeilen. Ich weiß, wo Conrad festgehalten wird. Ich kenne den Namen der Straße. Zumindest noch.«

Roland kramte aus der Jeanstasche sein Handy hervor und schob es auf. Sein Daumen verharrte über der Tastatur. »Schieß los.«

Sie holte tief Luft. Die Buchstaben, an die sie sich zu erinnern glaubte, tanzten vor ihrem inneren Auge wie kleine, fiese Kobolde und lachten sie aus. »H. E. I. Nein. L. Oder doch I? Verdammt. G. O. N. D … Noch ein E. Und ein R.«

»Heigonder oder Helgonder … und weiter? Straße? Weg? Was?«

»Ich … ich weiß es nicht.«

»Hausnummer?«

»Es gibt kein Haus. Es war … etwas unter einem Hügel. Räume und Flure, aber ich konnte das alles nicht deutlich sehen.«

»Okay. Das finden wir schon heraus, keine Bange«, murmelte er, doch die Zweifel standen ihm ins Gesicht geschrieben. »Bist du dir sicher, dass das eine Verschmelzung war und du es nicht nur geträumt hast?«

»Ja! Gib mal her.« Ylva schnappte sich sein Handy und starrte auf die Zeichen, die das Display zeigte. Irgendetwas stimmte nicht. Das Wort auf dem Straßenschild war ihr viel länger vorgekommen. Und es gab da noch diesen lustigen Buchstaben, ein A mit zwei Pünktchen. Oder doch nicht? Hatte sie wirklich alles durch die Augen ihres Seelentiers gesehen – oder es sich nur eingebildet? Tränen stiegen in ihr hoch. Sie blinzelte, und die warmen Tropfen liefen ihr die Wangen herab.

»Scht, nicht weinen.« Roland nahm sie in den Arm und strich ihr über den Rücken. »Sonst muss ich auch gleich heulen. Ich werde Adrián Bescheid sagen, und er …« Mitten im Satz brach er ab, erstarrte und verharrte so einige Sekunden lang, bis er endlich hauchte: »Maria kommt gleich hierher. Sie ruft uns alle in der Halle zusammen.«

Ylva sprang aus dem Bett und stürzte in den Flur, dicht gefolgt von Roland. Sie rannte gerade eine der Treppen hinunter in die Eingangshalle, als die Tür aufging und Maria eintrat. Die Frau sah wie immer elegant in ihrem langen Mantel aus, doch ihre feine Art trog: Sie roch nach Blut, obwohl nichts davon an ihrer Kleidung klebte.

»Hast du etwas herausgefunden?«, fragte Roland.

»Wo ist er?«, schrie Ylva auf.

»Gleich, gleich.« Maria hob beschwichtigend die Hände.

Wenige Minuten später hatten sich in der Halle weitere Nachzehrer zusammengefunden und auch Metamorphe, die noch in der Villa geblieben waren. Sogar Micaela gesellte sich zu den Versammelten. Nur Linnea fehlte.

»Es ist mir gelungen«, begann Maria, »an eine Nachzehrerin aus den Reihen des Messias heranzukommen. Wir mussten uns lange unterhalten, bis sie mir verraten hat, wo Conrad gefangen gehalten wird.«

Ein Raunen ging durch die Menge. Unglauben. Anerkennung.

Maria quittierte es mit einem flüchtigen Lächeln. »Er ist in Höltigbaum, das ist ein Gewerbegebiet zwischen Rahlstedt und Stapelfeld. In einer der Lagerhallen hat sich der Erlöser anscheinend ein paar Räume für seine Machenschaften gemietet. Wir haben keine Zeit zu verlieren. Die Rettungsaktion beginnt sofort, die Einzelheiten erkläre ich euch unterwegs.« Sie winkte den Nachzehrern, ihr zu folgen, und drehte sich zur Tür.

»Befinden sich diese Lagerräume unter einem Hügel?«, rief Ylva aus.

Maria hob eine Augenbraue. »Nein. Nicht, dass ich wüsste. Das Gebiet liegt in einer Einöde. Ein perfekter Platz, um unbemerkt fiese Pläne zu schmieden und Leute zu foltern.«

»Dann ist es falsch! Wer auch immer dir das erzählt hat, hat gelogen. Conrad ist nicht in einem Lagerraum, er ist … irgendwo unter der Erde. Heigonder Weg. Oder Straße. Oder so was.« Hilfesuchend schaute sie zu Roland, doch er wich ihrem Blick aus.

Maria legte die Hände zusammen und räusperte sich. »Und deine Informationen stammen … woher?«

»Ich habe mich mit meiner Ratte verbunden. Sie war bei ihm, so wie ich es gesagt habe!«

»Deine Ratte. Verstehe.«

Ylva begann, diese liebliche Stimme zu hassen. Wieder suchte sie Rolands Blick. »Sag es ihr!«

Er zögerte, starrte auf seine ergrauten Turnschuhe mit den zerfransten Schnürsenkeln. »Ylva, hast du dich wirklich mit deiner Ratte verbunden, oder hast du es nur geträumt? Wenn Maria sagt, sie hätte ihre Informationen aus einer kundigen Quelle, dann klingt das für mich um einiges glaubhafter. Wir dürfen uns keinen Fehler erlauben, es gibt nur diese eine Chance.«

*Ich weiß, verdammt nochmal, ich weiß das!* Ylva biss sich auf die Lippe. *Habe ich geträumt oder nicht? Conrad hat nicht mehr viel Zeit, ich muss mir absolut sicher sein.*

*Kannst du auch,* drängte sich das fremde Bewusstsein in ihr Hirn. Na toll, ein Dämon bestätigte ihre Aussage. Andererseits – hätte ein Traum so real sein können? Dass sie darin hören, riechen und lesen konnte?

»Ich bin mir sicher! Bitte glaubt mir, in den Lagerhallen werdet ihr ihn nicht finden!«

Maria schien zu überlegen. Dann holte sie aus der Manteltasche ein Gerät, das an ein sehr großes Handy erinnerte, und tippte etwas. Schließlich schüttelte sie den Kopf. »Tut mir leid, mein Mädchen. Mein PDA sagt, es gibt keine Heigonder oder Helgonder Straße in Hamburg.« Sie verstaute das Gerät wieder und klatschte in die Hände. »Also los, Leute! Zu den Lagerräumen.«

Wie versteinert beobachtete Ylva, wie die Nachzehrer einer nach dem anderen die Villa verließen.

*Sie fahren zur falschen Adresse,* pochte es in ihrem Hirn – es waren nicht mehr ihre Gedanken, sondern die ihres dämonischen Mitbewohners.

Nur Roland blieb zurück, der laut Marias Befehl das Haus bewachen sollte, und die Metamorphe.

Ylva raffte sich auf. Sie durfte nicht untätig bleiben, während die Rettung zum falschen Ort strebte. Wenn es nötig war, würde sie Conrad allein herausholen. Koste es, was es wolle.

»Du!« Ylva fuhr herum und lief zu einer Metamorph-Frau mit zwei blonden Zöpfchen, die ihr etwas Mädchenhaftes verliehen. Die Frau und die Zwergziege, die neben ihr stand, ruckten gleichzeitig die Köpfe. »Kannst du für mich eine Adresse herausfinden?«

»Äh«, sagte sie, was sich beinahe nach einem »Mäh« anhörte. »Ja. Ich glaube schon.«

»Gut. Heigonder oder Helgonder Straße, Weg, Allee – irgendetwas davon muss richtig sein. Probier alles aus, ich will wissen, wo das ist.«

»Äh. Okay.«

Ylva sah zu einem jungen Mann mit schwarzen Locken, der etwas unschlüssig neben der Treppe herumlungerte. »Wie viele Metamorphe sind noch hiergeblieben?«

Sichtlich überrascht, angesprochen – überhaupt wahrgenommen – zu werden, hob er seinen Lockenkopf.

»Sechs«, erwiderte er tatkräftig. »Micaela ist allerdings die einzige Jägerin. Wir, die anderen, haben als Seelentiere eine Zwergziege, eine Meise, eine Taube, ein Meerschweinchen, und ich …«

Roland baute sich neben ihm auf und tätschelte ihm die Schulter. »Eine Kellerassel oder einen Goldfisch? Schluss jetzt. Ylva, du wirst nichts unternehmen, sondern hier mit mir auf Maria warten. Hast du mich verstanden?«

»Nein, ich muss …«

Blitzschnell stand er vor ihr und hielt sie an den Handgelenken fest. »Du musst rein gar nichts. Ich kann nicht erlauben, dass du irgendwelche Dummheiten machst. Conrad hat mir befohlen, auf dich aufzupassen. Deshalb sage ich dir jetzt: Du bleibst hier und hältst die Füße still. Glaub mir, das Nichtstun fällt mir ebenso schwer wie dir, aber wir werden warten.«

Sie musste es nicht probieren, um zu ahnen, wie unmöglich es sein würde, sich aus seinem Griff zu befreien. Groll stieg in ihr hoch.

»Ich hasse dich!«, schleuderte sie ihm ins Gesicht. »Nimm deine Pfoten von mir!«

Er zeigte sich ruhig, und natürlich blieben seine Pfoten dort, wo er sie bereits hatte. »Du wirst mich leider in dieser Villa hassen müssen, nicht irgendwo anders.«

Ylva wusste, gegen Roland hatte sie keine Chance. Wie sollte sie da gegen die Meute des Messias aufkommen, die Conrad vermutlich bewachte? Es blieb ihr nichts anderes übrig, als sich dem Nachzehrer zähneknirschend zu fügen.

Stundenlang lief Ylva in der Eingangshalle hin und her – mehr konnte sie nicht unternehmen. Nur ein Gedanke zermürbte ihr Hirn: Die Nachzehrer werden Conrad in dem Gewerbegebiet nicht finden. Sie hatte versagt, alles war verloren.

Plötzlich stand Roland wieder neben ihr, packte sie und schob sie vom Eingang fort, ohne dass sie wusste, was los war. In diesem Augenblick schlug die Tür auf, und Maria stürmte herein. Keine Lady mehr – eine Kriegerin mit aufgeknöpftem, wehendem Mantel. Jetzt schien jede ihrer Poren den Gestank nach Blut und Tod zu verströmen.

»Halte sie fern von ihm!«, befahl die Nachzehrerin Roland barsch und deutete auf Ylva. »Lass sie auf keinen Fall in seine Nähe!«

Noch konnte Ylva überhaupt nicht begreifen, was das zu bedeuten hatte, als Adrián hereintrat. In den Armen hielt er einen Körper. Eine graue Felddecke mit großen dunklen Flecken nahm Ylva die Sicht, doch sie musste auch nichts sehen, um zu wissen, wer gerade hereingetragen wurde.

»Conrad!«, schrie sie, wollte zu Adrián stürmen und wurde von Roland grob zurückgerissen. Sie durfte bloß beobachten, wie Adrián zu einer der Treppen eilte, die Stufen hinauflief und hinter Maria in der Galerie des ersten Stockwerkes verschwand.

Ylva schloss die Augen. Siedend heiß durchfuhr es sie: *Du hast dich geirrt! Ein Glück, dass keiner auf dich gehört hat. Dass es Maria tatsächlich gelungen ist, Conrad zu holen, ihn … auch zu retten?*

Sie hatte nicht viel von dem gesehen, was Adrián hereingebracht hatte. Die fleckige Decke, aus der die Beine herausragten. Und eine Hand, die schlaff hinunterhing. Eine blutüberströmte Hand mit nur vier Fingern.

# Kapitel 22

»Ich muss wissen, wie es ihm geht«, stammelte Ylva, obwohl der kurze Anblick zuvor ausgereicht hatte, um ihr klarzumachen, wie schlecht es um Conrad stand.

In Rolands Gesicht suchte sie nach einem Funken Hoffnung. Die kleinste Geste, die winzigste Regung in seiner Mimik oder in seinem Blick hätten genügt, um ihre Zuversicht zu wecken. Aber er bekam nichts außer einem tiefen Seufzer zustande. »Gut, ich gehe hin und erkundige mich, wenn du mir versprichst, hierzubleiben und mir auf keinen Fall zu folgen. Er ist stark verletzt, und in diesem Zustand ist ein Nachzehrer unberechenbar und äußerst gefährlich. Haben wir uns verstanden?«

Ylva starrte ihn an, als wäre sie erneut in ihrem Alptraum gefangen und würde im offenen Meer ertrinken. Rolands Gerede umfloss sie wie eine starke Strömung, zerrte sie hin und her, machte ihr Angst und drohte, sie in die Tiefe zu reißen.

»Ylva, hast du gehört, was ich dir gesagt habe?«

Sie nickte. So benommen, wie sie sich fühlte, so geistesabwesend, wie sie in diesem Moment aussehen musste, hätte Roland ihr niemals glauben dürfen.

Aber offensichtlich hielt auch er es nicht länger aus, wollte Gewissheit. »Ich bin gleich zurück. Bleib hier!«

Ylva folgte ihm. Nicht bis ins Zimmer, nur bis zur Galerie, und blieb vor dem Korridor zum rechten Flügel der Villa stehen.

Sie beobachtete Roland, der gerade angeklopft hatte. »Ich bin's.«

Das Schloss klickte, und er wurde hereingelassen, dann sperrte jemand hinter ihm hastig ab.

»Es ist alles meinetwegen, oder?«, erklang eine weinerliche Stimme von irgendwoher. Ylva drehte den Kopf und erblickte Linnea. Das verfilzte Haar hing ihr ins Gesicht, sie trug noch immer die zerrissene Kleidung und machte keine Anstalten, ihre Blöße zu bedecken. Ihre blinden Augen flackerten verstört, mal klärte sich ihr Blick, mal war er verschleiert, und etwas Sorgloses schlich sich auf ihr Gesicht, bis die Realität und die Trauer sie wieder einholten. »Wenn ich mich Oya nicht hingegeben hätte … wenn ich … Ich … wollte es nicht.«

Ylva wandte sich ab. Um diese Frau zu hassen, fehlte ihr schlichtweg die Kraft. Ihre Ohren zuckten, als sie angestrengt lauschte, um mitzubekommen, was in dem Zimmer vor sich ging.

»Wie sieht es aus?«, erkundigte sich Roland erst jetzt, als hätte er sich davor gefürchtet, diese Frage zu stellen. »Ist er noch …«

»Nein«, erwiderte Maria monoton, jeder Gefühlsregung beraubt. Ylva musste ihr Gehör bis aufs Äußerste strapazieren, um sie zu verstehen. »Sein Kreislauf ist während der Fahrt kollabiert. Keine Lebenszeichen.«

»Wenn die Leichenstarre noch nicht eingesetzt hat, dann besteht doch noch eine Chance, ihn zurückzuholen, oder? Wenn wir ihm genug Energie zur Verfügung stellen …«

»Ich bin mir nicht sicher, ob wir ihm damit einen Gefallen tun würden«, antwortete Maria.

Ylva vernahm, wie eine Decke zurückgeschlagen wurde. Beinahe gleichzeitig keuchte Roland auf: »Oh mein Gott.«

Ylva wusste nicht, was er gesehen hatte – sehen musste. Aber das Entsetzen in seinem Ton veranlasste sie dazu, ebenfalls scharf die Luft einzuziehen und sich eine Hand vor den Mund zu schlagen. Ihre Augen begannen zu brennen, während ihr Verstand das schaurige Bild der blutverkrusteten Hand mit nur vier Fingern heraufbeschwor.

»Eben. Adrián und ich kommen im Moment nicht auf einen Nenner. Er ist der Meinung, wir sollten Conrad zurückholen. Aber damit würden wir ihn nur noch mehr quälen, zumal er sicherlich den Neuanfang wählen wird, sobald er wieder selbst Entscheidungen treffen kann.«

»Mag sein«, mischte sich Adrián ein. Er klang zermürbt. »Aber das ist seine Entscheidung. Du kennst unsere Richtlinien. Solange auch nur eine Chance besteht, lassen wir keinen in den Sarg wandern.«

»Diese Richtlinien wurden verabschiedet, weil man nicht immer weiß, ob der betreffende Nachzehrer vorgesorgt hat«, hielt Maria ihm entgegen. »Aber Conrad? Er ist doch nicht erst seit gestern untot.«

»Das spielt keine Rolle. Die Entscheidung für den Neuanfang ist jedem selbst überlassen. Und solange Conrad nicht in der Lage ist, sie zu treffen, ist es unsere Pflicht, alles zu tun, um ihn zurückzuholen.«

Roland schluckte vernehmlich. »Adrián hat Recht. Wir dürfen das nicht über seinen Kopf hinweg entscheiden.«

Einige Sekunden lang sagte keiner mehr etwas.

»Wie ihr meint«, gab Maria schließlich nach. »Dann wird es so sein.«

In den nächsten Tagen blieb die Tür verschlossen, und Ylva wurde nicht einmal in die Nähe des Zimmers gelassen. Tatenlos musste sie beobachten, wie die Nachzehrer rein- und rausgingen und manchmal Menschen mit sich brachten. Menschen, die die Villa selbstständig, ahnungslos und sogar freiwillig betraten, aber nicht mehr lebendig verließen. Ylva zählte schon längst nicht mehr mit, wie viele von ihnen an ihr vorbeigezogen waren. Sie wünschte sich, sie könnte ihre Gesichter vergessen. Aber die Toten verfolgten sie, schlichen sich aus allen Ecken an sie heran und lauerten überall: in der Stille der Villa, in der Schwärze der Nacht, im Rauschen des Windes. *Du hast gewusst, was uns hier erwartet,* schienen die unzähligen Münder ihr zuzuflüstern. *Du hast es gewusst und es zugelassen. Für deinen Totenküsser mussten wir unser Leben lassen.*

Alles hatte seinen Preis. Ylva dachte an Evelyns Worte.

Und Conrads Existenz war unglaublich teuer. Wenn sie früher die Lebensenergie als etwas Abstraktes betrachtet hatte, so bekam sie jetzt eine erschreckend konkrete Vorstellung davon. In der Konsequenz musste Roland ihr jedes Mal fast Gewalt antun, um ihr Abend für Abend die Energie einzuflößen, die sie vor dem Dämon schützen sollte.

Dann versiegte der Strom der Menschen. Auch Roland hörte auf, Ylva zu bewachen und sie vom Zimmer fernzuhalten. Aber jetzt, da sie hätte hingehen können, da … konnte sie es plötzlich nicht. Selbst fast wie ein Geist, streifte sie ruhelos durch die Villa, wie in einer Zwischenwelt gefangen. Es gab keinen Weg zurück, aber sie hatte Angst vor dem, was sie nun und künftig erwarten würde.

Auch die Nachzehrer schienen in einem ähnlichen Zustand zu verweilen. Einmal belauschte sie Adrián und Maria. Maria weinte.

»Wir sind verloren«, stammelte die Lady fast so, wie Alba damals das Kali-Mantra in einem eintönigen Singsang immer wieder gemurmelt hatte.

Adrián hielt sie wie ein kleines Mädchen auf seinem Schoß und strich ihr über den Kopf. »Wir haben Conrad zurück, wir …«

»Ja, wir haben Conrad zurück, aber unseren Anführer haben wir verloren. Er wird nie mehr so sein wie früher. Posttraumatische Belastungsstörung, so nennen es die Experten.«

»Conrad ist stark. Er rappelt sich wieder auf.«

»Nein. Denn warum macht er keinen Neuanfang? Er verschließt sich vor uns in seinem Zimmer, er … er hat schon aufgegeben. Der Messias wusste genau, was er ihm antun musste, um ihn zu brechen. Er wollte ihn nicht töten, er wollte uns nur seine Macht vorführen.«

»Wo ist bloß Euer Vertrauen geblieben, *Gran Princesa*?«

»Wem soll ich vertrauen? Weißt du, von wem ich die Infos über die Lagerhalle hatte? Von Svenja! Ja, von unserer Svenja, die sich, wie ich erfahren musste, schon längst auf die Seite dieses Messias geschlagen hatte und nur bei uns geblieben war, um den Clan auszuspionieren. Vertrauen! Sag, wem soll ich vertrauen, wenn ich nicht einmal mir selbst vertrauen kann? Denn manchmal denke ich: Hey, dieser Erlöser hat doch gar nicht so Unrecht mit seinen Forderungen. Warum sollen wir uns noch länger vor der Menschenbrut verstecken?«

»Ihr seid zu aufgewühlt. Was Conrad widerfahren ist, ist unumstritten schrecklich. Aber wir haben auch schon Schlimmeres überstanden.«

Mit einem Mal hörte sie auf zu weinen. Sogar ihre Stimme zitterte nicht mehr. »Nein. Haben wir nicht. Es ist die erste richtige Probe für den Clan, und wir haben sie nicht bestanden. Dieser Krieg, dieser Kampf gegen den Messias und Oya, das ist alles so hoffnungslos, merkst du das nicht? Wie David gegen Goliath.«

Ylva hörte Adrián nervös auflachen. »David hat doch mit seiner Schleuder gewonnen.«

»Aber wir stecken anscheinend in der Version, in der ihm kurz zuvor beide Arme gebrochen wurden. Im jetzigen Zustand würde unser David die Schleuder nicht einmal heben. Vom Zielen rede ich erst gar nicht.«

Ylva schloss die Augen. Posttraumatische Belastungsstörung – was bedeutete das?

*Du musst etwas tun,* pochte ihr Herz. *Wenn du nichts tust, hörst du auf zu existieren. Und mit dir all die anderen. Aber vor allem Conrad.*

Etwas zu tun – noch nie war ihr das so schwergefallen. Noch nie hatten sich ihre Beine so geweigert, sie zu tragen, wie jetzt, als Ylva zu Conrads Tür schlich. Den Arm, der Tonnen zu wiegen schien, hob. Und anklopfte.

Sie fürchtete sich vor dem »Herein!«. Doch es kam nicht. Sie hörte seinen Atem. Sie hörte, wie er ein paar unsichere Schritte in ihre Richtung machte und stolperte, wie er nach dem Türgriff tastete, jedoch ohne zu öffnen.

Ylva holte tief Luft – und ließ sie entweichen. Sie startete einen neuen Versuch, rang mit sich selbst, bis sie ein zaghaftes »Conrad?« zustande brachte.

Sogleich schienen die Schreckgespenster sie abermals zu belagern und anzuklagen: *Du hast gewusst, was uns hier erwartet. Für deinen Totenküsser mussten wir unser Leben lassen.*

*Wie kannst du ihn lieben?,* strich es durch ihren Kopf. *Wissen, zu welchem Preis er existiert, und ihn trotzdem lieben?*

»Conrad?« Ihre Stimme bebte.

Ylva vernahm ein Geräusch, als würde er sich gegen die Tür lehnen. Sie glaubte sogar zu hören, wie er mit den Fingern über das Holz fuhr. Aber er antwortete nicht.

Roland betrat den Korridor. Einige Minuten beobachtete er sie, bis er schließlich sagte: »Ich habe dir etwas zu essen mitgebracht. Du solltest wirklich langsam damit anfangen, regelmäßig Nahrung zu dir zu nehmen.«

Ylva rührte sich nicht. So musste er ihr helfen und sie sanft, aber bestimmt, von der Tür fortführen.

»Was ist mit ihm?«, wagte sie in ihrem Zimmer zu fragen, dankbar dafür, dass sie Roland hatte, der sich um sie kümmerte.

»Ich glaube, er will im Moment einfach keinen seh…« Roland erblasste und sprach rasch weiter: »Er braucht seine Ruhe, verstehst du? Es ist nicht deinetwegen. Er ist nicht mehr der Conrad, den wir kannten, und damit muss vor allem er selbst klarkommen.«

»Wird er das?«

Zuerst dachte sie, er würde nicht antworten, weil in der Villa anscheinend eine böse Krankheit umging, die Antworten auf einige Fragen verbot. Doch er sagte schlicht: »Natürlich. Wir reden hier doch von Conrad.«

Ein paar Tage ließ Ylva ihn in Ruhe, obwohl es sie Überwindung kostete. Obwohl sie regelmäßig zu seiner Tür pilgerte, um zu warten.

Dann wurde sie des Wartens überdrüssig, sie klopfte. Sie klopfte immer öfter, immer wütender und rief ununterbrochen nach ihm. Schließlich begann sie, gegen das Holz zu trommeln und zu schimpfen, bis ihre Fäuste schmerzten und ihr Hals sich wund anfühlte. Dann verließen sie der Zorn und der Eifer. Sie fühlte sich leer. Sie musste gehen.

Entkräftet lehnte sie sich gegen den Türrahmen. »Ich kann das nicht. Ich weiß, ich habe kein Recht, von dir etwas zu verlangen, du musst mich nicht in dein Leben einlassen. Aber ich ertrage es nicht, wenn du mich aussperrst. Bitte verzeih mir. Ich … ich werde gehen. Mit Micaela, so wie sie es gesagt hat, zu einer anderen Königin. Aber bevor ich gehe, möchte ich mit dir wenigstens reden. Hörst du? Nur reden.«

Die eigenen Worte erschreckten sie. Ob sie es wirklich tun würde, einfach so gehen? Ylva lauschte den kaum wahrnehmbaren Geräuschen aus dem Zimmer und verbot sich zu weinen. Sie hatte in den letzten Tagen so oft geweint, dass es eigentlich keine Tränen mehr geben durfte. Und dennoch rann ihr das warme Nass über die Wangen. »Bitte. Nur reden. Ich will nicht … so gehen müssen.«

*Ich will überhaupt nicht gehen,* hätte sie am liebsten gesagt. *Aber du lässt mich ja nicht bleiben.*

Sie hörte nur seinen Atem. Mehr nicht. Aber das allein konnte sie nicht mehr hierhalten.

Ylva löste sich von der Tür und schlurfte den Korridor entlang. Ein paar Meter, nicht mehr, dann hörte sie, wie sich der Schlüssel im Schloss drehte.

Einige Augenblicke später stand Ylva auf der Schwelle, ohne zu wissen, wie sie dorthin gelangt war. Ob sie geschlichen oder gelaufen war. Doch etwas hinderte sie daran, weiterzugehen, etwas, was sie nicht benennen konnte.

Schwere Gardinen verdunkelten das Zimmer. Dazu ließ sie ihre Sehkraft, die nicht zu den besten zählte, im

Stich. So bestand der Raum nur noch aus Silhouetten, aus dem Realen und Nichtrealen: dem Mobiliar, den klagenden Geistern, den Bildern in den schweren Rahmen und … Conrad.

Ylva hatte sich zuvor keine Gedanken darüber gemacht, was sie ihm eigentlich sagen sollte. Sie hatte sich nie gefragt, wie sie ihm begegnen durfte. Jetzt war ihr Kopf leer, ihr Körper fühlte sich fremd an, und sie wusste kaum, was sie mit all dem anfangen sollte.

Dann befand sie sich plötzlich neben Conrad, schlang ihre Arme um ihn und zog ihn an sich. Ihre Finger verkrallten sich in sein Hemd und taten weh, so fest wie sie die Fäuste ballte.

Um einiges sanfter, beinahe unsicher, legten sich Conrads Hände auf ihren Rücken, und er lehnte sich mit seiner Wange an die ihre.

»Ich dachte, du wolltest nur reden«, sagte er auf seine gewohnt leise und gedehnte Art, und Ylva verkrampfte sich noch mehr. Erst jetzt wurde ihr klar, wie viel Angst sie gehabt hatte, seine Stimme nie wieder zu hören. Aber er war hier, bei ihr, und es würde alles gut werden. Unbedingt.

»Dann hättest du die Tür nicht aufmachen sollen«, stammelte sie. Sie schmiegte sich an ihn, trotz des Schauders, den der Hauch des Todes ihr über den Rücken sandte. Seine Stimme allein reichte ihr nicht mehr aus, sie musste seinen Atem auf ihrer Haut spüren, seinen Herzschlag hören.

»Vielleicht solltest du wirklich gehen, vielleicht bist du

bei deinen Metamorph-Freunden sicherer, denn ich kann dich nicht beschützen.«

»Dann hättest du die Tür nicht aufmachen sollen«, wiederholte sie mit Nachdruck und umarmte ihn noch fester. »Denn jetzt wird mich nichts mehr von dir fortbringen können.«

Seine Nähe gab ihr die Zuversicht, dass sie aufhören konnte, um ihn zu bangen. Sie ließ von ihm ab, aber so ganz konnte sie ihn doch nicht freigeben. So suchte sie nach seinen Händen, um ihre Finger mit den seinen zu verflechten. Bis sie an seiner Linken eine leere Stelle ertastete, wo früher sein kleiner Finger gewesen war. Wieder flackerte das Bild seiner blutüberströmten Hand in ihrem Hirn auf, und sie hörte die Worte, die er einst zu ihr gesagt hatte: *Wir sind nun einmal nicht unverwundbar, uns wachsen keine neuen Organe nach.*

Etwas schnürte ihr die Luft ab. Nie hätte sie geglaubt, wie sehr der längst ertragene, bereits vergangene Schmerz eines anderen wehtun konnte. Sie taumelte ein paar Schritte zurück. Rolands Stimme erklang in ihrer Erinnerung, als stünde ihr untoter Freund neben ihr: *Er ist nicht mehr der Conrad, den wir kannten, und damit muss vor allem er selbst klarkommen.*

*Kann er das?*, fragte sie sich. *Kann ich das? Seine Hand berühren und nicht diesen Kummer empfinden?* Zögernd ertastete sie die Stelle erneut, und alles zog sich in ihr zusammen vor Schmerz.

*Ich kann das nicht!*, pochte es glühend heiß in ihr. *Ich weiß nicht, wie ich damit umgehen soll.*

»Das ist …«

»Sag nicht, das wäre nichts, weil du immer noch … funktionierst!«, brauste Ylva auf und biss sich sogleich auf die Lippe.

»Das ist nichts«, sagte er trotzdem, so ruhig, gefasst und beinahe tonlos, dass Ylva auf eine seltsame Weise den Drang verspürte, ihn auf keinen Fall ausreden zu lassen. »Weil ich blind bin.«

Ylva zählte ihre Herzschläge.

Sie hielt sich am Bettpfosten fest, aber auch er konnte sie nicht stützen. Ihre Beine gaben nach, und sie ließ sich auf dem Bett nieder. Erst jetzt bemerkte sie die Sonnenbrille, die er trug, aber in dem verdunkelten Zimmer nicht hätte tragen müssen. Sie wollte etwas sagen, aber kein menschlicher Ton drang aus ihrer Kehle, nur ein verstörtes Fiepen.

*Ich kann das nicht …*

Hatte sie es gesagt? Oder so durchdringend gedacht, dass ihre Verzweiflung fast greifbar wurde?

»Nein, musst du auch nicht. Ich kann deine Sicherheit nicht mehr gewährleisten, deshalb ist es besser …« Er redete. Irgendetwas, was einem gleichmäßigen Rauschen ähnelte.

Hatte er ihren Gedanken vernommen oder nur irgendwie erahnt, was in ihr vorging? Vielleicht an ihrem Zustand geseh… nein. Natürlich nicht. Er würde nie mehr etwas sehen. Nie mehr.

Conrad sprach weiter, doch der Sinn dessen, was er sagte, entglitt Ylva immer wieder. Was redete er da bloß?

Er könne sie nicht beschützen … Er wäre nicht mehr in der Lage, Verantwortung für andere zu übernehmen …

Still, er sollte endlich still sein! Ylva wollte ihn zum Schweigen bringen und wusste nicht wie. Mit einer Umarmung, die er als Mitleid deuten würde? Mit tröstenden Worten, die sein Stolz verschmähen würde? *Du bist ein Idiot,* beschwor sie ihn stumm. *Mein lieber, unbezwingbarer, wundersamer Idiot, der seine Aufgabe darin sieht, für andere da zu sein, und es jetzt nicht mehr kann.*

Immer sachlicher, immer distanzierter wurde sein Ton. Jetzt entglitt ihr nicht nur der Sinn von Conrads Rede, sondern er selbst. Zwar befanden sie sich noch im selben Zimmer, und sie brauchte nur ihren Arm auszustrecken, um ihn zu berühren, doch die Tür zu sich hatte er wieder verriegelt.

*Was soll ich nur machen?,* dachte Ylva und fand keine Antwort. Der Dämon vermochte ihr den Verstand zurückzugeben, ihr zum richtigen Zeitpunkt die richtigen Ausdrücke zuzuflüstern, aber mehr Einfühlungsvermögen, mehr Feingefühl würde er ihr nicht schenken können. Eine Ratte blieb nun einmal eine Ratte. Was hatte sie sich erhofft, als sie zu seiner Tür gelaufen war, als sie daran geklopft und nach ihm gerufen hatte? Hatte sie wirklich geglaubt, sie könne ihm helfen? Sie, das Rattenmädchen?

Erst jetzt fiel ihr auf, wie still es plötzlich war. Conrad sagte nichts mehr. Sie lauschte seinem Atem, der die Grenze zwischen ihnen durchbrach, sie in ihrer Welt einholte und ihn in der seinen zurückließ.

*Was soll ich nur machen?*

So tun, als wäre nichts geschehen, als wäre alles wie früher, und über seine … Nein, sie konnte es nicht einmal zu Ende denken. Und doch nicht darüber hinwegsehen.

Seine Behinderung.

Was für ein grausames Wort.

*Was soll ich nur machen?*

Musste sie besonders umsichtig mit ihm sein, anfangen, *ihn* zu beschützen? Ylva stöhnte auf. Genau. Eine bessere Methode, ihn zu kränken, würde sie sicherlich nicht finden. Aber was dann? Was?

*Du hast ganz besondere Fähigkeiten. Also nutze sie.*

Der Dämon zerrte an ihrem Verstand, kratzte ihre Seele auf. Das Dunkle begann in ihr zu brodeln, Kraft zu schöpfen und zu ihrem Hirn vorzudringen, während sie selbst immer mehr zurückwich.

*Und welche Fähigkeiten sollen das bitte schön sein?*

*Denk an das, was am Dammtor geschah. Warum sonst hat er danach die Angst vor Berührungen verloren?*

*Ich unterhalte mich mit dem Dämon,* dachte Ylva erschrocken. *Ich muss völlig übergeschnappt sein.*

*Bist du. Aber jetzt geht es nicht um dich. Wenn du es nicht tust, wird er auch mit professioneller Hilfe lange nicht darüber hinwegkommen. Jahrelang nicht. Womöglich nie. Diese Zeit habt ihr nicht. Oya wird immer stärker, gewinnt immer mehr an Macht. Über die anderen Hexen, über das Schattenreich, über mich … Du musst es tun. Jetzt!*

*Was? Wie?* Mit zittrigen Fingern fuhr Ylva sich über die Stirn.

Der Dämon hüllte sich in Schweigen. Strafte er sie für ihre Dummheit?

*Wie?*, fast hätte sie es herausgeschrien.

*Du musst seinen Schmerz greifen, deinen Totenküsser zwingen, ihn erneut zu erleben.*

Sie schluckte. Ihre eigene Spucke schien wie Galle zu schmecken. *Ich kann das nicht.* Fast hätte sie aufgelacht. *Kann ich überhaupt was?*

*Aber ich.* Das Dunkle bäumte sich in ihr auf. Ylva bemerkte zu spät, wie stark die Präsenz des Dämons geworden war, wie nah die rauchigen Tentakel an ihr Hirn vorgerückt waren, wie schutzlos sie ihrem inneren Feind ausgeliefert war.

*Nein!*

Doch ihr Hilfeschrei war vergebens.

# Kapitel 23

Conrad spürte Ylvas Berührung. Ihre warmen, leicht feuchten Hände, die sich über die seinen legten, über die Stelle, an der ihm der Finger fehlte, strichen und zurückschreckten.

*Ich kann das nicht!* Ihre Verzweiflung durchbrach die Grenzen des Âjnâ, und er las ihren Schmerz, und es machte ihn selbst noch verwundbarer, unsicherer, sich seiner Nutzlosigkeit noch bewusster. Langsam ballte er die Hände zu Fäusten, doch die Schwäche schien bereits in seinen Gliedern zu nisten, und so öffnete er die Finger, die er noch besaß, wieder. Die Schwärze um ihn herum verdichtete sich, und obwohl Conrad den Platz jedes Gegenstandes in seinem Zimmer inzwischen gut kannte, schien eine boshafte Macht alle Entfernungen noch länger zu ziehen und ihn im Nichts balancieren zu lassen. Er musste Ylva beschützen, sie davor bewahren, sich mit ihm in diesem Nichts zu verlieren. Denn sie …

… sie würde es nicht ertragen. Nicht auf Dauer. Das von ihr zu verlangen, wäre egoistisch und rücksichtslos.

*Sie muss gehen*, versicherte er sich selbst, denn bei ihm würde sie nichts als Schmerz empfinden, jedes Mal, wenn sie ihn anschauen würde. Oder wenn die Erinnerungen ihn abermals einholen, wenn er Ylva und die ganze Welt von sich stoßen würde, um endlich nichts mehr zu empfinden. Wenn er sich erneut in seinem Zimmer einschließen würde, ohne einen Ausweg aus seiner Depression zu finden, oder in ungeahnter Wut um sich schlagen würde … Konnte er ihr das zumuten? Immer und immer wieder? Nein. Dafür … liebte er sie zu sehr.

*Ich kann das nicht,* dachte sie stumm, und natürlich vernahm er es, so nah, wie er sich ihr fühlte.

»Nein, musst du auch nicht«, sagte Conrad und machte einen Schritt, um sie sanft zu berühren, doch seine Hände griffen ins Leere. Mit einem Mal überkam ihn das Gefühl, die Gegenstände würden sich einfach auflösen, sobald er im Begriff war, etwas anzufassen. Wie dämlich er in diesem Moment aussehen musste! Wie lächerlich er sich machte, wenn er auch nur versuchte, eine ganz gewöhnliche Bewegung zu vollführen! Eine Bewegung, über die er sich vorher nie Gedanken gemacht hatte. Jetzt stellte die einfachste Handlung ihn vor ein nahezu unüberwindbares Problem.

Conrad konzentrierte sich auf das, was er sagen musste. Wenigstens das klappte ohne Umstände. »Ich kann deine Sicherheit nicht mehr gewährleisten, deshalb ist es besser, wenn du mit deinen Metamorph-Freunden gehst. Du musst weg von hier. Dich verstecken, damit Oya dich nicht findet.«

Conrad presste in Gedanken die Zähne zusammen. Egal, wie es um die Welt stand, ob diese zum Spielzeug einer Mächtigen wurde oder nicht – Ylva durfte nicht in Oyas Klauen gelangen. Hierzubleiben bedeutete das sichere Ende für sie. Sie musste fort. Zu einer Gemeinde, die sich in keine Belange der Welt einmischte, die keinerlei Verbindungen zu den alten Göttern pflegte – in eine andere Stadt, in ein anderes Land. Und vor allem: so weit wie möglich weg von ihm.

Je länger er redete, desto leichter fiel es ihm, sich von seinen Gefühlen, von der ganzen Welt, in der es Ylva gab und in der er sich lebendig fühlte, abzuschotten. Zu dieser Welt durfte er nicht mehr gehören. Und war es nicht von Anfang an Selbstbetrug gewesen zu glauben, er könne in irgendeiner Zeit, an irgendeinem Ort seinen Frieden finden? Verfluchte besaßen kein Recht auf Glück. Das hätte er nicht vergessen dürfen, dann wäre es jetzt nicht so schmerzhaft, darauf zu verzichten.

Es gab keine andere Möglichkeit. Wenn Oya es auf ihn abgesehen hatte, würde sie nicht aufhören, bis sie ihn ganz am Boden wusste. Durch die Hände ihrer Handlanger hatte sie ihn gefoltert, ihm das Augenlicht genommen, aber wenn sie ihn wirklich zerstören wollte, brauchte sie nur Ylva etwas anzutun. Schon allein das Wissen, dass die Hexe dies jederzeit tun konnte und er außerstande war, es zu verhindern, machte ihn rasend und unendlich verzweifelt.

Irgendwann hörte er auf zu reden. Sein Mund fühlte sich trocken an, als hätte er stundenlang gesprochen und doch immer nur das Gleiche gesagt.

Ylva antwortete nicht. Würde er sie nicht spüren,

könnte er denken, sie hätte sich in der Schwärze, die ihn umgab, aufgelöst. Conrad verbot sich, eine Verbindung zu ihrem Âjnâ herzustellen. Was auch immer in ihr vorging, er musste sie damit allein lassen und einfach darauf warten, dass sie etwas zu ihm sagte. Er hoffte, sie würde noch etwas sagen, bevor sie ging. Damit er sich an ihre Stimme erinnern konnte, wenn er ihrer Nähe beraubt sein würde, wenn ihm nichts mehr blieb als die Dunkelheit, die er früher so begrüßt hatte, nun aber über alles fürchtete.

Aber Ylva sagte nichts, und er fragte sich, ob er sich das Gefühl ihrer Nähe nur einbildete. Ob sie in Wirklichkeit schon längst fort war.

*Nein!* Ihr stummer Ausruf stach in die Mitte seiner Stirn, als hätte sich ein Eiszapfen in seinen Schädel gebohrt. Er keuchte und rieb sich die Stelle, obwohl die Kälte täuschte, weil sein Gehirn die Telepathie-Eindrücke einfach nicht anders als durch physische Empfindungen zu verarbeiten wusste.

»Ylva?«

Stille.

Leere.

Schwärze.

»Ylva? Ist alles in Ordnung?« Conrad tastete durch die Finsternis und spürte, wie seine Hände zu zittern begannen. Mit einem Ellbogen schlug er gegen einen Bettpfosten, ignorierte den stechenden Schmerz, der seinen Arm emporschoss, und kniete sich nieder. »Ylva, antworte mir, bitte!«

Sein Âjnâ schien zu pulsieren, ihn warnen zu wollen. Irgendetwas ging im Zimmer vor, er musste es nicht sehen, um die Gefahr wahrzunehmen. Die Dunkelheit, die ihn umgab, schien lebendig zu werden und ihre Tentakel nach ihm auszustrecken. Er zuckte zusammen und fuhr herum.

»Ylva? Bitte, sag etwas! Was passiert hier?«

Die Finsternis lebte auf. Sie gierte, lechzte, spielte mit ihm und seiner Angst. Sie drang in ihn ein und wühlte in seiner Seele nach Erinnerungen, die ihn zerrissen, die er so weit wie möglich zu verdrängen versuchte.

»Nein!« Er hob abwehrend die Hände, schlug gegen das Unsichtbare, das ihn in Besitz nehmen wollte. Die Finsternis lachte, rückte auf ihn zu und wich im nächsten Moment ein Stück zurück, verhöhnte seine Hilflosigkeit. Bis das Spiel abrupt endete und etwas endgültig in seine Seele vorstieß, um sie in der Dunkelheit zu ertränken.

Bilder explodierten in seinem Kopf: das brennende Blumengeschäft, Ylva, die Angreifer … Der Film lief vor ihm mit einer berauschenden Geschwindigkeit ab. Plötzlich war es kein Film mehr und er – kein Zuschauer. Er befand sich mittendrin. Gefesselt und halbtot von der stundenlangen Folter, nur mit einem Funken Lebenskraft und voll der Gier, die in seinem gemarterten Leib tobte, nach Nahrung suchte und nichts fand, was dieses Verlangen stillen konnte. Erst irgendwann später fiel ihm auf, dass etwas nicht stimmte – er war nicht mehr an den Metallstuhl gekettet. Seine Hände wurden hinter seinem

Rücken von Handschellen gehalten, die gebrochenen Beine konnte er dagegen frei bewegen. Die angeknacksten Rippen taten bei jedem Atemzug weh, für ihre Heilung hatte er keine Energie mehr. Die kleinste Regung brachte neue Schmerzen, er erstickte an dem Gestank seines eigenen Blutes.

Die Tür ging schwer und quietschend auf, und seine Peiniger betraten den Raum. Conrad hoffte, sie würden ihn endlich töten, denn er konnte nicht mehr. Aber die beiden Nachzehrer blieben auf der Schwelle stehen und stießen einen Jugendlichen herein. Der Junge stolperte über den Schutt, der den Boden hier und da bedeckte, fing sich aber wieder und wirbelte herum. »Hey, ihr Idioten, was soll das?«

Er war ein Mensch. Einfach nur ein Mensch, dessen Aura orange, durchzogen von einem matten Dunkelgrün, leuchtete und Conrads Gier schürte. Conrads Schmerzen schwanden, eine Taubheit breitete sich in seinen Gliedern aus, benebelte seinen Verstand. Er riss an den Handschellen, fühlte, wie das Metall ihm ins Fleisch schnitt.

»Uns ist zu Ohren gekommen«, wandte sich einer der Nachzehrer im Ton eines Richters an den Jugendlichen, »du zweifelst an der Zukunft, die der Messias seinen Anhängern zu schenken vermag. Den Aufpassern ist mehrfach deine Wankelmütigkeit aufgefallen, als du Befehle zu befolgen hattest. Du weißt, wie die Leugner des Messias bestraft werden. Doch wir geben jedem eine Chance, sich noch zu beweisen. Wenn du die nächsten zwanzig

Minuten in diesem Raum überlebst, kommst du zurück zu deiner Gruppe, um dem Messias zu dienen.«

Der Junge sah sich um, bis sein Blick an Conrad haften blieb, und lachte auf. »Überleben? Wer soll mir hier gefährlich werden? Der da? Das ist doch absurd.«

»Stimmt, zwanzig Minuten sind in der Tat absurd. Zehn.«

Sein Partner maß den Jungen mit einem abschätzenden Blick von Kopf bis Fuß und meinte: »Glaubst du nicht, wir sollten es ein wenig fairer gestalten?«

»Hast Recht, Timo.« Er griff an seinen Gürtel und warf dem Jungen ein Messer und einen Schlagstock vor die Füße. »Hier. Bedien dich, bloß keine falsche Scheu.« Mit diesen Worten verließen sie den Raum und sperrten die Tür hinter sich sorgfältig zu.

Conrad wollte den Jungen nicht töten. Er wünschte dem Burschen sogar von Herzen, ihm würde es gelingen, nach dem Messer zu greifen und sein teuflisches Dasein zu beenden. Zumindest für ein Weilchen. Denn die Gier hielt den toten Körper am Leben, unter allen Umständen und der Natur zum Trotz. Auch gefesselt und fast zu Tode gequält, war er diesem Jungen überlegen. Der Bursche wehrte sich nur schwach gegen den letzten Kuss und starb, noch bevor er sich der Gefahr überhaupt bewusst wurde. Als er sich nicht mehr regte, klärte sich Conrads Verstand.

Er verabscheute sich für das, was er getan hatte. Für diese blinde Tötungslust, die ihn zu einem Tier machte und gegen die er sich nicht wehren konnte.

Andere Bilder stoben aus Conrads Erinnerungen empor. Das letzte zeichnete Stellas verbissenes, gequältes Gesicht, ihre Hand, die das Messer an seine Augen führte.

Es folgte Dunkelheit. Kalt, lauernd, leer. Conrad krümmte sich auf dem Boden, zitterte am ganzen Körper und bekam kaum noch Luft. Er wusste nicht mehr, was Gegenwart und was Vergangenheit war. Ob er sich noch immer in den Händen seiner Feinde befand oder woanders – wo, war ihm entglitten. Vielleicht würde gleich die Metalltür aufgehen, und seine Peiniger würden hereinkommen, vielleicht …

Er machte ein paar tiefe Atemzüge, fuhr sich über die feuchte Stirn, an der sein Haar klebte. Seine Hände … Sie waren nicht mehr gefesselt. Er musste fliehen, die Unachtsamkeit seiner Wächter ausnutzen. Gleich würden seine Bewacher hereinkommen … doch es war ihm plötzlich egal. Alles war ihm egal.

Er lag auf dem Boden.

Nicht mehr im Schutt des staubigen Bunkers, sondern auf glattem Parkett, das er fühlte, wenn er mit den Händen darüberstrich. Natürlich. Adrián, Maria und die anderen hatten ihn befreit und in die Villa gebracht, auch wenn er das Gefühl hatte, etwas stimmte nicht, etwas wäre dabei falsch gelaufen. Aber nun befand er sich in Sicherheit. Was war mit ihm geschehen? Erst nach und nach rekonstruierte er die Zeit kurz vor dem Flashback. Gütiger, sollte ihm das öfter widerfahren, würde er es nicht lange aushalten können, ohne dem Wahnsinn gänzlich zu verfallen. Aber aufgeben durfte er nicht.

Wegen …

»Ylva?«, krächzte er. Seine Hände bebten noch, als er umhertastete. »Ylva, bist du da?«

Conrad vernahm ein Schluchzen. »Es tut mir leid. Es tut mir so leid!« Kummer und Verzweiflung umbrandeten ihn.

Er hörte ein Rascheln. Sie erhob sich. Zögerte.

»Ylva … was … was ist passiert?«, eine Leere dehnte sich in ihm aus, verbreitete Gelassenheit und Gleichgültigkeit, eine seltsame Zufriedenheit und Ruhe. Die Vergangenheit konnte ihm nichts mehr anhaben. Mit einem Schlag wusste er: Er brauchte keine Angst mehr vor Flashbacks zu haben. Er brauchte … überhaupt nicht mehr zu fühlen.

»Es tut mir leid«, flüsterte sie noch einmal. Dann hörte er ihre schnellen Schritte, die sich entfernten und im Flur verhallten.

Sie lief davon.

Und nahm den letzten Rest seiner Empfindungen mit sich fort.

Conrad begrüßte diese Leere. Damals, nach dem Vorfall am Dammtor, hatte sie ihn beunruhigt. Nichts zu empfinden – auch keine Angst oder Reue – war falsch, naturwidrig, machte ihn nur noch deutlicher zum Monster. Aber damals … damals war da noch Ylva, die die Leere verdrängt hatte. Jetzt hatte er auch sie verloren.

Conrad schob die Hand über das Parkett, bis er gegen einen Fuß des Bettes stieß. Er musste aufstehen und weiterexistieren. Seine Leute zählten auf ihn. Solange nicht der Letzte von ihnen bezwungen war, galt es, alles zu tun, um dem Messias das Handwerk zu legen. Nicht, weil seine Machenschaften Conrad irgendwie missfielen – auch das spürte er nicht mehr –, sondern weil er normalerweise alles Angefangene auch zu Ende brachte. Und irgendeine Beschäftigung musste er eh finden.

Conrad konzentrierte sich auf Maria und Adrián, und als die beiden ihm telepathisch antworteten, teilte er ihnen mit, er müsse sie sprechen. Ihre Überraschung daraufhin hätte ihn amüsieren können, tat es aber nicht. Die Leere verschlang alles, was sich in ihm zu regen begann.

*Gut, dann kommen wir gleich in dein Zimmer*, antwortete Adrián mental. *Einen Moment.*

Irgendwann hatten sie angefangen, einander zu duzen. Das wusste Conrad noch. Aber aus welchem Grund er diese Nähe zugelassen hatte, war ihm mit einem Schlag unbegreiflich.

*Ist nicht nötig*, erwiderte er bar jeglicher Emotionen und begrüßte die Distanz, die ihn gegen die Welt abschirmte. *Ich komme zu Ihnen runter.*

Er war früher so oft in der Villa, dass er den Weg von einem Zimmer zum anderen mit verbundenen Augen gefunden hätte. Nun. Jetzt bekam er die Gelegenheit herauszufinden, ob das auch ganz ohne Augen ging.

Es funktionierte schlechter, als er es sich vorgestellt hatte, aber es funktionierte.

Als Conrad sich zu dem Raum, in dem sie meistens ihre Krisengespräche abhielten, vorgetastet hatte, warteten Maria und Adrián bereits auf ihn. Jetzt, da er seiner Sehkraft beraubt war, reagierte sein Âjnâ umso sensibler auf die Umgebung. Er konnte die beiden fast genau lokalisieren, als der Hall ihrer Empfindungen ihn erreichte, und so nickte er zum Gruß in die Richtung. Diese einfache Handlung bewirkte erstaunliche Reaktionen. Maria wirkte nervös, was für sie ganz und gar untypisch war. Sie schien seine Sondierung bemerkt zu haben, also versuchte sie, ihr Âjnâ umso sorgfältiger abzuschirmen. Kluges Mädchen.

Adrián zählte nicht zu den besonders begabten Telepathen. Zwar ließ er seine Gedanken unter Verschluss, aber es drangen genügend Schwingungen nach draußen, um daran das eine oder andere abzulesen. So bemühte sich der Mann offensichtlich, nicht zu zeigen, wie sehr ihm die Situation zusetzte: der aussichtslose Kampf gegen den Erlöser, der Anblick seines erblindeten Oberhaupts und nicht zuletzt Marias Nähe, weil … hmmm … weil sie ihm anscheinend eine Hand auf das Knie gelegt hatte. Interessant. Conrad sog jede der fremden Empfindungen in sich ein. Nach wie vor konnte er nichts sehen, aber das, was aus Adrián unbewusst in die Welt drang, reichte aus, um die Szene zu rekonstruieren. Inwieweit ließ sich das ausbauen? Wie viel mehr vermochte er aus den beiden hervorzulocken?

»Sie wollten uns sprechen«, hielt Maria ihn etwas brüsk zurück. Ja, die Lady wusste anscheinend zu gut, was er versuchte, und legte alles daran, ihn in seine Schranken zu weisen. Ob er sich mit ihr einen kleinen mentalen Machtkampf liefern sollte? Doch er merkte ein dumpfes Pochen unter seiner Schädeldecke und entschied sich dagegen. Sein Âjnâ schien die ungewöhnliche Belastung noch nicht allzu gut verarbeiten zu können.

»Es geht um diesen Erlöser«, erwiderte Conrad und lehnte sich mit der Schulter gegen den Türrahmen. »Wenn wir nichts unternehmen, sind wir erledigt, also ist es höchste Zeit, zurückzuschlagen.«

»Das stimmt«, gab Maria zu. Jetzt bemühte sie sich mit allen Kräften darum, ihn zu sondieren. »Aber was sollten wir Ihrer Meinung nach tun?«

Er hielt Marias mentalen Offensiven mühelos stand. »Bei diesem Kampf geht es nicht um diesen selbsternannten Erlöser. Er ist nur eine Marionette.«

»Na prima. Wir müssen eine Mächtige erledigen. Meinen Sie das?«

»Fast. Denn auch die Mächtige ist nur so lange mächtig, wie sie das Hexenkind hat. Wir müssen es töten.«

Jetzt durchbrach Marias Argwohn doch ihren sorgfältig aufgerichteten Schild und drang zu Conrad. »Und Sie wissen, wer das Hexenkind ist?«

Seine Mundwinkel zuckten. »In meiner Gegenwart wurde darüber natürlich nicht geredet. Und ich bezweifle, dass irgendjemand wirklich weiß, wer es ist, abgesehen von Oya und vielleicht dem Erlöser. Das Fußvolk hat keine Ahnung, wer sich da als Messias ausgibt. Soweit mir bekannt ist, hat keiner ihn wirklich gesehen.«

»Aber wie sollen wir das Hexenkind töten, wenn wir nicht wissen, wer es ist?«

»Ich habe da einen Verdacht. Denn einmal, ein einziges Mal, habe ich etwas aufgeschnappt, als meine Bewacher etwas unvorsichtig waren. Wir müssen Stella überprüfen. Sie ist ein Waisenkind, ihre Eltern sind unbekannt. Sie war aber eine der Ersten, die von dem Messias rekrutiert wurden. Auch seltsam, dass Oya persönlich sich darum bemüht hat. Das Mädchen scheint stets unter besonderer Beobachtung zu stehen. Wenn wir ihre Vergangenheit ans Licht bringen, finden wir womöglich heraus, ob nicht vielleicht Oya ihre Mutter ist.«

»Das wird nicht einfach sein.«

»Natürlich nicht. Deshalb fangt Ihr auch gleich damit an, *Mylady*.«

Maria schnaubte. Es gelang ihr nur schwer, ihren Missmut zu zügeln. Schließlich hatte es keiner je zuvor gewagt, so mit ihr umzuspringen. Nicht einmal er als Anführer. Jetzt schluckte sie den Groll hinunter. Natürlich nahm sie an, sie müsse nachsichtig mit ihm sein. Dabei benötigte er ihre Nachsicht nicht, er kam bestens zurecht. Er brauchte nichts und niemanden.

»Des Weiteren müssen wir den Stützpunkt des Erlösers zerstören«, fuhr Conrad fort. »Das wird Unruhe in seinen Reihen stiften, und die könnten wir bestens ausnutzen.«

»Wir haben die Pläne der Lagerhallen hier und können den Angriff vorbereiten«, erwiderte die Lady kühl.

Conrad zögerte. Er hatte das Gefühl, dass etwas nicht stimmte … dass etwas falsch war … Jetzt, da er keine Flashbacks mehr zu befürchten hatte, gewannen seine

Erinnerungen an Klarheit. Angestrengt dachte er nach. Kurz vor der Befreiungsaktion war er von seinen Bewachern fortgebracht worden. Warum? Weil der Messias den Angriff des Clans vorausgesehen hatte? »Der Stützpunkt befindet sich nicht in den Lagerhallen. Diese Räume sind nicht von Belang.«

»Aber wir haben dich dort gefunden!«, verteidigte sich Adrián.

»Weil der Erlöser es so wollte.« Erst jetzt begann Conrad, das Spiel durchzuschauen. Seinen Peinigern hatte nichts daran gelegen, ihn zu töten. Es war keine Rettung in letzter Sekunde. Die Feinde hatten ihn seinen Leuten praktisch zugespielt, in der Gewissheit, er wäre bereits zu gebrochen, um weiterzukämpfen. Mit seiner ... *Wandlung* ... hatten sie offensichtlich nicht gerechnet.

»Hatte Ylva nicht auch etwas in der Richtung gesagt?«, warf Adrián nachdenklich ein. »Keine Lagerhallen, sondern ... Flure und Räume unter einem Hügel. Welche Straße hatte sie damals genannt?«

»Heigonder Weg«, erwiderte Maria brüsk, vermutlich darüber verärgert, dass ihre Aufklärungsarbeit falsch gewesen sein sollte. Fehler konnte die Lady sich schon immer schlecht eingestehen. »Aber diese Straße gibt es nicht in Hamburg, das habe ich doch schon überprüft!«

»Moment. Bin gleich wieder da.« Adrián stand auf und verließ das Zimmer. Eine Weile später kehrte er zurück. Conrad hörte, wie der Nachzehrer einen Laptop aufklappte und etwas auf der Tastatur tippte. »Ja, Heigonder Weg gibt es in der Tat nicht. Aber Google Maps schlägt

›Helgoländer Allee‹ vor. Das hättet Ihr damals auch merken sollen, *Gran Princesa*.«

Maria schnaubte, nun endgültig gekränkt. »Entschuldige bitte, dass ich unseren Anführer retten und keine Zeit mit Googlen vertrödeln wollte.«

»Beruhigt Euch«, befahl Conrad ihr und fuhr zu Adrián gewandt fort: »Gibt es einen Bunker oder etwas Ähnliches in dieser Straße?«

»Mal sehen.« Erneut tippte der Nachzehrer etwas und verkündete feierlich: »Oh ja! Hör dir mal an, was die Seite unter-hamburg.de schreibt: ›Wer aufmerksam von den Landungsbrücken in Richtung Reeperbahn geht, dem mögen die vermauerten Eingänge aufgefallen sein: Seit Jahrzehnten verschlossen, führten sie ursprünglich zu einem dreistöckigen Rundbunker, der nahezu unsichtbar im Hang an der Helgoländer Allee direkt unter der Jugendherberge versteckt ist.‹ Das ist unser Ziel. Ein Verein sollte das Gebäude ausführlich dokumentiert haben. Wenn es uns gelingt, uns die Aufzeichnungen zu beschaffen, können wir uns bestens vorbereiten.«

»Wunderbar. Kümmern Sie sich darum. Die Besprechung ist somit beendet.« Er dachte, besonders die Lady würde froh sein, aus dem Gespräch entlassen zu sein, doch sie machte nicht den Eindruck, davoneilen zu wollen.

»Darf ich Sie etwas fragen?«, begann sie zögerlich.

»Nein.«

Sie tat es trotzdem, aber auch das war Conrad egal. »Warum machen Sie keinen Neuanfang?«

Er hielt inne. Die Frage irritierte ihn. Ja, warum eigentlich nicht? Würde er seinen jetzigen Körper töten, im Grab aufwachen und als Wiedergänger erneut auf die Erde kommen, bekäme er das Augenlicht zurück.

Aber das ging nicht.

Und der Grund … war Ylva.

Der Gedanke an sie bewegte etwas in ihm, wühlte ihn auf, tat beinahe weh. Er durfte sie nicht in Gefahr bringen. Aber im Grab würde er sich von denen nähren, die ihm nahestanden. Und Ylva bedeutete ihm etwas.

Eindeutig zu viel.

Warum empfand er etwas für sie, und was war es?

Die Leere drohte ihn zu verschlingen, als spürte sie da noch ein letztes bisschen, das sie zerfressen konnte. Doch diese Überbleibsel von Gefühlen vermochte auch sie nicht völlig zu vernichten.

Warum nur, wenn sie nichts brachten als Trauer? Vielleicht musste er sich noch etwas in Geduld üben, dann wäre alles wirklich vorbei, und es würde ihm gutgehen.

»Conrad, haben Sie mich gehört? Warum wollen Sie keinen Neuanfang machen?«

»Weil es einfach nicht geht«, erwiderte er trocken und hoffte, die Konversation wäre damit beendet.

»Es geht nicht? Warum nicht? Was ist mit Ihnen los? Conrad, wir brauchen Sie.«

»Ja, und hier bin ich doch auch.« Die Fragen nagten an ihm, ließen ihn nicht in Ruhe und zwangen ihn, immer wieder an Ylva zu denken. An Ylva, die fortgelaufen war, die ihn verlassen hatte.

»Das ist einfach zu hoch für mich. Warum tun Sie sich das an? Was sollen wir davon halten? Ich verstehe das einfach nicht.«

Er auch nicht. Aber alles, was er antwortete, war: »Ich fürchte, damit müsst Ihr Euch einfach abfinden, *Mylady*.«

»Tut mir leid, das ... das ist doch schlichtweg verrückt.« Nun war es so weit. Dieser letzte Tropfen brachte das Fass zum Überlaufen. Beinahe fluchtartig verließ sie den Raum.

Conrad seufzte und verschränkte die Arme vor der Brust. »Na, Rivas, wollen Sie mir auch die Leviten lesen?«

»Nein. Du ...« Der Nachzehrer zögerte, blieb aber bei der vertraulichen Anrede. »Du benimmst dich zwar in der Tat seltsam, aber die Entscheidung kann ich durchaus nachvollziehen.«

»So? Helfen Sie mir doch auf die Sprünge.«

»Es ist wegen Ylva, nicht wahr? Du liebst sie also tatsächlich.«

Conrad biss die Zähne zusammen. Liebe war also das Gefühl, das in ihm wie ein Dorn steckte und ihn nötigte, noch etwas zu empfinden.

# Kapitel 24

Ylva rannte den Flur entlang. Obwohl sie zwischen sich und Conrads Tür nur wenige Meter gebracht hatte, fühlte es sich an, als hätte sie bereits einen Marathon hingelegt. Ihr Atem ging rasselnd und stoßweise, ihr Herz hämmerte. Sie musste es irgendwie zu ihrem Zimmer schaffen, ins Bett kriechen und alles vergessen.

Ein Stechen in ihren Eingeweiden brachte sie zum Stehen. Ylva schlang einen Arm um ihren Bauch und lehnte sich gegen die Wand. Der Dämon brodelte in ihr auf. *Kehr um!*

Ihr Tyrann. Ihr Komplize. Was auch immer er getan hatte, sie war nicht bewusstlos gewesen, als es passierte. Sie hatte ebenfalls gehandelt, wenngleich intuitiv und fast ohnmächtig von der dunklen Macht, die der Dämon in ihr heraufbeschworen hatte. Ja, es war dennoch ihr Tun gewesen, durch das Conrad gelitten hatte. Vor ihrem inneren Auge sah sie ihn, wie er gekrümmt auf dem Boden lag, schweißgebadet, obwohl sie bisher keinen Nachzehrer gesehen hatte, der schwitze. Sie stieß sich von der Wand ab und schleppte sich vorwärts, zu ihrem Zimmer.

*Kehr um! Du bist noch nicht fertig.*

*Nein!* Sie schüttelte so heftig den Kopf, dass sie beinahe gegen eine mannshohe, antik anmutende Vase gelaufen wäre. *Ich kann ihm nicht wehtun, nicht schon wieder, nicht noch mehr.*

Sie flüchtete um die Ecke und prallte mit Linnea zusammen. Die Schlangenfrau – abgemagert, mit zerzaustem Haar und in etwas gehüllt, das wie ein Bettlaken aussah, wich zurück und drückte sich an die Wand. Ylva wollte weiter, doch der Blick der kalten, blinden Augen und die Leere darin ließen sie nicht los. Im ersten Moment dachte sie, die Frau würde nichts um sich herum realisieren. Bis ein Lächeln über Linneas Züge huschte, diese lieblich und mädchenhaft zeichnete.

»Ich habe ihr gut gedient, und sie wird mich belohnen«, zischelte sie so melodisch, als würde sie singen. Langsam wiegte sie ihren Körper hin und her, einer Kobra ähnlich. Jede ihrer Bewegungen wirkte geschmeidig, jeder Laut schien sich von einer gespaltenen Zunge zu lösen. Als würden die physischen Veränderungen bei ihr noch schneller, noch heftiger voranschreiten als bei anderen Metamorphen. Kein Mensch – ein Reptil lauerte auf seine Opfer hier im Flur.

Ylva wollte an ihr vorbeihuschen, wünschte sich, ihr so schnell wie möglich entfliehen zu können. Aber unter dem Laken schnellte eine Hand hervor, und die knochigen Finger bohrten sich in ihre Schulter.

»Ja, ja«, stimmte Linnea ihr Schlangenlied wieder an. »Ich werde gut belohnt. Sie hat es versprochen. Sie gibt mir Conrad zurück, wie sie ihn mir schon einmal gegeben hat. Niemals wird er dir gehören, Rattenmädchen, niemals.«

Mit einem Mal wurde Ylvas Mund trocken. Sie zweifelte, ob sie diese Begegnung nicht doch nur träumte, so irreal wirkten das Gespräch, die knochige Hand und die verwirrte, entthronte Königin.

»Wer hat dir das versprochen?«, brachte Ylva endlich zustande und tadelte sich sogleich. War es wirklich klug, mit einer Verstörten ein Gespräch anzufangen? Aber dann dachte sie an Finn und seine Stimme, die ihr damals in ihrer eigenen geistigen Umnachtung Halt gab. Vielleicht sollte sie versuchen, der Frau zuzuhören, ihr zu helfen. Vielleicht konnte sie noch etwas für die Arme tun.

Linneas Zunge zuckte zwischen den zu einem Lächeln angespannten Lippen vor und zurück. »Oya. Du kannst gegen sie nicht gewinnen. Conrad und ich werden wieder vereint.«

Ylva riss sich von der Hand los wie von einem Ast, in dem sich ihre Kleidung verheddert hatte. Sie war nicht Finn. Sie konnte nicht, was er gekonnt hatte. Ausgerechnet jetzt Linneas Gegenwart zu ertragen, dazu besaß sie weder die nötige Stärke noch die innere Ruhe.

Die zischelnden Laute verfolgten sie, ließen sie schaudern und schürten ihre Sorge. Was wollte Oya noch von Conrad? Steckte vielleicht mehr dahinter? Konnte die Hexe ihn wirklich in Linneas Arme zwingen, und hatte Ylva überhaupt eine Chance, ihn ihr zu entreißen, sollte das tatsächlich passieren?

*Nein, vermutlich nicht,* prophezeite der Dämon, und Ylva hasste die Gewissheit, die in seiner Antwort mitschwang. *Wenn dein Totenküsser den Widerstand aufgibt, ist er verloren.*

*Sei endlich still!* Noch mehr Kummer würde sie einfach nicht ertragen.

Aber er ließ sie nicht mit ihren Gedanken allein. *Du musst zu Ende führen, was du angefangen hast. Nur du kannst ihm wieder emotionalen Halt geben.*

Endlich erreichte sie die Schwelle ihres Zimmers. Sie machte noch ein paar Schritte hinein und ließ sich auf das Bett fallen. *Was? Was soll ich denn noch tun? … und was habe ich eigentlich eben getan?*

Wie damals am Dammtor konnte sie nicht in Worte fassen, was vorgefallen war. Der Dämon war ausgebrochen, war mit seinen Klauen in Conrad eingedrungen und hatte ihm wehgetan. Das wusste sie noch. Bis sie in das Geschehen irgendwie eingegriffen … und damit etwas Furchtbares heraufbeschworen hatte. Noch mehr Schmerz, noch mehr Leid.

Pragmatisch fuhr der Dämon fort, als würde er ihr eine Speisekarte vorlesen: *Du hast ihm die traumatischen Gefühle entrissen. Sogar … viel mehr, als nötig gewesen wäre. Du musst ihm etwas dafür zurückgeben, ihm helfen, wieder zu empfinden.*

Ylva rollte sich auf den Rücken und blinzelte die malerische Decke an, die über ihrem Kopf ein Stück Himmel und Wolken und pausbäckige Engelchen zeigte. *Ich verstehe das nicht.*

*Dein Totenküsser spürt nichts mehr. Deshalb musst du zurück.*

*Was, wenn ich das nicht kann?*

*Herrgott nochmal! Dann haben wir einen jahrhundertealten Soziopathen mit übernatürlichen Fähigkeiten an der Backe – das hat der Welt gerade noch gefehlt.*

Ylva hätte schreien mögen. Und sie schrie, ließ all ihren Frust heraus: »*Aber wie soll ich das schaffen?*«

Das Dunkle brodelte noch mehr in ihr auf. Ungeduldiger. *Ich bin ein Dämon, kein Seelenklempner. Dir wird schon etwas einfallen.*

Ylva schloss die Augen, um nicht die Engelchen zu sehen, die fröhlich wie auf einem Drogentrip über ihrem Kopf zu schwirren schienen. Einfallen musste ihr also etwas. Wunderbar. Genau die Art von Anweisung, die sie jetzt brauchte.

*Und das schnell,* meldete sich der Dämon in ihr. *Je mehr Zeit vergeht, desto schwieriger wird es.*

Ylva gab sich einen Ruck und richtete sich auf. Gut. Sie würde einfach nach Conrad sehen. Nichts tun, was ihm schaden könnte, einfach nur nach ihm sehen, das dürfte doch nicht allzu falsch sein. Ein guter Anfang.

Wie ferngesteuert verließ sie ihr Zimmer und schlurfte den Korridor entlang. Linnea stand noch an ihrem Platz wie ein Teil der Einrichtung und war anscheinend nicht müde geworden zu wiederholen, Oya würde sie bald belohnen, obwohl keiner ihr zuhörte. Ob die Schlangenfrau das tagein, tagaus wie eine Kassette abspulte, egal, ob jemand in der Nähe verweilte oder nicht?

Als Ylva an ihr vorbeieilen wollte, veränderte sich der monotone Text: »Du wirst ihn mir nicht entreißen können, Rattenmädchen«, wisperte Linnea vergnügt und kicherte sich ins Fäustchen wie ein kleines Mädchen. »Und ich werde nicht so blöd sein, ihn noch einmal von mir zu stoßen. Ja, ja. Ich werde gut belohnt. Sie hat es versprochen …«

Die Frau musste endgültig den Verstand verloren haben. Ylva schüttelte sich innerlich und beschleunigte ihre Schritte. Ob sie sich genauso verhalten hatte, als die Verschmelzungen mit ihrer Ratte sie den Verstand gekostet hatten? Vermutlich sollte sie Mitleid mit der Schlangenfrau empfinden, doch insgeheim gönnte sie der gefallenen Königin dieses Schicksal.

Vor Conrads Zimmer machte Ylva abrupt halt. Er war nicht da. Verflucht, wenn ihm etwas zugestoßen … Sie mahnte sich zur Besinnung. Was konnte ihm hier schon passiert sein? Die Villa war sicher. Zumindest vorübergehend.

Ylva lauschte angestrengt. Aus dem Erdgeschoss kamen Stimmen. Maria, Adrián und … natürlich. Wie blöd, sich stets wegen jeder Kleinigkeit so verrückt zu machen. Sie schüttelte den Kopf und folgte ihrem Gehör. An einer der Treppen, die zur Eingangshalle führten, blieb sie stehen, als unten aus einem der Räume Maria stürmte. Ylva entging nicht, wie aufgewühlt die Nachzehrerin wirkte. Die Lady fluchte in einer Ylva unbekannten Sprache und verschwand aus ihrem Blickfeld.

Ylva schaute zu Conrad, der am Türrahmen lehnte, die

Arme vor der Brust verschränkt. Seine ganze Haltung zeugte von Ablehnung, strömte etwas Kaltes und Unnahbares aus. Ihm schien es an nichts zu fehlen, doch ob es ihm wirklich gutging? Warum konnte sie sich nicht darüber freuen, ihn so stark und selbstbewusst zu sehen?

»Na, Rivas, wollen Sie mir auch die Leviten lesen?«

Nein, das konnte unmöglich Conrad sein, der so sprach. Er war nicht einmal mehr das Monster, das sie kannte. Sondern etwas anderes. Vollkommen Fremdes.

»Nein. Du … du benimmst dich zwar in der Tat seltsam, aber die Entscheidung kann ich durchaus nachvollziehen«, erwiderte Adrián. »Es ist wegen Ylva, nicht wahr? Du liebst sie also tatsächlich.«

Für einige Sekunden bröckelte Conrads eiserne Maske. »Hören Sie auf«, flüsterte er, ehe er sich wieder fasste. »Dass ich nicht lache.«

*Ja, es gibt tatsächlich nichts zu lachen,* warf der Dämon ein. Fast glaubte Ylva, ein leises Seufzen zu vernehmen. *Es ist schlimmer, als ich dachte. Womöglich ist es schon zu spät.*

Adrián kam auf Conrad zu und blieb direkt vor ihm stehen. »Du liebst sie. Und es tut dir gut. Aber du hast Angst, dieses Gute auch wirklich zuzulassen. Du verteufelst dich so sehr, dass du alles abweist, was in der Lage ist, dich daran zu erinnern, dass du noch ein Mensch bist. Da bleibst du lieber tot.«

»Ach so? Darf ich Sie vielleicht an Evelyn erinnern? Wie lebendig Sie sich da gefühlt haben und wie schnell es damit vorbei war?«

»Es geht jetzt aber nicht um mich«, antwortete Adrián, verspannte sich für einen Moment, klopfte Conrad dann auf die Schulter und ging, ohne noch etwas zu sagen.

Conrad rührte sich nicht. Auch Ylva verharrte oben an der Treppe, ohne zu wissen, was sie tun sollte, wie sie dieses Fremde und Unnahbare in ihm überwinden konnte.

»Ich kann dich spüren«, hallte Conrads Stimme durch die Halle und verklang unter der kuppelähnlichen Decke. Hart? Gleichgültig? Oder doch mit einem Gefühl, das er selbst nicht merkte oder zu leugnen versuchte? »Ich brauche nichts, es geht mir bestens. Du kannst gehen.«

Stufe um Stufe stieg Ylva die Treppe hinunter, bewegte sich über die Fliesen der Eingangshalle wie auf Eis. Sie würde es schaffen.

*Schaffen? Was?*, spottete der Dämon, und in diesem Augenblick hasste sie ihn mehr denn je.

*Ihm nahe zu sein. Ihn zu lieben.*

»Geh«, befahl Conrad wieder.

Und sie ging. Ging zu ihm. Beinahe von selbst hob sich ihre Hand und berührte seine Schulter, vorsichtig und bange, in der Befürchtung, jeden Moment zurückgestoßen zu werden. Conrad wandte sich ab und senkte den Kopf. Wie damals in seiner demolierten Wohnung fielen ihm die Strähnen in die Stirn und warfen dunkle Schatten auf seine fahle Haut. Aber das, womit er zu kämpfen schien, war nicht das Monster in ihm. Und wenn doch, so wäre Ylva auch dann nicht geflohen, sondern bei ihm geblieben, auch wenn sein Kuss ihr den Tod bringen sollte.

Doch Conrad küsste sie nicht. Er entzog sich ihrer Berührung. Ylva starrte auf seinen Rücken. War es tatsächlich zu spät? Erneut legte sie ihm die Hand auf die Schulter und merkte, wie er sich anspannte, diesmal aber nicht zurückwich.

*Gibt es dich noch?*, fragte sie ihn stumm. *Irgendetwas von dir, was ich lieben kann? Oder habe ich dir nur diese Hülle gelassen?*

»Geh …«

Ihre Ohren zuckten, doch vermochte sie nicht zu entscheiden, ob in seinem Ton irgendeine Spur von Gefühl mitschwang. Sie strich ihm über den Arm, fuhr über seine Hand und suchte – nicht ohne Scheu – die Stelle, an der der Finger fehlte. Sie wagte es nicht, seine verkrüppelte Hand anzuschauen. Geschweige denn, ihm ins Gesicht zu blicken, die Sonnenbrille zu sehen und zu wissen, was diese verbarg. Würde sie irgendwann die Kraft dazu aufbringen? Oder stets zusammenzucken, sobald sie auf die Spuren dessen, was ihm angetan worden war, stieß?

»Geh … bitte«, flüsterte Conrad.

Ylva versuchte, den Kloß in ihrem Hals hinunterzuschlucken. Würde er wirklich wollen, dass sie ging, würde er sich dann nicht aus ihrem Griff befreien, sie von sich stoßen, sie davonjagen? Fest hielt sie seine Hand, schmiegte sich an ihn und fühlte seine Wärme mit ihrem ganzen Körper. Der Hauch des Todes erinnerte sie an das

Monster, das in ihm lauerte. Doch sie missachtete die Warnung ihrer Instinkte und unterdrückte den Drang, ihm zu entkommen.

»Warum?«, flüsterte sie.

»Weil ich deinen Schmerz spüren kann.«

»Und?«

»Und ich nicht stark genug bin, ihn zu ertragen.«

»Dann sind wir wohl schon zu zweit.« Ylva dachte an die Zeit zurück, als ihr gerade bewusst geworden war, dass sie sich verliebt hatte. An das Flattern in ihrem Bauch, an das Herzklopfen, sobald sie Conrad sah oder an ihn dachte. Diese Zeit schien Ewigkeiten zurückzuliegen, obwohl in Wirklichkeit kaum ein paar Wochen vergangen waren. Sie liebte ihn immer noch, nur ohne Flattern und Herzklopfen. Das Gefühl war tiefer geworden und vor allem wehmütiger.

Da er immer noch nicht zurückwich und ihre Nähe duldete, lehnte sie sich mit einer Wange an seine Brust. »Es ist nicht leicht, dich zu lieben. Aber ich liebe dich.«

Sie wusste nicht, was jetzt passieren würde. Andererseits … warum sollte auch etwas geschehen? Alle Wahrheiten klangen so einfach und selbstverständlich. Die Erde drehte sich. Die Sonne ging jeden Tag auf. Und Ylva … Sie lächelte. Ylva liebte Conrad. Einen Mörder. Einen Untoten.

Sein Arm legte sich um sie, behutsam, als wäre sie eine kostbare Vase. »Sag so etwas nicht.«

»Muss ich auch nicht. Du kannst es doch spüren, oder nicht?«

»Ja. Ich kann so vieles spüren. Jetzt, wo du da bist.« Sein Atem strich über ihr Haar. Sie fröstelte, so sehr schrillten ihre Alarmglöckchen: zu nah, zu gefährlich! Zu schön, um wahr zu sein.

Ylva spürte, wie er sein Gesicht zu ihr neigte, wie das kalte Gestell der Sonnenbrille ihre Haut streifte. Sie grub eine Hand in sein Haar und drückte sich fester an ihn. Sie wollte mehr, mehr von ihm, von seiner Nähe, sogar mehr von der Furcht, die der Hauch des Todes in ihr auslöste.

Sie stellte sich auf die Zehenspitzen, zog ihn an sich und suchte seine Lippen. Er wich nicht zurück, aber erstarrte, und sie rätselte, ob sie zu weit gegangen war. Wie ihren Eifer noch aufhalten, wenn sie sich immer mehr von ihm wünschte, wenn nichts auf der Welt sie aus seiner Umarmung reißen könnte?

Als er den Mund leicht öffnete, war sie bereits verloren im Durcheinander ihrer Empfindungen. Sie küsste ihn, unbeholfen und stürmisch, und presste sich an ihn, bis sie kaum noch Luft bekam. Jedes bisschen, das er ihr gab, beflügelte sie, und jede Regung seines Körpers entfachte noch mehr von dieser seltsamen, recht einfältigen und so verzehrenden Gier in ihrem Inneren.

*Jetzt ist es langsam genug,* raunte das Dunkle in ihrem Innern. *Du hast mich überzeugt, er kann noch fühlen.*

Ylva ignorierte den Dämon. In diesem Moment gab es für sie nur Conrad, seine Hände, die ihr über den Rücken streichelten, und seine Lippen, die ihre Küsse erwiderten.

Conrad. Er war ihr unheimlich, und dennoch betörte

er sie auf geradezu überwältigende Weise. Die Gänsehaut, die der Hauch des Todes bei ihr auslöste, fühlte sich mit einem Mal anders an, angenehmer, prickelnder. Keuchend warf Ylva den Kopf nach hinten und erschauderte, als Conrads Zunge über ihren Hals fuhr. Bitte mehr!

Aber was konnte er ihr noch geben, abgesehen von dem, was sie von ihm bereits bekommen hatte? Ihr Körper fühlte sich schwach an, schwerelos. Was würde passieren, wenn Conrad sie nicht mehr hielte?

Sie sank zusammen mit ihm nieder, als er in die Knie ging und sie vorsichtig auf den Boden bettete.

*Halt, das ist doch nicht dein Ernst …*

Sie schüttelte den Kopf, um den fremden Verstand aus ihren Gedanken zu vertreiben.

Conrad beugte sich über sie. Ylva schlang die Arme um seinen Hals, spreizte die Beine und zog ihn auf sich. Er küsste sie, sanft und fest zugleich. Seine Zunge drang in ihren Mund. Ylva erzitterte. Also gab es tatsächlich mehr, immer mehr.

Der Dämon gab keine Ruhe. *Wehe, du willst mit ihm vögeln!*

*Was ich will, geht dich nichts an.*

*Es geht mich sehr wohl was an, ich kriege verdammt nochmal alles aus der ersten Reihe mit.*

*Na und?*

*Na und? Dein Totenküsser ist nicht gerade mein Typ, milde ausgedrückt.*

*Da musst du durch.*

*Ist dir aufgefallen, dass er recht große Ohren hat?*

Sie bemerkte, wie Conrad zögerte, wie unsicher er mit einem Mal wirkte, sich von ihr herunter auf die Seite rollte. Anscheinend hatte er ihre geistige Abwesenheit mitbekommen.

»Bitte, verzeih mir«, sagte er. »Ich … ich hätte das nicht tun sollen. Das war ziemlich egoistisch von mir, dich so … so …«

*Nicht tun sollen?* Sie lächelte ihn an und strich ihm das Haar aus der Stirn. *Was denn? Du hast doch nichts getan.*

*Oder zum Glück rechtzeitig mit diesem »nichts« aufgehört.*

Ylva knurrte. *Halt die Klappe!*

»Sorry?«

»Schon gut.« Sie biss sich auf die Lippe. »Achte bloß nicht auf mich.«

Seine Stirn legte sich in Falten. Conrad atmete scharf aus und richtete sich auf. »Auf Gummipuppen achtet man nicht. Aber …« Er stockte und schüttelte den Kopf. »Ich hätte das wirklich nicht tun sollen. Was auch immer ich mir wünsche, es auszuleben ist falsch.«

Er machte einen Versuch, auf die Beine zu kommen. Ylvas Herz tat einen Satz. Nein, er durfte auf keinen Fall gehen. Nicht jetzt! Nicht so!

Sie zog an seinem Hemd. Der Stoff gab nach, doch es reichte, um Conrad zurückzuhalten. Ylva wartete. Sie ersehnte seine Berührungen, seine Lippen, seine Zunge und bekam nichts davon. Sie wünschte sich, sie könnte in seine Augen blicken – braun waren sie gewesen und wunderschön –, darin seine Gefühle lesen. Aber das Einzige, was sie sah, war die Spiegelung in den Gläsern der Sonnenbrille.

»Ylva, weißt du noch, was ich dir einst gesagt habe?« Sie nickte, aber natürlich konnte er es nicht sehen und redete weiter: »Du darfst nie vergessen, Angst vor mir zu haben. Ich will nicht irgendwann zu mir kommen und dich tot in meinen Armen finden. Deshalb müssen wir … aufhören, uns zu lieben.«

Mit dem Daumen strich sie über seine Wange, verharrte an der Stelle, an der immer ein Grübchen erschien, sobald er lächelte. »Wenn du das kannst, dann beneide ich dich darum.«

Er seufzte und wandte sein Gesicht ab. »Ich kann überhaupt nichts mehr. Dich weder fortschicken noch dich bei mir behalten.«

»Zu leben heißt, für jede Minute dankbar zu sein, die einem vergönnt ist. Vielleicht tötest du mich eines Tages, vielleicht sterbe ich irgendwann an Altersschwäche, oder mir fällt morgen ein Stein auf den Kopf. Aber heute … heute habe ich dich. Und du mich. Und das ist unsere Ewigkeit.«

Er antwortete nichts. Zärtlich fuhren seine Hände über ihr Gesicht und ihren Hals. Erneut überlief sie ein Schauer, doch nicht, weil die Nähe des Untoten sie ängstigte. Dieses Prickeln und Kribbeln war neu, angenehm und doch quälend. Sie stöhnte.

Seine Finger nestelten an ihrer Bluse. Leicht bebend, unsicher, linkisch. Knopf für Knopf arbeitete er sich hinunter. Als die Bluse endlich die Haut freigab, als er den

BH etwas zurückschob und ihren Busen berührte, da zuckte sie zusammen, so wohlig und schaurig schön, wie sich diese Berührung anfühlte.

»Ich werde nichts tun, was du nicht willst«, flüsterte er ihr mit seiner sonoren, doch in diesem Augenblick so rauen Stimme zu.

»Ich will. Ja, ich will …«

Sie erzitterte unter seinen Liebkosungen, riss ihm das Hemd vom Leib, um endlich seine Haut zu spüren. Als ihre Hand über das Mal an seiner Schulter strich, spürte sie Asche unter ihren Fingern. Oya. Das Gewebe wirkte noch immer verkohlt wie Holz.

Ylva blinzelte sich die Tränen aus den Augen. Sie sollte nicht traurig sein, sondern dankbar dafür, dass er bei ihr war, dass sie ihn halten und lieben durfte. Er hatte alles überstanden, und jetzt war es an ihr, aufzupassen, dass ihm kein Leid mehr geschehen würde.

Sie strich über seinen Rücken, erfühlte jede Bewegung seiner Muskeln. Es war mehr als nur Küssen und Streicheln, so viel mehr, und doch stillte es nicht ihr Verlangen, sondern heizte es nur weiter an, bis ins Unerträgliche.

Ylva schloss die Augen. Sie atmete heftiger, zog ihn enger an sich und bog sich ihm entgegen. Sie spürte etwas Hartes an ihrem Schoß und rieb sich daran. Dann umschlang sie mit den Beinen seine Hüften. Die Hose störte. Überhaupt störte jeder Fetzen Stoff, der seine Haut verhüllte, der Ylva nicht näher an ihn heranließ. Sie tastete nach seiner Gürtelschnalle.

»Nein«, murmelte er und hielt ihre Hände fest.

»Nein?«, hauchte sie, atemlos und erschrocken.

»Ich habe keine Kondome bei mir.«

*Wenigstens einer denkt hier noch mit,* maulte der Dämon, doch Ylva achtete nicht auf ihn. »Was hast du nicht?«

»Ylva, ich möchte dich nicht schwängern. Deshalb darf es jetzt … nicht ganz so weit gehen.«

Nicht ganz so weit? Wie weit konnte es denn gehen? Doch den Gedanken zu Ende zu denken war ihr nicht vergönnt. Bald dachte sie an gar nichts mehr.

Conrad liebte sie, liebte sie mit Händen und Lippen, leidenschaftlich und ungestüm, und sie empfing diese Liebe mit jeder Pore ihres Körpers. Ihr Verlangen forderte mehr. Sie fühlte sich so ungewohnt und doch so wohl. Wie unbegreiflich seltsam sie auf Conrads Zärtlichkeiten reagierte! Es pochte und kribbelte, beinahe überall. Die Welt zog sich um sie herum zusammen – und in ihr drin. Ylva stöhnte und wand sich, beschwor Conrad stumm, nicht aufzuhören, und gleichzeitig, ihr eine Atempause zu gönnen. Sie küsste und biss ihn und saugte an ihm. Sie krallte sich an seinen Schultern fest, bohrte ihre Finger in sein Fleisch, bis sie sich zum letzten Mal aufbäumte, erzitterte und erschöpft zurücksank.

Erst dann wagte sie es, die Lider zu öffnen. Sie schaute in Conrads Gesicht und sah ihn lächeln. Sie brauchte nicht lange zu rätseln, ob es echt war. Seine Züge strahlten eine solche Zärtlichkeit und Befriedigung aus, dass es ihr Antwort genug war.

»Es war so schön«, sagte sie und fragte sich, ob es überhaupt Ausdrücke gab, die das beschreiben konnten, was sie empfunden hatte.

Nur langsam kehrte sie mit ihren Gedanken und ihren Sinnen in die Realität zurück. Eng umschlungen lagen sie auf dem Boden, und es war ihnen egal, ob jemand sie dabei erwischte oder nicht.

Eine Weile später zog sich Ylva an und lief zu ihrem Zimmer zurück, während Conrad duschen ging. Zwar wäre sie liebend gern mit ihm unter die Wasserstrahlen gestiegen, aber ihm das vorzuschlagen, traute sie sich nicht.

»Küsse ihn«, zischte es so plötzlich neben ihr, dass Ylva vor Schreck keuchte und zur Seite sprang. In einer dunklen Ecke lauerte Linnea auf sie. »Streichle ihn. Halte ihn. Solange du es noch kannst. Denn bald werde ich es sein, die er küssen und streicheln und halten wird.«

# Kapitel 25

Der Glücksrausch hielt an, Tag für Tag, obwohl Ylva zunächst dachte, dieses Gefühl müsse mit der Zeit abflauen. Er war bei ihr, sie konnte ihn berühren oder seiner Stimme lauschen, wann immer sie wollte. Und ein wenig schämte sie sich sogar, so glücklich zu sein, obwohl die Welt am Abgrund stand und der Messias mit jeder Seele, die sich ihm zuwandte, an Stärke gewann. Dennoch genoss sie jede Minute, die ihr Conrads Nähe schenkte.

Den vergangenen Abend hatte sie in Conrads Zimmer mit Vorlesen verbracht, und sie war in seinen Armen eingeschlummert, eingelullt von ihrer Müdigkeit und dem Gefühl der Geborgenheit.

Sichtlich erholt schlug sie nun die Augen auf, doch von der Geborgenheit fehlte jede Spur. Conrad lag nicht mehr neben ihr, und sie hörte flüsternde Stimmen vom Flur. Im ersten Moment wusste Ylva nicht, was sie daran so alarmierte, bis sie die Stimmen erkannte.

Conrad und Linnea.

*Nein!*, protestierte alles in ihr. Mit einem Ruck richtete sie sich auf. Die beiden unterhielten sich, und besonders Conrads ohnehin leiser Ton klang noch gedämpfter und ließ Ylvas Alarmglöckchen läuten. Wollte er sie bloß nicht aufwecken oder … Sie wusste, wie beleidigend ihre Zweifel ihm gegenüber wirken mussten, aber sie wusste auch, wozu Linnea fähig war und wie viel Gefahr von Oya ausging. Die Vorstellung, Conrad zu verlieren, schmerzte sie.

*Und du willst dir gar nicht ausmalen, was ihn erwarten könnte, sollte er sich gegen Oyas Pläne zur Wehr setzen,* hauchte der Dämon und ließ Ylvas Puls in die Höhe schnellen. Ja, daran hatte sie nie gedacht – nie denken wollen! Die Szene im Blumenladen, als die Mächtige nach seiner Schulter gegriffen und er seinen ganzen Willen benötigt hatte, um sich ihr zu widersetzen, stand ihr noch zu lebhaft vor Augen. *Die Mächtige Oya duldet keinen Trotz. Wenn sie etwas nicht haben kann, wird sie es keinem anderen gönnen. Sie würde es lieber vollkommen zerstören, als sich geschlagen zu geben.*

»Du musst es doch verstehen!«, flennte Linnea hinter der Tür und ihre Stimme leierte. »Es ist uns vorherbestimmt. Ich kann es nicht aufhalten, kann nicht dagegen kämpfen. Es zerreißt mich.«

Als keine Antwort kam, wimmerte sie umso eindringlicher auf: »Conrad!«

Er entgegnete auf seine sonore Art: »Ich habe Nein gesagt.« Es klang beinahe sanft, aber vielleicht auch bloß des Gesprächs überdrüssig.

»Bitte! Du musst mir helfen. Dir selbst helfen, uns allen.«

Ylva ließ sich aufs Bett zurücksinken.

*Bei dir zu bleiben würde für ihn das Ende bedeuten,* hörte sie den Dämon in ihrem Verstand. *Das weißt du doch auch, oder?*

Warum sagte er so etwas? Am liebsten hätte sie sich die Ohren zugehalten, doch das Dunkle in ihr konnte sie auf diese Weise nicht zum Verstummen bringen. Auch die Wahrheit nicht.

Die Ratte hopste vom Nachttisch auf das Bett und machte es sich auf dem Kissen neben Ylvas Kopf gemütlich. Gedankenverloren kraulte sie dem Tier den Nacken.

Linnea weinte, inzwischen konnte man ihr Stammeln kaum mehr verstehen.

»Nein«, sagte Conrad erneut.

Ylva schloss die Augen. Nein. Er würde immer wieder Nein sagen, egal, in welche Gefahr er sich dadurch brachte. Genauso, wie er auf sein Augenlicht verzichtete, um sie nicht zu gefährden. Er liebte sie. Viel zu sehr. Viel zu selbstlos.

»Aber …«, stammelte Linnea, doch Conrad drückte auf die Klinke und trat ins Zimmer, ohne die Frau weiter anzuhören. Die Tür warf er hinter sich zu, machte ein paar Schritte in den Raum und stolperte über Ylvas Schuhe, die sie gestern unachtsam von den Füßen gestreift hatte.

»*Oh rats!*«, fluchte er und fing sich noch einmal ab.

Ylva biss sich auf die Unterlippe. Ja, Mist. Sie müsste sich endlich angewöhnen, die Sachen dorthin zu legen, wo er sie auch erwartete.

Die Ratte quiekte. Beinahe beleidigt.

»Nein, Nibbles. Du warst nicht gemeint.«

»Nibbles?« Ylva schmunzelte, ohne ihren Blick von Conrad abzuwenden. Er war wie immer sehr gut angezogen, akkurat, aber ohne übertriebenen Protz, trug schwarze Schuhe, eine Hose mit Bügelfalten und ein Hemd, das er allerdings falsch zugeknöpft hatte. Und natürlich die Sonnenbrille, die er niemals abnahm.

Ylva ertappte sich dabei, dass sie inzwischen in sein Gesicht sehen konnte, ohne diesen stechenden Schmerz zu empfinden, der sie immer quälte, wenn sie an seine Blindheit dachte. Zwar stimmte die Brille sie weiterhin unendlich traurig, aber sie hatte gelernt, es zu verdrängen, um wieder lächeln zu können, wenn sie ihn betrachtete. Auch er schien sich immer besser zurechtzufinden. Er hatte sogar angefangen, mit Adrián zu trainieren und sich dabei aufs Gehör und aufs Âjnâ zu verlassen.

Conrad lächelte ihr entgegen, als würde er spüren, wie sie geschmunzelt hatte. »Ich weiß, ich bin nicht gerade eine Kreativitätskanone. Aber gute Freunde ruft man nun mal beim Namen.«

Ylva hockte sich auf dem Bett hin, zog ihn näher und begann sein Hemd aufzumachen. Er beugte sich zu ihr.

»*My my*, was hast du jetzt vor?« Seine Lippen berührten ihren Hals.

Es kitzelte ein wenig, und sie musste kichern. »Bilde dir jetzt nichts ein. Ich will nur dein Hemd richtig zuknöpfen.«

Conrad lachte, genauso melodisch, wie er redete. Dann warf er sie rücklings auf das Bett, und bevor sie sich's versah, drückte sein Gewicht sie nieder. Jetzt war er es, der sie eingehend betrachtete, nur nicht mit den Augen, sondern mit Händen und Lippen. Ihren Mund, ihre Nase, ihr Kinn und ihre Wangenknochen – als wollte er sich ihre Züge immer und immer wieder einprägen.

Ylva umarmte ihn. Ja, sie würde ihn jetzt so unglaublich gern lieben und von ihm geliebt werden. Aber ihn auch verstehen, zum Beispiel, was es hieß, so lange zu leben und noch so lange leben zu müssen. Sich das vorzustellen war für sie, das Rattenmädchen ohne Vergangenheit, eine Sache der Unmöglichkeit.

Mit den Fingern zeichnete sie die weichen Linien seines Gesichts nach. »Bist du adelig?« So wie er sich gab oder redete, konnte er durchaus der feinen Gesellschaft angehört haben.

Seine Augenbraue zuckte spöttisch. »Jetzt sag nicht, du bist mit mir zusammen, nur um in die englische Aristokratie aufzusteigen.«

»Rede kein dummes Zeug. Ich würde einfach gern mehr über dich erfahren, was du die letzten zwei Jahrhunderte gemacht hast.«

»Nichts, worauf ich stolz gewesen wäre.« Sein Mund bildete eine harte, abweisende Linie.

Ylva strich über seine Lippen, haderte mit sich selbst, ob sie die nächste Frage stellen durfte, die ihr schon so lange nicht aus dem Sinn ging: »Warum konntest du früher keine Berührungen ertragen? Da ist irgendetwas passiert, nicht wahr? In deiner Kindheit.«

Conrad rollte sich auf den Rücken und verschränkte

die Arme hinter dem Kopf. Schon tat es Ylva leid, es angesprochen zu haben. Sie stützte sich auf einen Ellbogen, bereit, um Verzeihung zu bitten, als er sagte: »Es geht um meinen …« Er sprach das Wort nicht aus. Er konnte es nicht.

»Vater?«

Conrad nickte.

»Hat er dich misshandelt?«

»Nein.«

Er schwieg. Ylva auch.

Sie wollte ihm versichern, er müsse nicht weiter erzählen, wenn er es nicht mochte, doch Conrad fuhr bereits fort, mit dumpfer, unsicherer Stimme: »Um deine erste Frage zu beantworten: Nein, ich bin nicht adelig. Ich habe mir Manieren angeeignet, um zu vergessen, woher ich stamme. Wer ich überhaupt bin. In Wirklichkeit waren die tiefsten Slums Londons meine Heimat.« Mit jedem Laut wurde sein Akzent deutlicher, bis sie seine Art zu reden kaum wiedererkennen konnte. »Mein … Vater … wollte schon immer einen Sohn haben. Meine Mutter hat ihm zuerst eine Tochter geboren, ehe ich dann ein paar Jahre später folgte. Zwölf Jahre lang musste ich mitansehen, wie er die beiden schlug und missbrauchte, ohne etwas dagegen unternehmen zu können. An mich hat er niemals Hand angelegt, zumindest nicht auf diese Weise.« Conrad stockte und verzog das Gesicht. »Insgeheim wünschte ich mir, er hätte mich ebenfalls regelmäßig verprügelt, denn so … so fühlte ich mich schuldig. Wie sein Komplize. Verstehst du?«

Ja, das tat sie. Ylva fuhr ihm sanft durch das Haar, doch er schob ihre Hand beiseite. »Dieses Arschloch hat meine Schwester umgebracht«, stieß er hervor. »Er hat sie … totgevögelt, direkt vor meinen Augen. Und was habe ich gemacht? Ich bin feige weggelaufen. Ich habe meine Mutter mit ihm allein zurückgelassen, wohl wissend, was er mit ihr dafür anstellen würde.«

Ylva schluckte. »Was hättest du denn tun sollen? Du warst erst zwölf! Du hättest unmöglich einem erwachsenen Mann die Stirn bieten können!«

»Mag sein. Aber ich habe es nicht einmal versucht, und dafür habe ich mich den Rest meines damaligen Lebens gehasst. Und nicht nur mich, sondern die ganze Welt, in der so etwas geschehen konnte, all die Menschen, die wie ich zugesehen, aber nie eingegriffen hatten. Als mein Fluch sich endlich erfüllte, war ich froh darüber. Es war eine lange und schwere Krankheit, die bei mir nicht wie gewöhnliche Cholera verlief. Das ist oft so bei uns Verfluchten. Ich habe Menschen mit der Seuche angesteckt, als ich noch gar nicht wusste, dass ich sie in mir trug. Anfang 1832, als die Symptome auch bei mir unverkennbar wurden, bin ich nach London zurückgekommen, um meinen Vater zu töten. Aber er war fort. Während meiner erfolglosen Suche bin ich gestorben.« Conrad verstummte und bedeckte sein Gesicht mit den Händen. Eine Weile verlor er keinen Ton. Bis er schließlich sagte: »Ich habe ihn umgebracht, sobald ich im Grab aufgewacht bin. Woche um Woche habe ich ihn ausgezehrt, bis er nur noch ein Schatten seiner selbst war und jämmerlich verendete. Es hat mir Spaß gemacht.«

Ylva biss die Zähne zusammen. »Geschah ihm recht.« Niemals hätte sie geglaubt, so etwas jemals auszusprechen, wo sie doch die Gier der Nachzehrer als etwas absolut Furchtbares ansah und um all die Menschen trauerte, die für Conrad in dieser Villa ihr Leben gelassen hatten.

»Und nach ihm – meine Mutter, weil ich nicht aufhören konnte, weil das meine Natur war, mein Fluch.« Er schnaubte. »Findest du das immer noch gerecht?«

Auch das konnte sie nicht mehr von ihm abschrecken, obschon sie daran schlucken musste.

»Jedes Mal, wenn ich später mein Spiegelbild betrachtete, sah ich meinen Vater«, fuhr er fort. »Ich bin ihm wie aus dem Gesicht geschnitten. Und jedes Mal habe ich mich gefragt, wie viel von ihm noch in mir stecken mochte.

Du wolltest wissen, warum ich keine Nähe ertragen konnte, keine Berührungen? Weil ich dann unweigerlich an ihn dachte, an das, was er getan hatte, und irgendwann kam es mir vor, als lebe er in mir weiter und ich wäre es gewesen, der …« Angeekelt brach er ab.

Einige Zeit lag Ylva stumm neben ihm, suchte nach passenden Worten, die nicht kommen wollten, nach Trost, bis sie begriff, dass er nichts davon brauchte. Manchmal war stille Zweisamkeit alles, was man benötigte, um zu sich zurückzufinden und die Vergangenheit endgültig hinter sich zu lassen.

Vielleicht ... vielleicht sollte sie sich der eigenen ebenfalls stellen und sich ein für alle Mal Klarheit verschaffen. Fast unwillkürlich fuhr sie sich mit der Hand über die Narbe an ihrem Bauch.

Wollte sie tatsächlich den Grund wissen, warum ein Vater seine Tochter zu erstechen versuchte?

Nein.

Aber sie musste es.

»Du hast noch nichts gefrühstückt«, sagte Conrad nach einer Weile.

Mit Erleichterung erkannte Ylva seine gewohnte Art zu reden, die ruhige Stimme und die gedehnten Töne.

»Ja. Stimmt.« Ylva umarmte ihn, und er erwiderte ihre Umarmung. Bis sie aus dem Bett aufstand und sich endlich anzog. »Du willst sicherlich noch mit Adrián üben. Wir seh... ich meine ... bis nachher?«

»Ja.« Er lächelte ihr zu. »Bis nachher.«

Sie ging, aber nicht, um zu essen.

# Kapitel 26

Schon aufgrund des Geruchs an Micaelas Tür ahnte Ylva, dass etwas nicht stimmte. So trat sie ein, ohne anzuklopfen. Die Jägerin schaukelte auf einem Stuhl, die Füße in schmutzigen Stiefeln, die sie höchstwahrscheinlich seit Betreten der Villa nicht mehr ausgezogen hatte, gegen eine Anrichte gestemmt. Das musste sie öfter gemacht haben, denn an der Stelle zeigte das polierte dunkelrote Holz deutliche Spuren. Der Raum roch nach Katzenpisse und Menschenschweiß und anderem, was Ylva lieber nicht näher identifizieren wollte. Auf dem Boden stand eine Weinflasche. ZouZou lag auf der Anrichte und zuckte mit der Schwanzspitze. Das Fell des Stubentigers wirkte matt, die Augen tränten.

»Du trinkst?«, fragte Ylva bestürzt. Der Alkohol und das einstige Bild der kräftigen Jägerin wollten in ihrer Vorstellung einfach nicht zusammenpassen.

Die Frau legte den Kopf in den Nacken und blickte ihre ungebetene Besucherin an. Dabei schien sie es nur einer glücklichen Fügung zu verdanken, dass der Stuhl, der auf den zwei hinteren Beinen balancierte, nicht umkippte.

»Wonach sieht es denn sonst aus?« Micaela schnalzte

mit der Zunge. »Wie es dir geht, brauche ich wohl nicht zu fragen. In der letzten Zeit strahlst du wie ein Kernkraftwerk.« Etwas Abfälliges schwang in ihrem Ton mit. Ihre Abneigung gegen Totenküsser? Ihre Verbitterung über ihr eigenes Dasein?

Ylva trat näher. Die Katze öffnete die Augen und fauchte, die Schwanzspitze begann, einen Tick schneller hin und her zu zucken. »Dir dagegen scheint es alles andere als gutzugehen.«

Micaela angelte sich die Flasche vom Fußboden und trank einen Schluck. »Was kümmert es dich? Du bist nicht meine Königin.«

»Nein, bin ich nicht. Aber deine Nichte, die sich Sorgen macht.«

»Ach, auf einmal doch?« Ein kehliges Lachen erklang, bis die Jägerin hustete und etwas Wein auf ihrem Pullover landete. Mit dem Ärmel wischte sie sich über die Lippen. »Du machst dir Sorgen um mich, so, so. Dummes Kind. Weißt du nicht mehr, wie ich dich behandelt habe? Ich kann dein Gedächtnis gern etwas auffrischen. Bloß womit anfangen? Ach. Ich habe dich zu Linnea geschleift und dein Gesicht so lange in einen Eimer mit Wasser gedrückt, bis du kaum noch Luft bekamst. Das war das einzige Mal, dass ich dich angefasst habe. Sonst habe ich immer etwas nach dir geworfen, wenn du bloß in meine Nähe gekrochen kamst. Und traf meistens den Kopf – mein Punktestand war der höchste. Yeah.«

Ylva schluckte. Vor ihrem inneren Auge begannen die Zerrbilder ihrer Vergangenheit zu kreisen, sie in die Dunkelheit und Kälte zu ziehen. Unwillkürlich machte sie sich klein.

Immer auf der Hut. Immer bereit zu fliehen. Mehr Tier als Mensch, von anderen verabscheut und gehetzt.

»Warum erzählst du mir das?«

Micaela verzog den Mund. »Damit du weißt, was ich bin. Nämlich eine Perversion dessen, was man als menschlich bezeichnen könnte. Lass also deine Fürsorge lieber stecken, ich habe sie …«, ihre Stimme wurde mit einem Mal leiser, »nicht verdient.«

Ylva wusste nicht, was sie tun sollte. Ihr Zorn verpuffte, ihr Mitleid zerrann. Sie musterte die Frau und fragte sich, ob jeder Metamorph ohne die Königin so endete. Ob das auch die anderen erwartete, die noch in der Villa geblieben waren. Ylva fühlte sich verantwortlich für sie. Für sie alle.

»Was willst du hier?«, knurrte Micaela und stellte die Flasche ab. »Hau ab. Oder soll ich wieder etwas nach dir werfen, damit du verschwindest?«

»Würdest du dich dann besser fühlen?« Ylva hörte ihre eigene Stimme wie aus weiter Ferne.

Die Augen der Jägerin funkelten. Dann senkte sie den Kopf und vergrub das Gesicht in den Händen. »Du hast gut reden. Sitzt so erhaben auf deinem hohen Ross und blickst auf mich herab«, lallte sie in ihre Handflächen. »Du hast nie wirklich zu der Gemeinde gehört, Linnea hat nie deinen Willen gebrochen, um deinen Gehorsam zu erzwingen. Du weißt nicht, wie es ist.«

*Doch, weiß ich*, wollte sie sagen, doch die Frau redete

weiter, und es schien, als könne nichts auf der Welt noch ihren Redefluss unterbrechen: »Sogar die Nichtsnutze mit ihren Fröschen, Meerschweinchen und Zwergziegen haben es gut. Sie waren zu unbedeutend, als dass Linnea sich mit ihnen beschäftigte. Aber ich und die anderen Jäger – wir waren wichtig. Wir mussten für die Königin kämpfen und uns ihre Gunst erarbeiten, um ihren Zorn nicht erleben zu müssen. Und wenn wir uns weigerten, dann betäubte sie unseren Willen jedes Mal ein bisschen mehr. Bis uns nichts von unserer Ehre übrig blieb. Bis wir so weit waren, schreckliche Dinge zu tun, ohne groß nachzudenken.« Sie sah auf. In ihrem Blick lag Verzweiflung. »Dann endete ihre Macht, und jetzt wird einem urplötzlich klar, was man all die Jahre verbrochen hat, und man versucht, alles zu vergessen, die Schuld einfach … zu ertränken.«

Ylva hockte sich neben sie, ohne die Frau anzufassen. »Bis das Schicksal einem die Möglichkeit bietet, alles wiedergutzumachen.«

Wieder sackte Micaelas Kopf in die Hände. Ihre Schultern begannen zu zucken. Weinte sie? Nein, Ylva hörte ein ersticktes Lachen, das einem Gackern ähnelte. »Es wiedergutzumachen? Indem ich an der Seite dieser verfluchten Kreaturen gegen eine Mächtige kämpfe?« Immer weiter steigerte sie sich in das Gelächter hinein. Dann verebbte die Hysterie. Sie senkte die Arme, fischte nach der Flasche und nuckelte daran.

Ylva seufzte. Nein, von dieser Frau hatte sie nicht mehr viel zu erwarten. »Es wäre schön, wenn du mir sagen würdest, wo mein Vater wohnt.«

Micaela wandte Ylva ihr blasses, schlaffes Gesicht zu. »Sieh mal einer an! Doch zu einem Familientreffen bereit?«

Ylva antwortete nichts. So winkte die Jägerin mit der Flasche und nannte die Adresse, um sogleich weiterzutrinken.

Alba versprach sofort zu kommen, nachdem Ylva die Nummer ihrer Freundin von Adrián erfragt und die junge Frau angerufen hatte. Bald traf sie mit ihrem Sportwagen ein. Bis zu dem Stadtteil, in dem Thomas Buchholz wohnte, brauchten sie knapp eine halbe Stunde. Viel zu wenig Zeit, als dass Ylva sich auf das bevorstehende Gespräch hätte vorbereiten können. Aber das hätte sie vermutlich auch dann nicht gekonnt, wenn die Fahrt Jahre gedauert hätte.

Eidelstedt besaß mehrere Gesichter: von hektisch bis ruhig, von Großbauten bis hin zu gemütlichen Einfamilienhäusern. Alba verließ eine der Hauptstraßen, indem sie einen Bus schnitt und ein wütendes Hupen erntete, und lenkte den Wagen in einen Weg, in dem das Leben stillzustehen schien. Sie parkte vor einer Einfahrt – eine andere Lücke war hier nicht zu finden – und deutete auf ein Häuschen hinter einer Kirschlorbeerhecke. »Wir sind da. Soll ich mitkommen? Oder willst du allein hingehen?«

Mit etwas Wehmut begutachtete Ylva das kleine Grundstück mit der Kinderschaukel. Wohnte hier wirklich ihr Vater? So gemütlich, so … normal. So, wie sie es sich immer gewünscht hatte und niemals genießen durfte. »Ich glaube, da muss ich allein durch.«

Alba nickte. »Ich warte auf dich im Auto. Wenn irgendetwas ist – ruf mich!«

Ylva versprach es und stieg aus. Vor dem Gartentor zögerte sie, dann drückte sie auf die Klinke und ging zur Eingangstür. Sie presste ihren Daumen gegen den Klingelknopf, zuckte zurück und fragte sich, ob sie es tatsächlich gewagt hatte. So seltsam fühlte es sich an, unter dem Vordach zu stehen und auf die eigene Vergangenheit zu warten.

Schnelle, tapsende Schritte ertönten hinter der Tür. Ein Spalt tat sich auf, und ein Gesichtchen lugte neugierig hervor. Es war ein Junge von etwa fünf Jahren, mit dunklen Haaren, blauen Augen und einem schelmischen Lächeln auf den Lippen. Ein Kind. Eines, das ein Kind sein durfte. Ein Kind ihres Vaters?

»Hallo«, sagte es.

»Hallo«, erwiderte Ylva und schwieg. Der Junge sah so anders aus als sie. Ob Micaela sich geirrt, ihr im Suff eine falsche Adresse genannt hatte? Bestimmt. Denn das Bild ihres Vaters, das sie in ihrem Inneren trug, ließ kein gemütliches Häuschen und kein derart friedliches, unbeschwertes Kind zu.

Im Inneren ertönten Schritte, und eine raue Männerstimme rief: »Leon! Wie oft habe ich dir gesagt, du sollst ohne meine Erlaubnis nicht die Tür öffnen!«

Eine Frau entgegnete: »Du musst eben immer abschließen, Thomas, damit er sie nicht aufkriegt.«

Durch den Türspalt, über den Kopf des Jungen hinweg, sah Ylva eine Gestalt, die sich näherte. Ein Mann erschien hinter dem Kleinen – drahtig und kleinwüchsig, in Flanellhemd und Jogginghose. Ylva betrachtete die sehnigen Hände, die sich schützend um den Jungen gelegt hatten – dem Mann ins Gesicht zu blicken, brachte sie nicht über sich.

»Wer ist da?«, fragte die Frau, die anscheinend ebenfalls in den Flur getreten war.

»Leon, geh sofort ins Wohnzimmer. Hilke, du auch.«

»Aber, Paps …«

Paps. Die Bezeichnung versetzte Ylva einen Stich und bewegte sie dazu, den Blick von den Händen zu lösen. Den Mann anzuschauen.

Paps. Ihr Paps, ja, das war er. Gealtert und irgendwie … verbraucht stand er da, mit eingefallenen Wangen und deutlichen Tränensäcken unter den Augen, mit Falten, die sich an seinen Mundwinkeln gebildet hatten, so sehr hatte er die Lippen aufeinandergepresst.

»Ich habe gesagt, ihr geht jetzt ins Wohnzimmer«, scheuchte er die Frau und den Jungen davon, trat zu Ylva unter das Vordach und schloss die Tür hinter sich.

Nun standen sie da, von Angesicht zu Angesicht. Ylva ahnte, dass er genau wusste, wer sie war und was sie hier wollte, und dennoch fing sie an mit einem vorsichtigen: »Thomas Buchholz? Ich bin …«

»Jacqueline.«

Sie schluckte hörbar. Wartete, doch der Mann sagte nichts mehr. So war es an ihr, das Gespräch fortzusetzen.

»Jacqueline also. Nun ja. Ich denke, auch darüber müssen wir reden.«

»Das müssen wir wohl.« Er trat auf sie zu und drängte sie in den Hof. »Gehen wir ein Stück.«

Trotzig blieb sie stehen. »Nein.«

Jetzt musste er schlucken, und Ylva beobachtete, wie sich sein Adamsapfel auf und ab bewegte. Der Mann schielte zu einem der Fenster, das gekippt war. Dann winkte er Ylva und schritt zu einem Schuppen, an dem Holzscheite aufgestapelt lagen. Sie folgte ihm.

»Ich wusste, dass du irgendwann kommen wirst«, sagte er in geschäftlichem Ton, als er endlich stehen blieb, sich ihr aber nicht zuwandte, sondern die Wand des Schuppens anstarrte. »Micaela meinte, ich sei dir ein paar Antworten schuldig. Sie hat mich überraschend gefunden, als ich mit der Vergangenheit schon längst abgeschlossen hatte, und mich regelrecht fertiggemacht deswegen.«

Ylva holte tief Luft. Sie wusste nicht, worauf sie gehofft hatte, als sie beschloss, hierherzukommen. Als sie ihren Vater mit dem Jungen zusammen gesehen hatte, hatte sie einen Moment Eifersucht verspürt, einen nagenden Wunsch, er würde ihr genauso wie seinem Kleinen die Hände schützend auf die Schulter legen, sie an sich ziehen und sie bitten, bei ihm zu bleiben. Aber das war offenbar pures Wunschdenken.

»Sie haben mich also erkannt«, konstatierte Ylva, weil er sich erneut in Schweigen hüllte.

Erst jetzt drehte er den Kopf und schaute zu ihr. Lange

verweilte sein Blick auf ihr, bis er die Lider senkte. »Ich müsste blind sein, um dich nicht zu erkennen. So wie du aussiehst. Was du bist, lässt sich nicht leugnen.«

Ylva fuhr sich durch das perlblonde Haar und erinnerte sich, wie Alba diese Farbe einst bestaunt hatte. »Was ich bin? Was bin ich denn?«

Er musste sich anscheinend überwinden, um zu reden, aber dann gingen seine Worte wie ein Unwetter auf sie nieder: »Wir sollten das schnell hinter uns bringen, Jacqueline, das würde uns beiden guttun. Also. Ich wurde als Anwärter erzogen. Meine Eltern sprachen immer von der Stärke und der Vollkommenheit, die mich ereilen sollten, sobald ich mich mit meinem Seelentier verband. Ich fieberte diesem Moment entgegen. Jahrelang. Doch er kam nicht.« Er steckte die Hände in die Hosentaschen und bewegte die Schultern, als friere er. »Ich bin ein Anwärter geblieben und wurde von der Gemeinde verstoßen. Sogar meine Eltern wandten sich von mir ab. Ich war verzweifelt. Ich habe alles versucht, um von der Königin doch noch akzeptiert zu werden, aber vergebens. Sie hat mich verbannt, und nicht nur das. Meine eigene Schwester musste mich auf ihren Befehl davonjagen.«

Ylva dachte an Micaela. Jetzt begann sie zu begreifen und mitzufühlen, jetzt hätte sie gern ihrer Tante den Wein weggenommen, mit ihr geredet und sie getröstet. Irgendwie waren sie alle verkorkste Kinder – das Rattenmädchen ohne den Vater, die Katzenfrau ohne den freien Willen, ein Anwärter ohne sein Seelentier.

»Da habe ich sie kennengelernt, die Frau, die mir Stärke gab, die in mir einen unbezwingbaren Jäger sah«, fuhr der Mann fort, genauso ausdruckslos wie zuvor. »Zusammen mit ihr durfte ich der sein, der ich schon immer sein wollte. Wir haben uns geliebt, bis sie plötzlich spurlos verschwand.«

»Meine Mutter? Wie … Wer …« Ylva wusste nicht, welche der vielen Fragen sie zuerst stellen sollte, aber Thomas Buchholz achtete nicht auf sie, sondern erzählte stumpf weiter: »Als ich die Hoffnung aufgegeben hatte, sie jemals wiederzusehen, tauchte sie auf. Mit einem Baby in den Armen – mit dir. Noch einen ganzen Monat lang lebten wir zusammen wie eine kleine glückliche Familie, dann verließ sie mich zum zweiten Mal. Nur du bliebst mir. Die Jahre vergingen. Ich fand mich mit der Rolle des alleinerziehenden Vaters ab, ich genoss es sogar, für dich da zu sein, dich liebzuhaben und dir beim Wachsen zuzusehen. Doch dann kam sie wieder und forderte dich zurück. Erst da begriff ich ihr Spiel. Ihr hässliches Spiel.«

»Wer ist sie?«, rief Ylva aus und bemerkte erst jetzt, wie ihr die Tränen in die Augen stiegen. »Wer ist meine Mutter? Warum …« Die Luft war aus ihrer Lunge gewichen, und sie rang um Atem, als der Mann antwortete: »Eine Hexe.«

Ylva taumelte und lehnte sich gegen den Holzstapel. Mir fahriger Hand fuhr sie darüber, als suche sie nach Halt. Eine Hexe? Das bedeutete, sie war … ein Hexenkind!

… ein Hexenkind …

… ein Hexenkind …

Es pochte in ihren Schläfen, rauschte durch ihr Blut und weckte den Dämon auf. Das Dunkle. Das Fremde.

»Eine Hexe«, wiederholte Thomas. In seine monotone Erzählung mischte sich Verbitterung. »Oya. Sie hat mich manipuliert und mich dazu verleitet, mit ihr ein Kind zu zeugen. Sie ließ es bei mir aufwachsen, damit andere Mächtige keinen Wind davon bekamen, und forderte es zurück, als sie es brauchte. Ich weigerte mich, dich herauszugeben. Wie töricht! Ich glaubte tatsächlich, vor einer Mächtigen weglaufen zu können. Von da an befanden wir uns auf der Flucht. Doch sie war uns stets auf den Fersen. In meiner Verzweiflung suchte ich Hilfe bei Micaela. Ich hoffte, sie würde ein gutes Wort für uns einlegen. Schließlich warst du theoretisch eine Anwärterin und als Kind einer Mächtigen wertvoll. Doch Micaela hat mich fortgeschickt. Zu meiner und deiner Sicherheit, wie ich erst später begriff. Im Hintergrund half sie mir, verwischte meine Spuren und legte falsche Fährten. Doch schließlich gelang es Oyas Handlangern, uns zu stellen.«

Ylva klammerte sich an die Holzscheite. Die Realität schwand dahin. Es war …

Es ist Nacht.

Die Feinde hatten sie eingeholt, sie und ihren Paps.

*Oya, du Mächtige, wir rufen dich! Nun löse du dein Versprechen ein!*

Der große Mann packt sie an den Oberarmen. Er tut

ihr weh. Er schleppt sie davon, drückt sie zu Boden und raubt ihr jede Bewegungsfreiheit. Die Mächtige steigt aus dem Nebel, und die Frau, die die Hexe gerufen hat, fällt nieder und fleht sie an.

*Aber natürlich bekommst du deine Belohnung, Juliane. Meine treue Dienerin. Ich schenke dir einen Dämon, der dich vor dem Wahnsinn bewahren und dir einen Weg zeigen wird.* Ihre weiteren Worte kann Ylva nicht verstehen. Sie werden in einer merkwürdigen Sprache gesungen. Der Nebel wölbt sich – er ist nicht mehr draußen, er ist in Ylva drin. Sie kann ihn spüren, wie sie ihre Angst und ihre Verzweiflung spürt. Die Grenze zum Schattenreich schwindet. *Sie* ist die Grenze. Ein Klumpen Dunkelheit wandert durch ihren Leib, entschlüpft Ylva und fährt in Juliane. Ylva schreit, erstickt fast an dem Nebel. Auch Juliane schreit. Der Mann lässt Ylva los und eilt der Frau zu Hilfe. Ylva kriecht fort. Zu ihrem Paps. Rappelt sich auf. Macht einen Schritt nach dem anderen. Gleich ist sie bei ihm … Da blitzt ein Messer auf.

Ylva kam zu sich. Sie kniete vor dem Schuppen, das Gesicht tränennass, und grub die Finger in die kalte Erde. »Aber … aber danach hat sie mich in Ruhe gelassen … bis jetzt …«

»Du bist die Verbindung mit deinem Seelentier eingegangen, die du nicht verkraftet hast. Sie konnte dich nicht mehr so leicht aufspüren, weil das Wesen des Tieres alles überschattete.«

»Und der Dämon?« Ein neuer Weinkrampf schnürte ihr die Kehle zu, und sie musste einige Zeit verstreichen lassen, bis sie wieder reden konnte. »Warum hat sie den Dämon in mich eingepflanzt? Sicherlich nicht aus Herzensgüte, damit ich meinen Verstand zurückerlange.«

Sein Gesicht verfinsterte sich. »Du trägst einen Dämon in dir? Das wird ja immer schlimmer. Ich vermute, damit er deine außergewöhnliche Aura verhüllt. Sie wollte kein Risiko eingehen, die Existenz ihres Hexenkindes so lange wie möglich verheimlichen. Es ist nicht auszudenken, was geschehen wäre, wenn die anderen Mächtigen davon erfahren hätten.«

Erneut kehrten ihre Gedanken zu der Nacht zurück, die ihr nicht mehr aus dem Kopf ging, und zu den Bildern, die sie verfolgten. »Du … du hast … du wolltest …« Sie spürte den Stich, als sei das Messer gerade erst in sie eingedrungen.

Ylva hob ihr Gesicht. Der Mann, den sie einst Paps genannt hatte, stand vor ihr und blickte auf sie herab. »Ich würde es wieder tun. Denn du bist eine Gefahr für die Welt. Durch dich ist jede Mächtige in der Lage, das Schattenreich zu entfesseln.«

Vom Boden nahm er einen Holzscheit. Wollte er ihr damit eins überziehen? Das vollenden, was er vor zwölf Jahren nicht zu Ende gebracht hatte?

Jemand zerrte sie auf die Beine und zog sie weg. Alba. Sie streichelte ihr durch das Haar und redete auf sie ein. Weinend schmiegte sich Ylva an die Freundin, ließ sich wegführen. Am Gartentor blickte sie ein letztes Mal zurück. Der Mann hatte den Holzscheit auf den Stapel gelegt, sammelte weitere vom Boden auf und schichtete sie wieder an der Schuppenwand auf. Er machte Ordnung. Ordnung in seiner kleinen Welt, die von Ylva für einen Moment durcheinandergebracht worden war. Sein Leben ging weiter. In einem gemütlichen Häuschen, mit Frau und Kind. Ganz ohne Jacqueline, Hexen und Seelentiere.

# Kapitel 27

Ylva schob sich die eiskalten Hände unter die Achseln und hockte mit gekrümmtem Rücken auf dem Beifahrersitz, während Alba fuhr. Ihre Gedanken kreisten um die Erde unter ihren Nägeln, um die Nacht des Rituals und um ihre wahre Herkunft.

Ein Hexenkind. Sie war ein Hexenkind.

Schon die Vorstellung war absurd. Sie, das Rattenmädchen, die Tochter einer Mächtigen? Unmöglich. Vieles fügte sich in ihrem Kopf nicht zusammen. Woher kamen die Gerüchte, Oya würde über das Hexenkind verfügen? Irgendetwas stimmte in all dem Chaos nicht.

Hatte Thomas Buchholz etwa gelogen? Und vielleicht auch Micaela, und es handelte sich bei ihm gar nicht um ihren Vater? Schließlich sah sie ihm nicht einmal sonderlich ähnlich.

Das anzunehmen war verlockend. Eine Lüge bräuchte sie nicht weiter zu beachten. Sie würde in die Villa zurückkehren und alles wie gehabt vorfinden, selbst die Alte bleiben.

Doch dann dachte Ylva an das Flüstern des Dämons. *Du hast ganz besondere Fähigkeiten. Also nutze sie!*, hatte die Botschaft gelautet.

Was für Fähigkeiten? Solche, über die laut Evelyn ein Hexenkind verfügte? Sie lauschte in sich hinein, doch das Dunkle in ihr blieb still. Es kam ihr vor, als wolle ihr Mitbewohner das schwierige Thema aussitzen, als hielte er sich absichtlich bedeckt. Oder brütete er etwas aus? Sein Schweigen bereitete ihr Unbehagen.

*Rede mit mir!*, verlangte sie, suchte nach dem Dämon und zerrte an ihm. Das Dunkle wand sich und entglitt ihren Gedanken, sobald sie glaubte, es erfasst zu haben.

Zorn flammte in ihr auf. *Du kannst dich nicht in mir verstecken! Wenn ich die Oberhand gewinne, bist du mir untertan.* Noch nie fühlte sie sich so stark.

Doch wenn sie sich eine Hand auf die Brust legte, registrierte sie ein sanftes Pochen in ihrem Inneren. War der Dämon bereits so mächtig geworden, dass sie seine Bewegungen physisch spürte? Nein, sie war die Herrin über ihren Körper, ihren Geist und das Bewusstsein des Dämons. *Willst du es darauf ankommen lassen?*

Das Pochen verebbte. *Nein*, gab der Dämon nach. *Ich bin hier, um deine Fragen zu beantworten.* Er klang beinahe … kriecherisch, als läge ihm alles daran, sie gnädig zu stimmen.

*Was genau habe ich mit Conrad angestellt? Was für Fähigkeiten sind das, von denen du gesprochen hast?*

*Du kannst einem Gefühle entreißen und sie in das Schattenreich verbannen. Aber Vorsicht. Nimmst du zu viel, zerstörst du die Seele. Meine Herrin.*

»Ylva, verdammt nochmal, was ist los?« Albas Ausruf ließ Ylva zusammenzucken.

Herrin. Die Unterwürfigkeit des Dämons hatte sie für einen Augenblick in Hochstimmung versetzt, doch nun hielt sie inne. Das konnte unmöglich sie sein, die so frohlockte, wenn sie über einen anderen herrschte. Es handelte sich nicht bloß um einen Klumpen Dunkelheit, der in ihr eingeschlossen war. Es ging hier um eine Schattenseele, die Seele eines Menschen. Was auch immer er verbrochen hatte, um zu einer solchen Existenz verdammt zu sein, sie hatte ihn zu respektieren.

»Ylva, verrätst du mir endlich, was passiert ist? Was hat dir dieser Mann gesagt, dass du so komisch bist?«

»Er hat gesagt …« *Dass durch mich Finn in unsere Welt zurückkommen kann. Dass Evelyn …*

*Evelyn ist ebenfalls eine Mächtige,* erinnerte sie der Dämon mit einem demütigen Unterton, der ihr ganz und gar nicht gefiel. *Ist sie wirklich so viel besser als Oya?*

Was für ein Spielchen trieb er mit ihr? Er klang so gar nicht wie der freche Dämon, der sie die letzten Tage begleitet hatte.

Doch in einem hatte er Recht. Evelyn war eine Mächtige, durfte Ylva ihr wirklich trauen? Wer konnte ihr versprechen, dass die Hexe sie nicht ebenfalls für ihre Ziele missbrauchen würde? Schließlich war dieses Wesen nicht weniger intrigant als Oya. Sie hatte Finn umgebracht, nur um Alba auf ihre Seite zu zwingen.

Nein, mit Evelyn Kontakt aufzunehmen war keine gute Idee. Aber wen konnte sie dann einweihen? Alba? Ylva schaute zu ihrer Freundin, die bereits aufgegeben hatte, nach Antworten zu verlangen, und betrübt auf die Straße starrte. Sich von Evelyn loszusagen bedeutete, Finn seinem Schicksal im Schattenreich zu überlassen. Aus ihm einen Dämon zu machen. Alba würde das nicht akzeptieren. Wie auch, wenn sogar Ylva sich mit ihrem ganzen Wesen dagegen sträubte.

Blieb nur Conrad. Ihm könnte sie sich anvertrauen, er würde ganz bestimmt einen Ausweg finden.

*Was glaubst du, wie er reagieren würde, wenn er erführe, dass du die Tochter seiner schlimmsten Feindin bist?*, gab der Dämon zu bedenken, und Zweifel sickerten in ihre Seele. Zweifel, die sich fremd anfühlten und doch berechtigt schienen. Conrad …

*… würde dich von sich stoßen.*

Conrad …

*… würde mich hassen.*

Bald wusste sie nicht mehr, welche Gedanken ihr gehörten und welche dem fremden Bewusstsein entsprungen waren. Aber das machte keinen Unterschied. Conrad durfte nicht die Wahrheit erfahren. Was bedeutete: Sie blieb allein mit ihren Sorgen und ihren Zweifeln.

Alba rüttelte an Ylvas Schulter und rang sich sogar ein Lächeln ab, das zwar noch etwas gekränkt wirkte, doch nicht ohne Wärme schien. »Wir sind da, Träumerle.«

Hastig wandte Ylva den Blick ab. Sie wusste nicht, wohin sie sehen, wie sie sich benehmen sollte. Es kam ihr vor, als würde ihre Freundin an der kleinsten Geste erkennen, was sie zu verbergen versuchte.

»Ist mit dir wirklich alles in Ordnung?«

Ylva nickte. Schnell. Mehrfach. Überzeugend genug?

Vermutlich, denn Alba ließ das Fenster hinuntergleiten und klingelte am schmiedeeisernen Tor, das die Einfahrt zum Grundstück versperrte. Gleich darauf meldete sich Marias mechanisch verzerrte Stimme durch den Lautsprecher. Das Tor schwang auf, langsam, als zweifle es an ihrer Entscheidung, die Besucher durchzulassen.

Alba steuerte den Wagen an den Weihnachtsfiguren vorbei zu dem runden Platz vor dem Eingang. »Meinst du nicht auch, das ist ein wenig zu viel Fröhlichkeit?«, sagte sie mit einem Nicken zu den grinsenden Weihnachtsmännern und nicht weniger grinsenden Rentieren. »Besonders in diesen finsteren Zeiten.«

Wieder steckte Ylva sich die Hände unter die Achseln, als müsse sie sich selbst festhalten, um nicht auseinanderzufallen. Die finsteren Zeiten waren nur ihretwegen gekommen. Ohne Hexenkind gäbe es keinen Krieg.

Sie konnte sich nicht mehr daran erinnern, wie sie die Eingangshalle betreten hatte, bloß daran, wie sie verloren in der Mitte stand und ihren Blick umherschweifen ließ, ohne etwas wahrzunehmen.

»Was ist bloß mit dir?«, drängte Alba wieder. »Du siehst ganz und gar nicht gut aus.«

Ylva schalt sich. Sie durfte keinen Verdacht erregen, sie musste sich genauso wie zuvor verhalten. Wenn sie nicht einmal ihrer Freundin etwas vormachen konnte, wie schnell würde dann Conrad merken, was in ihr vorging? Conrad, dessen Âjnâ nach dem Erblinden umso sensibler auf die Umgebung reagierte, dessen Vorahnungen immer treffsicherer wurden?

Sie durfte ihm nicht begegnen. Zumindest nicht jetzt. Aber wo sollte sie dann hin?

*Geh zum Trainingssaal.*

Zum Trainingssaal? Nein. Auf keinen Fall. Dort konnte sie Conrad begegnen, falls er noch mit Adrián übte.

*Geh zum Trainingssaal,* wiederholte der Dämon eindringlicher, was Ylva beinahe frösteln ließ. Ihre Empfindungen spielten verrückt. Durch das Dunkle genährt, fühlte sich alles noch abgründiger an. Diese Intensität ängstigte sie. Sorgen, Zweifel und Kummer ließen sie zittern und schwitzen. Das konnte doch nicht normal sein …

Nun stand sie vor dem Trainingssaal. Aus den offenen Türen wehte ihr Linneas Duft entgegen.

Die Angst lag ihr wie ein Stein im Magen.

Sie machte noch ein paar Schritte, legte eine Hand auf den Türrahmen, lugte hinein und erblickte Conrad.

Ein Schüttelfrost durchfuhr ihre Glieder.

Conrad kauerte auf dem Boden. In seinen Armen lag Linnea. Er küsste sie.

Kummer erfüllte Ylva. Eine Bitterkeit, die in Wut umschlug. Schmerz, der sich in Tobsucht äußerte.

»Ich hasse dich! Ich hasse dich, du … du …« Ylva stürmte davon. Alba stellte sich ihr in den Weg, rief etwas, doch sie schubste die junge Frau von sich. Alba bedeutete Nähe, die sie nie hätte zulassen dürfen! Und die sie nie mehr zulassen würde.

Sie lief weiter. In der Eingangshalle stieß sie mit Maria zusammen. Die Nachzehrerin packte sie an den Schultern, doch Ylva riss sich los. Maria bedeutete Schrecken, den sie nicht ertragen konnte, Erinnerungen an etwas Finsteres, das sie auseinanderzureißen drohte.

Hinter der Lady tauchte Rolands Gesicht auf.

Nein, weg aus dem Haus, runter vom Grundstück. Sie rannte. Und als sie nicht weiter rennen konnte, schleppte sie sich vorwärts.

Irgendwann fand sie sich zwischen unzähligen Häuschen wieder, zwischen ihnen enge Treppenwege, eingeschlossen in Mauern aus Naturstein, überwuchert von Efeuranken, auf den Stufen hatte sich Laub angesammelt. In der Nähe witterte Ylva einen Fluss und strebte ihm entgegen. Sie schöpfte neue Kräfte und lief schneller, bis sie es endlich geschafft hatte und vor ihr die Elbe lag und ein Pier mit einem Restaurant, aus dem der Duft von gebratenem Fisch zu ihr wehte. Der Wind zerrte an ihrem Haar und ihrer Kleidung, während sie über die Bretter immer weiter rannte, bis der Pier endete und vor ihr nichts mehr war, außer dem grauen Wasser und dem schmalen Strich des anderen Ufers in der Ferne.

Ylva schlang die Arme um ihren zitternden Leib. Die Gedanken entglitten ihr. Sie fühlte sich leer, innerlich ausgebrannt.

Sie hörte dem Rauschen des Windes und dem Plätschern der Wellen zu.

*Was ist bloß mit mir los?*

Der Wunsch, zu Conrad zurückzukehren, überkam sie. Hatte er nicht eine Chance verdient, alles zu erklären? Vielleicht war alles anders, als es im ersten Augenblick aussah.

*Aber natürlich,* säuselte der Dämon, und das Dunkle schwankte in ihrer Seele hin und her. Womöglich wollte er sie tatsächlich trösten, womöglich – nur davon abhalten, in die Villa zurückzugehen. Irgendetwas stimmte hier nicht. Stimmte nicht mit ihr. Was sie empfunden hatte, konnte unmöglich von ihr kommen!

*Du warst wütend und enttäuscht. Das passiert manchmal. Alles ist in Ordnung.*

Nein, nichts war in Ordnung.

*Jetzt kannst du dich endlich um deine Probleme kümmern. Das ist besser so, glaub mir.*

Ihre Probleme betrafen nicht nur sie selbst. Sie war eine Gefahr für die Welt und vor allem für diejenigen, die sie liebte. Oya würde nicht aufhören, sie zu verfolgen.

Ylva umklammerte ihre Schultern und trat zum Rand des Piers. Dieser Krieg tobte ihretwegen. Ohne ein Hexenkind wäre Oya machtlos. Von jetzt auf gleich wären die Pläne der Mächtigen zerstört.

Beinahe wütend brachen die Wellen am Ufer. Das Rauschen schmerzte plötzlich in ihren empfindlichen Ohren. Es musste aufhören. Der Krieg. Das Rauschen. Wenn sie nur einen weiteren Schritt tun würde, wäre alles vorbei.

Der Dämon brodelte in ihr auf. Dumpf stierte sie ins Wasser. Ja, das war eine richtige Entscheidung. Sie verbot sich, an Conrad zu denken, an Alba, an die Metamorphe, denen sie sich verpflichtet fühlte. Sie durfte keine Zweifel, keine Sorgen, keinen Kummer mehr zulassen. Sie musste endlich einmal stark sein und nicht nur stets davonlaufen.

*Nein!* Der Dämon bäumte sich auf. Er rüttelte an ihrem Verstand, jagte Qualen durch ihren Körper.

Ein Grund mehr, alles zu beenden.

*Nein!* Das Blut rauschte ihr in den Ohren wie das Getöse der Wellen. Ihr Herz pochte, immer schneller.

Es war schwer, den entscheidenden Schritt zu tun. Vielleicht, weil der Dämon teilweise ihren Körper übernommen hatte und sie zurück auf den Pier drängte. Vielleicht, weil sie im letzten Augenblick doch noch Bedenken zuließ und leben, ja, kämpfen wollte. So beugte sie sich nur zögerlich vor, um sich in den Fluss fallen zu lassen.

Was danach passierte, ging unglaublich schnell. Jemand riss sie zurück, und sie sah nicht die Wellen, sondern den Pier auf sich zukommen. Starke Arme hatten sich um sie gelegt, hielten sie fest.

Ylva sah auf. Aber es war nicht Conrad. Sondern ihr bester untoter Freund. Roland. Ungläubig starrte sie in das fahle Pummelgesicht und gab sich der Geborgenheit hin, die sie in der Umarmung fand. Der Nachzehrer wiegte sie wie ein kleines Kind und strich ihr über das Haar. Ihm konnte sie doch schon immer alles erzählen, warum nicht auch die Sache mit dem Hexenkind? Zusammen würden sie eine Lösung finden. Ylva kuschelte sich an ihn, ungeachtet der Gänsehaut, die der Hauch des Todes bei ihr hervorrief.

»Wie hast du mich gefunden?«, flüsterte sie, plötzlich unendlich erschöpft.

»Du warst so durcheinander«, erwiderte Roland sanft, während er mit seinem Blick die grauen Bauten am anderen Ufer fixierte. »Ich dachte, es wäre eine gute Idee, dir zu folgen. Wie ich gesehen habe, zu Recht.«

»Danke.«

»Versprichst du mir, keine Dummheiten mehr zu machen?«

»Ja.« Ylva schaute in das runde, früher so freundliche Gesicht, das jetzt ungewöhnlich ernst, beinahe hart wirkte. *Irgendetwas stimmt hier nicht,* erhob sich erneut der Gedanke, doch Ylva verdrängte ihn. Sie durfte ihrem Dämon nicht trauen, sie durfte sich selbst nicht mehr trauen, dafür aber ihrem Freund umso mehr. Er passte auf sie auf. Bei ihm war sie sicher.

»Alles wird gut«, versprach er leicht geistesabwesend, während sein Blick hin und her wanderte und immer wieder zu den Häuschen hinter ihnen im Treppenviertel zurückkehrte. »Hörst du? Alles wird gut.«

»Ich bin das Hexenkind«, sagte sie.

Er antwortete nicht.

Ylvas Blick versank im eisigen, hellen Grau seiner Augen. »Verstehst du? Ich bin das Hexenkind.«

Etwas geschah hier, nur … fühlte sie sich zu entkräftet, um das zu begreifen. Der Dämon wand sich in ihr, breitete sich aus und durchströmte jede Zelle ihres Körpers. Irgendetwas flüsterte er ihr zu, doch nicht einmal das vermochte ihr Verstand noch zu erfassen.

»Roland?«, wisperte Ylva, plötzlich von seinem Blick völlig gefangen. Sie war sehr müde. Sogar das Sprechen artete in große Anstrengung aus, sie sollte es vielleicht lassen.

»Du musst dich ausruhen«, drang es durch die Watte, in die ihr Kopf gepackt zu sein schien.

Ylva wollte protestieren, nach Erklärungen verlangen, doch ihr Körper gehorchte ihr nicht mehr. Der Dämon wurde immer stärker, verdrängte ihr Bewusstsein. Stück für Stück gab sie ihm nach. Es kam ihr vor, als würde sie einschlafen und doch alles ringsherum mitbekommen.

Ylva sammelte ihre Kräfte, vermochte sich jedoch nicht von den grauen – nein, inzwischen eisfarbenen – Augen zu lösen. Was geht hier vor?, rief sie ihrem Freund stumm zu. Der Hauch des Todes wurde so viel stärker, beinahe unerträglich. Er konnte unmöglich nur von einer Person ausgehen.

Sein Mondgesicht verschwamm vor ihren Augen, schwebte irgendwo über ihr, einer blassen Scheibe gleich.

*Es tut mir leid …*

Hatte er das gesagt? Oder der Dämon?

Ylva versank in der Schwärze.

# Kapitel 28

An diesem besonderen Tag, dem so viele entgegenfieberten, erhoffte Stella sich etwas Außergewöhnliches. Sie verließ ihre Wohnung mit einer gewissen Erwartungshaltung, und als sie auf den Straßen den ersten Schnee entdeckte, deutete sie es als ein Zeichen. Selbstverständlich war sie nicht so naiv zu glauben, das gehöre zum Plan und der Messias hätte damit die Erneuerung der Welt eingeleitet. Aber einen gewissen Schicksalswink sah sie darin dennoch.

Stella überprüfte ihre Waffen, die sie versteckt unter der Jacke trug, und zog an dem Kettengürtel, der ihre Taille schmückte. Erst danach ging sie den Bürgersteig entlang zu der Stelle, an der sie ihren Van geparkt hatte. Als sie an einem Kinderspielplatz vorbeilief, hörte sie ein Quietschen und sah, wie sich eine Gestalt von der Schaukel löste. Automatisch stellte sich ihr Körper auf einen Kampf ein. In den letzten Tagen befürchtete sie hinter jeder Ecke einen Hinterhalt. Die Abgesandten, die sie vor den Messias zerren und für ihr Tun zur Verantwortung ziehen würden. Die Anspannung wich auch dann nicht, als sie den Ankömmling erkannte: Cerim. Er schlenderte mit einem unverschämt selbstgefälligen Grinsen zu ihr, in einer Hand das Messer, das er stets auf- und zuschnappen ließ. Wenn er so auf sie zusteuerte, fühlte sich Stella wie eine Beute, die in eine Falle geraten war und aus Leibeskräften zappelte, vergebens bemüht, Freiheit zu erlangen. Seltsam. Dabei bräuchte sie doch weder vor einem Menschen noch vor einem Messer Angst zu haben. Vielleicht lag es einfach an dem Gesamtpaket, dass ihre Nerven verrückt spielten: das bevorstehende Ritual, der nahende Kampf gegen die Verblendeten, die Zweifel … Die Zweifel? Nein, die durfte sie auf keinen Fall zulassen oder – noch schlimmer – zeigen.

»Na?«, begrüßte Cerim sie und schob seinen Kaugummi von einer Backentasche in die andere. Sein warmer Atem wehte Stella ins Gesicht.

»Was machst du hier?«, knurrte sie ihn an und verfluchte sich für ihr kurzes Zögern, das ihm ihre Verwirrung verriet. Je weniger Gefühle sie zeigte, desto sicherer war es. Denn die falschen Gefühle wurden hart bestraft.

Er zuckte mit den Schultern. »Mein Mädchen auf dem Weg zum Bunker begleiten. Du glaubst gar nicht, was für Gefahren unterwegs lauern können.«

»Aha.« Stella hatte schon längst aufgehört, ihm klarmachen zu wollen, dass sie nicht sein Mädchen war. Jeden ihrer Proteste schien er sichtlich zu genießen. Ja, für ihn war sie nichts als eine zappelnde Beute, und er wusste, dass ihr das klar war. Komischerweise imponierte ihr seine Hartnäckigkeit, weil sie sich in seiner Gegenwart tatsächlich begehrenswert fühlte.

Stella beschleunigte ihren Gang, aber er blieb ihr auf

den Fersen. Mit Genugtuung registrierte sie sein leises Keuchen. Er kam außer Atem, um mit ihr Schritt zu halten.

»Und, schon gespannt auf den großen Tag?«, fragte er betont lässig, obwohl er zwei Schritte machen musste, wo sie nur einen benötigte.

Sie sah auf ihn herab und fragte sich wie schon oft, was für einen Narren sie an ihm eigentlich gefressen hatte. Seine sehnige Statur machte aus ihm nicht gerade die Art von Mann, der sie beherrschen könnte. »Für mich – ein Tag wie jeder andere. Und du? Schon die Hosen voll?«

Natürlich hatte sie bereits unzählige Male versucht, sich auszumalen, was heute im Bunker passieren würde. Der Messias hatte verlauten lassen, an diesem bedeutenden Tag den ersten Sterblichen, die ihre Prüfungen bestanden und sich als würdig erwiesen hatten, einen Dämon zu schenken und sie somit in die höheren Ränge aufzunehmen.

Cerims Miene verfinsterte sich. »Ein Tag wie jeder andere? Du zweifelst also an den Worten unseres Erlösers?« Etwas Lauerndes, Tückisches lag in seiner Miene. Stella fröstelte beinahe. War er etwa ihr Aufpasser?

Sie biss sich auf die Zunge. Verdammt. Natürlich glaubte sie an die Worte des Messias. Nur manchmal … manchmal fragte sie sich, ob die Dämonen tatsächlich existierten. Oder ob diese Wesen nur ein Märchen waren, um den Sterblichen wie Cerim Hoffnung zu geben und sie auf die richtige Seite zu ziehen.

Über ihre eigenen Gedanken erschrocken, sah sie sich um. Ob jemand ihre Skepsis registriert hatte? Sie durfte die Worte des Messias nicht infrage stellen. Die Strafe für Leugner fiel grausam aus. In den letzten Wochen waren viele Haderer ausfindig gemacht und hingerichtet worden, um den Glauben der anderen zu stärken. Faulige Keime in der Saat der neuen Ordnung, so nannte der Erlöser sie. Sie musste aufpassen. Keinesfalls etwas von ihren verräterischen Gedanken durchsickern lassen. Ob Cerim …

Ihr Blick blieb an seinem Gesicht hängen. Verdammt, verdammt, verdammt. Er hatte schon wieder ihr Zögern bemerkt. Und die Art, wie seine Augen dabei aufblitzten, gefiel ihr ganz und gar nicht. Er war schlauer, als sie ihn zunächst eingeschätzt hatte.

»Nein, natürlich zweifle ich nicht an den Worten des Messias«, beeilte sie sich zu erklären. »Sein Tun ist immer recht.«

»Guuut«, sagte er gedehnt, und sein Grinsen wurde noch breiter. »Ab morgen werde ich endgültig zu den Auserwählten gehören, euch in nichts nachstehen. Wie es sich wohl anfühlen mag, wenn einem ein Dämon in die Seele fährt?«

Stella rätselte, ob das tatsächlich der Gedanke war, der in seinem Kopf in diesem Augenblick herumgeisterte. Oder ob er sie an die Höheren verraten wollte, damit sie des Leugnens bezichtigt werden konnte.

»Soll ich dir dabei Händchen halten?«, gab sie grob zurück, um ihre Angst zu verbergen.

Er schnalzte mit der Zunge und zog an seinem Hosenbund. »Danach kannst du mir was anderes halten, mein Mädchen.«

Zum Glück erreichten sie den Van. Stella riss die Fahrertür auf, als wolle sie an ihr den Groll über die eigene Verzagtheit auslassen, und schlüpfte auf den Sitz. Ohne auf Cerim zu warten, startete sie den Motor, doch der Junge sprang schon in die Kabine.

Das Auto ruckte, als sie losfuhr. Cerim grinste erneut, während er laut seinen Kaugummi kaute. »Mache ich dich nervös, Baby?«

Stella schluckte die Antwort, die ihr auf der Zunge lag, hinunter. Irgendwie stand sie neben sich. Alles kam ihr so verzerrt, so irreal vor – was sie dachte, sagte, sah …

Er lachte auf. »Was für ein herrlicher Tag! Meinst du nicht auch?«

Fest umklammerte sie das Steuer und starrte auf die Straße. Wo waren bloß ihre Selbstsicherheit, ihre Überlegenheit geblieben? Absurd! Sie kuschte vor einem jugendlichen Sterblichen! Wo gab's denn so was? Zugegeben, sie durfte ihm nichts antun. Schließlich hatte der Messias ihn auserwählt.

»Hey!« Cerim holte aus und boxte ihr in die Seite. Vor Überraschung riss sie am Lenkrad und wäre fast in den Gegenverkehr gerast. »Ich will feiern! Ich will, dass du dich mit mir freust. Ich will dein Lachen hören!«

Und sie lachte, weil sie lachen musste, während seine Faust mal ihre Schulter traf, mal ihre Rippen.

Die Fahrt schien Ewigkeiten zu dauern, bis Stella endlich in der Helgoländer Allee, nur wenige Meter von den

Landungsbrücken entfernt, parkte. Cerim sprang aus dem Auto, lief um den Wagen herum und öffnete die Fahrertür, gerade als Stella ihren Gurt aufgemacht hatte. Mit beiden Händen zog er sie an sich und presste ihr einen Kuss auf den Mund, so dass sich ein Riss auf ihren trockenen Lippen bildete. »Komm, ich kann es kaum erwarten!«

Sie fror und stolperte hinter ihm die Straße entlang. Warum musste es so schnell so kalt werden? Noch vor wenigen Tagen hatte sie bauchfreie Tops getragen. Und jetzt schneite es, und ein eisiger Wind fuhr ihr unter den Minirock.

Bald erreichten sie den vermauerten Eingang mit drei blauen Graffiti-Buchstaben: MOR oder etwas Ähnliches, so genau ließ es sich nicht entziffern. Cerim zog sie ins Gestrüpp. Zuerst dachte Stella, er brenne darauf, in den Bunker zu gelangen und endlich das Ritual über sich ergehen zu lassen, als er sie plötzlich auf den Boden warf. Hart traf ihr Rücken auf die Erde, und für einen Sekundenbruchteil verschlug es ihr den Atem. Bevor sie sich's versah, machte er seine Hose auf und legte sich auf sie.

Ihr fehlten die Worte. Ihr fehlten der Verstand, die Kraft, der Wille, ihn fortzustoßen.

Fordernd hob er ihren Minirock und zerriss ihre Netzstrümpfe. Den Slip schob er zur Seite und drang in sie ein. Stella keuchte überrascht auf und klammerte sich an seine knochigen Schultern. Mit harten Stößen begann er, sie zu traktieren.

Stella lag da und fragte sich, was mit ihr geschah. Erstaunlicherweise gefiel es ihr, wie er sie nahm, ohne zu fragen, wie er sie benutzte und dominierte. Vielleicht, weil sich keiner zuvor je getraut hatte, so mit ihr umzugehen. Und nun – ausgerechnet ein sterblicher, ein schwacher, nutzloser Mensch. Der Gedanke, von Passanten überrascht zu werden, gab ihr den entscheidenden Kick. Sie begehrte seine Macht und nahm etwas davon in sich auf, ohne sich an ihm zu nähren.

Er stärkte sie.

Cerim neigte sein gerötetes Gesicht zu dem ihren. Im ersten Moment glaubte – wünschte! – sie, er würde sie küssen, doch er biss ihr ins Ohrläppchen und krächzte: »Na los. Zeig mir, was du draufhast. Wo bleibt denn dein magischer Hokuspokus? Sonst könnte ich auch eine Baumhöhle ficken.«

Sie grinste. Na gut. Er hatte es nicht anders gewollt. Noch bevor er erneut zustoßen konnte, lenkte sie ihre Energie und warf ihn auf den Rücken. Nun befand sie sich oben. Nahm sich, wonach es sie gelüstete.

Stella ritt ihn, bog ihm die Arme hinter den Kopf und saugte an seinen Lippen. Da wandte er sein Gesicht ab und biss sie in den Hals. Sie schrie, bäumte sich auf und ohrfeigte ihn. Er knurrte und zeigte ihr sein Gebiss. Seine Hände krallten sich in ihre Brüste. Plötzlich warf er sie von sich ab. Mit dem Rücken zerbrach sie eine Flasche, die jemand einst unachtsam in die Büsche geworfen hatte. Das Spiel begann.

Sie wälzten sich im Gestrüpp, sie kämpften, sie liebten sich. Die Welt wirbelte um Stella herum, und sie wusste nicht mehr, wo sich oben oder unten befand.

Es war grob. Hart. Noch härter. Aber sie genoss die Schmerzen, die sie empfand, und auch die, die sie ihm zufügte. Es kam ihr vor, als lebe sie zum ersten Mal ihre eigene Wildheit aus.

Das Letzte, was sie von dem Sexkampf noch mitbekam, war, wie sie auf dem Bauch lag. Cerims Hand krallte sich in ihre afrikanischen Zöpfe und drückte ihr Gesicht in das eisige Laub, und als sie glaubte zu ersticken, überkam sie der Orgasmus.

Cerim stöhnte und hechelte. Kurz darauf spürte sie ihn zucken. Seine Wärme ergoss sich in ihren Schoß. Dann ließ er von ihr ab.

Einen Augenblick schwelgte Stella in der Beseeltheit, die sich in ihr ausbreitete. Nur widerstrebend rollte sie sich auf den Rücken, sah zu Cerim auf, der schwankend auf die Beine kam und sich mit einem Papiertaschentuch abwischte.

»Nun bin ich wohl doch dein Mädchen«, sagte sie mit von der frostigen Luft heiserer Stimme.

Seine Mundwinkel zuckten. Er zerknüllte das Tuch und warf es ihr zu. »Nein, jetzt bist du meine Schlampe.«

Dann drehte er sich um und stampfte davon. Verwirrt starrte Stella ihm nach. Nach dem Höhenflug ereilte sie der Absturz. Sie kam sich benutzt vor, und am liebsten hätte sie geheult. Sie hob das zerknüllte Taschentuch auf und wischte sich notdürftig ab. Dann schob sie ihren Slip zurück an seinen Platz. Wie betäubt tastete sie sich durch das Gebüsch, fand den Eingang zum Bunker und zwang sich hinein.

Wieder war es, als wäre sie lebendig begraben. Die Dunkelheit raubte ihr die Bewegungsfreiheit, obwohl sie wusste, dass es nur ihr Hirn war, das ihr dieses Horrorszenario so lebensecht vorgaukelte. Sie zwang sich zu atmen, zwang sich zu gehen und zu vergessen.

Stella wusste kaum, wie sie den Weg zu dem Raum hinter sich gebracht hatte, in dem sich die Auserwählten und die Höheren versammeln mussten. An der Tür standen Timo und Nick, davor hatte sich eine Schlange aus Sterblichen gebildet. Sie erblickte auch Cerim, als einen der Letzten, und musste ihren ganzen Willen einsetzen, um ihn zu ignorieren. Viel interessanter sollte doch die Frage sein, was sich hier abspielte. Einer nach dem anderen gingen die Auserwählten in den Raum, verbrachten einige Zeit darin und traten wieder heraus. Auf den Gesichtern – ein trunken-seliger Ausdruck.

Stella schlenderte an der Schlange und Cerim vorbei zu den beiden Nachzehrern, die das Beste aus ihrem Wächter-Repertoire von sich gaben. Sie kam sich selbst blöd vor, es fehlte noch, dass sie ein Liedchen pfiff, um ihre Lässigkeit zu betonen. Irgendetwas sagte ihr, dass Cerim ihr Spiel durchschaut hatte. Vielleicht war er wirklich ihr Aufpasser, und vielleicht kannte er sie besser als jeder andere.

»Was geht hier ab?«, fragte sie und spähte durch die Tür, die sich gerade öffnete, um einen weiteren Auserwählten hineinzulassen. Der Raum dahinter wurde nur von wenigen Kerzen erleuchtet, wodurch er eine fast gespenstische Atmosphäre erhielt. Dem Eingang gegenüber stand eine junge Frau: klein, dünn, mit dunkler Haut und perlblondem Haar. Rechts und links von ihr – zwei Nachzehrer. »Ylva? Seit wann ist sie hier?«

»Schon ein Weilchen«, gab Timo ihr Auskunft.

Ein Weilchen? Und sie wurde davon nicht in Kenntnis gesetzt? Stella beobachtete, wie einer der Sterblichen sich der jungen Frau näherte, vor ihr niederkniete und die Lippen an ihre Hand führte. Dann erhob er sich und verließ den Raum.

»Und wer hat sie gebracht?«

»Roland.«

Stella knurrte. Ausgerechnet dieser Fettsack! Es war einfach nur ungerecht. Sie hatte versagt, und irgendein Neuling erledigte mit links ihre Aufgabe und erntete die Lorbeeren.

Gerade wollte der Nächste in den Raum gehen, da schob Stella ihn beiseite und trat selbst ein. Sie ging direkt auf Ylva zu, blieb kaum einen Meter entfernt von ihr stehen und musterte die junge Frau. Irgendetwas stimmte mit der nicht, ein Wunder, wie die sich überhaupt auf den Beinen hielt. Sie wirkte so … weggetreten. Ihr glasiger Blick war auf einen Punkt an der Wand gerichtet, das Gesicht emotionslos, der Mund leicht geöffnet. Sie sah aus, als schliefe sie. Oder vegetierte vor sich hin. Was auch immer Roland mit ihr gemacht hatte, er hatte ganze Arbeit geleistet, jemandem so den Verstand auszublasen.

Mit zwei Fingern fasste Stella die junge Frau am Handgelenk und hob es. Schlaff hing der Arm in ihrem Griff. Sie ließ das Gelenk los, und der Arm fiel schwer herab.

»Krass. Was ist mit ihr?«

Doch niemand gab ihr eine Antwort. Die beiden Nachzehrer fixierten die Tür und falteten synchron die Hände zum Begrüßungszeichen. Hinter sich hörte Stella Schritte. Sie drehte sich um und sah, wie die Höheren den Raum betraten. Sie bildeten einen Kreis, zu dessen Teil auch Ylva und Stella wurden. Schließlich kam Oya in den Raum und hinter ihr – der Messias. Er trug wie immer einen weiten, bodenlangen Umhang mit einer Kapuze, die sein Gesicht verbarg. Obwohl Stella den Hals reckte, um einen Blick unter die Kapuze zu erhaschen, sah sie nichts außer Schwärze. Ob sie irgendwann damit geehrt sein würde, das Antlitz des Erlösers zu bestaunen? Bestimmt nicht, wenn sie ihn immer und immer wieder enttäuschte.

Totenstille senkte sich über den Raum. Stella wagte es kaum zu atmen, und offenbar erging es nicht nur ihr so.

»Fangen wir an«, sagte der Messias. Mehr nicht. Eine leichte Enttäuschung breitete sich in Stella aus. Sie hatte so sehr erhofft, einer Rede des Erlösers zu lauschen, daraus Herrlichkeit und Zuversicht zu schöpfen. Das sachliche »Fangen wir an« ernüchterte sie und raubte diesem Moment etwas an Erhabenheit.

Der erste Sterbliche trat in den Kreis. Er sah zum Erlöser, dann zu Ylva und wieder zurück, als wüsste er nicht, wen er anschauen sollte. Dann faltete er seine Hände zu einem Rombus und führte sie an die Mitte seiner Stirn. Der Messias erwiderte seinen Gruß. Stella beobachtete gespannt das Schauspiel.

Was würde gleich passieren? Wie funktionierte die Dämonenbeschwörung überhaupt? Würde sie wirklich … funktionieren? Großgütiger. Was dachte sie da? Stella sah sich verstohlen um und glaubte zu bemerken, wie das Gesicht unter der Kapuze sich ihr zuwandte. Hatte der Erlöser ihre Bedenken empfangen? Sie senkte die Lider.

*Bitte verzeih mir. Ich wollte nicht …*

Ein melodischer Singsang in einer fremden Sprache hüllte sie ein, Laute, die dem Holpern eines Steins den Berghang hinunter ähnelten. Ein Rhythmus durchdrang ihren Körper, immer schneller, immer bewegender. Er zwang sie, kaum merklich im Takt hin und her zu wippen. Ein Beben fuhr durch den Boden, rüttelte an ihren Knochen und hallte in ihrem Fleisch nach. Sogar der Atem und der Herzschlag schienen sich dem exotischen Rhythmus zu fügen.

Stella sah auf. Oya sang, tanzte im Kreis und schwang die Arme im Takt über dem Kopf. Sie machte seltsame, bizarre Bewegungen. Schneller, schneller. Ihre Füße wirbelten den Staub auf, ihre Drehungen weckten den heißen Savannenwind und lockten ihn in den Bunker.

Ein Aufschrei ertönte. Stellas Kopf ruckte zur Quelle des Geräusches.

Ylva warf sich nach hinten. Ihre Bewacher griffen ihr unter die Arme und hielten sie aufrecht, während ihr Kopf hin und her baumelte. Auf ihren Lippen bildete sich Schaum. Dann riss sie die Augen und den Mund auf.

Stella schauderte. Schwärze lag darin, nichts als Schwärze, als hätte die junge Frau keine Augäpfel, keine

Zähne oder Zunge. Dunkle Rauchfäden entstiegen den Öffnungen.

Erneut schrie jemand in dem Raum, doch diesmal war es der Sterbliche. Er klappte zusammen und sackte zu Boden. Sein Körper begann, sich wie in Konvulsionen zu winden. Es sah grotesk aus. Erschreckend. Stella wollte wegschauen, doch der Gesang der Mächtigen befahl ihr, dem Grauen zuzusehen. Sie konnte sich nicht mehr rühren, nicht einmal die Lider schließen.

Der Junge zuckte, röchelte und gurgelte. Dann endete der Gesang abrupt, und alles hielt still, das ganze Universum. Stella hörte nur ihr Herz trommeln, als hätte es sich noch nicht von dem Rhythmus der Mächtigen gelöst.

Niemand bewegte sich, bis die Metalltür quietschte. Timo durchbrach den Kreis, packte den Jungen an den Armen und zog ihn aus dem Raum. Auf dem Boden blieben nur die Schleifspuren zurück.

Stella schluckte. Ihr schwindelte. Was sich gerade abgespielt hatte, vermochte sie kaum mit ihrem Verstand zu erfassen. War sie wirklich Zeugin einer Dämonenbeschwörung geworden? Oder halluzinierte sie bloß?

Als der Messias zu sprechen begann, konzentrierte sich ihre Aufmerksamkeit nur auf den Erlöser. Alles andere war sofort vergessen.

»Heute ist ein besonderer Tag«, kündigte er an. »Der Tag, an dem die Verblendeten endgültig zerschlagen werden. Lasst uns Dämonenkrieger schmieden, die unsere Wahrheit in der Welt säen werden.«

Ein weiterer Sterblicher betrat den Raum.

# Kapitel 29

»Es gefällt mir nicht.« Conrads Finger befühlten die Pistole, die er auseinandergebaut und wieder zusammengesetzt hatte, ohne dass Einzelteile übrig geblieben waren. Die einzige Möglichkeit, die Sorgen um Ylva, die ihn beinahe zerrissen, unter Kontrolle zu halten. Einen vor Kummer wahnsinnigen Anführer konnte sein Clan jetzt weniger denn je gebrauchen.

Seine Welt mit den Händen, durch das Âjnâ, Geräusche oder Gerüche wahrzunehmen, gelang ihm immer besser. Er machte Fortschritte, er freute sich über jeden einzelnen davon, aber manchmal verzweifelte er daran, weil es nur langsam voranging. Viel zu langsam. Solange er sich in einer Umgebung befand, die ihm vertraut war, fand er zum Teil seine frühere Sicherheit wieder. Aber er machte sich nichts vor: Auf fremdem Terrain wäre er völlig aufgeschmissen. Ohne Begleitung verließ er die Villa nicht.

»Wir haben es doch besprochen!«, erwiderte Maria, und er hörte leicht entnervte Töne heraus, gemischt mit Besorgnis und Ärgernis. Wie kein anderer Nachzehrer wusste die Lady ihr Âjnâ absolut undurchdringlich zu halten, doch in kleinen Dingen verriet auch sie sich von

Zeit zu Zeit. »Alles steht bereit. Eine bessere Chance zuzuschlagen werden wir nicht bekommen.«

*Ja, ich weiß, ich weiß!*, hätte er beinahe geknurrt, und er musste sich zwingen, ruhig zu bleiben und klar zu denken. Rational betrachtet, gab es keinen Grund zu zögern. Im Gegenteil. Das Warten konnte die Frau, die er liebte, das Leben kosten, und das machte ihn verrückt. Wenn er bloß daran dachte, was die Schergen des Messias ihr antun konnten, wurde ihm schlecht. Dann kam ihm die Dunkelheit ringsherum noch schwärzer vor und die Welt noch leerer. Nur ein Gedanke linderte das Gefühl, so machtlos zu sein: Der Erlöser brauchte Ylva unbeschadet – ihn damals nicht. Ihr würde nicht widerfahren, was er über sich hatte ergehen lassen müssen. Das durfte es einfach nicht.

»Conrad, was ist nun?«, drängte Maria. Jetzt versuchte sie ihren Ärger nicht einmal zu übertünchen. »Die Zeit läuft uns davon!«

Das Schicksal gab ihm eine Chance. Nach Marias Angaben befand sich der Messias mit einigen seiner Handlanger im Bunker. Auch Ylva wurde dort festgehalten, das spürte er genau. Seine Gier verlangte nach ihrer Lebensenergie und drängte ihn zu ihr. Maria hatte unumstritten Recht: Eine bessere Gelegenheit zum Angriff würden sie nicht bekommen. Doch eine dunkle Vorahnung warnte ihn vor diesem Wagnis. Etwas Schlimmes würde passieren. Etwas, was er noch nicht vollends erfassen konnte.

Mit dem Daumen rieb Conrad über das kalte Metall der Waffe. »Adrián? Wie ist deine Meinung?«

Genau genommen brauchte er nicht zu fragen, das Rauschen der Gedanken, die Ungeduld, die der Nachzehrer buchstäblich ausstrahlte, ersetzten jede Antwort. Wo auch immer die Umstände dazu einluden, sprach sich Adrián stets für die Variante »Hau drauf« aus.

Auch jetzt fackelte der Mann nicht lange: »Es gilt, schnell zu handeln. Wer weiß, wie viele Spitzel wir in unseren Reihen haben. Das bedeutet, wir müssen unsere Pläne jetzt in die Tat umsetzen. Noch haben der Messias und seine Schergen keine Zeit gehabt, sich gegen den geplanten Angriff zu wappnen. Abgesehen davon haben sie …« Er stockte und schluckte das, was ihm auf der Zunge lag, hinunter. Aber Conrad verstand ihn ohne jeden Laut.

Ylva. Sein Herz zog sich schmerzhaft zusammen. Ylva. Er musste sie da rausholen, und er hätte alles riskiert, stünde nur sein Schicksal auf dem Spiel. Aber er war blind und somit absolut nutzlos. Nun musste er seine Leute ans Messer liefern. Seine Hände verkrampften sich um die Pistole. Wie praktisch. Andere an die Front zu schicken und selbst in Sicherheit auszuharren. Der Inbegriff vom »Anführer des Jahres«.

»Conrad!«, forderte Maria erneut und tippte vor Ungeduld mit einem Fuß auf das Parkett. »Ohne dein Einverständnis werden uns die Leute nicht folgen. Du musst endlich eine Entscheidung treffen.«

Conrad senkte den Kopf. Er hatte Angst. Eine so entsetzliche Angst, dass sie ihn fast zerriss. Er konnte sich nicht erinnern, wann er zum letzten Mal etwas Ähnliches verspürt hatte. Vielleicht, weil er es noch nie empfunden hatte. Jahrzehntelang gab es für ihn nichts zu verlieren. Jetzt ging es mit einem Mal um alles: seine Liebe, seine Freunde und nebenbei auch um die Welt.

Unwillkürlich lauschte er in sich hinein. Etwas – die Vorahnung? – schien inzwischen jeden Winkel seiner Seele zu verdunkeln.

Sollte er Ylva in den Klauen des Messias lassen?

Oder seine Leute in Gefahr, vielleicht sogar in den Tod schicken?

»Also gut«, sagte er endlich. Die Finsternis lauerte nicht mehr bloß um ihn herum, sondern wurde zu einem Teil seiner Seele, als hätte die Schwärze ihn verschluckt und ihm alle Sinne geraubt. »Wir starten den Angriff wie besprochen. Ich halte von hier aus den Kontakt zu euch und koordiniere die Zusammenarbeit der Teams.«

»Endlich!« Geräuschvoll blies Maria die Luft durch die Lippen. »Wunderbar. Dann rufe ich unsere Leute zusammen.«

Conrad hörte ihre Schritte auf dem Parkett, dann auf dem Teppich und schließlich draußen auf den Fliesen des Erdgeschosses. Beinahe glaubte er, sie hätte es kaum erwarten können, den Raum zu verlassen. Das merkte er öfter in der letzten Zeit. Seine Gesellschaft schien die meisten ratlos und beklemmt zu stimmen. Viele verspürten Erleichterung, aus einem Gespräch mit ihm entlassen zu werden.

Adrián räusperte sich, was Conrad zusammenzucken

ließ. In seinen Gedanken versunken, hatte er nicht darauf geachtet, ob der Nachzehrer Maria gefolgt war oder nicht.

»Ich verstehe deine Sorgen«, fing Adrián unsicher an.

»Ach ja?« Conrad zweifelte, ob irgendjemand nachempfinden konnte, was in ihm vorging. Sogar damals, nach seinem Aufwachen ohne Sehkraft, hatte er sich nicht so elend gefühlt. Wenn seinen Leuten bei diesem Angriff etwas passierte, dann würde er sich das niemals verzeihen. Wenn er Ylva verlor – nein, daran durfte er nicht einmal denken.

»Du warst für mich da, als ich es am meisten gebraucht habe«, sagte Adrián. »Du hast mir geholfen, Evelyn zu retten, obwohl wir damals nicht gerade die besten Freunde waren. Nun bin ich für die Möglichkeit dankbar, mich zu revanchieren. Ich bringe dir Ylva zurück, du hast mein Wort.«

Conrad nickte, stützte seinen Kopf in die Hände und vergrub die Finger im Haar. »Pass auf dich auf.«

»Mache ich. Wir sind gut vorbereitet, es wird alles ablaufen wie geplant.«

Ja, das sollte es. Wäre da nicht diese Vorahnung, die seinen Schädel marterte. Wenn er bloß etwas mehr Zeit gehabt hätte, seine neuen Fähigkeiten auszubauen! Wenn er bloß nicht so nutzlos dahocken müsste! Jetzt blieb ihm nichts anderes übrig, als zu warten und andere für sich kämpfen zu lassen.

Innerhalb einer Stunde hatten sich alle in der Eingangshalle versammelt. Maria und Adrián standen auf der Galerie, Conrad hielt sich zurück. Die Lady übernahm die Ansprache, und wie immer gelang es ihr, die Versammelten zu begeistern, ihnen Mut und Zuversicht zu geben, die Conrad mühelos spüren konnte. Sie war eine begnadete Rednerin. Dutzende Herzen brannten nur darauf, sich endlich in den Kampf zu stürzen und den Messias zu vernichten. Wenn Conrad ihre Emotionen vernahm, fand er nichts als Tatendrang, geschürt von tiefster Wut.

Wut … Erneut rührte sich das Unheil verheißende Gefühl in ihm, diesmal so stark, dass es ihm Übelkeit verursachte. Sie waren viel zu wütend, viel zu … geblendet.

*Halte sie auf! Du schickst sie in den Untergang!*

Doch er biss sich auf die Lippe, bis es schmerzte, und schwieg. Rechts und links in den Fluren registrierte er Auren einzelner Metamorphe, die sich zusammenscharten und einen deutlichen Abstand zu den Versammelten hielten. Und am Ende eines Korridors bemerkte er das schwache Schimmern einer blassroten, von einem Braun durchzogenen Aura. Linnea. Was tat sie schon wieder hier?

In den ersten Tagen nach seinem Aufwachen hatte sie zuerst versucht, sich bei ihm einzuschleimen, dann, ihn zu umgarnen, zu bedrohen – alles, damit er sich ihr wieder zuwandte. Er musste seinen ganzen Willen aufbieten, um sie zu ignorieren, denn sonst hätte er sie vermutlich erwürgt. Mit jedem Tag schien sie ein wenig mehr in den Wahnsinn abzugleiten. Dann hatte sie ihn angefleht, sie mit einem Todeskuss von ihrem Dasein zu erlösen. Er hatte Nein gesagt. Immer und immer wieder. Wenig später fand er sie im Trainingssaal, keine Sekunde zu spät – sie hatte versucht, sich zu erhängen, und ihre letzten Gedanken ihm geschickt. Er musste ihr seine Energie einflößen, um ihr wieder Leben einzuhauchen. Gerade in dem Moment, als Ylva sie überrascht hatte.

Conrad krallte seine Hand um das Geländer. Zu gut konnte er sich ausmalen, was Ylva bei diesem Anblick gedacht haben musste. Wie gern hätte er ihr alles erklärt … schon allein deshalb brauchte er doch die Gelegenheit, sie noch einmal bei sich zu wissen, mit ihr zu reden, ihr zu sagen, wie sehr sie ihm fehlte und dass ihm niemals eine andere Frau so viel bedeuten würde wie sie. Niemals. Nicht einmal in vielen, vielen Jahrhunderten. Und wenn sie ihn nach allen Erklärungen trotzdem verließe, so doch immerhin nicht, ohne die Wahrheit zu kennen.

Dieses Ende könnte er akzeptieren, aber nicht, dass sie ihm mit Gewalt von dem Messias entrissen worden war.

Maria beendete ihre Rede, die Aufgaben wurden verteilt und die Teams gebildet, dann machten sich die Kämpfer zu den Autos auf. Einer nach dem anderen verließen sie die Villa; die Metamorphe zerstreuten sich, und Conrad stand immer noch auf der Galerie und rührte sich nicht.

Erst als die Motorengeräusche verklangen, löste er sich aus der Starre und konzentrierte sich auf die mentale Verbindung zu seinen Leuten.

Es lief nach Plan. Alles genauso wie besprochen und

ein Dutzend Mal durchgekaut. Die Nachzehrer gelangten in den Bunker, kämpften sich immer tiefer hinein. Keine Spur von den Dämonenträgern – wie Maria es vorausgesagt hatte. Der Messias hatte es anscheinend noch nicht geschafft, seine teuflische Armee zu kreieren. Perfekt.

Bis zu dem Moment, als Conrad begann, den Kontakt zu den Teams zu verlieren. Eine nach der anderen brachen die Verbindungen zusammen, ohne dass die Betroffenen ihn oder die restlichen Teams auch nur gewarnt hätten, was denn geschah. Es war ein Hinterhalt. Ganz gewiss.

Conrad massierte sich die Schläfen – die mentalen Anstrengungen und die Vorahnung verursachten ihm Kopfschmerzen und Übelkeit. Der Angriff schlug fehl, und er konnte nichts dagegen tun. Zumindest nicht allein, erblindet und hilflos.

Allein. Der Gedanke kam unerwartet. Er war nicht allein, zumindest nicht ganz. Er hatte eine Mächtige an seiner Seite. Evelyn. Zwar konnte er ihr noch nichts anbieten – die Bedingung, das Hexenkind in seine Gewalt zu bringen, bevor er sie kontaktierte, hatte er nicht erfüllt –, aber er musste es einfach versuchen, denn eine andere Möglichkeit hatte er nicht.

Conrad konzentrierte sich auf sein Âjnâ und spürte Alba in der Bibliothek auf. Adrián hatte seine Großnichte in die Villa gebracht, damit sie während des Angriffs an einem sicheren Ort sein konnte. Sein Freund würde ihn erschlagen, wenn er wüsste, dass er vorhatte, die junge Frau für seine Ziele zu nutzen. Er konnte selbst kaum glauben, was er gerade tat. Mit einem Schlag würde er gleich zwei der wichtigsten Regeln brechen: Rufe niemals eine Mächtige zu Hilfe, denn die Hilfe einer Hexe führt stets in die Verdammnis. Und: Ziehe niemals einen Menschen in die Angelegenheiten der Untoten hinein.

Conrad lächelte grimmig. Der Messias hatte Recht, die alte Welt hörte auf zu existieren. Eine neue Ordnung feierte längst ihren Einzug in die Realität und verschob alle Grenzen.

Er fand den Weg in die Bibliothek und trat ein. Albas teures Parfüm verlor sich im Geruch der vielen alten Bücher. In diesem Raum schien Maria nur sporadisch Staub zu wischen. Den Hauch der Jahrhunderte glaubte Conrad sogar auf der Haut zu fühlen. Seine Erinnerungen an den Raum beschworen Bilder einer barocken Einrichtung in schwarzen und royalroten Tönen.

Geräuschlos tauchte er hinter Alba auf, die auf einem Sessel zu kauern schien. Diesmal stolperte er noch nicht einmal über die Teppichkante, die ihm stets zum Verhängnis geworden war, als er noch sehen konnte.

Erst als Conrad Albas Schulter berührte, fuhr sie erschrocken zusammen und huschte vom Sessel wie ein aufgescheuchter Vogel. Sogar ihre Aura schien zu flattern.

»Ich möchte Sie um einen Gefallen bitten«, fing er ohne Umschweife an.

Sie wich noch einige Schritte zurück, das Rauschen ihrer Gedanken schwankte zwischen Argwohn und Angst, doch tiefer drang er nicht in ihren Geist ein.

»W-welchen?« Früher konnte sie kaum einen klaren

Laut herausbringen, inzwischen stotterte sie nur, wenn sie zu aufgewühlt war. Es tat ihm aufrichtig leid, Alba so zu bedrängen, dass sie seinetwegen in ihre frühere Manier verfiel.

»Sie müssen eine Mächtige für mich rufen. Evelyn.«

Sie schluckte hörbar. Ihr Atem beschleunigte sich, doch sie verlor keinen Ton. Die Sekunden verstrichen. Sekunden, die seinen Leuten fehlten und die Hoffnung auf Rettung schmälerten. Er könnte es beschleunigen. Ihren Geist brechen, sie zwingen, ihm zu helfen. Doch er vertrieb den Gedanken und wartete. Wenn sie es tat, dann würde sie es aus freien Stücken tun.

»Alba?«

Stille. Dann erklang ein vorsichtiges, stotterndes: »W-warum machen Sie es nicht selbst?«, das ihn an die ahnungslose Alba erinnerte, die einst gerade die ersten Gehversuche in seiner gefährlichen Welt machte.

»Weil ich ein Nachzehrer, ein Verfluchter bin. Meine Seele gehört bereits einer Mächtigen, und zwar Oya. Evelyn wird mich nicht erhören können.«

Wieder schwieg sie. Am liebsten hätte er sie an den Schultern gepackt und geschüttelt. Begriff sie etwa nicht, was auf dem Spiel stand? Doch er mahnte sich zur Ruhe.

»Ich weiß, ich habe kein Recht, das von Ihnen zu verlangen. Was passiert ist, ist allein meine Schuld. Ich hätte besser auf Ylva aufpassen, sie beschützen müssen. Ich hätte meinen Leuten niemals erlauben dürfen, für mich den Kopf hinzuhalten und sich in einen aussichtslosen Kampf zu stürzen. Nun gibt es keinen anderen Weg, um

Ylva … Adrián … und uns alle zu retten. Sie brauchen Hilfe.«

»Okay.« Ihre Stimme wurde fester. »Ich versuch's.«

Sie räusperte sich. Murmelte etwas. Dann ließ sie sich auf dem Boden nieder.

Conrad hörte, wie sie tief durchatmete und schließlich eine Art Sprechgesang begann. Er verstand nicht, was sie sagte, aber es klang schön, beinahe betörend. Nachzehrer schliefen nie, doch Albas Stimme verleitete ihn zum Träumen, weckte die Sehnsucht nach Geborgenheit und Stille, schürte den Schmerz des Verlustes. Mit dem Daumen fuhr er sich über die Stelle, an der ihm der Finger fehlte, und für eine trügerische Sekunde kam es ihm vor, als wäre es Ylva, die ihn streichelte. Er vermisste sie so sehr, dass er glaubte, in der Dunkelheit, die sich um ihn herum schloss, zu ersticken.

Zu seinen Füßen hörte er ein leises Quieken. Nibbles. Er beugte sich vor und bot dem Nager seine Hand an. Die Ratte krabbelte auf seine Schulter hoch. Zum ersten Mal hatte er keinen Apfel parat. Sogar den kleinen Rabauken musste er enttäuschen.

»Das wird nicht funktionieren«, ertönte es zischelnd von der Tür. Jeder Muskel spannte sich in ihm an, als er Linnea erkannte. Was tat sie hier? Hatte sie nicht genug kaputtgemacht? Er widerstand nur schwer der Versuchung, sie zu packen und an die Wand zu knallen. Vielleicht hätte er sie damals im Trainingssaal hängen lassen sollen. Dann wäre vieles nicht passiert, dann wäre Ylva vielleicht noch bei ihm.

»Verschwinde«, presste er zwischen den Zähnen hervor, als Alba sich einmischte: »Nein, nein. Ich glaube, sie hat Recht. Irgendetwas mache ich falsch. Es fühlt sich … anders an, zwecklos.«

»Versuch es weiter!« Er konnte nicht glauben, dass die junge Frau aufgeben wollte. Das durfte er nicht zulassen!

»Es wird nicht funktionieren«, lispelte Linnea und schlurfte heran. »Einst hatte ich Micaela auf Hermann Herzhoff angesetzt. Sie hat ihn oft bei seinen Versuchen beobachtet, eine Hexe zu rufen. Aber eine Hexe kommt nie zweimal auf die gleiche Weise. Es muss immer mehr geopfert werden, damit sie erscheint.«

»Geopfert werden?«, stutzte Alba. »Was denn?«

»Ein Leben. Dann kommt sie bestimmt.«

Conrad bekam das Gefühl, als würde ihm der Boden unter den Füßen weggezogen. »Nein. Es gibt bestimmt einen anderen Weg, um sie zu rufen.«

»Ich glaube, ihr habt keine Zeit für Experimente. Nicht wahr?«

Ja, wie viel Zeit blieb ihnen noch? Conrad konzentrierte sich auf sein Âjnâ, versuchte den Kontakt zu seinen Leuten herzustellen, und fiel ins Nichts. Er konnte sie nicht erreichen, keinen Einzigen von ihnen. War es vorbei? Alles verloren?

»Das kann einfach nicht sein«, flüsterte er.

Linnea schlich sich an ihn heran. Ihre kalte, feuchte Hand fuhr ihm über die Wange. »Ich liebe dich.«

Das konnte unmöglich ihr Ernst sein, nicht in dieser

Situation! Conrad schlug ihren Arm beiseite, so hart, dass dieser gegen ein Bücherregal schlug.

»Hörst du denn nie damit auf?«, schrie er zum ersten Mal mit all seiner Wut, so dass er das Gefühl hatte, seine Stimmbänder würden reißen. Nibbles fauchte und sprang von seiner Schulter. Auf dem Parkett ertönte das Klackern der winzigen Krallen. »Es wird niemals etwas zwischen uns sein. Ich gehöre Ylva, nur ihr allein. Und wenn du …«

»Ich weiß.« Sie legte ihm etwas in die Hand und schloss seine Finger darum. Plastik. Ein Griff. Was führte sie im Schilde?

»Linnea …«

»Ich mache es nicht für sie und nicht für die Rettung dieser Welt, das musst du wissen. Ich mache es für uns beide, damit du immer daran denkst, was ich für dich getan habe.«

Ihre Lippen berührten die seinen. Dann stieß sie mit seiner Hand zu, keuchte und wäre zusammengesackt, wenn er sie nicht aufgefangen hätte.

Der Geruch des Blutes stieg ihm in die Nase. Linneas Gewicht lastete auf seinen Armen. Was war gerade passiert? Er weigerte sich zu glauben, was er da getan zu haben schien.

Vorsichtig bettete Conrad sie auf den Teppich und tastete sie ab. An ihrem Bauch stießen seine Finger auf eine warme, klebrige Lache, aus deren Mitte der Plastikgriff ragte. Ein Messer! Also täuschte er sich nicht. Er hatte sie erstochen!

»Linnea …«

Ihre Aura flackerte und trübte sich, die Farben verflossen ineinander zu einem fahlen Gemisch. »Ohne mein Seelentier kann ich nicht leben. Mein Verstand lässt mich im Stich. *Du* lässt mich im Stich. So ist es besser für alle.« Linneas Atem ging rasselnd, und ihr Lispeln schien fast darin unterzugehen: »Alba … rufe Evelyn … jetzt … solange das Blut fließt.«

Wie verstört begann die junge Frau zu rezitieren, stotterte und verhaspelte sich. Von den fremdartigen Lauten schwirrte Conrad der Kopf. Bestürzt beobachtete er, wie die Farben von Linneas Aura immer schwächer wurden, wie das Leben aus ihr wich. *Du kannst sie retten. Ihr die nötige Energie einflößen, den Krankenwagen rufen und … sie retten, verdammt,* dachte er.

Aber er tat nichts, außer ihren Kopf in seinem Schoß zu halten.

Albas Singsang steigerte sich in seinem Tempo und hallte in der Bibliothek, obwohl hier nichts hallen durfte. Die Dunkelheit um Conrad herum schien sich zu bewegen, wie ein lebendiges Wesen gierte sie nach Blut, saugte und leckte daran.

»Es muss … mehr Blut fließen«, japste Linnea, »um … Evelyn hierherzulocken.«

Noch einmal umschloss sie mit Conrads Hand den Plastikgriff und zog die Klinge aus der Wunde. Er protestierte nicht einmal, ließ sie gewähren. Das Messer fiel zu Boden. Linnea umklammerte seine Finger und stammelte: »Ich liebe dich«, was in seinen Ohren nach einem verzweifelten Hilferuf klang. Aber er half ihr nicht. Er ließ sie sterben.

Die Dunkelheit verwandelte sich in einen schwarzen Nebel, vibrierte mit jedem Wort Albas, mit jedem Herzschlag Linneas. Conrad hielt inne. Egal, wohin er fasste, schienen seine Finger im Blut zu versinken. Dann verebbte das Leben, die Aurafarben erloschen, und im gleichen Augenblick spürte er die Präsenz der Mächtigen.

»Oh. Du hast mir zuliebe meine eigene Mutter erstochen. Wie großzügig. Das bekommt man auch nicht jeden Tag serviert.«

Mit zittrigen, von Blut glitschigen Fingern tastete Conrad nach Linneas Puls. Obwohl es töricht war. Er hatte sie umgebracht.

»Habt ihr das Hexenkind?«, holte die emotionslose Stimme der Mächtigen ihn ein. Diese Gefühllosigkeit tat ihm leid. Für Adrián und für seine Tochter, die er im Stich gelassen hatte. Wie sehr sie sich von der Evelyn entfernt hatte, die sich einst gewünscht hatte, eine Nachzehrerin an der Seite ihres Geliebten zu sein! Ob sie noch etwas zu fühlen imstande war? Ob Adrián und sie eine Chance hätten?

»Conrad! Ich habe dich etwas gefragt.«

»Es geht um den letzten Kampf. Bring mich hin, hilf uns, und du bekommst dein Hexenkind«, versprach er, was er nicht versprechen durfte. Aber in diesem Augenblick war es egal, ob er die Mächtige belog. Hauptsache, er konnte Ylva und seine Leute retten. Wie die Hexe ihn für die Lüge bestrafen würde, war nicht von Belang.

Conrad spürte, wie sie lächelte, denn die Dunkelheit lächelte mit ihr. »Hervorragend. Dann steh auf, und wir machen eine kleine Spritztour durch das Schattenreich, sofern das dein Wunsch ist.«

»Ja, das ist es.« Conrad erhob sich.

»Doch ich muss dich warnen. Ich kämpfe nicht für euch, denn ein direkter Eingriff wäre mein Untergang. Was du auch vorhast, da musst du allein durch.«

*Dann ist alles verloren,* dachte Conrad und sagte bloß: »Verstehe.« Ihm blieb keine Wahl, egal, wie aussichtslos sein Unterfangen auch sein mochte.

»Wartet!«, mischte sich Alba ein. »Ich komme mit.«

»Du kannst dich doch kaum auf den Beinen halten«, erwiderte die Hexe.

»Du hast versprochen, mir Finn zurückzugeben, sobald du das Hexenkind hast. Wir haben den Pakt geschlossen. Ich komme mit, egal, welches Ende uns alle erwartet.«

»Wie du meinst.«

»Und ein wenig Verstärkung werdet ihr sicherlich auch gut gebrauchen können«, erklang es aus dem Flur. Conrad wandte überrascht den Kopf, obwohl er natürlich nicht sehen konnte, wer das sagte. Dafür konnte er aber die Aura wahrnehmen – Micaelas und die der restlichen Metamorphe. Eine Wendung, der er nicht recht trauen wollte. Die Biester gingen mit, um an der Seite eines Totenküssers zu kämpfen? Unmöglich.

Evelyns Gelächter donnerte durch die Bibliothek und ließ die Holzregale knarzen. »Was haben wir denn da?

Eine Katze, eine Zwergziege, eine Meise, eine Taube, ein Meerschweinchen und … einen Frosch. Ich bin schier überwältigt von dieser Übermacht.«

Schweigen. Dann meldete sich jemand: »Es ist kein einfacher Frosch, es ist ein Baumsteiger. Sein Sekret ist giftig. Außerdem hat Micaela uns in den letzten Tagen trainiert.«

»Worin?«, spottete die Mächtige. »Wie du deine Feinde dazu bringst, deinen Frosch abzulecken?«

»Krieg dich wieder ein«, erwiderte Micaela ruhig und gefasst. Eine Jägerin klang aus ihr, kein verstörter Metamorph ohne seine Königin. »Wenn ich mich nicht irre, hast du selbst mal ein Kaninchen gehabt. Wie ich gehört habe, muss man den Dämonenträgern den Kopf abschlagen. Ich denke, Conrad, das wirst du brauchen.« Sie drückte ihm ein Schwert in die Hand. »Ich hoffe, Maria wird nicht allzu sauer sein, dass ich mich einfach so in ihrem Waffenzimmer bedient habe.«

An seinem Hosenbein spürte Conrad Nibbles' Krallen. Innerhalb von Sekunden thronte der Nager auf seiner Schulter. Er kraulte dem kleinen Rabauken den Nacken. »Du weißt aber schon, dass die Auswirkungen einer Reise durch das Schattenreich auf Tiere noch nicht gründlich genug erforscht wurden?«

Die Ratte quiekte ungeduldig. Es konnte losgehen.

# Kapitel 30

Sie lag zitternd auf dem Boden in völliger Dunkelheit, atmete den Staub ein und hustete, bis sie beinahe erbrechen musste. Langsam kehrten ihre Sinne zurück. Sie roch die abgestandene, muffige Luft, schmeckte etwas, was ihre Zunge wie Asche bedeckte, fühlte die feuchte Kälte und den harten Beton unter ihr. Nur bruchstückhaft erinnerte sie sich an das, was passiert war, als hätte jemand ihr Gedächtnis wie unerwünschte Fotos zerrissen und die Fetzen in ihrem Kopf verstreut. Bizarre Bilder stiegen in ihr hoch: feindliche Grimassen, Hände, die sie festhielten, Böses, das in sie hineinschlüpfte, um in die Welt entlassen zu werden.

*Wo bin ich?*, dachte sie.

Die Antwort kam sofort, aus ihrem Inneren heraus, und entstammte dennoch einem fremden Bewusstsein: *im Bunker. Immer noch.*

Das sagte ihr nichts, provozierte bloß ihre Unruhe, weil sie sich anscheinend daran erinnern müsste. Sie rang innerlich mit der aufsteigenden Panik. Vermutlich machte es genauso wenig Sinn, sich zu erkundigen, wie sie hierhergelangt war. Vermutlich spielte es auch keine Rolle. So probierte sie es mit einer anderen Frage, von der sie sich etwas mehr Erleuchtung versprach: *Wer … wer bin ich?*

*Ylva. Unser Rattenmädchen.*

Ratten. Ratten lebten im Dunkeln. Höchstwahrscheinlich auch in Bunkern. Vielleicht sollte dieser Ort sie bei weitem weniger ängstigen, als er es gerade tat. Sie dachte nach. Ein Name rief eine beruhigende Vertrautheit in ihr hervor, komischerweise war es nicht ihr eigener. *C-c-c…*

*Conrad. Mein Gott, Mädchen, du bist kaum eine Minute bei Sinnen, weißt nicht einmal, wie du heißt, aber denkst schon an deinen Totenküsser. Kannst du mir bei Gelegenheit erklären, was du an ihm findest? Ich meine: Hast du dir wirklich mal seine Ohren angesehen? Wie kannst du das sexy finden?*

*Stopp.* Ylva drückte sich gegen die Schläfen, obwohl ihre Finger bebten. Sie fühlte sich so schwach und ausgezehrt. Wie ein ausgewrungener, dreckiger Lappen, den man beiseitegeworfen hatte. *Warum ist alles so durcheinander in meinem Kopf? Warum weiß ich nicht, was mit mir passiert ist? Warum … quälen mich so viele Fragen?*

Sie versuchte zu schlucken, doch hatte sie keine Spucke mehr. Ob sie etwas Wasser auftreiben könnte, um wenigstens diesen bitteren Belag, den sie schmeckte, auszuspülen?

*Oya hat dich als Tor zwischen dem Schattenreich und dieser Welt benutzt und jede Menge Dämonen durch dich gejagt. Ich wusste nicht, ob dich das zerstören würde. So habe ich deinen Verstand unterdrückt ab dem Moment, da ich merkte, dass du gleich in die Hände dieses Messias geraten würdest.*

*Tut mir leid, das ist zum Teil meine Schuld. Bald fällt dir alles wieder ein. Gib dir ein bisschen Zeit.*

*Aha.* Ylva wusste nicht, ob sie ihrem geheimnisvollen Gesprächspartner danken sollte oder nicht. Ob sie ihm überhaupt trauen durfte. Mangels Gewissheit in diesen Punkten beschloss sie, sich nicht wegen der Dinge verrückt zu machen, die sie nicht verstand und an die sie sich nicht einmal vollends erinnern konnte. Zuerst sollte sie herausfinden, wo sie sich genau befand und ob es eine Möglichkeit gab, hier herauszukommen.

Sie rappelte sich auf, wenn auch nur auf alle viere. Allein das bedeutete eine immense Anstrengung. Eine kurze Verschnaufpause, dann bewegte sie sich kriechend und tastend vorwärts, bis sie an eine Wand stieß. Daran entlang erforschte sie ihre Zelle, die sich als winzig herausstellte und einen Ausgang nur durch eine abgeschlossene Metalltür versprach. Der Boden war mit Staub bedeckt und zum Teil mit Steinen und Scherben übersät, an denen sie ihre Handflächen aufritzte.

Nach der Erkundungstour setzte sich Ylva in eine Ecke und lehnte ihren Kopf gegen die Wand. Kein Entkommen. *Vorerst,* ermutigte sie sich, *vorerst.* Die Dunkelheit um sie herum schien in sie hineingekrochen zu sein. Auf keinen Fall wollte sie in dieser Finsternis allein gelassen werden.

*Bist du noch da?,* fragte sie in sich hinein und zählte bange ihre Herzschläge, bis die Antwort an die Oberfläche ihres Verstandes drang: *Natürlich. Wo soll ich denn sonst hin?*

Erleichtert atmete sie auf. Er war da. Wer auch immer. Und seine Präsenz stärkte ihren Willen. *Was wird mit mir geschehen?*

*Das kann ich dir nicht sagen.*

*Weißt du es nicht, oder verschweigst du es mir?*

Darauf gab er ihr keine Antwort. Sie schimpfte ihn feige, sie verlangte und bettelte, doch er blieb stur und somit auch stumm.

Verflucht.

Ylva zog die Beine an und wartete, ohne zu wissen, worauf. Mehr konnte sie eh nicht tun. Warten, lauschen, verzweifeln.

Um nicht verrückt zu werden, schlug sie die Zeit damit tot, die Erinnerungsfetzen wieder zusammenzusetzen. Es klappte erstaunlich gut. Nach und nach ergab alles wieder einen Sinn, obwohl sie vieles davon am liebsten gleich wieder vergessen hätte. Zum Beispiel das Bild von Conrad, der Linnea küsste. Oder das ihres Vaters, der sie aus seinem sicheren Leben in einem gemütlichen Einfamilienhäuschen verjagte. Oder Roland, der … der sie verraten hatte. Sie wusste nicht, was davon am meisten schmerzte.

*Es tut mir leid, das kannst du mir glauben,* meldete sich ihr unsichtbarer Unterhalter. Der Dämon. *Ich bin eine Schattenseele, die Oya gehört, ich musste mich ihrem Befehl fügen. Sie wollte dich aus der Villa haben, so hat sie mich dazu verleitet, dir Conrad zu zeigen und dir jede Menge dummes Zeug einzureden.*

*Also hat er mich nicht betrogen?*

Wieder dehnte sich die Stille in ihrem Inneren und lähmte ihren Geist. Wenn sie bloß die Gewissheit hätte, wenn sie bloß hoffen könnte, dass Conrad sie liebte und nicht im Stich ließ! Doch die Hoffnung verrauchte in der Dunkelheit. Sie kauerte allein in der Finsternis, und das wäre nie geschehen, wenn die Leute, die ihr alles bedeuteten, sie nicht verraten hätten.

Sie rappelte sich hoch und suchte den Boden noch einmal ab. Vielleicht würde sie etwas finden, was sie als Waffe benutzen könnte. Vielleicht auch nicht, aber während sie etwas tat, wirkten die Dunkelheit und die Stille nicht mehr so erdrückend.

Dreck, Steine, Scherben … Ihre Handflächen bluteten und brannten, weil sie nicht sehen konnte, wohin sie griff, und sich verletzte. Den Geruch ihres eigenen Blutes konnte sie bald kaum noch ertragen.

Bis ihre Finger auf einen abgebrochenen Flaschenhals stießen. Er lag gut in der Hand, aber vor allem: Er versprach Schutz, gab ihr Zuversicht, sich zur Wehr setzen zu können. Wenn es darauf ankäme, würde sie kämpfen.

Doch der kurze Triumph wurde sogleich von der Stimme der Vernunft gedämpft. Was konnte sie damit schon groß ausrichten? Wie gegen die unzähligen Anhänger des Messias bestehen? Von den Dämonenträgern ganz zu schweigen.

Andererseits … sie musste keine Schlacht gewinnen. Es reichte, wenn sie damit den einen oder anderen ins Jenseits mitnehmen könnte. Der Gedanke erfüllte sie mit Genugtuung. Dass ihr Wagemut dabei auch ihren eigenen Tod bedeutete, nahm sie gern in Kauf. Ihre provisorische Waffe fest umklammernd, zog sich Ylva in ihre Ecke zurück und wartete.

Wartete.

Wartete …

Vermutlich war sie irgendwann eingeschlafen, denn ein Krach an der Tür weckte sie auf. Ylva schreckte hoch und tastete nach dem Flaschenhals, der ihren Fingern entglitten war. Verflucht. Wo war er? Sie konnte ihn nicht finden!

Die Tür ging auf.

Jemand trat ein. Der Lichtkegel einer Taschenlampe huschte durch den Raum.

Hektisch tastete sie umher, bis ihr das Glas endlich in die Finger kam. Sie griff zu und versteckte es schnell hinter dem Rücken, ehe das Licht ihr in die Augen stach.

Schritte stampften die Stille nieder. Eine korpulente Figur näherte sich ihr.

Sie musste handeln. Jetzt!

Ylva sprang auf die Beine, schwankte, hielt aber das Gleichgewicht und stürzte sich auf den Feind.

Er packte sie an beiden Armen, noch bevor sie eine Gelegenheit bekam, mit dem Flaschenhals auszuholen. »Ylva. Du kommst mit.«

Erst jetzt erkannte sie ihn, und der Hass stieg in ihr auf wie Galle. Roland. Er schob sie zur Tür, die Waffe hatte er anscheinend nicht bemerkt. Ylva versuchte, sich seinem Griff zu entwinden, aber natürlich war er stärker als sie, viel zu stark.

*Aber ich muss nicht gewinnen, ich muss ihn nicht besiegen – es reicht, wenn ich ihn verletze,* rezitierte sie in Gedanken und sprach sich Mut zu. *Es reicht, damit mein Tod nicht so sinnlos sein wird.*

Sie fuhr herum und schlitzte ihm mit dem Glas den Hals auf. Er hatte es nicht kommen sehen, keuchte, überrascht und sogar erschrocken. Sein warmes Blut, das wie das aller Untoten stank, spritzte Ylva ins Gesicht. Es lief an ihm herab, tränkte seine Kleidung und tropfte auf den Boden. Sie schlug noch einmal zu, immer und immer wieder, zerfleischte seine Wangen, fuhr ihm über den Arm, den er zur Abwehr hob. Er rief ihr etwas zu, doch sie schlug weiter auf ihn ein, blind und taub vor Wut.

Roland holte aus. Mit einem Hieb schmetterte er sie von sich. Hart prallte Ylva gegen eine Wand und stürzte zu Boden, der Flaschenhals wurde ihr aus der Hand geschleudert und zerschellte. Der Wutanfall, der sie bei Kräften gehalten hatte, verebbte.

Etwas Warmes tropfte auf ihren Nacken. Ylva riss sich zusammen und schaute hoch, in der Überzeugung, gleich dem eigenen Tod entgegenzusehen. Über ihr stand Roland, schwankend, mit tiefen Schnitten übersät, und drückte sich eine Hand gegen die Wunde am Hals.

»Ylva«, röchelte er, und sie musste sich anstrengen, um ihn zu verstehen. »Warum?«

Sie befahl sich, nicht wegzuschauen, sondern direkt in sein fettes, entstelltes Gesicht zu blicken. »Du hast mich verraten! Den Clan, Conrad, du hast uns alle hintergangen! Dabei warst du mein Freund, ich habe dir vertraut!«

Tränen stiegen ihr in die Augen. Sie hatte so vielen vertraut, und nun hockte sie hier allein, und es gab kein Entkommen.

»Bullshit.« Er brach neben ihr in die Knie und machte nicht einmal Anstalten, sich aufzurappeln. Mit jedem Tropfen Blut floss auch die Energie aus ihm, obwohl einige Schnitte bereits zu heilen begannen. Ylva konnte sehen, wie das verletzte Gewebe anschwoll, wie die Ränder der Wunden sich kräuselten, um sich zu schließen. Der Gestank nach Fäulnis und Tod ließ sie fast würgen.

»Bullshit«, wiederholte er gurgelnd. »Ich musste dich beschützen.«

»Beschützen?« Sie lachte auf, obwohl sie am liebsten geschluchzt hätte. »Was ist das für ein Schutz, wenn du mich dem Messias auslieferst?«

»Ich habe seine Schergen im Treppenviertel gespürt. Es waren viel zu viele. Wir hätten ihnen nicht entkommen können.« Seine Stimme wurde schwächer. »Der Erlöser sollte glauben, ich hätte die Seiten gewechselt und ihm dich als Geschenk gebracht.«

Sie drückte sich gegen die Wand. Zitterte. »Gib es zu, du wolltest deine eigene Haut retten!«

»Ich wollte eine Chance haben, dich rauszuholen! Ich wollte, dass er … dass er mir glaubt … mich unbeobachtet lässt … und ich eine Gelegenheit bekomme … jetzt … mit dir … wegzulaufen …« Er sackte zusammen, krümmte sich in seiner eigenen Blutlache auf dem Boden und versuchte immer noch, den Schnitt am Hals zuzudrücken.

Wie versteinert starrte Ylva ihn an. »Ich glaube dir nicht. Du lügst!«, stieß sie mühsam hervor.

»Das ist jetzt unwichtig. Du musst hier weg. Hörst du?«

»Du … du … lügst«, hauchte sie und spürte, wie Tränen ihre Wangen hinabliefen. Er musste lügen. Denn sonst bedeutete das … Nein. Unmöglich. Hatte sie wirklich ihren besten Freund niedergestochen, der gerade dabei war, sie den Klauen des Messias zu entreißen?

Mit bebenden Fingern tastete er umher, bis er die Taschenlampe ergriff. Diese schob er Ylva in die Hand. »Geh … Beeil dich. Die Schergen brüten etwas aus. Eine … eine bessere Gelegenheit … wirst … nicht haben.«

Sie beugte sich über ihn und schluchzte. »Nein, ich kann dich hier nicht allein lassen! Oh, Roland. Was … was habe ich bloß getan!«

Ein schwaches Lächeln hellte seine Augen auf, die er kaum noch offenzuhalten vermochte. »Ich habe meine Rolle zu gut gespielt.«

»Roland …«

»Lauf. Rette dich.«

»Nein, ich …«

»Ich sterbe. Für dich … bin ich …«

»Es tut mir so leid. Roland!«

»Schon … okay …« Er holte tief Luft, rang sichtlich mit sich selbst um die letzten Quäntchen Lebensenergie. »Wir Nachzehrer sind wie Unkraut. Wir kehren wieder. Und nun mach schon – tu wenigstens ein Mal, was ich dir sage.«

Ylva wusste nicht, wie sie auf die Beine kam, wie sie fortging und irgendwann mit den sinnlosen Bemühungen aufhörte, Rolands Blut von sich abwischen zu wollen. Wie betäubt stolperte sie eine gefühlte Ewigkeit lang durch das Labyrinth des Bunkers und suchte nach einem Ausgang. Bei jedem fremden Geräusch zuckte sie zusammen und leuchtete hektisch mit der Lampe umher. Manchmal glaubte sie, Stimmen zu hören oder gar … Kampfgeräusche? Schüsse? Dann stürzte sie in die entgegengesetzte Richtung, bemerkte zwar, wie sie im Kreis lief, machte aber nicht halt. Bloß nicht stehen bleiben! Weg … weg von den Schuldgefühlen, weg von dem Grauen.

*So findest du nie den Ausgang,* rauschte es ihr durch die Adern.

In ihrer Verzweiflung bemerkte sie den Tumult eines Kampfes irgendwo vor ihr fast zu spät. Wäre sie um die Ecke gelaufen, hätte sie sich mittendrin wiedergefunden. Aber zum Glück konnte sie noch ihren Lauf bremsen und rannte den Korridor zurück, den sie gekommen war, obwohl die Beine sie kaum noch trugen und ihr Geist immer mehr resignierte.

Da tauchte eine Silhouette direkt vor ihr auf. Ylva schrie auf, konnte aber nicht mehr ausweichen und lief direkt in die Arme, die sich sogleich um sie schlossen. Wie wild trat und schlug sie nach der Person, die sie hielt, bis Worte in ihr benebeltes Hirn durchsickerten: »Ist schon gut, schon gut! Ich bin's.«

Sie hielt inne. Begriff.

Spürte Erleichterung.

»Maria!« Ylva konnte ihrem Glück kaum trauen. Endlich war sie nicht mehr allein, nicht mehr verloren. »Maria! Maria! Maria ...« Ununterbrochen stotterte sie den Namen, dessen Klang allein ihr Hoffnung und Mut spendete.

»Ja, ich bin's. Beruhige dich, okay?«

Sie nickte, doch noch war es nicht vorbei, noch befanden sie sich inmitten ihrer Feinde. Schritte ertönten. Jemand lief direkt auf sie zu. Ohne Ylva loszulassen, stellte sich Maria in Kampfposition.

Aber es war Adrián.

Ylva wusste nicht, ob sie vor Erleichterung lachen oder weinen sollte. Sie wäre ihm vermutlich sogleich um den Hals gefallen, wenn Marias Umarmung sie nicht daran gehindert hätte ... wenn sie sich nicht so erschöpft gefühlt hätte ...

Ob Conrad auch hier irgendwo war? Nein, hoffentlich nicht. Die Vorstellung, er könne wieder in feindliche Hände geraten, brachte sie an den Rand des Wahnsinns. Ganz egal, ob er sie betrogen hatte oder nicht, sie wollte ihn in Sicherheit wissen.

»Anscheinend sind wir zu spät gekommen«, meldete der Nachzehrer mit belegter Stimme. Sein Blick erfasste Ylva. »*Gran Princesa* ... Ihr habt sie gefunden! Wunderbar, dann nichts wie weg hier. Es sind einfach viel zu viele, und einige tragen bereits die Dämonen in sich. Ich durfte mit ein paar von ihnen schon Bekanntschaft machen. Sie trennen uns voneinander und machen uns einzeln fertig, wir werden ihnen nicht lange standhalten können.«

Maria drückte Ylva noch fester an sich, nickte und senkte den Kopf.

Ylvas Ohren zuckten, als sie ein Geräusch weiter hinten im Gang wahrnahm. Alarmiert schaute sie sich um. Tatsächlich! Jemand schlich sich an Maria heran. Und die Lady schien es noch nicht bemerkt zu haben!

»Da ist Stella!«, rief sie aus Leibeskräften, als sie das Mädchen mit den afrikanischen Zöpfen erkannte. Doch Maria rührte sich nicht, und als Ylva aufblickte, sah sie auch hinter Adrián mehrere Silhouetten aus der Dunkelheit auftauchen. Sie waren umzingelt!

Der Nachzehrer fuhr herum und brachte seine Pistole in Anschlag.

»Flieht!«, warf er Maria über die Schulter zu. »Ich versuche, die hier aufzuhalten.«

»Nein«, antwortete die Lady so gelassen, dass Adrián sich ihr überrascht zuwandte und sogar seine Waffe ein kleines bisschen senkte.

»Nein?«

»Niemand muss hier weglaufen. Es ist vorbei.«

Stella kam näher und stellte sich neben Maria, etwas unschlüssig, wie es Ylva vorkam. Das Mädchen starrte beharrlich auf seine Stiefel und wagte es nicht, den Blick zu heben.

Wieder ertönten Schritte, und diesmal gesellte sich Oya zu ihnen. Ylva keuchte und stolperte zur Seite, doch Maria brachte sie mit einem Ruck wieder zurück.

Die Mächtige lächelte und kämmte Ylva durch das verfilzte Haar. Die langen, sorgfältig manikürten Finger zerrten unsanft an den Knoten in den Strähnen und trieben ihr Tränen in die Augen. »Ich freue mich, dass du dich erholt hast, Tochterherz. Auf dich wartet nämlich noch viel Arbeit. Unzählige Dämonen sehnen sich nach dem Einzug in diese Welt, und du glaubst gar nicht, wie sehr die Auserwählten darauf brennen, endlich einen in sich tragen zu dürfen. Du willst doch deine Mutter nicht enttäuschen, indem du schlappmachst, oder?«

Ylva schnaubte. Am liebsten hätte sie ihr ins Gesicht gespuckt, wenn ihr Mund nicht so ausgedörrt gewesen wäre.

»Ja, es ist vorbei«, fuhr die Hexe fort. »Sieh das endlich ein, Adrián. Deine Leute sind zerschlagen. Sie haben es bereits verstanden und sind endlich auf den rechten Weg getreten. Tu es ihnen gleich.«

Adriáns Blick wanderte von einem Gesicht zum anderen. »Maria?« Entsetzen ließ seine Züge entgleisen. »Ihr … Ihr auch?«

Die Lady zuckte mit den Schultern. Beinahe entschuldigend. Der Griff, mit dem sie Ylva an sich presste, wurde eisern. »Schon von Anfang an.«

Oya lachte. »Ach, sei nicht so bescheiden. Ich denke, es ist Zeit, die Wahrheit zu verkünden.« Sie breitete die Arme aus und trat auf Adrián zu, auf die Leute, die hinter ihm standen und ihm den Fluchtweg abschnitten. »Hört, hört! Kniet nieder vor eurem Messias! Seht in das glorreiche Antlitz! Spürt ihr seine Herrlichkeit, an diesem

Tag des großen Sieges? Spürt ihr die Freiheit? Maria ist diejenige, die euch die neue Ordnung bringen wird!«

Ein heißer Wind fuhr durch den Korridor und wirbelte den Schmutz vom Boden auf. Ylva blinzelte. Die Staubpartikel kratzten in ihrer Kehle, und sie hustete, bis sie glaubte, dass ihre Lunge gleich reißen würde.

Stella und die Leute hinter Adrián sanken auf die Knie. Fast gleichzeitig legten sie die Hände zu einem Rombus zusammen und führten das Zeichen an ihre Stirnmitte.

Nur Adrián blieb aufrecht, wie zu einer Salzsäule erstarrt. »Maria … wie konntet Ihr …« Er kämpfte um Worte und verstummte, weil es nichts gab, was noch gesagt werden musste.

Die Lady seufzte, und auf ihre feinen Züge legte sich eine Spur von Traurigkeit. »Du hast mir die Augen geöffnet, Adrián. Ja, du, der du mich wegen einer anderen verstoßen hast. Tagelang habe ich gegrübelt, was an mir falsch war, warum das erste Flittchen, das du nicht einmal richtig kanntest, mich so leicht ersetzen konnte. Dann habe ich in den Spiegel gesehen, und weißt du, wen ich darin entdeckt habe? Eine Fremde. Ich war so sehr und so lange in dieser dämlichen Maskerade gefangen, dass ich mich selbst verloren habe. Kein Wunder, dass niemand mehr Respekt vor mir hatte. Kein Wunder, dass du mich wie ein benutztes Taschentuch weggeworfen hast, sobald etwas Neues am Horizont erschien.«

Bestürzt schüttelte Adrián den Kopf. »Was redet Ihr da? Jeder von uns hat Euch Respekt gezollt. Das, was zwischen mir … und … Evelyn …« Seine Stimme brach.

Rasch wandte er das Gesicht ab, als dürfte keiner bemerken, wie der Schmerz seine Züge entstellte. Aber natürlich bemerkte das jeder, vor allem Maria, die scharf Luft holte.

»Du glaubst, ihr hättet mir Respekt gezollt? Indem ihr mich *Gran Princesa* nanntet oder *Mylady*? Das hatte doch schon längst alles an Bedeutung verloren. An dem Tag, an dem ich in den Spiegel geschaut habe, wusste ich, dass sich etwas ändern musste. Ich hatte es satt. Ich wollte mich nicht mehr verstecken. Und Oya war so nett, mir einen Ausweg zu zeigen. Wenn die Menschen von unserer Existenz erfahren, wenn sie uns fürchten und ehren, ist es egal, ob sie mein Gesicht auf den Straßen erkennen oder nicht. Ich könnte wieder ich selbst sein. Frei.«

»Ihr seid verrückt. Wir alle müssen uns verstecken, aber keiner von uns würde jemals …«

»Verrückt? Du hast gut reden, Adrián. Wer warst du, als du gestorben bist? Ein Gastarbeiter. Ein Nichts! Aber kannst du dir vorstellen, wie schwer es ist, als Nachzehrer durch diese Welt zu streifen, wenn dein Gesicht in den Geschichtsbüchern abgebildet ist? Wenn dein Name zur Allgemeinbildung gehört? Ich bin als Untote auferstanden und musste fliehen, mich verstecken, bangen … Ich, *Gran Princesa,* wie du es sagst, oder: Großfürstin Maria Nikolajewna Romanowa, wie mich Millionen nannten.«

»Aber es ist vorbei. Vor ein paar Jahren wurden alle Knochen der Zarenfamilie identifiziert, sogar per DNA-Analyse. Du hast nichts mehr zu befürchten. Es wird keine Gerüchte, keine Verschwörungstheorien mehr geben.«

Er ließ den Arm sinken. »Was willst du wirklich erreichen? Wieso verfolgst du den Clan? Wie konntest du … Alfred … und Conrad … Ich verstehe das nicht. Sollte das bloß eine Rache an mir sein, weil ich eine andere liebe?« Er biss sich auf die Lippe, als wäre ihm Letzteres versehentlich herausgerutscht, doch sogleich fing er sich wieder. »Und kümmert dich die Welt da draußen gar nicht, die Oya vernichten will?«

Oya schmunzelte und hob mahnend den Zeigefinger. »Ich will die Welt nicht vernichten, ich will sie retten. Siehst du nicht, was die Menschen damit anstellen? Es ist höchste Zeit, dass jemand sie mit eiserner Hand regiert. Menschen …«

Maria schnaubte. »Ja, Menschen … ich habe am eigenen Leib erfahren, wozu Menschen wirklich fähig sind. Sie haben kein Recht auf Gnade. Wie sie keine Gnade für mich und meine Familie übrig hatten.«

Adrián schwieg einen Moment. Dann setzte er wieder an, in einem lächerlichen Versuch, die Nachzehrerin doch noch zur Vernunft zu bringen: »Es ist schon so unglaublich lange her. Die Verantwortlichen sind tot. Meine Güte, nicht einmal das Regime existiert noch! Ich habe sogar gelesen, Eure Familie wäre bereits rehabilitiert. Um 2008 muss das gewesen sein, als der Oberste Gerichtshof zugegeben hat, dass Ihr, Eure Eltern und Geschwister Opfer der Kommunisten wart. Die russisch-orthodoxe Kirche hat Euch sogar heiliggesprochen, wenn ich mich nicht irre.«

Wütend stieß Maria Ylva von sich, die stolperte und zu

Boden fiel. »Und das soll jetzt alles wiedergutmachen, oder wie?« Sie machte einen Schritt auf ihn zu. »Dass sie uns in der Nacht in einen Keller getrieben haben, zu unserer eigenen Sicherheit, wie sie sagten. Um dann loszuschießen, ohne Sinn und Verstand. Als der Kugelhagel endlich vorbei war, haben meine Schwestern, mein Bruder und ich noch gelebt. Unsere Henker sind mit Bajonetten auf uns losgegangen, sie haben uns regelrecht zerfleischt. Es dauerte fast zwanzig Minuten, bis keiner von uns mehr atmete. Und jetzt sag mir, was rechtfertigt diese Grausamkeit? Warum mussten wir so leiden?« Die letzten Worte hatte sie herausgeschrien, dann verebbte der Zorn. Schwer hob und senkte sich ihre Brust. Mehrere Minuten lang schwieg Maria und starrte mit leerem Blick vor sich hin. »Schon wenige Stunden danach wachte ich auf, ich allein, eine Verfluchte, eine Nachzehrerin. So viel Wut, die ich vor meinem Tod in mich aufgenommen hatte, so viel Verbitterung und Leid ließen mich nicht lange ruhen. Während der Inhaftierung meiner Familie hatte ich so einige Verbindungen zu den Wachen aufgebaut, als hätte ich geahnt, was ich war und dass ich es noch brauchen würde. Dafür hatte meine Mutter mich zusammen mit Olga und Tanja gemieden, ja, gar verachtet. Aber nach meinem Tod konnte ich meine Gier an den Wachen stillen. Schnell haben unsere Peiniger verstanden, was abging, warum einige Leute plötzlich ohne ersichtlichen Grund schwächelten. Sie wussten nur nicht, ob ich oder mein Bruder Alexej sie heimsuchten. Schließlich war er sein Leben lang so krank. Deshalb haben sie unsere Leichen schon am nächsten Tag wieder aus dem Bergwerksschacht, in dem sie die Überreste meiner Familie entsorgen wollten, geborgen und verbrannt. Über meine Eltern und Schwestern goss man vorsichtshalber Schwefelsäure. Aber die Beseitigung der Leichen kann vielleicht einen einfachen Geist stoppen, aber keinen Nachzehrer. Und schon gar nicht eine Verfluchte. Das Volk soll unter der Regentschaft meiner Familie gelitten haben? Nun, jetzt werde ich zeigen, was Leiden wirklich bedeutet.«

»Verstehe«, flüsterte Adrián resigniert. »Damit bringt man die Menschen umso einfacher dazu, an die richtigen Götter zu glauben, was?«

Oya kam auf ihn zu und tätschelte ihm die Schulter. »Die richtigen Götter, das hast du sehr schön gesagt. Es ist Zeit, dass die richtigen Götter ihre verlorene Macht wiedererlangen. Diese Welt muss erlöst werden, und wir sind bereit, ihr eine neue Ordnung zu bringen.«

Maria schaute zu ihm auf. Ihre feinen Züge wurden weich, die Schönheit ihres Gesichtes schien aufzuleuchten, je länger sie ihn betrachtete. »Ich biete dir den Platz an meiner Seite, Adrián. Ich möchte die Welt mit dir teilen. Ich möchte dich … wieder lieben dürfen.«

»Mein Platz ist im Clan.«

»Ach ja. Der Clan. Zugegeben, ich dachte, er würde zerfallen, sobald ich Conrads Geist breche, sobald er begreift, dass er in seinem Zustand niemanden anführen kann. Ich habe alles getan, um ihn und euch zu Fall zu bringen. Um euch zu zeigen, wie sinnlos euer Widerstand ist. Doch er hat sich wieder aufgerappelt.

Tja, in einem hatten die Kommunisten Recht: Symbole muss man vernichten. Ich habe tatsächlich unterschätzt, wie stark Conrad ist und was er für euch bedeutet. Mir blieb nichts anderes übrig, als euch in diese Falle zu locken, um den Clan endgültig zu zerschlagen.

Und nun wach auf, Adrián. Sieh ein, dass Conrad verloren hat. Und komm an meine Seite. Bitte. Ich … ich brauche dich.«

»Muss ich meine Antwort wirklich aussprechen?«

Maria schnaubte. »Du bist der Letzte, der sich noch wehrt. Was erhoffst du dir davon? Du kannst nicht allein gegen uns bestehen.«

»Dann gehe ich lieber unter, als Conrad und den Clan zu verraten.«

»Verflucht, Adrián, welchen Clan denn noch?«, rief Maria verzweifelt aus. »Was kann dir Conrad geben, was ich dir nicht geben könnte? Ich liebe dich!«

»Aber ich …« Er stockte. »Ich liebe eine andere. Alles, was Ihr … was *du* mir damals gesagt hast, hat sich bewahrheitet: Sie hat mich belogen, vielleicht auch benutzt und auf jeden Fall verletzt. Und ich habe sie verstoßen, und dennoch kann ich sie nicht vergessen, egal, wie sehr ich mich bemühe. Denn in einem irrst du dich: Liebe braucht keine Basis. Sie ist einfach da, sie schmerzt, und man kann sie verleugnen, aber nicht wie Unkraut herausreißen, sollte sie stören. Man kann sie weder erklären noch ergründen.«

Oya verdrehte die Augen. »Meine Güte, wie schaffst du es, bei all dem Kitsch, den du gerade von dir gibst, nicht zu erbrechen? Mir wird schon beim Zuhören übel. Aber wenn du unbedingt untergehen willst, kann ich das gern arrangieren.« Sie hob eine Hand und bewegte langsam die Finger, als würde sie an unsichtbaren Saiten zupfen. »Soll ich?«

Noch zögerte Maria, dann nickte sie. »Es ist wirklich sehr schade, dass es so enden muss. Aber Feinde am Leben zu lassen, kann ich mir nicht leisten.«

Die Worte waren noch nicht verklungen, als Oya ihre Hand in Adriáns Gesicht krallte. Ylva roch verkohltes Gewebe, sprang auf und stürzte sich auf die Hexe.

»Nein!«, rief sie und versuchte, die Mächtige wegzuzerren, wurde aber von ihr wie ein lästiges Getier beiseitegeschleudert. »Nein!«, brüllte sie trotzdem und hoffte, Adrián möge sie hören. »Kämpfe! Du kannst dich ihr widersetzen, hörst du?«

Er schrie auf und ging vor der Hexe in die Knie. Ylva glaubte zu sehen, wie sich seine Haut zersetzte und zu Asche zerfiel. Sie hielt den Atem an. Wenn sie schon ersticken sollte, dann wenigstens nicht an dem Geruch des verbrannten Fleisches.

## Kapitel 31

*Er wird es nicht schaffen.* Das Raunen des Dämons vermischte sich mit Ylvas Gedanken, und sie fühlte sich wie gelähmt, dem Grauen, das sich vor ihren Augen abspielte, vollkommen ausgeliefert. *Du kannst ihm nicht helfen …*

Etwas Metallenes fiel auf den Boden – die Pistole, die seiner erschlaffenden Hand entglitt. Er unternahm absolut nichts, um der Hexe zu trotzen. Ylva glaubte, ein leises Flüstern zu vernehmen, das sich mit dem Savannenwind erhob und wie die gleißende Sonne die Haut des Nachzehrers verbrannte. Oyas Flüstern, das Tod und Frieden versprach, die Erlösung von Schuld, Leid und verratener Liebe.

»Adrián!«, rief Ylva erneut, und das Herz zog sich ihr zusammen. »Hör nicht auf sie! Egal, was sie dir sagt, hör nicht darauf! Du darfst nicht aufgeben. Du musst kämpfen, wie Conrad gekämpft und gewonnen hat!«

Aber er war nicht Conrad, und niemand versuchte sie zum Schweigen zu bringen. Sie verstummte ganz von allein, weil ihre Schreie nichts brachten, außer dass sie dadurch nicht hören konnte, ob er noch atmete.

Noch. Noch war es nicht vorbei. Auch wenn sie in der

entferntesten Ecke ihres Selbst zweifelte, ob sie ihm nicht doch lieber ein schnelles Ende wünschen sollte. Oyas Finger schienen in seinem Fleisch zu versinken, das sich schwarz färbte und in feinen Partikeln herabrieselte. Sein Gesicht zerfiel, als wäre es aus Sand geformt. Die kantigen und in manchen Momenten doch so ansehnlichen Züge wurden zu etwas Unförmigem, Grässlichem.

Von dem Bild der Hinrichtung vollkommen gebannt, bemerkte niemand die schwarzen Rauchschwaden, die sich aus der Dunkelheit formten. Ylva spürte das Eindringen des Schattenreichs in die Welt erst, als die Pforte sich öffnete und mehrere Gestalten aus dem Nebel traten. Oya warf den Kopf herum, alarmiert und sichtlich verärgert über die Störung, gleichzeitig aber nicht minder verblüfft, als aus den dunklen Schwaden eine Ziege auf sie zuschoss und ihr die winzigen Hörner in die Beine rammte. Der Ansturm schaffte Verwirrung, weil das Tier so skurril in diesem Bunker wirkte, dass sogar Ylva sich fragte, ob sie ihren Augen trauen durfte.

Bereits im nächsten Augenblick wurden Marias Leute angegriffen. Das, was ein Kampf sein sollte, artete in ein wildes Durcheinander aus. Marias Anhänger – hauptsächlich menschliche Jugendliche, die anscheinend noch nie Erfahrungen mit Metamorphen gemacht hatten – konnten nicht begreifen, warum eine sonst harmlose Taube, deren Offensive in der Großstadt meistens darin bestand, jemandem auf den Kopf zu kacken, plötzlich zu einer Bedrohung für sie wurde. Warum eine gewöhnliche Hauskatze ihnen an die Kehle sprang, um ihnen den Hals mit Reißzähnen und Krallen zu zerfleischen. Warum eine Meise so präzise mit ihrem Schnabel auf die Augen zielte und diese aushackte.

Alba, Micaela, weitere Metamorphe und – Ylvas Herz setzte für einen Schlag aus – Conrad nutzten das Durcheinander perfekt aus und drängten die Feinde zurück. Schulter an Schulter kämpften sie mit einer Verbissenheit, als käme es ihnen nicht darauf an, den Bunker lebend zu verlassen, sondern so viele Gegner wie möglich ins Jenseits mitzunehmen.

Oya schnaubte und konzentrierte sich wieder auf ihr Opfer. Die Bewegungen der Mächtigen wurden eine Spur hektischer. Sie packte erneut zu, als aus dem Nebel ein Ausruf gellte: »Nein! Lass ihn in Ruhe!« Eine kleine Frau mit kurzem, in alle Richtungen abstehendem Haar trat heraus. Evelyn. Kali. Oder einfach eine Hexe, die vor Wut bebte und bis zur Verzweiflung bangte. »Lass ihn in Ruhe!«

»Warum sollte ich das tun?«, erwiderte Oya und ließ Adrián auf den Boden sinken, mit seinem entstellten Gesicht, aus dem die verkohlten Knochen ragten. Ylva lauschte, ob er noch atmete. Doch im Tumult des Kampfes konnte sie nicht das Geringste vernehmen.

Evelyns Augen funkelten, und die Augäpfel schienen sich purpurrot zu färben, als würde ein Äderchen nach dem anderen platzen. »Weil es eine Sache zwischen dir und mir ist. Du willst meine Position im Universum einnehmen, also los, mach sie mir streitig. Aber sein Tod wird dich in dieser Angelegenheit nicht weiterbringen.«

»Nein, wird er nicht«, raunte Oya, »aber es macht Spaß, und ich hoffe sehr, dass ich mir noch heute auch Conrad vornehmen kann.«

Bei der Nennung seines Namens setzte Ylvas Herz einen Schlag aus. Ihr Blick huschte zu den Kämpfenden. *Warum bist du gekommen,* fragte sie ihn stumm, *warum bist du nicht in der Sicherheit der Villa geblieben?* Er hatte ihre Gedanken anscheinend empfangen und fuhr herum, schien nach ihr zu suchen, immer verzweifelter, bis sein Âjnâ ihre Aura registrierte und ein Anflug von Erleichterung seine Züge glättete. Den kurzen Moment der Unachtsamkeit musste er teuer bezahlen.

»Conrad! Rechts!«, rief Alba ihm zu. Einer der Angreifer schlug ihm mit einem Schlagstock auf den Kopf. Der Hieb traf ihn an der Schläfe und brachte ihn zum Taumeln. Der Jugendliche holte erneut zum Schlag aus, als etwas an ihm hochschnellte und ihn ins Handgelenk biss. Nibbles! Der kleine Nager, der seinem Namen alle Ehre machte, wenn auch auf eine sehr bizarre Weise.

»Es macht dir Spaß?«, fauchte Evelyn und trat auf ihre Gegnerin zu, womit sie Ylva die Sicht versperrte. »Du bist nicht in der Lage, irgendetwas zu empfinden. Also lass Adrián in Ruhe!« Sie machte eine Pause. Ihre nächsten Worte klangen leiser und verzweifelter: »Ich bitte dich. Lass ihn am Leben.«

»Ach wie rührend. Mal sehen, werde ich dich dazu bringen, mich anzuflehen?«

Evelyn schluckte, rang sichtlich mit sich und beugte

schließlich das Knie. »Alles, was du willst. Ich flehe dich an. Zufrieden?«

Oya schien zu überlegen, dann schmunzelte sie. »Hmmm. Nein.« Sie kniff die Augen zusammen und schlug noch einmal ihre Krallen in sein Gesicht. »Sag deinem Leichenfreund Lebewohl. Sprich aber schnell, er macht's nicht mehr lange.«

»Nein!« Evelyn stürmte auf sie zu. Der Nebel bäumte sich hinter ihr auf, die Rauchschwaden wurden zu Pranken, die auf Oya zuschossen, als wollten sie die Hexe von dem Nachzehrer wegzerren.

Oya sprang auf die Beine, zerrte Adrián mit sich und stieß ihn Evelyn in die Arme. »Hier, nimm ihn, falls du ihn so sehr begehrst.« Sie klopfte sich die Hände ab. »Ich bin fertig, du darfst aufräumen. Ich hoffe, du hast einen Besen und eine Schaufel mitgebracht.«

Er fiel. Evelyn fing ihn auf, kniete sich nieder und drückte ihn an sich. »Adrián … hörst du mich? Bitte, sag etwas!«

Doch er würde nie mehr etwas sagen – ein Blick genügte Ylva, um das zu begreifen, was Evelyn mit allen Sinnen abzustreiten versuchte. Obwohl Oya ihn nicht mehr berührte, verbrannte sein Gewebe. Das unsichtbare Feuer zersetzte jede Faser seines Körpers, verschlang Haut, Knochen und sogar Kleidung und hinterließ nichts als Asche.

»Adrián!« Evelyn weinte, ohne Tränen zu vergießen. Ihre Schultern bebten, und die Hände krampften sich um seinen Rumpf, der keinen Kopf mehr besaß. »Bitte,

Adrián. Verlass mich nicht. Nicht so. Nicht, ohne dass du weißt, dass ich dich …« Sein Leib zerbröckelte, Stück für Stück, bis nichts mehr von ihm übrig blieb.

»Er hat sich sein Ende gewünscht«, sagte Oya, und ihre Sprache ähnelte einem betörenden Singsang. Welche Dämonen gedachte sie wohl damit zu beschwören? »All die Jahre, in denen Herzhoff und er nach einer Hexe gesucht haben, hatte er nichts anderes im Sinn als den Wunsch, seinen Fluch loszuwerden. Aber nicht das war der Grund, warum ich es mit ihm so leicht hatte. Er hat sich meiner Macht ergeben, weil er ohne dich nicht existieren wollte. Die Gedanken an dich, an deinen … Verrat … haben ihn gebrochen. Du hättest ihm nicht verschweigen dürfen, wer du bist und was du getan hast, dann hätte er mit dir alle Hürden genommen, wohin der Weg an deiner Seite ihn auch geführt hätte.«

Evelyn zitterte am ganzen Körper, kauerte auf dem Boden, als würde sie Adrián noch in den Armen halten. Ihr Blick wirkte vollkommen leer und starr. Kein Leben fand sich mehr darin, keine Gefühle – bis auf den Hass.

»Verrate mir, denn ich bin so neugierig: Hast du ihn wirklich geliebt?«, fragte Oya und wickelte sich eine der Strähnen, die das Oval ihres Gesichts betonten, um den Finger. »Oder hast du nur mit ihm gespielt?«

Die Antwort kam nicht, weil Marias Verstärkung anrückte: Totenküsser, Dämonenträger und einfache Menschen, die vermutlich nur als Kanonenfutter dienten. Die Ankömmlinge fielen den Metamorphen und Conrad in den Rücken. Nun saß das kleine Grüppchen in der Klemme. Ylva konnte dem nicht mehr tatenlos zusehen. Sie kroch zu der Pistole, die Adrián verloren hatte, hob die Waffe und schoss. Die Kugeln verwundeten zwei Jugendliche. Einen weiteren erwischte sie am Kopf. Trotzdem waren es so viele, dass Conrad und seine Begleiter ihnen auf Dauer nicht standhalten würden.

Fieberhaft überlegte Ylva, was sie tun sollte, um diesen Wahnsinn zu stoppen. Ihr Blick schweifte durch den Gang und blieb an Maria hängen, die zusammen mit Stella abseits stand und das Geschehen mit ausdrucksloser Miene beobachtete. Würden ihre Leute weiterhin kämpfen, sollte der Messias fallen? Doch wie vernichtete man eine Unsterbliche?

Evelyn stand auf, blass, zitternd und schwankend. Der Nebel wand sich um ihre Füße. Sie streckte die Arme empor, und die Schwaden wallten auf, hüllten alles ringsherum ein.

Die Kämpfenden hielten inne, verwirrt von der plötzlichen Veränderung. Vom Anblick Evelyns, die keiner Frau mehr ähnelte, sondern einem riesigen, mehrarmigen Ungeheuer mit blauschwarzer Haut.

Allein Oya blieb gelassen. Wachsam, aber betont gelangweilt. »Was machst du da? Hör mit dem Theater auf«, schnaubte sie verächtlich. »Du kannst hier nichts ausrichten. Solltest du dich in die Belange der Welt direkt einmischen, wirst du in den Schlaf der Ewigkeit gleiten.«

»Was ich da mache?«, donnerte die Stimme, die sogar das Mauerwerk zu erschüttern schien. »Ich gebe dir die Antwort auf deine Frage. Ich habe Adrián geliebt. Und ohne ihn ist es mir egal, ob ich weiterexistieren kann oder bis ans Ende aller Tage einschlafe.« Einer der Arme schnellte auf Oya zu.

»Evelyn!«, schrie Ylva und sah erneut zu Maria. Die Worte der Lady fielen ihr wieder ein. »Oya ist nicht diejenige, die hier das Sagen hat! Du musst das Symbol vernichten, dann hören die anderen auf zu kämpfen!«

Evelyn reagierte nicht. Die riesige Pranke versuchte, Oya zu greifen, doch die Hexe duckte sich darunter hindurch und lachte. »Was willst du machen, Kali? Meinen Körper zerquetschen? Ich werde einen neuen finden.«

»Bitte, Evelyn, hör mir zu!«, brüllte Ylva erneut und betete insgeheim, die Mächtige besäße noch einen Funken Verstand, um das Richtige zu tun. »Du musst uns helfen!«

Die Pranke jagte weiterhin Oya nach, die lachte und sich zuerst in die eine, dann in die andere Richtung bog, als würde sie tanzen und ihre Feindin verhöhnen.

»Evelyn!« Es blieb ihr nur ein Argument übrig, und sie spielte es aus: »Es war Maria, die Adriáns Tod befohlen hat! Hörst du? Maria!« Ylva knetete ihre Finger. Hoffentlich tat sie das Richtige … Hoffentlich irrte sie sich nicht.

Die Mächtige verstand. Einer der Arme schoss auf Maria zu, die erschrocken keuchte und dem Griff zu entkommen versuchte. Doch die Nachzehrerin besaß nicht die Wendigkeit einer Hexe, um Evelyn mit der gleichen Leichtigkeit zu entkommen.

»Oh nein!« Oya warf sich dazwischen und schlug eine Hand beiseite. Doch eine andere schnellte an ihr vorbei, schnappte Maria um die Taille und hob die Nachzehrerin hoch zu dem monströsen Gesicht.

»Wie groß ist dein Wille zu leben, *Gran Princesa?*«, zischte Evelyn und streckte ihre purpurfarbene Zunge weit heraus. »Mal sehen, ob ich diese Sache mit dem Fluchnehmen nicht verlernt habe.« Die Finger drückten zu. Maria schrie auf, der Geruch nach verbranntem Fleisch erfüllte abermals die Luft.

Ylva hielt sich die Hand vor die Nase, versuchte nur durch den Mund zu atmen, denn sie konnte den Gestank nicht mehr ertragen, ohne Adriáns Ende vor ihrem inneren Auge zu sehen. Sie weigerte sich, aufzuschauen, wusste nicht, wie lange der Kampf der Lady währte. Sie merkte erst, dass es vorbei war, als kleine Partikel auf sie rieselten und den Boden mit einer hauchdünnen grauen Schicht bedeckten. Erst dann sah sie zu der Hexe auf, die zwischen den Fingern die letzte Asche zerrieb.

Der Nebel erzitterte. Das Monster keuchte und brach zusammen, und im nächsten Augenblick kauerte bloß eine Frau dort, wo das Ungeheuer gestanden hatte. Eine Frau, menschlich und leidend.

Oya lächelte. Der Verlust des Messias schien sie nicht weiter zu bekümmern. Seine Anhänger allerdings – umso mehr. Sie starrten verstört auf die Asche, die von ihrer Anführerin noch übrig geblieben war, und setzten sich gegen Conrad und die Metamorphe kaum noch zur Wehr. In Ylva erglomm ein Funke Hoffnung.

*Vielleicht schaffen wir es doch noch, hier lebend herauszukommen …*

*Sei auf der Hut,* entgegnete der Dämon mit Nachdruck, *noch ist nichts gewonnen.*

*Aber auch nicht verloren.*

»Ich habe dich gewarnt, meine verehrte Kalima«, stimmte Oya ihren Singsang an und wiegte ihren Körper im Takt einer Melodie, die nur sie hörte. Sie tanzte um ihre bezwungene Gegnerin und zelebrierte ihren Triumph immer mehr. »Deine Kräfte sind erschöpft, bald wirst du in den Schlaf der Ewigkeit gleiten. Ich dagegen werde mein Ziel erreichen, ob mit Maria oder ohne, denn die Dämonen sind gezwungen, mir zu gehorchen. Und du glaubst gar nicht, wie viele Sterbliche es noch gibt, die nur darauf warten, einen in sich tragen zu dürfen.« Sie wandte sich um, als würde sie eine Pirouette drehen, und funkelte ihre Untertanen an. »Seelen des Schattenreiches! Ich bin eure Gebieterin, und so befehle ich euch: Tötet alle, die mir nicht gehorchen wollen!«

Die Dämonenträger setzten sich in Bewegung. Ylva zuckte zusammen, spürte, wie sich das Dunkle in ihr aufbäumte, um die Oberhand zu gewinnen. Oh nein. Sie barg ebenfalls einen Dämon Oyas in sich, der sich dem Befehl der Hexe fügen musste.

*Ylva …,* rauschte es in ihren Gedanken und rüttelte an ihrem Verstand, *tu etwas …*

Das Dunkle pulsierte, strömte durch ihre Adern und benebelte ihren Kopf. Das Gefecht um sie herum entbrannte mit neuer Kraft. Gleichzeitig begannen die Dämonenträger, die am Anfang des Kampfes gefallen waren, sich wieder zu regen. Einer nach dem anderen kamen sie auf die Beine, schwankten und stierten dumpf vor sich hin, wurden angerempelt, strauchelten und erhoben sich dennoch immer wieder.

*Ylva! Hilf mir … erlaube mir nicht, deinen Willen zu beherrschen …* Das Ringen in ihr wurde stärker, es zerriss sie, nicht nur ihren Geist, sondern auch ihr Inneres. Ein Teil von ihr wollte ruhen, alles aufgeben und endlich Frieden finden. Die Finsternis lockte sie, versprach Erholung und das Ende dieses sinnlosen, alles vernichtenden Kampfes. Der andere Teil rebellierte gegen das fremde Bewusstsein, gegen die Lügen und sanften Versprechungen, obwohl das Dunkle mit jedem Herzschlag an Stärke gewann und sie eroberte. Die Fühler des Dämons krochen durch ihre Blutbahnen, stießen ihr Rückgrat empor zum Gehirn vor. Je mehr sie sich dagegen wehrte, desto schlimmer wurde es, denn jeder Widerstand brachte Qualen. Der Schmerz pochte in jeder Faser ihres Körpers, zwang sie, ihm nachzugeben.

*Ylva …*

Wie durch einen Schleier beobachtete sie, was um sie herum passierte. Der erste Dämon gewann vollständig die Kontrolle über seinen menschlichen Körper. Sogleich fiel er über die Ziege her, riss sie zu Boden und vergrub seine Zähne in ihrem Hals. Drei weitere Kreaturen taten es ihm gleich und stürzten sich auf das zappelnde und schreiende Tier. Ylva wurde übel, als sie realisierte, was sich vor ihren Augen abspielte. Die Bestien fraßen das arme Ding bei lebendigem Leibe auf!

Sie zwang sich aufzustehen, lief auf sie zu und packte

einen an der Schulter, wurde jedoch mit einem Hieb beiseitegeschleudert. Ihr Kopf schlug gegen den Beton. Als sie sich wieder imstande fühlte, die Welt wahrzunehmen, schrie das Tier nicht mehr, während die vier Kreaturen es weiter ausnahmen. Gierig verschlangen sie das Fleisch, rissen die Gedärme und das Fell in Stücke. Doch die Geräusche schienen von überall herzukommen. Ob nicht nur die Ziege diesem grausamen Schicksal erlag? Es durchfuhr sie eiskalt. Conrad. Wo war Conrad? Sie konnte ihn nicht mehr sehen.

*Ylva!*, ertönte es erneut in ihrem Inneren. *Tu etwas … Verdammt nochmal, tu etwas, sonst werde ich dich dazu bringen, deine Freunde zu töten. Hörst du? Ich werde ihr nicht lange widerstehen können. Mach endlich was!*

*Aber was?* Verzweifelt schaute sie umher.

*Nutze … deine Gabe … gegen die Mächtige …*

Ihre Gabe? Ylva zwang sich, den Kopf zu wenden – und erblickte das zufriedene Gesicht der Mächtigen, die sich an dem Tod ihrer Feinde ergötzte. Wie sollte Ylvas Gabe da weiterhelfen? Denn eine Hexe besaß keine Gefühle, die ins Schattenreich verbannt werden konnten.

Aber … vielleicht funktionierte es auch umgekehrt? Immer noch hüllten die Nebelschwaden den Gang ein, das Schattenreich stand offen. Und sie war das Portal. Ylva ließ ihrer Intuition freien Lauf. Schlimmer würde es schon nicht kommen. Sie konzentrierte sich, koppelte ihren Geist vom Körper ab, und … es fühlte sich an wie eine Verschmelzung mit ihrem Seelentier. Nur bestand ein Teil ihres Selbst nicht aus dem Wesen einer Ratte, sondern aus dem Schattenreich, dem weiten, dunklen Nichts.

Beunruhigt beobachtete sie, wie sich ihr Körper, vom Dämon gelenkt, aufrappelte und auf den Metamorph mit den schwarzen Locken zustakste. Doch Ylva erlaubte dem Weltlichen nicht, sie von ihrer Aufgabe abzulenken. Stimmen aus dem Schattenreich hallten zu ihr, flehten um Erlösung, versprachen ihre Dienste. Sie ignorierte die Rufe, drang noch tiefer ein, wurde eins mit dem Nebelschleier. Die Schwaden schienen aus menschlichen Emotionen gewoben zu sein, aus Echos dessen, was den Seelen einst entrissen worden war, um aus ihnen Dämonen zu machen.

Ylva öffnete sich dem Nebel, nahm den Kummer, die Pein und das Unheil in ihre Seele auf, bis sie es kaum noch ertrug. Es bedrängte sie, zerfraß ihr ganzes Wesen und brachte sie beinahe um den Verstand. Genug! Noch ein wenig, und sie würde in diesem Elend untergehen. Verzweifelt suchte sie den Weg zurück in den eigenen Körper. Das Dunkle pochte, stieß und jagte sie davon. Panik, tausendfach durch die fremden Empfindungen in ihr verstärkt, überkam sie.

*Kämpfe gegen Oyas Befehl, hilf mir,* flehte Ylva. *Ein letztes Mal …*

Würde er sie erhören? Warum sollte er? Endlich wurde er ihre lästige Seele los. Sie würde im Schattenreich verkommen, bis in alle Ewigkeiten.

Auf einmal wurde sich Ylva ihres Körpers bewusst. Er

ließ sie hinein! Sie taumelte auf Oya zu und griff nach ihr, erwischte den Unterarm.

»Was fällt dir ein?« Die Hexe holte aus und ohrfeigte sie. Aber das war Ylva egal, denn das, was sie in sich geborgen hatte, ergoss sich aus ihr in das leere Innere der Mächtigen.

So waren es nicht Schläge, Kugeln oder Messerstiche, die den Kampf entschieden, sondern eine einzige, flüchtige Berührung zwischen Tochter und Mutter. Das Leid, der Kummer, alle Ängste und Zweifel, die sich im Schattenreich angesammelt und den Nebel genährt hatten, fuhren in Oya hinein.

»Was … was ist mit mir?« Verstört wich die Hexe zurück, rutschte auf den Gedärmen der Ziege aus und fiel. Sie versuchte nicht einmal, sich zu erheben. Ihr Blick irrte hin und her, ohne irgendwo Halt zu finden, immer schneller, immer hektischer. Ihr Atem beschleunigte sich. Schweiß trat ihr aus allen Poren und ließ ihre schwarze Haut wie Erdöl glänzen. »Warum ist es hier … so dunkel … so viel Blut …«

Evelyn hob den Kopf und sah Oya an. »Es ist gar nicht so einfach, zu fühlen, nicht wahr? Wie clever – die Büchse der Pandora, sozusagen, auf eine einzelne Seele angewandt. Damals hat es mich die Erinnerungen an meine Vergangenheit als Mächtige gekostet. Doch ich trug eine menschlich geborene Seele in mir, die mir half, in dem Chaos nicht unterzugehen. Die hast du nicht.«

Oya schüttelte den Kopf, drückte sich an die Wand, wimmerte und versteckte das Gesicht in den Händen.

Nicht länger von der Hexe beherrscht, hielten einige Dämonen inne, die anderen kämpften noch, ungelenk und irgendwie träge, als wüssten sie nicht, was sie denn genau machen sollten. Ob sie das Richtige taten. Ob sie es tun wollten.

Jemand rannte davon. Ylva wurde angerempelt und gegen einen Jugendlichen gestoßen, der sie am Hals packte und gegen eine Wand drückte.

»Was haben wir denn da?«, sagte er und suchte Stella mit seinem Blick. »Du stehst die ganze Zeit so teilnahmslos da, mein *Schatz*. Was ist bloß mit dir? Soll ich dich mit einem Geschenk aufheitern? Wie wäre es mit dem Herzen dieser kleinen Schlampe, die gerade dabei ist, unsere Zukunft zu zerstören?«

Sein Arm schnellte vor. Ein Messer blitzte auf.

# Kapitel 32

Ylva schnaubte. Der Geruch des Jungen fuhr ihr scharf in die Nase, und sie erkannte ihn sofort: diesen stechenden Schweiß, die Hände, die nach seiner eigenen Pisse stanken. Nur dass an ihm nicht mehr Conrads Blut klebte wie damals.

Die Wut verlieh ihr Kräfte, der Dämon spendete ihr Stärke und Selbstsicherheit, und sie wurde von einem Zorn übermannt, der alle anderen Gefühle auslöschte. Die Erkenntnis, Conrads Peiniger vor sich zu haben, machte sie so rasend, dass Ylva nur noch einen Wunsch verspürte: Diesen Kerl mit bloßen Händen in Stücke zu reißen, ihn in seinem eigenen Blut zu ertränken und an seinen eigenen Gedärmen aufzuhängen.

Das Messer kam auf sie zu. Ylva wand sich zur Seite – einen Sekundenbruchteil zu spät. Die Klinge fuhr ihr über die Rippen und schlug gegen die Betonwand.

*Keine Gnade!*, pochte ihr Herz.

Sie fing seine Hand ab, als der Typ ein weiteres Mal ausholte, drehte sich um die eigene Achse und bog ihm den Arm auf den Rücken. Er hatte den Angriff nicht erwartet. So war es für sie ein Leichtes, ihn gegen die Wand zu pressen, bis er kaum noch Luft bekam. Sie bedauerte allein die

Tatsache, nicht annähernd genug Zeit zu haben, um ihm die Schmerzen zuzufügen, die er verdient hatte.

Der Kerl keuchte. Das Messer fiel ihm aus den verkrampften Fingern. Sie kickte es beiseite, und das Metall klapperte über den Boden.

»Gut«, flüsterte sie ihm zu und knirschte mit den Zähnen. »Dann können wir anfangen, uns zu amüsieren.«

»Ah, fick dich ins Knie, du Schlampe«, knurrte er und zappelte, doch sie hielt ihn mit einer ungeheuerlichen Kraft fest. Körper gegen Körper, Dämon gegen Dämon. Mit jeder Minute schien sich ihre Stärke zu vervielfachen – wie damals in Julianes Keller. Womöglich würde es ihr Ende bedeuten, sich der Dunkelheit so sehr hinzugeben, doch in diesem Augenblick war es ihr egal.

»Wenn ich mit dir fertig bin, hast du keine Knie mehr, dessen sei dir sicher.« Ylva verstärkte den Druck, als wolle sie ihm den Arm auswringen, bis die Knochen brachen und der Junge vor Schmerzen aufbrüllte. Ihre Nasenspitze zuckte, als sie seine Angst roch und den Urin, der sein Bein entlanglief.

Vermutlich hätte sie ihm den Arm nicht nur gebrochen und ausgekugelt, sondern gleich ausgerissen, wenn Conrad nicht neben ihr aufgetaucht wäre. Er packte seinen Gegner am Haar und knallte den Kopf des Jungen gegen die Wand, so dass die Schädeldecke dem Beton nachgab. Der Typ sackte zusammen.

»Passt auf!«, rief Alba von irgendwoher. »Kreaturen wie er bleiben nicht tot. Ihr müsst ihm den Kopf abtrennen.«

*Steh doch auf.* Mit der Schuhspitze stieß Ylva dem Jungen in die Rippen. Bebend vor Erregung ragte sie über ihrem Feind auf. *Ich will, dass du aufstehst. So schnell wird es für dich nicht enden.*

Doch das tat es. Mehrfach hieb Conrad ihm mit dem Schwert gegen den Hals, trennte Haut, Muskeln und Rückgrat, bis der Kopf nur noch an ein paar Sehnen und blutigen Fetzen hing. Wie gebannt beobachtete Ylva den Vorgang.

Ihr Verstand klärte sich erst, als Conrad sie umarmte, auf sie einflüsterte und ihren Körper abtastete. »Hat er dich verletzt? Oh mein Gott, er hat es!« Er berührte ihre Wunde. Seine Stimme klang brüchig, matt und dunkel vor Angst. »Blutet es stark? Verflucht, ich kann doch nichts sehen. Ylva! Sag etwas, bitte!«

Sie tauchte aus ihrer Starre auf und sah fassungslos auf den Leib des Jungen. Gütiger, was war mit ihr los gewesen? Sie konnte unmöglich so viel Hass in sich tragen, so viel kranke Wut.

»Ylva! Ylva …« Conrad umarmte sie fester.

Sie schmiegte sich an ihn, vergrub ihr Gesicht an seiner Brust. Sie ekelte sich vor sich selbst angesichts dessen, was sie beinahe getan hätte. Bilder von den Dämonen, die die Ziege zerfetzten, stiegen in ihr hoch. Noch einen Augenblick, und sie hätte ebenfalls ihre Klauen in Innereien versenkt und ihre Zähne in warmes Fleisch geschlagen. In einen Menschen.

*In einen Dämonenträger,* wandte das fremde Bewusstsein ein, versuchte, sie zu trösten. Sie, die keinen Trost verdiente.

*In einen Menschen*, beharrte sie. *Einen Menschen. Wieso?*

*Ich bin, was ich bin. Ich ernähre mich von Gefühlen, und manchmal wächst das Verlangen nach mehr. Du darfst dem einfach nicht nachgeben. Das ist alles.*

Einfach ... Alles ...

Conrads Stimme, von Sorge gezeichnet, riss sie aus ihrem Elend. »Ylva. Du blutest. Ich muss ...«

Ylva strich ihm über die Wange. Zu mehr war sie im Moment nicht imstande. Sie wusste nicht einmal, ob sie überhaupt noch das Recht besaß, zu lieben oder geliebt zu werden, zu hoffen oder auch nur zu leben. »Mir geht es gut, ehrlich. Es ist nur eine oberflächliche Wunde, sie wird schnell verheilen. Wir Metamorphe sind zäh.«

Er sagte nichts mehr, und sie war ihm dankbar für den Halt, den er ihr mit seiner bloßen Anwesenheit gab. Nach und nach fand sie in seiner Umarmung wieder zu sich selbst.

Als Ylva endlich aufsah, erblickte sie Micaela, die mit verschränkten Armen neben ihnen stand und äußerst theatralisch die Augen verdrehte. »Schluss jetzt, ihr Turteltäubchen. Gekuschelt wird später. Die Dämonenträger flüchten. Wir sind jedoch kaum in der Lage, sie zu verfolgen. Ich halte es für das Beste, hier zu verschwinden, solange die nicht begriffen haben, dass wir ihnen weit unterlegen sind.«

Conrad entließ Ylva aus seiner Umarmung, blieb aber so nah bei ihr, dass sie seine Körperwärme spürte.

Die Schlacht war beendet. Diejenigen, die fliehen

konnten, waren tatsächlich geflohen. Zurück blieben nur die entstellten Leiber der Gefallenen. Dazu Stella, die an ihrem Platz ausharrte und apathisch vor sich hin starrte. Niemand kümmerte sich um sie. Ylva fragte sich, ob die junge Nachzehrerin den ganzen Kampf überhaupt mitbekommen hatte oder seit der Vernichtung des Messias viel zu verstört war. Da verließ ein einziges Wort Stellas Lippen: »Conrad?«

Er spannte sich an, ohne sich ihr zuzuwenden. Ylva sah, wie seine Nasenflügel bebten, doch als er antwortete, klang seine Stimme vollkommen ruhig: »Sollten Sie mit mir über das Geschehene reden wollen … Lassen Sie das.« Kein Hass, kein Verachtung schwang darin mit, doch es traf das Mädchen tiefer als jede Vergeltung, die es sich anscheinend ausgemalt hatte.

Nicht weit von Stella hockte Oya. Die Hexe umklammerte ihre eigenen Schultern wie ein kleines Mädchen, schaukelte ihren Körper vor und zurück und schlug zwanghaft mit dem Hinterkopf gegen die Wand. Ihre Augäpfel schnellten unter den halb geschlossenen Lidern hin und her.

Evelyn kauerte auf dem Boden, sichtlich entkräftet und bleich wie ein Leichentuch. Doch gleichzeitig ging von ihr eine solche Ausgeglichenheit aus, dass es Ylva auf eine sonderbare Weise berührte. Sie bedauerte die Mächtige nicht, dieser Anblick verleitete sie vielmehr dazu, sich für sie zu freuen. Merkwürdig. Dabei bedeutete Marias Ermordung Kalis und somit auch Evelyns Ende. Keine von beiden konnte getrennt existieren, und eine von ihnen hatte all ihre Macht bis zum letzten Tropfen ausgeschöpft. Für die Vergeltung. Aus Liebe.

Alba ließ sich neben der Hexe nieder, in respektvollem Abstand. Sie traute sich nicht sofort, die Mächtige anzusprechen, dabei ähnelte diese mehr einem menschlichen Wesen als je zuvor. Ihr Gesicht zeugte von Sanftmut und innerem Frieden.

»Ist es wirklich vorbei?«, stammelte Alba scheu.

Ein Lächeln huschte über die blutleeren Lippen der Hexe. Ein warmes, entschuldigendes Lächeln. »Scheint so. Oya ist zu verwirrt, um noch an ihre Pläne zu denken. Höchstwahrscheinlich kriegt sie sich nie wieder ein. Und die anderen Mächtigen sind einander mehr oder minder ebenbürtig und würden sich eher gegenseitig an die Kehle gehen als zuzulassen, dass eine aus ihren Reihen die Oberhand gewinnt. Keine von ihnen ist so begabt wie Oya, wenn es darum geht, die anderen zu umgarnen. Deshalb glaube ich, dass es vorbei ist.«

»U-und was wird aus dir?« Immer noch kam es Ylva vor, als wären dies nicht wirklich die Fragen, die Alba stellen wollte – und sollte! Denn mit jeder Minute schwand die Kraft der Hexe, und die Gefahr, dass die Dämonenträger zurückkehren würden, stieg. Denn auch ohne Oya waren diese nicht zu unterschätzende Gegner. Gefährlich und aufgrund ihrer Anzahl fast unbezwingbar.

Evelyn versuchte, sich aufzurichten, ging jedoch in die Knie und stützte sich mit einer Faust ab. »Ich bin am Ende. Siehst du doch. Aber es reicht noch, um ein paar letzte Schulden zu begleichen.« Sie seufzte, was eher dem

Ächzen eines Sterbenden glich. »Ich will mit mir im Reinen aus dieser Welt gehen, auch wenn ich meine größte Schuld – Adrián gegenüber – niemals begleichen kann. Ich wünschte mir …« Sie verstummte. Ihr trüber Blick schweifte zu Ylva und verharrte auf ihr. Lange starrten sie einander an, und Ylva fragte sich, ob Evelyn vielleicht vergessen hatte, was sie gerade sagen wollte. »Du hast mich gebeten, dich von dem Dämon zu erlösen. Ich kann es tun und dich damit gleichzeitig zurück in den Wahnsinn stoßen. Denn nur der Dämon bewahrt dich davor. Willst du es wirklich?«

Die Hexe ließ ihr die Wahl. Wie gütig. Ylva schloss die Augen. Sofort schälte sich das Bild der zappelnden und schreienden Ziege heraus, die gierigen Hände, die nach dem Fleisch griffen. Heute hatte sie so nah wie kaum zuvor am Abgrund gestanden. Noch ein bisschen, und sie hätte sich in eine ähnliche Bestie verwandelt. Es könnte erneut geschehen. Würde sie dann widerstehen können? Konnte sie es verantworten, trotzdem zu bleiben, sich der Gefahr, der sie die Menschen in ihrer Nähe aussetzte, wohl bewusst?

Ylva registrierte, wie Conrad ihre Hand ergriff. Sie drückte die seine zärtlich, ertastete die Stelle des fehlenden Fingers. Es schmerzte nicht mehr so sehr, sie zu berühren. Überhaupt hatte sich so vieles verändert! Anfangs, nach dem Aufwachen im Käfig, wünschte sie sich noch sehnlichst, nichts von dieser Welt bewusst mitzubekommen. Aber nun hatte sie Conrad, den sie nicht mehr missen wollte.

Conrad, dem sie so viel Schmerz zugefügt hatte. Damals am Dammtor oder im Schlafzimmer der Villa … Irgendwann würde es wieder geschehen, vielleicht nicht ihn treffen, aber einen anderen. Der Dämon nährte sich an fremden Gefühlen, schon bald würde er sein Recht erneut einfordern.

Sie spürte Conrads Atem an ihrem Hals. »Verlass mich nicht. Du glaubst gar nicht, wie sehr ich dich brauche.«

Ylva presste die Lippen zusammen. Am liebsten hätte sie geheult. Aber das würde sie kaum weiterbringen, ihr die Entscheidung nicht abnehmen.

Eine schwere Wahl. Die nicht nur sie allein betraf.

Ylva lauschte in sich hinein. Zögerte. *Willst du frei sein? Ins Schattenreich zurückgehen? Ich will dich nicht gegen deinen Willen in mir festhalten.*

Das Dunkle regte sich in ihr. *Du fragst tatsächlich nach meinem Wunsch?* Eine Pause entstand. War der Dämon verblüfft? Überlegte er? *Danke. Aber … auch wenn ich bloß ein Schattendasein in dieser Welt – in dir! – führen kann, ist mir das lieber, als zu den ruhelosen Seelen zurückzukehren. Du weißt nicht, was für eine Qual es ist, dort gefangen zu sein. Und … an deinen Totenküsser mit den großen Ohren kann ich mich vielleicht noch gewöhnen.*

*Gut, dann ist das beschlossen.*

*Nein, warte. Es gibt noch etwas, was du über mich wissen musst. Weißt du noch, wie ich gesagt habe, du lässt mich … mich erinnern? An mein früheres Leben. An meinen Namen. Johannes Ney.*

Er wartete. Bange, wie es ihr vorkam. Ylva runzelte die

Stirn. *Du, tut mir leid, aber ich habe es nicht so mit Namen. Muss ich dich kennen?*

*Ja. Aus deiner Kindheit. Ich war der Mann mit dem Fuchs. Aber der … der bin ich schon lange nicht mehr und will es auch nicht sein. Ich bin einfach nur ein Dämon. Dein Dämon.*

Ylva schluckte und glaubte, an dem Kloß in ihrem Hals zu ersticken. *Dann lass uns deinen Namen einfach vergessen.* Sie hoffte, sie könnte es. Mit der Zeit. Irgendwann. Vergangenheit sollte endgültig Vergangenheit werden.

»Der Dämon kann bleiben«, sagte sie und erntete ein erleichtertes Aufatmen von Conrad. Sie musste zugeben, sich nun ein wenig besser zu fühlen, bestärkt in ihrer Wahl, an der sie zweifelte.

»Wie du meinst«, erwiderte die Hexe mit einem Unterton, als wüsste sie nur zu gut, welche Sorgen Ylva plagten. Doch darüber verlor Evelyn keinen Ton. »Nun zu dir, Alba. Dich habe ich am schlimmsten belogen.«

Alba erblasste. Verstört begann sie, an ihren Haarspitzen zu rupfen. »Heißt das, du kannst mir Finn nicht zurückgeben?«

Evelyn wiegte den Kopf. »Das schon, aber in seinem eigenen Körper wirst du ihn kaum haben wollen. Seine Überreste sind inzwischen alles andere als ansehnlich. Ich habe dir falsche Hoffnungen gemacht, was das angeht, dafür bitte ich um Entschuldigung.«

Alba schluckte. Noch kämpfte die Hoffnung in ihrem Gesicht, das seine Schönheit mehr und mehr zu verlieren schien. »Also wird Finn im Schattenreich bleiben müssen? Zu einem Dämon werden? Und ich … ich werde ihn niemals …« Sie verstummte, krampfte die Hände zusammen und hockte wie ein Häufchen Elend da.

Evelyn rückte näher an sie heran, strich ihr das Haar aus der Stirn und suchte ihren Blick. »Liebst du ihn wirklich? Würdest du ihn mit jedem Aussehen haben wollen oder … fährst du bloß auf seine hübschen braunen Augen und den blonden Schopf ab?«

»Ich verstehe nicht. Heißt das …«

»Ich kann ihn aus dem Schattenreich zurückbringen, aber nur in einen anderen Körper leiten.«

Rasch wischte Alba sich über die Augen und die Wangen, als schäme sie sich ihres Schmerzes und ihrer Schwäche. »Es ist mir egal, wie er aussieht. Ich will ihn zurück, egal, in welchem Körper.«

Evelyn nickte langsam. »Gut. Ylva, wirst du mir helfen? Ein letztes Mal Portal spielen?«

Ylva befreite ihre Hand aus Conrads Griff, den er recht widerwillig löste, und trat näher.

»Ja.« Sie lächelte ihrer Freundin aufmunternd zu. Wenigstens Alba sollte keine Zweifel an ihrer Entscheidung haben, auch wenn Ylvas Unbehagen sich nicht verflüchtigen wollte. *Hexen machen keine Geschenke*, flüsterte eine Stimme ihr zu. Der Dämon?

»In Ordnung.« Evelyn rappelte sich hoch. Der Nebel um sie herum verdichtete sich, bis die Schwaden sie vollständig verschlungen hatten.

Alba keuchte auf. Verwirrt sah sie zu Ylva, die bloß mit den Schultern zucken konnte. Sie mussten warten.

Bis die Mächtige wieder auftauchte. Noch blasser als zuvor, stand sie schwankend da und hielt einen Mann am Oberarm fest. Nur ein Slip bekleidete seinen athletischen, sonnengebräunten Körper, in einer Hand hielt er eine Zahnbürste – höchstwahrscheinlich wurde er bei der abendlichen Toilette gestört. Sein rechtes Schulterblatt schmückte eine beeindruckende, geradezu lebendig wirkende Tätowierung: ein Phönix, der mit gespreizten Flügeln aus den Flammen emporstieg.

Ylva hob anerkennend eine Augenbraue. Übel sah der Typ nicht gerade aus, da hatte sich Evelyn bei der Auswahl alle Mühe gegeben. Doch Alba blickte ihn an, als würde sie gleich der Schlag treffen. »G-georg?«

Nicht minder perplex starrte er ihr entgegen. »Alba?«

»Nun«, hauchte Evelyn den beiden entgegen. »Nachdem ihr eure Namen schon kennt, kommen wir gleich zur Sache. Ich verspreche, es wird ganz schnell gehen und überhaupt nicht wehtun.« Sie warf den Kopf in den Nacken und streckte die Arme in die Höhe, ohne auf Albas Protest zu achten. Der Nebel bäumte sich auf.

Es ging in der Tat schnell.

Es tat auch nicht weh.

Abgesehen von dem Brennen, das Ylva zu vertilgen drohte, von der beißenden Kälte, die sie in ihre Seele einlassen musste. *Ein letztes Mal,* beschwor sie sich, schrie und schluckte an der Finsternis, in die sie stürzte. *Ein allerletztes Mal. Für Finn. Für Alba. Für ein kleines bisschen Glück.*

Nun lag Georg bewusstlos auf dem Boden – allerdings nicht mehr allein im eigenen Körper. Alba kauerte daneben, weinte und stammelte Entschuldigungen. Das tränennasse Gesicht – voller Schuld und dennoch beseelt.

Es war geschafft. Im Stillen dankte Ylva dem Dämon, der sie bei Oyas Beschwörungen vor diesem Gräuel bewahrt hatte, denn sie konnte sich nicht vorstellen, die Prozedur bei vollem Bewusstsein erneut zu überstehen. Geschweige denn mehrfach nacheinander.

Ylva ließ sich neben Alba nieder.

»So sollte es doch nicht kommen«, schluchzte ihre Freundin, obwohl in den grünen Augen Lebensfreude erglomm, die sie nicht zu verbergen vermochte. »So etwas hat Georg nicht verdient, er …«

»Was hast du denn?«, unterbrach Evelyn sie ermattet. »Davon profitieren doch alle. Du versöhnst dich mit deinen Eltern und bekommst Finn dennoch, und Georg … muss dank ihm nicht an seiner Krankheit sterben, weil eine Schattenseele nicht nur Metamorphe vorm Verrücktwerden bewahren kann. Vorausgesetzt, die beiden Männer finden einen Kompromiss bezüglich ihrer Situation. Viel Glück, mehr kann ich für euch nicht tun.« Ihre Stimme wurde immer schwächer, bis die Laute in der Dunkelheit verklangen. Sie schloss die Augen, und der Nebel löste sich auf. Mehr passierte nicht. Evelyn hörte bloß auf zu atmen, und die Mächtige glitt in den Schlaf der Ewigkeit.

# Epilog

Ylva zog den Trolleykoffer die Stufen hinunter. Auf der letzten kippte er zur Seite und nahm einiges von der Schneehaube mit, die das Podest des steinernen Löwen bedeckte. So leicht war das Ding keineswegs zu handhaben, wie sie es beim Verstauen ihrer Sachen gedacht hatte. Kein Wunder. Es gab so vieles, wovon Ylva geglaubt hatte, es mit links meistern zu können, und woran sie kläglich gescheitert war. Der Trolleykoffer stellte dabei das geringste Übel dar.

Ylva packte den Griff mit der anderen Hand und zerrte den Koffer hinter sich her zu dem Mini, der unweit des Eingangs parkte. Micaela lehnte an der Fahrertür und beobachtete herablassend-amüsiert, wie Ylva sich durch den Schnee kämpfte, den hier keiner räumte. Das kaputte Seitenfenster war immer noch provisorisch mit einer Folie und Klebeband geflickt – irgendwann würde die Jägerin sich deswegen noch richtig Ärger einfangen.

»Na endlich«, murrte sie. »Wenn du weiter so trödelst, kommen wir nie weg. Hast du überhaupt eine Ahnung, wie spät es ist?«

Ylva drehte sich um und schaute zu der Villa zurück.

Sogleich übermannten die unterschiedlichsten Gefühle ihre Seele, das stärkste davon Wehmut. Hinter den imposanten Wänden, in einem der Räume, lag Evelyn scheintot auf einem Himmelbett, um nie wieder aufzuwachen. Irgendwann würde die Zeit diesen Ort in ein Dornröschenschloss verwandeln, mit wild zugewuchertem Garten, die Fassade von Ranken erstickt. Ob Märchen auf diese Weise entstanden? Aus Bruchstücken der Wahrheit, mit Träumen verwoben? In diesem allerdings wartete die Maid vergebens auf ihren Prinzen, da der von einer bösen Hexe eingeäschert wurde.

Ylva zwang sich, den Blick von der Villa zu lösen. Denn die Gedanken an ihre eigene nahe Zukunft brachten ihr nicht weniger Unbehagen.

*Noch kannst du dich umentscheiden,* erinnerte sie sich. *Einfach umkehren, zu Conrad gehen und zusammen mit ihm hierbleiben. Wie die letzten Wochen. Waren sie etwa nicht schön?*

Doch, das waren sie. Aber manchmal musste man über den eigenen Schatten springen und Mut für das aufbringen, was einen so sehr ängstigte. Sie war stark. Sie würde es schon schaffen.

Das Röhren eines Motors riss sie aus ihrer Verzagtheit. Hinter Micaelas Mini parkte ein Sportwagen. Alba sprang aus dem Auto und winkte Ylva zu, auf der anderen Seite stieg ein Mann aus. Von der Art her, wie er eine Hand auf ihre Taille legte und wie glückselig Alba ihm dabei entgegenlächelte, musste es sich um Finn handeln. Wenn Georg über den Körper verfügte, erlaubte die junge Frau ihm kaum Nähe, das Verhältnis ihrerseits glich eher einer angespannten Bruder-Schwester-Beziehung.

Ylva freute sich jedes Mal, wenn sie Finn begegnete, und versuchte das Mitleid zu unterdrücken, wenn sie Georg traf. Er litt sichtlich unter den gegebenen Umständen, und sie bewunderte ihn, dass er trotz allem zu Alba hielt und alles tat, um sie glücklich zu machen. Sogar seinen Körper dem Rivalen überließ. Ylva hatte den Verdacht, dass Georg weiterhin die Hoffnung hegte, Alba doch noch zurückzugewinnen. Nur fielen die Körner seiner Bemühungen auf ein Feld, das schon längst von einem anderen bestellt wurde. Das merkten alle, bloß nicht er selbst.

»Wir haben endlich einen der Dämonenträger aufgespürt«, platzte es aus Alba heraus, als sie näherkam und Ylva stürmisch in die Arme schloss. »Und ich sag's dir, er stellt eine große Gefahr dar. Wir müssen ihn schnellstmöglich liquidieren.« In ihrem Enthusiasmus bemerkte sie den Koffer erst, als sie über ihn stolperte. Ihre Gesichtszüge erstarrten im gleichen Moment. Erst nach mehreren Sekunden brachte sie hervor: »Oh nein, Ylva! Du gehst?«

»Ja, tut sie«, antwortete Micaela an ihrer Stelle genervt. »Und wir haben überhaupt keine Zeit mehr für dieses Geplänkel, meine Hübsche.«

Ylva spürte erneut das Unbehagen in sich aufsteigen. *Noch kannst du zurück,* flüsterte es in ihrem Kopf, doch sie verdrängte den Gedanken. Sie hatte genug Zeit gehabt, es sich gut zu überlegen. Eigentlich seit Weihnachten, als Conrad … Ja. Conrad. Conrad machte es nichts aus. Wie so vieles andere inzwischen auch.

»Aber wohin? Warum?« Alba packte sie an den Schultern, schüttelte sie, dann ließ sie von ihr ab und fuhr sich über die Stirn. »Das kann nicht dein Ernst sein. Nein, ich glaube es einfach nicht!«

»Manchmal muss man sich zusammenreißen und den entscheidenden Schritt tun«, rezitierte Ylva wie einstudiert.

Alba erblasste. »Das bedeutet … du verlässt Conrad?«

Ylva öffnete den Mund, um zu antworten, als hinter ihnen die Eingangstür zuschlug.

»Nein«, ertönte eine Stimme, die unverwechselbar sonor, leise und ein wenig fremdartig klang und bei Ylva auch nach all den Wochen ein leichtes Kribbeln in der Magengrube auslöste. »Conrad kommt selbstverständlich mit.«

Er tastete nach dem Geländer, stieg vorsichtig die vom Eis rutschigen Stufen hinunter und tätschelte einem der Löwen die Mähne. Auf seiner Schulter thronte Nibbles, dieser kleine Schuft, der dem Totenküsser gerade mal wieder überschwängliche Liebe vorschwindelte. Diese Liebe endete meistens dann, wenn dem besagten Totenküsser die Apfelstücke ausgingen.

Ylva schmunzelte, als sie die beiden sah. Nun ja. Dafür schenkte sie ihm die ihre, ohne irgendwelche Leckereien zu bekommen. Halt. So ganz stimmte das nicht. Schließlich kochte Conrad manchmal für sie. Was ihr schon irgendwie peinlich war – wenn ein blinder Nachzehrer einen saftigen Braten hinbekam, während eine sehende Frau an der einfachsten Tomatensoße für Spaghetti scheiterte.

Alba schaute irritiert vom einen zum anderen. »Ich dachte, Ylva will zu einer neuen Gemeinde.«

»Das braucht sie nicht«, erklärte Conrad. »Dank dem Dämon. Wofür ich seine Allüren sogar dulden kann. Die anderen haben sich tatsächlich einer neuen Königin angeschlossen, die in Hamburg ansässig werden will, deshalb bleiben wir also doch irgendwie zusammen. Im Namen des Clans führe ich Verhandlungen mit der Gemeinde, und obwohl sich das schwierig gestaltet, sind wir auf einem guten Weg, Kompromisse zu finden.«

»Und was soll dann der Koffer?«, erkundigte sich Alba skeptisch.

»Wir fahren in den Urlaub.«

Ylva knetete ihre Finger, da die Nervosität sie erneut befiel. »Genauer gesagt: Wir fliegen.«

Das mulmige Gefühl stellte sich wieder ein. Heute früh hatte sie keinen einzigen Bissen herunterbekommen. Der Gedanke, in einer menschengemachten Maschine über den Wolken dahinzurasen, machte sie schwindelig, ja, panisch. Dafür wurde sie nicht nur von Conrad liebevoll aufgezogen, sondern auch von dem Dämon: *Du kannst ohne mit der Wimper zu zucken deine besten Freunde mit einem Flaschenhals zerfleischen, aber vorm Fliegen hast du Angst?*

Ja, hatte sie. Seit Weihnachten zögerte sie diesen Schritt hinaus, suchte nach Ausreden, soweit möglich. Dabei hatte Conrad ihr einen nagelneuen Reisepass geschenkt, der leise knisterte, wenn man ihn aufschlug. Sie wollte gar nicht wissen, was er in Gang setzen musste, damit sie alle nötigen Dokumente erhielt und in der Menschenwelt eine Existenzberechtigung bekam.

Finn grinste mit Georgs Lippen und beugte sich zu Alba. »Meinst du nicht auch, dass das verdammt nach Flitterwochen aussieht?« Dann wurde er allerdings ernst: »Aber wir haben gerade einen Dämonenträger ausfindig gemacht. Ich hatte gehofft, der Clan würde eingreifen und diese Gefahr beseitigen.«

»Gern«, antwortete Conrad, »nur ohne mich. Das Oberhaupt macht Ferien. Fast dreißig Jahre lang war ich vierundzwanzig Stunden am Tag, sieben Tage die Woche für den Clan da. Jetzt bin ich endgültig reif für die Insel. Danach habe ich für die Probleme dieser Welt wieder ein offenes Ohr, versprochen.«

»Insel.« Alba runzelte die Stirn, als wüsste sie immer noch nicht genau, ob er sie nicht doch auf den Arm nehmen wollte. »Ich dachte, Nachzehrer vertragen keine Sonne.«

»Richtig, deshalb fahren wir nach Schottland, das sich bekanntlich auf einer Insel befindet.«

»Ach, hier ist euch nicht genug Schnee? Dort sieht es diesen Winter auch nicht anders aus.« Finn machte eine ausschweifende Geste. Im Laufe der Zeit, die er in dem fremden Körper verbracht hatte, waren seine – anfangs sehr eckigen – Bewegungen flüssiger geworden. Unwissenden entging es regelmäßig, dass die Gliedmaßen ab und zu von einem fremden Geist gesteuert wurden. Und wenn das eine oder andere doch zu ruckartig ausfiel, schrieben die Bekannten diese Entgleisungen Georgs Krankheit zu.

Obwohl Finn vieles einfach hinnahm, um Alba nicht zu bekümmern, wusste Ylva, wie sehr es an ihm nagte, kein Metamorph mehr zu sein. Schon seltsam, nachdem er zu Lebzeiten an nichts anderes gedacht hatte, als »das nervige Geflügel« – wie er sein Seelentier damals nannte – loszuwerden und wieder normal zu sein. Jetzt vermisste er Athene, machte sich Sorgen um sie und versuchte heimlich, das Rotmilanweibchen zu finden.

Micaela ächzte und verstaute das Gepäck im Kofferraum. »Wenn ihr noch weiter herumtrödelt, dann gibt es keine Insel.« Sie tippte demonstrativ auf ihre Armbanduhr. »Der Flieger wartet nicht.«

»Genau«, sagte Conrad, »deshalb müssen wir jetzt los.« Er klopfte Finn auf den Rücken. »Viel Spaß mit dem Dämonenträger. Sollte es Schwierigkeiten geben, ruf mich nicht an. Ich werde keinen Empfang haben, mein Handy verlieren oder das Ladeteil vergessen.« Er zwängte sich auf den Rücksitz des Minis, wo er kaum Platz für die Beine fand. Ylva folgte ihm in die Enge. Durch die Rückscheibe sah sie, wie Alba und Finn ihnen nachwinkten, dann verließ der Wagen das Grundstück, und die Hälften des schmiedeeisernen Tors schwangen zu.

Ylva kuschelte sich an Conrad. Solange sie sich dicht an ihn schmiegte, bescherten die Gedanken an den bevorstehenden Flug ihr bei weitem weniger Unbehagen.

Micaela stellte den Spiegel ein und warf Ylva einen mürrischen Blick zu. »Damit wir uns gleich verstehen: Hier wird nicht geknutscht. Sonst muss ich noch kotzen.«

»Natürlich nicht.« Ylva lächelte und wandte ihr Gesicht Conrad zu. Im nächsten Augenblick schmeckte sie seine Lippen, hielt inne und genoss ihre kleine Ewigkeit, in der alles andere stillstand.

*Ganz nebenbei bemerkt: Die Fahrt dauert mindestens eine halbe Stunde*, grummelte der Dämon irgendwann, und Ylva keuchte, so plötzlich aus der Seligkeit gerissen. *Genau das meine ich. Es ist nicht verkehrt, währenddessen ab und zu mal Luft zu holen.*

# Danksagung

Es gibt viele wundervolle Menschen, die mir beim Schreiben an diesem Band geholfen haben.

Ganz besonders möchte ich meinen Testlesern danken, die es drei Bände lang brav ausgehalten haben: Kristin Manger, die mich Kapitel um Kapitel begleitet hat; Simone Kühlewind, die mich mit ihrem letzten Kommentar zur Trilogie ganz besonders berührt hat; Melanie Schulte – ich hoffe, du kannst mir das Ableben der Ziege verzeihen.

Ich danke Bettina von Cossel, die Conrad in dieser Trilogie seine englischen Floskeln zugeflüstert hat, und Dr. Melanie Metzenthin, die ich so oft mit unappetitlichen Fragen gequält habe.

Ein großer Dank geht an Steffi Schmitt, die mir viel Interessantes über Ratten erzählt hat.

Nicht zu vergessen ist die freie Journalistin Desiree Leiprecht wegen ihrer hilfreichen Ausführungen zum Thema »Menschenlenken leicht gemacht«.

Ein großer Dank gilt Ronald Rossig, dem 1. Vorsitzenden von »unter Hamburg e. V.« für seine Hilfsbereitschaft und Freundlichkeit.

# *Quellennachweis*

Über den Bunker an der Helgoländer Allee habe ich mich auf der Seite www.unter-hamburg.de informiert.

Einen sehr interessanten Artikel über Ratten findet man in »Die Welt der Woche«: http://www.weltwoche.ch/ausgaben/2004-30/artikel-2004-30-in-ekelhaft.html

Über die Rehabilitierung der Zarenfamilie kann man in »Welt Online« nachlesen: http://www.welt.de/politik/article2520482/Gericht-rehabilitiert-den-letzten-russischen-Zaren.html

Zur Nacht der Ermordung von Nikolaus II gibt es sehr viel Literatur, z. B.: http://www.herbig.net/uploads/tx_ttipcshop/media/heresch-zarenmord-inhalt.pdf

http://www.wasistwas.de/geschichte/alle-artikel/artikel/link//8e0a700353/article/die-ermordung-der-zarenfamilie/-7c05c71e06.html

http://de.wikipedia.org/wiki/Ermordung_der_Zarenfamilie

Die teilweise etwas einseitige Darstellung der Geschehnisse passte wunderbar zu Marias Sicht in diesem Roman. Diese Thematik ist natürlich unglaublich umfangreich und wurde in »Hexenseelen« nur angedeutet, aber nicht ausgeführt. Für mich war der Gedanke interessant, mit dem Mythos Maria-Anastasia zu spielen und diesen auf eine fantastische Weise auszulegen.

Zu Oya findet man viele interessante Quellen, zum Beispiel diese hier:
http://www.feste-der-religionen.de/feste/oya.html

Das Kali-Mantra stammt von dieser Seite:
www.yoga-vidya.de/

Das Gedicht von Robert Burns stammt von dieser Seite:
http://www.schymon.de/robertburns.htm